GEHEUGENFOUT

Van Dean Koontz zijn verschenen:

Het Franciscus komplot*
Motel van de angst*
Weerlicht*
Middernacht*
Het kwade licht*
De stem van de nacht*
Het koude vuur*
Fantomen*
Dienaren van de schemering*
Onderaards*
Het masker*
Monsterklok*
Ogen der duisternis*
Mr. Murder*
Wintermaan*
Duistere stromen*
Het Visioen*
IJskerker*
Eeuwig vuur
De sadist*
Tiktak
De overlevende
Duivelszaad*
Vrees niets
Verbrijzeld*
Het Huis van de Donder*
Gezicht van de angst*
Grijp de nacht
Geheugenfout

*In POEMA-POCKET verschenen

Dean Koontz

GEHEUGENFOUT

Uitgeverij Areopagus

Voor meer informatie: kijk op **www.boekenwereld.com**

Oorspronkelijke titel: *False Memory*
Vertaling: Cherie van Gelder
Omslagontwerp: Karel van Laar
Omslagillustratie: © Franco Accornero

Licentie-uitgave van ECI, Vianen

Dit boek is opgedragen aan
Tim Hely Hutchinson.
Dat jij, lang geleden
– en nu al zo veel jaren –
vertrouwen in mijn werk toonde,
heeft me moed gegeven
op momenten dat ik dat het hardst nodig had.
En voor
Jane Morpeth.
Onze redactionele relatie
is de langste
die ik in mijn carrière heb gehad
en daarmee een getuigenis van
jouw enorme geduld,
vriendelijkheid en tolerantie voor dwazen!

AUTOFOBIE is een bestaande gedragsstoornis. De term kan op drie manieren worden uitgelegd: 1. vrees voor alleenzijn; 2. vrees voor egoïstisch gedrag; 3. vrees voor de eigen persoon. De derde staat komt het minst voor.

Deze illusie:
kelkblad dat valt en verdwijnt
in maan en bloemen...
OKYO

Snorhaar van de kat,
teenvlies van mijn hond die zwemt;
God is in 't kleine.
THE BOOK OF COUNTED SORROWS

In het ware leven
net als in het droomdomein
Is nooit iets helemaal
wat het schijnt te zijn.
THE BOOK OF COUNTED SORROWS

Het leven is één grote klucht.
Daarin schuilt de tragiek ervan.
MARTIN STILLWATER

1

Op die dinsdag in januari toen haar leven voorgoed veranderde, werd Martine Rhodes wakker met hoofdpijn, kreeg een aanval van maagzuur nadat ze met wat grapefruitsap twee aspirientjes had weggespoeld, kreeg het voor elkaar dat er die dag echt niets met haar haar te beginnen zou zijn door in plaats van haar eigen shampoo die van Dustin te gebruiken, brak een vingernagel, verbrandde haar toast, ontdekte een legertje mieren in het kastje onder de gootsteen, roeide het ongedierte uit door even heftig tekeer te gaan met een spuitbus insecticide als Sigourney Weaver met haar vlammenwerper in een van die oude films over buitenaardse griezels, ruimde de slachting die als gevolg daarvan was ontstaan op met behulp van een paar stukjes keukenpapier, neuriede het *Requiem* van Bach terwijl ze de kleine lijkjes plechtig in de vuilnisbak deponeerde en nam een telefoontje aan van haar moeder, Sabrina, die drie jaar na de bruiloft nog steeds schietgebedjes deed dat Marties huwelijk op de klippen zou lopen. Ondertussen keek ze opgewekt – enthousiast zelfs – uit naar de dag die voor haar lag, want ze had van wijlen haar vader, Robert 'Smilin' Bob' Woodhouse, een optimistisch karakter, een enorm incasseringsvermogen en een intense liefde voor het leven geërfd, net als blauwe ogen, pikzwart haar en lelijke tenen.

Bedankt, pa.

Nadat ze haar immer hoopvolle moeder had verzekerd dat het huwelijk van de Rhodes nog steeds gelukkig was, trok Martie een leren jack aan en nam haar golden retriever, Valet, mee voor zijn ochtendwandelingetje. Bij elke stap nam haar hoofdpijn af.

Langs de slijpsteen van de heldere oostelijke hemel scherpte de zon lancetten licht. Maar in het westen duwde een koel inlandig briesje kwaadaardige hoeveelheden donkere wolken voor zich uit.

De hond wierp een bezorgde blik op de hemel, snuffelde behoedzaam in de lucht en spitste zijn hangoren bij de ruis-ritsel van palmbladeren die door de wind in beweging waren gezet. Valet voelde duidelijk aan dat er slecht weer op komst was.

Hij was een vriendelijke, speelse hond. Maar hij was bang voor harde geluiden, alsof hij in een vorig leven soldaat was geweest en werd gekweld door herinneringen aan slagvelden met bulderende kanonnen.

Gelukkig voor hem ging slecht weer in Zuid-Californië maar zelden gepaard met onweer. Meestal kwam de regen zonder aankondiging omlaag, suizend over de straten, fluisterend door het gebladerte en dat waren geluiden die zelfs Valet rustgevend vond.

De meeste ochtenden wandelde Martie een uur met de hond, door de smalle met bomen omzoomde straten van Corona Del Mar, maar dinsdags en donderdags had ze een bijzondere verplichting waardoor hun tochtje op die dagen tot vijftien minuten beperkt moest blijven. Valet scheen een kalender in zijn harige hoofd te hebben, want tijdens hun uitstapjes op dinsdag en donderdag treuzelde hij nooit en deed zijn behoeften vlak bij huis.

Deze ochtend waren ze nog maar nauwelijks een straat ver, toen het beest op het stukje gras tussen het trottoir en de straat schichtig om zich heen keek, discreet zijn rechterachterpoot optilde en zoals gewoonlijk plaste alsof hij zich geneerde voor het gebrek aan privacy. Hooguit een straat verder trof hij voorbereidselen om het tweede gedeelte van zijn ochtendtaken af te wikkelen toen een passerende vuilniswagen hem met een knallende uitlaat aan het schrikken maakte. Hij schoot achter een koninginnenpalm, keek eerst heel voorzichtig langs de ene kant van de boomstam en toen langs de andere, er vast van overtuigd dat het angstaanjagende voertuig opnieuw zou opdagen.

'Niets aan de hand,' verzekerde Martie hem. 'Die grote stoute auto is weg. Alles is in orde. Dit is nu een veilige poepzone.'

Valet was nog niet overtuigd. Hij bleef op zijn hoede.

Martie was eveneens gezegend met het geduld van Smilin' Bob, vooral in de omgang met Valet, waarvan ze bijna evenveel hield als van een kind, als ze dat gehad zou hebben. Hij was lief en mooi: licht goudkleurig, met gouden en witte vaantjes aan zijn poten, zachte sneeuwwitte vlaggen op zijn billen en een volle pluimstaart.

Natuurlijk keek Martie nooit naar hem als de hond zich gehurkt van zijn taak kweet, want hij was even verlegen als een non in een topless-bar. Terwijl ze stond te wachten zong ze zacht 'Time in a Bottle' van Jim Croce, want daar werd hij altijd ontspannen van.

Toen ze aan het tweede couplet begon, klauterde een plotselinge kilte over de ladder van haar wervelkolom, waardoor ze meteen haar

mond hield. Ze was geen vrouw die in voorgevoelens geloofde, maar terwijl de ijzige rilling omhoogkroop naar haar nek werd ze overmand door een gevoel van naderend onheil.
Ze draaide zich om, eigenlijk min of meer in de verwachting dat ze een overvaller op zich af zou zien komen of een slingerende auto. In plaats daarvan was ze alleen in deze straat in een rustige woonwijk. Er was niets dat met dodelijke bedoelingen op haar af kwam stormen. Het enige dat bewoog, waren dingen die door de wind werden geteisterd. Bomen en struiken sidderden. Een paar dorre bruine bladeren stuiterden over het plaveisel. Langs de dakgoten van een huis vlakbij ritselden en ratelden de zilveren slingers en kerstlichtjes, overblijfselen van de feestdagen die nog maar net voorbij waren.
Nog steeds niet op haar gemak maar met het gevoel dat ze zich aanstelde, liet Martie de adem die ze had ingehouden ontsnappen. Toen de zucht zich met een fluitend geluid tussen haar tanden door worstelde, besefte ze dat ze haar kaken op elkaar had geklemd.
Ze was waarschijnlijk nog steeds een beetje bibberig van de droom waaruit ze vlak na middernacht wakker was geschrokken, dezelfde droom die ze de laatste tijd al vaker had gehad. De man die was gemaakt van dode, rottende bladeren, echt een figuur uit een nachtmerrie. Warrelend, razend.
Toen viel haar blik op haar lange schaduw, die zich uitstrekte over het kortgeknipte gras, over de stoeprand viel en op de gebarsten betonnen rijweg eindigde. Om onverklaarbare redenen groeide haar onbehaaglijkheid uit tot ontsteltenis.
Ze deed een stap achteruit, en nog een, en natuurlijk ging haar schaduw met haar mee. Pas toen ze voor de derde keer een stap achteruit deed, realiseerde ze zich dat het juist dat silhouet was dat haar angst aanjoeg.
Belachelijk. Nog veel bespottelijker dan haar droom. Toch klopte er iets niet aan haar schaduw: een hoekige vertekening waar iets dreigends van uitging.
Haar hart bonsde zo hard, het leek wel een vuist op een deur.
Door de lage stand van de ochtendzon wierpen ook de huizen en de bomen vertekende beelden af, maar in die uitgerekte en vervormde schaduwen zag ze niets engs – alleen in haar eigen schaduw.
Ze begreep heel goed dat haar angst ongerijmd was, maar dat besef maakte haar niet minder benauwd. Doodsangst bekroop haar en ze stond hand in hand met paniek.
De schaduw leek te bewegen op het diepe trage kloppen van een eigen hart. Terwijl ze ernaar stond te kijken voelde ze de ontzetting toeslaan.

Martie sloot haar ogen en probeerde zichzelf weer in bedwang te krijgen.
Heel even voelde ze zich zo licht dat de wind sterk genoeg leek om haar op te pakken en samen met de onverbiddelijk naderende wolken landinwaarts te sleuren, in de richting van de voortdurend slinkende streep koude blauwe lucht. Maar toen ze een paar keer diep adem had gehaald, keerde haar gewicht langzaam maar zeker terug. Toen ze weer naar haar schaduw durfde te kijken, maakte die niet langer een vreemde indruk. Ze slaakte een zucht van opluchting.
Haar hart bleef bonzen, niet langer opgejaagd door een onredelijk angstgevoel maar door een begrijpelijke bezorgdheid over de reden voor dit vreemde voorval. Ze had zoiets nog nooit eerder meegemaakt.
De kop vragend scheef stond Valet haar aan te staren.
Ze had zijn riem laten vallen.
Toen ze besefte dat de hond klaar was, trok Martie een plastic zakje om hondenpoep op te ruimen als een handschoen over haar hand. Omdat ze een goeie buur was, pakte ze het cadeautje van Valet netjes op, trok de helderblauwe zak binnenstebuiten, draaide hem dicht en legde er een dubbele knoop in.
De retriever stond schaapachtig toe te kijken.
'Als je ooit mocht twijfelen of ik wel van je hou, knullebol,' zei Martie, 'vergeet dan niet dat ik dit iedere dag doe.'
Valet keek dankbaar. Of misschien gewoon opgelucht.
Het uitvoeren van dit bekende, nederige werkje had haar geestelijk evenwicht hersteld. Het blauwe zakje met de warme inhoud bracht haar weer met beide benen op de grond. Het vreemde voorval bleef verontrustend en raar, maar het joeg haar geen angst meer aan.

2

Skeet zat hoog op het dak, afgetekend tegen de sombere hemel als een soort hallucinatie met zelfmoordneigingen. Drie dikke kraaien cirkelden drie meter boven zijn hoofd, alsof ze voelden dat er een kans op aas bestond.

Hier beneden op de grond stond Motherwell op de oprit, de grote handen gebald op de heupen. Hoewel hij met zijn rug naar de straat stond, was uit zijn houding duidelijk op te maken dat hij woedend was. Hij leek in een stemming om koppen tegen elkaar te slaan.

Dusty parkeerde zijn bestelwagen langs de stoeprand, achter een patrouillewagen die opgesierd was met de naam van de privébewakingsfirma die in deze dure, met hekken afgezette woonwijk dienst deed. Een lange vent in uniform stond naast de auto en slaagde erin om tegelijkertijd gezaghebbend en overbodig over te komen.

Het drie verdiepingen hoge huis waarop Skeet Caulfield over zijn broze sterfelijkheid zat te peinzen was een monstruositeit van drieduizend vierkante meter ter waarde van vier miljoen dollar. Verschillende mediterrane bouwstijlen – modern Spaans, klassiek Toscaans, Griekse renaissance en vroeg-pizzatent – waren op een hoop gegooid door een architect die een beroerde opleiding had gehad of een groot gevoel voor humor. Een verzameling steile, met dakpannen belegde daken die ogenschijnlijk een paar vierkante kilometer besloegen, liepen in chaotische overdaad in elkaar over, onderbroken door veel te veel schoorstenen waarvan vergeefs was geprobeerd om ze met behulp van koepeltjes op klokkentorentjes te doen lijken en de arme Skeet zat op de allerhoogste nok naast de meest stuitend lelijke van die torens.

Waarschijnlijk omdat hij niet zeker was van zijn rol in deze hele toestand en behoefte had om iets te doen, zei de man van de bewakingsdienst: 'Kan ik u helpen, meneer?'

'Ik ben de schilder,' antwoordde Dusty.

De door de zon verweerde bewaker vertrouwde Dusty kennelijk niet helemaal, of hij was van nature gezegend met samengeknepen ogen in een gezicht dat zo gelijnd en gerimpeld was dat het op een stuk origami leek. 'De schilder, hè?' zei hij sceptisch.
Dusty droeg een witte katoenen broek, een witte trui, een wit spijkerjack en een witte pet met SCHILDERSBEDRIJF RHODES in blauwe letters boven de klep, waardoor zijn bewering toch wel geloofwaardig moest overkomen. Hij overwoog even om de lepe bewaker te vragen of deze buurt regelmatig werd belegerd door professionele inbrekers vermomd als huisschilders, loodgieters en schoorsteenvegers, maar in plaats daarvan zei hij gewoon: 'Ik ben Dustin Rhodes' en wees op de tekst op zijn pet. 'Die man daar boven is iemand van mijn ploeg.'
'Ploeg?' De bewaker wierp hem een nijdige blik toe. 'Noemen jullie dat zo?'
Misschien was hij sarcastisch, maar voor hetzelfde geld had hij moeite om een gesprek gaande te houden.
'De meeste schildersbedrijven noemen het een ploeg, ja,' zei Dusty terwijl hij omhoogkeek naar Skeet, die wuifde. 'Vroeger noemden wij het een mobiele brigade, maar dat schrok sommige huiseigenaren af omdat het te agressief klonk, dus nu hebben we het gewoon over een ploeg, net als alle anderen.'
'Huh,' zei de bewaker. Zijn ogen werden helemaal spleetjes. Misschien deed hij zijn best om te begrijpen waar Dusty het over had, maar voor hetzelfde geld stond hij zich af te vragen of hij hem al dan niet een klap op zijn bek zou geven.
'Maak je geen zorgen, we krijgen Skeet wel beneden,' verzekerde Dusty hem.
'Wie?'
'De springer,' verduidelijkte Dusty terwijl hij over de oprit naar Motherwell toe liep.
'Denk je dat we de brandweer moeten bellen?' vroeg de bewaker die achter hem aan liep.
'Nee hoor. Hij steekt zichzelf heus niet in de fik voor hij springt.'
'Dit is een mooie buurt.'
'Mooi? Verrek, 't kan niet beter.'
'Een zelfmoord zal onze bewoners overstuur maken.'
'We vegen hem gewoon met stoffer en blik bij elkaar, stoppen de overblijfselen in een zak en pakken een tuinslang om het bloed weg te spuiten, dan hebben ze niet eens in de gaten dat er iets is gebeurd.'
Dusty was zowel opgelucht als verbaasd dat er geen buren waren toegestroomd om getuige te zijn van het drama. Maar het was nog

zo vroeg dat die waarschijnlijk nog steeds achter hun bolletjes met kaviaar zaten en champagne en sinaasappelsap dronken uit gouden bekers. Gelukkig waren de klanten van Dusty – de Sorensons – op wier dak Skeet een onderonsje had met Magere Hein, op vakantie in Londen.

'Morgen, Ned,' zei Dusty.

'Klootzak,' antwoordde Motherwell.

'Ik?'

'Hij,' zei Motherwell, wijzend naar Skeet op het dak.

Met zijn een meter tweeënnegentig en honderdvijftien kilo was Ned Motherwell vijftien centimeter langer en bijna vijftig kilo zwaarder dan Dusty. Zijn armen hadden niet gespierder kunnen zijn als het de getransplanteerde benen van Clydesdale-paarden waren geweest. Hij droeg een T-shirt met korte mouwen maar geen jack, ondanks de kille wind; Motherwell scheen zich net zo weinig aan te trekken van de weersomstandigheden als een granieten standbeeld van Paul Bunyan.

Met een klopje op de mobiele telefoon aan zijn riem zei Motherwell: 'Verdomme, baas, ik heb je al tijden geleden opgebeld. Wat heb je uitgespookt?'

'Je hebt me tien minuten geleden gebeld en wat ik heb gedaan is door rode stoplichten rijden en schoolkinderen op zebrapaden platrijden.'

'Er geldt in dit woongebied een maximumsnelheid van vijfendertig kilometer per uur,' deelde de bewaker plechtig mee.

Met een woedende blik omhoog op Skeet Caulfield schudde Motherwell zijn vuist. 'Man, wat zou ik die etter graag in elkaar rammen.'

'Hij is een verward kind,' zei Dusty.

'Hij is een sukkel die niet van de drugs af kan blijven,' sprak Motherwell hem tegen.

'Hij heeft de laatste tijd niets gebruikt.'

'Hij is een wandelende medicijnkast.'

'Wat heb je toch een groot hart, Ned.'

'Het enige dat telt, is dat ik hersens heb en die ga ik niet verpesten met drugs en ik wil ook niets te maken hebben met mensen die zichzelf kapotmaken, zoals hij.'

Ned, de ploegbaas, was een Straight Edger. Deze onwaarschijnlijke maar nog steeds groeiende beweging onder mensen van vijftien tot dertig jaar – meer mannen dan vrouwen – eiste van hun volgelingen dat ze afzagen van drugs, overmatig drankgebruik en vrije liefde. Ze gaven zich headbangend over aan heavy metal, slamdancen, zelfbeheersing en zelfrespect. Een of andere instantie van de gevestigde orde had hen misschien kunnen omarmen als een inspirerende culturele trend – ware het niet dat de Straight Edgers hun neus ophaalden voor de maatschappij en de pest hadden aan beide politieke partijen. Op gezette tijden, als ze in een club of bij een concert een drugsgebruiker in hun midden ontdekten, sloegen ze hem genadeloos in elkaar en namen niet de moeite om dat als een opvoedkundige handeling te presenteren, ook al een gebruik dat hen waarschijnlijk buiten de normale politiek zou houden.

Dusty mocht zowel Motherwell als Skeet graag, maar wel om verschillende redenen. Motherwell was intelligent, geestig en betrouwbaar – ook al stond hij altijd met een oordeel klaar. Skeet was zacht en lief – maar desondanks vermoedelijk gedoemd tot een leven van vreugdeloze genotzucht, doelloze dagen en eenzame nachten.

Motherwell was veruit de beste werknemer van de twee. Als Dusty zich strikt had gehouden aan de grondregels van intelligente bedrijfsvoering, zou hij Skeet al lang geleden uit de ploeg hebben verwijderd.

Het leven zou een stuk gemakkelijker zijn als gezond verstand altijd de overhand had; maar af en toe heeft iemand het gevoel dat de gemakkelijkste weg niet de juiste is.

'We zullen waarschijnlijk toch moeten stoppen omdat het gaat regenen,' zei Dusty. 'Dus waarom heb je hem eigenlijk het dak op gestuurd?'

'Dat heb ik niet gedaan. Ik heb tegen hem gezegd dat hij de raamkozijnen en de houten lijsten op de begane grond moest schuren. Voor ik wist wat er gebeurde, zat hij daar boven en zei dat hij van plan was om een duik in de oprit te nemen.'

'Ik haal hem wel op.'

'Dat heb ik al geprobeerd. Hoe dichter ik bij hem kwam, hoe hysterischer hij werd.'

'Hij is waarschijnlijk bang voor je,' zei Dusty.

'Dat is hem verdomd geraden ook. Als ík hem vermoord, zal het hem heel wat meer pijn doen dan wanneer hij met zijn kop op het beton te pletter slaat.'

De bewaker klapte zijn mobiele telefoon open. 'Ik geloof dat ik maar beter de politie kan bellen.'

'Néé!' In het besef dat zijn stem veel te scherp had geklonken, haalde Dusty even diep adem en zei toen wat kalmer: 'In een buurt als deze hebben de mensen liever dat er geen heisa wordt gemaakt als dat kan worden voorkomen.'

Als er smerissen aan te pas kwamen, zouden ze Skeet misschien wel veilig naar beneden krijgen, maar dan zouden ze hem meteen overhevelen naar een psychiatrische inrichting waar hij zeker drie dagen zou moeten blijven. Waarschijnlijk langer. Het laatste waar Skeet behoefte aan had, was om in handen te vallen van een van die zielenknijpers die vol enthousiasme naar de psychoactieve medicijnkast zou hollen om een vruchtencocktail van gedragsremmende middelen te maken die hem weliswaar voor korte tijd tot rust zou brengen, maar hem op de lange duur zou opzadelen met nog meer kortsluiting tussen de contactpuntjes in zijn hersenen dan nu al het geval was.

'In een buurt als deze,' zei Dusty, 'houden ze niet van spektakel.'

Met een blik op de enorme huizen verderop aan de straat, de koninklijke palmen en de statige ficussen, de goed onderhouden gazons en bloembedden zei de bewaker: 'Ik geef je tien minuten.'

Motherwell hief zijn vuist op en schudde daarmee naar Skeet.

Onder de rondcirkelende halo van kraaien woof Skeet terug.

De man van de bewakingsdienst zei: 'Trouwens, hij ziet er helemaal niet uit alsof hij zelfmoord wil plegen.'

'Die kleine kermisgek zegt dat hij gelukkig is omdat er een engel des doods naast hem zit,' legde Motherwell uit. 'En die engel heeft hem laten zien hoe het er in het hiernamaals uitziet en het lijkt daar, zegt hij, echt hartstikke tof.'

'Ik ga wel met hem praten,' zei Dusty.

Motherwell keek nijdig. 'Praten, ach barst toch. Geef hem maar een duw.'

3

Terwijl de zware lucht zwanger van de regen omlaag zakte naar de aarde en de wind sterker werd, gingen Martie en de hond op een holletje terug naar huis. Ze wierp herhaaldelijk een blik op de schaduw die met haar meeliep, maar daarna werd de zon bedolven onder de wolken en haar donkere metgezel verdween alsof hij door de aarde was opgeslokt en weer was teruggekeerd naar een of andere onderwereld.

Ze keek naar de huizen vlak langs de straat terwijl ze erlangs liep, vroeg zich af of er iemand voor een raam had gestaan die haar vreemde gedrag had gadegeslagen en hoopte van harte dat ze er niet echt zo raar uit had gezien als ze zich had gevoeld.

In deze schilderachtige wijk waren de meeste huizen oud en klein, hoewel het merendeel met grote zorg afgewerkt was en over meer charme en persoonlijkheid beschikte dan de helft van de *mensen* in Marties kennissenkring. Spaanse architectuur domineerde, maar er waren hier ook Engelse landhuisjes, Franse *chaumières*, Duitse vakwerkhuisjes en art-decobungalows. De mengeling van stijlen deed plezierig aan en vormde een levendige eenheid met het groene borduurwerk van laurierbomen, palmen, geurende eucalyptussen, varens en watervallen van bougainville.

Martie, Dusty en Valet woonden in een volmaakt geproportioneerd, twee verdiepingen hoog miniatuur van een Victoriaans herenhuis met kantwerk. Dusty had het pand in de kleurige maar beschaafde traditie van Victoriaanse huizen in bepaalde straten in San Francisco geschilderd: de achtergrond was lichtgeel, de versieringen waren blauw, grijs en groen en op een enkel detail langs de dakgoot en op de driehoekige bovenlijsten van de ramen een zorgvuldig aangebracht toefje roze.

Martie was dol op hun huis en vond het een prachtig voorbeeld van Dusty's talent en vakmanschap.

Maar toen haar moeder het schilderwerk voor het eerst zag, had ze verklaard: 'Het lijkt net alsof hier een clown woont.'
Terwijl Martie het houten hek aan de noordkant van het huis opendeed en achter Valet aan over het smalle stenen pad naar de achtertuin liep, vroeg ze zich af of haar onredelijke angst op de een of andere manier het gevolg was van dat deprimerende telefoontje van haar moeder. Per slot van rekening was Sabrina's weigering om Dusty te accepteren de voornaamste bron van stress in haar leven. Dit waren de twee mensen van wie Martie het allermeest hield en ze wenste niets liever dan dat ze vrede zouden sluiten.
Aan Dusty lag het niet. Sabrina was de enige strijdende partij in deze trieste oorlog. Irritant genoeg leek het feit dat Dusty het verdomde om ook het slagveld te betreden haar vijandigheid alleen maar sterker te maken.
Toen ze langs het vuilopslagplaatsje vlak achter het huis kwam, pakte Martie het deksel van een van de vuilnisemmers en gooide er de blauwe plastic zak met Valets glorie in.
Misschien was haar plotselinge onverklaarbare angst veroorzaakt door haar moeders gezanik over zijn zogenaamde gebrek aan ambitie en zijn gemis aan wat volgens Sabrina een fatsoenlijke opleiding was. Martie was bang dat haar moeders venijn uiteindelijk haar huwelijk zou vergiftigen. Tegen haar wil zou ze Dusty misschien straks met haar moeders genadeloos kritische blik gaan bekijken. Of misschien kreeg Dusty wel een hekel aan Martie omdat Sabrina zo laatdunkend over hem deed.
Eigenlijk was Dusty de verstandigste man die Martie ooit had ontmoet. De motor tussen zijn oren was zelfs nog beter afgestemd dan die van haar vader destijds en Smilin' Bob was oneindig veel intelligenter geweest dan zijn bijnaam deed vermoeden. En wat ambitie betrof... Nou, zij had veel liever een vriendelijke dan een ambitieuze man en bij Dusty vond je meer vriendelijkheid dan hebzucht in Las Vegas.
Daar kwam nog bij dat Marties eigen carrière ook al niet aan de verwachtingen van haar moeder voldeed. Nadat ze was afgestudeerd – ze had een bedrijfsopleiding gevolgd met als bijvak marketing – was ze een zijweg ingeslagen en niet op zoek gegaan naar een hoge functie in de zakenwereld met alle bijbehorende glorie. In plaats daarvan werd ze freelance ontwerper van videospelletjes. Ze had redelijk succes gehad met een paar van haar eigen ontwerpen en op contractbasis had ze scenario's, figuren en fantasiewerelden ontworpen die gebaseerd waren op ideeën van anderen. Ze verdiende goed ook al was het nog niet fantastisch en ze had het vermoeden

dat ze uiteindelijk ontzettend veel profijt zou hebben van het feit dat ze een vrouw was in een door mannen gedomineerde wereld, omdat zij overal fris tegen aankeek. Ze hield van haar werk en ze had pas geleden een contract getekend voor het ontwerpen van een volkomen nieuw spel, gebaseerd op de trilogie *In de Ban van de Ring* van J.R.R. Tolkien, dat weleens genoeg royalty's zou kunnen opleveren om indruk te maken op Dagobert Duck. Niettemin beschreef haar moeder haar werk als 'kermisrommel', kennelijk omdat Sabrina videospelletjes associeerde met speelhallen, speelhallen met pretparken en pretparken met kermissen. Martie veronderstelde dat ze van geluk mocht spreken dat haar moeder niet nog een stapje verder was gegaan en háár een kermisattractie had genoemd.

Terwijl Valet samen met haar de trap op en over de veranda liep, zei Martie: 'Misschien zou een psychoanalyticus wel zeggen dat mijn schaduw daarginds heel even een symbool was van mijn moeder, van haar negatieve houding...'

Valet grinnikte haar toe en kwispelde met zijn pluimstaart.

'... en dat mijn kleine angstaanval uitdrukking gaf aan een onbewuste bezorgdheid dat mam... Nou ja, dat ze uiteindelijk in staat zal zijn om mij de kop op hol te brengen en me te vergiftigen met haar valse houding.'

Martie viste een sleutelbos uit de zak van haar jack en deed de deur open.

'Mijn god, ik klink als een tweedejaarsstudent die net aan een cursus elementaire psychologie is begonnen.'

Ze praatte vaak tegen de hond. De hond luisterde maar gaf nooit antwoord en zijn zwijgzaamheid was een van de pijlers van hun fantastische relatie.

'Maar het zit er dik in,' zei ze terwijl ze achter Valet aan de keuken in liep, 'dat er geen sprake was van psychologische symboliek en dat ik gewoon stapelgek aan het worden ben.'

Valet blies zijn wangen op alsof hij het eens was met de diagnose van waanzin en viel toen enthousiast aan op zijn bak met water.

Vijf ochtenden per week besteedde zijzelf of Dusty na een lange wandeling op de veranda een halfuurtje aan de verzorging van de hond door hem te kammen en te borstelen. Op dinsdag en donderdag gebeurde dat na afloop van de middagwandeling. Er was vrijwel geen hondenhaar in hun huis te vinden en zo wilde ze dat houden ook.

'Denk erom,' waarschuwde ze Valet, 'dat je verplicht bent om voorlopig nog niet uit te vallen. En denk erom – we zijn weliswaar niet thuis, maar dat betekent nog niet dat je vrij gebruik mag maken van de meubels of de koelkast mag plunderen.'

Hij rolde met zijn ogen tegen haar alsof hij wilde aangeven dat hij beledigd was door haar gebrek aan vertrouwen. Daarna dronk hij weer verder.

In het ruime toilet naast de keuken knipte Martie het licht aan. Ze wilde even haar make-up controleren en haar door de wind verwarde haren borstelen.

Terwijl ze naar de wastafel liep, sloeg een plotselinge angst haar weer op de borst en ze had het gevoel alsof haar hart pijnlijk werd samengeknepen. Dit keer was het niet, zoals eerder, de overstelpende zekerheid dat er achter haar een of ander dodelijk gevaar op de loer lag. In plaats daarvan was ze bang om in de spiegel te kijken.

Ze voelde zich ineens slap en boog zich met opgetrokken schouders voorover, alsof er een hoop zware stenen op haar rug was gestapeld. Terwijl ze zich met twee handen aan de wastafel vasthield, keek ze omlaag naar de lege spoelbak. De druk van de irrationele angstgevoelens was zo groot, dat ze lichamelijk niet in staat was om op te kijken.

Een losse zwarte haar, een van haarzelf, lag op het gewelfde witte porselein, met een van de uiteinden onder de vaste koperen stop in de afvoer en zelfs dat draadje leek gevaarlijk. Zonder dat ze omhoog durfde te kijken tastte ze langs de wasbak, draaide de warmwaterkraan open en spoelde de haar weg.

Ze liet het water doorlopen en inhaleerde de stoom die eraf sloeg, maar dat verjoeg niet de kilte die haar weer had bevangen. Langzaam maar zeker werden de randen van de wasbak onder haar verkrampte greep warmer, hoewel haar handen koud bleven.

De spiegel wachtte. In gedachten zag Martie het voorwerp niet langer als een levenloos object, als een onschuldig stuk glas met aan de achterkant een verzilverde laag. Het *wachtte*.

Of liever gezegd, iets in de spiegel wachtte tot het oogcontact met haar zou krijgen. Een wezen. Een aanwezigheid.

Zonder haar hoofd op te richten keek ze opzij en zag Valet in de deuropening staan. Normaal gesproken zou de vragende blik van de hond haar aan het lachen hebben gemaakt; nu zou ze daar bewust moeite voor moeten doen en haar gerasp zou ook niet als lachen klinken.

Hoewel ze bang was voor de spiegel had ze ook – en nog veel erger – angst voor haar eigen bizarre gedrag, voor het volslagen onkarakteristieke verlies van haar zelfbeheersing.

De stoom condenseerde op haar gezicht. Hij voelde als stroop in haar keel, verstikkend. En het stromende, gorgelende water begon op kwaadaardige stemmen te lijken, die vals grinnikten.

Martie draaide de kraan dicht. In de betrekkelijke stilte klonk haar ademhaling alarmerend snel en rauw, met een onmiskenbare ondertoon van wanhoop.

Eerder, op straat, had ze door diep adem te halen weer helder kunnen denken en de angst van zich af kunnen zetten en vervolgens had haar vertekende schaduw niets dreigends meer gehad. Maar dit keer leek elke ademtocht haar doodsangst aan te wakkeren, zoals zuurstof een brand doet oplaaien.

Ze was het liefst het vertrek uit gevlucht, maar alle kracht was uit haar weggevloeid. Haar benen leken wel van rubber en ze was bang dat ze zou vallen en haar hoofd zou stoten. Ze had de wastafel nodig als houvast.

Ze probeerde haar gezonde verstand te laten spreken in de hoop dat ze weer vaste grond onder de voeten zou krijgen met behulp van simpele logica. De spiegel kon haar geen kwaad doen. Het was géén wezen. Alleen maar een ding. Een levenloos voorwerp. Goeie genade, het was gewoon glas.

Niets dat ze daarin te zien kreeg, kon haar bedreigen. Het was geen raam waarachter een of andere gek kon staan die met een krankzinnige lach naar binnen keek, de ogen brandend van moordlust, zoals in een van die foute griezelfilms. De spiegel kon onmogelijk iets anders laten zien dan een weerspiegeling van de toiletruimte – en van Martie zelf.

Logica hielp niet. In een duister gebied van haar geest dat ze nog nooit eerder had betreden, trof ze een vervormd landschap van bijgeloof aan.

Ze raakte ervan overtuigd dat een of ander wezen in de spiegel alleen maar meer vorm en macht begon te krijgen omdát ze zichzelf met behulp van gezond verstand van die angst probeerde te verlossen en ze sloot haar ogen voor het geval ze ook maar een zijdelingse glimp van die kwaadaardige geest op zou vangen. Ieder kind weet dat de boeman onder het bed sterker wordt en nog moordlustiger als je zijn bestaan ontkent en dat je maar het best niet aan dat hongerige beest kunt denken dat daar tussen de vlokken stof onder de bedbodem zit met een adem die nog stinkt van het bloed van andere kinderen. *Gewoon helemaal niet aan denken*, niet aan die krankzinnig gele ogen en die stekelige zwarte tong. *Denk er maar niet aan*, dan verdwijnt het vanzelf wel en dan zul je uiteindelijk lekker in slaap vallen tot het morgen is en je weer wakker wordt in je eigen fijne bed, opgekruld onder de warme dekens in plaats van in de buik van een of ander monster.

Valet streek langs Martie heen en ze gilde het bijna uit.

Toen ze haar ogen opendeed, zag ze de hond naar haar opkijken met zo'n vragende en tegelijkertijd bezorgde blik die golden retrievers vrijwel tot in de perfectie beheersen.
Hoewel ze nog steeds steunde op de wastafel, ervan overtuigd dat ze zonder dat houvast niet overeind zou blijven, liet ze toch een hand los. Bevend tastte ze omlaag om Valet aan te raken.
Alsof de hond een bliksemafleider was, leek Martie dankzij het contact met hem weer met beide benen op de grond te komen en een deel van de verlammende angst vloeide als een knetterende elektrische stroomstoot uit haar weg. Pure doodsangst veranderde in gewone vrees.
Valet was weliswaar aanhankelijk, lief en mooi, maar bepaald geen held. Als hij hier in dit kleine vertrek nergens bang voor was, dan bestond er ook geen gevaar. Hij likte haar hand.
Martie putte moed uit de hond en tilde eindelijk haar hoofd op. Langzaam. Bevend voor de gruwelen die haar te wachten stonden.
De spiegel onthulde geen monsterlijk aangezicht, geen onaards landschap en geen geest: alleen haar eigen gezicht, zo bleek als een doek, en de vertrouwde toiletruimte achter haar.
Toen ze in haar blauwe ogen in de spiegel keek, begon haar hart weer te bonzen, want waar het op neerkwam, was dat ze een vreemde voor zichzelf was geworden. Deze bevende vrouw die bang was voor haar eigen schaduw, die in paniek raakte bij het vooruitzicht dat ze in een spiegel moest kijken... dat was niet Martine Rhodes, de dochter van Smilin' Bob, die het leven altijd vastberaden bij de teugel had gepakt en het vol enthousiasme en evenwichtig tegemoet was getreden.
'Wat is er met me aan de hand?' vroeg ze aan de vrouw in de spiegel, maar haar spiegelbeeld kon haar niet helpen en de hond ook niet.
De telefoon ging. Ze liep naar de keuken om hem op te pakken.
Valet kwam haar achterna. Hij staarde haar aan, een beetje verbaasd, eerst kwispelend, en toen zonder te kwispelen.
'Sorry, u hebt een verkeerd nummer gedraaid,' zei ze ten slotte en ze hing op. De vreemde houding van de hond viel haar op. 'Wat mankeert jou?'
Val staarde haar aan, de nekharen iets overeind.
'Ik zweer dat het niet dat poedelteefje van hiernaast was dat jou wilde spreken.'
Toen ze terugkeerde naar de toiletruimte, naar de spiegel, beviel wat ze zag haar nog steeds niet, maar nu wist ze wat haar te doen stond.

4

Dusty liep onder de zacht ritselende bladeren van een in de wind wiegende phoenixpalm door naar de zijkant van het huis. Daar trof hij Foster 'Fig' Newton aan, het derde lid van de ploeg.
Aan Figs broekriem hing een radio – het elektronische infuus dat hij eeuwig meesjouwde. Via een koptelefoon sijpelden de praatprogramma's zijn oren binnen.
Hij luisterde niet naar programma's over politieke onderwerpen of de problemen van het moderne leven van alledag. Op elk uur van de dag of de nacht wist Fig wel een zender te vinden met een programma over ufo's, ontvoeringen door buitenaardse wezens, telefonische boodschappen van overledenen, vierdimensionale wezens en Big Foot.
'Hé, Fig.'
'Hé.'
Fig was ijverig bezig met het schuren van een raamkozijn. Zijn eeltige vingers waren wit van de verpoederde verf.
'Weet je 't al van Skeet?' vroeg Dusty terwijl hij langs Fig verder liep over het leistenen pad.
Met een knikje zei Fig: 'Op 't dak.'
'Hij doet net alsof hij eraf wil springen.'
'Zal-ie ook wel doen.'
Dusty bleef staan en draaide zich verbaasd om. 'Denk je dat echt?'
Newton was doorgaans zo zwijgzaam dat Dusty eigenlijk als antwoord niet meer verwachtte dan een schouderophalen. In plaats daarvan zei Fig: 'Skeet gelooft niks.'
'Zoals wat?' vroeg Dusty.
'Gewoon niks. Punt uit.'
Figs antwoord stond voor zijn doen gelijk aan een tafelrede. 'Het probleem is dat hij zelf ook eigenlijk niks is.'
Het bolle ronde gezicht van Foster Newton, pruimenkin, volle mond,

kersrode neus met een kersronde punt en blozende wangen, had hem eigenlijk het uiterlijk moeten geven van een liederlijke levensgenieter; maar hij was geen karikatuur dankzij een stel heldergrijze ogen dat achter zijn dikke brillenglazen vol treurnis stond. Dat was geen incidenteel verdriet, veroorzaakt door Skeets zelfmoordneigingen, maar een eeuwige triestheid waarmee Fig alles en iedereen scheen te beschouwen.

'Hol,' voegde Fig eraan toe.

'Skeet?'

'Leeg.'

'Hij zal zichzelf wel een keer vinden.'

'Hij zoekt niet eens meer.'

'Da's pessimistisch,' zei Dusty, terugvallend op Figs beknopte spreekstijl.

'Realistisch.'

Fig hield zijn hoofd scheef toen zijn aandacht werd getrokken door een discussie op de radio, die Dusty alleen hoorde als een vaag blikkerig gefluister dat uit een van de schelpen van de koptelefoon ontsnapte. Fig stond met zijn schuurblok in de aanslag boven het raamkozijn, de ogen vervuld van een nog groter verdriet, dat kennelijk voortkwam uit de vreemde dingen die hij te horen kreeg en even roerloos alsof hij was getroffen door de verlammende bundel uit het straalpistool van een buitenaards wezen.

Bezorgd door Figs sombere voorspelling haastte Dusty zich naar de lange aluminium uitschuifladder waar Skeet eerder tegenop geklommen was. Hij overwoog even om die naar de voorkant van het huis te verplaatsen. Maar Skeet zou weleens van een directere benadering kunnen schrikken en springen voor hij hem naar beneden kon praten. De sporten rammelden onder Dusty's voeten terwijl hij snel naar boven klom.

Toen hij van de top van de ladder af stapte, bevond Dusty zich aan de achterkant van het huis. Skeet Caulfield zat aan de voorkant, onzichtbaar achter een steile helling van oranje dakpannen die omhoogrees als de geschubde flank van een slapende draak.

Het huis stond op een heuvel en een paar kilometer verderop in het westen, achter de opeengedrongen flats van Newport Beach en de besloten haven, lag de Stille Oceaan. De gebruikelijke blauwe tint van het water was als droesem naar de oceaanbodem gezakt en de woelige golven vertoonden veel grijstinten doorspekt met zwart: een weerspiegeling van de onheilspellende lucht. Aan de horizon leken zee en lucht zich naar elkaar toe te buigen in een kolossale zwarte golf die, als hij echt was geweest, met zoveel kracht op de kust zou slaan dat hij langs de Rocky Mountains zou spoelen, meer dan negenhonderd kilometer naar het oosten.

Achter het huis, twaalf meter onder Dusty, lagen met leisteen geplaveide binnenplaatsen die een directer gevaar opleverden dan de zee en de opkomende storm. Hij kon zich gemakkelijker voorstellen hoe hij daar zelf verpletterd op die leistenen lag dan dat hij zich in gedachten een beeld kon vormen van de overstroomde Rockies.

Terwijl hij de zee en de hachelijke afgrond de rug toekeerde, klauterde Dusty omhoog, met licht gespreide armen en voorovergebogen om tegenwicht te bieden aan de gevaarlijke achterwaartse trek van de zwaartekracht. De inlandige luchtstroming was nog steeds niet meer dan een fikse bries en had zich nog niet tot een volwaardige wind ontwikkeld, maar desondanks was hij blij dat hij hem in de rug had en tegen het dak aan gedrukt werd in plaats van ervan weggeblazen. Aan de top van de lange helling ging hij schrijlings op de nok zitten en keek langs andere schuine kanten van het complexe dak naar de voorkant van het huis.

Skeet zat boven op een nok die parallel liep aan de zijne, naast een dubbele schoorsteen die vermomd was als een vierkante klokkentoren. De bepleisterde toren rustte op een soort Grieks gewelf waarvan de pseudo-kalkstenen pilaren een met koper beklede Spaans-koloniale koepel droegen en boven op die koepel stond een korte maar rijkversierde gotische spits die in dit volslagen maffe ontwerp niet meer uit de toon viel dan het geval zou zijn geweest met een gigantische neonreclame voor Budweiser.

Met de rug naar Dusty zat Skeet met opgetrokken knieën naar de drie kraaien te staren die boven hem rondcirkelden. Hij had zijn armen naar hen opgeheven in een uitnodigend gebaar dat de vogels aanspoorde om neer te strijken op zijn hoofd en schouders, alsof hij geen huisschilder was maar Franciscus van Assisi die zich onderhield met zijn gevederde vrienden.

Nog steeds schrijlings op de nok schoof Dusty waggelend als een pinguïn in noordelijke richting tot hij het punt bereikte waar een lager dak, dat van west naar oost liep, onder de rand verdween van het dak dat hij overstak. Hij verliet de nok en liep naar beneden over de bolle dakpannen, achteroverleunend omdat de zwaartekracht hem nu onverbiddelijk naar voren trok. Op zijn hurken bleef hij even aarzelen bij de rand, maar sprong toen over de dakgoot en kwam een meter lager terecht op het andere dak, waarop de rubberzolen van zijn schoenen aan weerszijden van de nok belandden.

Omdat zijn gewicht niet gelijk verdeeld was, helde Dusty naar rechts over. Hij worstelde om zijn evenwicht te vinden, maar besefte meteen dat hij er niet in zou slagen om op de been te blijven. Voordat hij te veel zou overhellen en omlaag zou tuimelen, zijn dood tegemoet, liet hij zich voorover vallen en klapte tegen de nokpannen, het rechterbeen en de rechterarm stevig tegen de zuidelijke helling gedrukt, het linkerbeen en de linkerarm tegen de noordkant geklemd en klampte zich vast als een in paniek geraakte rodeocowboy op de rug van een woeste stier.

Hij bleef even liggen, kijkend naar de vlekkerige oranjebruine tint van de dakpannen en het glanzende waas van dood korstmos dat zich erop had vastgezet. Het deed hem denken aan een kunstwerk van Jackson Pollock, hoewel dit subtieler was, een stuk betekenisvoller en veel aantrekkelijker om te zien.

Als de regen kwam, zou de laag dood mos snel glibberig worden en dan zouden de gebakken dakpannen binnen de kortste keren verraderlijk glad zijn. Voor de bui losbarstte, moest hij Skeet zien te bereiken en weer van het dak af zijn.

Uiteindelijk kroop hij verder in de richting van een kleinere klokkentoren.

Deze had geen koepel. Hij rustte op een miniatuuruitvoering van het gewelf van een moskee en was bezet met keramische tegels in het islamitische patroon dat de Boom van het Paradijs wordt genoemd. De eigenaren van het huis waren geen moslims, dus ze hadden dit exotische detail kennelijk toegevoegd omdat ze het mooi vonden om te zien – ook al waren bouwvakkers, huisschilders en schoorsteenvegers de enige mensen die het hier boven ooit zouden kunnen bewonderen.

Leunend tegen de een meter tachtig hoge toren trok Dusty zich overeind. Terwijl hij zijn handen onder de rand van de koepel van het ene luchtgat naar het andere verplaatste, schuifelde hij om het bouwsel heen naar het volgende stuk open dak.

Opnieuw schrijlings op de nok gezeten kroop hij voorovergebogen snel verder naar weer zo'n verdomde pseudo-klokkentoren, opnieuw met een Boom van het Paradijs-motief. Hij voelde zich net Quasimodo, de in hoger sferen levende gebochelde van de Notre-Dame: misschien niet zo lelijk als die arme stakker, maar ook in de verste verte niet zo lenig.

Hij ging voetje voor voetje om de tweede toren heen en vervolgde zijn weg naar het einde van de oost-westoverkapping, die eindigde onder de dakrand van het noord-zuiddak over de voorste vleugel van het huis. Skeet had een korte ladder achtergelaten als een soort loopplank van de lager gelegen nok naar de schuine wand van het hogere dak en daar klom Dusty op handen en voeten langs omhoog, om

zich vervolgens op te richten tot een soort aapachtige houding toen hij van de ladder afstapte om de laatste helling te beklimmen.
Toen Dusty eindelijk bij de hoogste piek was aangekomen, was Skeet verbaasd noch bang om hem te zien. 'Morgen, Dusty.'
'Hoi, knul.'
Dusty was negenentwintig, maar vijf jaar ouder dan de jongere man; niettemin beschouwde hij Skeet als een kind.
'Vind je het goed als ik even ga zitten?' vroeg Dusty.
Met een glimlach zei Skeet: 'Ik vind het echt gezellig dat je er bent.'
Dusty ging naast hem zitten, met zijn billen op de nok, de knieën opgetrokken en zijn schoenen stevig op de dakpannen geplant.
Ver in het oosten, langs in de wind wuivende boomtoppen en nog meer daken, achter snelwegen en woonwijken, achter de San Joaquin Hills, rezen de Santa Ana Mountains op, nog bruin en verdord aan het begin van het regenseizoen; de wolken wikkelden zich als tulbanden rond hun eeuwenoude toppen.
Op de oprit beneden had Motherwell een groot zeil uitgespreid, maar hij was zelf in geen velden of wegen te zien.
De man van de bewakingsdienst keek nijdig naar hen op en wierp vervolgens een blik op zijn horloge. Hij had Dusty tien minuten gegeven om Skeet naar beneden te halen.
'Het spijt me wel een beetje,' zei Skeet. Zijn stem was angstig kalm.
'Wat spijt je?'
'Dat ik tijdens het werk ga springen.'
'Je had het natuurlijk ook in je vrije tijd kunnen doen,' beaamde Dusty.
'Ja, maar ik wilde springen als ik gelukkig ben, niet als ik ongelukkig ben en ik ben het gelukkigst als ik werk.'
'Nou ja, ik doe mijn uiterste best om prettige werkomstandigheden te scheppen.'
Skeet lachte zacht en veegde zijn loopneus af aan zijn mouw.
Ondanks zijn tengere bouw was Skeet vroeger pezig en sterk geweest; nu was hij veel te mager, uitgeteerd zelfs, en toch maakte hij een weke indruk, alsof het gewicht dat hij kwijt was geraakt alleen uit botten en spieren had bestaan. Hij was ook bleek, hoewel hij vaak in de zon werkte; een spookachtige vale tint scheen door het dunne laagje bruin dat eerder grijs dan goudkleurig was. Met zijn goedkope zwarte gympen met witte rubberzolen, rode sokken, witte broek en een gescheurde gele trui met gerafelde manchetten die los om zijn knokige polsen bungelden, zag hij eruit als een jochie, een verdwaald kind dat zonder eten en drinken door de woestijn had gezworven.

Terwijl hij opnieuw zijn neus aan zijn trui afveegde, zei Skeet: 'Ik geloof dat ik verkouden word.'
'Of misschien is die loopneus gewoon een bijverschijnsel.'
Meestal waren Skeets ogen honingbruin en stralend helder, maar nu waren ze zo waterig dat een deel van de kleur weggespoeld leek te zijn, waardoor hij een matte, geelgetinte blik had overgehouden. 'Je bent teleurgesteld in me, hè?'
'Nee.'
'Wel waar. Maar dat geeft niet. Hé, dat snap ik best.'
'Je kunt me niet teleurstellen,' verzekerde Dusty hem.
'Nou, ik heb het toch gedaan. We wisten allebei dat het zou gebeuren.'
'Je kunt alleen jezelf teleurstellen.'
'Rustig maar, broer.' Skeet gaf een geruststellend klopje op Dusty's knie en glimlachte. 'Ik neem het je niet kwalijk dat je te veel van me verwachtte en ik neem het mezelf niet kwalijk dat ik alles verpest heb. Dat heb ik allemaal gehad.'
Twaalf meter beneden hen kwam Motherwell het huis uit terwijl hij in zijn eentje het matras van een tweepersoonsbed droeg.
De vakantievierende huiseigenaren hadden de sleutels bij Dusty achtergelaten omdat er ook een paar binnenmuren in veel gebruikte vertrekken geschilderd moesten worden. Dat gedeelte van het werk zat er inmiddels op.
Motherwell liet het matras op het eerder neergelegde zeil vallen, keek omhoog naar Dusty en Skeet en liep vervolgens het huis weer in. Zelfs van een hoogte van twaalf meter kon Dusty zien dat de bewaker het niet goedkeurde dat Motherwell het huis leeghaalde voor dit geïmproviseerde valzeil.
'Wat heb je genomen?' vroeg Dusty.
Skeet haalde zijn schouders op en hief zijn gezicht op naar de rondcirkelende kraaien, die hij met zo'n domme glimlach en zo eerbiedig bekeek dat je het idee kreeg dat hij een regelrechte milieufreak was die de dag was begonnen met een glas versgeperst biologisch sinaasappelsap, een suikervrij volkorenbroodje, een vegetarische omelet en een wandeling van vijftien kilometer.
'Je weet vast nog wel wat je hebt genomen,' drong Dusty aan.
'Een cocktail,' zei Skeet. 'Pillen en poeiers.'
'Uppers of downers?'
'Waarschijnlijk allebei. En nog meer. Maar ik voel me niet rot.' Hij wendde zijn blik af van de vogels en legde zijn rechterhand op Dusty's schouder. 'Ik voel me lang niet zo lullig meer. Ik ben tot rust gekomen, Dusty.'

'Ik zou toch wel graag willen weten wat je hebt genomen.'
'Waarom? Ook al was het 't lekkerste recept aller tijden, jij zou het toch nooit aanraken.' Skeet glimlachte en gaf Dusty vol genegenheid een kneepje in zijn wang. 'Jij niet. Jij bent heel anders dan ik.'
Motherwell kwam het huis uit met nog een tweepersoonsmatras. Hij legde het naast het eerste.
'Dat is stom,' zei Skeet terwijl hij langs het steile dak omlaag wees naar de matrassen. 'Ik hoef er alleen maar aan de ene of aan de andere kant naast te springen.'
'Luister eens, je gaat geen duik nemen in de oprit van de Sorensons,' zei Dusty vastberaden.
'Dat kan hun toch niks schelen. Ze zitten in Parijs.'
'Londen.'
'Wat maakt 't uit.'
'En het zal ze wel degelijk kunnen schelen. Ze zullen behoorlijk pissig zijn.'
Knipperend met zijn waterige ogen zei Skeet: 'Wat... Zijn het dan echt van die harken of zo?'
Motherwell stond met de bewaker te bekvechten. Dusty kon hun stemmen horen, maar niet wat ze zeiden.
Skeet had nog steeds zijn hand op Dusty's schouder. 'Je hebt het koud.'
'Nee,' zei Dusty. 'Ik voel me best.'
'Maar je rilt.'
'Niet van de kou. Ik ben alleen bang.'
'Jij?' Uit ongeloof kwam er een scherpe blik in Skeets wazige ogen. 'Bang? Hoezo?'
'Hoogtevrees.'
Motherwell en de man van de bewakingsdienst liepen het huis binnen. Van hieraf leek het net alsof Motherwell een arm om de rug van de man had geslagen, alsof hij hem half optilde en haastig meesleepte.
'Hoogtevrees?' Skeet gaapte hem aan. 'En als er iets op een dak geschilderd moet worden, wil je dat altijd zelf doen.'
'En de helft van de tijd draait mijn maag zich om.'
'Maak nou geen geintjes. Jij bent nergens bang voor.'
'Jawel hoor.'
'Jij niet.'
'Ik ook.'
'*Jij niet!*' hield Skeet plotseling kwaad vol.
'Zelfs ik.'
Overstuur omdat zijn stemming plotseling radicaal was omgeslagen,

trok Skeet zijn hand met een ruk van Dusty's schouder. Hij sloeg zijn armen om zijn lichaam en begon langzaam heen en weer te wiegen op de smalle zitplaats die werd gevormd door een enkele rij nokpannen. Zijn stem was verwrongen van smart, alsof Dusty niet alleen had bevestigd dat hij hoogtevrees had, maar ook de mededeling had gedaan dat hij wegens een verregaande staat van kanker ten dode was opgeschreven. 'Jij niet, jij niet, jij niet...'

In deze toestand zou Skeet misschien positief reageren op een fikse dosis sympathie; als hij echter tot de conclusie kwam dat er zoete broodjes werden gebakken, kon hij heel knorrig worden, onbereikbaar en zelfs vijandig, wat onder normale omstandigheden al knap irritant was, maar wat twaalf meter boven de grond weleens gevaarlijk kon worden. Over het algemeen reageerde hij beter op een stevige aanpak, humor en de harde waarheid.

Dwars door Skeets gescandeerde 'Jij niet' zei Dusty: 'Wat ben je toch een klungel.'

'Jíj bent een klungel.'

'Mis. Jij bent de klungel.'

'Jij bent een driedubbelovergehaalde klungel,' zei Skeet.

Dusty schudde zijn hoofd. 'Nee, ik ben een psychologische progeriast.'

'Een watte?'

'*Psychologisch* betekent "met betrekking tot of invloed hebbend op de geest". *Progeriast* wil zeggen "iemand die lijdt aan progeria" en dat is een "aangeboren afwijking die gekenmerkt wordt door prematuur en snel ouder worden, waarbij de patiënt al in zijn jeugd ouderdomsverschijnselen vertoont".'

Skeets hoofd ging heftig op en neer. 'Hé, ja, daar heb ik in *60 Minutes* een documentaire over gezien.'

'Dus een psychologische progeriast is iemand die oud van *geest* is, zelfs als kind al. Een psychologische progeriast. Dat zei mijn vader altijd tegen me. Soms kortte hij het af tot PP. Dan zei hij: "Hoe gaat het vandaag met mijn kleine pee-pee?" Of: "Als je niet wilt zien dat ik nog een whisky pak, jij kleine pee-pee, maak dan dat je als de donder naar die boomhut in de achtertuin komt en ga maar een tijdje met lucifers spelen."'

Skeet zette zijn smart en zijn woede even snel van zich af als ze bij hem opgekomen waren en zei vol sympathie: 'Sjonge. Dus het was niet bepaald lief bedoeld, hè?'

'Nee. Heel anders dan "klungel".'

Fronsend zei Skeet: 'Wie was jouw vader ook alweer?'

'Doctor Trevor Penn Rhodes, professor in de literatuur, gespeciali-

seerd in deconstructietheorie.'
'O ja. Dokter Decon.'
Terwijl hij naar de Santa Ana Mountains staarde, citeerde Dusty Dr. Decon in zijn eigen woorden: 'Taal kan de werkelijkheid niet beschrijven. Literatuur heeft geen vast referentiekader, geen werkelijke betekenis. De interpretatie van elke lezer is even deugdelijk als en zelfs belangrijker dan de intentie van de auteur. In feite heeft niets in het leven betekenis. Realiteit is subjectief. Normen en waarheid zijn subjectief. Het leven zelf is een soort illusie. Bla, bla, bla, laten we er nog maar eentje pakken.'
De bergen in de verte zagen er wel degelijk echt uit. Het dak onder zijn kont voelde ook echt aan en als hij met zijn kop naar beneden op de oprit viel, zou hij dood zijn of voor het leven invalide, wat volgens de weerspannige Dr. Decon geen barst te betekenen had, maar wat voor Dusty realiteit genoeg was.
'Komt het door hem dat je hoogtevrees hebt?' vroeg Skeet. 'Door iets wat hij gedaan heeft?'
'Wie... Dr. Decon? Nee hoor. Ik heb gewoon hoogtevrees, verder niks.'
De ernstige bezorgdheid van Skeet was aandoenlijk toen hij zei: 'Misschien kun je er wel achter komen waarom. Ga eens met een psychiater praten.'
'Ik denk dat ik liever naar huis ga om met mijn hond te praten.'
'Ik heb heel veel therapie gehad.'
'En het heeft je een wereld van goed gedaan, hè?'
Skeet moest zo hard lachen dat het snot hem uit de neus liep. 'Sorry.'
Dusty trok een papieren zakdoekje uit zijn zak en bood hem dat aan. Terwijl Skeet zijn neus snoot, zei hij: 'Nou ja, ik... Ik ben gewoon een heel ander verhaal. Zolang ik me kan herinneren, ben ik voor álles bang geweest.'
'Dat weet ik.'
'Voor opstaan, voor naar bed gaan en voor alles daartussenin. Maar nu ben ik niet bang.' Hij was klaar met het zakdoekje en wilde het teruggeven aan Dusty.
'Hou het maar,' zei Dusty.
'Dank je wel. Hé, weet je waarom ik niet bang meer ben?'
'Omdat je zo stoned bent als een garnaal?'
Skeet lachte een beetje bibberig en knikte. 'Maar ook omdat ik de Overkant heb gezien.'
'De overkant waarvan?'
'Met een hoofdletter O. Ik heb bezoek gehad van een engel des doods

en hij heeft me laten zien wat ons daar te wachten staat.'
'Je gelooft helemaal niet in God,' hielp Dusty hem herinneren.
'Nu wel. Dat andere heb ik allemaal gehad. En daar zou jij heel blij om moeten zijn, nietwaar broertje?'
'Lekker makkelijk voor je. Je slikt een pil en je hebt God gevonden.'
Door Skeets grijns spande zijn huid zich nog strakker over de schedel die angstig dicht onder de oppervlakte van zijn uitgeteerde gezicht lag. 'Tof, hè? Maar goed, die engel heeft me opgedragen om te springen, dus ga ik springen.'
Plotseling stak de wind op en loeide over het dak, killer dan daarvoor en met de zilte geur van de zee in de verte – en vervolgens heel even, als een voorteken, was de smerige lucht van rottend zeewier te ruiken.
Opstaan en in deze stormachtige omstandigheden over een steil dak lopen was een uitdaging waar Dusty geen gehoor aan wenste te geven, dus hij bad dat de wind snel weer zou gaan liggen.
In de veronderstelling dat Skeets zelfmoordneiging inderdaad, zoals hij beweerde, voortkwam uit zijn pasverworven gebrek aan vrees en in de hoop dat een stevige dosis doodsangst ervoor zou zorgen dat de knul zich weer aan het leven ging vastklampen, nam Dusty een weloverwogen risico en zei: 'We zitten hier maar op twaalf meter van de grond en vanaf de dakgoot naar de oprit zal het hooguit negen of negeneneenhalve meter zijn. Om hier naar beneden te springen zou een typisch klungelachtige beslissing zijn, want het zit er dik in dat je helemaal niet doodgaat maar voor het leven verlamd zult raken en nog een jaar of veertig hulpeloos aan apparaten vastgekoppeld zult moeten liggen.'
'Nee, ik ga wel dood,' zei Skeet haast verwaand.
'Daar kun je niet zeker van zijn.'
'Je hoeft niet zo'n houding tegen me aan te nemen, Dusty.'
'Ik neem geen houding tegen je aan.'
'Door te ontkennen dat je een houding aanneemt, néém je al een houding aan.'
'Dan neem ik een houding aan.'
'Zie je nou wel?'
Dusty haalde even diep adem om zijn zenuwen weer in bedwang te krijgen. 'Wat een slap geouwehoer. Laten we nou maar opstappen. Dan rij ik wel met je naar het Four Seasons Hotel in Fashion Island. Dan kunnen we helemaal naar het dak gaan, veertien, vijftien verdiepingen of hoeveel het er ook zijn hoog, dan kun je daaraf springen zodat je zeker weet dat het lukt.'
'Dat doe je toch niet.'

'Tuurlijk wel. Als je dit toch wilt doen, doe het dan goed. Dan moet je dit niet ook verpesten.'
'Dusty, ik mag dan vol smack zitten, maar ik ben niet stom.'
Motherwell en de man van de bewakingsdienst kwamen het huis uit met een kingsize matras.
Terwijl ze met dat onbeholpen ding stonden te worstelen, vertoonden ze trekjes van Laurel en Hardy die écht grappig waren, maar het gelach van Skeet klonk Dusty volslagen humorloos in de oren.
Beneden op de oprit gooiden de beide mannen hun last dwars over de twee kleinere matrassen die al op het zeil lagen.
Motherwell keek omhoog naar Dusty en hief zijn armen op, de handen gespreid alsof hij wilde zeggen: waar wacht je nog op?
Een van de rondcirkelende kraaien werd krijgshaftig en voerde een bombardementsvlucht uit met een accuratesse die de naijver zou hebben gewekt van iedere technisch hoogontwikkelde luchtmacht ter wereld. En smerige witte plets spatte op Skeets linkerschoen.
Skeet tuurde omhoog naar de incontinente kraai en vervolgens omlaag naar zijn besmeurde gymschoen. Zijn stemming sloeg zo snel en zo heftig om dat zijn hoofd eigenlijk door de kracht van die verandering rond had moeten tollen. Zijn lugubere glimlach smolt als sneeuw voor de zon en zijn gezicht betrok van wanhoop. Met een samengeknepen stem zei hij: 'Dit is mijn leven', en hij stak zijn hand uit om met één vinger in de viezigheid op zijn schoen te roeren. 'Mijn leven.'
'Doe niet zo belachelijk,' zei Dusty. 'Je opleiding is niet goed genoeg om beeldspraak te kunnen gebruiken.'
Dit keer kon hij Skeet niet aan het lachen maken.
'Ik ben zo moe,' zei Skeet, terwijl hij de vogelpoep tussen zijn duim en wijsvinger uitsmeerde. 'Het is tijd om naar bed te gaan.'
Hij bedoelde helemaal niet *bed* toen hij 'bed' zei. Hij bedoelde ook niet dat hij van plan was om een dutje te gaan doen op een stapel matrassen. Hij bedoelde dat hij de eeuwige slaap verkoos, onder een deken van aarde en dromen met de wormen.
Skeet ging op de nok van het dak staan. Hoewel hij maar een dunne sliert was, stond hij rechtop en leek nauwelijks last te hebben van de bulderende wind.
Toen Dusty voorzichtig overeind kwam tot een gebukte houding, raakte de landinwaartse luchtstroom hem met de kracht van een storm en liet hem vooroverkantelen zodat de hakken van zijn schoenen loskwamen en hij stond een moment te wankelen voor hij een houding vond waarbij zijn zwaartepunt wat lager kwam te liggen.
Ofwel dit was de ideale wind van een deconstructionist – waarvan

de uitwerking zou verschillen al naar gelang de interpretatie van ieder afzonderlijk individu; wat een briesje is voor mij, is een tyfoon voor u – ofwel Dusty's hoogtevrees was er de oorzaak van dat elke windvlaag overdreven indruk op hem maakte. Aangezien hij al lang geleden de maffe denkbeelden van zijn vader had afgezworen, ging hij ervan uit dat als Skeet rechtop kon staan zonder weggeblazen te worden als een frisbee hetzelfde ook voor hem gold.

Met stemverheffing zei Skeet: 'Dit is gewoon het beste, Dusty.'

'Alsof jij weet wat het beste is.'

'Probeer me niet tegen te houden.'

'Tja, zie je, dat moet ik toch proberen.'

'Ik kan toch niet omgepraat worden.'

'Dat is ook tot mij doorgedrongen.'

Ze stonden tegenover elkaar alsof ze twee atleten waren die op het punt stonden aan een rare nieuwe sport op een hellend vlak te beginnen: Skeet, rechtop als een basketbalspeler wachtend op de opgooi; Dusty als een ondermaatse sumoworstelaar op zijn hurken om zich af te kunnen zetten.

'Ik wil niet dat jou iets overkómt,' zei Skeet.

'Ik wil ook niet dat mij iets overkomt.'

Als Skeet vast van plan was om van het huis van de Sorensons te springen, zou niemand hem tegen kunnen houden. De steile helling van het dak, de bolle dakpannen, de wind en de wet van de zwaartekracht waren in zijn voordeel. Dusty's enige hoop was dat hij voor elkaar kon krijgen dat de arme klootzak precies op de juiste plek over de rand dook en op de matrassen terecht zou komen.

'Je bent mijn vriend, Dusty. Mijn enige echte vriend.'

'Bedankt voor het vertrouwen, knul.'

'Daardoor ben je dus ook mijn beste vriend.'

'Bij gebrek aan beter,' beaamde Dusty.

'Maar iemands beste vriend zou hem niet moeten hinderen op weg naar zijn glorie.'

'Glorie?'

'Wat ik gezien heb van hoe het aan de Overkant is. De glorie.'

De enige manier om er zeker van te zijn dat Skeet precies boven de stootkussens het dak af ging, was door hem op het juiste moment vast te pakken en hem op de beste plek over de rand te gooien. Wat inhield dat hij samen met hem langs het dak omlaag en over de rand moest vallen.

De wind liet Skeets lange blonde haar wapperen, het laatste aan hem dat nog aantrekkelijk was om te zien. Vroeger was hij een knappe knul geweest, die meisjes aantrok als een magneet. Nu was zijn lichaam verwoest, zijn gezicht was grauw en verwilderd en zijn ogen waren even uitgeblust als de bodem van een crackpijp. Zijn dikke, licht krullende gouden haar viel zo uit de toon bij de rest van zijn verschijning dat het op een pruik leek.

Met uitzondering van zijn haar bewoog er niets aan Skeet. Ondanks het feit dat hij zwaarder onder de verdovende middelen zat dan een heks in Salem was hij attent en op zijn hoede terwijl hij afwoog hoe hij het best uit handen van Dusty kon blijven om zonder problemen het dak af te hollen en een snoekduik te maken naar de kinderkopjes beneden.

In een poging om de jongen af te leiden of op z'n minst nog wat tijd te rekken zei Dusty: 'Wat ik me nou altijd heb afgevraagd... Hoe ziet de engel des doods er eigenlijk uit?'

'Hoezo?'

'Jij hebt hem toch gezien, of niet soms?'

Fronsend zei Skeet: 'Ja. Nou, hij zag er best goed uit.'

Een harde windvlaag rukte Dusty's pet af en blies die richting Luilekkerland, maar zijn aandacht bleef op Skeet gevestigd. 'Leek hij op Brad Pitt?'

'Waarom zou hij op Brad Pitt lijken?' vroeg Skeet en zijn ogen gleden opzij en vervolgens weer terug naar Dusty, na die heimelijke blik op de rand.

'Brad Pitt speelde hem in die film *Meet Joe Black*.'

'Heb ik niet gezien.'

Met toenemende wanhoop zei Dusty: 'Leek hij dan op Jack Benny?'

'Waar heb je het over?'

'Jack Benny heeft hem ook eens gespeeld in zo'n heel oude film. Weet je nog wel? Die hebben we samen gezien.'

'Ik kan me niet zoveel herinneren. Jij hebt een fotografisch geheugen, ik niet.'

'Eidetisch. Niet fotografisch. Een eidetisch en een audibel geheugen.'

'Zie je nou wel? Ik weet niet eens meer hoe het heet. Jij kunt je nog herinneren wat je vijf jaar geleden gegeten hebt. Ik kan me gisteren niet eens herinneren.'

'Een eidetisch geheugen is gewoon een kunstje dat je onder de knie moet krijgen. En je hebt er trouwens niets aan.'

De eerste dikke regendruppels spetterden op het dak van het huis. Dusty hoefde niet naar beneden te kijken om te zien hoe het dode korstmos veranderd werd in een dunne laag slijm, want dat kon hij gewoon ruiken, een subtiele maar bijzonder muffe geur. En hij kon de natte dakpannen ook ruiken.

Een ontmoedigend beeld schoot door zijn hoofd: *Hij gleed samen met Skeet van het dak af en na een onbeheerste tuimeling kwam Skeet zonder er ook maar een schrammetje aan over te houden op de matrassen terecht, terwijl Dusty verderop terechtkwam en zijn rug brak op de kinderkopjes.*

'Billy Crystal,' zei Skeet.

'Wat... bedoel je de Dood? Leek de engel des doods op Billy Crystal?'

'Is daar iets mis mee?'

'In vredesnaam, Skeet, hoe kun je nou vertrouwen hebben in een wijsneuzige, weeïge, moppen tappende Billy Crystal-achtige engel des doods!'

'Ik vond hem aardig,' zei Skeet en rende op de rand af.

5

Alsof de zware kanonnen van oorlogsschepen een salvo granaten afvuurden ter bescherming van invasietroepen, zo galmden harde holle knallen langs de stranden op het zuiden. Enorme golven sloegen op de kust en kogels van water, door de aanwakkerende wind van de branding af geschept, jakkerden landinwaarts door de lage duinen en de schaarse grassprietjes.

Martie Rhodes liep haastig over het plankier langs Balboa Peninsula, een brede betonnen boulevard met aan de ene kant huizen met uitzicht op de oceaan en aan de andere kant brede stranden. Ze hoopte dat de regen nog een halfuurtje zou uitblijven.

Het smalle, drie verdiepingen hoge huis van Susan Jagger stond ingeklemd tussen soortgelijke bouwwerken. De zilverwit verweerde betimmering van cederhout en de witte luiken deden vaag denken aan een huis op Cape Cod, hoewel het perceel te smal was om die bouwstijl volledig recht te doen.

Net als bij de buurhuizen was er geen voortuin bij de woning en ook geen verhoogde veranda, alleen een ondiep terras met een paar potplanten. Dat was geplaveid met klinkers en afgezet met een wit spijltjeshek. Het deurtje in het hek was niet op slot en de scharnieren knarsten.

Susan had vroeger de begane grond en de eerste verdieping gedeeld met haar man Eric, die de tweede verdieping – compleet met een eigen badkamer en keuken – als kantoor aan huis had gebruikt. Ze waren inmiddels uit elkaar. Eric was een jaar geleden het huis uit gegaan, waarna Susan naar boven was verhuisd en de onderste twee verdiepingen had verhuurd aan een rustig gepensioneerd echtpaar met als enige ondeugd het feit dat ze voor het eten twee martini's dronken en als enige huisdieren vier parkieten.

Een steile buitentrap liep langs de zijkant van het huis naar de derde verdieping. Terwijl Martie omhoogklom naar de kleine overdek-

te overloop, kwamen krijsende meeuwen vanaf de Stille Oceaan aanzeilen om over haar hoofd via het schiereiland naar de haven te vliegen, waar ze gedurende de storm beschutting konden vinden in hokken.
Martie klopte, maar stak meteen daarna de sleutel in het slot, zonder te wachten tot er werd opengedaan. Susan liet meestal liever geen bezoek binnen omdat ze niet geconfronteerd wilde worden met een blik op de buitenwereld, vandaar dat Martie al bijna een jaar geleden een sleutel had gekregen.
Terwijl ze zichzelf schrap zette voor de beproeving die haar te wachten stond, stapte ze de keuken in die alleen werd verlicht door een lampje boven het aanrecht. De luiken zaten stijf dicht en weelderige guirlandes van schaduwen hingen in donkerpaarse golven langs het plafond en de wanden.
Het vertrek rook niet naar kruiden of kookluchtjes. In plaats daarvan was de lucht vol van de vage maar scherpe geuren van ontsmettingsmiddelen, schuurpoeder en allesreiniger.
'Ik ben het,' riep Martie, maar Susan gaf geen antwoord.
Het enige licht in de eetkamer kwam vanachter de deuren van een klein wandmeubel waarin antiek majolica-aardewerk stond te glanzen op glazen schappen. Hier rook het naar boenwas.
Als alle lampen aan waren geweest, zou het appartement smetteloos blijken te zijn, schoner dan een operatiekamer. Susan Jagger had meer dan genoeg tijd.
Te oordelen naar het mengsel van geuren in de woonkamer was het tapijt onlangs schoongemaakt, het meubilair geboend en de bekleding ter plekke chemisch gereinigd. Verse, naar citrusvruchten geurende potpourri was in twee van luchtgaatjes voorziene potjes van rood aardewerk op de bijzettafeltjes gezet.
De grote ramen die een verrukkelijk uitzicht boden op de oceaan waren bedekt met Roman blinds. De rolgordijnen gingen grotendeels schuil achter zware overgordijnen.
Tot vier maanden geleden was Susan tenminste nog in staat geweest om met een vaag verlangen de wereld in te kijken, hoewel ze zestien maanden lang doodsbang was geweest om een voet buiten de deur te zetten en haar huis alleen verlaten had in het gezelschap van iemand die haar emotionele steun kon verlenen. Nu kon alleen de aanblik van een wijde open ruimte, zonder muren of de beschutting van een dak, al een paniekreactie veroorzaken.
Alle lampen brandden en de ruime woonkamer was helder verlicht. Toch hing er vanwege de omfloerste ramen en de onnatuurlijke stilte een soort begrafenissfeer.

Met afgezakte schouders en het hoofd omlaag zat Susan in een leunstoel te wachten. Door haar houding en haar kleding, zwarte rok en zwarte trui, leek ze op iemand die in de rouw was. Gezien haar uiterlijk had de paperback die ze vasthield eigenlijk een bijbel moeten zijn, maar het was een detective.

'Heeft de butler het gedaan?' vroeg Martie, terwijl ze op het puntje van de bank ging zitten.

Zonder op te kijken zei Susan: 'Nee. De non.'

'Vergif?'

Nog steeds met de blik op het boek gericht zei Susan: 'Twee met een bijl. Een met een hamer. Een met een metalen wurgdraad. Een met een snijbrander. En twee met een spijkerpistool.'

'Sjonge, een non als seriemoordenaar.'

'Onder een habijt kun je veel wapens verbergen.'

'Detectives zijn tegenwoordig heel anders dan toen we ze op de middelbare school lazen.'

'Maar niet noodzakelijk beter,' zei Susan, terwijl ze het boek dichtsloeg.

Ze waren al boezemvriendinnen sinds hun tiende; achttien jaar waarin ze meer hadden gedeeld dan detectiveboeken: hoop, angst, geluk, verdriet, lachen, tranen, roddels, puberale bevliegingen en moeizaam verworven meningen. In de afgelopen zestien maanden, sinds het onverklaarbare begin van Susans pleinvrees, hadden ze meer verdriet dan vreugde gedeeld.

'Ik had je moeten bellen,' zei Susan. 'Het spijt me, maar ik kan vandaag niet naar het consult toe.'

Dit was het vaste ritueel en Martie pakte haar rol op: 'Natuurlijk wel, Susan. En je gaat ook.'

Terwijl ze het boek weglegde en haar hoofd schudde, zei Susan: 'Nee. Ik bel dokter Ahriman wel op om hem te vertellen dat ik me veel te ziek voel. Ik heb een opkomende verkoudheid, misschien zelfs wel griep.'

'Je klinkt anders niet verstopt.'

Susan trok een gezicht. 'Het lijkt meer op buikgriep.'

'Waar is je thermometer? Dan kunnen we maar beter je temperatuur opnemen.'

'O, Martie, kijk nou eens naar me. Ik zie er vreselijk uit. Ik ben zo wit als een doek, m'n ogen zijn rood en m'n haar lijkt wel stro. Zo kan ik de deur niet uit.'

'Doe even normaal, Sooz. Je ziet er net zo uit als anders.'

'Ik ben een puinhoop.'

'Julia Roberts, Sandra Bullock, Cameron Diaz – stuk voor stuk zou-

den ze een moord doen om er even goed uit te zien als jij, ook al ben je zo ziek als een hond en constant aan het kotsen, en dat is nu niet het geval.'
'Ik ben een gedrocht.'
'O ja, hoor, je bent het zusje van de Elephant Man. We zullen een zak over je hoofd moeten doen en kleine kinderen bij je uit de buurt houden.'
Als iemand gebukt zou gaan onder schoonheid, was Susan zo plat als een dubbeltje geweest. Met haar asblonde haar, groene ogen, tengere figuurtje, fijngevormde trekken en een huid die even smetteloos was als een perzik aan een boom in het paradijs had ze meer verrekte nekken gezien dan een groepspraktijk van fysiotherapeuten.
'Ik barst uit deze rok. Ik ben wanstaltig.'
'Ja, je bent echt een gevaarte,' zei Martie sarcastisch. 'Een zeppelin. Een vrouw als een vette opgeblazen ballon.'
Hoewel Susans vrijwillige gevangenschap haar geen andere lichaamsbeweging toestond dan het schoonmaken van haar huis en lange wandelingen op een lopende band in haar slaapkamer, bleef ze zo slank als een den.
'Ik ben meer dan een pond aangekomen,' hield Susan vol.
'Mijn god, daar moet meteen liposuctie aan te pas komen,' zei Martie terwijl ze opsprong van de bank. 'Ik pak je regenjas wel. We kunnen vanuit de auto de plastisch chirurg opbellen om hem te vertellen dat hij maar beter een industriële afzuigpomp kan aanschaffen om al dat vet weg te halen.'
In het korte gangetje naar de slaapkamer stond een garderobekast met twee van spiegels voorziene schuifdeuren. Terwijl Martie ernaartoe liep, verstrakte ze uit vrees dat ze weer overvallen zou worden door de irrationele angst die haar eerder in de greep had gehad. Ze moest zichzelf in de hand houden. Susan had haar nodig. Als zij weer aan dat krankzinnige gedoe begon, zou haar angst Susans vrees alleen maar stimuleren, of vice versa.
Toen ze voor de manshoge spiegel stond, zag ze niets dat haar hart op hol deed slaan. Ze dwong zichzelf tot een glimlach, maar die zag er geforceerd uit. Ze keek haar spiegelbeeld in de ogen, wendde toen snel haar blik af en schoof een van de deuren open.
Terwijl ze de regenjas van de hanger pakte, overwoog Martie voor het eerst de mogelijkheid dat haar recente vreemde angstaanvallen wellicht iets te maken hadden met al die tijd die ze het afgelopen jaar in Susans gezelschap had doorgebracht. Misschien moest je er gewoon rekening mee houden dat iets van al die angst op je oversloeg als je veel omging met een vrouw die aan een ernstige fobie leed.

In een lichte opwelling van schaamte begonnen Marties wangen te gloeien. Om een dergelijke mogelijkheid zelfs maar te overwegen leek bijgelovig, onbarmhartig en niet eerlijk tegenover die arme Susan. Ziekelijke afwijkingen en paniekaanvallen waren niet besmettelijk.
Terwijl ze de kastdeur de rug toedraaide en vervolgens achter zich tastte om hem dicht te schuiven, vroeg ze zich af welke term psychologen gebruikten om de angst voor je eigen schaduw te omschrijven. De verlammende angst voor open vlaktes waar Susan aan leed, werd agorafobie of pleinvrees genoemd. Maar schaduwen? En spiegels?
Martie liep de gang uit en de woonkamer in voor ze zich realiseerde dat ze haar hand naar achteren had gestoken om de schuifdeur dicht te doen zodat ze niet nog eens in de spiegel zou hoeven te kijken. Geschrokken dat ze met zo'n onbewuste tegenzin had gehandeld, speelde ze met de gedachte om terug te gaan naar de kast en de spiegel het hoofd te bieden.
Vanuit de fauteuil zat Susan naar haar te kijken.
De spiegel kon wel wachten.
Terwijl ze de regenjas ophield, liep Martie naar haar vriendin toe.
'Sta op, trek dit aan en kom in beweging.'
Susan greep zich vast aan de armleuningen van de stoel, misselijk van ellende bij het vooruitzicht dat ze haar toevluchtsoord zou moeten verlaten. 'Ik kan het niet.'
'Als je een consult niet achtenveertig uur van tevoren afzegt, moet je het toch betalen.'
'Dat kan ik me wel veroorloven.'
'Nee, niet waar. Je hebt geen inkomen.'
De enige psychische kwaal die Susans carrière als makelaar grondiger had kunnen ruïneren dan agorafobie was een onbedwingbare vorm van pyromanie. Ze had zich redelijk veilig gevoeld als ze samen met een cliënt een pand vanbinnen bekeek, maar als ze van het ene naar het andere huis moest, werd ze door zo'n verlammende angst besprongen dat ze niet meer had kunnen rijden.
'Ik heb de huur,' zei Susan, doelend op de maandelijkse cheque van de aan parkieten verslaafde bejaarden van beneden.
'Dat is niet eens genoeg om de hypotheek, de belastingen, gas, licht en water en eventueel onderhoud aan het huis te betalen.'
'Ik heb veel kapitaal in het huis zitten.'
En als je die verdomde fobie niet de baas wordt, zou dat uiteindelijk weleens het enige kunnen zijn dat je voor totale armoede behoedt, dacht Martie, maar ze kon zich er niet toe brengen om die

woorden hardop uit te spreken, ook al zou dat vreselijke vooruitzicht Susan misschien zover krijgen dat ze uit die stoel kwam.
Terwijl ze haar smalle kinnetje ophief met een uitdagend gebaar dat niet bepaald overtuigend overkwam, zei Susan: 'En trouwens, ik krijg ook geld van Eric.'
'Niet veel. Dat is nauwelijks meer dan een fooi. En als dat zwijn een scheiding aanvraagt, krijg je misschien helemaal niets meer van hem, als je nagaat dat jij bij jullie huwelijk meer inbracht dan hij en dat er geen kinderen zijn.'
'Eric is geen zwijn.'
'Neem me niet kwalijk dat ik me niet sterk genoeg uitdrukte. Hij is een schooier.'
'Wees eens wat aardiger, Martie.'
'Ik kan alleen maar mezelf zijn. Hij is een rotzak.'
Susan was vastbesloten om niet ten prooi te vallen aan zelfmedelijden en tranen, een bijzonder lofwaardig streven, maar ze was net zo vastbesloten om zich niet over te geven aan haar woede en dat was minder mooi. 'Hij werd er alleen maar benauwd van om me... zo te zien. Hij kon er niet meer tegen.'
'Ach, de arme gevoelige schat,' zei Martie. 'En ik vermoed dat hij ook gewoon zo overstuur was dat hij dat gedeelte van de huwelijksbelofte over "in voor- en tegenspoed" helemaal vergat.'
Martie was oprecht kwaad op Eric, hoewel ze met opzet olie op het vuur bleef gooien om het brandend te houden. Hij was altijd rustig, bescheiden en lief geweest – en ondanks het feit dat hij zijn vrouw in de steek had gelaten, was het nog steeds moeilijk om een hekel aan hem te hebben. Maar Martie hield te veel van Susan om zijn bloed niet te kunnen drinken en ze was ervan overtuigd dat Susan boosheid heel goed zou kunnen gebruiken als motivatie voor haar strijd tegen de agorafobie.
'Eric zou hier heus nog wel zijn als ik kanker had of zo,' zei Susan. 'Ik ben gewoon niet ziek, Martie. Ik ben gek, dat is het.'
'Je bent niet gek,' hield Martie vol. 'Fobieën en angstaanvallen zijn niet hetzelfde als waanzin.'
'Ik heb wel het gevoel dat ik gek ben. Ik heb het gevoel dat ik stapelkrankjorum ben.'
'Toen dit begon, heeft hij het niet eens vier maanden uitgehouden. Hij is een zwijn, een rotzak, een lafbek en nog veel erger.'
Dit deel van elk bezoek – dat Martie in gedachten de 'extractiefase' noemde – was vermoeiend voor Susan, maar voor Martie was het een regelrechte straf. Om haar weerspannige vriendin het huis uit te krijgen, moest ze vastberaden en meedogenloos zijn en hoewel het

een vastberadenheid was die voortkwam uit veel liefde en medeleven had ze toch het gevoel dat ze Susan afblafte. Het lag niet in Marties aard om de baas te spelen, ook al was het nog zo goed bedoeld, en aan het eind van deze vier of vijf uur durende beproeving zou ze lichamelijk en geestelijk bekaf zijn als ze weer thuis was in Corona Del Mar.

'Sooz, je bent mooi, lief, bijzonder en intelligent genoeg om dit de kop in te drukken.' Martie schudde met de regenjas. 'Hijs je luie kont nou maar uit die stoel.'

'Waarom kan dokter Ahriman niet bij me op huisbezoek komen?'

'Dat je twee keer per week dit huis uit komt, is onderdeel van de therapie. Je kent de theorie – je moet helemaal doortrokken raken van datgene waar je het meest bang voor bent. Een soort inenting.'

'Het helpt niets.'

'Kom op.'

'Het wordt alleen maar erger.'

'Hup, hup.'

'Het is zo wreed,' protesteerde Susan. Ze liet de armleuningen van de stoel los en balde haar vuisten op haar dijen. 'Zo verdomd wreed.'

'Zeurpiet.'

Ze keek Martie nijdig aan. 'Af en toe ben je echt een vals kreng.'

'Van top tot teen. Als Joan Crawford nog in leven was, zou ik haar uitdagen voor een duel met metalen kleerhangertjes en dan zou ik haar aan stúkken scheuren.'

Lachend en vervolgens hoofdschuddend stond Susan uit de stoel op. 'Ik kan gewoon niet geloven dat ik dat heb gezegd. Het spijt me, Martie. Ik zou niet weten wat ik zonder jou moest beginnen.'

Terwijl ze de jas ophield zodat Susan haar armen in de mouwen kon steken, zei Martie: 'Wees nou maar braaf, vriendinnetje van me, dan halen we op de terugweg van de dokter een lekkere portie Chinees. We trekken een paar flessen Tsingtao open en gaan tijdens de lunch een potje kaarten met het mes op tafel. Vijftig cent per punt.'

'Je staat al meer dan zeshonderdduizend ballen bij me in het krijt.'

'Laat me maar in elkaar rammen. Speelschulden worden door de wet niet erkend.'

Nadat Susan op een na alle lampen uit had gedaan, pakte ze haar tas van de salontafel en liep voor Martie uit door het appartement. Terwijl ze achter Susan aan de keuken door liep, werd Marties aandacht getrokken door een gemeen uitziend voorwerp dat op een snijplank naast de gootsteen lag. Het was een *mezzaluna*-mes, klassiek Italiaans keukengerei. Het gebogen, roestvrij stalen lemmet was sikkelvormig met aan weerszijden een greep, zodat het snel heen en

weer bewogen kon worden om te hakken en te snijden.
Het snijvlak fonkelde zo dat het leek alsof het onder stroom stond.
Martie kon er haar ogen niet van afhouden. Ze besefte niet hoe volslagen gebiologeerd ze was door de mezzaluna – tot ze Susan hoorde vragen: 'Wat is er aan de hand?'
Haar keel was dichtgeknepen en ze had het gevoel dat haar tong was opgezwollen. Dat was ook duidelijk hoorbaar toen ze een vraag stelde waarop ze het antwoord al kende: 'Wat is dat?'
'Heb je nooit zo'n ding gebruikt? Het is fantastisch. Je kunt er in een handomdraai een ui mee snipperen.'
De aanblik van het mes vervulde Martie niet met doodsangst, zoals het geval was geweest met haar schaduw en de spiegel in het toilet. Maar het bezorgde haar wel een onrustig gevoel, hoewel ze niet kon verklaren waarom ze er zo raar op reageerde.
'Martie? Voel je je niet goed?'
'Jawel hoor, laten we maar gaan.'
Susan draaide de knop om, maar aarzelde om de deur open te trekken.
Martie legde haar hand over die van haar vriendin en samen trokken ze de deur naar binnen open, waardoor kil grijs licht en een bijtende wind toegang kregen.
Susans gezicht werd doodsbleek bij het vooruitzicht dat ze de dakloze wereld aan de andere kant van haar drempel binnen moest stappen.
'We hebben dit al zeker honderd keer eerder gedaan,' stelde Martie haar gerust.
Susan klemde zich aan de deurpost vast. 'Ik kan echt niet naar buiten.'
'Dat kun je best,' hield Martie vol.
Susan probeerde weer terug te lopen naar de keuken, maar Martie hield haar tegen. 'Laat me naar binnen, dit is te erg, het is gewoon een kwélling.'
'Dat is het voor mij ook,' zei Martie.
'Gelul.' Wanhoop schraapte iets van de schoonheid van Susans gezicht af en een dierlijke angst verduisterde het groen van haar jungle-ogen. 'Jij komt hier gewoon klaar van, je vindt het heerlijk, je bent stapelgek.'
'Nee, ik ben vals.' Martie greep zich met twee handen aan een deurpost vast en hield stand. 'Ik ben het valse kreng. Jíj bent het gekke kreng.'
Plotseling duwde Susan niet langer tegen Martie aan, maar greep zich in plaats daarvan aan haar vast alsof ze steun zocht. 'Verdom-

me, ik wil die portie Chinees.'

Martie benijdde Dusty, want die had die ochtend geen grotere zorgen aan zijn hoofd dan de vraag of de regen lang genoeg zou uitblijven om zijn ploeg nog wat werk te laten verzetten.

Dikke regendruppels – aanvankelijk bij vlagen, maar al gauw met grotere regelmaat – begonnen op de overkapping van de overloop te kletteren.

Ten slotte stapten ze toch over de drempel naar buiten. Martie trok de deur dicht en deed hem op slot.

De extractiefase was achter de rug. Er stonden hun echter nog heel wat ergere dingen te wachten en het merendeel daarvan overviel Martie volkomen.

6

Skeet holde uitgelaten over het steile dak naar beneden in de richting van de rand en mikte op een afzetpunt dat ervoor zou zorgen dat hij met zijn hoofd te pletter sloeg op de stenen in plaats van op de matrassen terecht te komen. Hij huppelde over de bolle oranjebruine dakpannen als een kind dat over een met kinderkopjes geplaveide straat op een ijscoman af holt en Dusty rende grimmig achter hem aan.

Op de mensen die beneden stonden toe te kijken moest het de indruk maken dat beide mannen in gelijke mate geestelijk gestoord waren en besloten hadden om samen zelfmoord te plegen.

Meer dan halverwege op de helling haalde Dusty Skeet in, greep hem vast, drong hem weg van de koers die hij van plan was te volgen en struikelde samen met hem schuin over het dak. Een paar dakpannen braken onder hun voeten waardoor kleine stukjes metselkalk kletterend omlaag gleden naar de goot. Om op dat rollende puin overeind te blijven was even moeilijk als lopen over knikkers, met als extra problemen de regen, het glibberige mos en het energieke en vrolijke tegenstribbelen van Skeet dat hij gepaard liet gaan met wapperende armen, priemende ellebogen en irritant kinderlijk gegiechel. Skeets onzichtbare danspartner, de Dood, scheen hem bovennatuurlijke gratie en balans te verlenen, maar toen viel Dusty en sleepte Skeet mee in zijn val. Ineengestrengeld rolden ze de laatste drie meter naar beneden, al dan niet in de richting van de matrassen – Dusty was zijn oriëntatie kwijt – en schoten over de koperen dakgoot, die een geluid maakte alsof iemand aan een bassnaar plukte.

In de lucht, tijdens de val, liet Dusty Skeet los en dacht aan Martie: de frisse geur van haar glanzende zwarte haar, haar ondeugende glimlach, haar eerlijke ogen.

Negeneneenhalve meter was niet ver, hooguit drie verdiepingen, maar het was ver genoeg om zelfs het meest koppige hoofd open te splijten en ver genoeg om een wervelkolom te laten breken alsof het een zoute stengel was, dus toen Dusty plat op zijn rug op de stapel matrassen terechtkwam, dankte hij God terwijl hij op en neer stuiterde. Daarna realiseerde hij zich dat hij tijdens zijn vrije val, toen elke flits die door zijn hoofd schoot zijn laatste had kunnen zijn, alleen maar aan Martie had gedacht en dat God pas aan de orde kwam toen alles al voorbij was.

De Sorensons hadden eersteklas matrassen aangeschaft. Na de klap snakte Dusty niet eens naar adem.

Skeet was ook in de veilige zone neergestort. Nu lag hij nog in dezelfde houding waarin hij was geland, het gezicht in de satijnen beddentijk, de armen boven het hoofd en roerloos, alsof hij zo breekbaar was geweest dat zelfs een val op dikke lagen katoenpluksel, schuimrubber en luchtig dons zijn flinterdunne botten had verbrijzeld.

Terwijl het bovenste matras snel doorweekt raakte van de regen ging Dusty op zijn knieën zitten. Hij rolde de knul op zijn rug.

Skeets linkerwang was geschaafd en hij had een sneetje dwars over de ondiepe kloof in zijn kin. Hij had die verwondingen waarschijnlijk opgelopen toen hij over de dakpannen rolde; ze bloedden allebei nauwelijks.

'Waar ben ik?' vroeg Skeet.

'Niet waar je naartoe wilde.'

Over de bronzen ogen van het joch lag een donker waas van smart die tijdens die manische minuten op het dak niet te zien was geweest. 'In de hemel?'

'Ik zal er wel voor zorgen dat het de hel wordt, doorgetripte eikel,' zei Motherwell terwijl hij boven hen uittorende, Skeet bij zijn trui greep en hem overeind sleurde. Als de hemel was opengespleten door een bliksemschicht en nog had nagetrild van een donderslag had Motherwell kunnen doorgaan voor Thor, de Scandinavische god van de storm. 'Met jou werk ik niet meer samen, je kunt het schudden, hopeloze prutser!'

'Rustig aan,' zei Dusty terwijl hij overeind krabbelde en van het matras stapte.

Terwijl hij Skeet nog steeds een halve meter boven de grond liet bungelen, draaide Motherwell zich om naar Dusty. 'Ik meen het, baas. Als hij er niet uit vliegt, als hij niet oprot, kan ik niet meer voor je werken.'

'Oké, mij best. Zet hem nou maar neer, Ned.'

In plaats van Skeet los te laten, schudde Motherwell hem door elkaar en terwijl er genoeg schuimvlokken van zijn lippen spatten om hem als een kerstboom onder te sneeuwen schreeuwde hij hem in zijn gezicht: 'Als we drie nieuwe matrassen hebben gekocht, drie *dure* matrassen, is het grootste deel van onze winst weer weg. Heb je daar ook aan gedacht, lulhannes?'

Terwijl hij nog steeds zonder zich te verzetten in Motherwells handen bungelde, zei Skeet: 'Ik heb je niet gevraagd om die matrassen neer te leggen.'

'Ik probeerde ook heus niet om jóú te redden, klootzak.'

'Je scheldt me altijd uit,' zei Skeet. 'Ik jou nooit.'

'Je bent een wandelende etterbuil.' Straight Edgers zoals Motherwell ontzegden zich een heleboel, maar woede was daar niet bij. Dusty had bewondering voor hun pogingen om een rein leven te leiden in de smerige wereld die hun was nagelaten en ondanks het feit dat hij er vaak moe van werd, kon hij wel begrip opbrengen voor hun boosheid.

'Man, ik mág je juist,' zei Skeet tegen Motherwell. 'Ik wou dat je mij ook aardig kon vinden.'

'Je bent een steenpuist op de kont van de mensheid,' donderde Motherwell terwijl hij Skeet van zich af gooide alsof hij een zak afval was. Skeet knalde bijna tegen Foster Newton aan, die net voorbijkwam. Fig bleef staan toen de knul als een hoopje op de oprit terechtkwam, wierp een korte blik op Dusty en zei: 'Als 't niet regent, zie ik je morgen weer,' stapte over Skeet heen en liep verder naar zijn auto, die langs het trottoir stond, nog steeds luisterend naar de praatprogramma's in zijn koptelefoon, alsof hij iedere werkdag mensen van het dak af had zien springen.

'Wat een zootje,' zei Ned Motherwell en keek fronsend naar de doorweekte matrassen.

'Ik moet hem naar het afkickcentrum brengen,' zei Dusty tegen Motherwell terwijl hij Skeet overeind hielp.

'Ik ruim deze troep wel op,' stelde Motherwell hem gerust. 'Als jij er maar voor zorgt dat die laffe, lullige kankerlijer uit mijn ogen verdwijnt.'

Terwijl ze over de natgeregende rondlopende oprit naar de straat liepen, leunde Skeet constant op Dusty. De zenuwslopende energie waarvan hij eerder blijk had gegeven, of die nu was veroorzaakt door drugs of door het vooruitzicht op een succesvolle zelfmoord, was verdwenen. Hij was op van vermoeidheid en liep bijna te slaapwandelen.

De man van de bewakingsdienst dook naast hen op toen ze bijna bij Dusty's witte Ford-bestelbus waren. 'Ik moet hier wel een rapport over indienen.'

'O ja? Bij wie?'
'Bij de directie van de vereniging van huiseigenaren. Met een kopie aan de firma die voor het onderhoud zorgt.'
'Die zullen me voor straf toch geen kogel door de knie schieten?' vroeg Dusty terwijl hij Skeet tegen de bus parkeerde.
'Nee, ze luisteren nooit naar mijn raad,' zei de bewaker en Dusty zag zich genoodzaakt om zijn mening over hem te herzien.
Skeet kwam bij uit zijn roes en waarschuwde: 'Ze zullen je ziel en zaligheid opeisen, Dusty. Ik ken dat soort smeerlappen.'
Vanachter het gordijn van regenwater dat van de klep van zijn pet gutste, zei de man van de bewakingsdienst: 'Misschien kom je op een lijst van ongewenste leveranciers terecht, die ze liever niet in hun woongemeenschap willen zien. Maar waarschijnlijk vragen ze je alleen maar om deze knaap nooit meer binnen de hekken te brengen. Hoe heet hij trouwens voluit?'
'Bruce Wayne,' zei Dusty terwijl hij het rechterportier van de bus opendeed.
'Ik dacht dat het Skeet nogwat was.'
Dusty hielp Skeet instappen en zei: 'Dat is alleen maar zijn bijnaam.'
En dat was zowel waar als niet waar.
'Ik moet zijn identiteitspapieren zien.'
'Die breng ik later wel een keer,' zei Dusty en smeet het portier dicht.
'Nu moet ik hem zo gauw mogelijk bij een dokter zien te krijgen.'
'Is hij gewond?' vroeg de bewaker en liep samen met Dusty om de auto heen naar het andere portier.
'Hij is een wrak,' zei Dusty terwijl hij achter het stuur ging zitten en de deur dichttrok.
De bewaker klopte op het raampje.
Dusty startte de auto met één hand, draaide met de andere het raampje open en zei: 'Ja?'
'Je kunt niet meer terugvallen op "mobiele brigade", maar "ploeg" is ook niet het juiste woord. Misschien kun je ze beter je "circus" noemen, of je "herrieschoppers".'
'Je bent geen kwaaie vent,' zei Dusty. 'Ik mag je wel.'
De bewaker lachte en tikte tegen zijn kletsnatte pet.
Dusty draaide het raampje weer dicht, zette de ruitenwissers aan en reed weg bij het huis van de Sorensons.

7

Terwijl ze langs de buitentrap omlaag liep vanaf haar appartement op de derde verdieping, bleef Susan Jagger vlak bij het huis en liet haar rechterhand over de houten betimmering glijden, alsof ze zichzelf er voortdurend van wilde verzekeren dat beschutting niet ver te zoeken was terwijl ze zich met haar linkerhand stevig aan Marties arm vastklampte. Ze hield haar hoofd gebogen, keek strak naar haar voeten en stapte even voorzichtig van elke vijfentwintig centimeter hoge tree als een bergbeklimmer die een torenhoge, loodrechte granieten wand te lijf gaat.

Omdat Susan de capuchon van haar regenjas op had en kleiner was dan Martie, was haar gezicht niet te zien, maar van dagen waarop het niet had geregend wist Martie hoe Susan eruit moest zien. Haar huid zo wit als een doek. De kaken gespannen, een grimmige mond. Ze zou een opgejaagde blik in haar groene ogen hebben, alsof ze een geestverschijning had gezien, maar de enige geest waar ze hier mee te maken hadden, was haar vroegere levenslust die door de pleinvrees was geveld.

'Wat is er aan de hand met de lucht?' vroeg Susan bibberig.

'Niets.'

'Ademhalen kost moeite,' klaagde Susan. 'Zwaar. Het ruikt gek.'

'Gewoon de vochtigheid. Wat je ruikt, ben ik. Nieuw parfum.'

'Jij? Parfum?'

'Ik hang ook weleens het vrouwtje uit.'

'Iedereen kan ons zien,' zei Susan angstig.

'We zijn zo bij de auto.'

'Er kan hier van alles gebeuren.'

'Er gebeurt helemaal niets.'

'We kunnen ons nergens achter verschuilen.'

'We hoeven ons nergens voor te verschuilen.'

De inhoud van vijftienhonderd jaar oude religieuze litanieën stond

niet minder vast dan de tekst van de gesprekken die twee keer per week gevoerd werden, van en naar de therapie.
Toen ze bij de onderste tree van de trap waren, regende het nog veel harder. De druppels ritselden door de bladeren van de potplanten op het terras en tikten tegen de steentjes.
Susan bleef zich hardnekkig vastklampen aan de hoek van het huis.
Martie sloeg een arm om haar heen. 'Je mag wel op mij leunen.'
Susan leunde. 'Alles is zo vreemd hier, heel anders dan het vroeger was.'
'Er is niets veranderd. Dat komt gewoon door het slechte weer.'
'Het is een nieuwe wereld,' sprak Susan haar tegen. 'En geen goede.'
Ineengestrengeld, waarbij Martie zich moest bukken om de in elkaar gedoken Susan vast te kunnen houden, liepen ze verder door die nieuwe wereld, af en toe op een holletje als Susan werd aangelokt door de betrekkelijk beschutte ruimte van de auto, dan weer aarzelend als Susan de druk voelde van de oneindige leegte boven haar hoofd en er bijna door verpletterd werd. Voortgedreven door de wind en met de regen die op hen neer ranselde, leken ze met hun beschermende capuchons en wapperende jassen sprekend op twee nonnen in vol habijt, die op het moment dat de wereld begon te vergaan wanhopig op zoek waren naar een schuilplaats.
Kennelijk werd Martie aangestoken door de onstuimigheid van de storm die op hen af kwam, of door haar verontruste vriendin, want terwijl ze met horten en stoten over de boulevard liepen in de richting van de zijstraat waar ze haar auto had neergezet, kreeg ze steeds sterker het gevoel dat er iets mis was met de dag. Iets dat ze wel meteen opmerkte, maar niet meteen onder woorden kon brengen. Op het betonnen wegdek van de boulevard langs de oceaan stonden plassen die wemelden van beelden die zo verstoord werden door de vallende regen dat niet meer te zien was wat ze voorstelden, maar desondanks verontrustten ze Martie toch. Zwiepende palmbomen klauwden door de lucht met bladeren die van groen in groenzwart veranderd waren en een dreun-suis-gekletter veroorzaakten dat weerklank vond bij een primitieve en roekeloze hartstocht diep vanbinnen. Rechts van hen was het zand glad en bleek als de huid van een enorm slapend beest en aan hun linkerkant leek elk huis vervuld te zijn van een eigen storm terwijl kleurloze spiegelingen van jagende wolken en door de wind geteisterde bomen over de grote ramen kolkten die uitzicht boden op de oceaan.
Martie raakte van haar stuk door al die vreemde indrukken van een onnatuurlijke dreiging in haar directe omgeving, maar ze werd nog

onrustiger van een nieuw en vreemd gevoel in haar binnenste dat kennelijk door de storm werd opgeroepen. Haar hart ging sneller kloppen van een onredelijk verlangen om zich over te geven aan de kwalijke toverkracht van dit woeste weer. Plotseling was ze bang van een of andere duistere macht die ze niet kon definiëren: bang dat ze zichzelf niet meer in de hand zou kunnen houden, dat ze buiten westen zou raken en later weer bij zou komen om te ontdekken dat ze iets vreselijks had gedaan... iets onuitsprekelijks.

Tot vanmorgen had ze nooit zulke bizarre ideeën gehad. Nu werd ze erdoor overspoeld.

Ze dacht terug aan het ongewoon zure grapefruitsap dat ze bij het ontbijt had gedronken en vroeg zich af of het bedorven was geweest. Ze had geen last van haar maag, maar misschien leed ze aan een vorm van voedselvergiftiging die geestelijke problemen veroorzaakte in plaats van lichamelijke.

Dat was alwéér zo'n rare gedachte. Bedorven vruchtensap was evenmin een verklaring als de mogelijkheid dat de CIA boodschappen doorgaf aan haar brein via een zender in de magnetron. Als ze doorging op dit kronkelpad van onlogica, zou het niet lang meer duren voor ze met grote zorg petjes van aluminiumfolie zou gaan vouwen om zich te beschermen tegen hersenspoelen op lange afstand.

Tegen de tijd dat ze de korte betonnen trap af liepen van het wandelpad naar de smalle straat waar de auto stond, putte Martie evenveel emotionele steun uit Susan als ze teruggaf, hoewel ze hoopte dat Susan dat niet in de gaten zou hebben.

Martie deed het portier aan de kant van het trottoir open, hielp Susan bij het instappen in de rode Saturn, liep er vervolgens omheen en ging achter het stuur zitten.

De regen roffelde op het dak, een kil en hol geluid dat deed denken aan hoefgetrappel, alsof de Vier Ruiters van de Apocalyps – Ziekte, Oorlog, Hongersnood en Dood – in volle galop over het nabijgelegen strand op hen toekwamen.

Martie deed haar capuchon af. Ze rommelde eerst in haar ene en toen in haar andere jaszak tot ze haar sleutels had gevonden.

Op de stoel naast haar had Susan haar capuchon opgehouden en zat met gebogen hoofd, haar gebalde handen tegen haar wangen gedrukt, de ogen stijf dichtgeknepen en met een vertrokken gezicht, alsof de Saturn zich in een van die hydraulische autopersen bevond en ieder moment tot een blokje van een bij een meter kon worden samengedrukt.

Marties aandacht was gevestigd op de autosleutel, dezelfde die ze altijd gebruikte, maar plotseling leek de punt gemeen scherp, hoewel haar dat nooit eerder was opgevallen. De kartelranden deden denken aan een broodmes, waardoor haar vervolgens weer de mezzaluna in Susans keuken te binnen schoot.

Deze doodgewone sleutel was een potentieel wapen. Krankzinnig genoeg vulde Marties hoofd zich plotseling met beelden van het bloedige leed dat met een autosleutel kon worden veroorzaakt.

'Wat is er aan de hand?' vroeg Susan, hoewel ze haar ogen niet open had gedaan.

Terwijl ze de sleutel in het contact stak en haar innerlijke onrust maar met moeite kon verbergen, zei Martie: 'Ik kon mijn sleutel niet vinden. Alles is in orde. Ik heb 'm nu.'

De motor sloeg met veel geraas aan. Toen Martie haar veiligheidsgordel vast wilde klikken, trilden haar handen zo dat het harde plastic huis en de metalen pin aan de riem tegen elkaar klapperden als de tanden van een opwindgebit uit een feestwinkel voor ze erin slaagde om hem vast te drukken.

'Wat als er hier buiten iets met me gebeurt en ik niet meer thuis kan komen?' vroeg Susan zich bezorgd af.

'Ik pas wel op je,' beloofde Martie, hoewel dat best een loze belofte zou kunnen zijn als je haar eigen vreemde geestesgesteldheid in aanmerking nam.

'Maar wat als er iets met jóú gebeurt?'

'Met mij gebeurt heus niets,' bezwoer Martie terwijl ze de ruitenwissers aanzette.

'Iedereen kan iets overkomen. Kijk maar eens wat er met mij is gebeurd.'

Martie reed naar het einde van de korte straat en sloeg linksaf Balboa Boulevard op. 'Nog even doorzetten. Je bent zo bij de dokter.'

'Niet als we een ongeluk krijgen,' kniesde Susan.

'Ik kan heel goed rijden.'

'De auto kan kapotgaan.'

'De auto is in prima staat.'

'Het regent. Als de straten blank...'

'Of misschien worden we wel ontvoerd door grote glibberige marsmannetjes,' zei Martie. 'En meegevoerd naar het moederschip waar ze ons zullen dwingen om te paren met walgelijke wezens die op inktvissen lijken.'

'De straten hier op het schiereiland stáán weleens blank,' zei Susan verdedigend.

'Rond deze tijd van het jaar houdt Big Foot zich schuil rond de pier en bijt argeloze voorbijgangers het hoofd af. We moeten maar ho-

pen dat we daar in de buurt geen autopech krijgen.'
'Je bent vals,' klaagde Susan.
'Ik ben zo gemeen als de pest,' bevestigde Martie.
'Wreed. Dat ben je echt. Ik meen het.'
'Ik ben onuitstaanbaar.'
'Breng me weer naar huis.'
'Nee.'
'Ik haat je.'
'Desondanks hou ik toch van jou,' zei Martie.
'O shit,' zei Susan ellendig. 'Ik hou ook van jou.'
'Nog even volhouden.'
'Dit is zo moeilijk.'
'Dat weet ik, lieverd.'
'Stel je voor dat we geen benzine meer hebben?'
'Ik heb een volle tank.'
'Ik kan hier niet ademen. Ik kan geen *adem* krijgen.'
'Sooz, je ademt wel degelijk.'
'Maar de lucht is net een... slak. En ik heb pijn in mijn borst. Mijn hart.'
'Ik heb ook ergens last van,' zei Martie. 'Raad eens.'
'Je bent een vals kreng.'
'Vertel me eens iets nieuws.'
'Ik haat je.'
'Ik hou van jou,' zei Martie geduldig.
Susan begon te huilen. Ze sloeg haar handen voor haar gezicht. 'Ik kan zo niet verder.'
'We hoeven ook niet veel verder.'
'Ik haat mezelf.'
Martie fronste. 'Zeg dat niet. Dat mag je nooit zeggen.'
'Ik haat wat ik ben geworden. Dat angstige, bibberende *ding* waarin ik veranderd ben.'
Tranen van medelijden sprongen Martie in de ogen. Ze knipperde heftig om weer helder te kunnen zien.
Vanaf de koude Stille Oceaan overspoelden golven zwarte wolken de lucht, alsof het getij van de nacht zich had omgedraaid om deze sombere nieuwe dag op te slokken. Vrijwel al het tegemoetkomende verkeer in noordelijke richting op de Pacific Coast Highway kwam op hen toe met ontstoken koplampen die het zwarte asfalt lieten glinsteren.
Marties gewaarwording van onnatuurlijke dreiging was verdwenen. De regenachtige dag leek helemaal niet vreemd meer. In feite was de wereld zo beklemmend mooi, zo perféct in alle opzichten, dat ze wel-

iswaar niet langer bang was voor iets dat zich erin bevond, maar juist vreselijk bang dat ze dit alles zou verliezen.

Vol wanhoop zei Susan: 'Martie, kun jij je nog herinneren... hoe ik vroeger was?'

'Ja. Levendig.'

'Ik niet. Er zijn dagen dat ik me mezelf niet anders meer kan herinneren dan zoals ik nu ben. Ik ben bang, Martie. Niet alleen om naar buiten te gaan, het huis uit. Ik ben bang... voor al die jaren die voor me liggen.'

'We komen hier samen wel doorheen,' stelde Martie haar gerust, 'en dan krijgen we nog een heleboel mooie jaren.'

Forse phoenixpalmen stonden aan weerszijden van de invalsweg naar Fashion Island, het belangrijkste winkel- en zakencentrum van Newport Beach. In de wind schudden de bomen hun dikke groene manen, als opgewonden leeuwen die op het punt stonden om te gaan brullen.

De praktijk van dr. Mark Ahriman bevond zich op de veertiende verdieping van een van de hoge gebouwen die de wijdvertakte laagbouw van het winkelcentrum omringden. Om Susan vanaf de parkeerplaats naar de ontvangsthal te krijgen en vervolgens over een gepolijste granieten vloer die zich kilometers leek uit te strekken naar een lift was niet zo'n hachelijke tocht als de reis van Frodo vanuit de vredige Gouw naar het land Mordor om daar de Grote Ring van de Macht te vernietigen – maar toch was Martie opgelucht toen de deuren dichtgleden en de lift naar boven zoemde.

'Bijna veilig,' mompelde Susan, haar blik strak gericht op het paneel dat boven de deuren was aangebracht en toekijkend hoe het lichtje van cijfer naar cijfer sprong, op weg naar de 14 waar een veilige haven wachtte.

Hoewel ze zich in een afgesloten ruimte bevond, alleen met Martie, voelde Susan zich nooit op haar gemak in de lift. Vandaar dat Martie een arm om haar heen geslagen hield, want ze wist dat de liftruimte en de daarachter gelegen gangen – zelfs de wachtkamer van de psychiater – ook vijandig gebied waren dat ontelbare gevaren herbergde. Elke openbare ruimte, hoe klein en beschut ook, was een *open* ruimte, in die zin dat iedereen er elk moment van de dag binnen kon komen. Ze voelde zich maar op twee plaatsen veilig: in haar eigen huis op het schiereiland... en in het privékantoor van dr. Ahriman, waar zelfs het indrukwekkende panoramische uitzicht over de kust haar geen schrik aanjoeg.

'Bijna veilig,' herhaalde Susan toen de liftdeuren op de veertiende verdieping opengleden.

Vreemd genoeg moest Martie weer aan Frodo uit *In de Ban van de Ring* denken. Frodo in de tunnel die een geheime toegang vormde tot het boze land Mordor. Frodo die het moest opnemen tegen de bewaker van de tunnel, het spinachtige monster Shelab. De door het beest gestoken Frodo, die ogenschijnlijk dood was, maar in werkelijkheid slechts verlamd en opzij gelegd om later opgevreten te worden.

'Opschieten, opschieten,' fluisterde Susan dringend. Voor het eerst sinds ze haar appartement had verlaten stond ze te trappelen om verder te gaan.

Om onverklaarbare redenen wilde Martie haar vriendin weer de lift in trekken, opnieuw naar beneden afdalen en teruggaan naar de auto.

Ze had alweer het gevoel dat er iets onrustbarends en vreemds was aan het wereldse decor om haar heen, alsof dit niet de op het oog gewone liftruimte was, maar in werkelijkheid de tunnel waar Frodo en zijn metgezel Sam Gewissies de grote, trillende, veelogige spin tegenkwamen.

Als reactie op een geluid achter haar draaide ze zich geschrokken om, half en half verwachtend dat ze Shelab zou zien opdagen. De liftdeur gleed dicht. Dat was alles.

In haar verbeelding was er tussen de dimensies een vlies gescheurd en sijbelde de wereld van Tolkien langzaam maar zeker Newport Beach binnen. Misschien had ze te lang en te hard gewerkt aan de bewerking voor het videospelletje. Begon ze, niet alleen geobsedeerd door haar verlangen om recht te doen aan *In de Ban van de Ring* maar ook door haar geestelijke vermoeidheid, werkelijkheid en fantasie door elkaar te halen?

Nee. Dat was het niet. De waarheid was minder fantastisch, maar even vreemd.

Daarna zag Martie in een flits haar eigen spiegelbeeld in de glazen ruit voor een nis in de muur waarin een brandslang was opgeborgen. Ze draaide zich meteen om, van haar stuk gebracht door de messcherpe bezorgdheid in haar gezicht. Haar trekken leken hoekig, met lachrimpels als diepe voren, een mond als een litteken en ogen die wonden waren.

Die onflatteuze uitdrukking was niet de reden dat ze de andere kant op keek. Er was iets anders. Iets ergers. Iets waar ze niet precies de vinger op kon leggen.

Wat is er toch met me aan de hand?

'Laten we nou gaan,' zei Susan nog dringender dan daarvoor. 'Martie, wat is er? *Ga nou mee.*'

Met tegenzien liep Martie samen met Susan de liftruimte uit. Ze sloegen linksaf de gang in.
Susan schepte moed uit haar mantra – 'Bijna veilig, bijna veilig' – maar Martie werd er niet door op haar gemak gesteld.

8

Terwijl de wind natte bladeren van de bomen rukte en watervallen door de goten gutsten in de richting van halfverstopte straatputten, reed Dusty door het heuvelgebied van Newport.

'Ik ben kletsnat. En koud,' klaagde Skeet.

'Ik ook. Gelukkig zijn we hoogstaande primaten met meer dan genoeg hulpmiddelen.' Dusty zette de verwarming aan.

'Ik heb het verknald,' mompelde Skeet.

'Wie, jij?'

'Ik verknal altijd alles.'

'Iedereen is ergens goed in.'

'Ben je boos op me?'

'Op het moment ben ik doodziek van je,' zei Dusty eerlijk.

'Haat je me?'

'Nee.'

Skeet zuchtte en gleed verder onderuit in zijn stoel. Terwijl hij daar als een zoutzak zat en er een lichte damp van zijn kleren af sloeg, leek hij meer op een baal wasgoed dan op een mens. Zijn geschaafde en gezwollen oogleden vielen dicht. Zijn mond zakte open. Hij was kennelijk in slaap gevallen.

De lucht hing drukkend omlaag, even grauwzwart als natte as en verkoold hout. De regen was niet zoals gewoonlijk glinsterend zilver, maar donker en vuil, alsof de natuur een werkster was die een smerige dweil uitwrong.

Dusty reed eerst naar het oosten en vervolgens in zuidelijke richting en liet Newport Beach achter zich op weg naar de stad Irvine. Hij hoopte dat de New Life Clinic, een afkickcentrum voor drugs- en drankverslaafden, nog een bed vrij zou hebben.

Skeet was al twee keer eerder afgekickt, waarvan één keer in New Life, zes maanden geleden. Toen hij eruit kwam, was hij clean en oprecht van plan dat zo te houden. Maar na iedere kuur ging het

weer langzaam maar zeker bergafwaarts.
Tot nu toe was hij nog nooit ver genoeg afgezakt om een zelfmoordpoging te doen. Misschien was hij nu diep genoeg gevallen om te beseffen dat hij aan zijn laatste kans toe was.
Zonder zijn kin van zijn borst op te heffen zei Skeet: 'Het spijt me... van daarginds op het dak. Neem me niet kwalijk dat ik niet meer wist wie jouw vader was. Dr. Decon. Het komt gewoon doordat ik helemaal kapot ben.'
'Dat maakt niet uit. Ik heb het grootste deel van mijn leven geprobeerd om hem te vergeten.'
'Ik durf te wedden dat jij nog wel weet wie míjn vader was.'
'Doctor Holden Caulfield, hoogleraar literatuur.'
'Hij is een echte smeerlap,' zei Skeet.
'Dat zijn ze allemaal. Smeerlappen trekken haar aan.'
Skeet tilde langzaam zijn hoofd op, alsof het een loden gewicht was dat opgekrikt werd door een ingewikkeld stelsel van krachtige hydraulische liften. 'Holden Caulfield is niet eens zijn echte naam.'
Dusty remde voor een rood stoplicht en wierp Skeet een sceptische blik toe. De naam, identiek aan die van de hoofdpersoon uit *The Catcher in the Rye*, leek te toepasselijk om bedacht te zijn.
'Hij heeft hem op zijn eenentwintigste voor de wet laten veranderen,' zei Skeet. 'Bij zijn geboorte heette hij Sam Farner.'
'Is dit stoned gezwets of echt waar?'
'Echt waar,' zei Skeet. 'De vader van onze ouwe Sam was beroepsmilitair. Kolonel Thomas Jackson Farner. Zijn moeder, Luanne, was kleuterleidster. De ouwe Sam kreeg mot met ze – nádat de kolonel en Luanne ervoor hadden gezorgd dat hij het college had afgemaakt en nadat de ouwe Sam een beurs had gekregen om zijn universitaire opleiding te voltooien. Anders had hij misschien nog even gewacht met heibel schoppen, tot zijn ouwelui ook voor de rest van zijn opleiding hadden geschokt.'
Dusty kende Skeets vader – de onechte Holden Caulfield – en hij kende hem maar al te goed, want de verwaande klootzak was zijn stiefvader. Trevor Penn Rhodes, Dusty's vader, was de tweede van de vier echtgenoten van hun moeder en Holden Sam Caulfield Farner was haar derde. Van even voor Dusty's vierde verjaardag tot na zijn veertiende had dat omhooggevallen heerschap hun gezin geregeerd alsof het zijn goddelijk recht was en met een mate van autoritair fanatisme en sociopathische wreedheid die hem de lof van Hannibal Lecter zou hebben opgeleverd. 'Hij zei dat zijn moeder hoogleraar op Princeton was geweest en zijn vader op Rutgers. Al die verhalen...'

'Niets van waar,' hield Skeet vol. 'Gewoon zijn uit de duim gezogen cv.'
'En hun tragische dood in Chili?'
'Ook gelogen.' In Skeets bloeddoorlopen ogen brandde een fel licht dat best wraakzucht zou kunnen zijn. Heel even leek de knul helemaal niet triest meer, niet in zichzelf gekeerd, weggeteerd en kapot, maar vervuld van een woeste en nauwelijks onderdrukte vrolijkheid.
Dusty zei: 'Heeft hij dan zo'n enorme ruzie met kolonel Farner gehad dat hij zijn naam wilde veranderen?'
'Ik denk dat hij *The Catcher in the Rye* een goed boek vond.'
Dusty was verbijsterd. 'Hij kan het best goed hebben gevonden, maar begreep hij het ook?' Dat was een domme vraag. Skeets vader had evenveel diepgang als een schoteltje en viel van de ene kortstondige passie in de andere, voor het merendeel even destructief als salmonella. 'Wie zou er nou Holden Caulfield willen *zíjn*?'
'Sam Farner, die beste brave vader van mij. En ik durf te wedden dat het de smeerlap bij zijn wetenschappelijke carrière geen kwaad heeft gedaan. Op zijn terrein maakt die naam hem gedenkwaardig.'
Achter hen werd getoeterd. Het stoplicht was van rood op groen gesprongen.
Terwijl ze weer verder reden naar New Life zei Dusty: 'Hoe ben je dit allemaal te weten gekomen?'
'In eerste instantie... via Internet.' Skeet ging wat rechter zitten en streek met zijn knokige handen zijn vochtige haar uit zijn gezicht. 'Eerst ben ik de erelijst van docenten aan Rutgers op hun website gaan controleren. Iedereen die daar ooit college heeft gegeven staat erop. Hetzelfde geldt voor Princeton. Bij geen van beide universiteiten was ooit een professor geweest die zo heette als zijn ouders. Zijn *verzonnen* ouders, bedoel ik.'
Met een onmiskenbare ondertoon van trots in zijn stem recapituleerde Skeet de moeizame weg die hij had gevolgd in zijn speurtocht naar de simpele waarheid omtrent zijn vader. Het onderzoek had zowel inspanning vereist als aanzienlijk creatief denken, om nog maar te zwijgen van nuchtere logica.
Dusty stond ervan te kijken dat dit broze knulletje, geteisterd door het leven en door zijn eigen verslavingen en dwangneuroses, in staat was geweest om zich zo scherp te concentreren en ook nog lang genoeg om die klus te kunnen klaren.
'De vader van mijn vader, kolonel Farner... die is allang dood,' zei Skeet. 'Maar Luanne, zijn moeder, leeft nog wel. Ze is achtenzeventig en ze woont in Cascade, Colorado.'
'Je grootmoeder,' zei Dusty.

'Tot drie weken geleden wist ik niet eens dat ze bestond. Ik heb haar twee keer aan de telefoon gehad. Ze lijkt echt lief, Dusty. Haar hart brak toen haar enige kind hen uit zijn leven bande.'
'Waarom heeft hij dat gedaan?'
'Politieke overtuigingen. Vraag me niet wat dat betekent.'
'Bij elk paar schone designer-sokken dat hij aantrekt, verandert hij van overtuiging,' zei Dusty. 'Het moet iets anders zijn geweest.'
'Volgens Luanne niet.'
De trots over wat hij had klaargespeeld die Skeet genoeg kracht had gegeven om rechter te gaan zitten en zijn kin van zijn borst te tillen, kon hem niet langer overeind houden. Geleidelijk aan zakte hij weer onderuit en trok zich als een schildpad terug in de damp, de vochtige geur en de natte plooien van zijn door de regen doorweekte wijde kleren.
'Je kunt je dit niet nog eens veroorloven,' zei Skeet toen Dusty de parkeerplaats van de New Life Clinic op reed.
'Maak je daar maar geen zorgen over. Ik heb twee grote klussen aangenomen. Bovendien is Martie druk bezig met het ontwerpen van allerlei walgelijke manieren om Orks en een heel zootje andere monsters een kopje kleiner te maken en dat levert echt een massa poen op.'
'Ik weet niet of ik die hele kuur nog een keer kan doen.'
'Dat kun je best. Je bent vanmorgen van een dak af gesprongen. Verrek, afkicken moet een fluitje van een cent zijn.'
De privékliniek was gevestigd in een gebouw dat deed denken aan het hoofdkantoor van een succesvolle keten van Mexicaanse fastfoodrestaurants: een twee verdiepingen hoge haciënda met gewelfde terrassen op de begane grond en overdekte balkons op de eerste verdieping, iets te netjes opgesierd met dieppurperen bougainville die zorgvuldig met de hand om pilaren en langs togen was geleid. Er was met zoveel nadruk naar perfectie gestreefd dat het resultaat een Disney-achtige kunstmatigheid had opgeleverd, alsof alles van het gras tot en met het dak uit plastic was gestanst. Hier had zelfs de vieze regen een blikken glans.
Dusty parkeerde de auto in de buurt van de ingang, op een van de plaatsen die gereserveerd waren voor nieuwe patiënten. Hij schakelde de ruitenwissers uit, maar liet de motor lopen. 'Heb je hem verteld wat je te weten bent gekomen?'
'Bedoel je die beste brave pa?' Skeet sloot zijn ogen en schudde zijn hoofd. 'Nee. Dat ik het zelf weet, is genoeg.'
In werkelijkheid was Skeet bang voor professor Caulfield, geboren Farner, nog even erg als toen hij nog een jongetje was geweest – en waarschijnlijk terecht.

'Cascade, Colorado,' zei Skeet en sprak de naam uit alsof het een wonderbaarlijke plaats was, een plek waar tovenaars, griffioenen en eenhoorns zich thuis voelden.
'Wil je daarnaartoe, om je grootmoeder te zien?'
'Te ver. Te moeilijk,' zei Skeet. 'Ik mag niet meer rijden.'
Vanwege een aantal verkeersovertredingen was hij zijn rijbewijs kwijtgeraakt. Hij reed iedere dag met Fig Newton mee naar het werk.
'Luister,' zei Dusty, 'als jij die kuur afmaakt, breng ik je naar Cascade om je grootmoeder te ontmoeten.'
Skeet deed zijn ogen open. 'O, man, dat is riskant.'
'Hé, zo slecht rij ik nou ook weer niet.'
'Ik bedoel, mensen besodemieteren je. Behalve jij en Martie. En Dominique. Die heeft me nooit belazerd.'
Dominique was hun halfzusje, een kind van de eerste man van hun moeder. Ze was een Downs-baby geweest en op heel jeugdige leeftijd overleden. Ze hadden haar geen van beiden gekend, hoewel Skeet af en toe een bezoek bracht aan haar graf. *De ontsnapte*, noemde hij haar.
'Mensen besodemieteren je altijd,' zei hij, 'en het is niet verstandig om te veel te verwachten.'
'Je zei dat ze aan de telefoon lief overkwam. En kennelijk heeft je pa een grondige hekel aan haar, dat is een goed teken. Verdomd goed. Trouwens, als ze een heks van een grootmoeder blijkt te zijn, ben ik bij je en dan breek ik allebei haar benen.'
Skeet lachte. Hij keek weemoedig door de met regendruppels bedekte voorruit, niet naar de directe omgeving maar misschien naar een ideaalbeeld van Cascade, Colorado, dat hij in gedachten al had opgeroepen. 'Ze zei dat ze van me hield. Ze heeft me nog nooit gezien, maar toch zei ze dat.'
'Je bent haar kleinzoon,' zei Dusty terwijl hij de motor uitzette.
Skeets ogen leken niet alleen opgezwollen en bloeddoorlopen, maar *rauw*, alsof hij te veel verdrietige dingen had gezien. Maar in de lijkwitte, holle puinhoop van zijn ingevallen gezicht gloeide een warme glimlach. 'Je bent niet gewoon een halfbroer. Je bent een broer en een half.'
Dusty legde zijn hand om Skeets achterhoofd en trok hem naar zich toe, tot hun voorhoofden elkaar raakten. Zo bleven ze een tijdje zitten, zonder iets te zeggen.
Daarna stapten ze uit het busje de koude regen in.

9

In de wachtkamer van dr. Mark Ahriman stonden twee stel opengewerkte stoelen van gelakt hout met zwartleren zittingen in een stijl die aan Ruhlman deed denken. De vloer was van zwart graniet, net als de twee bijzettafeltjes waarop opengeslagen exemplaren van *Architectural Digest* en *Vanity Fair* lagen. De kleur van de wanden stemde overeen met de honingachtige tint van het hout.

Twee art-decoschilderijen, nachtelijke stadsgezichten die deden denken aan het vroegere werk van Georgia O'Keeffe, waren de enige kunstvoorwerpen.

Het bijzonder stijlvolle interieur was ook verrassend rustgevend. Zoals altijd was Susan zichtbaar opgelucht op het moment dat ze vanuit de gang op de veertiende verdieping over de drempel stapte. Voor het eerst sinds het vertrek uit haar appartement had ze de steun van Martie niet meer nodig. Haar houding werd beter. Ze hield haar hoofd omhoog, zette de capuchon van haar regenjas af en haalde diep adem, alsof ze net boven water was gekomen in een diepe, koude vijver.

Vreemd genoeg voelde Martie zich ook wel een beetje opgelucht. Haar rondtollende angstgevoelens die niet onverbrekelijk verbonden leken te zijn met een bepaalde oorzaak namen iets af toen ze de deur van de wachtkamer achter hen dichttrok.

Door het raampje voor de balie van de receptioniste konden ze de secretaresse van de dokter, Jennifer, zien. Ze zat aan een bureau te telefoneren en woof naar hen.

Een binnendeur ging geluidloos open. Alsof hij telepathisch op de hoogte was gebracht van het feit dat zijn patiënte was gearriveerd, kwam dr. Ahriman te voorschijn uit de even mooi gemeubileerde kamer waarin hij therapie gaf. Hij was smetteloos gekleed in een donkergrijs pak van Vestimenta, even stijlvol als zijn praktijkruimte, en bewoog zich met de gemakkelijke gratie die kenmerkend is voor beroepsatleten.

Hij was in de veertig, lang, mooi gebruind, met peper-en-zoutkleurig haar en even knap als op de foto's die de omslagen van zijn bijzonder populaire boeken over psychologie sierden. Hoewel zijn lichtbruine ogen ongewoon scherp waren, was zijn blik niet opdringerig of uitdagend en evenmin klinisch – maar vriendelijk en geruststellend. Dr. Ahriman leek totaal niet op Marties vader en toch had hij niet alleen de minzaamheid van Smilin' Bob, maar ook diens oprechte belangstelling voor mensen en zijn ontspannen zelfvertrouwen. Voor haar ging er iets vaderlijks van hem uit.
In plaats van Susans agorafobie aan te wakkeren door beleefd te informeren hoe het haar onderweg van haar appartement was vergaan, hield hij een welsprekend betoog over de schoonheid van de storm, alsof de natte ochtend even stralend was als een schilderij van Renoir. Toen hij de geneugten van een wandeling door de regen beschreef, kwamen de kilte en de vochtigheid even hartverwarmend over als een zonnige dag aan het strand.
Tegen de tijd dat Susan haar regenjas had uitgetrokken en aan Martie had overhandigd, glimlachte ze. Terwijl ze van de wachtkamer naar dr. Ahrimans privékantoor liep, bewoog ze zich niet meer als een oude vrouw maar als een jong meisje, kennelijk niet geïntimideerd door het weidse uitzicht op de kust dat haar achter zijn ramen op de veertiende verdieping te wachten stond.
Zoals altijd was Martie onder de indruk van de onmiddellijke, kalmerende invloed die de dokter op Susan had en ze besloot bijna om haar bezorgdheid niet met hem te delen. Maar vervolgens, toen hij op het punt stond om achter Susan aan de spreekkamer in te lopen, vroeg Martie toch of ze hem even kon spreken.
Hij zei tegen Susan: 'Ik kom zo bij je' en trok de deur van zijn kantoor dicht.
Terwijl ze samen met Ahriman naar het midden van de wachtkamer liep, zei Martie met gedempte stem: 'Ik maak me zorgen over haar, dokter.'
Zijn glimlach was even geruststellend als warme thee, besuikerde biscuitjes en een stoel bij de open haard. 'Het gaat prima met haar, mevrouw Rhodes. Ik ben bijzonder tevreden over haar.'
'Kunt u haar geen medicijnen geven? Ik heb gelezen dat er middelen tegen angst...'
'In haar geval zou het een grote vergissing zijn om middelen tegen angst voor te schrijven. Medicijnen zijn niet altijd de juiste oplossing, mevrouw Rhodes. Geloof me, ik zou meteen een recept uitschrijven als ze daar baat bij zou hebben.'
'Maar ze is nu al zestien maanden zo.'

Hij hield zijn hoofd scheef en keek haar aan met een blik alsof hij bijna het idee had dat ze hem plaagde. 'Hebt u werkelijk geen enkele verandering bij haar gezien, met name gedurende de laatste paar maanden?'

'O ja. Meer dan genoeg. En het lijkt mij... Nou ja, ik ben geen dokter, geen therapeut, maar de laatste tijd lijkt het slechter met Susan te gaan. Een stuk slechter.'

'U hebt gelijk. Ze gaat achteruit, maar dat is geen slecht teken.'

Stomverbaasd zei Martie: 'Niet?'

Omdat hij begreep dat Martie echt in de war was en hij waarschijnlijk intuïtief aanvoelde dat ze niet alleen zo overstuur was doordat ze zich zorgen maakte over haar vriendin, bracht dr. Ahriman haar naar een stoel. Hij ging naast haar zitten.

'Agorafobie,' legde hij uit, 'is bijna altijd een gesteldheid die plotseling ontstaat, het is zelden een geleidelijk proces. De hevigheid van de angst is bij de eerste paniekaanval even groot als bij de honderdste keer. Dus als er een verandering optreedt in de mate van angst is dat vaak een aanwijzing dat de patiënt op het randje van een doorbraak staat.'

'Zelfs als de angst groter wordt?'

'Vooral dan.' Dr. Ahriman aarzelde. 'Ik weet zeker dat u begrijpt dat ik geen inbreuk mag maken op Susans privacy door in details te treden over haar specifieke geval. Maar in het algemeen gebruikt iemand die aan agorafobie lijdt zijn of haar angst als bescherming tegen de buitenwereld, als een manier om geen contact te hoeven hebben met andere mensen of om te voorkomen dat hij of zij bijzonder traumatische persoonlijke ervaringen onder ogen moet zien. Ze scheppen een vreemde troost uit het isolement...'

'Maar Susan vindt het vreselijk om zo angstig te zijn en in dat appartement opgesloten te zitten.'

Hij knikte. 'Haar wanhoop is intens en volkomen oprecht. Desalniettemin is haar behoefte aan isolement nog groter dan haar verdriet over de beperkingen die haar fobie haar oplegt.'

Het was Martie inderdaad opgevallen dat Susan zich af en toe eerder aan haar appartement vastklampte omdat ze zich daar gelukkig voelde dan omdat ze zo bang was voor de buitenwereld.

'Als de patiënt begint te begrijpen waaróm ze die eenzaamheid opzoekt,' vervolgde Ahriman, 'als ze eindelijk het échte trauma dat ze probeert te verdringen begint te herkennen, dan zal ze zich soms bij wijze van ontkenning nog meer aan die agorafobie vastklampen. Sterker wordende symptomen houden gewoonlijk in dat ze een soort laatste barrière opwerpt om de waarheid te ontlopen. Als die barrière niet voldoende blijkt, zal ze uiteindelijk datgene onder ogen zien waar ze wérkelijk bang voor is – geen open vlaktes maar iets persoonlijkers en directers.'

De verklaring van de dokter klonk Martie redelijk in de oren, maar toch vond ze het moeilijk om te accepteren dat een steeds grotere terugval onvermijdelijk tot genezing zou leiden. Vorig jaar had haar vaders gevecht tegen kanker een niet te stuiten neerwaartse spiraal getoond en dat was niet uitgelopen op een gelukkige kentering, maar op de dood. Natuurlijk kon een psychische ziekte niet vergeleken worden met een lichamelijke kwaal. Maar toch...

'Heb ik u een beetje gerust kunnen stellen, mevrouw Rhodes?' Een vleugje humor sprankelde in zijn ogen. 'Of vindt u het allemaal maar beroepsmatig geleuter?'

Ze liet zich door zijn charme overtuigen. De indrukwekkende rij diploma's in zijn spreekkamer, zijn reputatie als de beste specialist van Californië – of misschien wel van het hele land – voor de behandeling van fobieën en zijn scherpe verstand waren niet minder belangrijk bij het winnen van het vertrouwen van een patiënt dan zijn doktermanieren.

Martie glimlachte en schudde haar hoofd. 'Nee. De enige die hier zit te leuteren, ben ik. Ik geloof... Ik heb het gevoel dat ik haar op de een of andere manier in de steek heb gelaten.'

'Nee, nee, nee.' Hij legde zijn hand geruststellend op haar schouder. 'Mevrouw Rhodes, ik kan niet genoeg benadrukken hoe belangrijk u bent voor Susans herstel. Dat u zoveel voor haar over hebt, is belangrijker dan alles wat ik voor haar kan doen. U hoeft echt geen moment te aarzelen om met mij te praten als u iets dwarszit. Uw bezorgdheid geeft haar vaste grond onder de voeten.'

Marties stem klonk gesmoord. 'We zijn al vriendinnen sinds onze kindertijd, al bijna ons hele leven. Ik hou zo ontzettend veel van haar. Als ze mijn eigen zusje was, zou ik niet meer van haar kunnen houden.'

'Dat is precies wat ik bedoel. Liefde kan veel meer voor elkaar krijgen dan therapie, mevrouw Rhodes. Niet iedere patiënt heeft zo iemand als u. Susan heeft in dat opzicht echt bijzonder veel geluk.'

Marties ogen werden wazig. 'Ze lijkt zo verloren,' zei ze zacht.

Zijn hand pakte haar schouder iets steviger vast. 'Ze is op de goede weg. Echt waar, geloof me nu maar.'

Ze geloofde hem ook. Hij had haar zelfs zo gerustgesteld dat ze bijna begon over haar eigen vreemde angstaanvallen van die ochtend: haar schaduw, de spiegel, de mezzaluna, de punt en de kartelrand van de autosleutel...

Binnen in de spreekkamer zat Susan te wachten op haar behandeling. Dit was haar afspraak, niet die van Martie.
'Is er verder nog iets?' vroeg dr. Ahriman.
'Nee. Ik voel me een stuk beter,' zei ze terwijl ze opstond. 'Dank u wel. Heel hartelijk bedankt, dokter.'
'Heb vertrouwen, mevrouw Rhodes.'
'Dat heb ik ook.'
Glimlachend stak hij zijn duim omhoog, liep zijn spreekkamer binnen en trok de deur dicht.
Martie liep door een smalle gang tussen de spreekkamer van de dokter en een grote archiefkamer naar een tweede wachtkamer. Die was kleiner dan de eerste, maar zag er verder hetzelfde uit.
Hier was een achteringang naar de spreekkamer van dr. Ahriman en een andere deur gaf toegang tot de gang op de veertiende verdieping. Het feit dat er twee wachtkamers waren, zorgde ervoor dat binnenkomende patiënten met hun eventuele begeleiders geen vertrekkende patiënten zouden tegenkomen, zodat ieders privacy gerespecteerd werd.
Martie hing Susans regenjas en die van haar aan de haken die op de muur naast de uitgang zaten.
Ze had een paperback meegebracht om de tijd te doden, een thriller, maar ze kon zich niet op het verhaal concentreren. Al die enge dingen die in het boek gebeurden, waren niet half zo verontrustend als de werkelijke gebeurtenissen van die ochtend.
Even later bracht Jennifer, de secretaresse van de dokter, haar een beker koffie – zwart en zonder suiker, zoals Martie het lekker vond – en een chocoladebiscuitje. 'Ik heb niet eens gevraagd of je soms liever frisdrank had. Ik ben er maar van uitgegaan dat zo'n dag als vandaag om koffie vraagt.'
'Prima. Bedankt, Jenny.'
Toen Martie voor het eerst samen met Susan hiernaartoe was gekomen, had dat beleefde gebaartje haar verbaasd; hoewel ze nog nooit eerder bij een psychiater was geweest, was ze ervan overtuigd dat zo'n attente behandeling in dit beroep niet gebruikelijk was en ze werd er nog steeds door gecharmeerd.
De koffie was sterk maar niet bitter. Het biscuitje was heerlijk; ze moest aan Jennifer vragen waar die te koop waren.
Gek, hoe een lekker koekje de geest tot rust kon brengen en zelfs een bezwaard gemoed kon verlichten.
Na een poosje was ze in staat om zich op het boek te concentreren. Het was goed geschreven. Het verhaal was boeiend. De personages waren interessant. Ze vond het leuk.

De tweede wachtkamer was een fijne plek om te lezen. Stil. Geen ramen. Geen irritante achtergrondmuziek. Geen afleiding.
In het verhaal kwam een dokter voor die van haiku's hield, een beknopte vorm van Japanse poëzie. Hij was lang, knap en gezegend met een honingzoete stem en terwijl hij bij een groot raam stond te kijken naar een storm, droeg hij een haiku voor:

Storm in het pijnbos,
Harde regen, gescheurd papier,
Dat in zichzelf praat.

Martie vond het een schitterend gedicht. En die korte regels pasten precies bij de stemming van de januariregen zoals die aan de andere kant van het raam langs de kust denderde. Prachtig – zowel de aanblik van de storm als de woorden.
Toch vond ze de haiku ook verontrustend. Het gedichtje bleef door haar hoofd spoken. Er ging een gevaarlijke bedoeling schuil achter die fraaie beelden. Ze werd bevangen door een plotselinge onrust, een gevoel dat niets was wat het scheen.
Wat is er met me aan de hand?
Ze voelde zich stuurloos. Ze stond, hoewel ze zich niet kon herinneren dat ze was opgestaan. En wat deed ze *hier* in godsnaam?
'Wat is er met me aan de hand?' vroeg ze, dit keer hardop.
Daarna sloot ze haar ogen, want ze moest zich ontspannen. Ze moest zich ontspannen. Ontspannen. Vertrouwen hebben.
Langzaam maar zeker hervond ze haar evenwicht.
Ze besloot om de tijd te doden met een boek. Boeken waren goede therapie. In een boek kon je jezelf verliezen, je zorgen vergeten en je angst.
Met name dit boek hielp je bij de vlucht uit de werkelijkheid. Een echte thriller. Het was goed geschreven. Het verhaal was boeiend. De personages waren interessant. Ze vond het leuk.

10

De enige beschikbare kamer in New Life was op de eerste verdieping, met uitzicht op de goed verzorgde tuinen. Koninginnenpalmen en varens zwiepten in de wind en bloembedden stonden vol deinende bloedrode cyclamen.

De regen kletterde zo hard tegen het raam dat het leek alsof het hagelde, hoewel Dusty geen ijskraaltjes langs het glas zag druipen.

Skeet zat in kleren die inmiddels alleen nog een beetje vochtig waren in een met blauwe tweed beklede leunstoel. Hij bladerde ongeïnteresseerd in een oud nummer van *Time*.

Dit was een eenpersoonskamer in plaats van de gebruikelijke tweepersoons. Een smal bed met een groen-geel geblokte sprei. Een nachtkastje van lichtgrenen formica en een bijpassend ladekastje. Crèmewitte muren, donkeroranje gordijnen en een ziekelijk groene vloerbedekking. Als ze in de hel terechtkwamen, moesten binnenhuisarchitecten gedoemd zijn om tot in de eeuwigheid dit soort interieurs te ontwerpen.

De aangrenzende badkamer bevatte een douchecel ter grootte van een krappe telefooncel. In een hoek van de spiegel boven de wastafel zat een rood etiketje met VEILIGHEIDSGLAS. Als dat kapotgeslagen werd, leverde het geen scherven op die scherp genoeg waren om iemands polsen door te snijden.

De kamer was weliswaar eenvoudig maar toch heel duur, want de zorg die door het personeel van New Life werd verstrekt was van aanzienlijk hogere kwaliteit dan hun meubilair. Door Skeets ziektekostenverzekering werd een geval van ik-ben-zo-stom-geweest-om-een-zelfmoordpoging-te-doen-en-nu-moet-ik-geestelijk-door-de-mangel niet vergoed, dus Dusty had al een cheque uitgeschreven voor een verblijf van vier weken met vol pension en hij had een papier ondertekend waarin hij zich garant stelde voor de kosten van de benodigde therapeuten, doktoren, maatschappelijk werkers en verpleegkundigen.

Aangezien dit Skeets derde ontwenningskuur was – en zijn tweede in New Life – begon Dusty het idee te krijgen dat, als hij nog enige hoop op succes wilde koesteren, hij geen psychologen, doktoren en therapeuten nodig had, maar een magiër, een tovenaar, een heks en een wensput.

Het zat er dik in dat Skeet op z'n minst drie weken in New Life zou moeten blijven. Misschien wel zes. Vanwege zijn zelfmoordpoging zou een hele ploeg verpleegkundigen hem zeker drie dagen lang vierentwintig uur per dag in de gaten houden.

Ondanks de afgesloten contracten voor grote schilderklussen en Marties opdracht om een nieuw *In de Ban van de Ring*-spel te ontwerpen, zouden ze zich dit jaar geen lange vakantie op Hawaï kunnen veroorloven. In plaats daarvan konden ze een paar tikilantaarns in de tuin ophangen, rieten rokjes aantrekken, een Don Ho-cd in de speler proppen en een *luau* houden met ham in blik. Dat zou ook fijn zijn. Elk uur in het gezelschap van Martie was fijn, of ze nu uitzicht hadden op Waima Bay of op de geschilderde schutting aan het eind van hun bloementuin.

Terwijl Dusty op de rand van het bed plaatsnam, liet Skeet het nummer van *Time* dat hij had zitten lezen op de grond vallen. 'Sinds ze er geen naaktfoto's meer in zetten, is dit blad zo saai als de pest geworden.' Toen Dusty geen antwoord gaf, zei Skeet: 'Hé broertje, dat was gewoon een grapje, geen junkiepraat. Ik ben niet zo high meer.'

'Ik vond je lolliger toen dat nog wel het geval was.'

'Ja. Maar als je weer met zo'n klap op aarde terugkomt, is het moeilijk om tussen de puinhopen te gaan staan lachen.' Zijn stem zwabberde als een draaitafel die niet de juiste snelheid heeft.

Het geroffel van de regen op het dak was meestal rustgevend. Nu klonk het deprimerend, als een kille herinnering aan alle dromen en van drugs vergeven jaren die in de goot waren beland.

Skeet drukte zijn bleke, gerimpelde vingertoppen tegen zijn oogleden. 'Ik zag net mijn ogen in de badkamerspiegel. Net alsof iemand een paar fikse fluimen in een stel vuile asbakken heeft gedeponeerd. En zo voelen ze ook aan, man.'

'Wil je nog iets speciaals hebben, behalve je spullen? Een paar nieuwe tijdschriften, boeken, een radio?'

'Nee hoor. De komende paar dagen zal ik toch vooral slapen.' Hij zat naar zijn vingertoppen te staren alsof hij het idee had dat er stukjes van zijn ogen aan waren blijven kleven. 'Ik waardeer dit echt, Dusty. Ik verdien het niet, maar ik waardeer het wel. En ik zal je op de een of andere manier terugbetalen.'

'Dat hoeft niet.'

'Jawel. Dat wil ik.' Hij smolt langzaam weg in de stoel, alsof hij een wassen kaars was in de vorm van een man. 'Dat is belangrijk voor me. Misschien win ik de loterij wel of een andere grote prijs. Weet je wat ik bedoel? Dat zou best kunnen.'
'Inderdaad,' beaamde Dusty, want hoewel hij weinig vertrouwen had in de loterij geloofde hij wel in wonderen.
De verpleegkundige die de eerste dienst had, kwam binnen, een jonge Amerikaan van Aziatische afkomst. Hij heette Tom Wong en zijn ontspannen, competente houding en jongensachtige glimlach overtuigden Dusty ervan dat hij zijn broer in goede handen achterliet.
De naam op het inschrijvingsformulier was Holden Caulfield jr., maar toen Tom die hardop voorlas, schrok Skeet op uit zijn lethargie. 'Skéét!' zei hij heftig terwijl hij rechtop schoot in zijn stoel en zijn vuisten balde. 'Zo heet ik. Skeet en niets anders dan Skeet. Heb het lef niet om me ooit Holden te noemen. Helemaal nóóit. Hoe kan ik Holden *junior* zijn als die leugenachtige zak van een vader van me niet eens Holden *senior* is? Eigenlijk zou ik Sam Farner jr. moeten zijn. Maar je moet het ook niet wagen om me zo te noemen! Als je me iets anders noemt dan Skeet trek ik al mijn kleren uit, steek mijn haar in brand en spring dwars door dat verrekte raam heen. Oké? Heb je 't begrepen? Of wil je soms dat ik met mijn haar in lichterlaaie en piemelnaakt na een zelfmoordpoging in dat mooie tuintje van jullie terechtkom?'
Tom Wong schudde lachend zijn hoofd en zei: 'Niet als ik dienst heb, Skeet. Dat haar in lichterlaaie zou een fantastisch gezicht zijn, maar ik heb echt geen behoefte om je naakt te zien.'
Dusty glimlachte opgelucht. Tom had precies de goede toon te pakken.
Terwijl hij weer onderuitzakte in de stoel, zei Skeet: 'Ik mag je wel, meneer Wong.'
'Noem me alsjeblieft Tom.'
Skeet schudde zijn hoofd. 'Ik ben een ernstig geval van achtergebleven ontwikkeling dat in het begin van de puberteit is blijven steken en ik zit meer in de knoop dan een stel regenwurmen dat een kindje aan het maken is. Wat ik nu nodig heb, is niet een stelletje nieuwe vrienden, meneer Wong. Ik ben hier omdat ik behoefte heb aan mensen met gezag, zie je, mensen die me op de goeie weg kunnen brengen want zo kan ik echt niet verder en ik wil ook echt graag de goeie kant op, echt waar. Oké?'
'Oké,' zei Tom Wong.
'Ik kom zo terug met je kleren en de rest van je spullen,' zei Dusty.
Toen Skeet probeerde op te staan, had hij niet genoeg kracht om

overeind te komen uit de stoel.
Dusty bukte zich en gaf hem een kus op zijn wang. 'Ik hou van je, broertje,' zei hij.
'In werkelijkheid,' zei Skeet, 'zal ik je nooit terugbetalen.'
'Natuurlijk wel. Was je die loterij vergeten?'
'Ik heb nooit geluk.'
'Dan koop ik dat lot wel voor je,' zei Dusty.
'Goh, zou je dat willen doen? Jij hebt wel geluk. Dat heb je altijd al gehad. Verdorie, jij hebt Martie gevonden. Het geluk komt jou je oren uit.'
'Je hebt nog recht op salaris. Ik zal twee loten per week voor je kopen.'
'Dat zou tof zijn.' Skeet sloot zijn ogen. Zijn stem daalde tot een gemompel. 'Dat zou... tof zijn.' Hij was in slaap gevallen.
'Arme knul,' zei Tom Wong.
Dusty knikte.
Vanuit de kamer van Skeet liep Dusty rechtstreeks naar de verpleegsterspost op de eerste verdieping, waar hij een gesprek had met de hoofdverpleegkundige, Colleen O'Brien: een gezette vrouw met sproeten, wit haar en vriendelijke ogen, die de moeder-overste had kunnen spelen van elk klooster uit elke film met een katholiek thema die ooit was geproduceerd. Ze zei dat ze op de hoogte was van alle beperkingen die voor de behandeling van Skeet golden, maar Dusty nam ze toch nog een keer met haar door.
'Geen medicijnen. Geen kalmerende middelen, geen slaapmiddelen. Geen antidepressiva. Hij heeft sinds zijn vijfde continu een of ander verdomd middel moeten slikken, soms wel twee of drie tegelijk. Hij had leerproblemen die voor gedragsstoornissen werden aangezien en zijn vader heeft hem daarvoor een hele stoot troep laten slikken. Als een van de medicijnen bijverschijnselen had, kreeg hij weer iets om die bijverschijnselen tegen te gaan en als díé dan weer bijverschijnselen vertoonden, kwamen er weer medicijnen aan te pas om de nieuwe bijverschijnselen tegen te gaan. Hij is opgegroeid met een chemische hutspot en ik weet zeker dat hij daardoor zo in de knoei is geraakt. Hij is er zo aan gewend om een pil te slikken of een injectie te krijgen dat hij gewoon niet weet hoe hij simpel en gezond moet leven.'
'Daar is dokter Donklin het mee eens,' zei ze, terwijl ze Skeets dossier pakte. 'Zijn advies is om totaal geen medicijnen voor te schrijven.'
'Skeets stofwisseling is zo erg van slag en zijn zenuwstelsel is zo aangetast dat je zelfs nooit kunt weten welke reactie hij vertoont op

huis-, tuin- en keukenmiddeltjes die normaal volkomen onschadelijk zijn.'
'Hij krijgt zelfs geen aspirientje.'
Dusty kon zelf horen dat hij in zijn bezorgdheid voor Skeet gewoon begon te leuteren. 'Hij heeft zichzelf een keer bijna om zeep gebracht met cafeïnetabletten waar hij helemaal aan verslaafd was geraakt. Het gevolg was een cafeïnepsychose, waardoor hij heel raar begon te hallucineren en stuiptrekkingen kreeg. Nu is hij daar bijzonder gevoelig voor, het is een allergie. Als jullie hem koffie geven of een glas cola zou hij al een anafylactische shock kunnen krijgen.'
'Jongen,' zei ze, 'dat staat ook allemaal in het dossier. Geloof me nu maar, we zullen echt goed voor hem zorgen.' Tot Dusty's verbazing sloeg Colleen O'Brien een kruis en knipoogde toen tegen hem. 'Als ik dienst heb, zal er heus niets met je broertje gebeuren.'
Als ze inderdaad een moeder-overste in een film was geweest, zou je het volste vertrouwen hebben dat ze zowel voor zichzelf als voor God sprak.
'Dank u, mevrouw O'Brien,' zei hij zacht. 'Heel, héél hartelijk bedankt.'
Toen hij weer buiten in zijn bus zat, startte hij niet meteen de motor. Hij trilde zo erg dat hij niet kon rijden.
De rillingen waren gedeeltelijk een vertraagde reactie op de val van het dak van de Sorensons. En hij beefde ook van woede. Woede om die arme verknipte Skeet en de niet-aflatende last die hij meebracht. En die woede bezorgde Dusty weer rillingen van schaamte, omdat hij ook van Skeet hield en zich verantwoordelijk voor hem voelde maar niet in staat was om hem te helpen. En die machteloosheid was het ergste van alles.
Hij sloeg zijn armen om het stuur, legde zijn voorhoofd erop en deed iets dat hij zichzelf in de negenentwintig jaar van zijn bestaan maar zelden had toegestaan. Hij huilde.

11

Na het bezoek aan dr. Ahriman leek Susan weer helemaal de oude, de vrouw die ze voor de pleinvrees was geweest. Ze verklaarde dat ze rammelde van de honger, toen ze haar regenjas aanschoot. Met veel gevoel voor humor en flair haalde ze de drie Chinese restaurants waar ze volgens Martie een maaltijd konden afhalen over de hekel. 'Ik vind smaakversterkende middeltjes of te veel Spaanse pepers in de babi pangang niet zo erg, maar ik vrees dat ik keuze nummer drie moet afwijzen op grond van de mogelijkheid dat we een ongevraagde garnering van kakkerlakken krijgen voorgeschoteld.' Uit haar gezicht en houding viel niet op te maken dat ze een vrouw was in de bijna verlammende greep van een ernstige fobie.

Toen Martie de deur naar de gang op de veertiende verdieping opentrok, zei Susan: 'Je vergeet je boek.'

De paperback lag nog op het tafeltje naast de stoel waarin Martie had gezeten. Ze liep de kamer door, maar aarzelde voor ze het boek oppakte.

'Wat is er?' vroeg Susan.

'Hè? O, niets. Ik schijn mijn boekenlegger kwijt te zijn.' Martie stopte het boek in de zak van haar regenjas.

De hele weg door de gang bleef Susan opgewekt, maar in de lift naar beneden kwam er een verandering in haar gedrag. Toen ze in de ontvangsthal aanbeland waren, was haar gezicht pips geworden en het lichte trillen van haar stem klopte de opgewekte toon op tot zure angst. Ze trok haar schouders op, liet haar hoofd hangen en ging voorovergebogen lopen, alsof ze nu al het kille, natte striemen van de storm buiten kon voelen.

Susan stapte nog op eigen kracht de lift uit, maar vier of vijf passen verderop in de hal moest ze zich aan Marties arm vastklampen om op de been te blijven. Terwijl ze naar de buitendeuren toe liepen, was ze door haar angst bijna verlamd en veranderd in een hoopje ellende.

De terugweg naar de auto was een verschrikking. Toen ze uiteindelijk bij de Saturn aankwamen, had Martie aan de rechterkant gewoon pijn in haar schouder en haar nek, zo stijf had Susan haar vastgehouden en zo zwaar had ze op haar arm geleund.
Susan kromp in elkaar op de voorstoel en zat met haar armen om haar lichaam geslagen op en neer te wiegen alsof ze verging van de maagpijn, het hoofd gebogen om te voorkomen dat ze ook maar een glimp zou opvangen van de wijde wereld achter de ramen. 'En boven voelde ik me zo goed,' zei ze verdrietig. 'Bij dokter Ahriman ging het tijdens het hele bezoek zo goed. Ik had het gevoel dat ik normáál was. Ik was ervan overtuigd dat ik me echt beter zou voelen als ik buiten kwam, een beetje beter tenminste, maar het is nu nog erger dan toen ik naar binnen ging.'
'Het is niet erger, schat,' zei Martie terwijl ze de motor startte. 'Toen we hiernaartoe gingen was het ook doffe ellende met je, geloof me.'
'Nou, ik vóél me wel slechter. Ik voel me alsof er iets van boven, vanuit de lucht, op ons neerkomt waardoor ik verpletterd zal worden.'
'Dat is alleen maar de regen,' zei Martie, want de regen die op de auto roffelde, maakte een hels kabaal.
'Niet de regen. Iets ergers. Een of ander enorm gewicht. Het hangt vlak boven ons. O god, ik háát dit.'
'We gieten wel een fles Tsingtao in je.'
'Dat helpt heus niet.'
'Twee flessen dan.'
'Ik heb een heel vat nodig.'
'Twee vaten. Gaan we ons samen bezatten.'
Zonder haar hoofd op te tillen zei Susan: 'Je bent een echte vriendin, Martie.'
'We zullen wel zien of je daar nog zo over denkt als we met ons tweetjes opgenomen moeten worden in een ontwenningskliniek voor alcoholisten.'

12

Vanaf New Life ging Dusty, overmand door iets dat verdacht veel op verdriet leek, naar huis om zijn vochtige werkpak te verwisselen voor gewone kleren. Bij de tussendeur van de garage naar de keuken begroette Valet hem met honds enthousiasme en een staart die zo heftig kwispelde dat zijn hele achterste ervan schudde. De aanblik van de hond was al genoeg om Dusty uit de put te halen waarin hij vanbinnen terecht was gekomen.

Hij ging op zijn hurken zitten en drukte zijn neus even tegen die van de hond, waarbij hij hem eerst zachtjes achter de fluwelige oren kriebelde en daarna langzaam omlaag via de nek en de schouders naar de dikke wintervacht op zijn borst.

Valet en hij genoten allebei even intens van dat moment. Het aanhalen, kriebelen en knuffelen van een hond kon op het hart en de geest een even kalmerende uitwerking hebben als diepe overpeinzingen – en het deed de ziel bijna even goed als bidden.

Toen Dusty het koffiezetapparaat aanzette en een paar schepjes van een lekkere Colombiaanse melange in het filter deed, rolde Valet op zijn rug en lag met vier poten in de lucht te bedelen om over zijn buik geaaid te worden.

'Je bent een vrijkont,' zei Dusty.

Valets staart zwiepte heen en weer over de tegelvloer.

'Ik kan wel wat hondenliefde gebruiken,' erkende Dusty, 'maar op dit moment heb ik vooral behoefte aan koffie. Ik hoop niet dat je beledigd bent.'

Het was net alsof zijn hart freon pompte in plaats van bloed. Er was iets kils in hem geslopen, niet alleen in zijn vlees en botten maar zelfs nog dieper. Hij had de verwarming in de auto helemaal opengezet en de ventilator op volle kracht laten blazen, maar dat had niet geholpen. Nu had hij zijn hoop op de koffie gevestigd.

Toen Valet doorkreeg dat buikwrijven er niet in zat, stond hij op en

sjokte door de keuken naar het toilet. De deur stond op een kier en de hond stond met zijn snuit door de vijftien centimeter brede opening naar de duisternis erachter te snuffelen.
'Daarginds in de hoek staat een bak water voor je waar niets mis mee is,' zei Dusty. 'Waarom wil je dan uit de wc drinken?'
Valet keek even om, maar richtte toen zijn aandacht weer op de donkere toiletruimte.
Terwijl de vers gezette koffie in de glazen kan begon te druppelen, werd de keuken gevuld met een heerlijk aroma.
Dusty ging naar boven en verkleedde zich in een spijkerbroek, een wit overhemd en een donkerblauwe wollen trui.
Als ze alleen met hun tweeën thuis waren, liep de hond meestal overal achter hem aan in de hoop op een knuffel, iets lekkers, een spelletje of gewoon een vriendelijk woord. Dit keer bleef Valet beneden.
Toen Dusty terugkwam in de keuken stond de retriever nog steeds bij de deur naar het toilet. Hij liep even naar zijn baasje toe om te kijken hoe Dusty een kop gloeiend hete koffie inschonk en ging toen weer terug naar de deur.
De koffie was sterk, smakelijk en heet genoeg, maar de warmte die ervan uitging, was slechts oppervlakkig. Het ijs in Dusty's botten wilde nog niet ontdooien.
Hij werd zelfs bekropen door een nieuwe en andere kilte terwijl hij tegen het aanrecht leunde en toekeek hoe Valet bij de kier tussen de deur van het toilet en de deurpost stond te snuffelen. 'Is er iets mis daarbinnen, pluiskont?'
Valet keek hem aan en jankte.
Dusty schonk nog een kop koffie in, maar voor hij eraan begon, liep hij naar het toilet, schoof Valet opzij, duwde de deur naar binnen open en knipte het licht aan.
Een paar gebruikte papieren zakdoekjes waren uit de koperen prullenbak in de wastafel gegooid. De bak zelf lag op zijn kant op het gesloten wc-deksel.
Iemand had de prullenbak kennelijk gebruikt om de spiegel van het medicijnkastje kapot te slaan. Hoekige scherven als verstarde bliksemschichten lagen overal op de vloer te schitteren.

13

Toen Martie het restaurant in ging om het eten op te halen – moo goo gai pan, babi pangang, gemengde groenten, rijst en zes gekoelde flesjes Tsingtao – liet ze Susan in de auto zitten, met een draaiende motor en de radio afgestemd op een classic rock-station. Ze had haar bestelling onderweg via haar mobiele telefoon doorgebeld en toen ze binnenkwam stond alles klaar. Omdat het regende, waren de kartonnen bakjes met eten en het bier in twee plastic zakken gepakt.

Nog voor Martie een paar minuten later weer uit het restaurant kwam, stond de radio al zo hard aan dat ze Gary U.S. Bonds 'School Is Out' kon horen brullen, compleet met jammerende saxofoons.

Ze trok een gezicht toen ze in de auto stapte. De membranen van de luidsprekers trilden zo hard dat een paar losse munten in het bakje voor het parkeergeld lagen te rinkelen.

Als ze alleen in een auto moest blijven zitten, kon Susan helemaal overmand worden door de wetenschap dat de wereld daar buiten zo enorm groot was, ook al bevond ze zich eigenlijk niet in een open ruimte en hield ze haar hoofd omlaag en haar ogen van de ramen afgewend. Dan kon harde muziek haar soms afleiden en voorkomen dat ze aan niets anders dacht dan aan haar angst.

De hevigheid van de aanval kon afgemeten worden aan hoe hard de muziek moest staan om haar te helpen. Dit keer was het flink raak geweest: de radio stond op z'n hardst.

Martie draaide het volume drastisch terug. Het opzwepende ritme en de denderende melodie van 'School Is Out' hadden de geluiden van de storm volledig overstemd. Nu werden ze weer overspoeld door het tromgeroffel, de ratelende maracas en de sissende bekkens van de stortbui.

Susan, huiverend en zwaar ademhalend, keek niet op en zei ook niets. Martie hield haar mond. Soms kon Susan met met zachte hand en goede raad van haar angst af geholpen worden, maar het hielp ook weleens als je haar flink op haar duvel gaf. Bij andere gelegenheden, zoals nu, was het simpelweg negeren van haar aanval de beste manier om haar weer met beide benen op de grond te krijgen, want als je erover ging praten zou haar angst zelfs nog toenemen.

Nadat ze een paar straten verder was gereden, zei Martie: 'Ik heb eetstokjes meegebracht.'

'Bedankt, maar ik gebruik liever een vork.'

'Chinees eten smaakt niet echt Chinees als je het met een vork eet.'

'En koeienmelk smaakt niet echt als melk tenzij je het rechtstreeks uit de uier in je mond spuit.'

'Daar zou je best eens gelijk in kunnen hebben,' zei Martie.

'Dan stel ik me maar tevreden met een benadering van de juiste smaak. Ik vind het niet erg om me als een hork te gedragen, zolang het maar een hork met een vork is.'

Tegen de tijd dat ze de auto in de buurt van haar huis op Balboa Peninsula parkeerden, was Susan weer zover opgeknapt dat ze de wandeling van de auto naar haar appartement op de derde verdieping aankon. Desondanks moest Martie haar de hele weg ondersteunen en werd het een slopende tocht.

Veilig terug in haar appartement, met alle luxaflex en de gordijnen hermetisch gesloten, was Susan weer in staat om zich helemaal op te richten, met de schouders recht en het hoofd omhoog. Haar gezicht was niet langer verwrongen. Haar groene ogen waren weliswaar nog een tikje onrustig, maar er stond geen wilde angst meer in te lezen.

'Ik haal de bakjes wel even snel door de magnetron,' zei Susan, 'als jij de tafel dekt.'

Toen Martie in de eetkamer een vork naast Susans bord legde, begon haar hand onweerstaanbaar te trillen. De roestvrij stalen tanden rinkelden tegen het porselein.

Ze liet de vork op het dekservet vallen en stond ernaar te staren met een gevoel van afschuw dat binnen de kortste keren uitgroeide tot een weerzin die zo sterk was dat ze een stap achteruit deed. De punten waren eng scherp. Ze had nooit eerder beseft hoe gevaarlijk een gewone vork in verkeerde handen zou kunnen zijn. Je kon er een oog mee uitsteken. Een gezicht mee openhalen. Als je hem in iemands nek stak, kon je de halsslagader eromheen wikkelen alsof het een sliert spaghetti was. Je kon...

Omdat ze haar handen absoluut niet stil kon houden en iets wilde doen dat absoluut *veilig* was, trok ze een van de laden in het wandmeubel open, zocht naar het pak kaarten waarmee ze samen een spelletje bezique konden spelen en pakte het uit de doos. Ze ging bij de tafel staan, zo ver mogelijk bij de vork vandaan, en begon de kaarten te schudden. Eerst ging het nog onhandig en kwamen er regelmatig kaarten op tafel terecht, maar daarna werd haar coördinatie beter.

Ze kon die kaarten niet eeuwig blijven schudden.

Zorg dat je bezig blijft. Met veilige dingen. Tot die rare opwelling voorbij is.

Ze deed haar best om haar verwarring te verbergen toen ze naar de keuken liep waar Susan stond te wachten tot de magnetron zou gaan piepen. Martie pakte twee flesjes Tsingtao uit de koelkast.

De keuken werd gevuld met de rijke geuren van diverse Chinese gerechten.

'Denk je dat het juiste aroma wel tot me doordringt op de manier waarop ik nu gekleed ben?' vroeg Susan.

'Wat?'

'Want misschien moet ik zo'n zijden Chinese jurk aantrekken om het écht goed te kunnen ruiken.'

'Ha, ha,' zei Martie, die veel te overstuur was om een snedig antwoord te bedenken.

Ze had de twee bierflesjes bijna op de snijplank naast de gootsteen gezet om ze open te maken, maar daar lag nog steeds de mezzaluna met dat venijnige ronde lemmet te glimmen. Haar hart bonsde zo heftig bij de aanblik van het mes dat het bijna pijn deed.

In plaats daarvan zette ze de beide flesjes op het keukentafeltje. Ze pakte twee glazen uit een kastje en zette die naast het bier.

Blijf bezig.

Ze zocht in een rommella naar de blikopener. Ze viste hem tussen allerlei andere keukenhulpjes uit en liep ermee naar de tafel.

De opener had één rond uiteinde om flessen mee open te trekken. Aan de andere kant was hij gebogen, met een scherp uitsteeksel, om blikken te kunnen openen.

Tegen de tijd dat ze weer bij de keukentafel stond, leek de blikopener al net zo'n moordwapen als de vork en de mezzaluna. Ze legde hem snel naast de Tsingtao's om te voorkomen dat hij uit haar bevende hand zou vallen of dat ze hem vol afschuw van zich af zou gooien.

'Wil jij de flesjes even openmaken?' zei ze terwijl ze de keuken uit liep voor Susan haar geschrokken gezicht zou zien. 'Ik moet naar de plee.'

Onderweg door de eetkamer keek ze niet naar de tafel waar de vork lag, met de tanden omhoog.

In de gang achter de woonkamer wendde ze haar ogen af van de spiegeldeuren in de garderobekast.
De wc. Weer een spiegel.
Ze liep bijna terug naar de gang. Maar ze kon geen andere plek bedenken waar ze in alle rust en stilte kon proberen om haar hersens weer bij elkaar te krijgen en ze wilde niet dat Susan haar in deze toestand zou zien.
Toen ze al haar moed bij elkaar had geraapt en in de spiegel keek, zag ze niets om bang voor te zijn. De angst op haar gezicht en in haar ogen was verontrustend, maar niet zo duidelijk te zien als ze gedacht had.
Martie trok snel de deur dicht, klapte het wc-deksel omlaag en ging erop zitten. Pas toen ze haar adem in een rauwe zucht liet ontsnappen, besefte ze dat ze die al een hele tijd had ingehouden.

14

Toen hij de gebroken spiegel in het toilet naast de keuken ontdekte, dacht Dusty in eerste instantie dat hij een vandaal of een inbreker in huis had.

Maar uit het gedrag van Valet was dat niet op te maken. Zijn nekharen stonden niet overeind. De hond was aanvankelijk zelfs in een speelse bui geweest toen Dusty thuiskwam.

Aan de andere kant was Valet een knuffelbeer en geen echte waakhond. Als hij de persoon die het huis was binnengedrongen aardig had gevonden – zoals het geval was met negentig procent van de mensen die hij ontmoette – zou hij achter de vent aan zijn gelopen en zijn jattende handen hebben gelikt terwijl de familiekostbaarheden in jutezakken werden gestopt.

Met de hond dit keer wel op zijn hielen doorzocht Dusty het hele huis, kamer voor kamer en kast voor kast, eerst de begane grond en daarna boven. Hij vond niemand, er waren geen andere vernielingen aangericht en hij miste niets.

Dusty beval de gehoorzame Valet om in een hoek van de keuken te blijven zitten, om te voorkomen dat hij glassplinters in zijn poten zou krijgen. Daarna ruimde hij de troep in het toilet op.

Misschien zou Martie hem kunnen vertellen wat er met de spiegel was gebeurd als Dusty haar straks zag. Het moest een ongelukje of zoiets zijn geweest, vlak voordat ze weg moest naar Susan. De enige andere oplossing was dat er een boze geest bij hen was ingetrokken.

Ze zouden heel wat te bepraten hebben tijdens het eten: Skeets zelfmoordpoging, het laatste uitstapje met Susan, klopgeesten...

Terwijl ze op de wc van Susan ademhalingsoefeningen zat te doen, kwam Martie tot de conclusie dat het allemaal aan stress moest liggen. Dat zou de verklaring voor al dat gedoe wel zijn. Ze had ont-

zettend veel aan haar hoofd en allerlei verplichtingen.
Het ontwerpen van een nieuw computerspel gebaseerd op *In de Ban van de Ring* was de belangrijkste en moeilijkste klus waar ze ooit aan was begonnen. En er waren zulke strikte afspraken over de tijdstippen waarop ze bepaalde delen af zou leveren, dat ze daardoor ook onder druk kwam te staan, een druk die misschien wel groter was dan ze tot nu toe had beseft.
Haar moeder, Sabrina, die haar verzet tegen Dusty maar niet wilde opgeven. Dat was ook al heel lang een bron van spanning.
En vorig jaar had ze machteloos moeten toezien hoe haar geliefde vader de strijd tegen kanker verloor. De laatste drie maanden van zijn leven was hij op een ellendige manier hard achteruitgegaan, maar daardoor had hij zich niet uit het veld laten slaan en hij had zich niet willen overgeven aan de pijn en de vernederingen die zijn toestand met zich meebracht. Toen het einde naderde, hadden zijn zachte lach en zijn charme haar niet meer, zoals vroeger, een hart onder de riem gestoken; in plaats daarvan had zijn gretige glimlach haar iedere keer als ze die zag een steek in het hart bezorgd en hoewel die wonden geen bloedverlies meebrachten, was ze daardoor toch wel iets van haar optimistische levenshouding kwijtgeraakt. In dat opzicht was ze nog niet helemaal de oude.
En natuurlijk zorgde Susan ook voor heel wat stress. Liefde was een kostbaar gewaad, uit een stof zo dun dat hij onzichtbaar was, maar toch zo sterk dat zelfs de almachtige dood er geen scheur in kon trekken, een gewaad dat niet sleet hoe vaak je het ook droeg, dat warmte gaf in een wereld die anders ondraaglijk koud zou zijn geweest – maar af en toe kon liefde even zwaar zijn als een maliënkolder. Dat het af en toe een loden last was die je moest torsen, maakte liefde alleen maar mooier wanneer in betere tijden de mouwen tot vleugels in de wind werden – en je lieten zweven. In weerwil van de stress waarmee hun uitstapjes twee keer per week gepaard gingen, kon ze Susan Jagger niet in de steek laten, net zomin als ze haar stervende vader, haar moeilijke moeder of Dusty de rug toe zou kunnen keren.
Ze zou teruggaan naar de eetkamer, Chinees eten, een flesje bier drinken, een potje kaarten en net doen alsof ze niet vol vreemde voorgevoelens zat.
Zodra ze thuis was, zou ze dr. Closterman, haar internist, opbellen en een afspraak maken om zich helemaal te laten nakijken, voor het geval ze met haar zelfdiagnose van stress de plank had misgeslagen. Ze voelde zich lichamelijk fit, maar dat was ook het geval geweest met Smilin' Bob vlak voor hij last begon te krijgen van die rare lich-

te pijn die de voorbode bleek te zijn van een terminale ziekte.
Maar, hoe raar het ook klonk, dat ongewoon zure grapefruitsap zat haar nog steeds dwars. De laatste tijd had ze dat vrijwel iedere ochtend gedronken in plaats van sinaasappelsap omdat er minder calorieën in zaten. Misschien was dat ook de verklaring voor de droom over de Bladman: die woeste figuur gemaakt van dode, rottende bladeren. Misschien moest ze een monster van het sap aan dr. Closterman geven om het na te laten kijken.
Ten slotte waste ze haar handen en keek opnieuw in de spiegel. Ze vond dat ze een redelijk normale indruk maakte. Maar hoe ze er ook uitzag, ze vóélde zich nog steeds volslagen geschift.

Nadat Dusty de gebroken spiegel had opgeruimd, gaf hij Valet iets lekkers omdat hij zo braaf was geweest en uit de buurt was gebleven: een paar stukjes gegrilde kippenborst die nog over waren van de avond ervoor. De retriever pakte ieder stukje vlees even voorzichtig uit de hand van zijn baas als een kolibrie die in de tuin suikerwater uit een drinkbakje snoept en toen alles op was, keek hij naar Dusty op met een aanbidding die waarschijnlijk niet veel onderdeed voor de liefde waarmee engelen God aanschouwen.
'En je bent ook een engel,' zei Dusty terwijl hij Valet zacht onder de kin krabde. 'Een harige engel. En met zulke grote oren heb je niet eens vleugels nodig.'
Hij besloot om de hond mee te nemen naar Skeets appartement en daarna naar New Life. Hoewel hij geen insluiper in huis had, vond Dusty het toch geen prettig idee om het beest hier alleen achter te laten tot hij wist wat er met die spiegel was gebeurd.
'Jongen, als ik al zo voorzichtig met jou omspring,' zei hij tegen Valet, 'kun je je dan voorstellen hoe verschrikkelijk ik met kinderen zal zijn?'
De hond grijnsde, alsof het idee van kinderen hem wel aanstond. En hij scheen ook te begrijpen dat hij mee mocht, want hij liep naar de verbindingsdeur tussen de keuken en de garage waar hij geduldig bleef staan wachten terwijl zijn pluimstaart door de lucht zwiepte.
Dusty schoot net een nylon jack met een capuchon aan toen de telefoon ging. Hij nam hem op.
Toen hij de verbinding weer verbrak, zei hij: 'Iemand probeerde me een abonnement op de *L.A. Times* aan te smeren', alsof de hond wilde weten wie er gebeld had.
Valet stond niet meer bij de deur naar de garage. Hij lag ervoor, half in slaap, alsof Dusty tien minuten aan de telefoon had gehangen in plaats van dertig seconden.

'Je hebt net een dosis kipproteïne gehad, goudmans. Doe eens een beetje enthousiast,' zei Dusty fronsend.
Met een vermoeide zucht hees Valet zich overeind.
In de garage deed Dusty de hond een halsband om, haakte de riem eraan vast en zei: 'Het laatste waar ik behoefte aan heb, is een dagblad. Weet je waar die kranten vol mee staan, goudmans?'
Valet keek alsof hij geen flauw idee had.
'Ze staan vol met alles wat nieuwsmakers doen. En weet je wie de nieuwsmakers zijn? Politici en lui die aan de weg timmeren en intellectuelen van grote universiteiten, mensen die zichzelf veel te belangrijk vinden en door de bank genomen veel te veel nadenken. Mensen als dr. Trevor Penn Rhodes, die vader van mij. En mensen als dr. Holden Caulfield, de pa van Skeet.'
De hond niesde.
'Precies,' zei Dusty.
Valet hoefde van hem niet achter in de bus te zitten, tussen de schilderspullen en de verfvoorraad. In plaats daarvan sprong het dier op de voorstoel, want hij vond het leuk om door de voorruit te kijken als hij meereed. Dusty zette de hond vast met zijn eigen veiligheidsgordel en kreeg als dank een lik in zijn gezicht voor hij het rechterportier sloot.
Toen hij achter het stuur zat, de motor startte en vanuit de garage achteruit de regen in reed, zei hij: 'Nieuwsmakers verpesten de wereld die ze juist proberen te redden. Weet je waar al dat diepe nadenken van hun op neerkomt, goudmans? Op hetzelfde dat wij in die blauwe zakjes oppakken als we jou uitlaten.'
De hond grijnsde hem toe.
Terwijl hij op de afstandsbediening drukte om de garagedeur weer dicht te doen, vroeg Dusty zich af waarom hij datzelfde verhaal niet had opgehangen tegen de telefoonverkoper die hem de krant had willen opdringen. Die onophoudelijke telefoontjes van de abonnementenwervers van de *Times* waren een van de zeldzame nadelen van het wonen in Zuid-Californië, even vervelend als aardbevingen, bosbranden en modderlawines. Als hij zo tekeer was gegaan tegen de vrouw – of was het een man geweest? – die dat verkooppraatje over de *Times* had gehouden, was zijn naam misschien eindelijk van hun lijst met gegadigden geschrapt.
Terwijl hij achteruit van de oprit de straat in draaide, werd Dusty zich bewust van het vreemde feit dat hij zich niet kon herinneren of de vertegenwoordiger van de *Times* een man of een vrouw was geweest. Niet dat hij zich dat per se moest herinneren, want hij had maar net lang genoeg geluisterd om te begrijpen waar het om ging

en toen had hij meteen opgehangen.
Meestal besloot hij zo'n gesprek met de *Times* met een aanbod om de draak te steken met zo'n verkoper. *Oké, ik neem een abonnement als het met gesloten beurzen kan. Ik schilder een van jullie kantoren en jullie geven me een driejarig abonnement op de* Times. *O ja, en ik neem een abonnement voor het* leven *als jullie krant belooft om nooit meer een simpele sportster een* held *te noemen.*
Hij had ze dit keer geen voorstel gedaan. Integendeel, hij kon zich niet eens meer herinneren wát hij had gezegd, ook al was het zoiets gewoons geweest als 'nee, bedankt' of 'hou eens op met dat gezeur'. Raar. Zijn hoofd was leeg.
Kennelijk was hij nog bezorgder en nog meer uit zijn evenwicht door dat gedoe met Skeet van vanmorgen dan hij besefte.

15

De Chinese maaltijd was ongetwijfeld even lekker als Susan beweerde, maar hoewel Martie dat volmondig beaamde, vond ze het eten in werkelijkheid smakeloos. De Tsingtao had vandaag een bittere smaak.

Het lag niet aan het eten en evenmin aan het bier. Marties ongebreidelde angst, ook al was die op het moment een beetje naar de achtergrond verdrongen, voorkwam dat ze ergens plezier aan kon beleven.

Ze at met eetstokjes en aanvankelijk verwachtte ze dat ze weer een paniekaanval zou krijgen door toe te kijken hoe Susan een vork gebruikte. Maar de aanblik van die gemene punten was toch niet zo verontrustend als daarvoor. Ze was niet bang voor de vork op zich; in plaats daarvan was ze bang voor de schade die met de vork veroorzaakt kon worden *als zij hem in haar hand had*. Nu Susan hem gebruikte, leek het gebruiksvoorwerp ongevaarlijk.

De vrees dat zij, Martie zelf, ergens diep vanbinnen in staat was tot een of andere onbeschrijflijke gewelddaad was zo verontrustend dat ze er niet eens over na wilde denken. Die angst was werkelijk volkomen irrationeel, want ze was er met hart en ziel van overtuigd dat ze nooit tot iets wreeds in staat zou zijn. En toch had ze zichzelf niet vertrouwd met die flesopener...

Gezien het feit dat ze zo zenuwachtig was – en uit alle macht probeerde om dat voor Susan verborgen te houden – had ze eigenlijk nog meer moeten verliezen bij het kaarten dan gewoonlijk. In plaats daarvan had ze de kaarten mee en ze speelde ronduit meesterlijk, gebruik makend van elk beetje geluk dat haar ten deel viel, waarschijnlijk omdat het spel hielp om die morbide ideeën te onderdrukken.

'Je bent vandaag in topvorm,' zei Susan.

'Alles zit mee vandaag.'

'Je schuld is al van zeshonderdduizend gezakt naar vijfhonderdachtennegentigduizend.'
'Geweldig. Misschien kan Dusty nu 's nachts weer rustig slapen.'
'Hoe is het met Dusty?'
'Nog een grotere schat dan Valet.'
'Jij hebt een man die nog liever is dan een golden retriever.' Susan zuchtte. 'En ik ben met een egoïstische rotzak getrouwd.'
'Een tijdje geleden zat je Eric nog te verdedigen.'
'Hij is een zwijn.'
'Dat is mijn tekst.'
'Die neem ik graag van je over.'
Buiten gromde een wolfachtige wind, die aan de ramen krabbelde en met droevige uithalen om de dakgoten jankte.
'Waarom ben je van gedachten veranderd?' vroeg Martie.
'Het kan zijn dat mijn agorafobie voortkomt uit problemen die Eric en ik een paar jaar geleden hebben gehad, dingen die ik nooit onder ogen heb willen zien.'
'Zegt dokter Ahriman dat?'
'Hij dringt me dat soort ideeën niet echt op. Hij zorgt er alleen voor dat ik er... min of meer op mijn eigen houtje achter kom.'
Martie legde een schoppenvrouw op tafel. 'Je hebt nooit verteld dat jij en Eric moeilijkheden hadden. Niet tot hij... dit gedoe niet meer aankon.'
'Nou, ik geloof wel dat we problemen hadden.'
Martie fronste. 'Gelóóf je dat?'
'Ach, het is eigenlijk geen kwestie van geloven. Er was wel degelijk iets.'
'Bezique,' zei Martie, terwijl ze de laatste slag pakte. 'Wat was er dan?'
'Een vrouw.'
Martie was met stomheid geslagen. Er kon tussen echte zusjes geen nauwere band bestaan dan tussen haar en Susan. Howel ze allebei te veel zelfrespect hadden om elkaar op de hoogte te houden van allerlei intieme details van hun liefdesleven hadden ze nooit grote geheimen voor elkaar gehad en toch had ze nooit eerder iets over die vrouw gehoord.
'Heeft die engerd je besodemieterd?' vroeg Martie.
'Als je zoiets ontdekt, voel je je plotseling ontzettend kwetsbaar,' zei Susan, maar zonder de emotie die je bij een dergelijke uitspraak zou verwachten. Het was net alsof ze iets voorlas uit een handboek van de psychologie. 'En dat is precies waar het bij agorafobie om draait – een overstelpend, verlammend gevoel van kwetsbaarheid.'

'Je hebt er zelfs nooit op gezinspeeld.'
Susan haalde haar schouders op. 'Ik denk dat ik me te erg schaamde.'
'Schaamde? Waarom zou jíj je dan moeten schamen?'
'O, ik weet het niet...' Ze keek een beetje verward en zei ten slotte: 'Waarom zóú ik me inderdaad schamen?'
Martie kreeg de indruk dat Susan er nu, op dit moment, eigenlijk voor het eerst over nadacht.
'Nou... Ik geloof dat het wel zou kunnen komen omdat... omdat ik niet goed genoeg voor hem was, niet goed genoeg in bed.'
Martie staarde haar met open mond aan. 'Over wie heb je het? Je bent adembenemend, Sooz, zo erotisch als de pest, wat sex betreft ben je zo gezond als wat...'
'Of misschien heb ik hem in emotioneel opzicht in de steek gelaten en kon ik hem niet genoeg steun geven.'
Haar berouw leek volkomen misplaatst en Martie werd nijdig over wat ze zei. 'Je hebt hem alles gegeven – je lichaam, je geest, je hart en je leven – en dat heb je gedaan op die hartstochtelijke, overdreven, alles-of-niets-manier die het handelsmerk is van Susan Jagger. Vervolgens belazert hij je en dan denk jij dat het jóúw schuld is?'
Susan keek met een frons naar het lege bierflesje dat ze continu in haar slanke handen liet ronddraaien alsof het een talisman was die haar als bij toverslag inzicht in al haar problemen zou schenken, als ze hem maar in beweging hield. 'Misschien heb je wel precies de vinger op de zere plek gelegd, Martie,' zei ze. 'Misschien werd die aanpak die het handelsmerk is van Susan Jagger hem wel gewoon... te veel.'
'Te veel? Doe me een lol.'
'Nee, dat zou best kunnen. Misschien...'
'Misschien dit, misschien dat, wat wil je daar toch mee?' vroeg Martie. 'Waarom zit jij allerlei excuses voor die rotzak te bedenken? Wat zei hij er zélf over?'
Harde regenvlagen roffelden onmelodieus tegen de ruiten en vanuit de verte klonk het dreigende, ritmische gebulder van de golven die in de storm op de kust sloegen.
'Wat heeft hij er zélf over gezegd?' drong Martie aan.
Susan liet het bierflesje steeds minder snel draaien en toen ze het uiteindelijk tot rust liet komen, zat ze er met duidelijke verwarring naar te staren.
'Susan?' zei Martie. 'Wat was zijn excuus?'
Terwijl ze het flesje opzij zette en neerkeek op haar handen die ze ineengestrengeld voor zich op tafel legde, zei Susan: 'Zijn excuus? Tja... dat weet ik niet.'

'Nu zitten we helemaal onder in het konijnenhol op die wonderlijke theevisite,' zei Martie nijdig. 'Hoe bedoel je: dat wéét je niet? Lieverd, je betrapt hem erop dat hij een verhouding heeft, dan wil je toch weten waaróm?'
Susan schoof onrustig heen en weer op haar stoel. 'We hebben er eigenlijk nauwelijks over gepraat.'
'Meen je dat echt? Zo ben je anders helemaal niet, beste meid. Je laat niet over je lopen.'
Susan praatte langzamer dan gewoonlijk, met iets gesmoords in haar stem dat deed denken aan iemand die net uit bed is gerold, maar nog niet helemaal wakker is. 'Nou ja, we hebben het er wel kort over gehad, weet je, en het zou best de oorzaak van mijn agorafobie kunnen zijn, maar we zijn niet ingegaan op alle gore details.'
Dit begon langzamerhand zo'n raar gesprek te worden dat Martie instinctief aanvoelde dat er een verborgen en gevaarlijke waarheid in school, iets ongrijpbaars waaruit plotseling alle problemen van deze getroebleerde vrouw verklaard zouden kunnen worden als ze er de vinger maar op zou kunnen leggen.
Maar alles wat Susan had gezegd, was zowel afschuwelijk als vaag. Onthutsend vaag.
'Hoe heette die vrouw?' vroeg Martie.
'Dat weet ik niet.'
'Goeie genade. Heeft Eric je dat niet verteld?'
Susan keek eindelijk op. Ze had een afwezige blik in haar ogen, alsof ze niet naar Martie keek maar naar iemand anders, die zich op een andere plaats en in een andere tijd bevond. 'Eric?'
Susan sprak de naam zo verrast uit dat Martie zich in haar stoel omdraaide en over haar schouder keek in de veronderstelling dat Eric plotseling zonder geluid te maken de kamer was binnengekomen. Maar hij was er helemaal niet.
'Ja, Sooz, die ouwe Eric, weet je nog wel? Je man. Die overspel heeft gepleegd. Dat zwijn.'
'Ik heb het niet...'
'Wat?'
Inmiddels klonk Susans stem zo zacht dat ze nauwelijks was te verstaan en haar gezicht stond vreemd onbewogen, bijna zo star als het gezicht van een pop. 'Ik heb het niet van Eric gehoord.'
'Wie heeft het je dan verteld?'
Geen antwoord.
De wind was iets gaan liggen en gierde niet langer. Maar het gefluister en het geniepige gekir werkten meer op de zenuwen dan het gebulder op volle sterkte.

'Sooz? Wie heeft je verteld dat Eric vreemdging?'
Susans smetteloze perzikhuidje was veranderd en zag er nu even bleek en doorzichtig uit als afgeroomde melk. Bij haar haargrens verscheen een zweetdruppeltje.
Martie stak haar hand uit over de tafel en hield die voor het gezicht van haar vriendin.
Susan scheen hem niet te zien. Ze keek dwars dóór de hand.
'Wie?' drong Martie rustig aan.
Plotseling lag er een ketting van zweetdruppeltjes over Susans voorhoofd. Haar handen hadden ineengestrengeld op tafel gelegen, maar nu waren ze zo verkrampt dat de huid over de knokkels wit en strak gespannen stond, terwijl de nagels van haar rechterhand zich diep in het vlees van de linker boorden.
Martie had het gevoel dat er een stel spinnen vanuit haar nek omlaag kroop en haar wervelkolom als ladder gebruikte.
'Wie heeft je verteld dat Eric vreemdging?'
Terwijl ze nog steeds naar een of ander spookbeeld staarde, probeerde Susan iets te zeggen, maar ze kon geen woord uitbrengen. Haar mond werd zacht en beefde, alsof ze op het punt stond in tranen uit te barsten.
Het was alsof Susan door een spookhand tot zwijgen was gebracht. De gewaarwording dat er zich nog iets of iemand in de kamer bevond, was zo sterk dat Martie weer de neiging kreeg zich om te draaien en achter zich te kijken; maar er zou toch niemand zijn.
Haar opgestoken hand hing nog steeds voor Susans gezicht in de lucht. Ze knipte met haar vingers.
Susan schokte en knipperde met haar ogen. Ze keek naar de kaarten die Martie opzij had gelegd en het was nauwelijks te geloven, maar ze lachte. 'Je hebt me aardig afgedroogd. Wil je nog een biertje?'
Haar houding was van het ene op het andere moment omgeslagen.
Martie zei: 'Je hebt me nog geen antwoord op mijn vraag gegeven.'
'Welke vraag?'
'Wie heeft je verteld dat Eric vreemdging?'
'O, Martie, dat onderwerp is veel te vervelend.'
'Ik vind het helemaal niet vervelend. Jij...'
'Ik wil er niet meer over praten,' zei Susan, op een luchthartig afwerend toontje in plaats van boos of beschaamd zoals in dit geval toepasselijker zou zijn geweest. Ze woof even met haar hand alsof ze een lastige vlieg van zich af sloeg. 'Het spijt me dat ik erover ben begonnen.'
'Goeie genade, Sooz, je kunt me toch niet met zoiets overdonderen en dan gewoon...'

'Ik ben nu in een goeie bui. Die wil ik niet verpesten. Laten we over die stomme kookboeken van Martha Stewart praten, of lekker roddelen, of gewoon een beetje ouwehoeren.' Ze sprong bijna meisjesachtig van haar stoel op. Onderweg naar de keuken zei ze: 'Heb je al besloten of je nog een biertje wilt?'

Dit was zo'n dag waarop je eigenlijk beter niet nuchter kon blijven, maar Martie sloeg toch een tweede Tsingtao af.

In de keuken begon Susan 'New Attitude' te zingen, de klassieker van Patti LaBelle. Ze had een goede stem en ze zong opgewekt en vol overtuiging, vooral dat regeltje waarin werd beweerd dat alles onder controle was en geen vuiltje aan de lucht: *I'm in control, my worries are few.*

Martie was ervan overtuigd dat ze ook een valse noot zou hebben bespeurd in dat ogenschijnlijk zo vrolijke gezang als ze niets van Susan Jagger af had geweten. Als ze zich voor de geest haalde hoe Susan er hooguit een paar minuten geleden uit had gezien – in die haast hypnotische toestand, waarin ze geen woord kon uitbrengen, met een huid zo bleek als een dodenmasker, het zweet parelend op haar voorhoofd, de ogen op oneindig, de handen in elkaar geklauwd – dan was deze plotselinge overgang van een verkrampte, spastische houding naar uitgelatenheid ronduit eng.

In de keuken zong Susan: 'Feelin' good from my head to my shoes.' Met haar schoenen zat het waarschijnlijk wel snor. Met haar hoofd niet.

16

Dusty stond iedere keer weer versteld als hij in Skeets appartement kwam. De drie kleine kamers plus badkamer waren bijna dwangmatig efficiënt ingericht en overdreven schoon. Skeet was geestelijk en lichamelijk zo'n wrak dat Dusty eigenlijk altijd verwachtte dat hij een puinhoop aan zou treffen.

Terwijl zijn baasje twee tassen inpakte met kleren en toiletartikelen scharrelde Valet rond door de kamers, waar hij over de vloer en aan de meubels snuffelde en zich kennelijk kostelijk amuseerde met de scherpe geuren van poets- en schoonmaakmiddelen van andere merken dan in het huis van de Rhodes gebruikt werden.

Toen hij klaar was met pakken, controleerde Dusty de inhoud van de koelkast, die de indruk wekte dat hij gevuld was door een anorexiapatiënt die op het randje van de dood balanceerde. Van het enige pak melk was de houdbaarheidsdatum die op het pak vermeld stond al drie dagen verlopen en hij goot het leeg in de gootsteen. Hij gooide eerst een half witbrood in de stortkoker en direct daarna een open pakje met een worst die eruitzag alsof hij ieder moment haren kon krijgen en zou gaan grommen. De rest van de inhoud bestond uit bier, frisdrank en verschillende soorten sauzen en kruiden; dat zou allemaal nog goed zijn als Skeet weer thuiskwam.

Op het aanrecht naast de telefoon in de keuken zag Dusty de enige rommel die in het appartement te vinden was: een slonzige verzameling losse velletjes uit een aantekenboekje. Toen hij ze oppakte, zag hij dat op elk papiertje dezelfde naam geschreven stond, soms één keer, maar meestal drie of vier keer. Op veertien velletjes papier kwam hij één – slechts één – naam negenendertig keer tegen: *Dr. Yen Lo*. Op niet één van de bladzijden stond een telefoonnummer of een andere boodschap.

Het handschrift was duidelijk dat van Skeet. Op een paar velletjes was het vloeiend en netjes. Op andere leek het alsof Skeets hand een

beetje had gebeefd; bovendien had hij zo hard op de pen gedrukt dat de zeven letters in het papier gebeiteld leken. Vreemd genoeg was de naam *Dr. Yen Lo* op zeker de helft van de briefjes kennelijk met zoveel emotie – en misschien wel moeite – neergekalkt dat sommige letters letterlijk in het papier waren gehakt, er dwars doorheen. Op het aanrecht lag ook een goedkope balpen. De doorzichtige plastic huls was in tweeën gebroken. De buigzame vulling was uit de kapotte pen gevallen en in het midden geknakt.
Dusty haalde fronsend zijn hand over het aanrecht en veegde de stukjes van de pen op een hoopje.
Het kostte hem nog geen minuut om de veertien velletjes van het aantekenboekje op volgorde te leggen, de netste bovenop en de lelijkste onderop, met de andere twaalf daar logisch tussenin. Het was duidelijk dat het handschrift geleidelijk aan steeds slonziger was geworden. Op het onderste velletje stond de naam maar één keer en niet eens helemaal – *Dr. Ye* – waarschijnlijk omdat de pen bij het begin van de *n* kapot was gegaan.
De meest logische verklaring was dat Skeet steeds kwader of onrustiger was geworden tot hij uiteindelijk zoveel druk op de pen had uitgeoefend dat die in stukken was gebroken.
Overstuur, niet kwaad.
Skeet werd eigenlijk nooit kwaad. Integendeel zelfs.
Hij was van nature zachtaardig en zijn temperament was helemaal tot moes gekookt door de farmacopee van middelen die het gedragspatroon beïnvloeden, voorgeschreven door een angstaanjagende hoeveelheid klinisch psychologen die niet alleen een voorkeur hadden voor een agressieve behandelwijze, maar daartoe ook nog eens enthousiast werden aangemoedigd door die fijne vader van Skeet, dr. Holden Caulfield, alias Sam Farner. Het gevoel van eigenwaarde van het joch was door dat jarenlange chemische witwassen zo verbleekt dat het gewoon geen blinde woede kon opbrengen; de grofste belediging die een normale vent tot razernij zou hebben gebracht werd door Skeet schouder ophalend en met een zwak berustend glimlachje afgedaan. Zijn bittere gevoelens ten opzichte van zijn vader waren voor hem de grootste woede die hij ooit zou kunnen opbrengen en die hadden hem de moed gegeven om op zoek te gaan naar de waarheid omtrent de afstamming van de professor. Maar ze waren niet zo intens en blijvend geweest dat hij er ook nog de kracht uit had kunnen putten om die stiekeme smeerlap onder de neus te wrijven wat hij had ontdekt.
Dusty vouwde de veertien velletjes uit het opschrijfboekje zorgvuldig op, stopte ze in een van de zakken van zijn spijkerbroek en pak-

te de brokstukken van de pen van het aanrecht. Het was een goedkope balpen, maar geen prutsding. De uit één stuk bestaande plastic huls was stevig en sterk. Het moest ontzettend veel kracht hebben gekost om hem als een dor takje doormidden te breken.
Skeet was gewoon niet bij machte om een dergelijke woede op te brengen en zelfs met de grootste moeite kon Dusty zich niet voorstellen waardoor hij zo ontzettend overstuur was geraakt dat hij met de vereiste heftigheid op de pen had gedrukt.
Na een korte aarzeling gooide Dusty de kapotte pen weg.
Valet stak zijn snuit in de prullenbak en controleerde snuffelend of het weggegooide voorwerp misschien eetbaar was.
Dusty trok een la open en haalde de Gouden Gids te voorschijn. Hij zocht eerst onder ARTSEN naar dr. Yen Lo, maar die stond daar niet onder vermeld.
Hij probeerde het bij PSYCHIATERS. Daarna bij PSYCHOLOGEN. Ten slotte bij THERAPEUTEN. Hij schoot er niets mee op.

17

Terwijl Susan de kaarten en het scoreblokje weglegde, waste Martie de etensborden en de kartonnen bakjes van de Chinees af en deed haar best om niet naar de mezzaluna te kijken die vlak naast haar op de snijplank lag.
Susan kwam met de vork de keuken in lopen. 'Die was je vergeten.' Maar omdat Martie haar handen al stond af te drogen, waste Susan zelf de vork af en legde hem weg.
Susan nam nog een flesje bier en Martie ging bij haar in de woonkamer zitten. Susans idee van achtergrondmuziek was pianist Glenn Gould die de *Goldberg Variations* van Bach speelde.
Als jong meisje had Susan ervan gedroomd om muzikant bij een groot symfonieorkest te worden. Ze was een prima violiste; niet van wereldklasse, niet zo fantastisch dat ze als soliste met een orkest op tournee zou kunnen gaan, maar ze was goed genoeg om haar iets bescheidener droom uit te laten komen. Op de een of andere manier was ze in plaats daarvan in de makelaardij terechtgekomen.
Zelfs tot haar laatste jaar op de middelbare school had Martie dierenarts willen worden. Nu ontwierp ze videospelletjes.
Het leven biedt legio mogelijkheden. Soms bepalen je hersens de weg, dan weer je hart. En af en toe, goedschiks of kwaadschiks, kunnen hersens noch hart weerstand bieden aan de koppige lokroep van het noodlot.
Goulds verrukkelijke watervallen van zilveren nootjes herinnerden Martie er op bepaalde momenten aan dat de wind weliswaar was gaan liggen, maar dat buiten achter de met dikke gordijnen bedekte ramen de koude regen nog steeds uit de lucht viel. Het appartement was zo afgeschermd en gezellig dat ze zich bijna liet verleiden door de gedachte dat er buiten deze beschermende muren helemaal geen wereld meer lag.

Ze zat samen met Susan over vroeger te praten en over oude vrienden. Over de toekomst werd met geen woord gesproken.
Susan was geen zware drinker. Twee biertjes waren voor haar doen al een zuippartij. Meestal werd ze van drank niet duizelig of chagrijnig, maar gezellig sentimenteel. Dit keer werd ze langzaam maar zeker rustiger en ernstiger.
Al gauw was Martie vrijwel uitsluitend aan het woord. Ze kreeg zelf het idee dat ze steeds grotere onzin begon uit te slaan, dus uiteindelijk hield ze ook haar mond.
Ze waren zulke goede vrienden dat ze zich ook zwijgend bij elkaar op hun gemak voelden. Maar deze stilte was een beetje vreemd en nerveus, misschien omdat Martie heimelijk zat te kijken of haar vriendin weer de neiging vertoonde om in die hypnotische toestand te raken die haar eerder had overvallen.
Ze kon het niet opbrengen om nog een keer naar de *Goldberg Variations* te luisteren, omdat de indringende schoonheid van de muziek haar plotseling neerslachtig maakte. Vreemd genoeg riep het bij haar ineens herinneringen op aan verlies, eenzaamheid en stille wanhoop. Het appartement werd al snel benauwd in plaats van gezellig, eerder claustrofobisch dan geruststellend.
Toen Susan de afstandsbediening gebruikte om nog een keer dezelfde cd te draaien, keek Martie op haar horloge en somde een aantal niet-bestaande werkjes op die ze nog voor vijf uur af moest hebben.
Nadat Martie haar regenjas aan had getrokken, omhelsden Susan en zij elkaar in de keuken, zoals ze altijd deden als ze wegging. Dit keer pakten ze elkaar steviger vast dan gewoonlijk, alsof ze allebei de behoefte hadden om uitdrukking te geven aan een heleboel belangrijke en bijzonder emotionele dingen die ze geen van beiden onder woorden konden brengen.
Terwijl Martie de knop omdraaide, ging Susan achter de deur staan, waar ze geen enkele glimp zou kunnen opvangen van de beangstigende buitenwereld. Met een ondertoon van angst in haar stem, alsof ze plotseling had besloten om een vervelend geheim te vertellen dat ze met de grootste moeite voor zich had gehouden, zei ze: 'Hij komt hier 's nachts, als ik slaap.'
Martie had de deur vijf centimeter opengetrokken. Ze deed hem weer dicht, maar hield haar hand op de knop. 'Wat zeg je nou? Wie komt hier als jij ligt te slapen?'
Het groen van Susans ogen leek een tint killer dan daarvoor, alsof de kleur versterkt en verhelderd werd door een nieuw soort vrees. 'Ik bedoel, ik geloof dat hij dat doet.' Susan sloeg haar ogen neer.

Haar bleke wangen hadden wat kleur gekregen. 'Ik kan niet bewijzen dat hij het is, maar wie zou het anders kunnen zijn dan Eric?'
Terwijl ze met haar rug tegen de deur ging staan, zei Martie: 'Komt Eric hier 's nachts als jij ligt te slapen?'
'Hij zegt dat het niet zo is, maar volgens mij liegt hij.'
'Heeft hij een sleutel?'
'Die heb ik hem niet gegeven.'
'En je hebt er andere sloten op laten zetten.'
'Ja. Maar op de een of andere manier komt hij binnen.'
'Door de ramen?'
''s Morgens... als het tot me doordringt dat hij hier is geweest, controleer ik alle ramen, maar ze zitten altijd op slot.'
'Hoe weet je dat hij hier is geweest? Ik bedoel, wat doet hij dan?'
In plaats van antwoord te geven, zei Susan: 'Hij komt... Hij sluipt rond... sluipend, stiekem als een straathond.' Ze huiverde.
Martie mocht Eric niet bepaald graag, maar het kostte haar toch moeite om zich voor te stellen dat hij 's nachts de trap op sloop en heimelijk als het ware door een sleutelgat het appartement binnenkroop. Om te beginnen had hij niet genoeg verbeeldingskracht om een manier te verzinnen om hier ongemerkt binnen te komen; hij was een beleggingsadviseur met een hoofd vol cijfers en gegevens, maar met geen enkele notie van geheimzinnigheid. Bovendien wist hij dat Susan een pistool in haar nachtkastje had en hij meed risico's als de pest; hij was er de man niet naar om te riskeren dat hij als inbreker neergeschoten zou worden, ook al zou hij de verknipte wens koesteren om zijn vrouw te kwellen.
'Zijn er dan dingen overhoopgehaald 's morgens... of zoiets?'
Susan gaf geen antwoord.
'Heb je nooit gehoord dat hij in het appartement was? Ben je weleens wakker geworden als hij er was?'
'Nee.'
'Maar 's morgens zijn er dus wel... aanwijzingen?'
'Aanwijzingen,' beaamde Susan, maar ze ging er verder niet op in.
'Bijvoorbeeld dingen die niet op hun plaats staan? De geur van zijn aftershave? Dat soort dingen?'
Susan knikte, nog steeds met neergeslagen ogen.
'Maar wat dan precies?' drong Martie aan.
Geen antwoord.
'Hé, Sooz, wil je me alsjeblieft aankijken?'
Toen Susan haar gezicht ophief, had ze een felle blos op haar wangen, alsof ze zich niet alleen geneerde maar ronduit schaamde.
'Sooz, wat hou je voor me achter?'

'Niets. Ik ben... gewoon een beetje paranoïde, denk ik.'
'Er is wél iets waar je niet over wilt praten. Waarom begin je erover als je me toch niets wilt vertellen?'
Susan sloeg haar armen om haar lichaam en huiverde. 'Ik dacht dat ik al wel zover was dat ik erover kon praten, maar dat is toch niet zo. Ik moet eerst nog... een paar dingen voor mezelf op een rijtje zetten.'
'Eric die hier 's nachts stiekem binnenkomt... Dat is toch wel verdomd raar. Het is gewoon eng. Wat zou hij dan doen... naar je kijken terwijl je slaapt?'
'Later, Martie. Ik moet hier eerst nog even goed over nadenken en een beetje moed verzamelen. Ik bel je straks wel.'
'Nu.'
'Je moet nog al die dingen doen.'
'Die zijn helemaal niet belangrijk.'
Susan fronste. 'Nog geen minuut geleden klonken ze anders behoorlijk belangrijk.'
Martie kon het niet over haar hart verkrijgen om Susan te kwetsen door toe te geven dat die karweitjes alleen maar een excuus waren geweest om uit dit sombere, benauwde huis weg te vluchten naar de frisse lucht en de opwekkende kilte van de koude regen. 'Als je me straks niet opbelt om me alles te vertellen, tot in de kleinste details, kom ik hier vanavond weer naartoe rijden en dan ga ik boven op je zitten om je een eindeloze serie bladzijden voor te lezen uit het nieuwste boek over literaire kritiek van Dusty's ouweheer. Het heet *De zin van zinloosheid: chaos als structuur*, en halverwege de eerste de beste paragraaf zul je durven zweren dat er een heel leger rode mieren door je hersens kruipt. Of wat dacht je van *Durf uw eigen beste vriend te zijn*? Dat is de nieuwste van zijn stiefvader. Ga dat maar eens op cassette afluisteren, dan krijg je binnen de kortste keren de neiging om je eigen oren af te snijden. Het is een hele familie van schrijvende idioten en die zou ik best op je los kunnen laten.'
Met een lichte glimlach zei Susan: 'Ik sta te trillen op m'n benen. Ik bel je gegarandeerd.'
'Zeker weten?'
'Dat zweer ik plechtig.'
Martie pakte de knop weer vast, maar ze trok de deur niet open. 'Ben je hier veilig, Sooz?'
'Natuurlijk,' zei Susan, maar Martie had het idee dat ze een glimp van onzekerheid zag in de bezorgde groene ogen.
'Maar als hij stiekem...'

'Eric is nog steeds mijn man,' zei Susan.
'Kijk je weleens naar het nieuws? Sommige echtgenoten doen de vreselijkste dingen.'
'Je kent Eric toch. Hij mag dan een rotzak zijn...'
'Hij ís een rotzak,' hield Martie vol.
'... maar hij is niet gevaarlijk.'
'Hij is een watje.'
'Precies.'
Martie aarzelde, maar trok ten slotte toch de deur open. 'Om een uur of acht hebben we wel gegeten, misschien zelfs al eerder. En we gaan zoals altijd om elf uur naar bed. Ik wacht op je telefoontje.'
'Bedankt, Martie.'
'Maakt niet uit.'
'Geef Dusty een kus van me.'
'Een droog zoentje op z'n wang. Alle lekkere natte neem ik geheid zelf voor mijn rekening.'
Martie trok haar capuchon over haar hoofd, stapte op de overloop en trok de deur achter zich dicht.
Er was geen beweging meer in de lucht, alsof de wind uit de dag was gedrukt door het enorme gewicht van de vallende regen die omlaag kwam in een soort stortbui van ijzeren kogeltjes.
Ze wachtte tot ze hoorde dat Susan de dievenklauwen dicht had gedaan, stevige Schlage-sloten die zelfs de felste aanslag zouden weerstaan. Daarna liep ze haastig de lange, steile trap af.
Onderaan bleef ze staan, draaide zich om en tuurde omhoog naar de overloop en de voordeur van het appartement.
Susan Jagger leek op een mooie sprookjesprinses, opgesloten in een toren en belegerd door trollen en kwade geesten, zonder een dappere prins om haar te redden.
Terwijl de grijze dag weergalmde van het eindeloze gebulder van grote stormgolven tegen de nabijgelegen kust, liep Martie snel over de promenade langs het strand naar de straat vlakbij, waar de riolering overstroomde en het smerige water rond de banden van haar rode Saturn kolkte.
Ze hoopte dat Dusty gebruik had gemaakt van het slechte weer om zich als huisman te gedragen en zijn ongeëvenaarde gehaktballetjes en pittige tomatensaus te maken. Niets zou haar meer op haar gemak stellen dan hem bij thuiskomst te zien met zijn kookschort voor en een glas rode wijn bij de hand. Er zouden heerlijke kookluchtjes hangen. Lekkere ouderwetse popmuziek – Dean Martin bijvoorbeeld – op de stereo. Dusty's glimlach, zijn omhelzing, zijn kus. Na deze

bizarre dag kon ze alle knusse geruststelling gebruiken die haar eigen gezellige huis en haar man te bieden hadden.

Op het moment dat Martie de auto startte, schoot haar een misselijkmakend beeld door het hoofd waardoor alle hoop dat deze dag haar toch nog een klein beetje vrede en kalmte zou brengen de bodem in werd geslagen. Dit was veel echter dan een gewone gedachte, zo gedetailleerd en sterk dat het leek alsof het vlak onder haar neus gebeurde, op dit moment. Ze was ervan overtuigd dat ze vooruitkeek naar iets vreselijks dat nog móést gebeuren, waar ze even onstuitbaar naar onderweg was alsof ze van een rots was gesprongen. Toen ze de sleutel in het contactslot stak, zag ze in gedachten het beeld van een oog dat doorboord werd door de gemene punt, opengereten door de kartelrand van de sleutel die terechtkwam in de hersenen achter het oog. Op het moment dat ze de sleutel in het contactslot stak en hem omdraaide, gebeurde hetzelfde met de sleutel in haar levensechte vooruitblik, die ook in het oog werd omgedraaid.

Zonder het werkelijk te beseffen had Martie het portier opengedaan en nu stond ze naast de auto en braakte leunend tegen de zijkant haar lunch uit op de natgeregende straat.

Ze bleef er een hele tijd staan, met gebogen hoofd.

Haar capuchon was van haar hoofd gezakt. Binnen de kortste keren was haar haar kletsnat.

Toen ze zeker wist dat ze niets meer had om over te geven, stak ze haar hand in de auto, plukte een paar zakdoekjes uit de doos Kleenex en veegde haar lippen af.

Ze had altijd een flesje water in de auto. Dat gebruikte ze nu om haar mond te spoelen.

Hoewel ze nog steeds een beetje misselijk was, stapte ze in de Saturn en trok het portier dicht.

De motor draaide stationair. Ze hoefde de sleutel pas weer aan te raken als ze de auto in haar garage in Corona Del Mar had gezet.

Nat, koud, ellendig, bang en overstuur wilde ze niets liever dan weer veilig thuis zijn, lekker droog en warm tussen haar vertrouwde spulletjes.

Ze beefde zo erg dat ze nog niet kon rijden. Ze wachtte bijna een kwartier voordat ze eindelijk de handrem lostrok en de auto in de versnelling zette.

Hoewel ze wanhopig graag naar huis wilde, was ze bang voor wat er zou kunnen gebeuren als ze daar aankwam. Nee. Ze hield zichzelf voor de gek. Ze was niet bang voor wat er zou *gebeuren*. Ze was bang voor *wat zij misschien zou doen*.

Het oog dat ze bij haar voorgevoel – als het dat inderdaad was geweest – had gezien, was niet zomaar een willekeurig oog. Het had een opvallende blauwgrijze tint gehad, glanzend en mooi. Net als Dusty's ogen.

18

In de New Life Clinic werd de positieve psychologische invloed die van dieren uitging in sommige gevallen als nuttig beschouwd en Valet mocht mee naar binnen. Dusty zette de auto vlak bij de overkapte ingang en toen ze het gebouw binnenkwamen, waren ze nauwelijks nat geworden, tot grote teleurstelling van de hond. Per slot van rekening was Valet een retriever, met zwemvliezen aan zijn poten, een voorliefde voor water en genoeg zwemtalent om hem kandidaat te maken voor de Olympische kunstzwemploeg.

In zijn kamer op de tweede verdieping lag Skeet boven op de dekens als een blok te slapen, aangekleed maar zonder schoenen.

De gure wintermiddag drukte zijn bleker wordende gezicht tegen het raam en schaduwen verdrongen zich in de kamer. Het enige andere licht kwam van een leeslampje op een batterij dat vastgeklemd was aan het boek dat Tom Wong, de mannelijke verpleegkundige, zat te lezen.

Nadat hij Valet achter zijn oren had gekriebeld, maakte Tom gebruik van hun bezoek om even te gaan pauzeren.

Dusty pakte rustig de twee koffers uit, borg de inhoud in de ladekast en ging in de fauteuil zitten om de wacht over te nemen. Valet nestelde zich aan zijn voeten.

Het zou nog twee uur duren voor het donker werd, maar de schaduwen in de hoeken sponnen een groeiend web tot Dusty de apothekerslamp naast de stoel aanknipte.

Hoewel Skeet met opgetrokken knieën als een ongeboren baby lag te slapen, leek hij niet op een kind maar op een uitgeteerd lijk, zo ingevallen en mager dat het net was alsof zijn kleren om een uitgebeend skelet hingen.

Onderweg naar huis reed Martie heel voorzichtig, niet alleen vanwege het slechte weer maar ook vanwege haar eigen toestand. Het vooruitzicht van een plotselinge paniekaanval bij negentig kilometer per uur was ontmoedigend. Gelukkig waren er geen snelwegen tussen Balboa Peninsula en Corona Del Mar, ze moest dwars door de stad en ze bleef achter de langzaamste voertuigen rijden.

Op de Pacific Coast Highway, nog niet eens halverwege de rit naar huis, kwam het verkeer vast te staan. Veertig of vijftig auto's voor haar gaven de rode en blauwe zwaailichten van ambulances en politieauto's de plaats aan waar een ongeluk was gebeurd.

Terwijl ze vastzat in de file gebruikte ze haar mobiele telefoon om dr. Closterman, haar internist, op te bellen met de bedoeling om voor de volgende dag een afspraak te maken, het liefst in de ochtend. 'Het is nogal dringend. Ik bedoel, ik heb geen pijn of zo, maar ik wil hem hier graag zo snel mogelijk over consulteren.'

'Wat zijn de symptomen?' vroeg de receptioniste.

Martie aarzelde. 'Het is nogal persoonlijk. Ik praat er liever alleen met dokter Closterman over.'

'Hij is al weg, maar we hebben morgenochtend tegen een uur of halfnegen nog wel een plekje voor u.'

'Hartelijk bedankt. Dan ziet u me wel,' zei Martie en verbrak de verbinding.

Dunne lijkwaden grijze mist kwamen vanuit de haven aangolven en werden door regennaalden om het lichaam van de stervende dag gestikt.

Vanuit de richting van het ongeluk kwam een ambulance aanrijden over de vrijwel uitgestorven rijstroken voor het tegemoetkomende verkeer.

De sirene en de zwaailichten waren niet ingeschakeld. Kennelijk zou de patiënt geen baat meer hebben bij medische hulp en was dus ook eigenlijk geen patiënt meer, maar een pakket op weg naar een lijkenhuis.

Martie keek ernstig toe hoe het voertuig door de regen voorbijreed en richtte vervolgens haar blik op de zijspiegel waarin de achterlichten in de mist verdwenen. Ze kon onmogelijk zeker weten dat de ambulance in feite een lijkwagen was geworden, maar desondanks was ze ervan overtuigd dat er een dode in lag. Ze voelde de Dood voorbijrijden.

Terwijl hij waakte over Skeet en wachtte tot Tom Wong terug zou komen, was het verleden het laatste waaraan Dusty wilde denken, maar toch dwaalden zijn gedachten terug naar de kinderjaren die hij met Skeet had gedeeld, naar Skeets heerszuchtige vader – en, nog erger, naar de man die de plaats van die smeerlap als hoofd van het gezin had overgenomen. Echtgenoot nummer vier. Dr. Derek Lampton, neofreudiaans psycholoog, psychiater, docent en auteur.

Hun moeder, Claudette, had een voorkeur voor intellectuelen – vooral als ze daarbij ook nog aan grootheidswaanzin leden.

Skeets vader, de pseudo-Holden, had het uitgehouden tot Skeet negen jaar was en Dusty veertien. Ze hadden zijn vertrek samen gevierd door de hele nacht op te blijven, naar enge films te kijken en zakken vol chips en bekers vol chocoladeijs met pindakaas te eten, allebei streng verboden onder het stringente vetloze, zoutloze, suikerloze, snoeploze, vreugdeloze nazi-dieet dat alle kinderen – maar niet de volwassenen – tijdens zijn dictatorschap werd opgedrongen. In de ochtend waren ze er, halfmisselijk van hun vraatzucht, met prikkende ogen van vermoeidheid, maar duizelig van opluchting over hun pasverworven vrijheid, toch in geslaagd nog een paar uurtjes langer wakker te blijven om de hele buurt af te stropen tot ze een kilo hondendrollen bij elkaar hadden, die ze in een hermetisch afgesloten doos per post verstuurden naar het nieuwe onderkomen van de afgezette despoot.

Hoewel het pakket anoniem werd verstuurd, voorzien van een gefingeerd afzendadres, gingen ze ervan uit dat de professor er toch wel in zou slagen om de identiteit van de afzenders te raden, want als hij maar genoeg dubbele martini's achterover had geslagen, beklaagde hij zich af en toe over de leerproblemen van zijn zoon door te beweren dat een kwalijk riekende mesthoop meer kans had op een academische loopbaan dan Skeet: *Je bent vrijwel even erudiet als excrementen, jongen, met niet meer kennis dan kak, minder begripvol dan een baal schijt, zo stom als stront, zo dom als drek, even pienter als poep*. Door hem die doos met hondenuitwerpselen toe te sturen, daagden ze hem uit om zijn verheven onderwijstheorieën in praktijk te brengen en die drollen om te toveren in een betere student dan Skeet.

Een paar dagen nadat de imitatie-Caulfield met een schop onder de kont het bos in was gestuurd, kwam dr. Lampton bij hen wonen. Omdat alle volwassenen ondraaglijk beleefd waren en elkaar maar al te graag wilden helpen bij hun zoektocht naar persoonlijke voldoening, deelde Claudette haar kinderen mee dat een snelle en nietaangevochten scheiding onmiddellijk gevolgd zou worden door een nieuw huwelijk.

Dusty en Skeet staakten meteen hun feestgedruis. Binnen vierentwintig uur wisten ze al dat de dag niet lang op zich zou laten wachten dat ze heimwee kregen naar de gouden tijden waarin ze onder de duim van de na-aap Holden hadden gezeten, want dr. Derek

Lampton zou hen ongetwijfeld brandmerken met zijn traditionele identiteitsnummer: 666.
Op dat moment rukte Skeet Dusty los uit het verleden: 'Je ziet eruit alsof je net een worm hebt ingeslikt. Waar zit je aan te denken?'
Hij lag nog steeds in de foetushouding van een ongeboren kind op het bed, maar zijn tranende ogen waren open.
'Aan Lintworm Lampton,' zei Dusty.
'Goh man, als je te veel over hem gaat nadenken moet ik straks jóú nog van een dak af halen.' Skeet zwaaide zijn benen van het bed en ging rechtop zitten.
Valet liep naar Skeet toe en likte zijn bevende handen.
'Hoe voel je je?' vroeg Dusty.
'Alsof ik een zelfmoordpoging achter de rug heb.'
'Als 't maar achter de rug is.' Dusty haalde twee loten uit het borstzakje van zijn overhemd en gaf ze aan Skeet. 'Zoals beloofd. Ik heb ze gekocht bij de winkel hier in de buurt waar ze afgelopen november het winnende lot hebben verkocht. Die jackpot van dertig miljoen.'
'Hou ze bij me uit de buurt. Als ik ze aanraak, brengen ze geheid geen geluk meer.'
Dusty liep naar het nachtkastje, trok de la open en haalde er de bijbel uit. Hij bladerde hem door, bekeek de verzen en las toen een regel voor uit Jeremia: '"Zalig is de man die in God vertrouwt." Hoe klinkt dat?'
'Nou, ik heb al geleerd om geen vertrouwen te hebben in methamfetaminen.'
'Dan zit er schot in,' zei Dusty. Hij stopte de beide loten in de bijbel, bij de bladzijde waaruit hij had voorgelezen, sloeg het boek dicht en legde het weer in de la.
Skeet stond op van het bed en wankelde naar de badkamer. 'Ik moet piesen.'
'Dan moet ik mee.'
Terwijl hij het licht in de badkamer aanknipte, zei Skeet: 'Maak je niet druk, broertje. Er is hier niks waarmee ik zelfmoord zou kunnen plegen.'
'Je zou kunnen proberen om jezelf door te trekken,' zei Dusty terwijl hij in de deuropening ging staan.
'Of een strop van pleepapier maken om mezelf op te hangen.'
'Zie je nou wel, je bent veel te slim. We moeten je goed in de gaten houden.'
De wc had een afgesloten spoelbak en werd doorgetrokken met behulp van een drukknop: er waren geen onderdelen die gemakkelijk

losgehaald konden worden om een metalen strip te vinden die scherp genoeg was om iemands polsen door te snijden.
Even later, toen Skeet zijn handen stond te wassen, trok Dusty de opgevouwen velletjes uit het aantekenboekje uit zijn zak en las de handgeschreven tekst van Skeet hardop voor: 'Dokter Yen Lo.'
Het stukje zeep gleed uit Skeets vinger en viel in de wasbak. Hij deed geen poging om het weer op te pakken. Hij leunde tegen de wastafel en hield zijn handen onder de kraan terwijl het water het zeepschuim van zijn vingers spoelde.
Hij had iets gezegd toen hij de zeep had laten vallen, maar wat hij zei, was door het geluid van het stromende water onverstaanbaar geweest.
Dusty hield zijn hoofd scheef. 'Wat zei je?'
Met lichte stemverheffing herhaalde Skeet: 'Ik luister.'
Verrast door dat antwoord vroeg Dusty: 'Wie is dokter Yen Lo?'
Skeet gaf geen antwoord.
Hij stond met zijn rug naar Dusty toe. Omdat hij voorovergebogen stond, was zijn gezicht niet in de spiegel te zien. Hij scheen naar zijn handen te staren die hij nog steeds onder het stromende water hield, hoewel alle zeep er inmiddels af gespoeld was.
'Hé, joh?'
Stilte.
Dusty liep de benauwde badkamer in en ging naast zijn broer staan. Skeet stond op zijn handen neer te staren, met een vragende glans in zijn ogen, de mond open in kennelijk ontzag, alsof hij het antwoord op het raadsel van het leven binnen handbereik had.
Naar zeep geurende stoomwolken begonnen uit de wasbak omhoog te stijgen. Het stromende water was gloeiend heet. Skeets handen, die doorgaans heel bleek waren, zagen er pijnlijk rood uit.
'Goeie genade.' Dusty draaide haastig de kraan dicht. Het metaal was bijna te heet om aan te raken.
Skeet, die blijkbaar geen pijn voelde, hield zijn half verbrande handen nog steeds onder de kraan.
Dusty zette de koudwaterkraan open en zijn broer onderging deze nieuwe stortvloed zonder een spier te vertrekken. Hij leek geen enkel ongemak te hebben ondervonden van het hete water en nu scheen het koude water hem ook geen verlichting te geven.
In de deuropening maakte Valet een jankend geluid. Met de kop omhoog en de oren gespitst week hij een paar stappen achteruit naar de slaapkamer. Hij wist dat er iets ergs aan de hand was.
Dusty pakte zijn broer bij een arm. Terwijl hij strak bleef kijken naar zijn handen die hij nog steeds voor zich hield, liet Skeet zich mee-

tronen uit de badkamer. Hij ging op de rand van het bed zitten, legde zijn handen op zijn schoot en bestudeerde ze alsof zijn lot in de lijnen in zijn handpalmen te lezen stond.

'Blijf zitten,' zei Dusty en liep vervolgens haastig de kamer uit, op zoek naar Tom Wong.

19

Toen Martie de garage inreed, zag ze tot haar teleurstelling dat Dusty's bus er niet stond. Omdat hij vanwege de regen niet zou kunnen werken, had ze gehoopt dat hij thuis zou zijn.

In de keuken zat een briefje met behulp van een magneetje in de vorm van een stenen tomaat op de deur van de koelkast: *O, Schoonheid. Ik ben rond vijf uur thuis. We gaan lekker uit eten. Ik hou nog veel meer van jou dan van taco's. Dusty.*

Ze ging naar de wc – en pas toen ze haar handen stond te wassen, besefte ze dat er geen spiegel meer op de deur van het medicijnkastje zat. Het enige dat ervan was overgebleven, was een splintertje zilverkleurig glas dat vastgeklemd zat in de onderste hoek aan de rechterkant van de metalen lijst.

Kennelijk had Dusty hem per ongeluk gebroken. Afgezien van dat ene splintertje dat in de lijst was blijven zitten, had hij de scherven grondig opgeruimd.

Als gebroken spiegels echt ongeluk betekenden, dan had hij geen slechtere dag kunnen kiezen om er een aan diggelen te smijten.

Hoewel ze geen lunch meer over had om uit te braken, was ze nog steeds misselijk. Ze vulde een glas met ijsklontjes en gemberbier. Iets kouds en zoets bracht haar maag meestal weer tot rust.

Waar hij ook naartoe was, Dusty moest Valet mee hebben genomen. Hun huis was eigenlijk klein en gezellig, maar op dit moment leek het groot en kil – en eenzaam.

Martie ging aan de ontbijttafel onder het beregende raam zitten om haar gemberbier op te drinken en dacht na of ze die avond liever uit wilde gaan of thuisblijven. Ze was van plan geweest om tijdens het eten – aangenomen dat ze een hap door haar keel kon krijgen – alle verontrustende gebeurtenissen van die dag met Dusty te bespreken en ze was bang dat een serveerster of andere gasten misschien iets van hun gesprek zouden opvangen. En daar kwam nog bij dat

ze niet buitenshuis wilde zijn als ze weer zo'n aanval kreeg.
Daar stond tegenover dat ze, als ze thuisbleven, zichzelf eigenlijk niet vertrouwde als het om koken ging...
Ze keek op van haar gemberbier naar het messenrek aan de wand boven het aanrecht.
De ijsklontjes rinkelden tegen het drinkglas dat ze in haar rechterhand geklemd hield.
De glanzende roestvrij stalen lemmeten van het bestek leken lichtgevend, alsof ze het licht niet alleen weerkaatsten maar ook uitstraalden.
Terwijl ze het glas losliet en haar hand aan haar spijkerbroek afveegde, wendde Martie haar blik af van het messenrek. Maar meteen daarna werden haar ogen er weer door aangetrokken.
Ze wist dat ze niet in staat was om geweld tegen anderen te gebruiken, behalve als ze zichzelf, mensen van wie ze hield, of onschuldigen zou moeten beschermen. Ze betwijfelde ook of ze in staat was om zichzelf iets aan te doen.
Desondanks raakte ze zo overstuur van de aanblik van de messen dat ze niet kon blijven zitten. Ze stond op, bleef even besluiteloos staan, liep eerst naar de eetkamer en vervolgens naar de woonkamer, rusteloos ronddwalend met als enige bedoeling afstand te scheppen tussen haarzelf en het messenrek.
Nadat ze wat snuisterijen had verschoven die keurig op hun plaats stonden, een lampenkap had rechtgezet die niet scheefhing en kussens had gladgestreken die niet gekreukeld waren, liep Martie naar de hal en deed de voordeur open. Ze stapte over de drempel de veranda op.
Haar hart klopte zo hard dat ze trilde van het gebons. Elke hartslag dreef zo'n vloedgolf door haar aderen dat haar blik vertroebeld werd door het zware pompen van haar bloed.
Ze liep naar de verandatrap. Haar benen waren slap en bibberig. Ze hield zich met een hand vast aan een van de staanders van de veranda.
Om verder weg te komen van het messenrek, zou ze naar buiten moeten lopen, waar de stortbui inmiddels was overgegaan in een stevige motregen. Maar waar ze ook naartoe ging, in elke uithoek van de wereld, in goed en slecht weer, in zonneschijn en duisternis, overal zou ze geconfronteerd worden met puntige dingen, scherpe dingen, gekartelde dingen, instrumenten, gebruiksvoorwerpen en stukken gereedschap die met kwaadaardige bedoelingen gehanteerd konden worden.
Ze moest haar zenuwen in bedwang zien te krijgen, haar op hol ge-

slagen hersens tot rust brengen en die rare gedachten van zich af zetten. Weer kalm worden.

God help me.

Ze probeerde langzaam en diep adem te halen. In plaats daarvan werd haar ademhaling sneller, gejaagd.

Toen ze haar ogen sloot op zoek naar innerlijke rust, vond ze alleen verwarring, een duizelingwekkende deemstering.

Ze zou zichzelf pas weer in de hand krijgen als ze de moed kon opbrengen om terug te gaan naar de keuken en datgene onder ogen te zien wat deze angstaanval had veroorzaakt. De messen. Ze moest met die messen in het reine komen, en wel meteen, voor deze gestadig groeiende angst overging in regelrechte paniek.

De messen.

Met tegenzin draaide ze de verandatrap de rug toe. Ze liep naar de openstaande voordeur.

Achter de drempel was de hal een weinig aanlokkelijke ruimte. Dit was haar geliefde eigen huisje, een plaats waar ze gelukkiger was geweest dan ooit tevoren in haar leven en toch leek het nu even onbekend als het huis van een vreemde.

De messen.

Ze liep naar binnen, aarzelde en trok de deur achter zich dicht.

20

Hoewel Skeets handen zwaar geïrriteerd waren, zagen ze er niet meer zo rauw uit als een paar minuten geleden en ze waren niet verbrand. Tom Wong wreef ze in met cortisonzalf.

Omdat Skeet zo vreemd afwezig was en op geen enkele vraag reageerde, nam Tom hem wat bloed af voor een drugstest. Bij zijn opname in New Life was Skeet tot op de huid gefouilleerd op verdovende middelen, maar in zijn kleren was niets gevonden, evenmin als in bepaalde lichaamsholtes.

'Misschien was het een vertraagde tweede reactie op die troep waarmee hij zich vanmorgen heeft volgestopt,' opperde Tom toen hij wegliep met het bloedmonster.

De afgelopen paar jaar, tijdens de dieptepunten van zijn periodieke stadia van verslaving, had Skeet meer eigenaardig gedrag tentoongespreid dan Donald Duck op PCP, maar Dusty had nog nooit iets gezien dat leek op deze quasi-verstarde wazigheid.

Valet mocht thuis nooit op de meubels liggen, maar Skeets gedrag zat hem kennelijk zo dwars dat hij alle voorschriften vergat en zich in de stoel opkrulde.

Omdat Dusty heel goed begreep dat de retriever overstuur was, liet hij Valet rustig liggen. Hij ging naast zijn broer op de rand van het bed zitten.

Skeet lag inmiddels plat op zijn rug, met zijn hoofd op drie op elkaar gestapelde kussens. Hij staarde naar het plafond. In het licht van de lamp op het nachtkastje was zijn gezicht even onbewogen als dat van een mediterende yogi.

Terwijl hij terugdacht aan de duidelijke heftigheid en emotie waarmee de naam in het opschrijfboekje was neergeschreven, mompelde Dusty: 'Dokter Yen Lo.'

Hoewel hij zich nog steeds niet bewust scheen van de wereld om hem heen, zei Skeet voor het eerst iets sinds Dusty die naam had la-

ten vallen in de badkamer ernaast. 'Ik luister,' zei hij en dat was precies hetzelfde wat hij eerder had gezegd.
'Waar luister je naar?'
'Waar luister ik naar?'
'Wat doe je nou?'
'Wat doe ik nou?' zei Skeet.
'Ik vroeg waar je naar luisterde.'
'Naar jou.'
'Ja, hoor. Oké, vertel me dan maar wie dokter Yen Lo is.'
'Jij.'
'Ik? Ik ben je broer. Weet je nog wel?'
'Wil je dat ik dat zeg?'
Fronsend zei Dusty: 'Nou, dat is toch waar, of niet soms?'
Hoewel zijn gezicht onbewogen en uitdrukkingsloos bleef, zei Skeet: 'Is dat waar? Ik snap het niet.'
'Dan kunnen we elkaar een hand geven.'
'Wil je dat ik je een hand geef?' vroeg Skeet, ogenschijnlijk ernstig.
'Skeet?'
'Hmm?'
Dusty aarzelde en vroeg zich af in hoeverre het joch nog contact had met de werkelijkheid. 'Weet je waar je bent?'
'Waar ben ik?'
'Dus dat weet je niet?'
'Weet ik dat niet?'
'Kun je niet om je heen kijken?'
'Kan ik dat?'
'Spelen we Abbott en Costello?'
'Doen we dat?'
Geërgerd zei Dusty: 'Kijk dan om je heen.'
Onmiddellijk tilde Skeet zijn hoofd van de kussens en nam de kamer op.
'Je weet vast wel waar je bent,' zei Dusty.
'In de New Life Clinic.'
Skeet liet zijn hoofd weer op de kussens zakken. Zijn ogen waren opnieuw op het plafond gericht en een ogenblik later deden ze iets raars.
Omdat hij niet zeker wist wat hij had gezien, boog Dusty zich over zijn broer om hem beter aan te kunnen kijken.
In het licht van de lamp dat schuin over zijn gezicht viel, was Skeets rechteroog goudkleurig en zijn linker was iets donkerder, honingkleurig. Het maakte een enge indruk, alsof twee persoonlijkheden je vanuit dezelfde schedel aanstaarden.

Maar het was niet die speling van het licht die Dusty was opgevallen. Hij moest bijna een minuut wachten voordat hij het opnieuw zag: Skeets ogen schommelden gedurende een paar seconden snel heen en weer en kwamen toen weer tot rust in die strakke blik.
'Ja, in de New Life Clinic,' bevestigde Dusty een beetje laat. 'En je weet waarom je hier bent.'
'Om van al het gif uit mijn lijf af te komen.'
'Dat klopt. Maar heb je iets genomen nadat je hier binnen bent gekomen, heb je op de een of andere manier kans gezien om drugs mee naar binnen te smokkelen?'
Skeet zuchtte. 'Wat wil je dat ik zeg?'
De ogen van het joch schommelden weer. Dusty telde in gedachten de seconden. Vijf. Daarna knipperde Skeet en zijn blik werd weer vast.
'Wat wil je dat ik zeg?' herhaalde hij.
'Vertel maar gewoon de waarheid,' moedigde Dusty hem aan. 'Vertel me of je stiekem drugs mee hebt gebracht.'
'Nee.'
'Wat mankeert je dan?'
'Wat wil je dat me mankeert?'
'Verdomme, Skeet!'
Er verscheen een nauwelijks waarneembare frons op het voorhoofd van de jongen. 'Dit gaat helemaal niet zoals het hoort.'
'Zoals wát hoort?'
'Dit.' Skeets mondhoeken trilden van spanning. 'Je houdt je niet aan de regels.'
'Welke regels?'
Skeets slappe handen krulden zich tot halve vuisten.
Zijn ogen schoten weer heen en weer, maar dit keer ook omhoog. Zeven seconden.
REM. *Rapid Eye Movement.* Volgens psychologen gaven dat soort bewegingen van de gesloten ogen aan dat iemand die lag te slapen droomde.
Skeet had zijn ogen niet dicht en hoewel hij zich in een vreemde toestand bevond, sliep hij niet.
Dusty zei: 'Je moet me helpen, Skeet. Ik kan je niet volgen. Over welke regels hebben we het? Vertel me eens hoe het precies zit met die regels.'
Skeet gaf niet onmiddellijk antwoord. Langzaam maar zeker verdwenen de rimpeltjes uit zijn voorhoofd. Zijn huid werd even glad en doorschijnend als gesmolten boter, tot het leek alsof het wit van

zijn botten erdoorheen te zien was. Zijn blik bleef vast op het plafond gericht.
Zijn ogen schoten weer heen en weer en toen er een eind kwam aan de REM, begon hij eindelijk te praten met een stem die niet meer zo gespannen was en ook minder vlak dan daarvoor. Een gefluister: 'Heldere watervallen.'
Uit die woorden viel zo weinig op te maken dat het leek alsof ze willekeurig te voorschijn kwamen, net als de genummerde balletjes bij een lottotrekking.
'Heldere watervallen,' zei Dusty. Toen zijn broer niet reageerde, drong hij aan: 'Je moet me verder helpen, joh.'
'Verspetterend in de golven,' fluisterde Skeet.
Nog meer balletjes.
Een nachtvlindertje, met een teer ajourpatroontje langs de randen van zijn fragiele witte vleugeltjes, was op Skeets geopende rechterhand geland. Terwijl de vlinder over zijn handpalm kroop, bewogen de vingers niet; uit niets bleek dat hij het insect kon voelen. Zijn lippen waren geopend, zijn kaak was slap. Hij haalde zo licht adem dat zijn borst niet op- en neerging. Zijn ogen schoten opnieuw heen en weer, maar toen die stille aanval voorbij was, had Skeet voor een dode door kunnen gaan.
'Heldere watervallen,' zei Dusty. 'Verspetterend in de golven. Bedoel je daar iets mee, joh?'
'Bedoel ik daar iets mee? Jij vroeg of ik je wilde vertellen hoe het met de regels zat.'
'Zijn dat de regels?' vroeg Dusty.
Skeets ogen schommelden weer een paar seconden. Meteen daarna: 'Je kent de regels toch.'
'Doe maar net alsof ik ze niet ken.'
'Dat zijn er twee van.'
'Twee van de regels.'
'Ja.'
'Niet zo simpel als de spelregels van pokeren.'
Skeet zei niets.
Hoewel het allemaal klonk als pure wartaal, het onsamenhangende product van een van drugs vergeven brein, was Dusty er op een griezelige manier van overtuigd dat dit vreemde gesprek wel degelijk betekenis had – ook al bleef die verborgen – en dat het zou leiden tot een verontrustende onthulling.
Terwijl hij zijn broer strak aankeek, zei hij: 'Vertel me eens hoeveel regels er zijn.'
'Dat weet je best,' zei Skeet.

'Doe maar net alsof ik het niet weet.'
'Drie.'
'Wat is de derde regel?'
'Wat is de derde regel? Blauwe dennennaalden.'
Heldere watervallen. Verspetterend in de golven. Blauwe dennennaalden.
Valet, die zelden blafte en nog minder vaak gromde, stond nu bij de open deur vanuit de hal naar binnen te kijken en liet een laag, dreigend gegrom horen. Zijn nekharen stonden stijf overeind, net als bij een hond die in een tekenfilm een spook tegenkomt. Hoewel Dusty niet zeker wist waardoor Valet zo uit zijn humeur was, leek het net alsof het die arme Skeet was.
Nadat hij er een minuut of wat over had zitten piekeren, zei Dusty: 'Leg me die regels eens uit, Skeet. Vertel me maar wat ze betekenen.'
'Ik ben de golven.'
'Oké,' zei Dusty, hoewel hij daar net zomin iets van begreep als wanneer Skeet, volgens de Beatles-tekst uit de psychedelische jaren zestig, had beweerd: *Ik ben de walrus*.
'Jij bent de heldere watervallen,' vervolgde Skeet.
'Natuurlijk,' zei Dusty, alleen maar bij wijze van aanmoediging.
'En de naalden zijn missies.'
'Missies.'
'Ja.'
'En jij snapt dat allemaal?'
'Snap ik dat?'
'Kennelijk wel.'
'Ja.'
'Ik snap er niets van.'
Skeet zweeg.
'Wie is dokter Yen Lo?' vroeg Dusty.
'Wie is dokter Yen Lo?' Het bleef even stil. 'Jij.'
'Ik dacht dat ik de heldere watervallen was.'
'Ze zijn een en dezelfde persoon.'
'Maar ik ben Yen Lo niet.'
Er verschenen rimpels in Skeets voorhoofd. Zijn handen, die zich ontspannen hadden, krulden zich weer langzaam tot halve vuisten. De tere nachtvlinder vloog weg uit de greep van de bleke vingers.
Nadat hij nog een aanval van REM had gezien, zei Dusty: 'Skeet, ben je wakker?'
Na een korte aarzeling antwoordde de jongen: 'Dat weet ik niet.'
'Je weet niet of je wakker bent. Goed... dan moet je dus slapen.'
'Nee.'

'Als je niet slaapt en ook niet zeker weet of je wakker bent – wat ben je dan?'
'Wat ben ik?'
'Dat vroeg ik je net.'
'Ik luister.'
'Daar ga je weer.'
'Waarheen?'
'Hoezo waarheen?'
'Waar moet ik naartoe?' vroeg Skeet.
Dusty had niet langer het instinctieve gevoel dat in dit gesprek een diepe maar mysterieuze betekenis school en dat ze op weg waren naar een onthulling waardoor alles plotseling duidelijk zou worden. Het was weliswaar enig in zijn soort en bijzonder vreemd, maar inmiddels kwam het toch even irrationeel en deprimerend op hem over als talloze andere discussies die ze hadden gehad als Skeet zijn eigen hersens met een knuppel in de vorm van drugs een opdonder had gegeven.
'Waar moet ik naartoe?' informeerde Skeet opnieuw.
'Ach, doe me een lol en ga slapen,' zei Dusty geërgerd.
Gehoorzaam deed Skeet zijn ogen dicht. Er verscheen een vredige uitdrukking op zijn gezicht en zijn half gebalde handen ontspanden zich. Zijn ademhaling kreeg meteen een licht, langzaam en vredig ritme. Hij snurkte zacht.
'Verrek, wat is er nu weer aan de hand?' vroeg Dusty zich hardop af. Hij legde zijn rechterhand in zijn nek om de kilte van het plotseling opgekomen kippenvel weg te wrijven. Maar zijn hand was ook koud geworden en drukte het kille gevoel alleen verder naar binnen, tot in zijn ruggengraat.
Valet kwam weer binnen vanuit de gang en liep, nu zonder opgezette haren, nieuwsgierig rond te snuffelen en tuurde in donkere hoekjes en onder het bed alsof hij naar iets of iemand op zoek was. Wat hem angst had aangejaagd was kennelijk verdwenen.
Het leek erop alsof Skeet was gaan slapen omdat hem dat opgedragen was. Maar het was toch niet mogelijk om van het ene op het andere moment op commando in slaap te vallen?
'Skeet?'
Dusty legde een hand op de schouder van zijn broer en schudde hem voorzichtig en vervolgens iets steviger.
Skeet reageerde niet. Hij bleef zachtjes doorsnurken. Zijn oogleden trilden toen zijn ogen eronder heen en weer schoten. REM. Dit keer lag hij zonder twijfel echt te dromen.
Terwijl hij Skeets rechterhand pakte, drukte Dusty twee vingers te-

gen de slagader in de pols van zijn broer. De hartslag van de jongen was sterk en regelmatig maar wel langzaam. Dusty nam hem op. Achtenveertig slagen per minuut. Dat leek beangstigend laag, zelfs voor iemand die lag te slapen.
Skeet bevond zich wel degelijk in dromenland. Díép in dromenland.

21

Het roestvrij stalen messenrek hing aan twee haakjes aan de muur, als de totem van een of andere duivels aanbiddende stam die hun keuken voor heel wat engere dingen gebruikte dan het bereiden van hun maaltijden.

Zonder de messen aan te raken tilde Martie het rek van de muur. Ze legde het op een plank in een van de onderkastjes en deed snel het deurtje dicht.

Daar schoot ze niets mee op. Uit het oog betekende niet buiten bereik. De messen lagen nog steeds voor de hand. Ze moest ervoor zorgen dat ze er niet zo gemakkelijk bij kon.

In de garage vond ze een lege kartonnen doos en een brede rol plakband waarmee ze terugliep naar de keuken.

Toen ze voor het kastje waar ze de messen in had gelegd op haar hurken ging zitten, kon Martie het niet meteen opbrengen om het deurtje open te doen. In feite was ze zelfs bang om het aan te raken, alsof het geen gewoon kastje was maar een satanische reliekschrijn waarin een schilfer van een van Beëlzebubs gespleten hoeven bewaard werd. Ze moest echt moed verzamelen om het bestek te pakken en toen ze het uiteindelijk voorzichtig van de plank pakte, beefden haar handen zo dat de messen in het rek hingen te rammelen.

Ze liet de messen in de doos vallen en vouwde de kartonnen kleppen dicht. Ze begon de doos met het plakband dicht te maken – en besefte daarna dat ze het plakband zou moeten afknippen.

Toen ze een la opentrok en haar hand uitstak naar een schaar, was ze niet in staat om die op te pakken. Dat zou een dodelijk wapen kunnen zijn. Ze had ontelbare films gezien waarin een moordenaar gebruik had gemaakt van een schaar in plaats van een slagersmes. Het menselijk lichaam had zoveel zachte, kwetsbare plekken. De lies. De maag. Tussen de ribben, rechtstreeks in het hart. De keel. De zijkant van de nek.

Alsof ze deel uitmaakten van een officieel kwartetspel van seriemoordenaars – MET GEDETAILLEERDE AFBEELDINGEN VAN ALLE MOORDEN VAN JACK THE RIPPER! ELKE JOKER VOORZIEN VAN VERSCHILLENDE KLEURENAFBEELDINGEN VAN JEFFREY DAHMERS VERZAMELING INGEVROREN HOOFDEN! – trokken groteske en bloedige beelden aan Marties geestesoog voorbij.
Terwijl ze de la met een klap dichtgooide en er met de rug naartoe ging staan, deed ze haar uiterste best om de wrede voorstellingen die een of ander krankzinnig stukje van haar brein met woeste pret scheen op te hoesten uit haar hoofd te zetten.
Ze was alleen in huis. Ze kon niemand kwaad doen met die schaar. Alleen zichzelf, natuurlijk.
Vanaf het moment dat ze zo raar had gereageerd op de mezzaluna in Susans keuken en op de autosleutel een paar minuten daarna, had Martie het gevoel gehad dat ze was bezeten door – of van – een vreemd en onverklaarbaar nieuw vermogen tot geweld en was ze bang geweest voor mogelijke verwondingen die ze een of andere onschuldige persoon zou kunnen toebrengen tijdens zo'n aanval van voorbijgaande krankzinnigheid. Nu drong het voor het eerst tot haar door dat ze misschien ook wel in staat zou kunnen zijn om zichzelf iets aan te doen in een vlaag van verstandsverbijstering.
Ze staarde neer op de doos waarin ze het messenrek had gedeponeerd. Ook al zou ze die naar de garage brengen en ergens in een hoekje onder een stapel andere dingen verstoppen, dan nog kon ze de doos in een mum van tijd weer te voorschijn halen. Die ene reep plakband – en de grote rol die aan het eind ervan bungelde – kon zonder problemen losgerukt worden, waarna het geen moeite zou kosten om de kleppen open te trekken en de messen eruit te pakken. Hoewel het slagersmes – net als alle andere messen – nog steeds in de doos lag, kon ze het gewicht van dat wapen voelen alsof ze het op dit moment in haar rechterhand had: de duim plat tegen het kille lemmet gedrukt, de vingers om het houten heft geklemd, de wijsvinger stijf tegen het beschermplaatje en haar pink op de achterkant. Zo zou ze het vasthouden als ze op het punt stond om van onderen toe te slaan met het mes, door het met een korte, snelle beweging omhoog te brengen en hard toe te steken om een nietsvermoedend slachtoffer de buik open te rijten.
Haar rechterhand begon te beven, daarna haar arm en ten slotte beefde ze van top tot teen. Haar hand opende zich met een ruk, alsof ze probeerde om het denkbeeldige mes van zich af te gooien; en waanzinnig genoeg verwachtte ze half en half dat ze het stalen lemmet op de tegelvloer zou horen kletteren.

Nee, goeie god, ze was echt niet in staat om zulke gruweldaden met een van die messen te verrichten. En ze was ook niet in staat om zelfmoord te plegen, of zichzelf te verminken.
Beheers je.
Toch bleef ze maar steeds denken aan glanzende lemmeten en scherpe randen, aan snijden en openrijten. Ze worstelde om dat denkbeeldige Jack the Ripper-kwartetspel van zich af te zetten, maar een flitsend spelletje patience riep in gedachten een reeks afschuwwekkende voorstellingen op, waarbij de ene kaart over de andere schoof, *flop-flop-flop*, tot een gevoel van duizeligheid vanuit haar hoofd dwars door haar borst omlaag kringelde en in haar maag belandde. Ze kon zich niet herinneren dat ze op haar knieën voor de doos was neergevallen. Ze wist ook niet meer dat ze de rol plakband had vastgepakt, maar plotseling kwam ze tot de ontdekking dat ze de doos liet rondkantelen terwijl ze er zenuwachtig het plakband omheen draaide, steeds weer opnieuw, eerst in de lengte, toen in de breedte en ten slotte van hoek tot hoek.
Ze schrok van het fanatisme waarmee ze zich van die taak kweet. Ze probeerde om haar handen terug te trekken, om de doos met rust te laten, maar ze had zichzelf niet in bedwang.
Terwijl ze zo snel en hard werkte dat het klamme zweet haar uitbrak, wikkelde Martie zwaar ademend en kreunend van angst de hele extra grote rol plakband om de doos om te voorkomen dat ze de schaar zou moeten gebruiken. Ze omwikkelde de doos even grondig met plakband als de koninklijke balsemers in het oude Egypte hun dode farao's met in looizuur gedompelde lijkwaden hadden omhuld.
Toen de hele rol eromheen zat, was ze nog niet tevreden, want ze wist nog steeds waar ze de messen zou kunnen vinden. Toegegeven: het zou moeite kosten om ze te pakken. Om de doos open te krijgen en bij de messen te komen zou ze eerst al die lagen plakband door moeten snijden, maar ze zou het nooit aandurven om een scheermes of een schaar te pakken om dat karwei te klaren, dus eigenlijk zou ze nu opgelucht moeten zijn. Maar de doos was bepaald geen kluis, het was maar karton en zij zou niet veilig zijn – niemand zou veilig zijn – zolang ze precies wist waar de messen waren gebleven en zolang ze ook maar de kleinste kans had om erbij te kunnen komen.
Een dichte rode angstnevel kolkte over de zee van haar ziel, een kille mist die omhoogrees uit de diepste krochten van haar hart, haar hersens in beslag nam en haar gedachten benevelde, waardoor haar verwarring toenam. En die groeiende verwarring zorgde voor nog meer angst.

Ze bracht de doos met de messen naar buiten, naar de veranda aan de achterkant, met de bedoeling hem in de tuin te begraven. Dat hield in dat ze een gat zou moeten graven. En dat hield weer in dat ze een schop of een houweel zou moeten gebruiken. Maar die werktuigen waren meer dan simpel gereedschap. Het waren ook potentiële wapens. Ze kon het risico niet nemen om een schop of een houweel te gebruiken.

Ze liet het pak vallen. De messen rammelden in de doos tegen elkaar, een weliswaar gedempt maar toch afschuwelijk geluid.

Ze moest gewoon van die messen af. Ze weggooien. Dat was de enige oplossing.

Morgen werd het huisvuil opgehaald. Als ze de messen bij het vuil deed, zouden ze morgenochtend weggebracht worden naar de stortplaats.

Ze wist niet waar die was. Geen flauw idee. Ergens ver weg in het oosten, op een afgelegen plaats. Misschien zelfs wel in een ander district. Ze zou de messen nooit terug kunnen vinden als ze naar de stortplaats waren gebracht. Zodra de vuilnisauto langs was geweest, zou ze veilig zijn.

Terwijl haar hart tegen haar ribbenkast bonkte, greep ze het gehate pak op en liep de verandatrap af.

Tom Wong nam Skeets polsslag op, luisterde naar zijn hart en controleerde zijn bloeddruk. Het koude membraan van de stethoscoop tegen de blote borst van de jongen en de strakke manchet om zijn rechterarm veroorzaakten niet de geringste reactie. Geen zenuwtrek, geen geknipper, geen rilling, zucht, kreun of gegrom. Hij lag daar even slap en bleek als een geschilde, gekookte asperge.

'Zijn polsslag was achtenveertig toen ik hem opnam,' zei Dusty, die aan de voet van het bed stond toe te kijken.

'Hij is nu zesenveertig.'

'Is dat niet gevaarlijk?'

'Dat hoeft niet. Zo te zien heeft hij er geen last van.'

Volgens zijn patiëntengegevens had Skeet, als hij geen drugs had gebruikt en nuchter en wakker was, gewoonlijk een pols van zesenzestig. Tien of twaalf slagen minder als hij sliep.

'Soms kom je bij slapende mensen weleens een pols van veertig tegen,' zei Tom. 'Maar het blijft een uitzondering.' Hij trok Skeets oogleden een voor een omhoog en onderzocht zijn ogen met behulp van een oftalmoscoop. 'De pupillen zijn even groot, maar het zou toch een beroerte kunnen zijn.'

'Een hersenbloeding?'

'Of een embolie. Ook als het geen beroerte is, kan het een ander soort coma zijn. Suikerziekte. Of een nierafwijking.'
'Hij heeft geen suikerziekte.'
'Ik kan er maar beter de dokter bij halen,' zei Tom terwijl hij de kamer uit liep.

Het regende niet meer, maar de ovale bladeren van de laurierstruiken leken op betraande groene ogen vol verdriet.
Met het pak messen in haar handen liep Martie haastig naar de oostkant van het huis. Ze wrikte het hek van de ruimte voor de vuilcontainers open.
Ergens in haar binnenste, op de plek waar haar gezonde verstand gevangenzat in haar angst, besefte ze grimmig dat haar houding en haar bewegingen sprekend op die van een marionet leken; met het hoofd vooruit op een stijve nek, de schouders hoog opgetrokken, een en al ellebogen en knieën, repte ze zich met grote aandrang en met horten en stoten voort.
Als ze een marionet was, dan was de poppenspeler Jan Paniek. Toen ze nog studeerde, waren sommige van haar vriendinnen helemaal weg geweest van de briljante poëzie van Sylvia Plath en hoewel het werk van Plath Martie niet had aangesproken omdat het te nihilistisch en te depressief was, had ze toch één pijnlijke opmerking van de dichteres onthouden – een overtuigende uitleg van wat sommige mensen ertoe bracht om wreed tegen elkaar te zijn en zoveel beslissingen te nemen waaraan ze zelf te gronde gingen. *Vanuit mijn gezichtspunt*, had Plath geschreven, *wordt de wereld door één ding geregeerd, één ding en niets anders. Paniek met een hondenkop, duivelskop, heksenkop, hoerenkop, paniek in hoofdletters zonder gezicht – altijd dezelfde Jan Paniek, wakend of slapend.*
Ook al was ze achtentwintig, in Marties wereld had paniek eigenlijk nooit de kop opgestoken, ze was integendeel gezegend geweest met het rustige gevoel ergens bij te horen, met innerlijke rust, vastberadenheid en contact met de schepping, want haar vader had haar opgevoed met de overtuiging dat elk leven betekenis had. Smilin' Bob zei dat als je je altijd liet leiden door moed, eer, zelfrespect, eerlijkheid en mededogen, en als je met je verstand en je hart openstond voor de lessen die deze wereld je kon geven, je uiteindelijk begrip zou krijgen voor de zin van je bestaan, misschien al in deze wereld maar zeker in de volgende. Een dergelijke opvatting was min of meer een garantie voor een zonnig leven dat niet zo werd overschaduwd door angst als de levens van mensen die van mening waren dat alles zinloos was. Niettemin had Jan Paniek uiteindelijk om onver-

klaarbare redenen toch de kop opgestoken in Marties leven, haar op de een of andere manier aan de teugel gekregen en nu sleurde hij haar door dit krankzinnige gedoe.

In de afgesloten ruimte voor de vuilnisbakken naast het huis pakte Martie het deksel van de derde van de drie plastic containers, de enige die nog leeg was. Ze liet de met plakband omwikkelde doos met messen in de container vallen, legde het deksel er weer op en slaagde er met moeite in om de stalen klem weer dicht te drukken.

Nu zou ze zich opgelucht moeten voelen.

In plaats daarvan nam haar angst toe.

In principe was er niets veranderd. Ze wist nog steeds waar de messen waren. Ze kon ze zo weer pakken als ze dat absoluut wilde. Ze zouden pas buiten haar bereik zijn als de vuilnisman ze in de auto had gegooid en er de volgende ochtend mee weg zou rijden.

Nog erger was dat de messen niet de enige voorwerpen waren waarmee ze uiting kon geven aan de nieuwe gewelddadige ideeën die haar zo beangstigden. Haar vrolijk geschilderde huis met het charmante kantwerk mocht er dan uitzien als een vredige plek, maar het was in feite een goed uitgerust abattoir, een arsenaal dat uitpuilde van de wapens. Als je echt kwaad wilde, konden heel wat ogenschijnlijk ongevaarlijke voorwerpen als steek- of slagwapens gebruikt worden.

Teleurgesteld drukte Martie haar handen tegen haar slapen, alsof ze de chaos van beangstigende gedachten die door de donkere kronkelweggetjes van haar hersens kolkten en gierden op die manier weg kon persen. Haar hoofd bonsde tegen haar handpalmen en vingers en het was net alsof haar schedel ineens van elastiek was. Hoe harder ze drukte, des te groter werd het tumult daarbinnen.

Ze moest iets doen. Volgens Smilin' Bob was dat de oplossing voor de meeste problemen. Angst, wanhoop, depressie en zelfs vaak woede ontstaan uit een gevoel van machteloosheid, van hulpeloosheid. Het is gezond om de mouwen op te stropen en iets aan onze problemen te doen, maar daarbij moeten we wel intelligent en moreel verantwoord te werk gaan als we tenminste de hoop willen koesteren de juiste en meest effectieve aanpak te kiezen.

Martie had geen flauw idee of ze de juiste of wellicht de meest effectieve aanpak had gekozen toen ze de grote container op wieltjes uit de afgeschoten ruimte trok en haastig meesleepte over het pad naar de achterkant van het huis. Een koel hoofd was een eerste vereiste om intelligent en vanuit gedegen morele principes te werk te gaan, maar zij werd voortgedreven door een geestelijke wervelwind en die innerlijke storm werd met de seconde sterker.

Hier en nu wist Martie niet wat ze het best kon doen, alleen wat ze móést doen. Ze kon niet wachten tot ze kalm genoeg was om verstandig de diverse mogelijkheden te overwegen; ze moest iets ondernemen, iets doen, wat dan ook, want als ze stil bleef staan, ook al was het maar even, beukte een orkaan van tollende en buitelende gedachten nog heftiger op haar in dan wanneer ze in beweging bleef. Als ze durfde te gaan zitten of zou pauzeren om even diep adem te halen, zou ze in stukken gescheurd, verstrooid en weggeblazen worden; als ze echter in beweging bleef, zou ze wellicht meer fout dan goed doen en mogelijk de ene stommiteit op de andere stapelen, maar dan had ze toch de kans, hoe klein die ook mocht zijn, dat ze puur instinctief iets goed zou doen en op die manier wat respijt zou krijgen, of op z'n minst heel even rust.

Daar kwam nog bij dat ze diep in haar binnenste, waar van wikken en wegen geen sprake was, waar alleen gevoelens telden, wist dat ze op de een of andere manier haar angst van zich af moest zetten en zichzelf weer in bedwang moest zien te krijgen voor de avond viel. De oermens die in ieder mens schuilt, kruipt gedurende de nacht meer naar de oppervlakte, want de maan zingt hem toe en de kille leegte tussen de sterren spreekt zijn taal. In het donker zou een paniekaanval kunnen overgaan in iets dat nog erger was, misschien zelfs tot brabbelende waanzin.

Hoewel het niet meer regende, strekte een oceaan van zwarte donderwolken zich boven haar hoofd nog steeds van de ene horizon naar de andere uit en een voortijdige schemering verdrong de dag. De echte schemer zou ook niet lang meer op zich laten wachten. Als die viel, zou de door wolken verstikte hemel zo zwart als de nacht lijken.

Vanuit het gazon begonnen al volgevreten nachtinsecten over het pad te kruipen. Slakken waren eveneens opgedoken en lieten zilverkleurige sporen achter.

Een vruchtbare geur sloeg haar tegemoet, afkomstig van het natte gras, de aarde en de rottende bladeren in de bloembedden, de donker glanzende struiken en de druipende bomen.

Zo tegen het vallen van de avond was Martie zich onbehaaglijk bewust van het rijke leven dat zich schuil moest houden voor de zon maar in de nacht een gastvrij onderkomen had. Ze was zich er ook van bewust dat een akelig duizendpootachtig deel van haar de voorliefde voor de nacht deelde met al dat scharrelende, kruipende, kriebelende en glibberende leven dat tussen schemer en dageraad uit zijn schuilplaats te voorschijn kwam. Het gewriemel dat ze zelf vanbinnen voelde, was niet alleen angst; het was een vreselijke honger, een behoefte, een hunkering waar ze niet eens over na durfde te denken.

Ga door, ga door, ga door, maak het huis veilig, zorg voor een toevluchtsoord waarin niets te vinden is dat in gewelddadige handen voor gevaar zou kunnen zorgen.

Het personeel van New Life bestond voornamelijk uit verpleegkundigen en therapeuten, maar van zes uur 's ochtends tot acht uur 's avonds was er ook een arts aanwezig. Op dit moment was de dienstdoende arts dr. Henry Donklin, die Dusty voor het eerst had ontmoet toen Skeet de vorige keer in de kliniek behandeld werd.

Met zijn krullende witte haar en baby-roze huid, die voor iemand van zijn leeftijd nog opvallend glad en soepel was, had dr. Donklin het engelachtig knappe voorkomen van een succesvolle tv-dominee, maar hij miste de bijbehorende slijmerigheid die bij veel van die elektronische predikers de indruk wekte dat ze al een eind op weg waren naar de verdoemenis.

Nadat hij zijn privépraktijk had opgedoekt, was dr. Donklin tot de ontdekking gekomen dat hij eigenlijk net zo goed dood kon zijn als gepensioneerd. Hij had de functie bij New Life aanvaard omdat het werk nuttig maar niet veeleisend was en, in zijn eigen woorden, 'me redt van het verstikkende vagevuur van eindeloos golf en de levende hel van shuffleboard'.

Donklin pakte Skeets linkerhand stevig vast en zelfs in zijn slaap beantwoordde de jongen dat met een slappe handdruk. De arts boekte opnieuw succes toen hij de proef met Skeets linkerhand herhaalde.

'Geen duidelijke tekenen van verlamming, geen moeizame ademhaling,' zei Donklin. 'Geen opbollende wangen bij het uitademen.'

'De pupillen zijn even groot,' merkte Tom Wong op.

Nadat hij de ogen zelf ook had gecontroleerd, ging Donklin verder met zijn energieke onderzoek. 'De huid is niet klam, de oppervlaktetemperatuur is normaal. Het zou me verbazen als dit een door een beroerte veroorzaakt coma is. Geen bloeding, embolie of trombose. Maar we zullen die mogelijkheden opnieuw in overweging nemen en hem naar een ziekenhuis laten overbrengen als we er niet heel snel achter komen wat er aan de hand is.'

Dusty gunde zichzelf een zekere mate van optimisme.

Valet stond in een hoek met opgeheven kop geboeid te kijken naar wat er gebeurde – wellicht op zijn hoede voor een terugkeer of een heroptreden van wat hem nog niet zo lang geleden de haren had doen opzetten en hem de kamer uit had gedreven.

Op aanwijzingen van de dokter begon Tom voorbereidselen te treffen om Skeet te catheteriseren en een urinemonster af te nemen.

Nadat hij zich over zijn bewusteloze patiënt had gebogen, zei Donklin: 'Zijn adem ruikt niet zoet, maar we moeten de urine toch laten onderzoeken op albumine en suiker.'
'Hij heeft geen suikerziekte,' zei Dusty.
'Het lijkt ook niet op een door niervergiftiging veroorzaakt coma,' merkte de arts op. 'Dan zou hij een duidelijke, snelle polsslag hebben. En een verhoogde bloeddruk. Al die symptomen ontbreken.'
'Zou hij niet gewoon kunnen slapen?' vroeg Dusty.
'Om zo vast te slapen,' zei Henry Donklin, 'zou je betoverd moeten zijn door een boze heks of een hap van de appel van Sneeuwwitje moeten nemen.'
'Het punt is namelijk... Ik begon me een beetje aan hem te ergeren, aan de manier waarop hij zich gedroeg en ik zei dat hij maar moest gaan slapen, nogal scherp eigenlijk, en ik had het nog niet gezegd of hij viel om.'
Donklins uitdrukking was zo droog dat zijn gezicht eruitzag alsof er een stofdoek overheen gehaald moest worden. 'Wou je me vertellen dat jij een heks bent?'
'Nog steeds een gewone schilder.'
Omdat hij niet geloofde dat er sprake was van een beroerte, durfde Donklin het aan om een opwekkend middel te gebruiken; maar zelfs een vleugje ammoniumcarbonaat – reukzout – slaagde er niet in om Skeet tot leven te wekken.
'Als hij alleen maar slaapt,' zei de arts, 'dan moet hij een afstammeling van Rip van Winkle zijn.'

Omdat er niets anders in de vuilcontainer zat dan de doos met messen en omdat er van die grote wielen onder zaten, lukte het Martie om hem met een beetje moeite de paar treetjes op te trekken naar de veranda aan de achterkant. Binnen in de dikomwikkelde doos, door de wanden van de container, klonk de boze muziek van messen die tegen elkaar rinkelden.
Ze was van plan geweest om de container mee naar binnen te nemen. Nu besefte ze dat ze dan ook de messen weer in huis zou hebben.
Met de handen om het handvat van de container geklemd bleef ze verstijfd staan, niet wetend wat te doen.
Het belangrijkste was dat alle potentiële wapens uit haar huis verwijderd werden. Voordat het helemaal donker was. Voordat het primitieve wezen dat in haar school haar nog meer in de greep zou krijgen.
Haar roerloosheid werd verstoord door het aanwakkeren van haar

angst, die als een storm aan alle ramen en deuren van haar ziel rukte.

Schiet op, schiet op, schiet op.

Ze liet de achterdeur openstaan en zette de vuilniscontainer op de veranda vlak achter de drempel, waar ze er goed bij kon. Ze haalde het deksel eraf en legde het ernaast op de vloer van de veranda.

Weer terug in de keuken trok ze een van de kastladen open en wierp een blik op de inhoud: bestek. Een slacouvert. Tafelvorken. Tafelmessen. Botermesjes. Plus tien steakmessen met houten handvatten. Ze raakte de gevaarlijke voorwerpen niet aan. In plaats daarvan pakte ze zorgvuldig de veilige voorwerpen uit de la – eetlepels, theelepels, dessertlepels – en legde die op het aanrecht. Daarna trok ze de la uit de kast, liep ermee naar de open deur en hield hem ondersteboven.

Samen met een plastic bestekbak viel een stalen waterval van vorken en messen kletterend en rinkelend in de container. Het merg in Marties botten trilde mee met het ijzige geluid.

Ze zette de la op de keukenvloer, in de hoek waar hij haar niet in de weg stond. Ze had geen tijd om de opzij gelegde lepels erin te leggen en hem weer in de kast te schuiven.

De pseudo-schemering sijpelde langzaam over in echte schemer. Door de geopende deur kon ze de eerste schorre muziek horen van de kleine winterpadden die zich alleen 's nachts lieten zien.

Nog een la. Diverse kookhulpjes en instrumentjes. Een flesopener. Een aardappelschiller. Een citroenschaaf. Een gemeen uitziende vleesthermometer met een scherpe punt. Een hakmes om vlees mals te maken. Een kurkentrekker. Miniatuurkorenaren van geel plastic met aan een van de uiteinden twee scherpe pinnen die in een kolf konden worden gestoken om het eten van verse maïs te vergemakkelijken.

Ze was verbijsterd door de hoeveelheid en de diversiteit van gewone huishoudhulpjes die ook als wapen konden worden gebruikt. Elke folteraar op weg naar een inquisitie zou zich terdege voorbereid voelen als hij niets anders bij zich had dan de dingen die Martie nu onder ogen had.

In de la lagen ook grote plastic klemmen om zakken chips dicht te houden, maatschepjes, maatbekers, een meloenschep, een paar rubber spatels, gardes en andere voorwerpen die er niet uitzagen alsof ze enig gevaar zouden opleveren, ook al vielen ze in de handen van de allerslimste moordzuchtige sociopaat.

Aarzelend stak ze haar hand in de la met de bedoeling de gevaarlijke dingen van de onschuldige te scheiden, maar meteen daarop trok ze hem met een ruk terug. Ze vertrouwde zichzelf niet voldoende om dat karweitje op te knappen.

'Dit is waanzin, dit is gewoon pure kolder,' zei ze en haar stem klonk zo verstikt door angst en wanhoop dat ze hem nauwelijks als de hare herkende.

Ze deponeerde de hele verzameling in de vuilcontainer. Daarna zette ze de tweede lege la op de eerste, in de hoek.

Dusty, waar zit je toch voor de donder? Ik heb je nodig. Ik heb je nodig. Kom naar huis, alsjeblieft, kom naar huis.

Omdat ze in beweging moest blijven om te voorkomen dat ze verlamd zou raken van angst, kon ze de moed opbrengen om een derde la open te trekken. Een aantal grote dienvorken. Vleesvorken. Een elektrisch mes.

Buiten klonk het schorre gezang van de padden in de natte schemering.

22

Worstelend om pure paniek op afstand te houden, gedreven door obsessie, dwangmatig opgejaagd, liep Martie Rhodes rond door een keuken die inmiddels de indruk maakte meer dodelijke bedreigingen te herbergen dan een slagveld waar vijandige legers op elkaar waren gestuit.

Ze vond een deegroller in een la onder de oven. Met een deegroller kon je iemands gezicht in elkaar slaan, zijn neus verpletteren, zijn lip splijten en net zo lang op hem inbeuken tot je zijn schedel tot pulp had geslagen, tot je hem achterliet op de vloer, naar je opkijkend met nietsziende ogen waarin het bloed van gesprongen adertjes als sterren opbloeide...

Hoewel er geen potentieel slachtoffer in de buurt was en hoewel ze heel goed wist dat ze niet in staat was om iemand neer te knuppelen, moest Martie zichzelf toch moed inspreken voor ze de deegroller uit de la durfde te pakken. 'Pak 'm nou maar, schiet op, in godsnaam, pak 'm, pak dat ding op en smijt het weg.'

Halverwege de container liet ze de deegroller vallen. Hij sloeg met een hard, misselijkmakend geluid tegen de vloer.

Ze kon niet meteen het lef opbrengen om de deegroller weer op te pakken. Ze gaf er een schop tegen en hij rolde door tot bij de drempel van de openstaande deur.

Door de regen was de wind helemaal gaan liggen, maar de schemering blies een koude tochtvlaag over de veranda door de open keukendeur. In de hoop dat haar hoofd zou opklaren van de kille lucht, haalde ze een paar keer diep adem en huiverde iedere keer als ze de lucht weer uitblies.

Ze keek neer op de deegroller die aan haar voeten lag. Ze hoefde niets anders te doen dan het verrekte ding op te pakken en in de container te smijten die achter de drempel stond. Ze zou het hooguit twee seconden in haar handen hebben.

Zolang ze alleen was, kon ze niemand kwaad doen. En zelfs als ze de neiging kreeg om zichzelf iets aan te doen, dan was een deegroller niet het meest ideale wapen om harakiri mee te plegen, hoewel het beter was dan een rubber spatel.
Met behulp van dat grapje kreeg ze zichzelf zover om de deegroller van de grond op te rapen en in de container te gooien.
Toen ze de volgende la doorzocht, vond ze een verzameling keukenhulpen en apparaten waarvan de meeste haar geen schrik aanjoegen. Een meelzeef. Een kookwekker. Een knoflookpers. Een boterkwastje. Een vergiet. Een sapcentrifuge. Een sladroger.
Een vijzel en een stamper. Niet zo mooi. De vijzel was ongeveer even groot als een honkbal, gehouwen uit een massief brok graniet. Daar kon je iemand de hersens mee inslaan. Gewoon achter hem gaan staan, hard neer laten komen, met een ziedende uithaal en zijn schedel indeuken.
De vijzel moest weg, onmiddellijk, nu, voordat Dusty thuiskwam of voordat een van de buren nietsvermoedend aanbelde.
De stamper leek onschadelijk, maar vormde een stel met de vijzel, dus nam ze beide dingen mee naar de container. De granieten vijzel voelde koud aan in haar holle hand. Zelfs nadat ze hem had weggegooid, bleef de herinnering aan die koelte en het gewicht ervan haar kwellen en ze wist dat ze er verstandig aan had gedaan om hem weg te gooiden.
Toen ze opnieuw een la opentrok, ging de telefoon. Ze nam hem hoopvol op: 'Dusty?'
'Ik ben het,' zei Susan Jagger.
'O.' Haar hart kromp van teleurstelling in elkaar. Ze probeerde om de angst uit haar stem te weren. 'Hoi, wat is er aan de hand?'
'Is alles goed, Martie?'
'Ja, hoor.'
'Je klinkt een beetje vreemd.'
'Ik voel me best.'
'Het lijkt net alsof je buiten adem bent.'
'Ik heb net een paar zware dingen moeten tillen.'
'Er is wél iets mis.'
'Er is niets mis. Zeur me niet zo aan m'n kop, Sooz. Daar heb ik al een moeder voor. Wat is er aan de hand?'
Martie had geen zin om te telefoneren. Ze moest nog zoveel doen. Er waren nog zoveel keukenladen en kasten die ze nog niet had doorzocht. En ook in de andere kamers waren gevaarlijke voorwerpen die als wapen konden dienen. Overal in het huis bevonden zich dodelijke instrumenten en die moest ze allemaal zien te vinden en stuk

voor stuk weggooien.
'Dit is een beetje gênant,' zei Susan.
'Wat?'
'Ik ben niet paranoïde, Martie.'
'Dat weet ik.'
'Hij komt hier écht soms, weet je, 's nachts als ik slaap.'
'Eric.'
'Hij moet het zijn. Goed, ik weet dat hij geen sleutel heeft en dat alle deuren en ramen afgesloten zijn en dat er niemand binnen kan komen, maar hij moet het zijn.'
Martie trok een van de laden in de buurt van de telefoon open. Een van de voorwerpen die erin lag, was de schaar die ze een tijdje geleden niet had durven aanraken toen ze het plakband wilde doorknippen.
Susan zei: 'Je hebt me gevraagd hoe ik wist dat hij er was geweest, of er dingen overhoop waren gehaald, of de lucht van zijn aftershave was blijven hangen, dat soort dingen.'
De greep van de schaar was bedekt met een laagje zwart rubber om hem stevig vast te kunnen houden.
'Maar het is veel erger dan aftershave, Martie, het is gewoon eng... en gênant.'
De stalen poten glommen aan de buitenkant als spiegels en de binnenzijde van de snijvlakken was dof geschuurd.
'Martie?'
'Ja, ik heb je wel verstaan.' Ze drukte de telefoon zo stijf tegen haar hoofd dat haar oor pijn deed. 'Vertel me dan maar wat er zo eng is.'
'Ik weet dat hij hier is geweest, omdat hij zijn... zijn spul achterlaat.'
Een van de poten was recht en scherp. De andere had een kartelrand. Aan beide zat een gemeen scherpe punt.
Martie moest zich inspannen om het gesprek te volgen, omdat ze in gedachten plotseling niets anders zag dan felle, flitsende beelden van de schaar in actie, snijdend en stekend, rukkend en scheurend. 'Zijn spul?'
'Je weet wel.'
'Nee.'
'Zijn spul.'
'Wat voor spul?'
In een van de poten, vlak boven de schroef die ze bij elkaar hield, stond het woordje KLICK gegraveerd, waarschijnlijk de naam van de fabrikant hoewel die een vreemde weerslag had op Martie, alsof het een magisch woord was met geheime kracht, mysterieus en vol betekenis.

Susan zei: 'Zijn spul, zijn... geil.'
Heel even wist Martie helemaal niet wat ze met het woord 'geil' bedoelde, ze kreeg er gewoon geen vat op, ze kon er niets mee beginnen, alsof het een onzinwoord was, verzonnen door iemand die wartaal uitsloeg. Haar hersens werden zo in beslag genomen door de aanblik van de schaar die in de la lag, dat ze haar aandacht niet bij Susan kon houden.
'Martie?'
'Geil,' zei Martie terwijl ze haar ogen sloot en haar best deed om alle gedachten aan de schaar uit haar hoofd te zetten en zich op haar gesprek met Susan te concentreren.
'Sperma,' verduidelijkte Susan.
'Zijn spul.'
'Ja.'
'Dus zo weet je dat hij langs is geweest?'
'Het is onmogelijk, maar het gebeurt wel.'
'Sperma.'
'Ja.'
Klik.
Het geluid van een knippende schaar: *klik-klik*. Maar Martie raakte de schaar niet aan. Hoewel haar ogen nog steeds gesloten waren, wist ze zeker dat de schaar nog in de la lag, want hij kon onmogelijk ergens anders zijn. *Klik-klik*.
'Ik ben bang, Martie.'
Ik ook. Lieve god, ik ook.
Marties linkerhand was om de telefoon geklemd en haar rechter bungelde langs haar zij, leeg. De schaar kon niet op eigen kracht werken en toch: *klik-klik*.
'Ik ben bang,' herhaalde Susan.
Als Martie niet zo van slag was geweest omdat ze bang was en niet zo haar best had gedaan om haar angst voor Susan te verbergen, als ze in staat was geweest om zich beter te concentreren, dan had ze Susans uitspraak misschien heel raar gevonden. Maar in haar huidige toestand bracht elke wending van het gesprek haar meer in verwarring. 'Je zei toch dat hij... het achterlaat? Waar?'
'Nou ja, je weet wel... in mij.'
Om zichzelf te bewijzen dat haar rechterhand leeg was, dat ze de schaar er niet in vasthield, legde Martie hem op haar borst, stijf tegen haar bonzende hart. *Klik-klik*.
'In jou,' zei Martie. Ze besefte dat Susan echt verbijsterende dingen zei, met onthutsende consequenties en mogelijk vreselijke gevolgen, maar ze was niet in staat om zich met haar volle verstand op haar

vriendin te richten, niet met dat helse *klik-klik, klik-klik, klik-klik*.
'Ik slaap in een broekje en een T-shirt,' zei Susan.
'Ik ook,' zei Martie stompzinnig.
'Soms word ik wakker en dan zit er van dat... dat kleffe, warme spul in mijn broekje, je weet wel.'
Klik-klik. Het geluid moest verbeelding zijn. Eigenlijk wilde Martie haar ogen opendoen om zich er alleen maar van te overtuigen dat de schaar inderdaad nog steeds in de la lag, maar ze zou volkomen verloren zijn als ze er weer naar keek, dus hield ze haar ogen stijf dicht.
Susan zei: 'Maar ik snap niet hoe dat kan. Het is volkomen knots, snap je? Ik bedoel... hoe kán dat nou?'
'Je wordt wakker?'
'En dan moet ik schoon ondergoed aantrekken.'
'Weet je wel zeker dat het dat is? Dat spul.'
'Het is walgelijk. Ik voel me smerig, gebruikt. Af en toe moet ik gewoon gaan douchen, ik kán niet anders.'
Klik-klik. Marties hart ging nu al tekeer en ze voelde dat de aanblik van de glimmende snijvlakken haar een complete paniekaanval zou bezorgen, veel erger dan wat ze tot nu toe had meegemaakt. *Klik-klik-klik*.
'Maar Sooz, goeie genade, je bedoelt dat hij de liefde met je bedrijft...'
'Er komt geen liefde aan te pas.'
'... dat hij je pákt...'
'Me verkracht. Ik weet wel dat hij nog steeds mijn man is, dat we alleen maar uit elkaar zijn, maar het blijft verkrachten.'
'... maar je wordt er niet eens wakker van?'
'Je moet me geloven.'
'Ja goed, natuurlijk geloof ik je wel, lieverd. Maar...'
'Misschien ben ik op de een of andere manier verdoofd.'
'Wanneer zou Eric je dan stiekem verdovende middelen kunnen geven?'
'Dat weet ik niet. Ja goed, het is krankzinnig. Volkomen knots, pure paranoia. Maar het gebeurt wel.'
Klik-klik.
Zonder haar ogen open te doen, duwde Martie de la dicht.
'Als je wakker wordt,' zei ze een beetje bibberig, 'heb je je ondergoed weer aan.'
'Ja.'
Terwijl ze haar ogen opendeed en naar haar rechterhand staarde die nog steeds de knop van de la vasthield, zei Martie: 'Dus hij komt binnen, kleedt je uit en verkracht je. En dan trekt hij je, voordat hij

weggaat, weer je T-shirt en je broekje aan. Waarom?'
'Misschien wil hij niet dat ik weet dat hij geweest is.'
'Maar z'n zaad is er wel.'
'Er is niets dat zo ruikt.'
'Sooz...'
'Ik weet het, ik weet het, maar ik heb pleinvrees, ik ben niet volslagen psychotisch. Weet je nog wel? Dat heb je een tijdje geleden zelf nog tegen me gezegd. En luister, er is meer.'
Vanuit de gesloten la klonk een gesmoord *klik-klik*.
'Soms,' ging Susan verder, 'heb ik een beurs gevoel.'
'Beurs?'
'Van onderen,' zei Susan zacht en discreet. Uit die zedigheid bleek duidelijker hoe bang en vernederd ze zich voelde dan uit alles wat ze eerder had gezegd. 'Hij is niet... teder.'
In de la scharnierde poot tegen poot: *klik-klik, klik-klik*.
Inmiddels sprak Susan op een fluistertoon en ze klonk ook verder weg, alsof een grote vloedgolf haar huis aan het strand had opgetild en meevoerde naar zee, alsof ze langzaam maar zeker wegdreef in de richting van een verre en donkere horizon. 'Soms zijn mijn borsten ook gevoelig en één keer zaten er blauwe plekken op... ter grote van vingertoppen, op de plek waar hij er te hard in had geknepen.'
'En Eric ontkent alles?'
'Hij ontkent dat hij hier is geweest. Ik heb... Ik heb niet alles tot in detail met hem besproken.'
'Hoe bedoel je?'
'Ik heb hem niet beschuldigd.'
Marties rechterhand was nog steeds bij de la en drukte ertegen alsof er iets in lag dat zich misschien met geweld naar buiten zou werken. Ze oefende zoveel druk uit dat ze spierpijn in haar onderarm begon te krijgen.
Klik-klik.
'Goeie genade nog aan toe, Sooz, je denkt dat de kans bestaat dat hij je stiekem verdooft en je dan in je slaap neukt, maar je hebt hem dat niet onder z'n neus gewreven?'
'Dat kan ik niet. Dat mag niet. Het is verboden.'
'Verboden?'
'Nou ja, je snapt me wel, het hoort niet, dat kan ik niet maar zo doen.'
'Nee, daar snap ik niets van. Wat een raar woord – verboden. *Door wie?*'
'Ik bedoelde niet verboden. Ik weet niet waarom ik dat zei. Ik be-

doelde gewoon... Nou ja, ik weet eigenlijk niet wat ik bedoelde. Ik ben helemaal in de war.'

Hoewel ze door haar eigen angst afgeleid werd, voelde Martie toch instinctief aan dat er iets belangrijks school in Susans woordkeuze en ze wilde het onderwerp niet loslaten. 'Wie heeft je dat verboden?'

'Ik heb de sloten drie keer laten veranderen,' zei Susan in plaats van antwoord te geven op de vraag. Haar stem fluisterde niet langer en werd scherper door een broos ondertoontje van snel groeiende hysterie die ze uit alle macht probeerde te onderdrukken. 'Steeds door een ander bedrijf. Eric kan toch geen kennissen hebben bij íédere slotenmaker? En wat ik je nog niet heb verteld omdat ik dan misschien wel helemaal knetter overkom... maar ik heb talkpoeder op alle vensterbanken gestrooid zodat er een bewijs zou zijn als hij inderdáád op de een of andere manier door een afgesloten raam naar binnen komt, handafdrukken in het poeder, of een ander teken dat er iets mee is gebeurd, maar het talkpoeder is 's morgens altijd onaangeroerd. En ik heb ook een keukenstoel onder de deurknop geklemd, zodat de smeerlap de deur niet open zou kunnen krijgen ook al heeft hij een sleutel en de volgende ochtend staat de stoel er nog steeds, precies waar ik hem heb neergezet, maar toch heb ik zijn *spul* in m'n lijf, in m'n broekje, en ik voel me beurs, ik weet dat ik misbruikt ben, op een hardhandige manier, dat wéét ik gewoon en ik blijf maar douchen, met steeds heter water, zo heet dat het soms zelfs zeer doet, maar ik word niet schoon. Ik heb nooit meer het gevoel dat ik echt schoon ben. O god, af en toe heb ik het idee dat ik eigenlijk duivelsuitdrijvers nodig heb – snap je? – dat ik priesters moet laten komen om voor me te bidden, priesters die echt geloven in de duivel, als die er nog zijn tegenwoordig, met wijwater en kruisbeelden en wierook, want dit is iets waar je met je verstand niet bij kunt, dit is volslagen bovennatuurlijk, dat is het, *bovennatuurlijk*. En nu denk jij dat ik volslagen geschift ben, maar dat is echt niet waar, Martie, dat ben ik niet. Ik zit helemaal in de knoop, oké, dat valt niet te ontkennen, maar dit heeft niets met die pleinvrees te maken, dit gebeurt echt en ik hou het niet langer uit om wakker te worden en dan te ontdekken... Het is griezelig, walgelijk gewoon. Ik ga eraan kapot, maar ik mag barsten als ik weet wat ik eraan moet doen. Ik voel me hulpeloos, Martie, ik voel me zo kwetsbaar.'

Klik-klik.

Marties rechterarm deed inmiddels pijn van de pols tot de schouder terwijl ze met haar volle gewicht en al haar kracht tegen de la drukte. Haar kaken waren verstijfd. Haar tanden knarsten.

Felle naalden trokken gloeiende pijndraden door haar nek en die pijn naaide haar door verwarring verscheurde gedachten weer met een beetje verstand aan elkaar. In werkelijkheid was ze helemaal niet bang dat er iets uit die la zou ontsnappen. De schaar had niet door toverkracht leven gekregen, zoals de bezems die zo'n kwelling waren voor de bestookte tovenaarsleerling in Disneys *Fantasia*. Het scherpe, droge geluid – *klik-klik* – zat in haar hoofd. Ze was in feite ook niet bang voor de schaar of voor de deegroller, niet bang voor de messen, de vorken, de kurkentrekker, de maïsprikkers of de vleesthermometer. Ze wist nu al urenlang wat haar werkelijk angst aanjoeg en het was haar tijdens deze rare dag al een paar keer vluchtig door het hoofd geschoten, maar tot op dit moment had ze het niet echt en zonder eromheen te draaien onder ogen willen zien. De enige dreiging waarvoor ze ineenkromp, was Martine Eugenia Rhodes: ze was bang voor zichzelf, niet voor messen, niet voor hamers, niet voor de schaar, maar voor *zichzelf*. Ze hield die la zo vastberaden dicht omdat ze ervan overtuigd was dat ze hem anders open zou rukken, de schaar zou pakken – en bij gebrek aan een ander slachtoffer zichzelf wreed zou toetakelen met de scherpe poten.

'Ben je er nog, Martie?'

Klik-klik.

'Martie, wat moet ik in vredesnaam doen?'

Marties stem trilde van medeleven, van smart om haar vriendin, maar ook van angst voor wat haarzelf zou kunnen overkomen en wat zij zichzelf zou kunnen aandoen. 'Sooz, dit is zo eng als de pest, dit is te raar voor woorden.' Ze was zo kletsnat van haar kille, zilte zweet dat het leek alsof ze net uit zee was opgedoken. *Klik-klik*. Haar arm, schouder en nek deden zo'n pijn dat de tranen in haar ogen sprongen. 'Luister, hier moet ik eerst even mijn gedachten over laten gaan voor ik je advies kan geven, voor ik precies weet hoe ik je zou kunnen helpen.'

'Het is heus waar.'

'Ik weet dat het waar is, Sooz.'

Ze stond te trappelen om de telefoon neer te leggen. Ze moest weg bij die la, weg bij die schaar die erin lag te wachten, omdat ze niet kon ontsnappen aan die gewelddadige neiging die in haar schuilging.

'Het gebeurt echt,' hield Susan vol.

'Dat weet ik wel. Daar heb je me van overtuigd. Daarom moet ik er even over nadenken. Omdat het zo vreemd is. We moeten voorzichtig zijn en zeker weten dat we het op de goede manier aanpakken.'

'Ik ben bang. Ik zit hier zo alleen.'

'Je bent niet alleen,' bezwoer Martie haar met een stem die het bijna begaf, die inmiddels niet alleen onzeker was, maar ook beefde en

kraakte. 'Ik laat je heus niet alleen. Ik bel je terug.'
'Martie...'
'Ik zal erover nadenken, alles overwegen...'
'... als er iets gebeurt...'
'... proberen uit te vissen wat we 't best kunnen doen...'
'... als me iets overkomt...'
'... en dan bel ik je terug...'
'... Martie...'
'... ik bel je straks terug.'
Ze hing de telefoon terug aan de wand, hoewel ze de hoorn aanvankelijk niet eens los kon laten. Haar vingers bleven eromheen gekrampt. Toen ze uiteindelijk in staat was om haar hand terug te trekken bleven haar vingers gekromd, alsof ze een denkbeeldige telefoon vasthielden.
Terwijl ze haar hand van de la nam, vertrok Marties gezicht van de krampen in haar rechterhand. Alsof het een kleimonster betrof, stond in de zachte kussentjes onder aan haar vingers een duidelijke afdruk van de knop van de la en de rode striem in haar vlees leek weerkaatst te worden in de botjes in haar hand die ook pijn deden.
Ze liep achteruit weg bij de la tot ze tegen de koelkast botste. Binnen in de kast rinkelden flessen zacht tegen elkaar.
Een ervan was een halflege fles chardonnay, die gisteravond bij het eten niet helemaal op was gegaan. Een wijnfles is dik, vooral bij de holle bodem, die aan de binnenkant van een punt is voorzien om de droesem te verzamelen. Stevig. Bot. Doelmatig. Ze kon hem als knuppel gebruiken om iemands hoofd in te slaan.
Een *gebroken* wijnfles kon een bijzonder verwoestend wapen zijn. Die kon je bij de hals vastpakken, met de scherpe punten naar voren. Om hem over het gezicht van een nietsvermoedend persoon te halen, of in zijn keel te duwen.
Dichtslaande deuren konden niet meer lawaai maken dan het gedreun van haar hart dat door haar hele lichaam weergalmde.

23

'Urine liegt niet,' zei dr. Donklin.

Vanaf zijn plekje bij de deur waar hij de wacht hield, keek Valet op en bewoog zijn oren alsof hij dat beaamde.

Skeet, die inmiddels was aangesloten op een hartbewakingsmachine, bleef zo vast slapen dat het leek alsof hij voortijdig was ingevroren.

Dusty keek naar het patroon van het groene lichtje dat over het scherm van de hartmonitor huppelde. De polsslag van zijn broer was langzaam maar regelmatig, zonder onderbrekingen.

New Life was geen ziekenhuis en evenmin een diagnostisch laboratorium. Maar vanwege de zelfdestructieve neigingen en de slimheid van de patiënten beschikte de kliniek wel over de geavanceerde apparatuur waarmee lichaamsvocht snel onderzocht kon worden op de aanwezigheid van verdovende middelen.

Eerder hadden de bloedmonsters die meteen van Skeet waren genomen bij zijn opname het recept prijsgegeven van de chemische cocktail waarmee hij zijn dag was begonnen: methamfetamine, cocaïne en DMT. Meth en coke waren stimulerende middelen. Dimethyltryptamine – DMT – was een synthetisch psycholyticum, met een soortgelijke werking als psilocybine, een alkaloïde dat gekristalliseerd wordt uit de paddestoel *Psilocybe mexicana*. Een ontbijt dat een stuk steviger was dan havermout en sinaasappelsap.

Het onderzoek van het laatste bloedmonster, dat was genomen terwijl Skeet sliep alsof hij in coma lag, was nog niet klaar; uit het urinemonster dat met behulp van een catheter verkregen was, bleek echter niet alleen dat zijn lichaam geen nieuwe middelen toegediend had gekregen, maar ook dat zijn stofwisseling de methamfetamine, cocaïne en DMT al grotendeels had verwerkt. Hij zou, althans voorlopig, geen contact meer hebben met de engel des doods die hem had opgedragen om van het dak van de Sorensons te springen.

'De tweede bloedmonsters zullen dezelfde uitslag te zien geven,' voorspelde Donklin. 'Want het is echt waar, urine liegt nóóit. Of om het in lekentaal te zeggen... de waarheid schuilt in het water. Een plasje kan niet jokken.'

Dusty vroeg zich af of de arts in zijn eigen praktijk ook zulke losse doktersmanieren had gehad of dat hij zo oneerbiedig was geworden nadat hij met pensioen was gegaan en een betrekking bij New Life had aanvaard. Hoe het ook zij, het was verfrissend.

Het urinemonster was ook onderzocht op afzettingen in de urineleiders, albumine en suiker. De uitslag gaf geen enkele aanleiding om te vermoeden dat het coma was veroorzaakt door suikerziekte of een niervergiftiging.

'Als uit die nieuwe bloedproeven ook niets op te maken valt,' zei dr. Donklin, 'dan hebben we waarschijnlijk liever dat hij naar een ziekenhuis gaat.'

In de koelkast waar Martie tegenaan leunde, werd het gerinkel van glas tegen glas geleidelijk minder.

De tranen waren haar in de ogen gesprongen door de pijn in haar verkrampte handen. Ze veegde haar ogen af met de mouwen van haar blouse, maar alles bleef wazig.

Haar handen waren gekromd, alsof ze naar een tegenstander klauwde – of zich vastklampte aan een afbrokkelende rand. Door het zilte waas van haar tranen zagen ze eruit als de dreigende handen van een demon uit een droom.

Met het beeld van de scherpe punten van een gebroken wijnfles nog in het hoofd geprent bleef ze zo bang voor haar mogelijke gewelddadigheid, voor haar onbewuste bedoelingen, dat ze gewoon verlamd was.

Doe iets. De raad van haar vader. Je krijgt weer hoop als je iets onderneemt. Maar ze kon niet helder genoeg nadenken om te wikken en te wegen en vervolgens op een verstandige manier de juiste en meest effectieve aanpak te kiezen.

Maar ze kwam toch in beweging, want als ze helemaal níéts deed, zou ze op de grond zakken, zich als een bal oprollen en zo blijven liggen tot Dusty thuiskwam. En als hij er dan eindelijk was, zou ze misschien wel zo diep in zichzelf verzonken zijn dat ze nooit meer in staat zou zijn om daarvan los te komen.

Sleep je dus maar met lood in de schoenen weg bij de koelkast. Naar de andere kant van de keuken. Terug naar de kast waarbij ze een paar ogenblikken geleden weggelopen was.

Vingers om de knop. *Klik-klik*. De la opentrekken. De glimmende schaar.

Bijna wankelde Martie. Bijna gaf ze haar broze voornemen op toen ze de glanzende snijvlakken zag.
Doe het nu maar. Trek die verdomde la helemaal uit de kast. Helemaal. Zwaarder dan ze had verwacht.
Of misschien was die la eigenlijk niet zo zwaar als hij leek, was hij alleen zwaar omdat die schaar voor Martie meer was dan zomaar een tastbaar gewicht. Een psychologisch gewicht, een moreel gewicht, het gewicht van kwalijke doeleinden die in het staal huisden.
Nu naar de openstaande achterdeur. De vuilcontainer.
Ze kantelde de la van zich af met de bedoeling de inhoud in de container te gooien. De glijdende schaar rammelde tegen andere voorwerpen en van dat geluid schrok Martie zo dat ze de hele la in de container liet vallen, met alles wat erin zat.

Toen Tom Wong met de uitslag van het laatste bloedonderzoek naar Skeets kamer kwam, bleek de voorspelling van dr. Donklin uit te komen. Het mysterie van Skeets toestand bleef onopgelost.
De jongen had de afgelopen paar uur geen enkele vorm van drugs gebruikt. Er waren ook nog nauwelijks sporen waarneembaar van de uitspatting van die ochtend.
Omdat hij een normale hoeveelheid witte bloedlichaampjes had en geen koorts, leek het niet voor de hand liggend dat hij leed aan een acute vorm van meningitis. Of aan welke andere infectie ook.
Als het probleem voedselvergiftiging zou zijn, met name botulisme, dan zou het coma voorafgegaan zijn door overgeven en maagpijn plus waarschijnlijk diarree. Skeet had die klachten niet gehad.
Hoewel er ook geen duidelijke symptomen van een beroerte waren, moest toch ernstig overwogen worden of er misschien sprake was van een hersenbloeding, embolie of trombose.
'Dit is geen geval meer voor een ontwenningskliniek,' besloot dr. Donklin. 'Heb je voorkeur voor een bepaald ziekenhuis?'
Dusty zei: 'Hoag Hospital, als ze daar nog een bed vrij hebben.'
'Wacht even, er gebeurt iets,' merkte Tom Wong op en vestigde hun aandacht op de hartbewakingsmachine.
Omdat het vervelende geluid van het e.c.g. was uitgeschakeld, was het Dusty noch Donklin opgevallen dat Skeets polsslag omhoog was gegaan. Uit het verspringende groene lichtje en de digitale gegevens bleek dat hij was opgelopen van zesenveertig naar vierenvijftig slagen per minuut.
Plotseling begon Skeet te gapen, hij rekte zich en deed zijn ogen open. Zijn hartslag, inmiddels zestig slagen per minuut, ging nog steeds omhoog.

Skeet keek knipperend naar Tom Wong, naar dr. Donklin en naar Dusty. 'Hé, is er een feestje aan de gang of zo?'

De geopende fles chardonnay en twee onaangebroken flessen chablis: in de vuilcontainer.

Vreselijke wapens in het washok. Een fles verblindende, verstikkende ammoniak. Bleekwater. Een op loog gebaseerde gootsteenontstopper. Allemaal bij het vuil.

Ze dacht ineens aan de lucifers. In een keukenkastje. In een hoge blikken bus waar oorspronkelijk koekjes in hadden gezeten. Diverse boekjes met lucifers. Doosjes vol korte houten lucifers. Een bosje lucifers van vijfentwintig centimeter lang, die gebruikt werden om de drijvende lonten in hoge glazen olielampen aan te steken.

Als iemand in staat was om het gezicht van een onschuldig slachtoffer toe te takelen met een gebroken wijnfles, als zo iemand gevaarlijk genoeg was om zonder wroeging een autosleutel in het oog van een beminde te rammen, dan zou zo'n persoon ook geen grote morele bezwaren hebben om hem – of desnoods het hele huis – in brand te steken.

Martie liet de ongeopende bus met lucifers in de vuilcontainer vallen en de inhoud maakte een ritselend geluid, als een ratelslang die zijn waarschuwing laat horen.

Snel naar de woonkamer. Zoveel te doen, zo ontzettend veel te doen.

In de op gas werkende open haard lag een aantal realistisch ogende blokken van aardewerk. Op de haard lag een elektrische gasaansteker.

Terwijl ze terugliep naar de openstaande keukendeur en de gasaansteker in de vuilcontainer op de achterveranda liet vallen, vroeg Martie zich bezorgd af of ze misschien de gasleiding voor de haard open had gezet. Er was geen enkele reden waarom ze dat zou hebben gedaan en ze kon zich ook niet herinneren dat ze het gas open had gedraaid, maar ze vertrouwde zichzelf niet.

Ze dúrfde zichzelf niet te vertrouwen.

Als de kraan helemaal openstond, zou binnen een minuut of twee een dodelijke hoeveelheid gas ontsnappen. Dan kon de eerste de beste vonk een ontploffing veroorzaken die krachtig genoeg zou zijn om het hele huis met de grond gelijk te maken.

Terug naar de woonkamer. Ze leek wel zo'n doorgedraaid figuurtje uit een videospelletje. Heen en weer gekaatst van het ene gevaar naar het andere.

Geen lucht van rotte eieren.

Geen gesis van ontsnappend gas.

De gasaansluiting zat aan de muur naast de haard. Er was een opzetstuk nodig om de kraan open te draaien en die koperen sleutel lag op de schoorsteenmantel.
Opgelucht liep Martie de kamer weer uit. Maar tegen de tijd dat ze weer in de keuken was, maakte ze zich weer zorgen dat ze in een onbewaakt moment toch het gas aan had gedaan nádat ze zich ervan verzekerd had dat het uit was.
Dit was belachelijk. Ze kon niet de rest van haar leven heen en weer blijven hossen naar de woonkamer om eindeloos de gashaard te controleren. Ze leed niet aan black-outs of aanvallen van geheugenverlies en ze pleegde geen sabotage zonder dat ze zich daarvan bewust was.
Zonder te begrijpen waarom moest Martie ineens denken aan de tweede wachtkamer in de praktijkruimte van dr. Ahriman waar ze een boek had zitten lezen terwijl Susan therapie had. Een heerlijke plaats om te lezen. Geen ramen. Geen irritante achtergrondmuziek. Niets dat je af kon leiden.
Een kamer zonder ramen. Maar ze had toch voor een enorm raam gestaan en gekeken naar de grijze regen die de kust ranselde?
Nee, dat was iets dat ze in dat boek had gelezen.
'Het is een echte thriller,' zei ze hardop, hoewel ze alleen was. 'Het is goed geschreven. Het verhaal is boeiend. De personages zijn interessant. Ik vind het leuk.'
Nu, in haar overhoopgehaalde keuken, maakte ze zich plotseling zorgen omdat ze het idee had dat ze een paar uur kwijt was. Ze had het gevoel dat er een gevaarlijk gat in haar dag zat, waarin iets vreselijks was gebeurd.
Toen ze op haar horloge keek, zag ze tot haar verbazing dat het al laat was: twaalf minuten over vijf. De dag was opgelost en weggespoeld door de regen.
Ze wist niet wanneer ze voor het eerst naar de woonkamer was gegaan om de haard te controleren. Misschien een minuut geleden. Maar het kon ook twee, vier of tien minuten geleden zijn geweest.
De beginnende winteravond gaapte achter de geopende deur naar de veranda. Ze wist niet meer of de duisternis zich al had opgedrongen tegen de ramen van de woonkamer toen ze daar was. Als er inderdaad een hiaat was in haar dag, dan móést dat in die kamer zijn geweest, bij de haard.
Martie holde naar de voorkant van het huis en de omgeving waar ze doorheen liep, was vertrouwd maar toch anders dan die ochtend. Er was geen enkele ruimte meer die nog helemaal rechthoekig of volkomen vierkant was; ze bewogen allemaal – het ene moment waren

ze bijna driehoekig, dan weer achthoekig en vervolgens rond of met andere vreemde afmetingen. Plafonds die plat waren geweest, leken een beetje spits toe te lopen. Ze had durven zweren dat de vloer onder haar kantelde, alsof ze zich op het dek van een laverend schip bevond. De sterke angst die haar denkvermogen in bochten wrong, scheen op bepaalde momenten ook de tastbare wereld op een vreemde manier te vervormen, hoewel ze heel goed wist dat die surrealistische kneedbaarheid een kwestie van verbeelding was.

In de woonkamer: geen gesis van ontsnappend gas. Geen stank.

De sleutel lag op de schoorsteenmantel. Ze raakte hem niet aan. Met haar ogen vast op dat glanzende koperen voorwerp gericht, week Martie terug van de open haard en liep voorzichtig tussen de stoelen en de banken door achteruit de kamer uit.

Toen ze in de hal was aangekomen, keek ze op haar horloge. Dertien minuten over vijf. Er was een minuut voorbijgegaan. Geen tijdshiaat. Geen black-out.

In de keuken keek ze, van top tot teen trillend, opnieuw op haar horloge. Nog steeds dertien over vijf. Er was niets mis met haar. Ze had geen black-out gehad. Ze kon niet als een slaapwandelaar terug zijn gegaan naar de kamer om het gas open te zetten. Terwijl ze ernaar keek, versprong een van de cijfers: 5:14.

In zijn briefje had Dusty beloofd dat hij om vijf uur thuis zou zijn. Hij had er al moeten zijn. Dusty was meestal punctueel. Hij hield zich aan zijn beloften.

'God, alsjeblieft,' zei ze en schrok van de zielige klank van haar stem, van dat ellendige beven dat haar woorden verminkte, 'breng hem naar huis. God, alsjeblieft, alsjeblieft help me, breng hem alsjeblieft nú thuis.'

Als Dusty terugkwam, zou hij zijn bus de garage in rijden en hem naast haar Saturn zetten.

Niet best. De garage was een gevaarlijke plek. Een ontelbare hoeveelheid scherp gereedschap was daar opgeslagen, dodelijke apparaten, giftige materialen, brandbare vloeistoffen.

Ze zou in de keuken blijven en hier op hem wachten. In de garage zou hem niets overkomen als zij daar niet was als hij thuiskwam. Scherp gereedschap, vergif, brandbare stoffen – die waren niet gevaarlijk. Het echte gevaar, het enige gevaar, was Martie zelf.

Vanuit de garage zou hij meteen naar de keuken lopen. Ze moest er zeker van zijn dat ze alles wat als wapen kon dienen uit deze ruimte had weggehaald.

Toch was het pure waanzin om door te gaan met deze zuivering van alles wat scherp, bot en giftig was. Ze zou Dusty nooit kwaad doen.

Ze hield meer van hem dan van het leven zelf. Ze was bereid om voor hem te sterven en ze wist heel goed dat hetzelfde voor hem gold. Je doodde niet iemand van wie je zoveel hield.
Desondanks bleven die irrationele angsten haar infecteren, ze zwermden door haar bloed, vermenigvuldigden zich in haar botten, krioelden als een overvloed van bacteriën door haar hersens en ze werd met de seconde zieker.

24

Skeet zat rechtop in bed met de kussens in zijn rug, bleek, met diepliggende ogen en lippen die eerder grijs waren dan roze. Toch had hij een bepaalde haveloze en tragische waardigheid, alsof hij niet gewoon een van het legertje verloren zielen was dat door de puinhopen van deze ineenstortende cultuur wandelt, maar een aan tering lijdende dichter die leefde in ver vervlogen en onschuldiger tijden dan deze nieuwe eeuw. Een dichter die misschien wel een kuur volgde in een privésanatorium waarbij hij niet hoefde te vechten tegen zijn eigen dwangneuroses, niet tegen kille denkbeelden die al honderd jaar lang het leven van elk doel en alle zin beroofd hadden, maar het gewoon moest opnemen tegen een hardnekkige bacterie. Een bedtafeltje op pootjes stond dwars over zijn schoot.

Dusty, die bij het raam stond, had naar de nachtelijke hemel kunnen staren, op zoek naar zijn lot dat in de patronen van de resterende onweerswolken geschreven stond. De voorstevens en de kielen van de in oostelijke richting drijvende donderkoppen wekten de indruk dat ze afgezet waren met een opengewerkt randje bladgoud, want ze werden van onderaf beschenen door de stralend verlichte stadszee waar ze overheen zeilden.

In werkelijkheid had de nacht het glas in een zwarte spiegel veranderd, waardoor Dusty in staat was om Skeets kleurloze spiegelbeeld in de ruit te bestuderen. Hij verwachtte dat zijn broer iets vreemds zou doen en iets zou onthullen dat niet aan het licht zou zijn gekomen als hij had geweten dat hij werd gadegeslagen.

Het was een gedachte die van een vreemd soort paranoia getuigde, maar hij bleef klitten en Dusty kon hem niet van zich af zetten. Deze rare dag had hem in een dicht woud van argwaan doen belanden, vormeloos en zonder kenmerken maar desondanks toch verontrustend.

Skeet zat met smaak te eten van een vroege avondmaaltijd: tomatensoep met basilicum, op smaak gebracht met een laagje geschaaf-

de Parmezaanse kaas, gevolgd door met rozemarijn en knoflook gekruide kip vergezeld van gebakken aardappeltjes en asperges. De maaltijden in New Life waren veel beter dan doorsneeziekenhuisvoer – hoewel alle vaste etenswaren vooraf in kleine stukjes waren gesneden omdat Skeet extra bewaking kreeg vanwege zijn zelfmoordpoging.
Valet zat rechtop in de fauteuil en hield Skeet met de belangstelling van een geboren fijnproever in de gaten. Maar hij was een brave hond en hoewel hij allang eten had moeten hebben, bedelde hij niet.
Met een mond vol kip zei Skeet: 'Ik heb in weken niet zoveel gegeten. Ik denk dat je eerst van een dak af moet springen om zo veel trek te krijgen.'
Het joch was zo mager dat het leek alsof hij een cursus anorexia bij een supermodel had gevolgd. Als je naging hoever zijn maag gekrompen moest zijn, was het bijna onvoorstelbaar dat hij nog genoeg ruimte over had voor alles wat hij al naar binnen had gewerkt.
Terwijl hij nog steeds net deed alsof hij op zoek was naar voortekens in de wolken, zei Dusty: 'Het was net alsof je in slaap viel omdat ik dat tegen je gezegd had.'
'Ja? Nou, ik ben met een schone lei begonnen, broer. Van nu af aan doe ik precies wat jij wilt.'
'Ja, dat zit er dik in.'
'Let maar op.'
Dusty stak zijn hand in de zak van zijn spijkerbroek en voelde de opgevouwen velletjes die hij in Skeets keuken had gevonden. Hij overwoog of hij nog eens naar dr. Yen Lo zou vragen, maar hij voelde intuïtief dat die naam, als hij hardop werd uitgesproken, opnieuw een verstarde afwezigheid zou kunnen veroorzaken, gevolgd door weer zo'n irritant, ondoorgrondelijk gesprek als zich al eerder tussen hen had afgespeeld.
In plaats daarvan zei Dusty: 'Heldere watervallen.'
Zijn spookachtige spiegelbeeld in het raam verried dat Skeet niet eens opkeek van zijn bord. 'Wat?'
'Verspetterend in de golven.'
Nu keek Skeet wel op, maar hij zei niets.
'Blauwe dennennaalden,' zei Dusty.
'Blauw?'
Terwijl hij zich omdraaide bij het raam, zei Dusty: 'Zegt je dat iets?'
'Dennennaalden zijn groen.'
'Je hebt ook blauwgroene, geloof ik.'
Skeet had zijn bord leeg en schoof het opzij om een dessertschaaltje te pakken met verse aardbeien, een dot slagroom en bruine suiker.

'Volgens mij heb ik dat weleens eerder gehoord.'
'Dat weet ik wel zeker. Want ik heb het van jou.'
'Van mij?' Skeet leek oprecht verbaasd. 'Wanneer?'
'Net precies. Toen je even... afwezig was.'
Nadat hij met smaak een met slagroom bedekte aardbei had opgepeuzeld, zei Skeet: 'Wat raar. Ik zou het vreselijk vinden als dat literaire gedoe in mijn genen zat.'
'Is het een raadsel?' vroeg Dusty.
'Een raadsel? Nee. Het is een gedicht.'
'Schrijf jij gedichten?' vroeg Dusty met onverholen verbazing, omdat hij heel goed wist dat Skeet zijn uiterste best deed om elk aspect te ontlopen van de literaire wereld waarvan zijn vader deel uitmaakte.
'Het is niet van mij,' zei Skeet terwijl hij als een klein jongetje de slagroom van zijn dessertlepel likte. 'Ik weet niet hoe de dichter heet. Het is Oud-Japans. Een haiku. Ik zal het wel ergens gelezen hebben en het is gewoon blijven hangen.'
'Een haiku,' zei Dusty en probeerde vergeefs iets zinnigs te ontdekken in deze nieuwe informatie.
Alsof hij een symfonie dirigeerde, gaf Skeet met zijn lepel het ritme aan toen hij het gedicht voordroeg:

Klare waterval,
In de golven gedwarrel
Van blauwsparnaalden.

Nu er verband en ritme in waren aangebracht, klonken de acht woorden niet langer als wartaal.
Dusty moest denken aan een optische illusie die hij jaren geleden in een tijdschrift was tegengekomen. Het was een pentekening van aaneengesloten rijen bomen, coniferen, dennen, sparren en elzen, hoog oprijzend, dicht en als soldaatjes achter elkaar, met als titel *Woud*. In het onderschrift stond dat in dit bos een complexer beeld schuilging dat waargenomen kon worden als je je verwachtingspatroon wijzigde, als je jezelf ertoe kon brengen om het woord *woud* te vergeten en als je door het oppervlakkige beeld heen kon kijken naar een ander panorama dat totaal verschilde van de natuurtekening. Sommige mensen zagen dat tweede beeld al binnen een paar minuten, terwijl anderen er meer dan een uur mee zaten te worstelen voor ze erin slaagden. Dusty had het blad al na tien minuten geërgerd aan de kant gelegd – en ving toen ineens vanuit zijn ooghoek een glimp op van de verborgen stad. Toen hij opnieuw goed naar de tekening

keek, zag hij een enorme gotische metropool, waarin granieten gebouwen elkaar verdrongen; overschaduwde bospaden tussen de boomstammen waren veranderd in smalle straten gehuld in een grauwsluier die werd veroorzaakt door de door mensenhanden vervaardigde stenen bergen die koud en grijs omhoogreikten naar een sombere lucht.

Op dezelfde manier kregen de acht woorden een nieuwe betekenis op het moment dat Dusty hoorde hoe ze als een haiku werden voorgedragen. De bedoeling van de dichter was duidelijk: de 'heldere watervallen' waren windvlagen die dennennaalden van de bomen rukten en ze in zee bliezen. Het was een zuivere, beeldende en scherpe waarneming van de natuur, die bij nadere bestudering ongetwijfeld talloze figuurlijke verwijzingen zou blijken te bevatten naar het menselijk bestaan.

De bedoelingen van de dichter waren echter niet de enige betekenis die in die drie regeltjes school. Er was nog een andere uitleg die een diepe betekenis had voor Skeet als hij in die vreemde hypnotische toestand was, maar die hij nu volkomen vergeten scheen te zijn. Eerder had hij elke regel een *voorschrift* genoemd, hoewel hij niet duidelijk had kunnen uitleggen op welk gedrag, welke handeling, welke sport of welk spel deze raadselachtige regels van toepassing waren.

Dusty speelde even met het idee om op de rand van zijn broers bed te gaan zitten en hem verder aan de tand te voelen. Wat hem tegenhield, was de vrees dat Skeet onder druk weer in een pseudo-verstarde trance zou raken waaruit hij de volgende keer misschien niet zo gemakkelijk zou ontwaken.

En ze hadden trouwens allebei een zware dag achter de rug. Skeet had weliswaar geslapen en een stevige maaltijd achter de kiezen, maar hij moest bijna even moe zijn als Dusty, die het gevoel had dat hij gekortwiekt, opengereten en gegeseld was.

Schop.

Houweel.

Bijl.

Hamers, schroevendraaiers, zagen, boren, tangen, sleutels en lange stalen spijkers bij de vleet.

Hoewel de keuken nog geen echt veilig onderkomen was en ook de andere kamers van het huis nog gecontroleerd en opgeruimd moesten worden, kon Martie de gedachte aan de garage niet van zich afzetten en maakte in gedachten een lijstje van de talloze martel- en moordinstrumenten die daar te vinden waren.

Uiteindelijk slaagde ze er niet in om zich te houden aan het besluit om niet naar de garage te gaan en het risico te vermijden dat ze al die scherpe verleidingen bij de hand had op het moment dat Dusty thuiskwam. Ze trok de verbindingsdeur in de keuken open, zocht op de tast naar de knop van het licht en knipte de tl-bakken aan het plafond aan.

Op het moment dat Martie over de drempel stapte, viel haar blik meteen op het gaatjesbord waaraan een verzameling tuingereedschap hing die ze helemaal was vergeten. Plantenschepjes. Een snoeischaar. Een handspade. Een grasschaar met teflon-bladen. Een elektrische heggenschaar die op een accu werkte.

Een snoeizaag.

Skeet schraapte luidruchtig de laatste restjes slagroom en bruine suiker uit het dessertschaaltje.

Alsof het gekletter van de lepel tegen het porselein voor haar het teken was dat ze op kon draven, meldde zich een nieuwe privéverpleegkundige die de nachtdienst voor haar rekening zou nemen: Jasmine Hernandez, klein, knap, begin dertig – met ogen in de tint van zwartpaarse pruimen, mysterieus maar toch helder. Haar witte uniform was even schoon en fris als haar professionele aanpak, hoewel rode gympen met groene veters op een speels trekje schenen te wijzen – terecht, zoals later zou blijken.

'Hé, wat ben jij een onderdeurtje,' zei Skeet tegen haar. Hij knipoogde tegen Dusty. 'Als ik echt zelfmoord zou willen plegen, Jasmine, zie ik niet hoe jij me tegen zou kunnen houden.'

Terwijl ze het etensblad van het bed pakte en op de ladekast zette, zei de verpleegster: 'Luister, mijn kleine *chupaflor*, als de enige manier om te voorkomen dat jij jezelf iets aandoet, inhoudt dat ik alle botten in je lijf zal moeten breken en je vervolgens vanaf je nek in het gips moet laten pakken, dan heb ik daar geen enkele moeite mee.'

'Jezusmina,' riep Skeet uit, 'waar heb jij je opleiding gehad... in Transsylvanië?'

'Nog een graadje erger. Ik ben opgeleid door nonnen, de Zusters van Genade. En ik waarschuw je, *chupaflor*... tijdens mijn dienst wordt niet gevloekt.'

'Sorry,' zei Skeet, die zich behoorlijk op zijn nummer gezet voelde, maar toch nog steeds in een plagerige bui was. 'Wat gebeurt er als ik een plasje moet doen?'

Terwijl ze Valets oren kriebelde, verzekerde Jasmine Skeet: 'Je hebt heus niets dat ik nog nooit eerder heb gezien, al weet ik wel zeker dat ik grotere ken.'

Dusty glimlachte tegen Skeet. 'Het lijkt me het verstandigst om van-

af nu niets anders meer te zeggen dan: *Ja, mevrouw.*'
'Wat betekent *chupaflor*?' vroeg Skeet. 'Je probeert toch niet stiekem iets lelijks tegen me te zeggen?'
'*Chupaflor* betekent "kolibrie",' verklaarde Jasmine Hernandez terwijl ze een digitale thermometer in Skeets mond stopte.
Mompelend om de thermometer heen, zei Skeet: 'Noem je me *kolibrie*?'
'*Chupaflor*,' bevestigde ze. Skeet lag niet meer aan de hartmonitor, dus pakte ze zijn knokige pols op om zijn hartslag op te nemen.
Dusty werd opnieuw bekropen door een onbehaaglijk gevoel, kil als een stalen lemmet tussen de ribben, hoewel hij niet precies wist wat er de oorzaak van was. Het was ook niet echt iets nieuws. Het was die onberedeneerde argwaan die hem er eerder toe had gebracht om in het door het donker spiegelende raam een oogje op Skeet te houden. Zijn argwaan richtte zich nu op de omgeving, de kliniek.
'Kolibries zijn leuk,' zei Skeet tegen Jasmine Hernandez.
'Hou de thermometer onder je tong,' berispte ze hem.
Opnieuw mompelend drong hij aan: 'Vind je me dan lief?'
'Je bent best een lekker joch,' zei ze, alsof ze Skeet kon zien zoals hij vroeger was geweest: gezond, met een fris gezicht en heldere ogen. 'Kolibries zijn charmant. Ze zijn niet aan banden te leggen.'
Terwijl ze op haar horloge stond te kijken en Skeets polsslag opnam, zei de verpleegster: 'Ja, precies, de *chupaflor* is een lief, charmant, vrijgevochten en onbetekenend vogeltje.'
Skeet keek zijn broer aan en sloeg zijn ogen ten hemel.
Als er iets mis was met dit moment, met deze plaats en deze mensen, dan was Dusty niet in staat om precies aan te geven wat er niet klopte. Zelfs de buitenechtelijke zoon van Sherlock Holmes die door Miss Marple op de wereld was gezet, zou de grootste moeite hebben gehad om een geldige reden te vinden voor de argwaan die aan Dusty's zenuwen knabbelde. Waarschijnlijk was hij zo ongedurig omdat hij moe was en zich zorgen maakte over Skeet; tot hij goed uitgerust was, kon hij zich niet op zijn instinct verlaten.
Als reactie op de ten hemel geslagen ogen van zijn broer zei Dusty: 'Ik heb je gewaarschuwd. Twee woorden. *Ja, mevrouw.* Met *ja, mevrouw* kun je nooit de mist in gaan.'
Op het moment dat Jasmine Skeets pols losliet, piepte de digitale thermometer en ze trok hem uit z'n mond.
Dusty liep naar het bed en zei: 'Ik moet ervandoor, joh. Ik heb Martie beloofd dat we uit eten zouden gaan en ik ben al te laat.'
'Je moet altijd doen wat je Martie beloofd hebt. Ze is heel bijzonder.'

'Ik ben toch met haar getrouwd?'
'Ik hoop dat ze nu geen hekel aan me krijgt,' zei Skeet.
'Hé, doe niet zo stom.'
Ingehouden tranen schitterden in Skeets ogen. 'Ik hou van haar, Dusty, weet je dat wel? Martie is altijd zo lief voor me geweest.'
'Ze houdt ook van jou, joh.'
'Dat is maar een heel klein clubje: Mensen Die Van Skeet Houden. Maar Mensen Die Van Martie Houden – goh, dat zijn er meer dan alle leden van de Rotary, de Kiwanis en de Optimisten bij elkaar.'
Dusty kon geen geruststellend antwoord bedenken, want de opmerking van Skeet was ontegenzeggelijk waar.
Maar de woorden van het joch kwamen niet voort uit zelfmedelijden. 'Man, dat is een last die ik niet graag mee zou willen torsen. Weet je wat ik bedoel? Als mensen van je houden, hebben ze ook verwachtingen en dan zit jij met de verantwoordelijkheid. Hoe meer mensen er van je houden... Nou ja, het is een soort vicieuze cirkel, er komt geen eind aan.'
'Moeilijk als je van iemand houdt, hè?'
Skeet knikte. 'Heel moeilijk. Vooruit, trakteer Martie maar op een lekker etentje met een glas wijn en vertel haar hoe mooi ze is.'
'Ik zie je morgen,' beloofde Dusty terwijl hij de riem van Valet pakte en die aan de halsband van de hond vastklikte.
'Je kunt me hier vinden,' zei Skeet. 'Ik ben degene die vanaf zijn nek in het gips zit.'
Terwijl Dusty samen met Valet de kamer uit ging, liep Jasmine naar het bed met een bloeddrukmeter. 'Ik moet je bloeddruk opnemen, *chupaflor*.'
Skeet zei: 'Ja, mevrouw.'
Weer dat snijdende gevoel dat er iets mis was. Niet aan denken. Vermoeidheid. Verbeelding. Het ging wel over bij een glas wijn en de aanblik van Marties gezicht.
Onderweg door de gang naar de lift tikten de nagels van Valet zachtjes op de vinyltegels op de grond.
Verpleegkundigen en hun leerlingen glimlachten naar de retriever. 'Hallo, hondje.' 'Wat ben jij een mooie knul.' 'Je bent echt een schat, hè?'
Dusty en Valet deelden de lift met een broeder die precies het juiste plekje achter de oren kende dat, als je er zacht over wreef, een dromerige blik in de ogen van de hond bracht. 'Ik heb zelf ook een golden gehad. Een schat van een meid, Sassy heette ze. Ze kreeg kanker en ik heb haar ongeveer een maand geleden in moeten laten slapen.' Zijn stem beefde even bij het woordje *slapen*. 'Ik heb haar

nooit zover gekregen dat ze achter een frisbee aan ging, maar ze kon de hele dag achter tennisballen aan hollen.'

'Hij ook,' zei Dusty. 'Hij laat de eerste bal niet los als je er nog een gooit, hij brengt ze gewoon allebei terug en dan ziet hij eruit als het zwaarste geval van de bof dat je ooit hebt gezien. Neem je weer een nieuwe pup?'

'Voorlopig nog niet,' zei de broeder, oftewel: niet tot het verlies van Sassy iets minder schrijnend was geworden dan nu.

Op de begane grond zat in de recreatiezaal naast de ontvangsthal een twaalftal patiënten in groepjes van vier aan verschillende tafeltjes te kaarten. De combinatie van hun gepraat en opgewekte gelach, het geschuifel van kaarten die werden geschud en de zoetgevooisde tonen van een oud swingnummer van Glenn Miller riepen zo'n gezellige sfeer op dat je net zo goed zou kunnen denken dat dit een stel vrienden was dat bij elkaar zat in de country club, een zaaltje bij een kerk, of bij iemand thuis, in plaats van een in lichamelijk en geestelijk opzicht gebutste en gebroken verzameling crackrokers, cokesnuivers, smackspuiters, pillenpakkers, LSD-gebruikers, cactuseters en speedfreaks uit de midden- en hogere klasse met aderen als Zwitserse kaas.

Achter een bureau vlak bij de ingang zat een bewaker om ervoor te zorgen dat bij het ontijdige vertrek van een koppige patiënt meteen de familie of ambtenaren van justitie zouden worden gebeld, afhankelijk van wie er in zo'n geval gewaarschuwd moest worden.

Tijdens deze dienst werd de veiligheidspost bemand door een man van een jaar of vijftig in een kaki broek, een lichtblauw overhemd, een rode das en een donkerblauwe blazer. Op zijn identiteitsplaatje stond dat hij WALLY CLARK heette en hij zat een liefdesromannetje te lezen. Met zijn korte dikke gestalte, de kuiltjes in zijn schoongeboende gezicht, de vage geur van een kruidige aftershave, de vriendelijke blauwe ogen van een oprechte priester en een glimlach die net vriendelijk genoeg was – maar ook weer niet te vriendelijk – zou Wally voor iedereen die in Hollywood rollen te verdelen had de ideale keus zijn geweest voor de lievelingsoom, de raadsman, de toegewijde leraar, de geliefde vader of de beschermengel van de grote ster.

'Ik was er ook al toen uw broer de vorige keer bij ons was,' zei Wally Clark en boog zich voorover op zijn stoel om Valet aan te halen. 'Ik had niet verwacht dat hij terug zou komen. Ik wou dat het niet zo was. Het is een jongen met een goed hart.'

'Dank u wel.'

'Hij kwam vaak naar beneden om backgammon met me te spelen. Maakt u zich maar geen zorgen, meneer Rhodes. Uw broer is diep vanbinnen echt uit het juiste hout gesneden. Dit keer zal hij, als hij hier weer helemaal opgeknapt de deur uit gaat, echt wel op het rechte pad blijven.'

Buiten was de nacht koel en vochtig, maar niet onaangenaam. Het wollen wolkendek werd uit elkaar gerafeld en onthulde een zilveren maan die vredig over het hemelmeer schaatste voordat het zich weer haastig aan elkaar breide.

De parkeerplaats stond nog steeds vol ondiepe plassen en Valet gebruikte de volle lengte van zijn riem om er stuk voor stuk doorheen te huppelen.

Toen Dusty bij de bus was, keek hij om naar de als een haciënda gebouwde kliniek. De koninginnenpalmen die wiegeliedjes fluisterden in de slaperige bries en de bougainville die zich om de pilaren van de veranda's slingerde en als lakens in gracieuze guirlandes omlaag hing van de gewelfde overkapping gaven je het gevoel dat dit de woonplaats was van Morpheus, de Griekse god van de droom.

Toch kon Dusty de hardnekkige argwaan niet van zich af zetten dat er een andere, zwartere werkelijkheid verborgen zat onder het pittoreske oppervlak: een plaats die onafgebroken in beweging was, vol tersluiks getrippel en gekonkel, een nest, een korf, waarin een nachtmerrieachtige kolonie hard werkte aan de verwezenlijking van een of ander afschuwelijk plan.

Tom Wong, dr. Donklin, Jasmine Hernandez, Wally Clark en de rest van het personeel van New Life leken op het oog intelligent, vakkundig, toegewijd en vol medeleven. Niets in hun gedrag of uiterlijk had Dusty ook maar de minste reden gegeven om hun motieven in twijfel te trekken.

Misschien zat het hem dwars dat ze allemaal te volmaakt waren om waar te zijn. Als er ook maar één werknemer van New Life traag van begrip was geweest, of slonzig, onbeschoft of wanordelijk, dan had Dusty waarschijnlijk geen last gehad van dit vreemde, nieuwe wantrouwen ten opzichte van de kliniek.

Natuurlijk betekenden de ongebruikelijke competentie, inzet en vriendelijkheid van het personeel alleen maar dat New Life goed geleid werd. Het hoofd van de afdeling Personeelszaken had kennelijk een fijne neus voor het in dienst nemen en het koesteren van eersteklas werknemers. De prettige gevolgen daarvan zouden bij Dusty eigenlijk een gevoel van dankbaarheid moeten oproepen in plaats van het paranoïde idee van een samenzwering.

En toch leek er iets niet te kloppen. Hij was bang dat Skeet hier niet veilig was. Hoe langer hij naar de kliniek staarde, des te sterker werd zijn argwaan. Irritant genoeg bleef de reden daarvoor hem ontgaan.

De grasschaar met de lange bek en de elektrische heggenschaar zagen er zo gemeen uit dat het voor Martie niet voldoende was om ze alleen maar weg te gooien. Ze zou zich pas veilig voelen als ze tot een hoopje schroot waren gereduceerd.

Het grotere tuingereedschap was allemaal keurig opgeborgen in een hoge kast. Hark, bladhark, schop en schoffel. De voorhamer.

Op de plek waar Dusty zijn bus zou neerzetten als hij thuiskwam, legde ze de heggenschaar op de betonnen vloer en ging hem te lijf met de voorhamer. Onder de klap van de zware, botte kop van de hamer krijste de heggenschaar alsof het een levend wezen was, maar Martie vond de toegebrachte schade nog niet genoeg. Ze tilde de hamer op en liet hem opnieuw met een klap neerkomen, drie, vier keer. Stukken van het verbrijzelde plastic handvat, een paar schroeven en andere kapotte onderdelen kwamen kletterend terecht tegen kasten die in de buurt stonden en kaatsten met een metalig geluid terug van de Saturn. Bij iedere klap rinkelden de ruiten van de garage in hun sponningen en sprongen er kleine stukjes beton uit de vloer.

De splinters schoten tegen Marties gezicht. Ze wist dat haar ogen gevaar liepen, maar ze durfde geen pauze in te lassen om op zoek te gaan naar een stofbril. Er was nog veel te doen en ieder moment kon de grote garagedeur met een rommelend geluid omhooggaan, ten teken dat Dusty thuiskwam.

Ze gooide de grasschaar op de grond. Ze sloeg er genadeloos op in, tot de veer eruit sprong en de handgrepen losschoten.

Daarna was de riek aan de beurt. Ze bleef erop rammen tot de houten steel versplinterd was. Tot de tanden van de vork helemaal verbogen en verdraaid waren tot een nutteloze wirwar.

De voorhamer woog maar drie pond in plaats van vijf. Desondanks waren er kracht en overleg nodig om hem met het gewenste verwoestende gevolg te hanteren. Zwetend, snakkend naar adem, met een droge mond en een brandende keel zwaaide Martie de hamer keer op keer omhoog en liet hem met vloeiende bewegingen en in een gestaag ritme neerkomen.

Ze zou er morgenochtend de gevolgen van ondervinden: elke spier in haar schouders en armen zou pijn doen, maar op dit moment bezorgde de hamer in haar handen haar zo'n heerlijk gevoel dat ze zich niet druk maakte over de pijn die haar te wachten stond. Een prettige tinteling van macht stroomde door haar heen, een gevoel van voldoening omdat ze voor het eerst die dag alles de baas was. Elke stevige mep van de hamer wond haar op; het harde natrillen van de klap via de lange steel in haar handen, door haar armen, naar haar schouders en haar nek was bijzonder bevredigend, bijna erotisch. Ze ademde diep in bij elke keer dat ze de hamer opzwaaide, knorde als ze hem omlaag liet komen en slaakte iedere keer dat iets onder het beukende gewicht verboog of kapotsprong een woordeloos kreetje van blijdschap...

... tot ze zichzelf ineens hoorde en besefte dat ze eerder dierlijk dan menselijk klonk.

Hijgend, nog steeds met de hamer stevig in beide handen, keerde Martie zich af van het vernielde gereedschap en ving een glimp op van haar spiegelbeeld in een van de zijraampjes van de Saturn. Haar schouders waren opgetrokken en ze hield haar vooruitgestoken hoofd schuin in een vreemde hoek, als een veroordeelde moordenares die het er levend maar mismaakt af had gebracht doordat de strop van de beul was geknapt. Haar donkere haar zat in de war en stond recht overeind alsof ze een elektrische schok had gehad. Verstandsverbijstering groefde haar gezicht tot dat van een heks en iets wilds loerde door haar ogen naar buiten.

Gek genoeg moest ze denken aan een van de tekeningen in een sprookjesboek waar ze als kind dol op was geweest: een kwaadaardige trol onder een stenen brug, die gebogen over een gloeiend smidsvuur met hamer en tangen in de weer was om ketenen en boeien voor zijn slachtoffers te maken.

Wat zou ze met Dusty hebben gedaan als hij precies op het moment was thuisgekomen dat haar fanatieke gehamer een hoogtepunt had bereikt – of, wat dat betrof, als hij nu zou arriveren?

Met een huivering van afschuw liet ze de hamer vallen.

25

Omdat hij erop had gerekend dat hij nog niet thuis zou zijn als het tijd was om de hond te voeren, had Dusty Valets maaltijd meegenomen in een afsluitbare plastic zak: twee kopjes droge brokken met rijst en lam. Hij gooide het voer in een plastic bak en zette die op de grond naast de bus.

'Het spijt me dat de omgeving zo beroerd is,' verontschuldigde hij zich.

Als de parkeerplaats van de kliniek een weelderig weiland of een penthouse was geweest, had Valet zich niet met meer genoegen aan zijn maal kunnen wijden dan hij nu deed. Zoals al zijn soortgenoten had hij geen last van pretenties.

Honden hadden zulke bewonderenswaardige karaktertrekken dat Dusty zich in feite weleens afvroeg of God deze wereld niet in de eerste plaats voor hen had geschapen. Misschien waren mensen hier bij nader inzien wel neergezet om er zeker van te zijn dat honden metgezellen zouden hebben om hun eten klaar te maken, hen te kammen en te borstelen, hun te vertellen dat ze braaf waren en hen over hun buik te wrijven.

Terwijl Valet korte metten maakte met de brokken, viste Dusty zijn mobiele telefoon op die onder de linkervoorstoel lag en belde naar huis. Nadat de telefoon drie keer was overgegaan, kreeg hij het antwoordapparaat.

Omdat hij aannam dat Martie meeluisterde, zei hij: 'Ik ben het, Scarlett. Rhett. Ik bel alleen maar om te zeggen dat ik bij nader inzien tóch wel een lor om je geef.'

Ze nam niet op.

'Martie, ben je daar?' Hij wachtte. Daarna, langzaam pratend zodat ze de tijd zou hebben om vanaf elke plek in het huis naar de studeerkamer – en naar het antwoordapparaat – te lopen, zei hij: 'Het spijt me dat ik zo laat ben. Het was doffe ellende vandaag. Ik ben over een halfuurtje thuis, dan kunnen we uit eten gaan. Ergens waar het veel te duur is. Ik ben het zat om altijd zo verdomd verstandig te zijn. Kies maar iets heel bijzonders uit. Misschien wel een tent waar het eten op echte borden wordt opgediend in plaats van in bakjes van piepschuim. We sluiten wel een lening als dat nodig is.'

Ze had kennelijk de telefoon niet gehoord of ze was niet thuis.

Valet had zijn brokken op. Hij gebruikte zijn tong om een propeller van een vliegtuig te imiteren en draaide rondjes van 360 graden over zijn snuit en zijn kaken om alle kruimeltjes te verzamelen.

Als hij met de hond op stap was, had Dusty altijd een fles water bij zich. Hij goot een paar deciliter in de blauwe schaal.

Nadat Valet genoeg had gedronken, liepen ze over de vaag verlichte gazons die de New Life Clinic aan drie kanten omzoomden. Deze wandeling had ogenschijnlijk ten doel de hond de gelegenheid te geven om na het eten zijn behoefte te doen, maar op die manier kreeg Dusty ook de kans om het uitgestrekte gebouw wat grondiger te bestuderen.

Zelfs als de kliniek niet zo legitiem was als op het eerste gezicht leek, had Dusty toch geen flauw idee waar hij moest zoeken naar aanwijzingen omtrent de werkelijke gang van zaken. Er zou echt geen geheime deur zijn naar het enorme ondergrondse hoofdkwartier van een flamboyante James Bond-achtige boef. En hij hoefde evenmin te verwachten dat hij de zielloze persoonlijke bediende van graaf Dracula zou betrappen terwijl die de doodskist van de allesbehalve dode edelman overbracht van een door paarden voortgetrokken vrachtwagen naar de kelder van het gebouw. Dit was Zuid-Californië in het verblindende nieuwe millennium en daar trof je dan ook heel wat vreemdere wezens aan dan Goldfinger en vampieren – ook al schitterden die momenteel kennelijk allemaal door afwezigheid.

Dusty's argwaan was moeilijk te rechtvaardigen als je afging op de tuinen van de kliniek, die zonder uitzondering doodgewoon waren. Het gras was goed onderhouden en de grond was nog een beetje soppig van de regen die net was gevallen. De struiken waren keurig gesnoeid. De nachtelijke schaduwen waren niet meer dan dat. Schaduwen.

Hoewel Valet overal van schrok, voelde hij zich hier zo op zijn gemak dat hij zonder ook maar een moment te aarzelen zijn behoefte deed – en nog wel in het gele licht van een tuinlantaarn, zodat zijn baasje geen enkele moeite had om achter hem op te ruimen.

De goedgevulde, opvallende blauwe zak gaf Dusty een excuus om even rond te kijken in het steegje achter de kliniek, waar geen gras

langs de stenen groeide. Terwijl hij een kleine vuilcontainer in de gaten kreeg en daar de zak in deponeerde, bestudeerde hij dit meer nederige aspect van de kliniek: dienst- en leveranciersingangen, gebouwtjes van het water- en het elektriciteitsbedrijf en nog een kleine vuilcontainer.
In dat achterstraatje ontdekte hij noch zijn vierbenige dr. Watson iets dat niet in de haak was – ook al vond de hond naast de tweede container de vettige doos van een Big Mac waar hij wel een uurtje of zes, zeven aan had willen snuffelen en likken.
Terwijl hij vanuit de achterstraat terugliep en opnieuw het gazon aan de zuidzijde van de kliniek overstak, keek Dusty omhoog naar Skeets kamer – en zag een man voor het raam staan. Achter hem werd de kamer slechts door een enkele, goed afgeschermde lamp verlicht, waardoor hij een gezichtsloos silhouet werd.
Hoewel het vanaf de grond niet duidelijk te zien was, leek de vent te groot en te breedgeschouderd om Skeet of dr. Donklin te kunnen zijn. Tom Wong was al vertrokken, maar die was ook heel anders gebouwd dan deze man.
Dusty kon helemaal niets van het gezicht van de vreemdeling onderscheiden, zelfs geen vage glimp van zijn ogen. Desondanks was hij ervan overtuigd dat de man naar hem stond te kijken.
Alsof hij met een geest in strijd verwikkeld was over wie het eerst zijn blik af zou wenden, bleef Dusty omhoogkijken naar het raam tot de donkere figuur het raam met de ectoplastische vloeibaarheid van een klopgeest de rug toekeerde en uit het zicht verdween.
Dusty overwoog om op een holletje terug te gaan naar de kamer van zijn broer om erachter te komen wie daar naar hem had staan kijken. Maar hij was er vrijwel zeker van dat de man iemand van het personeel was. Of een andere patiënt, op bezoek bij Skeet.
Daar kwam nog bij dat, als die zeurende argwaan terecht was en geen pure paranoia, als de man bij het raam kwade bedoelingen had, hij daar zeker niet zou blijven rondhangen nu Dusty hem had gezien. Ongetwijfeld had hij zich allang uit de voeten gemaakt.
Gezond verstand probeerde korte metten te maken met achterdocht. Skeet had geen geld, geen vooruitzichten en geen macht. Er viel bij hem niets te halen dat iemand ertoe kon bewegen een ingewikkelde samenzwering op touw te zetten.
En bovendien zou een vijand – in het onwaarschijnlijke geval dat de zachtaardige Skeet die had – zich heel goed realiseren dat het geen enkel nut had om ingewikkelde manieren te bedenken om de jongen te kwellen en te gronde te richten. Als Skeet geen strobreed in de weg werd gelegd, zou hij zichzelf meedogenlozer kwellen dan de

wreedste gevangenbewaarder en uit alle macht proberen zichzelf te slopen.
Misschien was het niet eens Skeets kamer. Toen hij de eerste keer omhoogkeek, had Dusty zeker geweten dat het om het raam van de jongen ging. Maar... het zou best kunnen dat Skeets raam daar links naast zat.
Dusty zuchtte. De altijd meevoelende Valet zuchtte mee.
'Je baasje ziet ze vliegen,' zei Dusty.
Hij trappelde van verlangen om terug te gaan naar Martie, om de waanzin van deze dag de rug toe te keren en weer met beide benen in de werkelijkheid te staan.

Lizzie Borden took an ax and gave her husband forty whacks.
Dat verbasterde dichtregeltje bleef door Marties hoofd spoken en onderbrak voortdurend haar gedachten, waardoor ze moeite had om zich te concentreren.
Op de werkbank in de garage stond een bankschroef. Nadat ze de bijl met een blok hout had gestut, draaide Martie de klemmen dicht tot het handvat er stevig tussen zat.
Ze moest zich echt vermannen om een ijzerzaag die voorzien was van een pistoolgreep op te pakken. Het was een gevaarlijk instrument, maar niet zo angstaanjagend als de bijl, die absolúút vernietigd moest worden. Later zou ze de ijzerzaag ook kapotmaken.
Met behulp van de zaag ging ze de steel van de bijl vlak onder het blad te lijf. Het gegoten ijzeren blad zou zonder steel nog steeds dodelijk zijn, maar de complete bijl was veel dodelijker dan de twee losse onderdelen.
Lizzie Borden took an ax and gave her husband forty whacks.
Het zaagblad van de ijzerzaag verboog, beet in de steel van de bijl, stuiterde los, verboog opnieuw en maakte een slordige kerf in het hardhout. Ze gooide hem op de grond.
Bij het gereedschap bevonden zich twee timmermanszagen. De ene was een schulpzaag om hout met de nerf mee door te zagen en de andere was een schrobzaag, maar Martie kon ze niet van elkaar onderscheiden. Ze probeerde ze aarzelend stuk voor stuk, maar ze stelden haar allebei teleur.
When the job was neatly done, she gave him another forty-one.
Bij het elektrische gereedschap bevond zich een decoupeerzaag met een blad dat er zo venijnig uitzag dat ze echt moed moest verzamelen om de stekker in het stopcontact te steken, het apparaat op te pakken en het aan te zetten. Aanvankelijk stuiterde het zaagblad zonder veel succes over het eikenhout en de zaag trilde ontzettend,

maar toen Martie er met haar volle gewicht op leunde, zoefden de tanden door het hout en viel het afgezaagde blad van de bijl met het stompje van de steel op de werkbank.
Ze schakelde de zaag uit en legde hem opzij. De bankschroef opendraaien. De steel eruit halen. Op de grond gooien.
Vervolgens onthoofdde ze de voorhamer.
Daarna de schop. Een langere steel. Lastig te hanteren. Het kostte haar meer moeite om die in de bankschroef vast te zetten dan de bijl of de voorhamer. De decoupeerzaag vrat zich erdoorheen en het blad van de schop viel met veel lawaai op de werkbank.
Ze zaagde de schoffel door.
De hark.
Wat nog meer?
Een koevoet. Met aan een uiteinde een punt om ergens tussen te wrikken, het andere gebogen om kracht te kunnen zetten. Helemaal van staal. Kon niet doorgezaagd worden.
Ze gebruikte hem om de zaag buiten werking te stellen. Staal kletterde op staal, op beton, de hele garage weergalmde als een kerkklok.
Toen ze de zaag buiten gevecht had gesteld, zat ze nog steeds met de koevoet. Die was even gevaarlijk als de voorhamer, die haar ertoe had gebracht om de zagen te gebruiken.
Ze was weer terug bij af. Ze had helemaal niets bewerkstelligd. In feite was de koevoet nog een stuk praktischer dan de voorhamer, want hij was veel gemakkelijker te hanteren.
Er was geen hoop. Ze had geen enkele kans om het huis veilig te maken, niet eens één vertrek in het huis, zelfs niet het kleinste hoekje in een van de kamers. Dat zou nooit lukken zolang zij hier woonde. Zij was de oorzaak van al deze gemene gedachten, niet een van die levenloze voorwerpen, maar zijzelf vormde de enige bedreiging. Ze had die decoupeerzaag in de bankschroef vast moeten klemmen, hem aan moeten zetten en haar eigen handen af moeten zagen.
Nu hield ze de koevoet op dezelfde manier vast als eerder de voorhamer. Door haar hoofd warrelden bloedige ideeën die haar doodsangst aanjoegen.
De motor van de garagedeur sprong aan. De deur rammelde omhoog. Ze draaide zich om en keek ernaar.
Banden, koplampen, de voorruit, Dusty achter het stuur van de bus, Valet naast hem. Het leven van alledag dat op vier wielen Marties eigen Tweeduuster kwam binnenrijden. Dit was een botsing van werelden die ze had gevreesd vanaf het moment dat ze in gedachten het onheilspellende beeld zag van een door een sleutel doorboord oog –

Dusty's oog – waardoor haar hart met een sneltreinvaart in haar schoenen was gezonken en haar lunch als een soort tegenwicht omhoog was gekomen.

'Blijf bij me uit de buurt!' riep ze. 'Blijf in godsnaam uit de buurt! Er is iets mis met me.'

De uitdrukking op Dusty's gezicht vertelde Martie even duidelijk alsof ze in een spiegel keek hoe bizar – hoe krankzinnig – ze eruitzag. 'O god.'

Ze liet de koevoet vallen, maar het blad van de bijl en de kop van de voorhamer lagen nog binnen handbereik op de werkbank. Ze kon ze gemakkelijk oppakken en door de voorruit smijten.

De sleutel. Het oog. Duwen en draaien.

Plotseling besefte Martie dat ze de autosleutel niet eens had weggegooid. Hoe had ze kunnen nalaten om zich daar onmiddellijk bij thuiskomst van te ontdoen, nog voordat ze was begonnen met de messen, de deegroller, het tuingereedschap en al die andere dingen? Als het beeld dat haar door het hoofd was geschoten inderdaad een vooruitblik was, als die walgelijke gewelddaad onvermijdelijk was, dan had ze allereerst die autosleutel kapot moeten maken en onder in de vuilcontainer moeten begraven.

Nu was Dusty er en konden ze beginnen aan een nieuw level van het spel, waarin de bescheiden sleutel uit Level 1 verandert in een machtig tovervoorwerp, te vergelijken met de Ene Ring, de Meester van alle Ringen der Macht die teruggebracht moest worden naar Mordor en vernietigd moest worden door het Vuur dat hem had voortgebracht, die gesmolten moest worden voordat hij met kwade bedoelingen kan worden gebruikt. Maar dit was geen videospel. Deze verschrikkingen waren echt. En als er bloed aan te pas kwam, dan zou het dik, warm en nat zijn in plaats van een tweedimensionaal beeld van rode pixels.

Martie keerde de bus de rug toe en holde het huis in.

De autosleutel hing niet op zijn plaats aan het bord.

Op de tafel stonden alleen het beslagen glas gemberbier dat ze niet had opgedronken en een kurken onderzetter.

Haar regenjas hing over de rug van een stoel. Twee diepe zakken. In de ene een paar papieren zakdoekjes. In de andere de paperback. Geen sleutel.

In de garage riep Dusty haar naam. Hij moest inmiddels uit de auto zijn en zich een weg banen door alle rotzooi die ze op de grond had laten liggen. Iedere keer dat ze haar naam hoorde, klonk hij luider, dichterbij.

Martie vluchtte de keuken uit, de gang in, langs de eetkamer en de woonkamer naar de hal, op weg naar de voordeur, alleen maar om de afstand tussen haar en Dusty zo groot mogelijk te maken. Ze wist niet waar deze idiote vluchtpoging toe moest leiden, waar ze eigenlijk naartoe wilde of wat ze zou gaan doen. Het enige dat telde, was zo ver mogelijk uit de buurt te komen van haar man om er zeker van te zijn dat ze hem geen kwaad kon doen.

Het halkleed, klein en Perzisch, gleed over het geboende eiken parket en heel even leek het alsof ze over de vloer surfde. Daarna sloeg ze om en kwam hard op haar rechterzij terecht.

Toen haar elleboog tegen de eiken vloer klapte, vloog de pijn als een zwerm wespen door de zenuwen van haar onderarm en krioelde door haar hand. Andere pijnscheuten kronkelden langs haar ribben en prikten in haar heup.

De pijn waar ze het meest van schrok was het minst erg: een korte steek in haar rechterdij, even scherp maar ook meteen weer weg. Ze was geprikt door iets dat in de rechterzak van haar spijkerbroek zat en ze wist meteen wat het was.

De autosleutel.

Dit was het onweerlegbare bewijs dat ze zichzelf niet kon vertrouwen. Toen ze op het bord keek, op de tafel en zelfs op het moment dat ze zenuwachtig in de zakken van haar regenjas voelde, moest ze in haar achterhoofd geweten hebben dat de sleutel in haar broekzak zat. Ze had zichzelf voor het lapje gehouden en daar was geen enkele reden voor, tenzij ze de bedoeling had om die sleutel te gebruiken om iemand blind te maken, of zelfs te doden. Ergens diep in haar school een Andere Martine, het waanzinnige schepsel waar ze zo'n angst voor had, een wezen dat tot elke gruweldaad in staat was en het plan koesterde om die vreselijke vooruitblik te verwezenlijken: *de sleutel, het oog, duwen en draaien.*

Martie krabbelde op van de vloer in de hal en vloog naar de voordeur die voorzien was van een raam.

Op hetzelfde moment sprong Valet aan de buitenkant tegen de deur op en zette met gespitste oren en de tong uit de bek zijn voorpoten tegen de onderkant van de glas-in-loodruit. De vele vierkantjes, rechthoeken en rondjes van bewerkt glas, in alle kleuren van de regenboog en doorspekt met glazen kraaltjes, veranderden zijn behaarde kop in een kubistisch portret dat er zowel grappig als duivels uitzag.

Martie deinsde terug van de deur, niet omdat Valet haar angst aanjoeg, maar omdat ze bang was dat ze hem iets zou aandoen. Als ze echt in staat was om Dusty kwaad te doen, dan zou die arme, goedgelovige hond ook niet veilig zijn.

In de keuken riep Dusty: ‘Martie?’
Ze gaf geen antwoord.
‘Martie, waar ben je? Wat is er aan de hand?’
De trap op. Snel, geruisloos, twee treden tegelijk, half hinkend omdat haar heup nog steeds pijn deed. Met haar linkerhand hield ze zich vast aan de leuning. Met haar rechterhand zocht ze in haar zak. Boven aan de trap had ze de sleutel in haar hand en alleen het zilverkleurige puntje was tussen haar verkrampte vingers te zien. Een dolkje.
Misschien kon ze hem uit het raam gooien. In het donker. In de dichte struiken of over de schutting in de tuin van de buren, waaruit ze hem niet zo gemakkelijk terug zou kunnen halen.
Op de halfduistere overloop, die alleen via het trappenhuis verlicht werd door de lamp in de hal, bleef ze besluiteloos staan omdat niet alle ramen open konden. Een deel ervan zat vast. Van de ramen die wel geopend konden worden, zouden er zeker een paar klemmen na alle regen die er die dag was gevallen.
Het oog. De sleutel. Duwen en draaien.
Ze had bijna geen tijd meer. Dusty kon haar elk moment vinden.
Ze durfde niet langer te wachten, ze kon het risico niet nemen dat ze probeerde een raam open te doen dat vrijwel zeker zou klemmen en dat Dusty zich bij haar voegde terwijl ze nog steeds die sleutel in de hand had. Als ze hem zag, knapte er misschien iets in haar, dan zou ze een van die onvoorstelbare gruweldaden kunnen plegen die haar de hele middag al door het hoofd speelden. Oké, dan maar naar de grote badkamer. Daar kon ze het onding door de wc spoelen.
Krankzinnig.
Doe het nou maar. Schiet op, schiet op, gewoon doen, of het nu krankzinnig was of niet.
Op de veranda aan de voorkant begon de anders zo rustige Valet te blaffen, met zijn snuit tegen de gekleurde ruit.
Martie stoof de grote slaapkamer in en knipte de middenlamp aan. Ze liep naar de badkamer – maar bleef stokstijf staan toen haar blik, scherp en snel als een guillotine, op Dusty’s nachtkastje viel.
In haar fanatieke poging om het huis veilig te maken, had ze wel onschadelijke keukenhulpjes als aardappelschillers en maïsprikkers weggegooid, maar ze had geen moment gedacht aan het meest gevaarlijke voorwerp dat ze in huis hadden, een wapen dat niets anders was dán een wapen, dat niet ook gebruikt kon worden als een deegroller of een kaasschaaf: een .45 semi-automatisch pistool dat Dusty bij wijze van zelfverdediging had gekocht.
Alweer zo’n voorbeeld van hoe slim ze zichzelf bij de neus nam. De

Andere Martie – dat gewelddadige personage dat zo lang in haar binnenste verscholen had gezeten maar dat nu de kop opstak – had haar tot op het laatste moment zand in de ogen gestrooid, haar hysterische gedrag aangemoedigd en haar gedachten afgeleid, tot ze nauwelijks meer in staat was om helder na te denken en verstandig te reageren, tot Dusty was komen opdagen en steeds dichter in de buurt kwam, en pas nú kreeg ze de kans – o, werd ze gewoon aangemoedigd – om aan het pistool te denken.

Beneden in de hal zei Dusty door de ruit in de voordeur iets tegen de retriever – 'Af! Af, Valet!' – en de hond hield op met blaffen.

Toen Dusty het pistool net had gekocht, had hij erop gestaan dat Martie samen met hem schietlessen nam. Ze waren tien of twaalf keer naar een schietbaan geweest. Ze hield niet van vuurwapens, ze had het ding helemaal niet willen hebben, ook al wist ze best dat het verstandig was om jezelf te kunnen verdedigen in een wereld waar vooruitgang en wreedheid in hetzelfde tempo voortschreden. Ze had verrassend goed leren omgaan met het wapen, een zorgvuldig aangepaste roestvrij stalen uitvoering van de Colt Commander.

Beneden in de hal zei Dusty: 'Brave hond', om Valet te prijzen dat hij zo gehoorzaam was. 'Heel brave hond.'

Martie snakte er wanhopig naar om zich van de Colt te ontdoen. Dusty was niet veilig zolang ze een pistool in huis hadden. Niemand in de buurt was veilig zolang zij haar hand op een pistool kon leggen.

Ze liep naar het nachtkastje.

Laat dat ding in godsnaam in de la liggen.

Ze trok de la open.

'Martie, lieverd, waar ben je, wat is er aan de hand?' Hij kwam de trap op.

'Ga weg,' zei ze. Hoewel ze probeerde te schreeuwen, klonken de woorden iel en rochelend, omdat haar keel dichtgeknepen zat van angst en omdat ze buiten adem was – of misschien ook wel omdat de moordenares in haar binnenste eigenlijk helemaal niet wilde dat hij wegging.

In de la, tussen een doos tissues en een afstandsbediening voor de tv, lag het pistool dof te glanzen, het noodlot belichaamd in een stuk schitterend bewerkt staal, haar duistere bestemming.

Als een doodskloppertje dat zich met klikkende kaken, *tik-tik-tik*, in lange tunnels door een stuk hout vreet, wriemelde de Andere Martie in Marties vlees, boorde zich door haar botten en knabbelde aan de vezels van haar ziel.

Ze pakte de Colt op. Met zijn directe bediening, gemakkelijk te controleren terugslag, een trekker die al bij geringe druk reageerde en een magazijn met zeven kogels dat vrijwel nooit vastsloeg, was dit een ideaal zelfverdedigingswapen voor de korte afstand.

Martie realiseerde zich niet eens dat ze de sleutel had laten vallen, tot ze erop stapte toen ze het nachtkastje de rug toekeerde.

26

Zelfs toen hij van een dak af viel, was Dusty niet zo bang geweest, want nu ging het om Martie, niet om hemzelf.
Voordat ze die koevoet had laten vallen en was weggerend, had haar gezicht even star gestaan als dat van een acteur in een Kabuki-drama. De huid witgeschminkt, bleek en glad. De ogen donker omlijnd, niet met mascara maar van angst. Een mond als een rode wond.
Blijf bij me uit de buurt! Blijf in godsnaam uit de buurt! Er is iets mis met me.
Ondanks de herrie van de motor had hij haar waarschuwing gehoord, net als de doodsangst die haar stem rauw had geschraapt.
Een puinhoop in de garage. De hele keuken overhoop. Een vuilcontainer op de achterveranda bij de openstaande deur, volgestouwd maar niet met afval. Hij kon er geen touw aan vastknopen.
De benedenverdieping was koud omdat de keukendeur niet dicht was. Het kostte hem weinig moeite om zich te verbeelden dat die kilte voor een deel het gevolg was van de aanwezigheid van een ijzige geest die door een andere deur was binnengekomen, een deur die onzichtbaar was en naar een plaats leidde die oneindig veel vreemder was dan de achterveranda.
De zilveren kandelaars op de tafel in de eetkamer leken even doorschijnend als spiegelend, alsof ze uit ijs waren gehakt.
De woonkamer was vol van de winterse glans van glazen snuisterijen, het koperen haardstel en porseleinen lampen. Op de grote staande klok stond de tijd vastgevroren op elf uur.
Die klok hadden ze op hun huwelijksreis in een antiekzaak gevonden en voor een redelijke prijs kunnen kopen. De waarde als uurwerk had hen niet geïnteresseerd en ze waren niet van plan om hem te laten repareren. De wijzers waren stil blijven staan op de tijd waarop ze waren getrouwd en dat leek een goed voorteken.
Nadat hij Valet had gekalmeerd, besloot Dusty om de hond voor-

lopig op de veranda aan de voorkant te laten en hij liep snel de trap op. Hoewel het om hem heen steeds warmer werd, sleepte hij de kilte mee die hem had bekropen bij het zien van Marties gekwelde gezicht.
Hij vond haar in de grote slaapkamer. Ze stond met het .45 pistool naast het bed.
Ze had het magazijn eruit gehaald. Terwijl ze volkomen over haar toeren binnensmonds stond te mompelen, peuterde ze de kogels eruit. Hollowpoints met een stalen huls.
Toen ze er een kogel uit had, gooide ze die door de kamer. De patroon ketste tegen een spiegel zonder hem te breken, kletterde op het blad van de toilettafel en rolde tussen de sierkammen en -borstels.
Dusty verstond aanvankelijk niet wat ze zei, maar plotseling herkende hij de tekst: '... vol van genade, de Heer is met u; gezegend zijt gij onder de vrouwen...'
Op een fluistertoontje dat af en toe van angst oversloeg, zat Martie met de stem van een doodsbang kind een weesgegroetje op te zeggen terwijl ze opnieuw een patroon uit het magazijn peuterde alsof de kogels kralen waren van een rozenkrans en zij boete deed door middel van een gebed.
Dusty stond op de drempel naar Martie te kijken en de angst om haar deed zijn hart opzwellen tot onmogelijke afmetingen, tot de druk op zijn borst zo groot was dat het pijn begon te doen.
Ze smeet weer een kogel van zich af, die tegen de ladekast ketste... en zag hem toen in de deuropening staan. Hoewel haar gezicht al wit genoeg was om op te kunnen treden in het Kabuki-theater werd ze nog bleker.
'Martie...'
'Néé!' zei ze snakkend naar adem terwijl hij over de drempel stapte.
Ze liet het pistool vallen en schopte het zo hard van zich af dat het over de vloerbedekking helemaal naar de andere kant van de kamer schoot en met een klap tegen een kastdeur terechtkwam.
'Ik ben het maar, Martie.'
'Ga de kamer uit, weg, weg, weg.'
'Waarom ben je bang voor me?'
'Ik ben bang voor mezélf!' Haar vingers, puntig en wit, bleven met de vasthoudendheid van een aaspikkende kraai aan het magazijn plukken en haalden opnieuw een kogel te voorschijn. 'In godsnaam, vlúcht!'
'Martie, wat...'
'Niet bij me in de buurt komen, niet doen, je mag me niet vertrou-

wen,' zei ze met een stem die even dun, beverig en dringend klonk als die van een koorddanser die op het punt staat zijn evenwicht te verliezen. 'Ik ben helemaal doorgedraaid, volkomen verknipt.'
'Luister nou eens, lieverd, ik ga echt nergens naartoe voor ik weet wat er hier aan de hand is, wat er mis is,' zei Dusty en nam opnieuw een stap in haar richting.
Met een kreet van wanhoop gooide ze de kogel de ene en het halflege magazijn de andere kant op, maar niet in de richting van Dusty, en stoof vervolgens naar de badkamer.
Hij liep achter haar aan.
'Alsjeblíéft,' smeekte Martie en probeerde vastbesloten de deur van de badkamer voor zijn neus dicht te gooien.
Nog geen minuut geleden had Dusty geen enkele situatie kunnen bedenken waarin hij geweld tegenover Martie zou gebruiken; nu draaide zijn maag zich om terwijl hij weerstand bood. Hij drukte een van zijn knieën tussen de deur en de deurpost en probeerde met zijn schouder de deur open te duwen.
Ze gaf haar verzet plotseling op en week achteruit.
De deur vloog met zo'n klap open dat Dusty's gezicht van pijn vertrok toen hij over de drempel stommelde.
Dusty ving de badkamerdeur op die terugsloeg van de rubber deurstop en hield zijn aandacht op Martie gevestigd. Hij zocht op de tast naar de lichtschakelaar aan de muur en knipte de tl-buizen onder de dwarsbalk boven de dubbele wastafels aan.
Het felle licht weerkaatste van spiegels, porselein en wit-met-groene tegeltjes. Van met chroom beklede kranen die glommen als chirurgische instrumenten.
Martie stond met haar rug tegen de glazen douchecabine. De ogen gesloten. Het gezicht vertrokken. De gebalde handen tegen de slapen gedrukt.
Haar lippen bewogen snel maar brachten geen geluid voort, alsof ze van angst met stomheid was geslagen.
Dusty vermoedde dat ze weer stond te bidden.
Hij nam drie stappen en raakte haar arm aan.
Haar ogen vlogen open, even gruwelijk blauw en onrustig als een zee tijdens een wervelstorm. 'Ga wég!'
Van zijn stuk gebracht door haar felheid gaf hij toe.
Het slot op de deur van de douchecabine sprong met een klik open en ze stapte behoedzaam achteruit over de verhoogde drempel de cabine in. 'Je weet niet wat ik kan doen, mijn god, je kunt je niet eens vóórstellen hoe gemeen, hoe wreed ik kan zijn.'
Voordat ze de deur van de douchecabine dicht kon trekken, kwam

hij tussenbeide en hield hem open. 'Martie, ik ben niet bang voor je.'

'Dat moet je wel zijn, dat is absoluut noodzakelijk.'

Volkomen verbijsterd zei hij: 'Vertel me dan wat er aan de hand is.'

De stralende stervormige patronen in haar blauwe ogen leken op barsten in dik glas, met haar zwarte pupillen als kogelgaten in het midden.

De woorden spatten als bomscherven van haar lippen: 'Ik ben meer dan je op het eerste gezicht zou denken, er zit een ander ik ergens diep in mijn binnenste, vol haat, klaar om iemand pijn te doen, te verscheuren, in elkaar te slaan. Of misschien is er helemaal geen Ander en gaat het alleen maar om mij. Dan ben ik niet de persoon die ik altijd dacht te zijn, dan ben ik helemaal verknipt en vreselijk, vreselijk.'

Dusty had de meest verschrikkelijke dromen gehad en ook als hij wakker was de meest wanhopige momenten beleefd, maar hij was nog nooit zo vreselijk bang geweest. En hij had zich van zichzelf als man wel een bepaald beeld gevormd, maar daarbij had hij geen rekening gehouden met de mogelijkheid dat angst hem zo klein kon krijgen als nu het geval was.

Hij voelde instinctief dat de Martie die hij altijd had gekend hem ontglipte, dat ze om onverklaarbare redenen onverbiddelijk omlaag werd gezogen in een psychische draaikolk die vreemder was dan alle zwarte gaten aan de uiteinden van het universum en dat zelfs wanneer er iets van haar overbleef als die draaikolk ophield, ze even raadselachtig zou zijn als een buitenaards wezen.

Hoewel Dusty tot op dit moment nooit had beseft dat hij zo ontvankelijk zou zijn voor angst, had hij wel altijd begrepen hoe troosteloos de wereld zonder Martie zou zijn. De angst die hem nu verteerde, werd opgeroepen door het vooruitzicht van een leven zonder haar, vreugdeloos en eenzaam.

Martie liep verder achteruit tot ze in het uiterste hoekje van de douchecel stond, de schouders krampachtig naar voren, de armen gekruist over haar borsten en de gebalde vuisten onder haar oksels. Al haar botten leken omhoog te komen – knieën, heupen, ellebogen, schouderbladen, de schedel – alsof haar skelet zich los wilde maken uit de twee-eenheid met haar vlees.

Toen Dusty ook de douchecel in stapte, zei Martie: 'Niet doen, o, alsjeblieft, alsjeblieft, niet doen', met een stem die hol terugkaatste van de betegelde wanden.

'Ik kan je helpen.'

Huilend, met een verwrongen gezicht en een zachte, trillende mond,

zei ze: 'Liefje, nee. Niet dichterbij komen.'
'Wat er ook aan de hand is, ik kan je helpen.'
Toen Dusty zijn armen naar haar uitstak, gleed Martie langs de wand omlaag en ging op de vloer zitten omdat ze niet verder voor hem weg kon lopen.
Hij viel op zijn knieën.
Terwijl hij een hand op haar schouder legde, kronkelde ze in paniek rond één woord: 'Sleutel!'
'Wat?'
'Sleutel, de sleutel!' Ze trok haar gebalde handen weg onder de armen waarmee ze haar vuisten vast had geklemd en hief ze op naar haar gezicht. Haar verkrampte vingers sprongen open, waardoor eerst een lege rechterhand en daarna een lege linkerhand te voorschijn kwam en Martie keek stomverbaasd, alsof een goochelaar een munt of een tot een prop verfrommelde zijden sjaal uit haar dichtgeknepen handen had laten verdwijnen zonder dat ze daar iets van had gevoeld. 'Nee, ik had 'm, ik moet 'm nog steeds hebben, de autosleutel, ergens.' Volkomen overstuur klopte ze op de zakken van haar spijkerbroek.
Hij herinnerde zich dat hij de autosleutel op de vloer bij het nachtkastje had zien liggen. 'Die heb je in de slaapkamer laten vallen.'
Ze keek hem ongelovig aan, maar toen scheen ze het weer te weten. 'Het spijt me. Wat ik zou hebben gedaan. Duwen, draaien. O, jezus, god.' Ze huiverde. Schaamte welde op in haar ogen en spoelde over haar gezicht, waardoor haar onnatuurlijke, krijtwitte huid weer een beetje kleur kreeg.
Toen Dusty probeerde zijn armen om haar heen te slaan, bood Martie weerstand en waarschuwde hem dringend om haar niet te vertrouwen, om zijn ogen te beschermen, want ook al had ze de autosleutel niet meer, ze had nog steeds acrylnagels die scherp genoeg waren om zijn ogen uit te steken. En daarna begon ze plotseling pogingen te doen om die nagels af te rukken, klauwend naar haar handen waarbij acryl over acryl schraapte met het insectachtige *klik-klik-klik* van torren die over elkaar heen kropen. Ten slotte probéérde Dusty niet langer zijn armen om haar heen te slaan, maar slóég ze verdomme gewoon om haar heen, overweldigde haar, drong haar zijn liefdevolle omhelzing op en trok haar heftig tegen zich aan, alsof zijn lichaam een bliksemafleider was waarmee hij haar kon aarden in de werkelijkheid. Ze verstijfde, waarbij ze zich als het ware terugtrok in een emotioneel schild, en hoewel ze in fysiek opzicht al helemaal in zichzelf was gekeerd, kromp ze nu nog meer in elkaar zodat het leek alsof de enorme druk van haar angst haar nog verder naar binnen

zou duwen en haar zou verdichten tot ze even massief werd als steen, even hard als diamant. Tot ze zou imploderen in een zwart gat dat ze zelf had veroorzaakt en zou verdwijnen in hetzelfde parallelle universum waarin ze in haar verbeelding de autosleutel had verloren toen ze die niet in haar handen bleek te hebben. Dusty liet zich niet afschrikken, hij bleef haar vasthouden en wiegde langzaam met haar heen en weer op de vloer van de douchecel, terwijl hij haar vertelde dat hij van haar hield, dat hij haar aanbad en dat ze geen slechte ork was maar een brave hobbit. Hij vertelde haar dat haar hobbitschap al bewezen kon worden met één blik op de vreemde, onvrouwelijke, maar charmante tenen die ze van Smilin' Bob had geërfd. Hij vertelde haar alles wat hem te binnen schoot dat haar aan het lachen zou kunnen brengen. Of ze ook inderdaad moest lachen, wist hij niet, want haar hoofd was gebogen en hij kon haar gezicht niet zien. Maar na een tijdje bood ze geen weerstand meer. En nog een tijdje later ontspande haar lichaam en beantwoordde ze zijn omhelzing, eerst nog een beetje aarzelend, maar daarna minder aarzelend, tot ze zich langzaam maar zeker helemaal opende en zich net zo aan hem vastklampte als hij aan haar, vol wanhopige liefde, in het scherpe besef dat hun levens voorgoed veranderd waren en met het verlammende gevoel dat hun bestaan zich nu afspeelde in de schaduw van iets groots en onbekends dat voor hen opdoemde.

27

Nadat ze naar het avondnieuws had gekeken, liep Susan Jagger door het appartement om alle klokken gelijk te zetten met haar digitale polshorloge. Dat deed ze iedere dinsdagavond op hetzelfde tijdstip. In de keuken hadden de oven en de magnetron ingebouwde klokken en er was ook nog een wandklok. Een stijlvolle, op batterijen werkende art-decoklok stond op de schoorsteenmantel in de woonkamer en op het nachtkastje naast haar bed een klokradio.

Gemiddeld liep geen van die uurwerken in een week meer dan een minuut voor of achter, maar Susan schepte er genoegen in om ze tot op de seconde gelijk te laten lopen.

Gedurende de zestien maanden dat ze vrijwel geïsoleerd was geweest en constant in angst, was ze teruggevallen op vaste gewoontes om haar verstand niet te verliezen.

Voor elk huishoudelijk karweitje had ze een uitgekiende werkwijze ontwikkeld waaraan ze zich even strikt hield alsof ze een ingenieur in een kerncentrale was, waar iedere afwijking van de werkvoorschriften een catastrofe kon veroorzaken. Het in de was zetten van vloeren of het boenen van meubels werden omslachtige ondernemingen die de uren in beslag namen waarin ze toch niets anders te doen had. Door al die karweitjes bijzonder zorgvuldig uit te voeren en zich tegelijkertijd te houden aan de regels die ze zelf voor haar huishouden had vastgelegd, had ze het gevoel dat ze nog steeds de touwtjes in handen had en dat stelde haar dan weer gerust, ook al wist ze best dat ze zichzelf eigenlijk voor de gek hield.

Nadat de klokken waren gelijkgezet, ging Susan naar de keuken om het eten klaar te maken. Een salade van tomaten en andijvie. Kip marsala.

Koken was het dagelijkse werkje dat ze het liefst deed. Ze hield zich met wetenschappelijke precisie aan de recepten en woog en mengde de ingrediënten even zorgvuldig als een terrorist die met behulp van

ontplofbare, gevoelige chemicaliën een bom produceert. Culinaire en religieuze rituelen waren bij uitstek geschikt om het hart te kalmeren en de geest tot rust te brengen, misschien wel omdat de eerste het lichaam voedden en de tweede de ziel.
Maar vanavond slaagde ze er niet in om zich te concentreren op het snijden, het raspen, het wegen en het roeren. Ze bleef voortdurend de telefoon in de gaten houden. Nu ze eindelijk de moed had kunnen opbrengen om over haar mysterieuze nachtelijke bezoeker te praten, kon ze bijna niet wachten tot Martie terug zou bellen.
Vóór de gebeurtenissen van de laatste tijd had ze altijd gedacht dat ze alles zonder de minste verlegenheid met Martie kon bespreken. Zes maanden lang was ze echter niet in staat geweest om te praten over het feit dat ze aangerand werd terwijl ze sliep.
Ze hield uit schaamte haar mond, maar schaamte was niet zo'n groot beletsel voor haar als de vrees dat zou worden gedacht dat ze aan waanideeën leed. Zelf kon ze maar nauwelijks geloven dat iemand haar keer op keer haar nachtgoed uittrok, haar verkrachtte en haar weer aankleedde zonder dat ze daar wakker van werd.
Eric was geen boze tovenaar die in staat was om stiekem het appartement – en Susan zelf – in en uit te glippen zonder ook maar een spoor achter te laten.
Eric mocht dan even week en moreel in de war zijn als Martie zei, toch kostte het Susan moeite om te geloven dat hij haar genoeg haatte om haar zoiets aan te doen en haat lag ontegenzeggelijk ten grondslag aan deze mishandeling. Ze hadden van elkaar gehouden en ze waren met spijt uit elkaar gegaan, daar was geen woede aan te pas gekomen.
Ook als hij haar alleen maar zou willen zonder de verplichting om haar in moeilijke tijden bij te staan, was ze misschien best bereid geweest om met hem naar bed te gaan. Er was dus geen enkele reden waarom hij zulke ingewikkelde plannen moest bedenken om haar tegen haar wil te pakken.
Maar... als het niet Eric was, wie dan?
Omdat hij samen met haar in dit huis had gewoond en deze bovenverdieping als kantoor had gebruikt, bestond de mogelijkheid dat Eric een andere manier wist om binnen te komen dan door de deuren of de ramen – hoe onwaarschijnlijk dat ook leek. Niemand anders kende het huis goed genoeg om ongemerkt naar binnen en naar buiten te lopen.
Haar hand trilde en ze morste wat zout van het maatschepje.
Ze hield op met de voorbereidselen voor het eten en droogde haar plotseling klamme handen af aan een theedoek.

Bij de deur van het appartement controleerde ze de dievenklauwen. Die zaten allebei dicht. De veiligheidsketting zat in het slot.

Ze leunde met haar rug tegen de deur.

Ik lijd niet aan waanideeën.

Toen ze haar aan de telefoon had, scheen Martie haar te geloven. Maar om anderen te overtuigen zou weleens minder eenvoudig kunnen zijn.

Er waren geen doorslaggevende bewijzen voor haar bewering dat ze verkracht werd. Af en toe was haar vagina gevoelig, maar niet altijd. Van tijd tot tijd verschenen er blauwe plekken ter grootte van de vingers van een man op haar dijen en borsten, maar ze kon niet bewijzen dat die het werk waren van een verkrachter en dat ze die plekken niet tijdens normale lichamelijke inspanningen had opgelopen.

Zodra ze wakker werd, wist ze altijd meteen wanneer de spookachtige insluiper haar gedurende de nacht had bezocht, zelfs als ze niet beurs of bont en blauw was, nog voor ze zich bewust werd van het aandenken dat hij in haar had achtergelaten, want dan voelde ze zich overweldigd en gewoon smerig.

Gevoelens golden echter niet als bewijs.

Alleen het sperma bewees dat ze gemeenschap had gehad met een man, maar het toonde niet onomstotelijk aan dat ze aangerand was. Daar kwam nog bij dat het overdragen van haar besmeurde broekje aan de autoriteiten – of nog erger, dat ze op de eerstehulppost van een ziekenhuis een uitstrijkje zou moeten laten maken – voor haar in haar huidige toestand veel te gênant was.

In feite was haar toestand, de agorafobie, de voornaamste reden waarom ze ertegen op had gezien om Martie in vertrouwen te nemen, laat staan de politie of andere vreemden. Hoewel intelligente mensen wisten dat een extreme fobie geen vorm van waanzin was, vonden ze het onwillekeurig toch raar. En als ze dan zou beweren dat ze in haar slaap verkracht werd, door een spookachtige aanvaller die ze nog nooit had gezien, door een man die door vergrendelde deuren naar binnen kon komen... Nou, dan zou mogelijk zelfs iemand met wie ze al haar leven lang bevriend was zich gaan afvragen of de pleinvrees, ook al was dat op zich geen vorm van waanzin, toch geen voorbode was van echte geestesziekte.

Nu, nadat ze voor de zoveelste keer de sloten had gecontroleerd, pakte Susan ongeduldig de telefoon op. Ze kon geen minuut langer wachten op Marties weloverwogen antwoord. Ze had behoefte aan de geruststellende mededeling dat haar beste vriendin geloof hechtte aan de spookverkrachter, ook al was ze de enige.

Susan toetste de eerste vier cijfers van Marties nummer in – maar verbrak de verbinding. Geduld. Als ze te kwetsbaar of te gretig overkwam, zou ze minder geloofwaardig zijn.
Toen ze terugkeerde naar de marsalasaus besefte ze dat ze te zenuwachtig was om zich door culinaire rituelen te laten sussen. Ze had ook helemaal geen honger.
Ze trok een fles merlot open, schonk een glas vol en ging aan de keukentafel zitten. De laatste tijd dronk ze meer dan normaal.
Nadat ze een slokje van de merlot had genomen, hield ze het glas omhoog tegen het licht. De donkerrode vloeistof was helder en kennelijk onbedorven.
Een tijdlang was ze ervan overtuigd geweest dat iemand haar verdoofde. Die mogelijkheid was nog steeds onrustbarend maar niet meer zo waarschijnlijk als het aanvankelijk had geleken.
Rohypnol – dat door de nieuwsmedia de 'verkrachtingsdrug' werd genoemd – zou kunnen verklaren hoe ze bewusteloos kon blijven tijdens een ruwe geslachtsgemeenschap, of die in ieder geval niet bewust meemaakte. Gooi Rohypnol in het drankje van een vrouw en ze gedraagt zich alsof ze in verregaande staat van dronkenschap verkeert: afwezig, gewillig – hulpeloos. De verdoving gaat uiteindelijk over in echte slaap en als ze wakker wordt, kan ze zich niet of nauwelijks herinneren wat zich gedurende de nacht heeft afgespeeld.
Maar 's ochtends, nadat haar mysterieuze bezoeker haar had misbruikt, vertoonde Susan nooit de symptomen van een Rohypnol-kater. Geen opstandige maag, geen droge mond, geen wazige ogen, geen bonkende hoofdpijn, geen aanhoudend afwezig gevoel. Ze werd als regel helder wakker, fris zelfs, ook al voelde ze zich misbruikt.
Niettemin was ze al een paar keer van kruidenier verwisseld. Soms liet Susan het aan Martie over om haar boodschappen te doen, maar meestal bestelde ze levensmiddelen en andere voorraden bij kleinere familiezaken die bereid waren om de boodschappen thuis te brengen. Er waren tegenwoordig niet veel winkels meer die dat deden, zelfs niet tegen betaling. Hoewel Susan ze allemaal had geprobeerd, omdat ze er ziekelijk van overtuigd was dat iemand verdovende middelen door haar voedsel mengde, had het veranderen van leveranciers geen eind gemaakt aan de aanrandingen na middernacht.
In uiterste wanhoop had ze de oplossing gezocht in bovennatuurlijke verschijnselen. De rijdende bibliotheek bracht haar lugubere boeken over geesten, vampieren, demonen, duivelsuitdrijvingen, zwarte magie en ontvoeringen door buitenaardse wezens.
De bibliothecaris die ze kwam brengen, verdiende een pluim omdat hij geen enkel commentaar had geleverd – zelfs geen wenkbrauw had

opgetrokken – op Susans onverzadigbare voorkeur voor dit bepaalde genre. Maar goed, het was ongetwijfeld gezonder dan belangstelling voor de hedendaagse politiek of voor roddelverhalen over beroemdheden.

Susan werd met name gefascineerd door de legende van de incubus, de mannelijke boeleerduivel. Dat was een boze geest die vrouwen in hun slaap bezocht en ontucht met hen pleegde terwijl ze droomden. Maar fascinatie was nooit in overtuiging omgeslagen. Ze was niet zo bijgelovig geworden dat ze was gaan slapen met een bijbel op elk van de vier hoeken van haar bed of met een halsketting van knoflook om.

Uiteindelijk gaf ze haar onderzoek van bovennatuurlijke verschijnselen op, want door het grasduinen in die ongerijmde wereld verergerde haar agorafobie. Door aan te schuiven bij een banket van redeloosheid scheen ze juist het zieke gedeelte van haar geest te voeden waarin haar onverklaarbare vrees welig tierde.

Haar glas merlot was halfleeg. Ze vulde het bij.

Met haar wijn in de hand maakte Susan een ronde door het appartement om zich ervan te vergewissen dat alle mogelijke toegangswegen afgesloten waren.

De twee ramen in de eetkamer keken uit op het huis ernaast, dat vlak bij Susans huis stond. Ze zaten op slot.

In de woonkamer deed ze het licht uit. Ze ging in een fauteuil zitten en nipte van haar merlot terwijl haar ogen zich aan de duisternis aanpasten.

Hoewel haar fobie inmiddels zo erg was dat ze overdag zelfs niet meer door de ramen naar buiten durfde te kijken, kon ze de aanblik van de nacht nog net verdragen, als de lucht ten minste bewolkt was en ze geen zee van sterren kreeg voorgeschoteld. In dat soort weer bleef ze zichzelf voortdurend op de proef stellen, want ze vreesde dat het slappe spiertje van haar moed helemaal zou uitdrogen als ze het niet af en toe wat oefening gaf.

Toen haar ogen aan het duister gewend waren en de merlot het motortje van vastberadenheid in haar hart op gang had gebracht, liep ze naar het middelste van de drie grote ramen met uitzicht op de oceaan. Ze aarzelde even, haalde diep adem en trok de luxaflex omhoog.

Vlak voor het huis lag de geplaveide promenade in de pseudo-vrieskou van de ver uit elkaar staande straatlantaarns. Hoewel het nog niet laat was, lag de boulevard er in de kille januarilucht bijna verlaten bij. Een jong stel schaatste voorbij op rollerskates. Een kat scharrelde van het ene schaduwplekje naar het andere.

Dunne nevelflarden hingen als slierten tussen de incidentele palmbomen en de lantaarnpalen. In de rustige lucht hingen de bladeren roerloos, dus de opkomende mist leek te leven en met stille dreiging dichterbij te komen.
Susan kon niet veel zien van het door de nacht omfloerste strand. De Stille Oceaan kon ze helemaal niet zien: een dichte mistbank was tot aan het strand genaderd waar hij alleen met tussenpauzes zichtbaar was – hoog en grijs, als een enorme vloedgolf die een moment voor hij op de kust zou slaan plotseling was bevroren. De lome nevel kronkelde omhoog van de voorkant van de mistbank, als koude dampen die van een blok droogijs af slaan.
Nu de sterren schuilgingen achter de laaghangende wolken en de duisternis en de mist de wereld in kleine stukjes opdeelden, had Susan urenlang bij het raam kunnen blijven staan zonder angst te voelen, maar toch begon haar hart te bonzen. Haar plotselinge schrik werd niet door de pleinvrees veroorzaakt; in plaats daarvan werd ze bekropen door het gevoel dat iemand naar haar stond te kijken.
Sinds de nachtelijke aanvallen waren begonnen, werd ze steeds vaker geplaagd door deze nieuwe angst. Scopofobie: de vrees te worden bespioneerd.
Maar het stond toch wel vast dat dit niet gewoon een nieuwe fobie was, niet weer een onredelijke angst, maar een volkomen verklaarbaar gevoel. Als haar spookverkrachter echt bestond, moest hij haar huis van tijd tot tijd in de gaten houden om er zeker van te zijn dat ze alleen zou zijn als hij haar een bezoek bracht.
Niettemin maakte ze zich zorgen dat zich nieuwe angsten boven op de pleinvrees zouden stapelen tot ze uiteindelijk ingezwachteld zou zijn als een Egyptische mummie, verpakt in verstikkende sluiers van angst, verlamd en efficiënt levend ingekapseld.
De boulevard was verlaten. De stammen van de palmbomen waren niet zo dik dat iemand zich erachter kon verschuilen.
Hij is daar buiten.
Drie nachten op rij was Susan niet misbruikt. Het was weer tijd voor deze maar al te menselijke incubus. Hij vertoonde een behoeftepatroon dat meer regelmaat kende dan de aantrekkingskracht van de maan op de bloedgolven van een weerwolf, maar dat even betrouwbaar was.
Ze had al vaak geprobeerd om wakker te blijven in de nachten dat ze hem verwachtte. Wanneer ze daarin slaagde, en bij zonsopgang bekaf was, met prikkende ogen, kwam hij nooit opdagen. En als haar doorzettingsvermogen haar in de steek liet en ze in slaap sukkelde, kwam hij wel langs. Een keer viel ze met al haar kleren aan

in een stoel in slaap en ze werd met al haar kleren aan weer wakker, maar wel in bed, terwijl de vage geur van zijn zweet nog aan haar kleefde en met zijn akelige, kleffe zaad geklonterd in haar broekje. Hij leek met een soort zesde zintuig aan te voelen wanneer ze sliep en het meest kwetsbaar was.
Hij is daar buiten.
Langs het voornamelijk vlakke strand verrezen in de verte, waar ze nog net zichtbaar waren, een paar lage duinen die met een lichte welving opgingen in de duisternis en de mist. Vanaf die plek zou iemand haar in de gaten kunnen houden, hoewel hij dan wel plat op het zand zou moeten liggen om onopgemerkt te blijven.
Ze kon zijn blik voelen. Dat dacht ze tenminste.
Susan liet snel de luxaflex zakken om het raam te bedekken.
Terwijl ze woedend op zichzelf was omdat ze zo schandalig schuchter reageerde, meer van woede en ergernis stond te trillen dan van angst en misselijk werd van het feit dat ze nu zo'n hulpeloze prooi was nadat ze dat het grootste deel van haar leven allesbehálve was geweest, wenste ze uit de grond van haar hart dat ze haar pleinvrees zou kunnen overwinnen en naar buiten zou kunnen gaan om het strand op te stormen, zich door het zand naar de top van elk duin te worstelen en haar kwelgeest het hoofd te bieden of zichzelf te bewijzen dat hij daar helemaal niet was. Maar ze had de moed niet om de man lastig te vallen die haar lastig viel, ze kon niets anders doen dan zich verstoppen en afwachten.
Zelfs de hoop op bevrijding moest ze opgeven, want die hoop die haar zo lang overeind had gehouden was de laatste tijd afgenomen tot iets dat, als het tastbaar zou zijn, ook met een vergrootglas of de sterkste microscoop niet meer te zien zou zijn.
Een vergrootglas.
Terwijl ze het koord van de luxaflex losliet, kreeg Susan plotseling een nieuw idee waar ze even mee bleef spelen en dat haar eigenlijk heel goed beviel. Omdat haar pleinvrees haar aan huis gekluisterd hield, kon ze haar kwelgeest niet met gelijke munt terugbetalen, maar misschien kon ze hem bespieden terwijl hij haar bespioneerde.
In de kast in de slaapkamer stond op de plank boven het rek waar haar kleren aan hingen een draagtas van vinyl met een krachtige verrekijker. In gelukkiger tijden, toen ze nog niet zenuwachtig werd van de aanblik van de zonovergoten wereld in al zijn weidsheid had ze het leuk gevonden om naar de zeilwedstrijden te kijken die voor de kust werden gehouden en naar de grotere schepen op weg naar Zuid-Amerika of San Francisco.
Ze haalde het keukentrapje op en liep haastig naar de slaapkamer.

De verrekijker lag op de plek waar ze hem had verwacht.
Maar op dezelfde plank stond tussen nog wat andere spullen een voorwerp waar ze nooit meer aan had gedacht. Een videocamera.
De camcorder was weer zo'n kortstondige hobby van Eric geweest. Maar hij was zijn interesse voor het opnemen en monteren van amateurfilms allang weer kwijt toen hij het huis uitging.
Een prikkelend idee maakte korte metten met Susans plan om de duinen af te zoeken naar een verborgen gluurder.
Ze liet de verrekijker staan maar pakte de hardplastic koffer met de videocamera en de accessoires van de plank. Op het bed maakte ze hem open.
Behalve de camcorder zaten er ook een reservebatterij, twee ongebruikte cassettes en een instructieboekje in.
Ze had de camera nog nooit gebruikt. Eric had altijd gefilmd. Nu las ze het instructieboekje vol belangstelling door.
Zoals altijd wanneer hij een nieuwe hobby oppakte, was Eric niet tevreden geweest met doorsneemateriaal. Hij moest altijd de beste en modernste apparatuur hebben, het duurste van het duurste. Deze draagbare videocamera was klein maar niettemin voorzien van de beste lens die er te krijgen was, leverde vrijwel perfecte beeld- en geluidsopnamen en werkte bijna geruisloos om te voorkomen dat het geluid van de motor door de microfoon opgepikt zou worden.
In plaats van de normale cassettes van twintig of dertig minuten, paste er een band van twee uur in. Je kon hem ook instellen op een langere filmtijd door per minuut minder bandruimte te gebruiken, waardoor je drie uur kon filmen met een band van twee uur, hoewel het beeld dan kennelijk tien procent minder duidelijk werd dan wanneer je op de normale snelheid werkte.
De camcorder was zo zuinig in energieverbruik en de oplaadbare batterij was zo krachtig dat hij twee of drie uur mee zou kunnen gaan, afhankelijk van hoe vaak je de beeldmonitor en andere stroomverbruikende functies gebruikte.
Volgens de ingebouwde meter was de batterij in de camera leeg. Susan controleerde de reservebatterij die gedeeltelijk geladen was.
Omdat ze niet zeker wist of de lege batterij opnieuw gebruikt kon worden, stak ze de snellader in het stopcontact in de badkamer om de halfvolle batterij helemaal op te laden.
Het glas merlot stond op een bijzettafeltje in de woonkamer. Ze hief het op alsof ze een zwijgende heildronk uitbracht en dit keer dronk ze niet om troost te zoeken maar om iets te vieren.
Voor het eerst in maanden had ze echt het gevoel dat ze haar leven weer in de hand had. Hoewel ze wist dat ze maar een heel klein stap-

je had gezet op weg naar de oplossing van een van de vele ernstige problemen die haar kwelden en dat ze de touwtjes nog lang niet echt in handen had, probeerde Susan niet om haar enthousiasme te temperen. Eindelijk ondernam ze tenminste íéts en ze had dit plotselinge gevoel van optimisme veel te hard nodig.

In de keuken ruimde ze de voorbereidselen voor de kip marsala op, pakte een pepperoni-pizza uit de vriezer en vroeg zich af waarom ze al niet weken of maanden geleden aan die camcorder had gedacht. In feite begon ze zich nu pas te realiseren dat ze verrassend passief was geweest als je de verschrikkingen en het geweld die ze had moeten ondergaan in aanmerking nam.

O, ze had wel therapie. Twee keer per week, nu al zestien maanden lang. Dat was geen geringe prestatie, gezien de moeizame tocht van en naar ieder bezoek en het feit dat ze ermee doorging ondanks de vrij geringe resultaten, maar het ondergaan van therapie was ook wel het minste dat ze had kunnen doen toen haar leven in puin viel. En het sleutelwoord was 'ondergaan', want ze had Ahrimans therapeutische aanpak en adviezen met een gewilligheid aanvaard die helemaal niet bij haar leek te passen, zeker als je rekening hield met het feit dat ze zich vroeger even sceptisch had opgesteld tegenover artsen als tegenover autoverkopers die haar onder druk probeerden te zetten en hun bevindingen altijd had gecontroleerd door zelf op onderzoek uit te gaan of een andere arts te consulteren.

Terwijl ze de pizza in de magnetron zette, was Susan blij dat het niet nodig was om een ingewikkeld diner klaar te maken en plotseling, het leek wel een openbaring, begreep ze dat ze haar gezonde verstand door middel van vaste rituelen had proberen te bewaren *in plaats van iets te ondernemen.* Een vast ritueel werkte als een verdovend middel en maakte haar ellendige omstandigheden draagbaar, maar het bracht haar niet dichter bij een oplossing van haar problemen; het werkte niet genezend.

Ze schonk haar wijnglas nog eens vol. Wijn had ook geen genezende werking en ze moest oppassen dat ze niet aangeschoten raakte en een puinhoop maakte van het werk dat haar te wachten stond, maar ze was zo opgewonden, zo bruisend van de adrenaline, dat ze bij het tempo waarin haar stofwisseling momenteel werkte waarschijnlijk de hele fles kon leegdrinken om voordat ze naar bed ging alweer volkomen nuchter te zijn.

Terwijl Susan door de keuken liep te ijsberen, wachtend tot de pizza klaar was, veranderde haar verbazing over haar lange passiviteit in verbijstering. Terwijl ze met een nieuw soort afstandelijkheid terugkeek op het afgelopen jaar, was ze bijna bereid om te geloven dat

ze behekst was door een boze tovenaar die haar gezond verstand had verduisterd, al haar wilskracht had opgezogen en haar ziel met behulp van zwarte magie aan banden had gelegd.
Maar nu was de betovering verbroken. De oude Susan Jagger was weer opgestaan – helder, vol energie en bereid haar boosheid te *gebruiken* om haar leven te veranderen.
Hij was daar buiten. Misschien hield hij haar op dit moment wel vanuit de duinen in de gaten. Misschien schaatste hij af en toe op rollerskates langs haar huis, of kwam joggend of op de fiets voorbij, ogenschijnlijk de zoveelste Californische funfreak of fitnessfanaat. Maar dat hij daar buiten was, stond vast.
De griezel was al drie nachten achter elkaar niet meer geweest, maar hij had een behoeftepatroon dat het vrijwel zeker maakte dat hij haar voor zonsopgang een bezoek zou brengen. Zelfs als ze er niet in zou slagen om wakker te blijven, zelfs als ze op de een of andere manier verdoofd zou worden en niet zou merken wat hij met haar deed, zou ze in de ochtend precies weten wie hij was, want met een beetje geluk zou de camcorder hem op heterdaad betrappen.
Als de band onthulde dat het inderdaad Eric was, zou ze hem zo'n ongenadige trap onder zijn kont geven dat haar schoen op operatieve wijze uit zijn billen zou moeten worden verwijderd. En vervolgens schopte ze hem voorgoed haar leven uit.
Als ze een vreemde zou betrappen, wat hoogst onwaarschijnlijk leek, zou ze genoeg bewijsmateriaal hebben voor de politie. Ook al was het nog zo vernederend om als bewijs een band van haar eigen verkrachting over te moeten dragen, ze zou het toch doen.
Terwijl ze terugliep naar de tafel om haar glas wijn op te pakken, vroeg ze zich af wat als... wat als...
Wat als ze weer bont en blauw wakker zou worden met het gevoel dat ze misbruikt was, met de verraderlijke warmte van het sperma tussen haar benen en als de band desondanks aantoonde dat ze alleen in bed had liggen woelen, verrukt of in doodsangst, als een krankzinnige vrouw in een vlaag van waanzin? Alsof haar bezoeker een wezen was – zeg maar Incubus – dat geen spiegelbeeld had en niet op videoband vastgelegd kon worden.
Onzin.
De waarheid lag voor het grijpen, maar het was niets bovennatuurlijks.
Ze hief het glas merlot op om eraan te nippen – en sloeg de helft ervan in één grote slok naar binnen.

28

Het leek wel een heiligdom gewijd aan Martha Stewart, de godin van het moderne Amerikaanse huishouden. Twee schemerlampen met franje langs de zijden kappen. Twee grote fauteuils met voetenbankjes en daartussenin een theetafel. Geborduurde kussens in de stoelen. In de wand ernaast de open haard.

Dit was thuis Marties lievelingsplekje. De afgelopen drie jaar hadden zij en Dusty hier heel wat avonden doorgebracht met een boek, rustig lezend, allebei verdiept in een eigen verhaal en toch even intiem alsof ze elkaar hand in hand diep in de ogen zaten te kijken.

Nu had ze haar benen onder zich in de stoel opgetrokken en zat ze zonder boek een beetje naar links gezakt. Ze zat heel stil, in een lusteloze houding die misschien wel de indruk wekte dat ze een toonbeeld van kalmte was terwijl ze in werkelijkheid niet zozeer rustig als wel emotioneel uitgeput was.

In de andere stoel probeerde Dusty achterover te leunen en net te doen alsof hij alles kalm aanhoorde en overwoog, maar hij kwam telkens weer op het puntje van de stoel terecht.

Af en toe geremd door schaamte, maar nog vaker stil omdat ze gewoon even moest nadenken over de vreemde details van haar eigen waanzinnige gedrag, vertelde Martie stukje bij beetje het hele verhaal van haar beproeving en vatte de draad pas weer op als Dusty haar door middel van een vraag een voorzichtig zetje in de rug gaf.

Alleen al de aanblik van Dusty kalmeerde haar en gaf haar hoop, maar af en toe kon Martie hem niet eens aankijken. Dan hield ze haar blik vast op de koude open haard gevestigd, alsof hypnotische vlammetjes langs de aardewerken houtblokken lekten.

Verrassend genoeg joeg het decoratieve haardstel haar geen schrik aan. Een kleine schep. Een tang met een lange bek. Een pook. Nog niet zo lang geleden zou alleen de aanblik van de pook al arpeggio's van angst hebben aangeslagen op haar zenuwen die even strak ge-

spannen waren als de snaren van een harp.
Diep vanbinnen gloeiden nog wel wat kooltjes angst, maar op dit moment was ze banger voor een nieuwe verlammende paniekaanval dan voor haar vermogen om geweld te gebruiken.
Hoewel ze de aanval tot in de kleinste en meest onopvallende bijzonderheden kon beschrijven, slaagde ze er niet in om onder woorden te brengen hoe ze zich had *gevoeld.* Ze had zelfs moeite om zich de volle hevigheid van haar angst te herinneren, want het was net alsof dat een andere Martie Rhodes was overkomen, een getroebleerd personage dat heel even uit de beerput van haar psyche omhoog was gekomen en zich nu weer gedeisd hield.
Af en toe liet Dusty met veel misbaar de ijsklontjes in zijn scotch rammelen om haar aandacht te trekken. Als ze hem dan aankeek, hief hij zijn glas op om haar eraan te herinneren zelf ook een slokje van haar borrel te nemen. Ze had eigenlijk geen scotch willen hebben, omdat ze bang was dat ze haar zelfbeheersing weer kwijt zou raken. Maar deciliter na deciliter bleek de Johnny Walker Red Label als medicijn wel te werken.
De brave Valet lag naast haar stoel en stond af en toe op om zijn kin op haar opgetrokken benen te leggen en zich met medeleven in zijn sprekende ogen over te geven aan een strelende hand op zijn kop.
Twee keer gaf ze de hond een ijsklontje uit haar glas. Die kauwde hij met een vreemd plechtig genoegen weg.
Toen Martie klaar was met haar verhaal, zei Dusty: 'En wat nu?'
'Morgenochtend eerst dokter Closterman. Ik heb vandaag een afspraak gemaakt op de terugweg van Susan, zelfs nog voordat alles echt uit de hand begon te lopen.'
'Ik ga met je mee.'
'Ik wil van top tot teen onderzocht worden. Een compleet bloedonderzoek. En een hersenscan, voor het geval er een tumor zit.'
'Er zit geen tumor,' zei Dusty met een overtuiging die uitsluitend op hoop berustte. 'Er is niets ernstigs met je aan de hand.'
'Maar er is wel iets.'
'Nee.' Het idee dat ze ziek was, misschien zelfs wel dodelijk ziek, maakte Dusty zo bang dat hij niet in staat was om zijn angst te verbergen.
Martie koesterde elk pijnrimpeltje in zijn gezicht, want alle mooie liefdespraatjes ter wereld konden niet duidelijker aantonen hoeveel hij van haar hield.
'Ik zou een hersentumor wel kunnen accepteren,' zei ze.
'Accepteren?'

'Als het alternatief een geestesziekte is. Zo'n tumor kunnen ze wegsnijden en dan bestaat de kans dat je weer helemaal de oude wordt.'
'Maar dat is het ook niet,' zei hij en de voren in zijn gezicht werden dieper. 'Het is niet geestelijk.'
'Maar er is wel iets,' hield ze vol.

Terwijl ze rechtop in bed zat, at Susan de pepperoni-pizza op en dronk merlot. Dit was de lekkerste maaltijd die ze ooit had gehad. Ze had genoeg inzicht en zelfkennis om te beseffen dat de ingrediënten van het simpele maal weinig of niets van doen hadden met het feit dat alles zo sappig en pittig was. Worst, kaas en een lekker gebruinde korst konden qua smaak niet op tegen het vooruitzicht van gerechtigheid.
Nu ze zich bevrijd had van dat vreemde juk van verlegenheid en hulpeloosheid, hongerde ze zelfs minder naar gerechtigheid dan naar een dikke koude plak wraak. Ze had geen enkele illusie over haar primitieve vermogen om behagen te scheppen in vergelding. Tenslotte bevatte haar gebit, net als dat van alle andere mensen, vier hoektanden en vier snijtanden, om beter te kunnen rukken en scheuren.
Bij de gedachte aan hoe ze Eric tegenover Martie had verdedigd, nam Susan een hap van haar pizza en vermaalde die met intens genoegen.
Als ze last had gekregen van agorafobie om de pijn van Erics overspel te verdoezelen, verdiende hij het misschien wel dat ze hem dat op de een of andere manier betaald zette. Maar als hij haar spookbezoeker was en meedogenloos haar geest en haar lichaam naaide, was hij een totaal andere man dan hij had geleken toen ze met hem trouwde. Dan was hij eigenlijk helemaal geen man, maar een beest, een akelig wezen. Een serpent. Als ze de bewijzen in handen had, zou ze hem met behulp van de wet een kopje kleiner maken, precies zoals een woudloper zijn bijl gebruikt om een ratelslang te lijf te gaan.
Terwijl ze zat te eten keek Susan de slaapkamer rond, op zoek naar de beste plek om de camcorder te verstoppen.

Martie zat aan de keukentafel en keek toe hoe Dusty de rotzooi opruimde die zij had gemaakt.
Toen hij de vuilcontainer vanaf de veranda de keuken in trok, rammelde en ratelde de inhoud alsof het slopersgereedschap was.
Martie hield haar tweede glas scotch met twee handen vast toen ze het omhoogbracht naar haar mond.

Nadat hij de deur had dichtgetrokken, stopte Dusty de messen, de vorken en al het andere eetgerei in de afwasmachine.
De aanblik van de scherpe messen en de puntige vorken verontrustte Martie totaal niet. Maar desondanks werd haar keel toch dichtgeknepen en de warme scotch sijpelde langzaam naar beneden, alsof die zich eerst door een prop in haar slokdarm moest werken.
Dusty zette de chardonnay en de chablis weer in de koelkast. Die flessen konden nog steeds prima als knuppels worden gebruikt om iemands hoofdhuid open te halen en zijn schedel te splijten, maar in Marties brein gonsde het niet meer van de lust om ze op te tillen en met een zwaai neer te laten komen.
Nadat hij de lege laden weer in de kasten had geschoven en de dingen had opgeborgen die niet afgewassen hoefden te worden, zei Dusty: 'Die troep in de garage kan wel tot morgen wachten.'
Ze knikte maar zei niets, gedeeltelijk omdat ze bang was voor wat ze misschien zou uitkramen. Hier, op de plaats waar ze die idiote aanval had gehad, was de lucht bezwangerd met herinneringen aan waanzin die als giftige sporen rondzweefden en ze verwachtte zelfs half en half dat ze er weer door besmet zou raken, waardoor ze zichzelf alleen maar zou horen raaskallen als ze haar mond opendeed.
Toen Dusty voorstelde om te gaan eten, beweerde Martie dat ze geen honger had, maar hij stond erop dat ze iets zou eten.
In de koelkast stond nog een ovenschotel met genoeg lasagne voor twee personen. Dusty warmde het op in de magnetron.
Hij maakte wat verse champignons schoon en sneed ze aan schijfjes.
In zijn handen leek het mes volkomen onschuldig.
Terwijl Dusty de champignons aanbraadde met wat boter en uiensnippers en ze vervolgens met een pakje gekonfijte doppertjes in een schaal deed, zat Valet met een dromerige blik voor de magnetron de geur van de op temperatuur komende lasagne op te snuiven.
In het licht van wat Martie hier een tijdje geleden allemaal had gedaan, maakte deze gezellige huiselijkheid een onwezenlijke indruk. Het was net alsof je na een lange tocht over uitgestrekte zwavelvelden in de hel plotseling bij een patatkraam belandde.
Toen Dusty het eten opschepte, vroeg Martie zich af of ze die overgebleven lasagne misschien eerder vergiftigd had.
Ze kon zich niet herinneren dat ze zoiets gemeens had gedaan. Maar ze vermoedde nog steeds dat ze af en toe een black-out had: plotselinge periodes waarin ze zich gedroeg alsof ze bij bewustzijn was, hoewel ze zich daar achteraf niets van kon herinneren.
Omdat ze er zeker van was dat Dusty de lasagne toch op zou eten

als bewijs dat hij haar vertrouwde, hield Martie zich in en waarschuwde hem niet. Als voorzorgsmaatregel tegen het vreselijke vooruitzicht om als enige de maaltijd te overleven, onderdrukte ze haar gebrek aan eetlust en at het grootste gedeelte van wat hij haar had opgeschept.
Maar ze weigerde om met een vork te eten en gebruikte in plaats daarvan een lepel.

In een van de hoeken van Susan Jaggers slaapkamer stond een biedermeier piëdestal. Op de piëdestal stond een bronzen schaal met een miniatuur-mingboompje, dat geen zonlicht kreeg van de constant afgedekte ramen maar het toch goed deed dankzij een kleine daglichtlamp die erachter stond.
Aan de voet was het mingboompje weelderig begroeid met de kleine stervormige blaadjes van een klimopplant die de aarde bedekten en in lange slierten over de rand van de bronzen pot omlaag hingen.
Nadat ze de juiste invalshoek had berekend tussen de schaal en het bed, zette ze de camcorder in de pot en bedekte hem zorgvuldig met uitlopers van de klimop om hem te verbergen.
Ze deed de daglichtlamp uit en liet alleen een lamp op haar nachtkastje branden. De kamer kon niet helemaal in duisternis worden gehuld als ze iets bruikbaars op band wilde hebben.
Als verklaring voor de lamp zou ze net doen alsof ze in slaap was gevallen terwijl ze lag te lezen. Een half leeggedronken glas wijn op het nachtkastje en een opengeslagen boek dat op de dekens terecht was gekomen waren al genoeg om die indruk te bevestigen.
Ze liep de kamer rond terwijl ze de bronzen schaal aandachtig bestudeerde. De camcorder was goed verstopt.
Vanuit één bepaalde hoek weerkaatste het zachte gele licht van de lamp in de donkere lens alsof het oog van een dier in het duister oplichtte, alsof een eenogige hagedis tussen de slierten klimop door gluurde. Maar dat was zo onopvallend dat het vast en zeker aan de aandacht zou ontsnappen van hetzij incubus of gewone sterveling.
Susan liep weer terug naar de camcorder, prikte met één vinger in de klimop, zocht even en drukte toen op een knop.
Ze deed twee passen achteruit. Ze bleef doodstil staan. Met het hoofd opzij en ingehouden adem. Luisterend.
Hoewel de verwarming niet aan was en de afzuigkap niet werkte, hoewel er geen wind langs de dakgoten of de ramen fluisterde, hoewel de stilte in de slaapkamer bijna zo volmaakt was als je in deze tijd van alomaanwezige elektrische apparaten kunt hopen, kon Susan het gezoem van de motor van de camcorder niet horen. Het ap-

paraat voldeed inderdaad aan de garantie van de fabrikant dat het bijna geruisloos werkte en het lichte, sissende geluid van de ronddraaiende spoelen werd volkomen gedempt door de klimop die eroverheen hing.
Omdat ze wist dat geluid af en toe door rare spelingen van de architectuur soms vreemde wegen kan volgen en aan het eind van zo'n curve plotseling versterkt kan worden, liep ze de hele kamer rond. Vijf keer bleef ze staan om te luisteren, maar ze hoorde geen enkel verdacht geluid.
Tevredengesteld liep Susan terug naar de piëdestal en haalde de camcorder onder de klimop uit. Ze bekeek de opnamen via de ingebouwde monitor van de camera.
Het hele bed was op het schermpje te zien. De deur van de kamer was nog net uiterst links in beeld.
Ze keek toe hoe ze zelf in en uit beeld liep. En opnieuw. Stilstaand om te luisteren of ze het gezoem van de motor kon horen.
Ze was verrast dat ze er zo jong en aantrekkelijk uitzag.
Tegenwoordig had ze niet meer zo'n duidelijk beeld van zichzelf als ze in de spiegel keek. In dat geval zag ze in plaats van een lichamelijk spiegelbeeld meestal een afspiegeling van haar geest: een Susan Jagger die verouderd was door aanhoudende angst, met een gezicht dat zachter en waziger was geworden door zestien maanden van afzondering, grijs van verveling en ingevallen van bezorgdheid.
Deze vrouw op de band was slank en leuk. Wat nog belangrijker was: ze kwam heel vastberaden over. Dit was een vrouw vol hoop – en met een toekomst.
Tevreden speelde Susan de opname nog een keer af. En daar kwam ze weer aan, opduikend uit het ijzeroxide-geheugen van de camcorder, vastberaden rondlopend door de slaapkamer, in en uit beeld, stilstaand om te luisteren: een vrouw met een plan.

Zelfs een lepel kon een wapen zijn als ze hem ondersteboven in de hand nam, als ze hem bij de bek vasthield en met de steel toestootte. Hoewel hij niet zo scherp was als een mes, kon je iemand er toch de ogen mee uitsteken en hem voorgoed blind maken.
Korte rillingen kwamen en gingen waardoor de lepel tussen Marties vingers begon te beven. Twee keer rammelde hij tegen haar bord, alsof ze om aandacht vroeg voor ze een dronk op iemand uitbracht. Ze kreeg de neiging om de lepel buiten bereik te leggen en met haar handen te gaan eten. Uit angst dat ze daardoor in Dusty's ogen nog gekker zou lijken dan nu al het geval was, bleef ze het bestek toch gebruiken.

Het gesprek tijdens het eten verliep niet gemakkelijk. Zelfs na het gedetailleerde verslag dat ze hem in de woonkamer had gegeven, vroeg hij haar nog het hemd van het lijf over de paniekaanval. Ze had steeds minder zin om erover te praten.

Om te beginnen raakte ze van het onderwerp in zak en as. Als ze terugdacht aan haar vreemde gedrag, kreeg ze een hulpeloos gevoel, alsof ze weer was teruggevallen in de machteloze en afhankelijke toestand van haar vroegste jeugd.

Daar kwam nog bij dat ze werd geplaagd door de irrationele maar daarom niet minder vaste overtuiging dat praten over de paniekaanval een nieuwe aanval zou oproepen. Ze had het gevoel alsof ze op een valluik zat en dat, als ze bleef praten, de kans alleen maar groter werd dat ze het sleutelwoord zou gebruiken waardoor de scharnieren openklapten en zij in de afgrond eronder stortte.

Ze vroeg hoe zijn dag was geweest en hij somde een lijst met zakelijke besognes op die hij meestal afhandelde als het weer schilderwerk onmogelijk maakte.

Hoewel Dusty nooit loog, had Martie toch het gevoel dat hij iets voor haar achterhield. Maar natuurlijk was ze in haar huidige toestand veel te paranoïde om echt vertrouwen te hebben in haar instinct.

Terwijl hij zijn bord opzij duwde, zei hij: 'Je wilt me maar niet aankijken.'

Dat ontkende ze niet. 'Ik vind het vréselijk dat je me in deze toestand ziet.'

'Welke toestand?'

'Slap.'

'Je bent niet slap.'

'Deze lasagne heeft meer ruggengraat dan ik.'

'Die is twee dagen oud. Voor lasagne... Verrek, dat is vijfentachtig jaar voor een mens.'

'Ik voel me ook vijfentachtig.'

Hij zei: 'Nou, ik kan getuigen dat je er veel beter uitziet dan die verdomde lasagne.'

'Goh, meneer, wat kunt u goed complimentjes uitdelen.'

'Je weet wat er over schilders gezegd wordt.'

'Wat dan?'

'We kunnen het er dik op leggen.'

Ze keek hem aan.

Hij glimlachte en zei: 'Het komt allemaal best in orde, Martie.'

'Niet als je grapjes niet leuker worden.'

'Slap, de ballen daarmee.'

Terwijl ze over de kantelen van haar uit vier kamers bestaande vesting liep, verzekerde Susan zich ervan dat alle ramen afgesloten waren.

De enige deur in het appartement die toegang gaf tot de buitenwereld was in de keuken. Die was afgesloten met twee dievenklauwen en een veiligheidsketting.

Toen ze alle sloten had gecontroleerd kantelde ze een keukenstoel op zijn achterpoten en zette hem klem onder de deurknop. Zelfs als Eric op de een of andere manier een sleutel in handen had gekregen, zou de stoel voorkomen dat de deur geopend kon worden.

Natuurlijk had ze die truc met de stoel al eerder geprobeerd. De insluiper had zich er niet door laten weerhouden.

Nadat ze de camcorder had verstopt en de opnamehoek had gecontroleerd, had ze er de batterij af gehaald om hem opnieuw in de badkamer op te laden. Nu was hij helemaal vol.

Ze deed de batterij in de camera en verstopte de camcorder tussen de klimop aan de voet van het opgepotte mingboompje. Ze zou hem vlak voordat ze naar bed ging aanzetten en dan zou ze drie uur band hebben – op de langzame snelheid – om Eric op heterdaad te betrappen.

Alle gelijkgezette klokken waren het eens over de tijd: tien over halftien 's avonds. Martie had beloofd om voor elf uur te bellen.

Susan wilde nog steeds heel graag weten met welk oordeel en advies haar vriendin zou komen, maar ze was niet van plan om Martie iets over de camcorder te vertellen. Want misschien werd haar telefoon wel afgetapt. Misschien luisterde Eric wel mee.

O wat zalig was het hier op de dansvloer in de Paranoia Cotillion, rond en rond, zwierend in de angstaanjagende omhelzing van een kwaadaardige vreemdeling terwijl het orkest een lijkzang speelde en zij grimmig de moed probeerde op te brengen om haar blik op te heffen naar het gezicht van de danser die haar leidde.

29

Twee glazen scotch, een stuk lasagne en de gebeurtenissen van deze vreselijke dag zorgden ervoor dat Martie bijna van vermoeidheid omviel. Terwijl Dusty de borden weghaalde, bleef ze aan tafel zitten en sloeg hem gade met ogen die haast dichtvielen.

Ze had verwacht dat ze tot het krieken van de dag wakker zou liggen, verscheurd door angst en met grote vrees voor de toekomst. Maar nu weigerden haar hersens een nog grotere belasting te accepteren; haar brein nokte langzaam maar zeker af.

De nieuwe vrees dat ze misschien wel zou gaan slaapwandelen was het enige dat voorkwam dat ze hier aan de keukentafel in slaap sukkelde. Ze had nooit eerder last gehad van slapeloosheid, maar ze had tot vanmorgen ook nooit eerder een paniekaanval gehad en nu was alles mogelijk.

Als ze ging slaapwandelen, zou die Andere Martie wellicht de zeggenschap over haar lichaam overnemen. Terwijl ze uit bed glipte en Dusty rustig verder liet dromen, zou die Ander misschien vol vertrouwen als een blinde in het duister op blote voeten naar beneden lopen om een schoon mes uit het bestekmandje in de vaatwasser te halen.

Dusty pakte haar hand en trok haar mee toen hij door de benedenverdieping liep en alle lampen uitdraaide die ze onderweg tegenkwamen. Valet liep achter hen aan, met ogen die rood en glanzend leken in het donker.

Dusty, die Marties regenjas vanuit de keuken mee had genomen, bleef even staan om hem in de garderobekast in de hal te hangen. Hij voelde dat er iets in een van de zakken zat en haalde het boek te voorschijn. ‘Heb je dat nog steeds niet uit?’ vroeg hij.

‘Het is een echte thriller.’

‘Maar je sleept het al eeuwen mee naar die afspraken van Susan.’

‘Nog niet zo lang.’ Ze gaapte. ‘Het is goed geschreven.’

'Een echte thriller... maar je slaagt er niet in om hem binnen een halfjaar uit te lezen?'
'Zo lang doe ik er toch nog niet over? Welnee. Dat kan gewoon niet. Het verhaal is boeiend. De personages zijn interessant. Ik vind het leuk.'
Hij stond haar fronsend aan te kijken. 'Wat is er met je aan de hand?'
'Een heleboel. Maar op dit moment ben ik voornamelijk gewoon hartstikke moe.'
Terwijl hij haar het boek overhandigde zei hij: 'Nou, als je moeite hebt om in slaap te vallen, dan werkt een bladzijde hieruit kennelijk een stuk beter dan Nembutal.'
In slaap vallen: vol neigingen tot slaapwandelen, steekpartijen en brandstichting.
Valet liep voor hen uit de trap op.
Terwijl Martie met een hand op de leuning en Dusty's arm beschermend om haar middel naar boven liep, putte ze wat troost uit het besef dat de hond haar waarschijnlijk wel wakker zou maken als ze ging slaapwandelen. De brave Valet zou haar blote voeten likken, met zijn mooie pluimstaart tegen haar benen slaan en ongetwijfeld tegen haar blaffen als ze een slagersmes uit de vaatwasser haalde zonder voor hem een plakje af te snijden van de kalfsborst die in de koelkast lag.

Susan trok bij wijze van nachtgoed een simpel wit katoenen broekje – geen borduursels of kant, geen enkele opsmuk – en een wit T-shirt aan.
Voor de afgelopen paar maanden had ze het liefst gekleurde lingerie met strikjes en kwikjes gedragen. Toen vond ze het leuk om zich sexy te voelen. Nu niet meer.
Ze begreep de psychologische betekenis van haar veranderde nachtkleding. Een sexy uiterlijk was nu in haar gedachten onverbrekelijk verbonden met verkrachting. Opgezet kant, plooitjes, pareltjes en geplisseerde zijden inzetjes, fantasiesteekjes, geborduurd batist en meer van dat soort dingen zouden haar mysterieuze middernachtelijke bezoeker misschien aanmoedigen; het zou best kunnen dat hij kwikjes en strikjes zou beschouwen als een uitnodiging om haar nog vaker te misbruiken.
Een tijdlang had ze in mannenpyjama's geslapen, veel te wijd en lelijk, en daarna in slobberige joggingkledij. De griezel had zich door geen van beide uit het veld laten slaan.
In feite nam hij, nadat hij haar uitgekleed en zich op een grove manier aan haar verlustigd had, zelfs de tijd om haar weer aan te kle-

den, met zoveel zorg dat het leek alsof hij haar uitlachte. Als ze haar pyjamajasje tot onder haar kin had dichtgeknoopt voordat ze naar bed ging, deed hij ook alle knopen weer dicht; maar als ze er eentje had opengelaten, dan was diezelfde knoop nog steeds open als ze wakker werd. Hij strikte de tailleband op precies dezelfde manier dicht als zij had gedaan.

Tegenwoordig hield ze het op simpel wit katoen. Om haar onschuld te benadrukken. Als weigering om zich omlaag te laten halen of zich besmeurd te voelen, in weerwil van wat hij haar aandeed.

Dusty maakte zich zorgen over Marties plotselinge apathie. Ze beweerde dat ze echt bekaf was, maar aan haar gedrag te oordelen leed ze niet zozeer aan uitputting als wel aan een diepe depressie.

Ze bewoog zich loom, niet zwak en onhandig als iemand die bijna niet meer kan van vermoeidheid, maar met het grimmige en vastberaden geploeter van iemand die onder een enorme druk gebukt gaat. Haar gezicht stond strak en was samengeknepen rond haar mondhoeken en ogen in plaats van dat het slap van vermoeidheid was.

Martie was maar een stapje verwijderd van fanatisme als het om gebitshygiëne ging, maar vanavond wenste ze niet de moeite te nemen om haar tanden te poetsen. In de drie jaar dat ze getrouwd waren, was dat de eerste keer.

Voor zover Dusty zich kon herinneren, waste Martie iedere avond haar gezicht en bracht een vochtinbrengende crème aan. En borstelde haar haar. Maar dit keer niet.

Zonder zich te bekommeren om haar vaste avondrituelen ging ze volledig gekleed op bed leggen.

Toen Dusty besefte dat ze niet van plan was om zich uit te kleden, maakte hij haar veters los en trok haar schoenen uit. Haar sokken. Hij stroopte haar spijkerbroek af. Ze stribbelde niet tegen, maar ze werkte ook niet mee.

Het was te moeilijk om Martie uit haar blouse te pellen, vooral omdat ze op haar zij lag, met opgetrokken knieën en de armen voor haar borst gekruist. Dusty liet haar de rest aanhouden, trok de dekens over haar schouders, streek het haar uit haar gezicht en gaf haar een kus op haar voorhoofd.

Haar oogleden vielen dicht, maar in haar ogen stond iets te lezen dat grimmiger was en meer scherpe kantjes had dan vermoeidheid.

'Laat me niet alleen,' zei ze gesmoord.

'Nee hoor.'

'Je mag me niet vertrouwen.'

'Maar dat doe ik wel.'

'Ga niet slapen.'
'Martie...'
'Beloof het. Niet gaan slapen.'
'Mij best.'
'Beloof het nou.'
'Ik beloof het.'
'Want anders vermoord ik je misschien in je slaap,' zei ze en sloot haar ogen die van korenbloemenblauw in donkerblauw en vervolgens in dieppaarse meekrap leken te veranderen op het moment dat haar oogleden dichtvielen.
Hij stond naar haar te kijken en voelde angst opkomen, niet vanwege haar waarschuwing en niet voor zichzelf, maar voor haar.
'Susan,' mompelde ze.
'Wat is er met haar?'
'Schiet me net weer te binnen. Heb je nog niet over Susan verteld. Raar gedoe. Had haar moeten bellen.'
'Je kunt haar morgenochtend wel bellen.'
'Wat ben ik nou voor vriendin?' mopperde ze.
'Ze begrijpt het heus wel. Rust maar uit. Rust nou maar lekker uit.'
Binnen een paar seconden lag Martie kennelijk al te slapen, met iets geweken lippen en ademend door haar mond. De genepen angsttrekjes rond haar ogen waren verdwenen.
Twintig minuten later zat Dusty rechtop in bed en was net bezig de verwarde geschiedenis die Martie hem had verteld uit te pluizen door alle klitten eruit te halen en het recht te strijken tot een volledig begrijpelijk verhaal, toen de telefoon ging. Om ervoor te zorgen dat ze niet wakker konden worden gebeld, hadden ze de bel in de slaapkamer uitgeschakeld en wat hij nu hoorde, was de telefoon in Marties werkkamer aan het einde van de hal; nadat hij nog een keer was overgegaan, schakelde het antwoordapparaat in.
Hij nam aan dat Susan had gebeld, hoewel het ook Skeet of iemand van New Life had kunnen zijn. Normaal gesproken zou hij naar Marties werkkamer zijn gelopen om de binnengekomen boodschap af te luisteren, maar hij wilde niet dat ze wakker werd terwijl hij de kamer uit was en tot de ontdekking zou komen dat hij zich niet aan zijn belofte had gehouden om bij haar te blijven. Skeet was veilig en in goede handen en wat het 'rare gedoe' bij Susan ook mocht zijn, het kon nauwelijks vreemder of belangrijker zijn dan wat er zich vanavond hier ter plekke had afgespeeld. Dat kon wel wachten tot het morgen was.
Dusty concentreerde zich weer op wat Martie hem over haar dag had verteld. Terwijl hij bezorgd nadacht over elke bizarre gebeur-

tenis en elk eigenaardig detail, werd hij beslopen door de vreemde overtuiging dat wat zijn vrouw was overkomen op de een of andere manier verband hield met wat er met zijn broer was gebeurd. Hij voelde instinctief aan dat beide voorvallen bepaalde rare overeenkomsten vertoonden, hoewel hij niet precies kon zeggen in welk opzicht. Maar dit was ontegenzeggelijk de vreemdste dag van zijn leven geweest en zijn instinct vertelde hem dat het geen puur toeval kon zijn dat Skeet en Martie gelijktijdig in de knoop waren geraakt.

In een hoek van het vertrek lag Valet opgerold op zijn bed, een groot, met schapenvacht overtrokken kussen, maar hij bleef wakker. Met zijn kin op een van zijn voorpoten hield hij zijn vrouwtje, dat in het gouden lamplicht lag te slapen, scherp in de gaten.

Omdat Martie zich altijd aan haar afspraken had gehouden en op die manier dus heel wat moreel krediet had opgebouwd, was Susan niet gekwetst toen het beloofde telefoontje om elf uur nog niet was binnengekomen, maar ze voelde zich niet op haar gemak. Ze belde zelf, kreeg het antwoordapparaat en begon zich zorgen te maken.

Ongetwijfeld was Martie helemaal ondersteboven en verbijsterd van Susans bewering dat er een fantoomverkrachter was voor wie afgesloten deuren geen belemmering vormden. Ze had gezegd dat ze er eerst even over wilde nadenken. Maar Martie kletste niet uit haar nek en wond nooit ergens doekjes om. Inmiddels zou ze een weloverwogen advies voor haar hebben – anders had ze wel opgebeld om te zeggen dat ze nog steeds moeite had om dit toch wel erg sterke verhaal te geloven.

'Ik ben het,' zei Susan tegen het antwoordapparaat. 'Wat is er aan de hand? Is alles goed met je? Of denk je soms dat ik geschift ben? Dat geeft niet hoor. Bel maar terug.'

Ze wachtte een paar seconden en hing toen op.

Waarschijnlijk had Martie toch geen oplossing aangedragen die meer kans op slagen bood dan de truc met de camcorder, dus ging Susan gewoon verder met haar voorbereidselen.

Ze zette een halfvol glas wijn op het nachtkastje, niet om op te drinken, maar als decor.

Ze ging in bed zitten met een boek en een stapel kussens in haar rug.

Ze was te zenuwachtig om te lezen.

Een poosje keek ze naar een oude film op tv, *Dark Passage*, maar ze kon haar aandacht niet bij het verhaal houden. Haar geest dwaalde door achterafstraatjes die veel duisterder en angstaanjagender waren dan die waarin Bogart en Bacall ooit hadden rondgezworven.

Hoewel Susan bijna onnatuurlijk alert was, kon ze zich andere nachten herinneren waarin ogenschijnlijke slapeloosheid plotseling plaats had gemaakt voor een geforceerd diepe slaap – en ze weer het slachtoffer was geworden van haar nachtelijke bezoeker. Als ze in het geheim werd verdoofd, kon ze er geen staat op maken wanneer het middel ineens zou gaan werken en ze wilde niet wakker worden om tot de ontdekking te komen dat ze niet alleen was misbruikt maar dat ze ook de camcorder niet had aangezet.

Om middernacht ging ze naar de biedermeier piëdestal, stak een vinger in de klimop aan de voet van het mingboompje, zette de camera aan en ging weer terug naar bed. Als ze om één uur nog steeds wakker was, zou ze de cassette terugspoelen en weer van voren af aan beginnen met opnemen. En hetzelfde zou ze om twee en om drie uur doen, dan zou er voor het geval ze in slaap viel minder kans bestaan dat de band op was voordat de griezel de kamer binnenkwam.

Ze zette de tv uit om het scenario dat ze al lezend in slaap was gevallen geloofwaardiger te maken, maar ook omdat ze daardoor misschien bepaalde geluiden ergens anders in het appartement niet zou kunnen horen.

Na ongeveer een minuut stilte, net toen ze haar boek op wilde pakken, ging de telefoon. Susan ging ervan uit dat het Martie was en pakte op. 'Hallo?'

'Met Ben Marco.'

Alsof Ben Marco een magische metselaar was die alleen met zijn stem stenen en specie kon bezweren, leek Susans hart plotseling omringd door granieten muren, die het insloten en druk uitoefenden op boezems en kamers. Nog terwijl haar hart zich wild kloppend tegen zijn gevangenis keerde, opende haar geest zich als een huis waarvan het dak door een cycloon was weggerukt; ineens werden haar gedachten als sliertjes stof en spinnenwebben door een tochtvlaag omhooggezogen en vanuit de zwarte oneindigheid boven haar kwam een fluisterend duister haar hoofd binnensijpelen, een onweerstaanbaar Iets dat even onzichtbaar en kil als een boze geest eerst de zolderverdieping van haar hersens binnengleed en vervolgens verder omlaag en dieper naar binnen.

'Ik luister,' zei Susan tegen Ben Marco.

Meteen kwam haar bonzende hart tot rust en in haar bloed hield het insectachtige gewriemel van angst op.

En nu de regels.

Hij zei: 'De winterstorm...'

'U bent de storm,' antwoordde ze.

'... school in het bamboebos...'

'Ik ben het bos.'
'... en loste op in rust.'
'In die toestand van rust zal ik horen wat er gewenst wordt,' zei Susan.

De winterstormen
Doken weg in 't bamboebos
En hielden zich stil.

Eigenlijk prachtig.
Nu het opzeggen van de regels achter de rug was, werd Susan ondergedompeld in een zee van rust: in het appartement rondom haar heerste absolute stilte, in haar binnenste was alle tumult gesmoord, alles was even geluidloos als de levenloze ruimte één tel voor de schepping moest zijn geweest, toen God nog niet had gezegd: *Laat er Licht zijn.*
Toen de winterstorm opnieuw sprak, leek zijn zachte, diepe stem niet uit de telefoon te komen maar vanuit Susan zelf. 'Vertel me waar je bent.'
'In bed.'
'Ik geloof dat je alleen bent. Vertel me of dat klopt.'
'Dat klopt.'
'Laat me binnen.'
'Ja.'
'Snel.'
Susan legde de telefoon neer, stapte uit bed en liep haastig door het donkere appartement.
Ondanks de snelheid waarmee ze zich bewoog, bleef haar hartslag dalen: sterk, regelmatig, kalm.
In de keuken was het enige licht groen en vaal, afkomstig van de cijfers van de digitale klokken op de oven en de magnetron. De inktzwarte schaduwen hinderden haar niet. Gedurende te veel maanden was dit kleine appartement haar hele wereld geweest en ze was er zo mee vertrouwd alsof ze er vanaf haar geboorte blind was opgegroeid.
Een stoel stond stevig onder de deurknop geklemd. Ze haalde hem weg en schoof hem opzij waarbij de houten poten een piepend geluid maakten op de tegelvloer.
De grendel aan het eind van de koperen veiligheidsketting kwam ratelend van zijn plaats. Toen ze hem liet vallen, sloegen de schakels kletterend tegen de deurpost.
Ze draaide de eerste dievenklauw open. De tweede.

Ze opende de deur.
Een storm was hij, en winters ook, zoals hij daar stond te wachten op de overloop boven aan de trap, rustig nu maar vervuld van de razernij van wervelstormen, een woede die meestal zorgvuldig voor de wereld verborgen bleef maar die altijd in hem kolkte, om in zijn meest intieme momenten onthuld te worden. En terwijl hij over de drempel de keuken in stapte, haar achteruitdrong en de deur achter zich dichttrok, greep hij haar met een sterke hand bij haar slanke keel.

30

De linker- en de rechterhalsslagader, die voor de grootste bloedtoevoer naar de hals en het hoofd zorgen, zijn directe aftakkingen van de aorta, die zelf uit de bovenkant van de linkerhartkamer ontspringt. Omdat het bloed dat door deze beide aderen stroomt vrijwel rechtstreeks afkomstig is uit het hart is het bijzonder rijk aan zuurstof en wordt het met kracht voortgepompt.

Met zijn hand om Susans keel, de vingers gespreid over de linkerkant van haar hals en de muis van zijn duim vlak onder haar kaakbeen over haar rechterhalsslagader gedrukt, bleef dr. Mark Ahriman haar zo nog ongeveer een minuut langer vasthouden en genoot van het sterke, regelmatige kloppen van haar hart. Ze was zo heerlijk vol leven.

Als hij haar door wurging om het leven had willen brengen, zou hij dat zonder vrees voor weerstand kunnen doen. In deze gewijzigde staat van bewustzijn zou ze dociel en zonder te protesteren blijven staan terwijl hij haar de keel dichtkneep. Ze zou op haar knieën vallen als ze niet langer kon blijven staan en vervolgens rustig in een gracieus hoopje op de grond in elkaar zakken terwijl ze zich met haar ogen verontschuldigde omdat ze niet in staat was om staande te sterven en hem dus dwong om naast haar neer te knielen om het karwei af te maken.

In feite zou Susan Jagger dr. Ahriman vereren met elke houding en uitdrukking die hij van haar wenste. Kinderlijke aanbidding. Erotische verrukking. Machteloze woede of zelfs schaapachtige meegaandheid, met een blik vol verbijstering als hij genoegen zou scheppen in een van die twee reacties.

Het was niet zijn bedoeling om haar te doden. Niet hier en niet nu – maar lang zou het niet meer duren.

Als dat moment onvermijdelijk aanbrak, zou hij Susan niet eigenhandig ombrengen, want hij had bijzonder veel ontzag voor de wetenschappelijke onderzoeksafdelingen van vrijwel elk hedendaags Amerikaans politiekorps. Als er vuil werk opgeknapt moest worden, maakte hij voor het uitdelen van de genadeklap altijd gebruik van tussenpersonen, zodat hij zelf niet het risico liep verdacht te worden.

En trouwens, zijn grootste genot beleefde hij aan het slinks beïnvloeden, niet direct aan verminking en moord. Het overhalen van de trekker, het toesteken met het mes, het aantrekken van het wurgkoord – niets van dat alles zou hem zo in vervoering brengen als het gebruiken van iemand anders om uit zijn naam gruweldaden te verrichten.

Macht is veel opwindender dan geweld.

Of nog juister: het was niet het eindresultaat van het gebruik van macht dat hem het meeste plezier schonk, maar het *uitoefenen* van die macht. Het beïnvloeden. Het in bedwang houden. Het feit dat hij over absolute macht beschikte, dat hij maar aan de touwtjes hoefde te trekken om mensen precies te zien doen wat hun was opgedragen, was voor de dokter zo intens bevredigend dat zijn lichaam gedurende zijn mooiste momenten als marionettenspeler sidderend weergalmde van genot, zoals het gegoten brons van enorme kerkklokken natrilt bij iedere imposante klap van de klepels.

Susans keel onder zijn hand deed hem denken aan een lang vervlogen sensatie, aan een andere slanke en gracieuze keel die opengereten was door een spies, en die herinnering zette de knokige klokken van zijn wervelkolom in beweging.

In Scottsdale, Arizona, staat een wit landhuis waarin een lenige jonge erfgename genaamd Minette Luckland haar moeders schedel tot moes slaat met een hamer en kort daarna haar vader in zijn achterhoofd schiet terwijl hij een stukje kruimeltaart eet en naar een herhaling van Seinfeld *zit te kijken. Vervolgens springt ze van een galerij op de tweede verdieping, valt vijfeneenhalve meter naar beneden en komt terecht op een speer in de handen van een beeld van Diana, godin van de maan en van de jacht, dat op een gegroefd voetstuk in het midden van de ronde entree staat. In het zelfmoordbriefje, onweerlegbaar geschreven in Minettes eigen keurige handschrift, beweert ze dat ze sinds haar kindertijd door haar beide ouders seksueel is misbruikt – een schandalig stuk laster dat haar door dr. Ahriman was ingegeven. Rond Diana's bronzen voeten: bloedspatten als rode bloemblaadjes op de witte marmeren vloer.*

Nu, zoals ze daar halfnaakt in de duistere keuken stond, met groene ogen die het vage groene licht van de digitale klok van de oven weerspiegelden, was Susan Jagger zelfs nog aantrekkelijker dan wijlen Minette. Hoewel haar gezicht en figuur een erotomaniak natte dromen zouden bezorgen, was het niet haar uiterlijk dat Ahriman in de eerste plaats opwond, maar de wetenschap dat er in haar soepele ledematen en lenige lichaam een even dodelijk vermogen schuilging als dat wat al die jaren geleden in Scottsdale was losgelaten.

Haar rechterhalsslagader klopte tegen de duim van de dokter, haar hartslag was langzaam en loom. Vijfenzestig slagen per minuut.

Ze was niet bang. Ze stond rustig te wachten tot ze gebruikt zou worden, alsof ze een hersenloos stuk gereedschap was – of beter gezegd, een stuk speelgoed.

Door de sleutelnaam 'Ben Marco' te gebruiken en vervolgens de haiku op te zeggen die haar naar zijn hand zette, had Ahriman haar in een veranderde staat van bewustzijn gebracht. Een leek zou het misschien een 'hypnotische trance' hebben genoemd, wat het in zekere zin ook was. Een klinisch psycholoog zou het een 'schemertoestand' noemen en dat kwam dichter bij de waarheid.

Maar als definitie voldeed geen van beide termen.

Zodra Ahriman de haiku opzei, werd Susans persoonlijkheid veel intenser en grondiger onderdrukt dan wanneer ze gehypnotiseerd zou worden. In deze eigenaardige toestand was ze in geen enkel zinnig opzicht nog langer Susan Jagger, maar een onbeduidend iets, een machine van vlees en bloed met als brein een lege harde schijf wachtend op de software die Ahriman daarop verkoos te installeren.

Als ze in een klassieke staat van bewustzijnsvernauwing was geweest, wat neerkomt op een ernstige aantasting van de persoonlijkheidsstructuur, dan zou ze zich op het eerste gezicht vrijwel normaal hebben gedragen, met hier en daar een spoor van excentriek gedrag, maar bij lange na niet zo afstandelijk als ze nu overkwam.

'Susan,' zei hij. 'Weet je wie ik ben?'

'Weet ik dat?' vroeg ze, met een iel en afwezig stemmetje.

In de toestand waarin ze nu verkeerde, was ze niet in staat om vragen te beantwoorden, want ze wachtte tot hij haar zou vertellen wat hij van haar wilde, wat ze voor hem moest doen en zelfs hoe ze zich daarbij diende te voelen.

'Ben ik je psychiater, Susan?'

In de schemering kon hij de verwarring bijna van haar gezicht aflezen. 'Bent u dat?'

Tot ze uit deze staat werd verlost, zou ze alleen reageren op directe bevelen.

Hij zei: 'Vertel me hoe je heet.'

Nu ze deze rechtstreekse opdracht kreeg, stond het haar vrij om te vertellen wat ze wist. 'Susan Jagger.'

'Vertel me eens wie ik ben.'
'Dr. Ahriman.'
'Ben ik je psychiater?'
'Bent u dat?'
'Vertel me wat mijn beroep is.'
'U bent psychiater.'

Het was niet gemakkelijk geweest om haar in deze staat, die meer was dan een trance en niet helemaal een schemertoestand, te brengen. Hij had er hard en met veel professionele toewijding aan moeten werken om haar om te vormen tot dit gewillige stuk speelgoed. Achttien maanden geleden, voordat hij haar psychiater was geweest, had Ahriman Susan zonder dat ze daarvan op de hoogte was bij drie afzonderlijke, zorgvuldig gearrangeerde gelegenheden een krachtig mengsel van verdovende middelen toegediend: Rohypnol, phencyclidine, valium en een fantastische cerebrotropische stof die in geen enkel farmaceutisch handboek terug te vinden was. Het was zijn eigen recept en hij stelde elke dosis eigenhandig samen uit de voorraad van zijn hoogst illegale privéapotheek, want de ingrediënten moesten volkomen uitgebalanceerd zijn om het gewenste resultaat te bereiken.

De verdovende middelen op zich hadden Susan niet in haar huidige staat van absolute gehoorzaamheid gebracht, maar elke dosis had een halfbewusteloze toestand veroorzaakt, waarin ze niet besefte wat er met haar gebeurde en waarin ze bijzonder gedwee was. Terwijl ze zich in die schemerslaap bevond, was Ahriman in staat geweest om haar bewuste brein, waarin zich het door de eigen wil gestuurde denkproces afspeelde, te omzeilen en zich rechtstreeks te richten tot haar diepe onderbewustzijn, waar geconditioneerde reflexen werden opgeslagen en waar hij geen enkele tegenwerking ondervond.

Wat hij tijdens die drie lange bijeenkomsten met haar had gedaan zou de roddelpers en schrijvers van spionageromans ertoe hebben verleid om van 'hersenspoeling' te spreken, maar het was lang niet zo twintigste-eeuws als dat. Hij had de structuur van haar brein niet afgebroken met de bedoeling om het weer op te bouwen in een nieuwe stijl. Die aanpak – ooit bijzonder populair bij onder meer de sovjet-, de Chinese en de Noord-Koreaanse regering – was veel te ambitieus en vereiste niet alleen dat de persoon in kwestie maandenlang vierentwintig uur per dag in een akelige gevangenisomgeving onder handen genomen werd, maar ook dat er een grote hoeveelheid vervelende psychologische martelingen aan te pas kwam, om nog maar te zwijgen van het feit dat je het vervelende gekrijs en de lafhartige smeekbedes van de stakker moest kunnen aanhoren. Het IQ van dr. Ahriman was hoog, maar hij raakte snel verveeld. En trouwens, de mate van succes bij het gebruik van traditionele hersenspoeltechnieken was niet bepaald inspirerend en het kwam maar zelden voor dat je iemand volkomen in je macht kreeg.

In plaats daarvan was de dokter afgedaald in Susans onderbewustzijn, in de kelder, en had daar een nieuw vertrek aan toegevoegd – noem het maar een geheime kapel – dat voor haar bewuste brein verborgen bleef. Daar richtte hij haar af om slechts één enkele god te aanbidden en die god was Mark Ahriman zelf. Hij was een strenge godheid die geen enkele ongehoorzaamheid duldde, pre-christelijk in zijn afwijzing van vrije wil en meedogenloos als iemand de regels schond.

Daarna had hij haar nooit meer verdoofd. De noodzaak daarvoor bestond niet meer. In die drie bijeenkomsten had hij het besturingsmechanisme geïnstalleerd – de naam Marco en de haiku – dat ogenblikkelijk haar persoonlijkheid onderdrukte en haar meevoerde naar dezelfde diepe krochten van haar psyche waar de chemicaliën haar hadden gebracht.

Tijdens de laatste bijeenkomst onder invloed van de verdovende middelen had hij ook haar agorafobie geïmplanteerd. Hij vond dat een interessante ziekte, die hem zou verzekeren van bevredigende dramatiek en heel wat kleurrijke bijverschijnselen naarmate ze langzaam maar zeker instortte en uiteindelijk te gronde zou gaan. Per slot van rekening moest het wel leuk blijven.

Nu, met zijn hand nog steeds om Susans keel, zei hij: 'Ik geloof dat ik dit keer maar eens niet mezelf zal zijn. Vanavond doen we lekker pervers. Weet je wie ik ben, Susan?'

'Wie bent u?'

'Ik ben je vader,' zei Ahriman.

Ze gaf geen antwoord.

Hij zei: 'Vertel me eens wie ik ben.'

'U bent mijn vader.'

'Noem me papa,' beval hij.

Haar stem bleef afwezig klinken, zonder enige emotie, omdat hij haar nog niet had verteld hoe ze zich bij dit scenario diende te voelen. 'Ja, papa.'

Onder zijn duim bleef haar halsslagader traag kloppen.

'Vertel me eens welke kleur haar ik heb, Susan.'

Hoewel het in de keuken te donker was om zijn haarkleur te bepalen, zei ze: 'Blond.'

Ahrimans haar was peper-en-zoutkleurig, maar Susans vader was inderdaad blond.

'Vertel me welke kleur ogen ik heb.'

'Groen, net als ik.'

Ahrimans ogen waren lichtbruin.

Met zijn rechterhand nog steeds om Susans keel geklemd, bukte de dokter zich en gaf haar een bijna kuise kus.

Haar mond was slap. Ze speelde geen actieve rol in de kus; in feite was ze zo passief dat ze catatonisch had kunnen zijn, of zelfs in coma.

Terwijl hij zacht in haar lippen beet en vervolgens zijn tong ertussendoor wrong, kuste hij haar op een manier waarop geen enkele vader een dochter ooit zou mogen kussen en hoewel haar mond slap bleef en de hartslag in haar halsslagader niet versnelde, voelde hij dat de adem in haar keel bleef steken.

'Hoe voel je je nu, Susan?'

'Hoe wilt u dat ik me voel?'

Terwijl hij met een hand haar haar gladstreek, zei hij: 'Diepbeschaamd en vernederd. Vervuld van een vreselijk verdriet... en een beetje boos omdat je op deze manier door je eigen vader wordt gebruikt. Smerig en onteerd. Maar toch gehoorzaam, bereid om te doen wat je wordt gezegd... omdat je tegen je wil in toch ook begerig bent. Je hebt een ziekelijk, wellustig verlangen dat je eigenlijk niet wilt erkennen, maar je kunt niet anders.'

Hij kuste haar opnieuw en dit keer probeerde ze haar mond voor hem te sluiten; maar ze gaf het uiteindelijk toch op en haar mond werd zachter en opende zich. Ze legde haar handen op zijn borst om hem weg te duwen, maar haar verzet was slap als van een kind.

Onder zijn duim ging de hartslag in haar rechterhalsslagader tekeer als die van een haas met een jachthond op zijn hielen.

'Papa, nee.'

De weerspiegeling van het groene licht in Susans ogen glinsterde met een nieuwe vochtige intensiteit.

Die glanzende diepten scheidden een subtiele geur af, een tikje bitter en zilt, een vertrouwde lucht die de dokter van felle begeerte deed opzwellen.

Hij bracht zijn rechterhand van haar hals naar haar middel en trok haar stijf tegen zich aan.

'Alstublieft,' fluisterde ze en slaagde erin om dat ene woordje niet alleen als een protest te laten klinken maar ook nerveus uitnodigend.

Ahriman haalde diep adem en bracht toen zijn mond omlaag naar haar gezicht. Het reukvermogen van een roofdier bleek als altijd be-

trouwbaar: haar wangen waren nat en smaakten zout.
'Heerlijk.'
Door middel van een aantal snelle kusjes bevochtigde hij zijn mond aan haar huid en liet toen het puntje van zijn tong keurend over zijn op smaak gebrachte lippen glijden.
Inmiddels hield hij haar met twee handen om haar middel vast, tilde haar op en droeg haar achteruit tot hij haar tussen zijn lichaam en de koelkast plette.
Opnieuw: 'Alstublieft,' en daarna nog eens: 'Alstublieft.' Het arme kind was zo in de war dat gretigheid en afschuw in gelijke mate doorklonken in haar stem.
Susans huilbui ging niet met gierende uithalen of gesnik gepaard en de dokter genoot van die geluidloze vloed terwijl hij probeerde een dorst te lessen die nooit zou afnemen. Hij likte een zilte parel uit een van haar mondhoeken en een andere van een van haar opengesperde neusvleugels en deed zich vervolgens te goed aan de druppels die als kralen aan haar wimpers hingen, intens genietend van de smaak alsof dit zijn enige maaltijd van de dag zou zijn.
Terwijl hij haar middel losliet en achteruitstapte, zei hij: 'Ga naar je slaapkamer, Susan.'
Ze was een kronkelige schaduw die als hete tranen bewoog, helder en bitter.
De dokter bewonderde haar gracieuze bewegingen terwijl hij achter haar aan liep naar haar bed in de hel.

31

Valet sluimerde trillend en snuffelend in het gezelschap van droomkonijntjes, maar Martie lag versteend en stil als een dood beeldhouwwerk op een katafalk.

Ze leek dieper te slapen dan mogelijk leek in het turbulente kielzog van alles wat zich die dag had afgespeeld en het deed hem denken aan Skeets niet te verstoren slaap in zijn kamer in New Life.

Dusty ging in bed zitten, met blote voeten, in spijkerbroek en T-shirt, en bladerde nogmaals door de veertien velletjes afkomstig van het aantekenblokje uit Skeets keuken terwijl hij zat te piekeren over de naam *Dr. Yen Lo* zoals die daar negenendertig keer op terecht was gekomen.

Toen die naam hardop werd uitgesproken, scheen Skeet zo getraumatiseerd te raken dat hij tot een soort schemertoestand was vervallen waarin hij iedere vraag met een wedervraag beantwoordde. Met open ogen die door zijn hoofd tolden alsof hij in een REM-slaap verkeerde, had hij alleen direct – ook al was het vaak cryptisch – gereageerd op vragen in de vorm van een bewering of een bevel. Toen Dusty's ergernis hem ertoe had verleid om te zeggen: 'Ach, doe me een lol en ga slapen', was Skeet even abrupt in een afgrond getuimeld als een narcolepticus die onmiddellijk reageert op het omzetten van een elektrochemische schakelaar in de hersenen.

Op dit moment was Dusty voornamelijk geïnteresseerd in één van de vele vreemde bijverschijnselen van Skeets gedrag: het feit dat de jongen zich niets meer kon herinneren van alles wat zich had afgespeeld tussen het moment dat hij de naam Dr. Yen Lo had gehoord en, minuten later, toen hij gehoor had gegeven aan Dusty's onnadenkende verzoek om maar te gaan slapen. Misschien was het een kwestie van selectief geheugenverlies. Maar het leek er meer op alsof Skeet een black-out had gehad tijdens zijn gesprek met Dusty.

Martie had het gehad over haar vermoeden dat er 'tijdshiaten' in haar dag hadden gezeten, hoewel ze niet precies kon aangeven wanneer dat gat of die gaten zich hadden voorgedaan. Uit angst dat ze de gaskraan van de open haard had opengedraaid zonder de keramische blokken aan te steken, was ze herhaaldelijk teruggelopen naar de woonkamer, in de vaste overtuiging dat er zich ieder moment een heftige ontploffing kon voordoen. Hoewel de kraan keer op keer stevig dicht had gezeten, bleef ze onrustig omdat ze het idee had dat er aan haar geheugen werd geknabbeld als aan een wollen sjaal die vergeven was van de motten.

Dusty was getuige geweest van de black-out van zijn broer. En hij voelde instinctief aan dat er waarheid school in Marties vrees dat ze in een schemertoestand was geraakt.

Het zou best verband met elkaar kunnen houden.

Dit was een rare dag geweest. De twee mensen die Dusty het meest na aan het hart lagen, hadden allebei totaal verschillende maar even dramatische aanvallen van afwijkend gedrag vertoond. De kans dat zo'n ernstige psychische instorting – ook al was die maar tijdelijk – zich twee keer voordeed in een zo kleine omgeving moest absoluut een stuk kleiner zijn dan de één-op-achttien-miljoen-gok op het winnen van de staatsloterij.

Hij nam aan dat de gemiddelde burger in ons mooie nieuwe millennium dit als een vervelend toeval zou beschouwen. Op z'n hoogst zouden ze het zien als een voorbeeld van de vreemde patronen die door het doormalende mechanisme van het universum soms willekeurig worden geproduceerd als een zinloos bijproduct van al dat hersenloze geploeter.

Maar voor Dusty, die achter alles een mysterieuze opzet vermoedde, van de kleur van narcissen tot Valets ongebreidelde plezier terwijl hij achter een bal aan holde, bestond er niet zoiets als toeval. Het verband was tantaliserend – ook al was het moeilijk te doorgronden. En beangstigend.

Hij legde de velletjes uit Skeets aantekenboekje op zijn nachtkastje en pakte een van zijn eigen opschrijfblokjes. Op het bovenste vel had hij in blokletters de zinnen van de haiku opgeschreven die volgens zijn broer in dubbele betekenis *de regels* waren.

Klare waterval.
In de golven gedwarrel.
Van blauwsparnaalden.

Skeet was de golven. Volgens hem waren de blauwsparnaalden missies. De klare waterval was Dusty of Yen Lo, of misschien iedereen

die in Skeets aanwezigheid de haiku opriep.
Aanvankelijk had alles wat Skeet zei wartaal geleken, maar hoe langer Dusty erover piekerde, des te sterker werd het gevoel dat er een bepaalde structuur en opzet in scholen die zich pas later zouden openbaren. Om de een of andere reden begon hij de haiku te zien als een soort mechanisme, een simpel apparaat met een krachtige uitwerking, het verbale equivalent van een gemotoriseerde verfspuit of een spijkerpistool.
Geef een timmerman uit een tijdperk voor de industriële revolutie een spijkerpistool in handen en hoewel hij misschien intuïtief zal aanvoelen dat het om een stuk gereedschap gaat, zal hij waarschijnlijk niet begrijpen waar het voor gebruikt moet worden... tot hij per ongeluk een spijker door zijn voet schiet. De mogelijkheid dat hij zijn broer onbedoeld ernstige psychische schade toe kon brengen, was voor Dusty aanleiding om de haiku net zo lang te bestuderen tot hij begreep hoe dit gereedschap werkte, voordat hij zelfs maar wilde overwegen om de uitwerking ervan opnieuw op Skeet uit te proberen.
Missies.
Om de opzet van de haiku te begrijpen moest hij op z'n minst weten wat Skeet met 'missies' had bedoeld.
Dusty was er zeker van dat hij zich de haiku en de vreemde interpretatie die de jongen ervan had gegeven precies herinnerde, omdat hij gezegend was met een eidetisch en auditief geheugen dat zo betrouwbaar was dat hij de middelbare school en één jaar college fluitend had doorlopen met als gemiddeld cijfer een dikke acht, voordat hij tot de slotsom kwam dat hij als huisschilder meer van het leven zou genieten dan als academicus.
Missies.
Dusty dacht aan synoniemen. *Opdracht. Werk. Taak. Karwei. Roeping. Zending. Kerk.*
Dat hielp hem allemaal geen steek verder.
Vanaf zijn grote met schapenvacht overtrokken kussen begon Valet zenuwachtig te piepen, alsof de konijnen in zijn droom plotseling slagtanden hadden gekregen en nu de rol van de hond hadden overgenomen terwijl hij bij de jacht als konijn fungeerde.
Martie was zo uitgeteld dat ze nooit wakker zou worden van de lichte jankgeluidjes van de hond.
Maar af en toe wilden Valets nachtmerries nog weleens escaleren tot hij met een angstig geblaf wakker schrok.
'Rustig, jongen. Rustig nou maar,' fluisterde Dusty.
Zelfs in zijn dromen scheen de retriever de stem van zijn baas te ho-

ren en zijn gejank hield op.
'Rustig. Brave hond. Brave Valet.'
Hoewel de hond niet wakker werd, zwiepte zijn zwierige pluimstaart een paar keer over de schapenvacht voordat hij weer keurig om hem heen werd gevouwen.
Martie en de hond sliepen vredig door, maar plotseling schoot Dusty rechtop uit de kussens die tegen het hoofdeinde gestapeld lagen, en elke gedachte aan slaap werd plotseling verdreven door een verontrustende ontdekking. Terwijl hij over de haiku zat te piekeren, was hij klaarwakker geweest, maar vergeleken bij de manier waarop hij nu zat te kijken, had hij ook kunnen dommelen. Nu was hij hyperalert en intens koud, alsof hij ijswater in zijn aderen had.
Een voorval dat zich eerder die dag met de hond had afgespeeld was hem plotseling te binnen geschoten.
Valet staat geduldig in de keuken bij de verbindingsdeur naar de garage te wachten tot hij mee mag rijden naar Skeets appartement en zijn pluimstaart zwiept door de lucht terwijl Dusty een nylon jack met een capuchon aanschiet.
De telefoon gaat. Iemand probeert hem een abonnement op de Los Angeles Times *aan te smeren.*
Als Dusty de telefoonhoorn een paar seconden later weer aan het wandtoestel hangt, draait hij zich om naar de deur naar de garage en komt tot de ontdekking dat Valet niet meer staat te wachten, maar inmiddels op zijn zij voor de drempel ligt, alsof Dusty tien minuten aan de telefoon heeft gehangen en hij in slaap is gesukkeld.
'Je hebt net een dosis kipproteïne gehad, goudmans. Doe eens een beetje enthousiast.'
Met een vermoeide zucht hijst Valet zich overeind.
Dusty was in staat om zich het hele voorval driedimensionaal voor de geest te halen, zodat hij de golden retriever aandachtig tot in de kleinste bijzonderheden kon bestuderen. Het was zelfs zo dat hem dat moment nu helderder voor ogen stond dan toen het plaatsvond. En uit zijn terugblik bleek duidelijk dat de hond inderdáád had liggen slapen.
Zelfs met zijn eidetische en audibele geheugen was hij niet in staat om zich te herinneren of de Times-verkoper een man of een vrouw was geweest. Hij wist absoluut niet meer wat hij tijdens het gesprek had gezegd of wat hij te horen had gekregen, hij had alleen maar het vage idee dat hij het doelwit was geweest van een telefonische verkoopcampagne.
Op het moment zelf had hij zijn onkarakteristieke geheugenverlies toegeschreven aan stress. Van een dak duiken en zien hoe je broer

onder je neus een zenuwinzinking krijgt... door dat soort dingen zou iedereen geestelijk van slag raken.
Maar als hij vijf of tien minuten had staan telefoneren in plaats van een paar seconden, dan was het onmogelijk dat hij iemand van de afdeling Abonnementenwerving van de *Times* aan de lijn had gehad. Waar zouden ze verdorie nog aan toe zo lang over hebben moeten praten? Over lettertypes? Drukkosten? Johannes Gutenberg – Wat een toffe gozer! – en de uitvinding van de boekdrukkunst? Dat de *Times* in de eerste maanden van Valets bestaan zo'n enorm praktisch hulpmiddel was geweest omdat hij altijd bij de hand was, een opvallend absorptievermogen had en bijzonder geschikt bleek als milieuvriendelijke en biologisch volledig afbreekbare drollenverpakking?
Gedurende de minuten dat Valet was gaan liggen om voor de verbindingsdeur naar de garage een tukje te gaan doen, had Dusty een telefoongesprek gevoerd met iemand anders dan een verkoper van de *Times*, of hij had maar een paar seconden gebeld en was de rest van de tijd met iets anders bezig geweest.
Iets waarvan hij zich niets kon herinneren.
Een tijdshiaat.
Onmogelijk. Niet ik ook.
Het was net alsof er een heleboel mieren met drukke bezigheden vlijtig door elkaar krioelend over zijn benen, zijn armen en zijn rug liepen en hoewel hij best wist dat er in zijn bed geen plotselinge mierenplaag was uitgebroken, dat wat hij voelde het gevolg was van het feit dat de uiteinden van de zenuwen in zijn huid reageerden op het kippenvel dat over zijn hele lichaam was verschenen, wreef hij toch over zijn armen en over zijn nek alsof hij een heel leger van die zespotige soldaten moest afweren.
Omdat hij niet langer in staat was om stil te blijven zitten, stond hij geruisloos op, maar hij kon ook niet stil blijven staan, dus begon hij heen en weer te lopen. Maar op bepaalde plekken kraakte de vloer onder de vloerbedekking en hij slaagde er niet in om zachtjes te lopen, dus stapte hij maar weer in bed en bleef uiteindelijk toch roerloos zitten. Zijn huid was inmiddels koel geworden en hij voelde geen mieren meer. Maar vlak onder zijn schedel kropen wel andere dingen over zijn hersenkronkels: een nieuw en onwelkom gevoel van kwetsbaarheid en een X Files-achtige gewaarwording dat onbekende wezens, vreemd en vijandig, zijn leven waren binnengedrongen.

32

Zacht blozend gezicht met zilte tranen, wit katoen met wufte welvingen, blote benen stijf bijeen. Susan zat op de rand van haar bed te wachten.
Ahriman ging tegenover haar zitten, aan de andere kant van de kamer, in een fauteuil bekleed met perzikkleurige moirézijde. Hij had geen behoefte om zich onmiddellijk op haar te storten.
Zelfs als klein jongetje had hij al begrepen dat het goedkoopste stukje speelgoed in principe hetzelfde was als een van zijn vaders dure antieke auto's. Als je het rustig ging zitten bekijken – met waardering voor de vormgeving en de kleinste bijzonderheden – kon je er evenveel genoegen aan beleven als wanneer je ermee speelde. In feite moest je om een stuk speelgoed werkelijk in je bezit te krijgen, om je een waardige eigenaar te tonen, ook begrip kunnen opbrengen voor schoonheid ervan en niet alleen voor de opwinding van het gebruik.
De schoonheid van Susan Jagger was tweeledig: lichamelijk, natuurlijk, en psychologisch. Haar gezicht en lichaam waren uitzonderlijk mooi. Maar er school ook schoonheid in haar geest – in haar persoonlijkheid en in haar verstand.
Als speelgoed had ze ook een tweeledige functie en de eerste daarvan was seksueel. Vanavond en nog een paar avonden daarna zou Ahriman wreed en langdurig met haar spelen.
Haar tweede functie was om te lijden en op een mooie manier te sterven. Als speelgoed had ze hem al behoorlijk veel genoegen verschaft met haar moedige maar hopeloze strijd tegen haar agorafobie, met haar angst en wanhoop die even zoet waren als marsepein. Haar dappere besluit om haar gevoel voor humor niet te verliezen en haar leven weer in de hand te krijgen was pathetisch en daarom verrukkelijk. Binnenkort zou hij haar fobie nog intenser en gecompliceerder maken waardoor ze snel en onafwendbaar achteruit zou

gaan en vervolgens zou hij kunnen genieten van de laatste – en meest felle – opwinding die ze hem kon schenken.
Nu zat ze daar betraand en timide, ontredderd door het vooruitzicht van verbeelde incest, afwijzend maar toch ook vervuld van een ziekelijk zoet verlangen, zoals geprogrammeerd. Bevend.
Af en toe schoten haar ogen snel heen en weer, de veelzeggende REM die kenmerkend waren voor de diepste staat van persoonlijkheidsonderdrukking. De dokter werd erdoor afgeleid en het deed afbreuk aan haar schoonheid.
Susan wist al welke rollen ze vanavond zouden spelen en ze wist wat er van haar binnen dit erotische scenario verwacht werd, dus bracht Ahriman haar iets dichter bij de oppervlakte, ook al zou ze nog mijlenver verwijderd zijn van volledig bewustzijn. Net ver genoeg om een eind te maken aan die krampachtige REM.
'Susan, ik wil dat je nu de kapel verlaat,' zei hij, doelend op de denkbeeldige plaats in haar diepste onderbewustzijn waar hij haar naartoe had gevoerd om haar zijn instructies te geven. 'Kom naar buiten en naar boven, maar niet te ver, één trap op, tot waar iets meer licht doordringt. Tot daar en niet verder.'
Haar ogen leken op heldere vijvers die verduisterd werden door de weerspiegeling van donkere wolken op hun oppervlak en nu plotseling een paar vage zonnestraaltjes opvingen waardoor ze veel meer diepte vertoonden.
'Ik vind wat je aanhebt nog steeds aantrekkelijk,' zei hij. 'Wit katoen. De eenvoud.' Tijdens een van zijn eerdere bezoeken had hij haar de opdracht gegeven om zich, tot hij weer iets anders zou bedenken, op deze manier te kleden als ze naar bed ging; de aanblik wond hem op. 'De onschuld. Reinheid. Als een kind, en toch zo ongelooflijk rijp.'
De rozen op haar wangen bloeiden feller op en ze sloeg haar ogen zedig neer. Tranen van schaamte trilden als dauwdruppels op de bloemblaadjes van de blos.
Ze zag werkelijk haar vader toen ze de moed opbracht om de dokter aan te kijken. Zo groot was de kracht van de suggestie als Ahriman zich rechtstreeks tot haar richtte in de intense beslotenheid van die kapel in haar geest.
Als ze vanavond uitgespeeld waren, zou hij haar opdracht geven om alles te vergeten wat zich had afgespeeld vanaf het moment dat hij had opgebeld tot hij weer uit haar appartement was vertrokken. Ze zou zich zijn beroep noch deze pseudo-incest kunnen herinneren.
Als hij dat echter verkoos, zou Ahriman Susan kunnen opschepen met een gedetailleerde historie van seksueel misbruik door haar va-

der. Er zouden heel wat uren nodig zijn om dat lugubere verhaal tussen haar echte herinneringen door te weven, maar daarna kon hij haar opdragen om geloof te hechten aan het feit dat ze daar haar leven lang onder had geleden en zich langzaam maar zeker gedurende haar therapiesessies die onderdrukte trauma's weer te 'herinneren'. Als dat geloof voor haar aanleiding was om haar vader bij de politie aan te geven en ze vervolgens het verzoek zou krijgen om mee te werken aan een proef met een leugendetector, zou ze elke vraag met volle overtuiging en precies de juiste hoeveelheid emotie beantwoorden. Haar ademhaling, bloeddruk, polsslag en de elektrische prikkels in haar huid zouden iedereen die de uitslag van die proef onder ogen kreeg ervan overtuigen dat ze de waarheid sprak, omdat ze gewoon zeker wist dat haar walgelijke beschuldigingen tot in detail klopten.

Het was niet Ahrimans bedoeling om op die manier met haar te spelen. Hij had dat spelletje al met andere slachtoffers gedaan en het hing hem inmiddels de keel uit.

'Kijk me aan, Susan.'

Ze hief haar hoofd op. Haar ogen keken in de zijne en de dokter moest denken aan een paar dichtregels van e.e. cummings: *In jouw ogen woont / een groen Egyptisch geluid.*

'De volgende keer,' zei hij, 'zal ik mijn camcorder meebrengen en dan maken we weer een videoband. Kun je je de eerste band die ik van jou heb gemaakt nog herinneren?'

Susan schudde haar hoofd.

'Dat komt omdat ik dat verboden heb. Je hebt jezelf toen zo vernederend gedragen dat je de neiging zou krijgen om zelfmoord te plegen als je dat nog zou weten. Ik was nog niet zover met je dat me dat goed zou uitkomen.'

Ze wendde haar ogen van hem af en keek naar de miniatuur-mingboom in de schaal op de biedermeier piëdestal.

Hij zei: 'Nog één band om je nooit meer te vergeten. De volgende keer. Ik heb mijn fantasie de vrije teugel gegeven. Je zult de volgende keer een heel stout meisje zijn, Susie. Daarbij vergeleken zal die eerste band een Disney-film zijn.'

Dat hij een videoarchief bijhield van zijn meest schandalige marionettenspelletjes was niet verstandig. Hij bewaarde dat bezwarende bewijsmateriaal – momenteel een verzameling van 121 banden – in een afgesloten en goed verborgen kluis, maar als de verkeerde mensen lucht zouden krijgen van het bestaan ervan zouden ze zijn huis steen voor steen en plank voor plank afbreken tot ze zijn archief gevonden hadden.

Hij nam dat risico omdat hij in zijn hart een sentimenteel type was, met een nostalgisch verlangen naar vervlogen dagen, oude vrienden en afgedankt speelgoed.

Het leven is een treinreis en bij de vele stations die onderweg worden gepasseerd, stappen mensen aan wie wij gehecht zijn uit om nooit meer in te stappen. Ten slotte, aan het eind van onze reis, zitten we in een wagon waar de meeste plaatsen onbezet zijn. Deze waarheid is voor de dokter even triest als voor andere mannen en vrouwen die over veel dingen nadenken – hoewel zijn bedroefdheid zonder enige twijfel van een heel andere aard is dan de hunne.

'Kijk me aan, Susan.'

Ze bleef naar de potplant op de piëdestal kijken.

'Wees niet zo ongehoorzaam. Kijk je vader nú aan.'

Haar betraande blik wendde zich af van het kantachtig vertakte mingboompje en gelijktijdig zond ze hem de smeekbede toe om tenminste iets van haar waardigheid te mogen behouden, een smeekbede die dr. Ahriman niet ontging, die hem plezier deed en die hij meteen van zich af zette.

Ongetwijfeld zal er, lang nadat Susan Jagger doodgaat, een avond komen dat de nostalgische dokter met genegenheid aan haar terugdenkt en zal worden bekropen door een triest verlangen om haar muzikale stem nog eens te horen en haar aantrekkelijke gezichtje en de mooie momenten die ze samen hebben beleefd nog eens te zien. Dat is zijn zwakke punt.

Die avond zal hij toegeven aan zijn verlangen door zich tot zijn videoarchief te wenden. Het zal een hartverwarmende opkikker voor hem zijn om Susan dingen te zien doen die zo laag-bij-de-gronds, zo vunzig zijn, dat ze daardoor een metamorfose ondergaat die even dramatisch is als die van een weerwolf bij volle maan. In deze stortvloed van obsceniteit wordt haar stralende schoonheid zo ontluisterd dat de dokter in staat is om het elementaire dier te zien dat in haar schuilt, het voorhistorische beest, banaal en toch slim, bang en toch angstaanjagend, dat vaag in haar hart is te onderscheiden.

En trouwens, ook als hij niet zoveel plezier zou beleven aan het opnieuw zien van die zelfgemaakte opnamen, zou hij zijn videoarchief toch bij blijven houden, want hij is van nature een onvermoeibare verzamelaar. Kamer na kamer in zijn uitgestrekte huis dient als achtergrond voor uitstallingen van het speelgoed dat hij door de jaren heen zonder ophouden bij elkaar heeft gebracht: legers speelgoedsoldaatjes; charmante, handbeschilderde smeedijzeren autootjes; mechanische spaarpotten die zelf munten opslokten; plastic land-

schappen met duizenden miniatuurtjes, van Romeinse gladiatoren tot astronauten.
'Sta op, meisje.'
Ze stond op van het bed.
'Draai je om.'
Langzaam draaide ze om haar as, langzaam zodat hij haar goed kon bekijken.
'O ja,' zei hij, 'ik wil meer opnamen van je maken voor het nageslacht. En misschien komt er de volgende keer een beetje bloed aan te pas, wat lichte zelfverminking. In feite kunnen we van lichaamssappen in het algemeen wel het thema maken. Heel smerig, heel laag-bij-de-gronds. Dat wordt vast leuk. Ik weet zeker dat je het daarmee eens bent.'
Opnieuw leek ze liever naar het mingboompje te kijken dan in zijn ogen, maar dat was een passieve ongehoorzaamheid want ze keek hem wel weer aan toen haar dat werd opgedragen.
'Als jij ook denkt dat het leuk zal worden, moet je dat tegen me zeggen,' hield hij vol.
'Ja, papa. Leuk.'
Hij zei tegen haar dat ze op haar knieën moest gaan zitten en ze zakte naar de grond.
'Kruip naar me toe, Susan.'
Als een door een veer aangedreven poppetje op een mechanische spaarpot dat met een munt tussen de tanden een moeilijke baan moest volgen voor het bij de gleuf was, kwam ze naar de fauteuil toe, haar gezicht beschilderd met realistische tranen, een schitterend exemplaar van haar soort, een aanwinst waar iedere verzamelaar verrukt van zou zijn.

33

Het Moment Waarop Dusty de Slapende Hond Zag was losgeknipt van het eerdere Moment Waarop de Keukentelefoon Was Overgegaan en hoe vaak hij zich dat voorval ook opnieuw voor de geest haalde, hij kon die gebroken draden van zijn dag niet aan elkaar knopen. Het ene moment stond de hond kwispelend te wachten en een moment later schrok de hond wakker uit zijn dutje. Een hiaat van een paar minuten. Met wie had hij in die tijd gepraat? Of wat had hij gedaan?

Hij liet het hele voorval in gedachten opnieuw langskomen, waarbij hij zich concentreerde op het zwarte gat tussen het oppakken van de telefoon en het moment waarop hij weer ophing, in een poging om die leemte in zijn geheugen op te vullen toen Martie naast hem in het bed in haar slaap begon te kreunen.

'Rustig maar. Alles is in orde. Rustig nou maar,' fluisterde hij terwijl hij even zijn hand op haar schouder legde en voorzichtig probeerde om een eind te maken aan haar nachtmerrie zodat ze weer ongestoord verder zou kunnen slapen, net zoals hij eerder met Valet had gedaan.

Maar ze liet zich niet kalmeren. Terwijl haar gekreun overging in gejammer huiverde ze, schopte een beetje tegen de lakens die haar in haar bewegingen belemmerden en toen het gejammer aanzwol tot schrille kreten sloeg ze om zich heen, ging met een ruk rechtop zitten, smeet de dekens van zich af en vloog het bed uit, niet langer schreeuwend van angst maar snakkend naar adem en zwaar kokhalzend, op het randje van overgeven en heftig met haar beide handen over haar mond wrijvend alsof ze walgde van iets dat in een droombanket op het menu had gestaan.

Dusty stond bijna even snel naast het bed als Martie en wilde naar de andere kant lopen, omdat hij zag dat Valet achter haar op zijn hoede was.

Ze draaide zich met een ruk naar hem toe: 'Blijf uit mijn buurt!'
Haar stem klonk zo emotioneel dat Dusty bleef staan en de hond begon te trillen en zijn haar over de volle lengte van zijn rug overeind zette.
Terwijl ze nog steeds haar mond afveegde, keek Martie naar haar handen alsof ze verwachtte dat ze bedekt zouden zijn met handschoenen van vers bloed – en waarschijnlijk niet haar eigen bloed.
'O god, o mijn god.'
Dusty liep naar haar toe en opnieuw gebood ze hem om afstand te bewaren, even fel als de eerste keer. 'Je mag me niet vertrouwen, je mag niet bij me in de buurt komen, je mag er niet eens over piekeren.'
'Het was maar een nachtmerrie.'
'Dít is de nachtmerrie.'
'Martie...'
Ze boog zich stuiptrekkend voorover, kokhalzend bij de herinnering aan de droom en slaakte toen een wanhopige kreet van angst en afschuw.
Ondanks haar waarschuwing liep Dusty toch naar haar toe en toen hij haar aanraakte, deinsde ze met een schok achteruit en duwde hem weg. 'Je móét me niet vertrouwen! Doe dat in godsnaam niet.'
In plaats van om hem heen te lopen, kroop ze op handen en voeten over het overhoopgehaalde bed, sprong er aan de andere kant weer af en haastte zich naar de aangrenzende badkamer.
De hond liet een kort, scherp gemekker horen, een geluid dat Dusty door merg en been ging en een angst bij hem opriep die hij nog niet eerder had gevoeld.
Om haar voor de tweede keer in die toestand te zien was nog veel angstaanjagender dan de eerste keer. Eén keer kon een vergissing zijn. Twee keer was een patroon. Patronen konden de toekomst schetsen.
Hij liep achter Martie aan en vond haar bij de wastafel. Het koude water gutste in de wasbak. De deur van het medicijnkastje, die open had gestaan, viel uit zichzelf weer dicht.
'Het moet dit keer wel een stuk erger zijn geweest dan anders,' zei hij.
'Wat?'
'Die nachtmerrie.'
'Het was niet dezelfde, dit was lang niet zo gezellig als de Bladman,' zei ze, maar ze was kennelijk niet van plan om er verder op in te gaan.
Ze schroefde de dop van een flesje met een goed werkend slaap-

middel dat zonder recept te krijgen was en waar ze maar zelden gebruik van maakten. Een serie blauwe capsules viel in haar holle linkerhand.

Heel even dacht Dusty dat ze van plan was om een overdosis te nemen, wat belachelijk was omdat ze waarschijnlijk nog niet eens dood zou gaan als ze de hele fles zou innemen – en ze moest trouwens ook weten dat hij ze haar uit de hand zou slaan voordat ze er zoveel zou kunnen slikken.

Maar toen liet ze het merendeel van de pillen weer terugvallen in de fles. Er bleven er drie over.

'Twee is de toegestane dosis,' zei hij.

'Het maakt me geen mallemoer uit wat de toegestane dosis is. Ik wil helemaal buiten westen raken. Ik moet slapen, ik heb rust nodig, maar ik verdóm het om nog eens zo'n droom mee te maken, niet nog zoiets.'

Haar zwarte haar was nat van het zweet en even verward als het slangenkapsel van de Gorgoon, welke het ook was geweest, die ze in haar droom was tegengekomen. De pillen moesten de monsters bedwingen.

Water kolkte in het drinkglas en met één lange teug slikte ze de drie capsules door.

Dusty stond naast haar, maar greep niet in. Drie pillen betekenden nog niet dat er een ambulance en een maagpomp aan te pas zouden moeten komen en als ze morgenochtend een beetje duf was, bestond er een goede kans dat ze ook wat minder gespannen zou zijn.

Terwijl ze het glas liet zakken, ving Martie een glimp van zichzelf op in de spiegel. Haar spiegelbeeld bezorgde haar een rilling die het koude water niet had kunnen oproepen.

Zoals de winter een blauwe vijver door vorst kan ontkleuren, zo had de angst vrijwel alle kleur uit Martie weggevroren. Een gezicht zo bleek als ijs. Lippen die eerder blauwpaars dan zachtroze waren, met droge schilfertjes dofgrijze huid die haar poetsende handen hadden losgewreven.

'O god, kijk toch wat ik ben,' zei ze. 'Kijk toch eens wat ik bén.'

Dusty wist dat ze het niet over haar vochtige en verwarde haren had of over haar bleke gezicht, maar over iets afstotends dat ze in haar verbeelding diep in haar blauwe ogen zag.

Het laatste restje water morste uit het glas toen ze haar hand naar achteren bracht, maar Dusty greep in voor ze het naar de spiegel kon gooien en wrong het uit haar verkrampte vingers terwijl het water op de tegelvloer spetterde.

Toen ze voelde dat hij haar aanraakte, sprong ze zo geschrokken opzij dat de deur van de douchecabine begon te klepperen van de dreun waarmee ze tegen de muur van de badkamer terechtkwam.

'Blijf bij me uit de buurt! In godsnaam, besef je dan niet wat ik zou kunnen doen, wat ik je allemaal zou kunnen áándoen?'

Bijna misselijk van bezorgdheid zei hij: 'Martie, ik ben niet bang voor je.'

'Hoe groot is de stap van een kus naar een beet?' vroeg ze, met een stem die schor en gebroken was van afschuw.

'Wat?'

'Zo ver is het niet, van een kus naar een beet, met jouw tong in mijn mond.'

'Martie, alsjeblieft...'

'Van een kus naar een beet. Ik zou zo gemakkelijk je lippen af kunnen rukken. Hoe weet je dat ik dat niet kan? Hoe weet je dat ik dat niet wil?'

Als ze al niet midden in een eersteklas paniekaanval zat, dan was ze er met een vaartje naar onderweg en Dusty wist niet hoe hij haar tegen kon houden of zelfs maar kon afremmen.

'Kijk eens naar mijn handen,' gebood ze. 'Deze nagels. Acrylnagels. Waarom denk je dat ik je daar niet mee zou kunnen verblinden? Denk je dat ik je je ogen niet uit zou kunnen steken?'

'Martie. Dit is niet...'

'Er zit iets in me dat ik nog nooit eerder heb opgemerkt, iets dat me zo bang maakt als de pest en het zou iets verschrikkelijks kunnen doen, echt waar, het zou ervoor kunnen zorgen dat ik je blind maak. Voor je eigen bestwil kun jij dat maar beter ook inzien en als ik jou was, zou ik er behoorlijk bang voor zijn.'

Dusty werd overstelpt door een vloedgolf van emoties, diep medelijden en innige liefde, maalstromen en draaikolken.

Hij stak zijn armen uit naar Martie en ze wrong zich langs hem heen, de badkamer uit. Ze sloeg de deur met een klap tussen hen dicht.

Toen hij achter haar aan de slaapkamer in liep, vond hij haar bij zijn openstaande klerenkast. Ze rommelde tussen zijn overhemden en schoof de hangers met veel geratel opzij over de metalen stang terwijl ze iets zocht.

De dassenhanger. Het merendeel van de beugeltjes was leeg. Hij bezat maar vier stropdassen.

Ze trok een effen zwarte das en een exemplaar met rode en blauwe strepen uit de kast en hield ze Dusty voor. 'Bind me vast.'

'Wat? Nee. Goeie genade, Martie.'

'Ik meen het.'

'Ik ook. Nee.'

'Enkels bij elkaar en polsen bij elkaar,' zei ze dringend.
'Nee.'
Valet zat rechtop op zijn bed en leek te fronsen terwijl hij bezorgd van Martie naar Dusty en weer opnieuw naar Martie keek.
Ze zei: 'Als ik dan vannacht de kolder in mijn kop krijg, als ik helemaal stapelgek word...'
Dusty deed zijn best om zich vastberaden maar kalm op te stellen, in de hoop dat zijn goede voorbeeld haar tot rust zou brengen. 'Hou daar alsjeblieft mee op.'
'... helemaal stapelgek, dan moet ik toch eerst los zien te komen voordat ik iemand te pakken kan nemen. En als ik probeer om los te komen, dan word je vanzelf wel wakker als je in slaap gevallen bent.'
'Ik ben niet bang voor je.'
Zijn gefingeerde kalmte sloeg niet op haar over en in feite gutsten de woorden haar nog koortsiger uit de mond: 'Nou goed, oké, misschien ben jij niet bang ook al zou je dat wel moeten zijn, mij best, maar ik ben wél bang. Ik ben écht bang voor mezelf, Dusty, voor alle verdomde dingen die ik jou of iemand anders kan aandoen als ik zo'n aanval heb, een of andere vlaag van waanzin, ik ben bang voor wat ik mezélf zou kunnen aandoen. Ik weet niet wat er momenteel met me aan de hand is, het is nog enger dan *The Exorcist* ook al stijg ik niet op en staat m'n hoofd niet op m'n romp te tollen. Als ik op het verkeerde moment een mes in m'n handen zou krijgen, of jouw pistool als ik in zo'n idiote bui ben, dan zou ik dat tegen mezelf gebruiken, dat weet ik gewoon heel zeker. Ik heb zo'n walgelijk verlangen hier' – ze gaf zichzelf met haar vuist een stomp in de maag – 'dat kwaadaardige, dat slangachtige ding dat zich vanbinnen bij me heeft opgekruld en me van alles toefluistert over messen, pistolen en hamers.'
Dusty schudde zijn hoofd.
Martie ging op het bed zitten en begon haar enkels samen te binden met een van de stropdassen, maar na een ogenblik hield ze geïrriteerd op. 'Verdomme, ik kan niet zulke knopen maken als jij. Je moet me hier echt mee helpen.'
'Eén van die pillen is meestal al genoeg. Jij hebt er drie genomen. Je hoeft niet vastgebonden te worden.'
'Ik ga niet op die pillen vertrouwen, niet alleen op die pillen, geen denken aan. Je moet me nu meteen hiermee helpen, anders kots ik die pillen weer uit. Dan steek ik een vinger in mijn keel en dan kots ik ze ter plekke weer uit.'
Met behulp van gezond verstand zou ze niet om te praten zijn. Ze

was even high van angst als Skeet van zijn drugscocktail en ze was in feite evenmin voor rede vatbaar als de jongen op het dak van de Sorensons was geweest.

Transpirerend en trillend verward in een ondeugdelijke wirwar van dassen barstte ze in snikken uit. 'Alsjeblieft, lieverd, alsjeblieft. Help me nou alsjeblieft. Ik moet slapen, ik ben zo moe, ik heb rust nodig, anders ga ik echt helemaal kapot. Ik móét echt tot rust komen en dat zal me niet lukken als jij me niet helpt. Help me nou. Alsjeblieft.'

Tranen kregen voor elkaar wat met woede niet was gelukt.

Toen hij naar haar toe liep, ging ze achterover op bed liggen en sloeg haar handen voor haar gezicht alsof ze zich schaamde dat angst haar zo hulpeloos had gemaakt.

Dusty beefde terwijl hij haar enkels samenbond.

'Strakker,' zei ze door het masker van haar handen heen.

Hoewel hij gehoorzaamde, trok hij de knopen niet zo stijf aan als ze eigenlijk wilde. Het idee dat hij haar pijn zou doen, ook al gebeurde dat niet opzettelijk, was meer dan hij kon verdragen.

Ze stak hem haar ineengestrengelde handen toe.

Met behulp van de zwarte stropdas bond Dusty haar polsen zo strak aan elkaar dat ze wel tot de volgende ochtend vast zouden blijven zitten, maar hij lette goed op dat hij haar bloedsomloop niet belemmerde.

Terwijl hij haar vastbond, lag ze met gesloten ogen en haar gezicht van hem afgewend, misschien omdat ze zich vernederd voelde door het feit dat ze gewoon verlamd was van angst, of misschien omdat ze zich geneerde voor haar slonzige uiterlijk. Het kon allebei. Maar Dusty vermoedde dat ze haar gezicht voornamelijk probeerde te verbergen omdat voor haar tranen gelijkstonden aan zwakte.

De dochter van Smilin' Bob Woodhouse – die niet alleen een rasechte oorlogsheld was geweest, maar zich in de jaren na de oorlog ook meer dan eens op andere manieren heldhaftig had gedragen – was vastbesloten om te leven in overeenstemming met de erfenis van eer en moed die haar was nagelaten. Uiteraard schonk het leven als jonge echtgenote en ontwerpster van videospelletjes in een plezierig kustplaatsje in Californië haar niet met grote regelmaat de kans om heldendaden te verrichten. Dat was mooi meegenomen en bepaald geen reden om te verkassen naar een aanhoudende heksenketel van geweld, zoals de Balkan, Rwanda of de set van de *Jerry Springer Show*. Maar doordat ze in vrede en voorspoed leefde, kon ze haar vaders nagedachtenis alleen eren door middel van kleine heldendaden in het leven van alledag: door haar werk goed te doen en een carrière op te bouwen, door zich in goede en slechte tijden aan de verplichtingen te houden die het huwelijk met zich meebracht, door haar vrienden met raad en daad terzijde te staan, door alle begrip op te brengen voor mensen zoals Skeet die door het leven geradbraakt waren en door zelf met zoveel oprechtheid, eerlijkheid en zelfrespect te leven dat ze het risico vermeed dat ze in diezelfde categorie terecht zou komen. Dit soort kleine heldendaden, die nooit beloond worden met onderscheidingen en emotionele marsen, zijn de brandstof en het smeermiddel die de motor van de beschaving draaiend houden. En in een wereld die bol staat van verleidingen om zich zelfgenoegzaam, egocentrisch en zelfvoldaan te gedragen zijn er verrassend genoeg meer kleine helden dan je misschien zou verwachten. Maar als je, zoals Martie, constant in de schaduw moest leven van grote heldendaden, dan was het best mogelijk dat je, ondanks het feit dat je een fatsoenlijk leven leidde – en anderen door jouw voorbeeld en je goede daden opbeurde – toch het gevoel kreeg dat je niet genoeg deed; en misschien zouden tranen, zelfs op momenten van uiterste beproeving, dan overkomen als verraad aan de erfenis van je vader.

Voor al die dingen kon Dusty begrip opbrengen, maar daar kon hij nu niet met Martie over praten, als hij dat ooit zou kunnen, want door dat nu aan te kaarten zou hij in feite zeggen dat hij precies wist op welke punten ze het meest kwetsbaar was. En dat zou neerkomen op medelijden waarmee hij haar tot op zekere hoogte van haar waardigheid zou beroven, zoals dat altijd het geval is met medelijden. Ze wist wat hij wist en ze wist dat hij dat wist; maar liefde groeit en wordt sterker als we allebei zo wijs zijn om te zeggen wat noodzakelijk is en tegelijkertijd ook zo wijs zijn om te weten wat nooit onder woorden gebracht hoeft te worden.

Vandaar dat Dusty de zwarte das in formeel en plechtig stilzwijgen dichtknoopte.

Toen Martie stevig vastgebonden was, ging ze op haar zij liggen, nog steeds met gesloten ogen die een meer van tranen indamden, en terwijl ze zich omdraaide, sloop Valet naar het bed toe, stak zijn nek uit en likte haar gezicht.

De snik die ze had geprobeerd te onderdrukken, ontsnapte haar nu, maar het was slechts een halve snik want het was tegelijkertijd een halve lach en er volgde meteen een tweede, die meer lach dan snik was. 'Mijn lieve kleine jongen met je harige snuit. Je wist dat je arme mammie naar een kus snakte, hè schattebout?'

'Of zou het komen doordat je adem nog steeds naar die werkelijk verrukkelijke lasagne van mij ruikt?' vroeg Dusty zich af, in de hoop wat extra zuurstof toe te voegen waardoor dit welkome moment van vrolijkheid iets langer door zou branden.

'Lasagne of pure hondenliefde,' zei Martie, 'dat maakt me niets uit. Ik weet dat mijn kleine jongen van me houdt.'

'Dat geldt ook voor je grote jongen,' zei Dusty.

Eindelijk draaide ze haar hoofd om en keek hem aan. 'Daardoor heb ik vandaag mijn verstand niet verloren. Ik kan niet zonder wat er tussen ons bestaat.'

Hij ging op de rand van het bed zitten en pakte haar gebonden handen vast.

Na een poosje vielen haar ogen dicht onder de druk van vermoeidheid en medicijnen.

Dusty wierp een blik op de klok op het nachtkastje, waardoor hij weer moest denken aan de kwestie van de tijdshiaten. 'Dokter Yen Lo.'

Zonder haar ogen open te doen zei Martie gesmoord: 'Wie?'

'Dokter Yen Lo. Heb je weleens van hem gehoord?'

'Nee.'

'Heldere watervallen.'

'Hè?'

'Verspetterend in de golven.'

Martie deed haar ogen open. Ze stonden dromerig en werden geleidelijk aan door slaapwolken verduisterd. 'Als je niet uit je nek zit te kletsen, beginnen die pillen te werken.'

'Blauwe dennennaalden,' maakte hij het af, hoewel niet langer met het idee dat iets van dit alles een soortgelijke weerklank bij haar zou vinden als eerder bij Skeet.

'Mooi,' mompelde ze en sloot opnieuw haar ogen.

Valet was op de grond naast het bed gaan liggen in plaats van terug te gaan naar zijn kussen van schapenvacht. Hij sliep niet. Van tijd tot tijd tilde hij zijn kop op om naar zijn slapende vrouwtje te kijken of de schaduwen in de verste hoeken van de kamer te inspecteren. Hij spitste zijn hangoren voor zover dat mogelijk was, alsof hij naar vage maar verdachte geluiden luisterde. Zijn vochtige zwarte neusgaten sperden zich open en trilden terwijl hij probeerde de mengeling van geuren in de lucht te identificeren en hij gromde zacht. De zachtaardige Valet scheen zijn best te doen om zich om te vormen tot een waakhond, hoewel hij nog steeds niet goed begreep waar hij precies tegen moest waken.

Terwijl hij toekeek hoe Martie lag te slapen, nog steeds met een inwitte huid en met lippen die de onnatuurlijk donkere tint hadden van een net opgelopen blauwe plek, raakte Dusty er vreemd genoeg

van overtuigd dat de grootste bedreiging voor zijn vrouw niet bestond uit het geleidelijk wegzakken in een langdurige toestand van geestelijke onevenwichtigheid, zoals hij aanvankelijk had gedacht. Hij voelde instinctief aan dat ze niet door waanzin maar door de dood werd bedreigd en dat ze al met één been in het graf stond.
In feite werd hij plotseling bekropen door de onnatuurlijke gewaarwording dat het instrument van haar dood zich op ditzelfde moment in de slaapkamer bevond, en terwijl de rillingen van bijgeloof over zijn nek liepen, stond hij op van de rand van het bed en keek vol angst omhoog, half en half verwachtend dat hij een verschijning in de buurt van het plafond zou zien zweven: iets in de trant van een warrelend zwart gewaad, een figuur met een monnikskap, een grijnzende schedel.
Hoewel er zich boven zijn hoofd niets anders bevond dan keurig gladgestreken pleisterwerk, slaakte Valet opnieuw een zacht en langgerekt gegrom. Inmiddels stond hij naast het bed.
Martie sliep ongestoord door, maar Dusty verplaatste zijn aandacht van het plafond naar de retriever.
Valets neusgaten sperden zich open terwijl hij diep en onderzoekend ademhaalde en alsof hij daardoor werd opgeblazen, gingen zijn gouden nekharen recht overeind staan. Zijn zwarte lippen werden opgetrokken en ontblootten indrukwekkende tanden. De retriever scheen het dodelijke iets dat Dusty alleen maar voelde te kunnen zien.
De waakzame blik van de hond was strak op Dusty zelf gevestigd.
'Valet?'
Ondanks de dikke wintervacht van de hond kon Dusty zien hoe de spieren in zijn schouders en dijen zich spanden. Valet nam een agressieve houding aan die totaal niet bij zijn karakter paste.
'Wat is er aan de hand, kerel? Ik ben het maar. Niemand anders.'
Het lage gegrom hield op. De hond was stil, maar bleef gespannen en alert.
Dusty deed een stap in zijn richting.
Opnieuw dat gegrom.
'Ik ben het maar,' herhaalde Dusty.
De hond leek niet overtuigd.

34

Toen de dokter eindelijk genoeg van haar had, lag Susan Jagger op haar rug, met haar dijen zedig tegen elkaar geklemd als wilde ze ontkennen hoe wijd ze daarvoor gespreid waren geweest. Haar armen waren even zedig over haar borsten gekruist.

Ze huilde nog steeds, maar niet zo stil als daarvoor. Om zichzelf een genoegen te doen, had Ahriman haar toegestaan om iets van haar angst en schaamte met behulp van geluid naar buiten te brengen.

Terwijl hij zijn overhemd dichtknoopte, sloot hij zijn ogen om te luisteren naar haar gewonde vogelgeluidjes. Haar vederlichte snikken: eenzame duiven tussen de balken, verdriet van verwaaide meeuwen.

Toen hij haar in het begin op het bed had gelegd, had hij haar met behulp van de technieken van hypnotische onderdrukkingstherapie teruggebracht naar de leeftijd van twaalf jaar, naar een tijd dat ze nog ongeschonden was, onschuldig, een rozenknop zonder doornen. Haar stem was fragieler gaan klinken en iets hoger; haar zinsbouw was die van een vroegrijp kind. Zelfs haar voorhoofd was gladder geworden en haar mond zachter, alsof de tijd werkelijk teruggezet was. Haar ogen waren niet groener geworden, maar wel helderder, alsof er zestien jaar levenservaring uit weggefilterd was.

Daarna had hij haar onder het mom dat hij haar vader was ontmaagd. Ze had zich in het begin licht mogen verzetten en vervolgens wat feller, omdat haar hernieuwde seksuele onschuld haar aanvankelijk bang en verward had gemaakt. De heftige tegenstand was al snel afgezwakt door een bevend verlangen. Nadat de dokter dat had gesuggereerd, werd Susan overstelpt door een snel groeiende dierlijke behoefte; ze had haar heupen bewogen en zich naar hem opgeheven.

Gedurende alles wat daarop volgde, had Ahriman haar psychische toestand gevormd door gefluisterde suggesties en constant, aan één stuk door, waren haar meisjesachtige kreten van verrukking getemperd door vrees, schaamte en verdriet. Voor hem waren haar tranen een essentiëler glijmiddel dan de erotische oliën die haar lichaam had afgescheiden om zijn binnendringen te vergemakkelijken. Tranen, zelfs in extase.

Nu, terwijl hij bijna aangekleed was, bestudeerde Ahriman haar onberispelijke gezicht.

Maanlicht op water, ogen als lenteregen – vissen in de geest.

Nee. Dat deugde niet. Hij was niet in staat om de sombere uitdrukking waarmee ze naar het plafond staarde in een haiku uit te drukken. Zijn talent voor het schrijven van gedachten was maar een fractie van zijn vermogen om poëzie te appreciëren.

De dokter had geen enkele illusies omtrent zijn gaven. Hoewel hij volgens elke maatstaf van intelligentie een eersteklas genie was, bleef hij toch een speler, geen schepper. Hij kon heel goed spelletjes bedenken en allerlei soorten speelgoed op nieuwe en fantasievolle manieren gebruiken, maar hij was geen kunstenaar.

En hoewel hij al sinds zijn vroegste jeugd belangstelling had gehad voor wetenschap, was hij qua temperament evenmin een geboren wetenschapper: hij had er niet genoeg geduld voor, hij zou nooit in staat zijn om zich neer te leggen bij herhaalde mislukkingen tijdens een speurtocht naar het ultieme succes en kennis was voor hem niet belangrijker dan gevoel. De beloning waar de jonge Ahriman naar haakte, was het respect dat de meeste wetenschappers ten deel viel en de houding van autoriteit en kalme superioriteit die ze vaak tentoonspreidden – als hogepriesters van de huidige cultuur waarin verandering en vooruitgang aanbeden werden – was Ahriman op het lijf geschreven. Maar hij voelde zich niet in het minst aangetrokken door de grauwe, vreugdeloze atmosfeer van laboratoria, noch door de saaiheid van serieus wetenschappelijk onderzoek.

Toen hij dertien was, een wonderkind dat al bezig was aan zijn eerste jaar op college, realiseerde hij zich dat er voor hem een ideale carrière was weggelegd in de psychologie. Mensen die beweerden dat ze in staat waren de geheimen van de geest te doorgronden werden met een aan verering grenzend respect behandeld, ongeveer op dezelfde manier als priesters in voorbije eeuwen, toen het geloof in de ziel even wijdverbreid was als het hedendaagse geloof in de identiteit en het ego. Als een psycholoog gezag opeiste, waren leken onmiddellijk bereid hem dat toe te kennen.

De meeste mensen beschouwden psychologie als een wetenschap. Er waren wel figuren die het een *zachte* wetenschap noemden, maar ieder jaar nam het aantal dat een dergelijke onderscheid maakte af. In de harde wetenschappen – zoals natuurkunde en scheikunde – ging men uit van een hypothese om onderzoek te doen naar bepaalde verschijnselen. Vervolgens, als er voldoende onderzoek door een groot aantal wetenschappers was gedaan dat de stellingen van die hypothese ondersteunde, zou het een aanvaardbare theorie kunnen worden. Na verloop van tijd, als door middel van duizenden experimenten was bewezen dat een theorie altijd opging, zou het een wet kunnen worden.

Sommige psychologen streefden ernaar om diezelfde norm van bewijs ook op hun terrein toe te passen. In de ogen van Ahriman waren dat stakkers. Ze hadden de illusie dat hun gezag en hun macht afhankelijk waren van de ontdekking van tijdloze waarheden, terwijl de waarheid in werkelijkheid niets anders was dan een vervelende beperking van autoriteit en macht.

Psychologie was volgens de opvatting van Ahriman een aantrekkelijk terrein omdat je alleen maar een aantal subjectieve waarnemingen op een rijtje hoefde te zetten, het juiste kader moest zien te vinden voor wat statistieken en vervolgens kon je de hypothese en de theorie overslaan en verklaren dat je een nieuwe wet had ontdekt met betrekking tot het menselijk gedrag.

Wetenschap was saai, het was werk. Voor de jonge Ahriman was psychologie duidelijk een *spel* waarbij het speelgoed uit mensen bestond.

Hij deed altijd net alsof hij even verontwaardigd was als zijn collega's als hun werk werd afgedaan als een zachte wetenschap, maar in werkelijkheid beschouwde hij het als een *vloeibare* wetenschap, gasvormig zelfs, en juist vanwege dat aspect had hij er zoveel waardering voor. De macht van de wetenschapper die met harde feiten moet werken, werd door die feiten belemmerd; maar binnen de psychologie heerste de macht van bijgeloof, dat meer veranderingen in de wereld teweeg kon brengen dan elektriciteit, antibiotica en waterstofbommen.

Nadat hij op zijn dertiende aan het college was begonnen, had hij op zijn zeventiende verjaardag zijn doctoraal psychologie op zak. Omdat een psychiater zelfs nog meer bewonderd en geacht wordt dan een psycholoog en omdat het grotere gezag dat met een dergelijke titel gepaard ging hem van pas zou komen bij de spelletjes die hij wilde spelen, voegde Ahriman een graad in de medicijnen en nog andere verworvenheden toe aan zijn cv.

Gezien het feit dat er aan een medische opleiding zoveel echte wetenschap te pas komt, had hij verwacht dat het een saaie bedoening zou worden, maar hij bleek er integendeel veel plezier aan te beleven. Per slot van rekening kreeg je bij een goede medische opleiding veel te maken met bloed en inwendige organen; hij had bij tal van gelegenheden de kans om getuige te zijn van lijden en heftige pijnen en in een omgeving waar lijden en pijn aan de orde van de dag waren, was geen gebrek aan tranen.

Toen hij nog een klein jongetje was, wekte de aanblik van tranen bij hem evenveel verwondering als regenbogen, sterrenhemels en vuurvliegjes bij andere kinderen. Toen hij de puberteit bereikte, kwam hij tot de ontdekking dat tranen voor zijn libido een grotere stimulans bleken dan harde porno.

Hij had zelf nog nooit gehuild.

Inmiddels stond de dokter volledig gekleed aan het voeteneind van Susans bed en bestudeerde haar betraande gezicht. Haar ogen waren poelen van wanhoop, waarin haar geest ronddreef en bijna verdronk. De bedoeling van het spel was om hem helemaal te laten verdrinken. Vanavond nog niet. Binnenkort.

'Vertel me hoe oud je bent,' zei hij.

'Twaalf,' antwoordde ze met de stem van een schoolmeisje.

'Je gaat nu vooruit in de tijd, Susan. Je bent dertien... veertien... vijftien... zestien. Vertel me hoe oud je bent.'

'Zestien.'

'Je bent nu zeventien... achttien...'

Hij bracht haar helemaal terug naar het heden, naar het uur en de minuut die door de wekker op het nachtkastje werd aangegeven en gaf haar vervolgens opdracht om zich aan te kleden.

Haar nachtgoed lag op een hoopje op de vloer. Ze pakte het op met de langzame, bedachtzame bewegingen van iemand die in trance is. Terwijl ze op de rand van het bed zat en het witte katoenen broekje over haar slanke benen omhoogtrok, sloeg Susan plotseling dubbel alsof ze een por in de maagstreek had gekregen en snakte naar adem. Huiverend zoog ze de lucht weer naar binnen en spuugde toen vol walging en afkeer, waardoor het speeksel als glinsterende slakkensporen op haar dijen terechtkwam. Ze spuugde opnieuw, alsof ze wanhopig probeerde om van een ondraaglijk vieze smaak af te komen. Spugen ging over in kokhalzen en tussen die diepongelukkige geluiden door klonken twee woorden die ze slechts met de grootste moeite uit wist te brengen – *'Papa, waarom, papa, waarom?'* – want hoewel ze niet langer dacht dat ze twaalf jaar was, bleef ze ervan overtuigd dat haar geliefde vader haar wreed had verkracht.

Voor de dokter was die laatste, onverwachte stuiptrekking van verdriet en schaamte een extraatje, een afterdinnerpepermuntje van lijden, een chocoladetruffel na een glas cognac. Hij stond voor haar en zoog de vage maar scherpe en zilte geur die van haar stortvloed van tranen af sloeg diep in zijn longen.

Toen hij vaderlijk een hand op haar hoofd legde, kromp Susan onder zijn aanraking ineen en het *Papa, waarom?* zakte weg in een zachte, woordeloze jammerkreet. Die gedempte schreeuw deed hem denken aan het griezelige gejank van coyotes in de verte tijdens een warme woestijnnacht nog verder terug in de tijd dan Minette Luckland die daar in Scottsdale, Arizona, aan de speer van Diana was gespietst.

Vlak achter de gloed van Santa Fe, New Mexico, ligt een paardenranch: een schitterend huis van in de zon gedroogde stenen, stallen, onoverdekte maneges en omheinde weilanden vol mals gras, het geheel omringd door een dicht struikgewas vol trillende konijntjes waar coyotes 's nachts in meutes jagen. Op een zomeravond, twee decennia voordat iemand zelfs maar één gedachte heeft gewijd aan het naderende ontluiken van een nieuw millennium, pakt de aantrekkelijke vrouw van de rancher de telefoon op en luistert naar een drieregelige haiku, geschreven door Buson. De dokter behoort tot haar kennissenkring – en ze kent hem ook omdat haar tienjarige zoon Dion een patiënt van hem is, die hij van een ernstig stotterprobleem probeert af te helpen. Bij diverse gelegenheden heeft Fiona geslachtsverkeer gehad met de dokter, vaak zo goor dat ze daarna last kreeg van depressies, hoewel alle herinneringen aan hun ontmoetingen uit haar geheugen verdreven zijn. Ze vormt geen gevaar voor de dokter, maar hij heeft in fysiek opzicht genoeg van haar en is nu klaar om aan de laatste fase van hun relatie te beginnen.

Op afstand geactiveerd door de haiku neemt Fiona zonder protest haar fatale opdrachten in ontvangst, gaat meteen naar de studeerkamer van haar man en schrijft een kort, maar schrijnend zelfmoordbriefje waarin ze haar onschuldige echtgenoot beticht van een gefantaseerde reeks gruweldaden. Als het briefje af is, maakt ze een wapenkast in dezelfde kamer open en haalt er een zesschots .45 Colt op het geraamte van een Seville uit, een zwaar pistool voor een vrouw van maar een meter zestig en hooguit honderd pond, maar ze kan het wel aan. Ze is een meisje dat geboren en getogen is in het zuidwesten; ze heeft gedurende meer dan de helft van haar dertigjarige leven gejaagd en op schietschijven geschoten. Ze laadt het wapen met 325-greins .44 Keith-kogels en loopt naar de slaapkamer van haar zoon.

Dions raam, voorzien van een hor tegen woestijninsecten, staat open om frisse lucht binnen te laten en als Fiona een lamp aanknipt, heeft de dokter een eretribuneplaats. Normaal gesproken is hij niet in staat om deze sporadische momenten van ultieme controle bij te wonen, want hij wil geen enkel risico lopen dat hij ergens bij betrokken raakt – ook al heeft hij zulke hooggeplaatste vrienden dat hij er min of meer van verzekerd is dat hij altijd vrijuit zal gaan. Maar dit keer zijn de omstandigheden ideaal om er getuige van te zijn en daar heeft hij geen weerstand aan kunnen bieden. De ranch ligt weliswaar niet geïsoleerd maar toch redelijk afgelegen. De opzichter van de ranch en zijn vrouw, allebei in dienst van de familie Pastore, zijn op vakantie en op bezoek bij familie in Pecos, Texas, ter gelegenheid van het vrolijke, jaarlijkse Cantaloupe Festival en de drie andere knechten wonen niet op de ranch. Ahriman heeft Fiona met behulp van zijn autotelefoon gebeld, op slechts zeshonderd meter afstand van het huis, en is vervolgens te voet naar het raam van Dion getogen, waar hij slechts een minuut voordat de vrouw de slaapkamer binnenkwam en het licht aanknipte, is aangekomen.

De slapende jongen wordt niet eens wakker en dat is een teleurstelling voor de dokter die zich bijna als een priester die tijdens de biecht een straf uitdeelt door het gaas van de hor tot Fiona wendt om haar opdracht te geven haar zoon wakker te maken. Hij aarzelt. Zij niet en doodt het dromende kind met twee kogels. De echtgenoot, Bernardo, komt schreeuwend van schrik aanhollen en zijn vrouw vuurt nog een stel schoten af. Hij is slank en gebruind, een van die verweerde westerlingen wier getaande huid en door de hitte verharde botten de indruk wekken dat hij ondoordringbaar is, maar natuurlijk ketsen de kogels niet van zijn huid af, doch slaan met een vreselijke kracht in. Hij wankelt, valt tegen een hoge ladekast aan en blijft zich daar krampachtig aan vasthouden terwijl zijn verbrijzelde kaak scheefzakt. Bernardo's roetzwarte ogen verraden dat hij zwaarder is getroffen door verbijstering dan door een van de twee .44-kogels. Zijn ogen worden nog groter wanneer hij door de hor de bezoekende dokter in het oog krijgt. Zwart onder roetzwart, een eeuwigheid zonder licht in zijn stomverbaasde ogen. Een tand of een stukje bot valt uit zijn versplinterde kaak: hij zakt in elkaar en volgt dat witte stukje naar de grond.

Ahriman vindt de voorstelling nog veel onderhoudender dan hij had verwacht en als hij ooit heeft getwijfeld aan zijn carrièrekeuze, dan weet hij nu dat hij dat nooit weer zal doen. Omdat aan bepaalde behoeften niet gemakkelijk is te voldoen, wil hij de sensatie nog groter maken, de volumeknop nog verder openzetten, om het zo maar eens te zeggen, door Fiona althans gedeeltelijk uit haar meer-dan-trance-maar-nog-niet-helemaal-schemertoestand te halen tot een niveau waarop ze iets meer zal meeleven. Momenteel is haar persoonlijkheid zo zwaar onderdrukt dat ze zich emotioneel niet bewust is van wat ze heeft gedaan en vandaar dat ze ook niet zichtbaar onder de indruk is van het bloedbad. Als de teugels van de macht die haar in bedwang houden iets zouden kunnen worden gevierd, tot ze in staat zou zijn om te begrijpen, in staat zou zijn om te voelen – dan zou haar verdriet een regelrechte zondvloed van tranen veroorzaken, een vloed waarop de dokter naar plaatsen zou kunnen zeilen waar hij nog nooit eerder is geweest.

Ahriman aarzelt en met reden. Als ze lang genoeg bevrijd zou zijn om te beseffen welke vreselijke misdaden ze op haar geweten heeft, zou de vrouw weleens onberekenbaar kunnen worden, misschien zelfs haar boeien helemaal afgooien en zich niet opnieuw laten beteugelen. Hij is ervan overtuigd dat hij, in het slechtste geval, in staat zal zijn om haar via bevelen met de stem binnen een minuut weer in bedwang te krijgen, maar ze heeft slechts een paar seconden nodig om zich om te draaien naar het raam en een kogel op hem af te schieten. Bij elke vorm van sport en spel kan iemand gewond raken: ontvelde knieën, geschramde knokkels, kneuzingen, hier en daar een onbetekenend snijwondje, of een incidentele tand waar verder niets aan mankeert die bij een val losraakt. Wat de dokter betreft, is echter alleen al de kans dat hij een kogel in zijn gezicht krijgt meer dan genoeg om hem alle plezier in dat geintje te ontnemen. Hij houdt zijn mond en laat de vrouw in onwetendheid een eind aan dit Grand Guignol-marionettenspel maken.

Terwijl ze naast haar dode gezin staat, steekt Fiona Pastore kalm de loop van de Colt in haar mond en pleegt, helaas zonder een traan te laten, zelfmoord. Ze valt heel zacht, maar het harde gekletter van staal weergalmt kil: het pistool in haar hand, dat achter de vinger om de trekker blijft haken, klapt tegen de houten rand van het bed. Nu het speelgoed kapot is en hij er niet langer mee aan zijn trekken kan komen, blijft de dokter nog even bij het raam staan om nog een laatste keer van haar vormgeving te genieten. Dat is niet meer zo'n genoegen als het daarvoor is geweest, aangezien de achterkant van haar hoofd is verdwenen, maar de uittredewond is van hem af gekeerd en de schade aan de beenderen in haar gezicht is verrassend licht.

De onaardse kreten van de coyotes hebben de lucht vanaf het moment dat de dokter bij het ranchhuis arriveerde doen sidderen, maar tot op dit moment zijn ze een paar kilometer verderop naar het oosten in het struikgewas op jacht geweest. Een veranderde toonhoogte, een nieuwe opwinding in hun gejank maakt de dokter opmerkzaam op het feit dat ze langzaam dichterbij komen. Als de geur van bloed zich in de woestijnlucht goed en snel kan verplaatsen, bestaat de mogelijkheid dat deze prairiewolven zich al snel onder het raam met de hor zullen verzamelen om voor de doden te blaffen.

De hele indiaanse folklore is doorweven van het feit dat de coyote het geniepigste dier is dat er bestaat en Ahriman ziet er de lol niet van in om te proberen een hele meute van die beesten de loef af te steken. Hij loopt weliswaar haastig maar niet op een draf terug naar zijn Jaguar, die zeshonderd meter verder naar het noorden geparkeerd staat.

Het aroma van de nacht is een mengeling van het naar silicaat ruikende zand, de vette lucht van de mesquitestruiken en een lichte ijzerachtige geur die hij niet thuis kan brengen.

Als de dokter bij de auto aankomt, zwijgen de coyotes plotseling omdat ze een vleugje van een nieuw spoor hebben geroken dat hen tot voorzichtigheid dwingt en de reden voor die voorzichtigheid is ongetwijfeld Ahriman zelf. In de plotselinge stilte doet een geluid boven zijn hoofd hem opkijken.

Zeldzame albinovleermuizen als schoonschrift tegen de hemel, gefixeerd door de volle maan. Witte vleugels met grote rondingen, het vage gezoem van insecten: het doden gebeurt geluidloos.

De dokter kijkt verrukt toe. De wereld is één groot speelveld, de sport is doden en het enige doel is blijven deelnemen aan het spel.

Met het maanlicht op hun bleke vleugels gaan de vreemde vleermuizen ervandoor en verdwijnen in de nacht. Op het moment dat Ahriman het portier opendoet, beginnen de coyotes weer te huilen. Ze zijn zo dichtbij dat hij, als hij zijn stem zou verheffen, zo mee kan doen in het koor.

Tegen de tijd dat hij het portier dichttrekt en de motor start, duiken zes – acht, tien – coyotes op uit het struikgewas en verzamelen zich op het grindpad voor de auto, waarbij hun ogen fel opblinken in het licht van de koplampen. Terwijl Ahriman optrekt, knarsen losse stenen onder de banden en verdeelt de meute zich. Aan weerszijden van de smalle weg lopen ze mee, alsof ze de bijlopers zijn van een Pretoriaanse garde die de Jaguar vergezelt. Honderd meter verderop, als de auto afslaat naar het westen waar zich in de verte de grote stad verheft, keren de slungelachtige beesten zich af en lopen verder in de richting van het ranchhuis, nog steeds volop betrokken bij het spel, net als de dokter.

Net als de dokter.
Hoewel Susan Jaggers zachte, bevende uithalen van verdriet en schaamte als een opkikker werken en hoewel de herinneringen aan het gezin Pastore die door haar gekwelde stem werden opgeroepen verfrissend waren, was dr. Ahriman niet meer zo jong als hij destijds in New Mexico was geweest en hij had op z'n minst een paar uur slaap nodig. De dag die voor hem lag, zou veel kracht en een extra heldere geest vereisen, want Martine en Dustin Rhodes zouden veel belangrijkere spelers worden in dit complexe spel dan ze tot dusver waren geweest. Vandaar dat hij Susan opdracht gaf om haar emoties aan banden te leggen en zich verder aan te kleden.
Toen ze haar broekje en haar T-shirt weer aanhad, zei hij: 'Sta op.'
Ze gehoorzaamde.
'Je bent een lust voor het oog, dochter. Ik wou dat ik je vanavond op video had vastgelegd in plaats van de volgende keer. Die schattige tranen. Waarom, papa, waarom? Dat was bijzonder schrijnend. Dat zal ik nooit vergeten. Je hebt me weer aan die witte vleermuizen doen denken.'
Haar aandacht was van hem afgedwaald.
Hij volgde haar blik naar het mingboompje in de bronzen pot op de biedermeier piëdestal.
'Het verzorgen van planten,' zei hij goedkeurend, 'is een therapeutische bezigheid voor iemand die aan pleinvrees lijdt. Kamerplanten geven je de gelegenheid om contact te blijven houden met de wereld van de natuur die zich buiten deze vier muren bevindt. Maar als ik tegen je praat, verwacht ik dat je aandacht op mij gevestigd blijft.'
Ze keek hem weer aan. Ze huilde niet meer. Haar laatste tranen droogden op haar gezicht.
Er was iets vreemds aan haar, iets subtiels en ondefinieerbaars dat de dokter dwarszat. Die strakke blik. De manier waarop ze haar lippen op elkaar klemde en haar mondhoeken samentrok. Dit was een spanning die niets te maken had met haar vernedering en haar schaamte.
'Spint,' zei hij.
Hij dacht dat hij een spoor van bezorgdheid in haar ogen zag.
'Dat is de pest voor een mingboompje, spint.'
Er ontspon zich onmiskenbaar een web van bezorgdheid over haar gezicht, maar dat had vast niets te maken met de gezondheid van haar kamerplanten.
Ahriman, die instinctief aanvoelde dat er iets mis was, deed zijn best om zijn geest te bevrijden van de postcoïtale beneveling en zich op Susan te concentreren. 'Waar maak je je zorgen over?'

‘Waar maak ik me zorgen over?’ vroeg ze.
Hij herhaalde de vraag in de vorm van een opdracht: ‘Vertel me waar je je zorgen over maakt.’
Toen ze aarzelde, herhaalde hij het bevel en ze zei: ‘De video.’

35

Valets nekharen gingen weer liggen. Hij hield op met grommen. Hij werd weer de vertrouwde hond, kwispelend en bedelend om een liefkozing en liep vervolgens terug naar zijn bed waar hij in slaap viel alsof hij zich eigenlijk nergens druk over had gemaakt.

Martie, op haar eigen aandringen aan handen en voeten gebonden en nog grondiger in bedwang gehouden door drie slaappillen, was beangstigend stil en rustig. Een paar keer tilde Dusty zijn hoofd op van het kussen en boog zich over haar heen, pas gerustgesteld als hij haar lichte ademhaling hoorde.

Hoewel hij had verwacht dat hij de hele nacht wakker zou liggen en daarom de lamp op zijn nachtkastje had aangelaten, viel hij uiteindelijk toch in slaap.

Een droom verstoorde zijn nachtrust en woof angst en onzin tot een vreemd verhaal dat niet alleen kolderiek maar ook verontrustend was.

Hij ligt in bed, boven op de dekens, geheel gekleed met uitzondering van zijn schoenen. Valet is niet aanwezig. Aan de andere kant van de kamer zit Martie in de lotushouding op het grote, met schapenvacht overtrokken kussen van de hond, volkomen stil, de vingers ineengestrengeld in haar schoot alsof ze verzonken is in meditatie.

Hij is alleen met Martie in de kamer, maar toch praat hij tegen iemand anders. Hij kan zijn lippen en zijn tong voelen bewegen, en hoewel hij zijn eigen stem hoort weergalmen – diep, hol en wazig – in de botten van zijn schedel, kan hij eigenlijk geen woord verstaan van wat hij zegt. De tussenpauzes in zijn verhaal wijzen erop dat hij in een gesprek is verwikkeld, niet in een monoloog, maar hij kan geen andere stem horen, geen gemompel, geen gefluister.

Achter het raam wordt de nacht opengereten door een bliksemstraal, maar er is geen donder die de wond bedekt en er tikt geen regen op het dak. Het enige geluid wordt veroorzaakt als een grote vogel langs het raam vliegt, zo dichtbij dat een van zijn vleugels langs het raam strijkt en een piepend geluid maakt. Hoewel het beest binnen een seconde opduikt en weer wegvliegt, weet Dusty op de een of andere manier dat het een reiger is en de kreet die het slaakt, lijkt in een kring rond te tollen door de nacht, wegstervend en weer aanzwellend, ver weg maar dan weer in de buurt.

Hij wordt zich bewust van een infuusnaald in zijn linkerarm. Een plastic buisje krult van de naald omhoog naar een doorzichtige plastic zak die bol staat van de glucose en aan een soort staande apothekerslamp bungelt die dienst doet als geïmproviseerde infuusstandaard.

Opnieuw flitst het onweer en in het sidderende licht vliegt de enorme reiger langs het raam, terwijl zijn kreet hem volgt in het duister na de bliksem.

De rechtermouw van Dusty's overhemd is hoger opgerold dan de linker omdat zijn bloeddruk wordt gemeten; de manchet van een bloeddrukmeter zit om zijn bovenarm. Een zwartrubber buis loopt van de manchet naar de bal waarmee hij opgepompt moet worden en die in de lucht zweeft alsof het een voorwerp in gewichtloze toestand is. Vreemd genoeg wordt de bal ritmisch samengedrukt en losgelaten alsof hij bediend wordt door een onzichtbare hand en neemt de druk van de manchet op zijn arm toe. Als er zich nog een derde persoon in de kamer bevindt, dan moet deze naamloze bezoeker de kunst van de onzichtbaarheid meester zijn.

Als het opnieuw weerlicht, gebeurt dat binnen in de slaapkamer, niet buiten het raam in de nacht. De vertakte, dansende schicht, niet langer met de snelheid van het licht maar met de snelheid van een kat, schiet sissend op dezelfde manier waarop hij normaal uit een wolk te voorschijn komt uit het plafond, veert naar een metalen fotolijst, van daaraf naar de televisie en uiteindelijk naar de staande lamp die dienst doet als infuusstandaard, vonken spuwend terwijl hij zijn helverlichte tanden langs het koper schuurt.

Onmiddellijk achter de stuiterende bliksemschicht komt de reiger, die door een gesloten raam of een dichte muur de kamer is binnengevlogen, omlaag suizen en spert de op een zwaard lijkende snavel open terwijl hij krijst. Hij is groot, van kop tot teen minstens negentig centimeter, en ziet er met de blik van een pterodactylus voorhistorisch uit. Schaduwen van vleugels strijken over de muren, wapperende geveerde vormen in het flikkerende licht.

Gevolgd door zijn schaduw duikt de vogel op Dusty af en hij weet dat hij op zijn borst zal gaan staan om zijn ogen uit te pikken. Zijn armen voelen aan alsof ze aan het bed vastgesnoerd zijn, hoewel de rechter alleen maar vastzit in de manchet en de linker door niets anders wordt belemmerd dan de spalk die moet voorkomen dat hij zijn elleboog buigt zolang de naald in zijn ader steekt. Desondanks blijft hij onbeweeglijk en hulpeloos liggen terwijl de vogel krijsend op hem afkomt.

Als de bliksem van de televisie overspringt naar de staande schemerlamp, gloeit de doorzichtige plastic zak met glucose op als het kousje in een gaslantaarn en een hete regen van koperkleurige vonken – die de dekens in brand had moeten steken, hoewel dat niet gebeurt – daalt op Dusty neer. De schaduw van de omlaag komende reiger spat uit elkaar in evenveel zwarte stukjes als er vonken zijn en als de wolken verlichte en duistere deeltjes zich tot een verblindend geheel vormen, sluit Dusty vol verwarring en in doodsangst zijn ogen.

Hij wordt gerustgesteld, misschien door de onzichtbare bezoeker, dat hij niet bang hoeft te zijn, maar als hij zijn ogen weer opendoet, ziet hij een angstaanjagend ding boven zich hangen. De vogel is op een onmogelijke manier gecondenseerd, platgedrukt, verdraaid en verwrongen zodat hij nu precies in de bolle zak met glucose past. Ondanks het feit dat hij zo is ingekrompen, is de reiger nog steeds herkenbaar – hoewel hij meer gelijkenis vertoont met een vogel die is geschilderd door een of andere verknipte aspirant-Picasso met een macabere smaak. Het ergst is dat hij nog steeds leeft en krijst, hoewel zijn schrille kreten gedempt worden door de doorzichtige wanden van zijn plastic gevangenis. Het beest probeert zich om te wurmen in de zak en zich met zijn scherpe snavel en klauwen te bevrijden, maar dat lukt niet en hij verdraait een troosteloos zwart oog om met demonische intensiteit op Dusty neer te turen.

Hij heeft ook het gevoel dat hij in de val zit, zoals hij hier hulpeloos onder de hangende vogel ligt: hij zwak als een gekruisigde, het beest met de duistere energie van een versiersel dat speciaal is vervaardigd voor de pseudo-kerstboom van een satanaanbidder. Vervolgens lost de reiger op in een bloedige bruine smurrie en de heldere vloeistof in de infuusbuis begint verduisterd te raken terwijl de essentie van de vogel uit de zak druppelt en steeds lager en lager komt. Terwijl hij toekijkt hoe die vieze smurrie de buis centimeter voor centimeter vervuilt, begint Dusty te schreeuwen, maar hij brengt geen enkel geluid uit. Verlamd en snakkend naar adem, maar even stil als iemand die in een vacuüm worstelt om lucht te krijgen, probeert hij zijn rechterhand op te tillen om het infuus los te trekken, probeert zichzelf van het bed te gooien, wat niet lukt en verdraait zijn ogen in een uiterste poging om de laatste centimeter van de buis te zien

terwijl het gif de naald bereikt.
Een vreselijke flits van inwendige hitte, alsof de bliksem zich door zijn aderen vertakt, wordt gevolgd door een kreet als de vogel in zijn bloed terechtkomt. Hij voelt het beest door zijn slagader suizen, via zijn biceps naar zijn bovenlichaam, en vrijwel onmiddellijk ontstaat er een ondraaglijk gefladder in zijn hart, het ijverige gewriemel-gepik-en-gepoets van iets dat een nest maakt.
Nog steeds in de lotushouding op Valets schapenvachtkussen opent Martie haar ogen. Ze zijn niet blauw, zoals eerst, maar even zwart als haar haar. Er is geen spoor van oogwit te zien: beide oogkassen zijn gevuld met een enkele, gladde, vochtige, bolle zwartheid. Vogelogen zijn doorgaans rond en deze zijn amandelvormig als die van een menselijk wezen, maar het zijn wel degelijk de ogen van de reiger.
'Welkom,' zegt ze.
Dusty schrok wakker en was meteen nadat hij zijn ogen geopend had zo helder van geest dat hij geen kreet hoefde te slaken of rechtop in bed moest gaan zitten om zich te oriënteren. Hij bleef doodstil op zijn rug liggen en staarde naar het plafond.
De lamp op zijn nachtkastje brandde nog steeds, zoals hij hem had achtergelaten. De staande schemerlamp stond op zijn plaats naast de leesstoel; hij hoefde geen dienst te doen als plaatsvervangende infuusstandaard.
Zijn hart fladderde niet. Het bonsde. Voor zover hij kon nagaan, was zijn hart nog steeds zijn privéterrein, waar niets anders nestelde dan zijn eigen hoop, zijn angsten, liefdes en vooroordelen.
Valet snurkte zacht.
Naast Dusty sliep Martie de diepe slaap van een goede vrouw – hoewel die goedheid in dit geval werd bijgestaan door drie doses slaapverwekkende antihistaminen.
Terwijl de droom hem nog scherp voor de geest stond, liep hij hem in gedachten na en bekeek hem vanuit verschillende invalshoeken. Hij probeerde de les toe te passen die hij lang geleden had geleerd van de pentekening van een ongerept woud die overging in het beeld van een gotische stad als je er onbevooroordeeld naar kon kijken.
Normaal gesproken analyseerde hij zijn dromen niet.
Freud was er echter van overtuigd geweest dat uit dromen een rijke vangst van uitingen van het onderbewustzijn kon worden opgevist waaraan een psychoanalyticus zich kon laven. Dr. Derek Lampton, Dusty's stiefvader en de vierde van Claudettes vier echtgenoten, had zijn lijnen in diezelfde zee uitgezet en sloeg met regelmaat vreemde, sponsachtige hypotheses aan de haak die hij zijn patiënten gefor-

ceerd toediende, zonder rekening te houden met de mogelijkheid dat ze weleens giftig zouden kunnen zijn.

Omdat Freud en Linke Lampton vertrouwen hadden in dromen, had Dusty zé nooit serieus genomen. Nu had hij helemaal geen trek om te erkennen dat deze droom misschien wel enige betekenis bevatte en toch voelde hij instinctief aan dat er wel een vleugje waarheid in school. Maar om één spoortje van werkelijkheid in die puinhoop te vinden zou een herculesarbeid zijn.

Als zijn uitzonderlijke eidetische en audibele geheugen alle details van een droom even goed zou bewaren als echte gebeurtenissen, dan kon hij er op z'n minst zeker van zijn dat, als hij de vuilnisbelt van zijn nachtmerrie maar zorgvuldig genoeg doorspitte, hij uiteindelijk op de proppen zou komen met een stralende waarheid die mogelijk op hem lag te wachten als een onderdeel van een antiek zilveren bestek dat per ongeluk met de kliekjes van het avondeten was weggegooid.

36

'De video,' herhaalde Susan als antwoord op Ahrimans vraag en wendde opnieuw haar blik van hem af om naar het mingboompje te kijken.

De dokter glimlachte verrast. 'Je bent nog steeds zo'n bescheiden meisje, als je nagaat wat je allemaal hebt gedaan. Wees maar gerust, beste kind. Ik heb maar één band van je gemaakt – anderhalf uur waarin je van de ene in de andere verbijstering valt, dat moet ik toegeven – en er komt er nog maar één bij, van onze volgende ontmoeting. Maar niemand behalve ikzelf krijgt mijn filmpjes te zien. Ik verzeker je dat ze nooit door CNN of NBC uitgezonden zullen worden. Al zouden de kijkcijfers wel de pan uitrijzen, denk je ook niet?'

Susan bleef naar het opgepotte mingboompje kijken, maar nu begreep de dokter waarom ze in staat was haar blik van hem af te wenden hoewel hij haar had bevolen hem in de ogen te kijken. Schaamte was een sterke drijfveer waaruit ze de kracht putte voor deze kleine rebellie. We doen allemaal dingen waarvoor we ons schamen en hoewel het de een wat meer moeite kost dan de ander gooien we het allemaal met onszelf op een akkoordje en vormen parels van schuld rond ieder storend moreel zandkorreltje. In tegenstelling tot schaamte kunnen schuldgevoelens bijna even geruststellend werken als deugdzaamheid, want de rafelige kantjes van het ding dat erdoor ingekapseld is, zijn niet meer te voelen en onze aandacht richt zich nog uitsluitend op de schuldgevoelens zelf. Susan had een halssnoer kunnen maken van alle momenten van schaamte die Ahriman haar opgedrongen had, maar omdat ze wist dat er een videoband van was gemaakt, was ze niet in staat om haar kleine pareltjes van schuld te vormen en op die manier de schaamte te verhullen.

De dokter beval haar om hem aan te kijken en na een moment van aarzeling wendde ze opnieuw haar blik af van het mingboompje en keek hem in de ogen.

Hij gaf haar opdracht om de trappen van haar onderbewustzijn af te dalen tot ze weer terug was in de geestelijke kapel waaruit ze eerder van hem een stukje omhoog had mogen klimmen om hun spel interessanter te maken.

Toen ze weer terug was in die diepe vesting schommelden haar ogen even heen en weer. Haar persoonlijkheid was uit haar weggefilterd en aan de kant gezet, op dezelfde manier waarop een chef-kok de vaste bestanddelen uit het kookvocht van vlees wegzeeft om bouillon te maken, en haar geest was een heldere vloeistof die wachtte tot hij door Ahriman op smaak zou worden gebracht.

Hij zei: 'Je zult vergeten dat je vader hier vanavond is geweest. Alle herinneringen aan zijn gezicht op momenten dat je het mijne had moeten zien, alle herinneringen aan zijn stem op momenten dat je de mijne had moeten horen, zijn nu tot stof en minder dan stof vergaan en weggeblazen. Ik ben je arts en niet je vader. Vertel me wie ik ben, Susan.'

Haar fluisterende stem leek te weergalmen alsof hij uit een ondergrondse kamer kwam: 'Dokter Ahriman.'

'Zoals altijd zul je uiteraard geen enkele toegankelijke herinnering hebben aan wat er zich tussen ons heeft afgespeeld en geen enkele toegankelijke herinnering aan het feit dat ik hier vannacht ben geweest.'

Hoezeer hij ook zijn best deed, ergens bleef een herinnering levend, misschien in een onbekend gewelf ónder het onderbewustzijn. Anders zou ze totaal geen last hebben van schaamte, omdat er geen enkele herinnering overbleef van deze verdorvenheden of van die uit andere nachten. Haar aanhoudende schaamte was, vanuit het gezichtspunt van de dokter, het bewijs dat er een sub-onderbewustzijn bestond – een niveau dat zich nog onder de identiteit bevond – waar ervaringen een onuitwisbaar teken achterlieten. Dit allerdiepst weggestopte geheugen was volgens Ahriman vrijwel ontoegankelijk en vormde voor hem geen gevaar; hij hoefde alleen maar schoon schip te maken in haar bewustzijn en onderbewustzijn om geen risico te lopen.

Er waren wellicht mensen die zich zouden hebben afgevraagd of dit sub-onderbewustzijn misschien de ziel was. Dat gold niet voor de dokter.

'Als er desondanks toch aanleiding is om het gevoel te hebben dat je seksueel bent misbruikt, een beurs gevoel of een ander soort aanwijzing, dan zul je niemand anders verdenken dan de echtgenoot van wie je gescheiden leeft, Eric. Vertel me nu maar of je goed hebt begrepen wat ik zojuist heb gezegd.'

Haar antwoord ging vergezeld van een stuiptrekking van REM, alsof de desbetreffende herinneringen naar buiten werden geschud door haar schommelende ogen: 'Ik begrijp het.'
'Maar het is je ten strengste verboden om Eric met je verdenkingen te confronteren.'
'Verboden. Ik begrijp het.'
'Mooi zo.'
Ahriman gaapte. Hoe leuk het ook was geweest om te spelen, uiteindelijk werd het plezier altijd vergald door de noodzaak om na afloop alles op te ruimen, het speelgoed weg te bergen en de kamer weer op orde te brengen. Hoewel hij begreep dat orde en netheid absoluut noodzakelijk waren, had hij nog steeds een even grote hekel aan dat opruimen als toen hij een jochie was geweest.
'Loop maar voor me uit naar de keuken,' zei hij terwijl hij bleef gapen.
Nog steeds gracieus in weerwil van het wrede misbruik waaraan ze zich had moeten onderwerpen, liep Susan door het donkere appartement met de vloeiende bewegingen van een bleke koi die door een nachtelijke vijver zwemt.
In de keuken zei Ahriman, die even dorstig was als elke andere speler na een lange en veeleisende wedstrijd: 'Vertel me eens welk bier je in huis hebt?'
'Tsingtao.'
'Trek er maar een voor me open.'
Ze pakte een flesje uit de koelkast, rommelde in het donker in een la tot ze een opener had gevonden en wipte het dopje van de fles.
Terwijl hij zich in dit appartement bevond, zorgde de dokter ervoor dat hij zo min mogelijk in aanraking kwam met oppervlakten waar vingerafdrukken op achter konden blijven.
Hij had nog niet besloten of Susan er zelf uiteindelijk een eind aan zou maken als hij met haar klaar was. Als hij tot de conclusie kwam dat zelfmoord amusant genoeg zou zijn, dan vormde haar lange en deprimerende strijd tegen de agorafobie een voldoende overtuigend motief en haar handgeschreven afscheidsbriefje zou aanleiding zijn om de zaak zonder diepgaand onderzoek af te ronden. Maar het was waarschijnlijker dat ze samen met Martie en Dusty ingezet zou worden in het grotere spel dat uit zou lopen op massamoord in Malibu. Andere mogelijkheden waren onder meer dat Susan vermoord zou worden door de echtgenoot van wie ze gescheiden leefde, of zelfs door haar beste vriendin. Als Eric haar om zeep bracht, zou er een moordonderzoek plaatsvinden – zelfs al zou hij de smerissen van de plaats van het misdrijf opbellen, bekennen, zichzelf een kogel door

de kop schieten en dood naast zijn vrouw neervallen, terwijl alle forensische bewijzen de conclusie ondersteunden dat de oorzaak een akelige huiselijke twist was geweest. Daarna zou de Wetenschappelijke Onderzoeksafdeling zijn opwachting maken, met hun zakbeschermers en slecht geknipte haren, en op zoek gaan naar vingerafdrukken met behulp van poeder, jodium, zilvernitraatoplossingen, ninhydrineoplossingen, cyanoacrylaatdampen en zelfs met een methanoloplossing van rhodamine 6G en een argo-ionlaser. Als Ahriman per ongeluk een enkele vingerafdruk had achtergelaten op een plek waar die saaie maar zorgvuldige wetenschapsfiguren op het idee waren gekomen om te zoeken, dan zou zijn leven totaal veranderen en niet ten goede.

Zijn hooggeplaatste vrienden zouden er wel voor zorgen dat hij niet snel terecht zou hoeven staan. Bewijsmateriaal zou verdwijnen of veranderd worden. Rechercheurs van politie en aanklagers van het openbaar ministerie zouden herhaaldelijk bokken schieten en de dwarsliggers die toch zouden proberen een geloofwaardig onderzoek uit te voeren, zouden in hun privéleven gedwarsboomd worden en misschien zelfs wel te gronde gericht worden door allerlei moeilijkheden en tragedies waar dr. Ahriman ogenschijnlijk niets mee te maken zou hebben.

Maar zijn vrienden zouden niet kunnen voorkomen dat hij onder verdenking kwam te staan en evenmin in staat zijn om hem te beschermen tegen allerlei sensatieverhalen in de media. Hij zou in een bepaald opzicht een beroemdheid worden. Dat was onacceptabel. Als hij op die manier beroemd werd, zou hij minder armslag hebben.

Toen hij het flesje Tsingtao van Susan aanpakte, bedankte hij haar en ze zei: ‘Graag gedaan.’

De dokter vond dat goede manieren onder alle omstandigheden in acht moesten worden genomen. Beschaving is het grootste spel van alles, een schitterend ingewikkeld gemeenschapstoernooi waarin men goed voor de dag moet komen als men een vrijbrief wenst om geheime genoegens na te jagen; het onder de knie hebben van die spelregels – goede manieren, etiquette – is van het grootste belang indien men met succes mee wil spelen.

Susan liep beleefd met hem mee naar de deur, waar hij even bleef staan om zijn laatste instructies voor die nacht te geven. ‘Verzeker me dat je luistert, Susan.’

‘Ik luister.’

‘Wees kalm.’

‘Ik ben kalm.’

'Wees gehoorzaam.'
'Ja.'
'De winterstorm...'
'U bent de storm,' antwoordde ze.
'... school in het bamboebos...'
'Ik ben het bos.'
'... en loste op in rust.'
'In die toestand van rust zal ik horen wat er gewenst wordt,' zei Susan.
'Als ik weg ben, sluit je de keukendeur, je draait alle sloten dicht en zet de stoel weer op dezelfde manier klem onder de knop. Je gaat weer naar bed, je gaat liggen, doet de lamp uit en sluit je ogen. Dan verlaat je in je geest de kapel waarin je je nu bevindt. Als je de deur van de kapel achter je dichtdoet, zal elke herinnering aan wat er is gebeurd vanaf het moment dat je de telefoon oppakte en mijn stem hoorde tot je weer in bed wakker wordt uitgewist worden – ieder geluid, ieder beeld, ieder detail en elke nuance zullen uit je geheugen verdwijnen en nooit meer teruggehaald kunnen worden. Daarna tel je tot tien terwijl je de trap op loopt en als je bij tien bent, zul je weer volledig tot bewustzijn komen. Als je je ogen opendoet, zul je geloven dat je wakker wordt uit een verfrissende slaap. Vertel me maar of je alles wat ik heb gezegd hebt begrepen.'
'Ik heb het begrepen.'
'Welterusten, Susan.'
'Welterusten,' zei ze terwijl ze de deur voor hem opendeed.
Hij stapte op de overloop en fluisterde: 'Bedankt.'
'Graag gedaan.'
Ze deed zacht de deur dicht.
Als een invallende armada die de opzet had om alle mensen die in hun knusse huizen lagen te slapen van al hun herinneringen aan de wereld te beroven, kwamen galjoenen van zware mist uit zee binnenzeilen, die eerst alle kleur wegroofden en vervolgens detail, diepte en vorm.
Aan de andere kant van de deur klonk het geluid van de veiligheidsketting die in het plaatje op de deur werd gehaakt.
De eerste dievenklauw werd dichtgedraaid, een moment later gevolgd door de tweede.
Glimlachend en tevreden knikkend dronk de dokter nog een slokje bier en staarde afwachtend naar de trap onder hem. Glinsterende dauwdruppels, kil op de grijze rubber treden: tranen op een dood gezicht.
De rugleuning van de essenhouten stoel bonsde weer tegen de an-

dere kant van de deur toen Susan hem klem zette onder de deurknop.
Nu zou ze op haar blote voeten terugtrippelen naar het bed.
Zonder zich aan de leuningen vast te houden, wipte dr. Ahriman lichtvoetig als een jongen de steile trap af en zette onderweg naar beneden zijn kraag op.
De klinkers van het terras aan de voorkant waren nat en zo donker als bloed. Voor zover hij in de mist kon onderscheiden scheen het plankier achter het terras verlaten te zijn.
Het hek in de witte spijltjesomheining piepte. In deze aan de aarde gekluisterde wolkenbank klonk het geluid gedempt, zo zacht dat een kat die op muizenjacht was niet eens haar oren spitste.
Terwijl hij wegliep, hield de dokter zijn gezicht van het huis afgewend. Bij zijn aankomst was hij even discreet geweest.
Eerder had er geen licht achter de ramen geschenen. Dat was nu evenmin het geval. Het gepensioneerde stel dat de twee onderste verdiepingen huurde, lag ongetwijfeld gezellig weggekropen onder hun dekens, al even onwetend als de parkieten die in hun afgedekte kooien zaten te dommelen.
Niettemin nam Ahriman verstandige voorzorgsmaatregelen. Hij was de heerser over het geheugen, maar niet iedereen was onderworpen aan zijn geestdodende macht.
Het lied van de lome branding die tegen de kust kabbelde, werd door de dichte mist gesmoord tot iets dat meer leek op een trilling dan op geluid, niet hoorbaar maar voelbaar als een prikkeling in de kille lucht.
Palmbomen hingen slap. Van elke punt van de grote bladen druppelde condenswater als helder gif van slangentongen.
Hij bleef even staan en keek omhoog naar de door mist omsluierde kronen van de palmen, plotseling onzeker zonder aanwijsbare redenen. Na een ogenblik nam hij piekerend opnieuw een slok van zijn bier en liep verder over het plankier.
Zijn Mercedes stond twee straten verderop. Onderweg kwam hij niemand tegen.
De zwarte personenwagen stond onder een enorme, druipende indiaanse laurier en pinkelde, tinkelde en spetterde als een ontstemde xylofoon.
In de auto, toen hij op het punt stond om de motor te starten, wachtte Ahriman opnieuw even, nog steeds niet op zijn gemak en dichter bij de bron van zijn onzekerheid gebracht door de toonloze muziek van waterdruppels die op het metaal tikten. Terwijl hij zijn bier opdronk, staarde hij naar de enorme koepel die buiten werd gevormd

door de overhangende laurier, alsof hem een openbaring wachtte in de complexe partronen van de takken.
Toen de openbaring uitbleef, startte hij de auto en reed in westelijke richting over Balboa Boulevard naar de kop van het schiereiland. Om drie uur in de ochtend was er nauwelijks verkeer. Hij kwam gedurende de eerste drie kilometer slechts drie bewegende voertuigen tegen, met koplampen die in de mist omgeven waren door wollige aureolen. Een ervan was een politieauto, die zonder zich te haasten het schiereiland op reed.
Op de brug naar de Pacific Coast Highway, waar hij een korte blik wierp op de meest westelijke vaargeul in de enorme haven rechts van hem, met jachten die op hun ligplaatsen als spookschepen in de mist opdoemden, en vervolgens in zuidelijke richting langs de kust helemaal tot in Corona Del Mar, bleef hij zich het hoofd breken over zijn onzekerheid. Tot hij voor een rood stoplicht stilstond en zijn aandacht werd getrokken door een grote Californische peperboom, die met een kantwerk van takken elegant omhoogrees uit lage watervallen van rode bougainville. Hij dacht aan het opgepotte mingboompje met de dichte klimop eronder.
Het mingboomje. De klimop.
Het stoplicht sprong op groen.
Zo groen, die ogen van haar die zich aan het mingboompje vasthechtten.
De hersens van de dokter draaiden op volle toeren, maar hij hield zijn voet stevig op het rempedaal gedrukt.
Pas toen het licht op oranje sprong, reed hij eindelijk over het verlaten kruispunt. Na de volgende zijstraat zette hij de auto stil langs het trottoir, maar liet de motor draaien.
Hij was een expert op het gebied van het geheugen en paste die kennis nu toe op een grondige speurtocht langs zijn eigen herinneringen aan de gebeurtenissen in Susan Jaggers slaapkamer.

37

Negen.

Terwijl ze in het donker wakker schrok, dacht Susan Jagger dat ze iemand dat getal hoorde noemen. Toen verraste ze zichzelf door 'Tien' te zeggen.

Gespannen bleef ze even liggen luisteren en vroeg zich af of zij beide getallen had opgenoemd of dat haar 'tien' een antwoord was geweest.

Er ging een minuut voorbij, en nog een, zonder dat er iets anders te horen was dan haar zachte ademhaling en vervolgens, toen ze haar adem inhield, klonk er helemaal geen geluid. Ze was alleen.

Volgens de lichtgevende cijfers op haar digitale klok was het even na drie uur 's ochtends. Kennelijk had ze meer dan twee uur geslapen.

Uiteindelijk ging ze rechtop in bed zitten en knipte de lamp aan.

Het halfopgedronken glas wijn. Het boek dat tussen de verkreukelde lakens terecht was gekomen. De met rolgordijnen bedekte ramen, de meubels – alles precies zoals het hoorde. Het mingboompje.

Ze hief haar handen op naar haar gezicht en rook eraan. Ze snuffelde ook over haar rechteronderarm en vervolgens over haar linker.

Zijn geur. Onmiskenbaar. Deels zweet en deels de geur van zijn favoriete zeep die was blijven hangen. Misschien gebruikte hij ook wel een geparfumeerde handlotion.

Als ze haar geheugen kon vertrouwen, had Eric nooit zo geroken. Toch bleef ze ervan overtuigd dat hij en geen ander haar maar al te echte incubus was.

Zelfs zonder de geur die aan haar was blijven kleven, zou ze geweten hebben dat hij haar een bezoek had gebracht terwijl ze sliep. Hier een beetje beurs, daar een beetje gevoelig. De vage ammonialucht van zijn sperma.

Toen ze de dekens van zich af gooide en uit bed stapte, voelde ze

hoe zijn kleverige afscheiding nog steeds uit haar sijpelde en ze huiverde.
Bij de biedermeier piëdestal schoof ze de verhullende uitlopers van de klimop uit elkaar waardoor de camcorder onder het mingboompje zichtbaar werd. Er kon nog hooguit een meter ongebruikte band over zijn, maar de camcorder nam nog steeds op.
Ze schakelde het apparaat uit en pakte het uit de pot.
Haar nieuwsgierigheid en honger naar gerechtigheid werden plotseling overstemd door haar walging. Ze legde de camcorder op het nachtkastje en liep haastig naar de badkamer.
Als ze wakker werd en ontdekte dat ze misbruikt was, sloeg Susans walging vaak om in misselijkheid en dan gaf ze over, alsof ze door haar maag om te draaien de klok terug kon zetten tot vlak voor het avondeten, dat wil zeggen tot een tijdstip uren voordat ze verkracht was. Maar nu was de misselijkheid alweer over toen ze de badkamer binnenliep.
Eigenlijk wilde ze een lange en bijzonder hete douche nemen met een overvloed aan lekker ruikende zeep en shampoo en zichzelf krachtig afboenen met een badspons. In feite werd ze in de verleiding gebracht om eerst te gaan douchen en dan pas naar de video te gaan kijken, want ze voelde zich smeriger dan ooit tevoren, onverdraaglijk goor, alsof ze helemaal bedekt was met een vieze smurrie die ze niet kon zien en die wemelde van microscopisch kleine parasieten.
Eerst de videoband. De waarheid. Dan de reiniging.
Hoewel ze in staat was om haar douche uit te stellen, dreef haar afkeer haar ertoe om zich uit te kleden en haar intieme delen te wassen. Ze boende ook haar gezicht en vervolgens haar handen en ze gorgelde met een naar pepermunt smakend mondwater.
Ze gooide het T-shirt in de wasmand. Het broekje, met zijn walgelijke drek, legde ze boven op het gesloten deksel van de mand, want ze was niet van plan om dat te wassen.
Als ze de indringer op videoband vast had kunnen leggen, had ze waarschijnlijk meer dan genoeg bewijsmateriaal om een aanklacht wegens verkrachting in te dienen. Maar het was toch verstandig om een spermamonster te bewaren voor een eventuele DNA-test.
Haar toestand en houding op de band zouden de autoriteiten er ongetwijfeld van overtuigen dat ze verdoofd was geweest – geen gewillige partner maar een prooi. Maar als ze de politie opbelde, zou ze hun toch vragen om haar zo snel mogelijk wat bloed af te nemen, zolang er nog sporen van het middel in haar lichaam zaten.
Zodra ze wist dat de camcorder zijn werk had gedaan, dat de beelden goed waren en dat ze over onweerlegbaar bewijsmateriaal tegen

Eric beschikte, zou ze in de verleiding komen om hem op te bellen voordat ze de politie waarschuwde. Niet om hem te beschuldigen. Maar om te vragen *waarom*. Waarom dit venijn? Waarom al dat geheimzinnige gedoe? Waarom stelde hij haar leven en haar geestelijke gezondheid in de waagschaal met een of ander duivels mengsel van verdovende middelen? Waarom al die haat?

Maar ze zou toch niet opbellen, want het zou weleens gevaarlijk kunnen zijn om slapende honden wakker te maken. Het was verboden.

Verboden. Wat een raar idee.

Ze besefte dat ze hetzelfde woord tegenover Martie had gebruikt. Misschien was het ook wel het juiste woord, want wat Eric haar had aangedaan was erger dan misbruik, leek verder te gaan dan gewoon onwettig gedrag en voelde bijna aan als heiligschennis. Per slot van rekening is de trouwbelofte heilig, althans zo hoorde het te zijn; daarom konden deze aanvallen ook best godslasterlijk genoemd worden en dus verboden.

Terug in de slaapkamer trok ze een schoon T-shirt en broekje aan. Het idee om naakt naar die afstotelijke video te kijken was onverdraaglijk.

Ze ging op de rand van het bed zitten en pakte de camera van het nachtkastje. Ze spoelde de cassette terug.

De monitor op de camcorder had een scherm van zeveneneenhalve bij zeveneneenhalve centimeter. Ze zag zichzelf weer in bed stappen nadat ze de band had gestart. Dat was een paar minuten na middernacht geweest.

De enkele lamp naast het bed gaf genoeg licht voor een video-opname, ook al was het niet ideaal. Vandaar dat de helderheid van het beeld op de kleine monitor niet best was.

Ze haalde de band uit de camcorder, stopte hem in de videospeler en zette de tv aan. Terwijl ze de afstandsbediening met twee handen vasthield, ging ze op het voeteneinde van het bed zitten en keek geboeid en vol vrees toe.

Ze zag weer wat ze om middernacht had gedaan, hoe ze terugliep naar het bed nadat ze de band in de camcorder had teruggespoeld, hoe ze weer in bed stapte en de tv uitzette.

Gedurende een moment zit ze rechtop in bed te luisteren naar de stilte in het appartement. Daarna, als ze het boek oppakt, gaat de telefoon.

Susan fronste. Ze kon zich niet herinneren dat ze een telefoontje had gehad.

Ze pakt de handset op. 'Hallo?'

Op z'n best zou de videoband haar maar één kant van het telefoongesprek kunnen laten horen. De afstand tussen haar en de camcorder zorgde ervoor dat bepaalde woorden een beetje onduidelijk klonken, maar wat ze wel kon horen was nog veel raarder dan ze had verwacht.
Haastig legt ze de telefoon neer, stapt uit bed en loopt de kamer uit.
Vanaf het moment dat ze de telefoon had opgepakt, waren er subtiele veranderingen in haar gezicht en haar lichaamstaal te bespeuren, maar in welk opzicht was niet gemakkelijk onder woorden te brengen. Ook al waren die veranderingen echter nog zo subtiel, vanaf het moment dat ze zichzelf de slaapkamer uit zag lopen was het net alsof ze naar een vreemde zat te kijken.
Ze wachtte een halve minuut en spoelde de band toen snel verder tot ze weer beweging zag.
Schaduwachtige vormen in de hal achter de openstaande slaapkamerdeur. Dan komt ze zelf weer binnen. Achter haar stapt een man vanuit de donkere hal de drempel over. Dr. Ahriman.
Van verbijstering vergat Susan adem te halen. Nog onbeweeglijker dan een stenen standbeeld, en nog kouder ook, hoorde ze plotseling niets meer van het geluid op de band en ook haar eigen hartslag ontging haar volkomen. Ze zat als een marmeren beeld dat was ontworpen om als blikvanger te dienen in een door buxus omzoomd perk in een formele tuin, een beeld dat hier volkomen misplaatst was.
Een ogenblik later groeide uit verbijstering ongeloof en ze haalde scherp adem. Ze drukte op de pauzeknop van de afstandsbediening. In het stilstaande beeld zat ze op de rand van het bed, ongeveer net zoals ze nu zat. Ahriman torende boven haar uit.
Ze drukte op REWIND en liet zichzelf en de dokter achteruit de kamer uitlopen. Vervolgens drukte ze op PLAY en keek toe hoe de schaduwen in de hal zich weer tot mensen vormden, er half en half van overtuigd dat dit keer Eric achter haar aan over de drempel zal stappen. Want dr. Ahriman... hij kon onmogelijk hier zijn geweest. Hij was ethisch. Alom bewonderd. Zo professioneel. Meevoelend. Bezorgd. Gewoon onmogelijk: hier, op die manier. Ze had niet ongeloviger kunnen zijn als ze haar eigen vader op de band had gezien en niet minder geschokt dan wanneer datgene wat achter haar aan de kamer in kwam lopen een demonische incubus was geweest met hoorns op zijn voorhoofd en ogen zo geel en lichtgevend als die van een kat. Lang, zelfverzekerd en zonder hoorns: daar had je Ahriman weer, korte metten makend met haar ongeloof.
Het gezicht van de dokter, knap als altijd, knap als dat van een ac-

teur, was het podium voor een uitdrukking die ze er nog nooit eerder op had gezien. Niet uitsluitend pure lust, zoals misschien te verwachten was, hoewel lust er wel deel van uitmaakte. En ook geen masker van waanzin, hoewel zijn fijnbesneden trekken net een tikje uit het lood waren, alsof ze vervormd werden door een innerlijke druk die zich nog maar net begon te ontwikkelen. Terwijl ze zijn gezicht aandachtig bekeek, herkende Susan de houding ten slotte: zelfingenomenheid.
Het was niet de zelfingenomenheid van een moraliserende priester, gekenmerkt door een zuinig mondje, samengeknepen ogen en een iets schuin gehouden hoofd en evenmin die van een matiging prekende zedenmeester die blijk gaf van minachting voor iedereen die dronk, rookte en voedsel met een hoog cholesterolgehalte at. Wat hier tentoongespreid werd, was het hautaine superioriteitsgevoel van een puber. Zodra hij de slaapkamerdeur door was, vertoonde Ahriman de luie houding, de losse bewegingen en de verwaandheid van een schooljongen die ervan overtuigd is dat alle volwassenen stomme runderen zijn – plus een glanzende, begerige blik vol kolkende puberale driften.
Deze misdadiger en de psychiater die ze twee keer per week consulteerde waren in fysiek opzicht identiek. Het verschil tussen hen was puur een kwestie van houding. Maar desondanks was dat verschil zo angstaanjagend dat haar hart ervan op hol sloeg.
Haar ongeloof maakte plaats voor woede en ze voelde zich zo ongelooflijk verraden dat ze met een bittere stem die helemaal niet op de hare leek achter elkaar een serie verwensingen uitspuugde alsof ze aan het syndroom van Gilles de la Tourette leed.
Op de band liep de dokter uit beeld naar de fauteuil toe.
Hij beveelt haar om naar hem toe te kruipen en ze kruipt inderdaad.
Het kijken naar dat verslag van haar vernederingen werd Susan bijna te veel, maar ze drukte niet op stop, want door te blijven kijken werd haar boosheid alleen maar groter en dat was precies wat ze op dit moment nodig had. Woede gaf haar kracht en stak haar, nadat ze zich zestien maanden lang hulpeloos had gevoeld, een hart onder de riem.
Ze spoelde snel verder tot ze weer samen met de dokter in beeld kwam. Ze waren inmiddels allebei naakt.
Met een grimmig gezicht en diverse keren gebruik makend van de fastforward-knop keek ze naar een reeks verdorven handelingen afgewisseld door periodes met normale sex die in vergelijking even onschuldig overkwam als een vrijpartij van twee tieners.
Hoe hij zoveel macht over haar kon uitoefenen, hoe hij zulke schok-

kende gebeurtenissen uit haar geheugen kon wissen – dat waren mysteries die even ondoorgrondelijk leken als het ontstaan van het heelal en de zin van het leven. Ze werd bekropen door een gevoel van onwerkelijkheid, alsof niets in de wereld was wat het scheen te zijn, alsof alles slechts onderdeel was van een ingewikkeld toneeldecor en mensen niets anders waren dan acteurs.

Maar deze vuiligheid op de tv was wel degelijk echt, even echt als de vlekken in het ondergoed dat ze op het deksel van de wasmand had laten liggen.

Terwijl ze de band door liet lopen, draaide ze de tv de rug toe en liep naar de telefoon. Ze toetste twee cijfers in – 9, 1 – maar niet de tweede 1.

Als ze de politie opbelde, zou ze de deur open moeten doen om hen in het appartement binnen te laten. Misschien zouden ze willen dat ze met hen meeging, om een verklaring af te leggen, of naar de eerstehulppost van een ziekenhuis om onderzocht te worden op symptomen van verkrachting die later in de rechtszaal als bewijsmateriaal gebruikt zouden kunnen worden.

Hoewel haar woede haar sterk maakte, was ze nog lang niet sterk genoeg om haar pleinvrees te overwinnen. Alleen de gedachte dat ze naar buiten zou moeten was al genoeg om het bekende paniekgevoel in haar hart te veroorzaken.

Ze zou écht alles doen wat noodzakelijk was, ze zou overal naartoe gaan waar ze van hen naartoe moest en net zo vaak als ze dat wilden. Ze was bereid om alles te doen wat er van haar werd gevraagd als die verknipte smeerlap Ahriman daardoor voor een lange, een héél lange tijd achter de tralies zou verdwijnen.

Het vooruitzicht dat ze met vreemden mee naar buiten moest, was echter te verontrustend om in overweging te nemen, zelfs al waren die vreemden politiemensen. Ze had de steun van een vriendin nodig, iemand die ze haar leven durfde toe te vertrouwen, want naar buiten gaan kwam even dicht in de buurt van doodgaan als de dood zelf.

Ze belde Martie en kreeg het antwoordapparaat. Ze wist dat hun telefoon 's nachts niet in de slaapkamer overging, maar een van hen beiden zou wakker kunnen worden van het gerinkel achter in de hal en misschien uit pure nieuwsgierigheid naar Marties kantoor lopen om te zien wie er op dit godvergeten uur belde.

Na de piep zei Susan: 'Martie, met mij. Martie, ben je daar?' Ze wachtte even. 'Luister, als je daar bent, pak dan in godsnaam op.' Niets. 'Het is Eric niet, Martie. Het is Ahriman. Het is Ahriman. Ik heb de klootzak op video. De klóótzak – nadat ik hem zo heb gematst met zijn huis. Alsjeblieft, Martie, bel me alsjeblieft. Ik heb hulp nodig.'

Toen haar maag plotseling weer opspeelde, hing ze op.

Zittend op de rand van haar bed beet Susan haar tanden op elkaar en legde een van haar koude handen in haar nek terwijl ze de andere tegen haar buik drukte. De aanval van misselijkheid ging voorbij.

Ze wierp een blik op de televisie – en wendde haar ogen meteen weer af.

Ze staarde naar de telefoon alsof ze het toestel wilde dwingen om over te gaan en zei: 'Martie, alsjeblieft. Bel me op. Nu.'

Het halve glas wijn had er al uren onaangeraakt gestaan. Ze dronk het in één teug leeg.

Ze trok de bovenste la van haar nachtkastje open en haalde er het pistool uit dat ze daar uit oogpunt van zelfverdediging had liggen. Voor zover ze wist, bezocht Ahriman haar nooit twee keer in één nacht. Voor zover ze wist.

Ze besefte plotseling hoe kolderiek de opmerking was die ze op Marties antwoordapparaat had ingesproken: *De klóótzak – nadat ik hem zo heb gematst met zijn huis*. Ze had Mark Ahriman zijn huidige woning achttien maanden geleden verkocht, twee maanden voor het begin van haar agorafobie. Ze vertegenwoordigde de verkoper en de dokter was tijdens een van de kijkdagen binnen komen lopen en had haar gevraagd om ook voor hem op te treden. Ze had alles verdomd netjes opgelost door zowel de belangen van koper als verkoper in de gaten te houden, maar het ging inderdaad wel een beetje ver om te verwachten dat als haar cliënt een zwaar krankzinnige sociopathische verkrachter was, hij haar wel met een beetje soelaas zou behandelen omdat ze zo'n fatsoenlijke makelaar was geweest.

Ze begon te lachen, stikte er bijna in, zocht haar toevlucht bij de wijn, besefte dat er niets meer over was en zette het lege glas weer neer om het pistool op te pakken. 'Martie, alsjeblieft. Bel, bel.'

De telefoon ging over.

Ze legde het pistool aan de kant en griste de telefoon op.

'Ja,' zei ze.

Voor ze nog iets kon zeggen, zei een man: 'Ben Marco.'

'Ik luister.'

38

Nadat hij de droom in zijn geheugen weer had opgebouwd, liep Dusty erdoorheen alsof hij in een museum was en op zijn gemak alle griezelige beelden bekeek. Reiger voor het raam, reiger in de kamer. Stille schichten van blikkerende bliksem in een onweersbui zonder donder, zonder regen. Koperen boom met een glucosevrucht. De mediterende Martie.
Terwijl hij zijn nachtmerrie van a tot z doornam, raakte Dusty er steeds vaster van overtuigd dat er ergens een monsterlijke waarheid in school, als een schorpioen die in het kleinste van een nest dozen verstopt zit. Maar dit specifieke nest telde een groot aantal dozen waarvan het merendeel alleen met grote moeite open te krijgen was en de waarheid bleef verborgen, klaar om toe te steken.
Uiteindelijk stapte hij gefrustreerd uit bed en ging naar de badkamer. Martie sliep zo vast en was zo stevig aan polsen en enkels gebonden met Dusty's dassen dat het onwaarschijnlijk was dat ze wakker zou worden of de kamer uit zou lopen terwijl hij niet naast haar lag.
Een paar minuten later, toen hij zijn handen aan de wastafel in de badkamer stond te wassen, kreeg Dusty plotseling een helder idee. Het was geen plotselinge onthulling van de betekenis van zijn droom, maar het antwoord op een vraag waarover hij zich eerder het hoofd had gebroken, voordat Martie wakker was geworden en had geëist dat hij haar aan handen en voeten vastbond.
Missies.
Skeets haiku.
Klare waterval. In de golven gedwarrel. Van blauwsparnaalden.
De blauwsparnaalden waren missies, had Skeet gezegd.
Terwijl hij had geprobeerd om daar wijs uit te worden, had Dusty in gedachten een lijst van synoniemen voor 'missie' opgesteld, maar geen van zijn ideeën had hem een steek verder gebracht. *Opdracht.*

Werk. Taak. Karwei. Roeping. Zending. Kerk.
Nu, terwijl hij zijn handen onder het warme water hield om de zeep eraf te spoelen, schoot hem een nieuwe rij woorden te binnen. *Boodschap. Plicht. Opgave. Instructies.*
Bijna net zoals Skeet met zijn handen onder de haast kokend hete waterstraal in de badkamer in New Life had gestaan, stond Dusty bij de wastafel te piekeren over het woord 'instructies'.
Hij had plotseling het gevoel dat de fijne haartjes in zijn nek even stijf waren als strak gespannen pianosnaren en galmende kilte gleed als een zwijgend glissando huiverend over de toetsen van zijn ruggengraat.
Het uitspreken van de naam *Dr. Yen Lo* had bij Skeet een formeel antwoord uitgelokt: *Ik luister*. Daarna had hij vragen uitsluitend met vragen beantwoord.
Skeet, weet je waar je bent?
Waar ben ik?
Dus dat weet je niet?
Weet ik dat niet?
Kun je niet om je heen kijken?
Kan ik dat?
Spelen we Abbott en Costello?
Doen we dat?
Skeet had alle vragen met wedervragen beantwoord, alsof hij erachter probeerde te komen wat hij moest denken of doen, maar hij had op opmerkingen gereageerd alsof het bevelen waren en op echte bevelen alsof ze rechtstreeks van de lippen van God kwamen. Toen Dusty geërgerd had gezegd: *Ach, doe me een lol en ga slapen*, was zijn broer ogenblikkelijk bewusteloos achterovergevallen.
Skeet had de haiku 'de regels' genoemd en Dusty had het gedicht later als een soort mechanisme beschouwd, een simpel middel met een krachtige uitwerking, het verbale equivalent van een spijkerpistool, hoewel hij niet precies had geweten wat hij daarmee bedoelde.
Nu, terwijl hij dieper inging op de betekenis van het woord 'instructies', besefte hij dat de omschrijving 'mechanisme' of 'middel' niet helemaal klopte en dat de haiku beter gedefinieerd kon worden als een besturingsprogramma voor een computer, de software die ervoor zorgt dat opdrachten ontvangen, begrepen en uitgevoerd worden.
En wat voor de donder was dan de logische conclusie als hij uitging van de stelling dat de haiku software was? Dat Skeet was... geprogrammeerd?
Terwijl Dusty de kraan dichtdraaide, dacht hij dat hij ergens een telefoon hoorde overgaan.

Als een chirurg die zich net heeft schoongeboend, stapte hij met zijn druipende handen omhoog de badkamer uit, liep de slaapkamer in en bleef staan luisteren. Het huis was stil.
Als er een gesprek binnen was gekomen, was dat na twee keer overgaan opgepakt door het antwoordapparaat in Marties werkkamer. Maar hoogstwaarschijnlijk had hij zich verbeeld dat hij het gerinkel had gehoord. Niemand belde hen ooit op dit uur. Desondanks zou hij het eigenlijk even moeten controleren voor hij weer naar bed ging. Weer terug in de badkamer bleef hij, terwijl hij zijn handen aan een handdoek afdroogde, piekeren over het woord 'geprogrammeerd' en dacht na over alle consequenties die dat meebracht.
Terwijl hij in de spiegel staarde, zag Dusty niet zijn eigen spiegelbeeld maar een herhaling van de vreemde gebeurtenissen in Skeets kamer in de New Life Clinic.
Vervolgens spoelde zijn geheugen de band van de tijd terug naar de ochtend die daaraan voorafging, naar het dak van het huis van de Sorensons.
Skeet beweerde dat hij de Overkant had gezien. Een engel des doods had hem getoond wat zich in het hiernamaals bevond en dat was de jongen goed bevallen. Daarna had de engel hem opgedragen om te springen. Dat had Skeet letterlijk gezegd: *opdracht gegeven.*
Opnieuw dat ijzige glissando over Dusty's ruggengraat. Er was weer een van de dozen geopend, ook al zat er gewoon een volgende doos in. Iedere doos was iets kleiner dan de vorige. Misschien waren er niet meer zoveel lagen van de puzzel die opgelost moesten worden. Hij kon de schorpioen bijna rond horen scharrelen: het geluid van een akelige waarheid die lag te wachten om toe te steken als het laatste deksel werd opgetild.

39

Het zachte *ssst* van de branding, de mist die als een samenzweerder zijn terugkeer verhulde.
Dauw op de grijze trap. Een slak op de natte tweede tree. Hard verpulverd onder een schoen.
Terwijl hij naar boven liep, fluisterde de dokter in zijn mobiele telefoon: 'De winterstorm...'
'De storm bent u,' zei Susan Jagger.
'... school in het bamboebos...'
'Ik ben het bos.'
'... en loste op in rust.'
'In die toestand van rust zal ik horen wat er gewenst wordt.'
Terwijl hij aankwam op de overloop voor haar deur, zei hij: 'Laat me binnen.'
'Ja.'
'Snel,' zei hij, waarop hij het gesprek beëindigde en de telefoon in zijn zak stak.
Hij wierp een bezorgde blik op het verlaten wandelpad.
Watervallen van doodstille palmbladeren hingen als koud donker vuurwerk in de mist omlaag.
Met een gerammel en gekras werd de stoel die de deur barricadeerde onder de deurknop in de keuken weggetrokken. De eerste dievenklauw. De tweede. Het gerammel van de veiligheidsketting die los werd gehaakt.
Toen Susan hem ingetogen begroette, zonder een woord maar met een gehoorzame halve buiging alsof ze een geisha was, stapte Ahriman naar binnen. Hij wachtte tot ze de deur opnieuw had gesloten en een van de sloten had dichtgedraaid en gaf haar vervolgens opdracht om hem voor te gaan naar de slaapkamer.
Door de keuken, de eetkamer en de woonkamer via de korte gang naar de slaapkamer. Hij zei: 'Ik geloof dat je een stoute meid bent

geweest, Susan. Ik weet niet hoe je tegen me hebt gekonkeld, waarom het ook maar in je hoofd is opgekomen om zoiets te doen, maar ik weet bijna zeker dat je dat wel hebt gedaan.'

Eerder die nacht had ze iedere keer als ze haar ogen van hem afwendde naar dat mingboompje in die pot gekeken. En iedere keer dat haar blik weer naar dat stukje groen gleed, had Ahriman het vlak daarvoor gehad over de video die hij al van haar had of over de band die hij tijdens zijn volgende bezoek wilde maken. Toen ze gespannen had geleken en diepbezorgd, had hij haar opdracht gegeven om te vertellen waar ze zich zo druk over maakte en toen ze gewoon zei: *De video*, had hij de logische conclusie getrokken. Logisch, maar misschien wel fout. Zijn argwaan werd gewekt, toen het bijna te laat was, door het feit dat ze stééds naar dat mingboompje had gekeken: niet naar de grond, zoals je zou mogen verwachten als ze gebukt ging onder schaamte, en niet naar het bed waar ze zoveel vernederingen had ondergaan, maar voortdurend naar dat mingboompje.

Terwijl hij nu achter haar aan de slaapkamer in liep, zei hij: 'Ik wil zien wat er in die pot zit, onder de klimop.'

Gehoorzaam liep ze voor hem uit naar de biedermeier piëdestal, maar de dokter bleef als door de bliksem getroffen staan toen hij zag wat er zich op de tv afspeelde.

'Ik mag hangen,' zei hij.

En hij zou ook werkelijk hebben gehangen als hij niet achter de reden voor zijn argwaan was gekomen, als hij uiteindelijk naar huis was gereden en naar bed was gegaan in plaats van hier terug te komen.

'Kom hier,' zei hij.

Terwijl Susan naar hem toe liep, balde de dokter zijn vuisten. Hij had zin om haar knappe gezichtje in elkaar te rammen.

Vrouwen. Ze waren allemaal hetzelfde.

Als jongen had hij ze volkomen oninteressant gevonden en hij had niets met ze te maken willen hebben. Meisjes maakten hem ziek met al hun stiekeme zedige gedoe. Het leukste aan hen was dat hij hen zonder al te veel moeite aan het huilen kon maken – al die prachtige, zilte tranen – maar daarna holden ze altijd meteen naar hun moeders of vaders om te klikken. Hij kon zich prima verweren tegen hun hysterische beschuldigingen; volwassenen waren geneigd om hem charmant en overtuigend te vinden. Hij had zich echter al snel gerealiseerd dat hij zich moest leren inhouden en zich niet door zijn dorst naar tranen moest laten regeren zoals het overgrote deel van de Hollywood-kliek rond zijn vader zich liet regeren door hun hang naar cocaïne.

Uiteindelijk ontdekte hij, gedwongen door zijn hormonen, dat hij meisjes voor meer nodig had dan voor hun tranen. Hij kwam er ook achter hoe gemakkelijk een knappe knul als hij op een speelse manier beslag kon leggen op het hart van een meisje, waardoor hij de gelegenheid kreeg om meer tranen uit hen los te wringen door middel van berekenend romantisch gedrag en verraad dan hem als jong jochie was gelukt door hen te knijpen, te stompen, een draai om hun oren te geven of hen in de modder te duwen.

In de tientallen jaren dat hij ze aan emotionele martelingen had onderworpen, waren ze echter niet aantrekkelijker voor hem geworden dan in de tijd dat hij nog op de lagere school zat en rupsen in hun bloesjes stopte. Vrouwen irriteerden hem nog steeds meer dan dat ze hem charmeerden en bezorgden hem een vaag gevoel van misselijkheid als hij zich aan hen verlustigd had. Het feit dat ze hem tegelijkertijd fascineerden, bezorgde hem alleen een nog grotere afkeer van hen. Het ergste was dat ze nooit genoeg hadden aan sex; ze wilden ook nog kinderen van je hebben. De gedachte dat hij iemands vader zou zijn ging hem door merg en been. Eén keer was hij bijna in de val gelopen, maar het lot was hem goed gezind geweest en had hem laten ontsnappen. Kinderen waren niet te vertrouwen. Ze drongen je in de verdediging en op het moment dat je dat het minst verwachtte, konden ze je vermoorden en je rijkdom stelen. Van dat soort verraderlijk gedrag wist de dokter alles af. En als je vader van een dochter werd, zouden moeder en kind geen enkele gelegenheid voorbij laten gaan om tegen je samen te spannen. De dokter huldigde het standpunt dat alle andere mannen tot een soort behoorden dat heel anders – en sterk inferieur – was dan het zijne, maar vrouwen waren zelfs een totaal ander ras; vrouwen waren buitenaardse wezens en volkomen onbegrijpelijk.

Toen Susan voor hem bleef staan, hief de dokter één vuist op.

Ze scheen totaal geen angst te voelen. Haar persoonlijkheid was inmiddels zo weggedrukt dat ze niet in staat was om emotie te tonen als ze daar geen opdracht voor had gekregen.

'Eigenlijk zou ik je gezicht in elkaar moeten rammen.'

Hoewel hij zelf hoorde dat hij als een humeurig jongetje klonk, geneerde hij zich daar niet voor. De dokter had zelfkennis genoeg om te beseffen dat zijn persoonlijkheid tijdens die machtsspelletjes onderdrukt werd en dat hij terugging in de tijd. Die teruggang was niet in het minst vernederend of zorgwekkend; die was zelfs essentieel als hij ten volle van het moment wilde genieten. Als volwassene met rijpe ervaring was hij blasé; maar als jongen had hij nog steeds een heerlijke, rauwe fantasie en raakte hij nog steeds opgewonden van

iedere nuance van creatief machtsmisbruik.
'Ik zou dat stomme smoel van je zo moeten aftuigen dat je voorgoed zo lelijk als de nacht wordt.'
Hij had Susan zo volledig in zijn macht dat ze geen spier vertrok. Ze werd even getroffen door een aanval van REM, maar dat had niets te maken met zijn dreigement.
Discretie en zelfbeheersing waren nu van het grootste belang. Ahriman durfde haar niet te slaan. Als haar dood goed geënsceneerd werd, zou er waarschijnlijk geen moordonderzoek volgen. Maar als ze vol blauwe plekken zat en in elkaar geslagen was, zou haar zelfmoord niet geloofwaardig overkomen.
'Ik vind je niet aardig meer, Susie. Ik vind je helemaal niet aardig meer.'
Ze hield haar mond omdat ze geen opdracht had gekregen om antwoord te geven.
'Ik neem aan dat je de politie nog niet hebt gebeld. Vertel me of dat klopt.'
'Dat klopt.'
'Heb je met iemand over die videoband op de tv gesproken?'
'Heb ik dat gedaan?'
Terwijl hij zichzelf voorhield dat haar antwoord niet uitdagend was, maar gewoon de manier waarop ze was geprogrammeerd om vragen te beantwoorden als ze helemaal beneden in de kapel van de geest zat, liet de dokter zijn vuist zakken en ontspande langzaam zijn vingers. 'Vertel me of je, ja of nee, met iemand over die videoband op de tv hebt gesproken.'
'Nee.'
Opgelucht pakte hij haar bij de arm en trok haar naar het bed. 'Ga zitten, meid.'
Ze ging op de rand van het bed zitten, de knieën tegen elkaar, de handen in de schoot gevouwen.
De dokter onderwierp haar een paar minuten lang aan een verhoor, waarbij hij zijn vragen als opmerkingen en bevelen formuleerde, tot hij begreep waarom ze die val met de camcorder had opgesteld. Het was haar bedoeling geweest om bewijsmateriaal te verzamelen tegen Eric, niet tegen haar psychiater.
Hoewel haar geheugen na hun afspraken altijd gewist werd, vermoedde Susan vast en zeker dat ze seksueel misbruikt was en als de dokter niet verkoos om elk druppeltje zweet en geil dat hij afscheidde op te deppen en mee te nemen, kon hij er ook zeker van zijn dat Susan genoeg bewijsmateriaal zou vinden om haar argwaan te bevestigen. Ahriman gaf er de voorkeur aan om na geslachtsverkeer niet

dwangmatig te gaan opruimen, want dat zou afbreuk doen aan de opwinding van het machtsgevoel en de prettige illusie verstoren dat zijn ontzagwekkende gezag absoluut was. Je zou ook weinig lol beleven aan een gooi- en smijtpartij met etenswaren of aan een bloedige moord als je na afloop verplicht was om de muren af te boenen en de vloer te dweilen.

Per slot van rekening was hij een avonturier, geen huishoudster.

Hij beschikte over talloze technieken om Susans argwaan in te dammen of in een andere richting te sturen. Hij had haar bijvoorbeeld opdracht kunnen geven om simpel alle aanwijzingen van fysiek geweld te negeren als ze wakker werd en zelfs de meest duidelijke bewijzen van geslachtsverkeer niet op te merken.

In een wat speelsere bui had de dokter haar de overtuiging mee kunnen geven dat ze werd bezocht door een geelogig gebroed uit het vagevuur dat vastbesloten was om met haar te paren en de antichrist op de wereld te zetten. Door het inplanten van nachtmerrieachtige herinneringen aan een kwaadaardige, nachtelijke minnaar met een ruw, leerachtig lijf, een naar zwavel stinkende adem en een gespleten zwarte tong had hij haar leven letterlijk tot een hel kunnen maken.

Ahriman had dat nummertje al met anderen opgevoerd en al tokkelend op de harp van het bijgeloof een paar ernstige gevallen van demonofobie veroorzaakt – de angst voor demonen en duivels – die het leven van zijn patiënten totaal hadden verwoest. Hij had het een hoogst amusante sport gevonden, maar niet voor lang. Deze fobie kon venijniger zijn dan andere en leidde vaak snel tot een complete geestelijke instorting en regelrechte waanzin. Vandaar dat Ahriman het op de lange duur niet echt bevredigend vond, want de tranen van krankzinnigen die geen enkel benul hadden van hun lijden waren niet zo stimulerend als de tranen van geestelijk gezonde mensen die nog steeds geloofden dat er hoop was op herstel.

De dokter had vele andere mogelijkheden tot zijn beschikking, maar had ervoor gekozen om Susans argwaan te richten op de echtgenoot van wie ze vervreemd was. Dit huidige spel, waarvoor hij in gedachten een bijzonder bloedig en ingewikkeld scenario had ontworpen, moest uiteindelijk uitlopen op een orkaan van geweld die in het hele land sensatie zou veroorzaken. De exacte details van de laatste inning werden in het brein van de dokter voortdurend herzien, hoewel Eric zowel een toonaangevende dader of een slachtoffer zou kunnen zijn.

Door Susan aan te moedigen haar argwaan op Eric te richten en haar vervolgens te verbieden hem daarvan op de hoogte te brengen had

Ahriman een psychologische spanning veroorzaakt die als een klok kon worden opgewonden. Week in, week uit werd de veer strakker gespannen, tot Susan de enorme emotionele energie die erin opgesloten zat bijna niet meer in bedwang kon houden. Vandaar dat ze, in een wanhopige poging om die spanning te verlichten, een poging had ondernomen om de schuld van de echtgenoot met wie ze niet langer samenleefde aan te tonen en genoeg bewijsmateriaal te verzamelen om rechtstreeks naar de politie te gaan en de verboden confrontatie met Eric zelf te vermijden.

Normaal gesproken zou deze toestand niet zijn ontstaan, omdat de dokter nooit zo lang met iemand speelde als hij met Susan Jagger had gedaan. Goeie god nog aan toe, hij was al anderhalf jaar geleden begonnen met haar te verdoven en te conditioneren en ze was al zestien maanden zijn patiënt. Meestal begon het hem na een halfjaar te vervelen, soms zelfs al na twee of drie maanden. Dan genas hij de patiënt, door de fobie of de obsessie die hij hun zelf had opgedrongen weg te nemen en op die manier zijn unieke reputatie als therapeut nog te vergroten – of hij bedacht een dood die kleurrijk genoeg was om een sportman van zijn kaliber te bevredigen. Betoverd door Susans buitengewone schoonheid had hij veel te lang getreuzeld en toegestaan dat haar stress dusdanig toenam dat ze deze valstrik voor hem had opgesteld.

Vrouwen. Vroeg of laat veroorzaakten ze altijd moeilijkheden.

Terwijl hij opstond van de rand van het bed, beval Ahriman Susan om eveneens op te staan en ze gehoorzaamde.

'Je hebt mijn hele spel verpest,' zei hij, inmiddels ongeduldig geworden. 'Nu zal ik een compleet nieuw einde moeten bedenken.'

Hij zou haar kunnen ondervragen om uit te vissen wanneer het plan met de camcorder voor het eerst bij haar was opgekomen en daarna zou hij de tijd vanaf dat moment tot aan het heden door kunnen lopen om alle daarmee verband houdende herinneringen uit te wissen; uiteindelijk zou ze dan echter beseffen dat haar dag vol vreemde hiaten zat. Hij kon vrij gemakkelijk een aaneengesloten tijdsblok uit iemands geheugen wissen en die leemte vervolgens opvullen met onechte herinneringen die, ook al waren ze met grove penseelstreken geschilderd, ondanks hun gebrek aan details toch overtuigend waren. Daarbij vergeleken was het behoorlijk moeilijk om een enkele verhaallijn uit de totaaltekening van haar geheugen te wissen – dat was net zoiets als een poging om alle vetsliertjes uit een goeddoorregen filet mignon weg te snijden zonder het lapje vlees aan te tasten. Hij kon de situatie rechtzetten en alle besef dat hij haar kwelgeest was uit Susans geest verwijderen, maar de tijd, de energie en

het geduld daarvoor ontbraken hem.
'Susan, vertel me waar je hier ergens pen en papier bewaart.'
'Naast het bed.'
'Ga dat alsjeblieft ophalen.'
Toen hij achter haar aan om het bed liep, zag hij het pistool op het nachtkastje liggen.
Ze leek er zelf totaal geen belangstelling voor te hebben. Ze trok de la van het nachtkastje open en pakte er een balpen en een blok met gelineerd papier ter grootte van een stenoblok uit. Boven aan elk vel van het blok stond haar foto, plus het logo en de telefoonnummers van de makelaarsfirma's waarvoor ze had gewerkt voordat de agorafobie een einde aan haar carrière had gemaakt.
'Berg dat pistool op, alsjeblieft,' droeg hij haar op, zonder de geringste vrees dat ze het wapen tegen hem zou gebruiken.
Ze legde het pistool in het nachtkastje en sloot de la. Terwijl ze zich omdraaide naar Ahriman, stak ze hem de pen en het blok toe.
Hij zei: 'Neem ze maar mee.'
'Waarheen?'
'Loop achter me aan.'
De dokter bracht haar naar de eetkamer. Daar gaf hij haar opdracht om de kroonluchter aan te doen en aan tafel te gaan zitten.

40

Terwijl hij nog steeds in de badkamerspiegel stond te staren en zich voor de zoveelste keer het gesprek dat hij op het dak met Skeet had gevoerd voor de geest haalde, op zoek naar details die als bevestiging konden dienen voor zijn ongelooflijke theorie dat zijn broer geprogrammeerd was, besefte Dusty dat er van slapen die nacht niets meer zou komen. Hele zwermen vragen zoemden als muggen door zijn hoofd en hun beten waren nog fataler voor een goede nachtrust dan een paar potten zwarte koffie die al zo lang hadden staan koken dat er alleen zwarte smurrie overbleef.

Wie zou Skeet geprogrammeerd hebben? Wanneer? Hoe? Waar? Met welk doel in vredesnaam? En waarom nou juist Skeet, die zichzelf als een minkukel beschouwde, een junk en een beminnelijke mislukkeling?

Het hele gedoe rook-smaakte-stonk naar paranoia. Misschien zou die krankjorume theorie aanslaan in de wereld van paranormale praatprogramma's waarin Fig Newton leefde als hij huizen schilderde – of waarin hij eigenlijk altijd verkeerde als hij niet sliep – in dat onwerkelijke maar door velen gekoesterde Amerika waar konkelende buitenaardse wezens ijverig doende waren om te paren met ongelukkige menselijke vrouwen, waar transdimensionale wezens volgens gerucht verantwoordelijk waren voor zowel het broeikaseffect als de schandalig hoge rentevoet van creditcards, waar de president van de Verenigde Staten in het geheim was vervangen door een goed gelijkende robot die in de kelder van Bill Gates in elkaar was gezet, waar Elvis nog leefde en op een gigantisch ruimtestation woonde dat gebouwd was en bediend werd door Walt Disney, wiens hersens waren getransplanteerd in het gastlichaam dat we inmiddels beter kennen als rap-ster en filmmagnaat Will Smith. Maar het idee van een geprogrammeerde Skeet leek híér totaal niet zinnig, niet hier in de wereld van alledag waar Elvis hartstikke dood was, waar Disney ook dood was en waar de figuren die de meeste overeenkomst vertoonden met van hoorntjes voorziene buitenaardse wezens de Viagra slikkende bejaarde acteurs van *Star Trek* waren.

Dusty zou hartelijk om zijn onbesuisde theorie gelachen hebben... als Skeet niet had gezegd dat hem *opgedragen* was om halsoverkop van het dak van de Sorensons te springen, als de knul niet in de New Life Clinic in die enge trance verzeild was geraakt, als ze niet allemaal – Skeet, Martie en Dusty zelf – stukjes van hun dag misten en als hun levens niet zo plotseling en zo angstaanjagend gelijktijdig in puin waren gevallen met de overdonderende onwerkelijkheid van een dubbele aflevering van de *X Files*. Als hij voor elke lach een gulden kreeg, voor elk grinnikje een kwartje en voor elke glimlach een dubbeltje, dan zou Dusty op dit moment volkomen platzak zijn.

Are you lonesome tonight, Elvis, daarginds in de ruimte?

Omdat hij ervan overtuigd was dat hij toch geen oog meer dicht zou doen, besloot hij om zich te gaan scheren en douchen terwijl Martie nog steeds onder invloed van de pillen als een blok lag te slapen. Als ze wakker werd en opnieuw werd besprongen door die maffe angst voor zichzelf, zou ze niet willen dat hij haar ook maar een moment uit het oog verloor, uit vrees dat ze op de een of andere manier niet meer in staat zou zijn zich te beheersen en hem met moordlustige bedoelingen zou besluipen.

Een paar seconden later zette Dusty met gladde wangen zijn scheerapparaat uit – en hoorde vanuit de slaapkamer gesmoorde angstkreten komen.

Toen hij naast Martie stond, kwam hij tot de ontdekking dat ze in haar slaap lag te jammeren, opnieuw dromend. Ze rukte aan haar boeien en mompelde: 'Nee, nee, nee, nee.'

Wakker geschud uit hondse fantasieën die ongetwijfeld vol hadden gezeten met tennisballen en bakken met brokjes tilde Valet zijn kop op en gaapte een bek vol tanden zo wijd open dat een krokodil er trots op zou zijn geweest, maar hij gromde niet.

Martie liet haar hoofd heen en weer rollen over het kussen terwijl ze haar gezicht vertrok en lag te kreunen als een koortsige malariapatiënt die op het randje van een delirium verkeert.

Dusty depte haar bezwete voorhoofd met een paar papieren zakdoekjes, streek het haar uit haar gezicht en hield haar chic gebonden handen vast tot ze weer rustig werd.

In welke nachtmerrie zat ze gevangen? De droom die haar gedurende het afgelopen halfjaar al diverse keren had geplaagd, over die lompe vent die helemaal uit dode bladeren bestond? Of die nieuwe horrorfilm waaruit ze eerder was wakker geworden, snakkend naar

adem, kokhalzend en met beide handen over haar mond wrijvend?
Terwijl Martie opnieuw in een rustige slaap zakte, vroeg Dusty zich af of haar regelmatig terugkerende droom over de Bladman even betekenisvol zou zijn als zijn confrontatie met de door de bliksem opgejaagde reiger had geleken.
Ze had hem de droom al maanden geleden beschreven, de tweede of de derde keer dat ze erdoor was gekweld. Nu haalde hij hem naar boven uit de kluis van zijn geheugen en zat erover na te denken terwijl hij bij haar waakte.
Hoewel hun dromen op het eerste gezicht volkomen van elkaar leken te verschillen, bleken er bij nadere analyse verontrustende overeenkomsten te zijn.
Terwijl de raadsels eerder toenamen dan opgelost werden, zat Dusty te piekeren over de raakpunten die te voorschijn kwamen als de nachtmerries naast elkaar werden gelegd.
Hij vroeg zich af of Skeet de laatste tijd ook gedroomd had.
Valet, die nog steeds op zijn kussen van schapenvacht lag, blies de lucht uit zijn neusgaten, dat krachtige maar volkomen vrijwillige pseudo-genies waarmee hij zijn neus vrijmaakte als hij zich opmaakte om tijdens een ochtendwandeling op zoek te gaan naar de geur van konijntjes. Dit keer, nu er geen konijntjes in de buurt waren, leek het een een sceptisch oordeel over de plotselinge nieuwe obsessie van zijn baasje voor dromen.
'Er zit toch wel iets in,' mompelde Dusty.
Valet snoof opnieuw.

41

Terwijl hij rusteloos rondliep door de kamer, componeerde Ahriman een schitterend schrijnend afscheid van het leven dat Susan opschreef in haar elegante handschrift. Hij wist precies wat hij erin moest zetten en wat hij weg moest laten om zelfs de meest sceptische rechercheur van politie ervan te overtuigen dat de brief authentiek was.

Bestudering van het handschrift zou uiteraard weinig tot geen ruimte voor twijfel laten, maar de dokter was bijzonder nauwlettend.

Het opstellen van de brief was niet eenvoudig onder deze omstandigheden. Hij had de vieze nasmaak van de Tsingtao nog in zijn mond. Hoewel hij bekaf was, zijn ogen brandden en prikten en zijn hersens wazig waren door het gebrek aan slaap, scherpte hij toch in gedachten elke zin aan voor hij hem dicteerde.

Hij werd ook afgeleid door Susan. Waarschijnlijk omdat hij haar nooit meer zou bezitten, leek ze hem nu nog mooier toe dan ooit tevoren tijdens hun relatie.

Wimpels gouden haar. Ogen Egyptisch-groen vuurwerk. Triest, de pop is stuk.

Nee. Dat was een beroerde haiku. Gênant gewoon. Wel keurig zeventien lettergrepen en in het ideale vijf-zeven-vijf-patroon, maar dat was ook alles.

Hij kon af en toe een aardig gedichtje fabriceren over een slak op een traptree die hard onder een schoen verpulverd werd en zo, maar als het ging om regels waarin het uiterlijk, de stemming, de essentie van een vrouw, om het even welke vrouw, werden beschreven dan ging hij de mist in.

Er school wel enige waarheid in die beroerde haiku. Ze was écht stuk, dit ooit zo fraaie stuk speelgoed. Hoewel ze er nog steeds fantastisch uitzag, was ze zwaar beschadigd en hij kon haar niet weer in elkaar zetten met een beetje lijm, zoals hij een van de plastic figuurtjes kon repareren van zo'n klassieke Marx-set als de Roy Rogers Rodeo Ranch of de Tom Corbett Space Academy.

Vrouwen. Ze lieten je altijd in de steek als je op hen rekende.

Vervuld van een vreemde mengeling van sentimenteel verlangen en knorrige rancune maakte Ahriman het zelfmoordbriefje af. Hij stond naast Susan toe te kijken hoe ze haar handtekening eronder zette. Handen met lange vingers. De elegant glijdende pen. Laatste woorden zonder tranen.

Shit.

Terwijl hij het opschrijfblok voorlopig op tafel liet liggen, nam de dokter Susan mee naar de keuken. Op zijn verzoek pakte ze een reservesleutel van het appartement uit de ingebouwde secretaire waar ze altijd aan ging zitten om boodschappenlijstjes of menu's te maken. Hij had al een sleutel, maar die had hij niet bij zich. Hij stopte deze in zijn zak en ze liepen terug naar de slaapkamer.

De videoband liep nog steeds. Op zijn aanwijzingen zette ze hem stil met behulp van de afstandsbediening, liet hem uit het apparaat springen en legde hem op het nachtkastje naast het lege wijnglas.

'Vertel me waar je de camcorder meestal hebt staan.'

Haar ogen schommelden. Daarna werd haar blik weer vast. 'In een doos op de bovenste plank in die kast,' zei ze wijzend.

'Pak hem maar weer in en zet hem weg.'

Ze moest er een keukentrapje bij halen om dat voor elkaar te krijgen.

Vervolgens gaf hij haar opdracht om een handdoek uit de badkamer te pakken en de nachtkastjes, het hoofdeinde van het bed en alle andere dingen die hij misschien in de slaapkamer had aangeraakt af te vegen. Hij keek toe om er zeker van te zijn dat ze grondig te werk ging.

Omdat hij altijd goed oplette dat hij zo min mogelijk dingen in het appartement aanraakte, maakte Ahriman zich nauwelijks zorgen dat zijn vingerafdrukken ergens anders konden worden aangetroffen dan in Susans twee meest persoonlijke vertrekken. Toen ze klaar was met de slaapkamer, stond hij ongeveer tien minuten op de drempel van de badkamer te kijken hoe ze de tegels, het glas, het koper en het porselein schoonwreef.

Toen het werk erop zat, vouwde ze de handdoek keurig in drieën en hing hem over een bewerkte koperen stang naast een andere handdoek die precies op dezelfde manier was opgevouwen en opgehangen. De dokter stelde prijs op netheid.

Op het moment dat hij het opgevouwen witte katoenen broekje op het deksel van de wasmand zag liggen, had hij haar bijna opdracht gegeven om het bij de rest van het wasgoed te gooien, maar zijn instinct had hem ertoe bewogen om haar er een paar vragen over te stellen. Toen hij erachter kwam dat het opzij gelegd was om de politie in staat te stellen een DNA-monster te nemen, was hij geschokt.

Vrouwen. Doortrapt. Geraffineerd. In zijn jongenstijd was de dokter meer dan eens door meisjes uitgedaagd om hen van een verandatrap af te duwen of in een doornige rozenstruik te gooien, waarna ze altijd meteen naar de dichtstbijzijnde volwassenen waren gehold om te beweren dat de pesterij niet uitgelokt was en dat hij gewoon gemeen was. En nu hier, tientallen jaren later, weer zo'n valse streek.

Hij had haar opdracht kunnen geven om het broekje in de wastafel uit te spoelen, maar hij besloot dat het verstandiger was om het mee te nemen als hij wegging, om het helemaal uit het appartement te verwijderen.

De dokter was geen expert op het gebied van de nieuwste forensische technieken bij een moordonderzoek, maar hij was er vrij zeker van dat latente vingerafdrukken op de menselijke huid hooguit een paar uur bleven zitten. Ze konden met behulp van lasers en andere geavanceerde apparatuur opgepakt worden, maar hij wist dat eenvoudiger methodes ook heel goed werkten. Als een Kromekote-kaart of een onbelichte polaroid-film stevig tegen de huid wordt gedrukt, wordt de belastende vingerafdruk daarop overgebracht; als de kaart of de film vervolgens met grafietpoeder wordt bestoven, verschijnt er een spiegelbeeld van de latente afdruk die dan met behulp van fotografie opnieuw gespiegeld moet worden. Magnetisch poeder dat direct op de huid wordt aangebracht met een Magna Brush is acceptabel als de situatie kritiek is en de methode van overbrenging met behulp van jodium en aluminiumfolie is een alternatief als er een stoomapparaat en folie bij de hand zijn.

Hij verwachtte niet dat Susans lichaam binnen vijf of zes uur gevonden zou worden, misschien duurde het nog wel veel langer. Tegen die tijd zou de ontbinding al zover gevorderd zijn dat alle latente afdrukken op haar huid waren uitgewist.

Maar toch, hij had vrijwel elk plekje en elke ronding van haar lichaam aangeraakt – en vaak. Om bij dit soort spelletjes als overwinnaar te voorschijn te komen, moest je niet alleen met energiek enthousiasme spelen maar ook met een grondige kennis van de spelregels en met gevoel voor strategie.

Hij stelde voor dat Susan het bad met heet water liet vollopen. Daarna voerde hij haar stap voor stap door de resterende minuten van haar leven.

Terwijl de badkuip volliep, pakte ze een veiligheidsscheermes uit een van de laden van de toilettafel. Dat had ze altijd gebruikt om haar benen te scheren; maar nu zou het voor serieuzere doeleinden gebruikt worden.

Ze schroefde het scheermes open en haalde er het mesje uit dat van één snijvlak was voorzien. Ze legde het op de platte rand van de badkuip.

Voor ze in bad stapte, trok ze haar kleren uit. Naakt zag ze er helemaal niet beschadigd uit en de Ahriman wenste dat hij haar kon behouden.

Wachtend op verdere instructies stond Susan naast de badkuip en keek hoe het water uit de kraan gutste.

Terwijl hij haar in de spiegel bestudeerde, werd Ahriman bekropen door een gevoel van trots omdat ze zo kalm was. Verstandelijk besefte ze dat ze binnen korte tijd dood zou zijn, maar door het uitmuntende werk dat hij met haar had verricht, was ze in dit stadium van totale bewustzijnsvernauwing niet in staat tot een eerlijke en spontane emotionele reactie.

De dokter betreurde het dat er onvermijdelijk een moment kwam waarop hij afstand moest doen van al zijn aanwinsten en hen de weg van alle vlees moest laten gaan.

Hij wenste dat hij ze stuk voor stuk in perfecte staat had kunnen houden en een paar kamers in zijn huis had kunnen reserveren om ze tentoon te stellen, precies zoals hij momenteel ruimte had geschapen voor zijn Corgi-modelautootjes, zijn spaarpotten, de speelsets en andere zaken waar hij warm voor liep. Dan had hij met behulp van zijn eigen graveerset zorgvuldig koperen plaatjes kunnen maken met hun naam, hun belangrijkste gegevens en de datum van aanschaf – precies zoals hij deed voor de andere dingen die hij verzamelde. Zijn videobanden waren schitterende aandenkens, maar eigenlijk toonden ze alleen maar tweedimensionale beweging en gaven hem niet het intense genoegen of de bevredigende tastbaarheid van speelgoed dat in de oorspronkelijke staat bewaard was gebleven.

Het probleem was verrotting. De dokter was een perfectionist die geen enkel voorwerp aan een van zijn verzamelingen toevoegde als het niet in perfecte of bijna-perfecte staat was. Uitmuntende of bijzonder goede exemplaren telden voor hem niet. Omdat er geen enkele bekende methode van conservatie, van mummificatie tot de modernste balsemtechnieken, aan zijn hoge eisen voldeed, was hij

genoodzaakt om zich te blijven behelpen met zijn videobanden als hij in een nostalgische en sentimentele stemming was.
Nu stuurde hij Susan terug naar de eetkamer om het schrijfblok te halen waarop ze haar afscheidsbrief had geschreven. Ze kwam ermee terug en legde het op het pasgeboende tegelblad van de toilettafel naast de wastafel, waar het gelijktijdig met haar kadaver gevonden zou worden.
Het bad was vol. Ze draaide de beide kranen dicht.
Ze strooide geparfumeerd badzout in het water.
De dokter was verrast, want hij had haar geen opdracht gegeven om het water te parfumeren. Kennelijk deed ze dat altijd voor ze in bad stapte en was deze handeling dus in feite een geconditioneerde reflex waar geen wilsgedachten aan te pas kwamen. Interessant.
Kronkelende slierten stoom die van het water af sloegen, wasemden nu met de vage geur van rozen.
Terwijl hij op het gesloten wc-deksel ging zitten en goed oplette dat hij niets met zijn handen aanraakte, droeg Ahriman Susan op om in bad te stappen, te gaan zitten en zichzelf grondig te wassen. Het gevaar dat een laser, een Kromekote-kaart, een Magna Brush of een stoomapparaat belastende vingerafdrukken op haar huid te voorschijn zou brengen, was inmiddels geweken. Hij rekende er ook op dat haar bad alle restanten van zijn sperma weg zou spoelen en zou vernietigen.
Ongetwijfeld had hij in de slaapkamer en in andere vertrekken van het appartement haren en vezels van zijn kleren achterlaten, die in een politielab opgezogen zouden kunnen worden. Maar zonder goede vingerafdrukken of andere directe bewijzen waardoor hij op een lijst van verdachten terecht zou komen, zouden ze niet in staat zijn om die minieme stukjes bewijsmateriaal op hem terug te voeren.
Daar kwam nog bij dat hij zich zoveel moeite had getroost om de politie een overtuigend beeld en een degelijk motief voor zelfmoord voor te schotelen, dat het niet waarschijnlijk was dat er zelfs maar een oppervlakkig moordonderzoek plaats zou vinden.
Hij zou het leuk hebben gevonden om wat langer toe te kijken terwijl Susan zich baadde want ze bood een betoverende aanblik, maar hij was doodmoe en slaperig. Bovendien wilde hij ruim voor het aanbreken van de dag weg zijn uit het appartement, want dan bestond er maar een kleine kans dat hij een getuige tegen het lijf zou lopen.
'Susan, pak alsjeblieft het scheermes op.'
Heel even bleef het stalen mesje aan de natte rand van de badkuip kleven. Daarna pakte ze het tussen de duim en de wijsvinger van haar rechterhand.

De dokter gaf de voorkeur aan flamboyante methoden van vernietiging. Omdat hij al snel verveeld raakte, was een vergiftigde kop thee of een eenvoudige strop – of in dit geval het doorsnijden van een stel slagaders – hem niet opwindend genoeg. Geweren, handwapens van een zwaar kaliber, bijlen, kettingzagen en explosieven – dat was pas echt leuk.

Haar pistool had zijn aandacht getrokken. Maar van een schot zou het gepensioneerde echtpaar van beneden wakker worden, zelfs als ze zoals gewoonlijk lam van de martini's naar bed waren gegaan.

Teleurgesteld maar vastbesloten om niet toe te geven aan zijn voorkeur voor het theatrale, vertelde Ahriman Susan hoe ze het mesje moest vastpakken, waar ze precies in haar linkerpols moest snijden en hoe hard ze moest drukken. Voor de dodelijke snee kraste ze licht over haar huid en toen nog eens, waardoor ze de aarzelingswonden veroorzaakte die de politie gewoonlijk bij meer dan de helft van dit soort zelfmoorden aantrof. Daarna, zonder enige uitdrukking op haar gezicht en met alleen pure groene schoonheid in haar ogen, bracht ze een derde snee aan, veel dieper dan de eerste twee.

Omdat het onvermijdelijk was dat ze bij het doorsnijden van de slagader ook wat pezen beschadigde, kon ze het mes niet zo stevig met haar linkerhand vasthouden als met haar rechter. De wond in haar rechterpols was verhoudingsgewijs ondiep en bloedde ook minder stevig dan die in haar linkerpols; maar ook dat zou de politie verwachten.

Ze liet het mesje vallen. Haar armen zakten onder water.

'Dank je wel,' zei hij.

'Graag gedaan.'

De dokter wachtte samen met haar op het einde. Hij had weg kunnen lopen, in het volste vertrouwen dat ze in deze gehoorzame toestand zelfs als ze niet in het oog werd gehouden rustig in bad zou blijven zitten tot ze dood was. Maar in dit spel had het noodlot hem de bal al een paar keer van de lijn laten halen en hij was niet van plan om het volgende schot te missen.

Er sloeg nu veel minder stoom van het water af en het geurde ook niet alleen nog maar naar rozen.

Hunkerend naar wat meer sensatie overwoog Ahriman om Susan uit de geestkapel te halen en een paar trappen op te laten lopen, iets dichter naar het volle bewustzijn toe, waar ze meer begrip zou hebben voor haar hopeloze toestand. Hoewel hij haar ook bij een hoger bewustzijnsniveau volledig in zijn macht had, was er toch een kleine maar reële kans dat haar ongewild een kreet van angst of wan-

hoop zou ontsnappen, net luid genoeg om de gepensioneerden en de parkieten beneden wakker te maken.
Hij wachtte.
Het badwater werd donkerder naarmate het afkoelde, hoewel de kleur die Susan eraan gaf warm was.
Ze bleef zonder iets te zeggen zitten, evenmin beroerd door emotie als de badkuip waarin ze zat en vandaar dat de dokter opschrok toen hij een eenzame traan over haar gezicht zag glijden.
Hij leunde ongelovig voorover, ervan overtuigd dat het gewoon water of een zweetdruppeltje moest zijn.
Toen de druppel langs haar hele gezicht was gegleden, welde er een tweede – groter dan de eerste, een kanjer – op uit hetzelfde oog en het leed geen twijfel dat dit het echte spul was.
Nu kreeg hij toch meer amusement voorgeschoteld dan hij had verwacht. Gefascineerd volgde hij de weg van de traan over de elegante welving van haar hoge jukbeen, over haar wang, naar de hoek van haar rijpe mond en vervolgens langs haar kaak, waar hij bij aankomst iets kleiner was geworden, maar nog steeds groot genoeg om trillend als een paarlen hangertje te blijven hangen.
Die tweede traan werd niet gevolgd door een derde. De droge lippen van de dood hadden het overbodige vocht in haar ogen weggekust.
Toen Susans mond openzakte alsof ze ergens van geschrokken was, beefde de tweede – en laatste – traan en viel van haar fijngevormde kaak in het badwater met een nauwelijks waarneembaar *plets*, alsof er op een piano in een kamer een heel eind verderop een noot van het hoogste octaaf werd aangeslagen.
Groene ogen worden grauw. Rozige huid leent kleur... van het scheermes.
Die beviel hem wel.
Terwijl hij uiteraard het licht aan liet, pakte Ahriman haar besmeurde ondergoed van de wasmand en liep de badkamer uit, naar de slaapkamer waar hij de videoband weghaalde.
In de woonkamer bleef hij even staan om te genieten van de subtiele geur van citroenpotpourri die uit de stenen potjes opsteeg. Hij had Susan altijd willen vragen waar ze deze specifieke melange kocht, zodat hij er ook wat van kon kopen voor zijn eigen huis. Te laat.
Bij de keukendeur draaide hij met zijn vingers veilig verpakt in een papieren zakdoekje de knop om van het enige slot dat ze na zijn aankomst weer had dichtgedraaid. Buiten, nadat hij de deur rustig had dichtgetrokken, gebruikte hij de reservesleutel uit de secretaire om beide dievenklauwen op slot te doen.

Hij kon niets doen aan de veiligheidsketting. Maar dat enkele detail zou de autoriteiten niet onverhoopt argwanend maken.
De nacht en de mist, die met hem in het complot zaten, wachtten nog steeds op hem en de branding was sinds hij hem het laatst had gehoord iets luider geworden, waardoor het lichte geluid van zijn schoenen op de rubber treden van de trap gemaskeerd werd.
Opnieuw bereikte hij zijn Mercedes zonder iemand tegen te komen en tijdens de plezierige rit naar huis ontdekte hij dat de straten nog maar nauwelijks drukker waren dan veertig minuten geleden het geval was.
Zijn op een heuvel gebouwde huis stond op ongeveer achtduizend vierkante meter grond in een door hekken omzoomde woongemeenschap: een uitgestrekte, futuristische, kunstzinnige opeenstapeling van vierkante en rechthoekige vormen, sommige in gegoten beton en andere bekleed met zwart graniet, met balkons, hoge door kraagliggers ondersteunde daken, bronzen deuren en glazen puien die zo groot waren dat vogels zich er niet een voor een tegen te pletter vlogen maar in hele zwermen tegelijk.
Het huis was gebouwd door een jonge zakenman die ongelooflijk rijk was geworden van de zaak die hij op Internet dreef. Toen het uiteindelijk klaar was, had hij inmiddels een voorliefde gekregen voor de bouwstijl van het zuidwesten en was hij ergens in Arizona begonnen aan de bouw van een optrekje van een slordige twaalfduizend vierkante meter uit pseudo-zongedroogde stenen in pueblostijl. Hij had dit huis te koop aangeboden zonder dat hij er was ingetrokken.
De dokter zette zijn wagen in de op achttien auto's berekende ondergrondse parkeergarage en nam de lift naar de begane grond.
De kamers en de gangen waren allemaal van majestueuze afmetingen, met gepolijste zwart granieten vloeren. De antieke Perzische tapijten – in schitterende tinten blauw, zachtgeel, groen en rood – hadden door eeuwenlang gebruik een prachtige verschoten kleur gekregen; ze leken op het zwarte graniet te drijven als vliegende wondertapijten die niet op een zwarte stenen ondergrond lagen maar over het diepe ravijn van de nacht zweefden.
In de gangen en de voornaamste kamers gingen als hij binnenkwam volgens een vooraf bepaald schema lampen aan, die werkten op bewegingsmelders die werden gestuurd door universele, duizend jaar doorlopende klokken. In kleinere kamers reageerden de lampen op gesproken bevelen.
De jonge Internet-biljonair had er met dwangmatige precisie voor gezorgd dat alle huishoudelijke systemen computergestuurd werden.

Toen hij *2001: A Space Odyssey* had gezien, had hij kennelijk de indruk gekregen dat Hal de grote held was.
In zijn werkkamer, die voorzien was van een lambrisering van opengewerkt hout, belde de dokter zijn praktijk op en liet een voicemailbericht achter voor zijn secretaresse waarin hij haar vroeg om zijn afspraken voor tien en elf uur af te zeggen en naar volgende week te verplaatsen. Hij zou pas na de lunch aanwezig zijn.
Er stonden geen afspraken met patiënten voor het tweede deel van die woensdag in zijn agenda. Hij had de middag opengelaten voor Dustin en Martine Rhodes, die 's morgens zouden bellen omdat ze wanhopig dringend hulp nodig hadden.
Achttien maanden geleden had de dokter beseft dat Martie een van zijn sleutelfiguren kon worden in een schitterend spel, dat veel ingewikkelder was dan alles wat hij tot dan toe had gespeeld. Acht maanden geleden had hij haar zijn heksenbrouwsel opgediend in een kopje koffie met een chocoladebiscuitje en haar tijdens drie van Susans bezoeken geprogrammeerd, want hij had Susan zelf al veel eerder tot zijn slavin gemaakt.
Sinds die tijd had Martie gewacht tot ze gebruikt zou worden, onwetend van het feit dat ze aan Ahrimans collectie was toegevoegd.
Dinsdagochtend, achttien uur geleden, toen Martie samen met Susan naar zijn kantoor was gekomen, had de dokter haar eindelijk in het spel betrokken en was met haar afgedaald naar de kapel in haar geest waar hij het idee had ingeplant dat ze een groot gevaar was voor zichzelf en voor anderen, een uitzonderlijk gewelddadig monster dat in staat was om de meest afzichtelijke gruweldaden te plegen.
Toen hij klaar met haar was en haar samen met Susan Jagger had weggestuurd, moest ze een interessante dag hebben gehad. Hij verheugde zich nu al op alle stuitende bijzonderheden die hij te horen zou krijgen.
Hij had Martie nog niet seksueel gebruikt. Hoewel ze niet zo mooi was als Susan was ze toch heel aantrekkelijk en hij kon bijna niet wachten om uit te proberen hoe volslagen en heerlijk laag-bij-degronds ze zou kunnen zijn als ze echt haar best deed. Momenteel voelde ze zich nog niet ellendig genoeg om veel erotische aantrekkingskracht op hem uit te oefenen.
Binnenkort.
Hij was in een gevaarlijke stemming – en dat wist hij. De persoonlijkheid die onderdrukt werd tijdens intensieve spelletjes kwam niet onmiddellijk weer terug als het spel ten einde was. Als een diepzeeduiker die in een gereguleerd tempo naar de oppervlakte komt om

de caissonziekte te vermijden, zo klom Ahriman in diverse decompressiestadia op naar volwassenheid. Hij was op dit moment man noch jongen, maar bevond zich in een emotionele overgang.
Aan de hoekbar in zijn werkkamer schonk hij een flesje cola – de klassieke samenstelling – in een kristallen Tom Collins-glas, voegde een stevige scheut kersensiroop en ijsblokjes toe en roerde het brouwsel door met een lange zilveren lepel. Hij proefde ervan en glimlachte. Veel lekkerder dan Tsingtao.
Uitgeput maar rusteloos liep hij een tijdje rond door het huis, nadat hij de computer opdracht had gegeven om hem niet vooraf te gaan met zeeën van licht of gedempte sfeerverlichting. Hij wilde duisternis in de vertrekken met een mooi uitzicht en een enkele lamp die zover gedimd was dat hij bijna geen licht meer gaf in de kamers die niet uitkeken over het nachtelijke panorama van Orange County.
Hoewel de meeste van de talrijke inwoners van het gebied nog sliepen, glinsterden op de uitgestrekte vlakke gebieden onder deze heuvels zelfs op dit uur nog miljoenen lichtjes. Door hoge ramen viel net genoeg licht binnen om de dokter gelegenheid te geven zich met katachtige zekerheid een weg te zoeken en hij vond de gouden gloed aantrekkelijk.
Terwijl hij in het donker voor een enorme ruit stond, zich koesterde in het binnenvallende licht en naar de enorme stad keek die zich als de grootste speelset ter wereld aan zijn voeten uitstrekte, wist hij hoe God zich moest voelen als hij neerkeek op zijn Schepping. Als er een God was geweest. De dokter was een speler, geen gelovige.
Terwijl hij van zijn kersencola nipte, dwaalde hij van kamer tot kamer, door verbindingstunnels en over galerijen. Het enorme huis was in meer dan één opzicht een labyrint, maar uiteindelijk kwam hij weer terug in de woonkamer.
Hier had hij, meer dan achttien maanden geleden, Susan aan zijn collectie toegevoegd. Op de dag dat de koop was gesloten, had hij hier met haar afgesproken om de sleutels van het huis en het dikke handboek voor de bediening van de computergestuurde systemen in ontvangst te nemen. Ze was verrast geweest toen ze hem had aangetroffen met twee champagneflûtes en een gekoelde fles Dom Perignon. Vanaf de dag dat ze elkaar hadden ontmoet, had de dokter ervoor gewaakt te suggereren dat zijn belangstelling voor haar verder ging dan haar ervaring op het gebied van onroerend goed; zelfs met de champagne in zijn hand was hij erin geslaagd om zo'n erotisch onverschillige indruk te maken dat ze niet het gevoel had dat er een poging werd gedaan om haar, een getrouwde vrouw, te versieren. In feite had hij, vanaf het moment dat hij haar had leren ken-

nen en besloot dat hij haar moest hebben, de suggestie gewekt dat hij homoseksueel was en dat soort hints als broodkruimeltjes voor een duif rondgestrooid. Omdat hij zo blij was met zijn spectaculaire nieuwe huis en omdat zij best tevreden was geweest met het forse bedrag dat ze aan provisie had opgestreken, vond ze het geen probleem om dat te vieren met een glas champagne – hoewel dat van haar uiteraard een dosis gif bevatte.
Hier, zo vlak na haar dood, werd Ahriman bekropen door gemengde gevoelens. Hij betreurde het verlies van Susan en viel bijna ten prooi aan een gevoel van sentimentaliteit, maar tegelijkertijd voelde hij zich bedrogen en verraden. Ondanks het feit dat ze samen zulke fantastische momenten hadden beleefd, zou ze hem, als ze de kans had gekregen, toch geruïneerd hebben.
Uiteindelijk slaagde hij erin om zijn innerlijke conflict op te lossen, toen het tot hem doordrong dat ze gewoon precies hetzelfde was als andere vrouwen, dat ze al die tijd en die aandacht die hij aan haar besteed had eigenlijk helemaal niet had verdiend. Om nu over haar te gaan zitten piekeren zou hetzelfde zijn als toegeven dat ze hem in haar macht had gehad op een manier die nog nooit eerder iemand was gelukt.
Híj was de verzamelaar, niet zij. Hij bezat dingen; ze bezaten hem niet.
'Ik ben blij dat je dood bent,' zei hij hardop in de donkere woonkamer. 'Ik ben blij dat je dood bent, stomme griet. Ik hoop dat dat scheermes pijn heeft gedaan.'
Nadat hij zijn woede onder woorden had gebracht, voelde hij zich een stuk beter. O ja hoor, wel duizend procent beter.
Hoewel Cedric en Nella Hawthorne, het echtpaar dat het landgoed beheerde, momenteel thuis waren, was Ahriman niet bang dat iemand hem had gehoord. De Hawthornes lagen vast en zeker in bed in hun driekamerappartement in de vleugel voor de bedienden. En wat ze ook te horen of te zien kregen, hij hoefde zich geen zorgen te maken dat ze zich ooit iets zouden herinneren dat hem in gevaar zou kunnen brengen.
'Ik hoop dat het pijn deed,' herhaalde hij.
Daarna nam hij de lift naar de volgende verdieping en liep door de gang naar zijn grote slaapsuite.
Hij poetste zijn tanden, floste zorgvuldig en trok een zwarte zijden pyjama aan.
Nella had het bed opengeslagen. White Pratesi-lakens met zwart afgebiesd. Een hele serie zachte kussens.
Zoals gewoonlijk stond op zijn nachtkastje een Lalique-schaal vol

repen, twee stuks van zijn zes lievelingsmerken. Hij wenste dat hij zijn tanden niet had gepoetst.
Voordat hij in bed stapte, gebruikte hij het Crestron-touchscreen om toegang te krijgen tot het computergestuurde huisprogramma. Met dit besturingspaneel kon hij overal in het huis het licht regelen, de airconditioning en de verwarming per kamer, het beveiligingssysteem, de surveillancecamera's buiten, de verwarming van het zwembad en van de sauna en nog diverse andere systemen en apparaten. Hij toetste zijn persoonlijke code in om toegang te krijgen tot een kluispagina met een rijtje van zes muurkluizen van diverse grootte die door het hele huis verspreid waren. Hij tikte 'hoofdslaapkamer' op het scherm aan en in plaats van de lijst met lokaties verscheen het beeld van een toetsenbord.
Toen hij een zevencijferig nummer intoetste, gleed een pneumatisch aangedreven schijf graniet op de voorzijde van de open haard opzij, waardoor een kleine, ingebouwde stalen kluis zichtbaar werd. Ahriman voerde de code in op het toetsenbord en aan de overkant van de kamer ging het slot met een hoorbare *klik* open.
Hij liep naar de open haard, trok de dertig bij dertig centimeter grote deur stalen deur open en pakte de inhoud van de kluis die met een gewatteerde voering was bekleed. Een glazen pot van een liter inhoud.
Hij zette de pot op een bureau van bewerkt staal en zebrahout en ging zitten om de inhoud te bestuderen.
Na een paar minuten kon hij de lokroep van de schaal met snoepgoed niet langer weerstaan. Hij stond even te aarzelen bij de inhoud van de Lalique-schaal en koos ten slotte een chocoladereep met amandelen.
Hij was niet van plan om opnieuw zijn tanden te poetsen. In slaap vallen met de smaak van chocola in zijn mond was een zondig genoegen. Af en toe was hij echt een stoute jongen.
Terwijl hij weer aan het bureau ging zitten, genoot Ahriman van het snoepgoed en deed er lekker lang mee terwijl hij nadenkend naar de pot zat te kijken. Maar hoe langzaam hij de reep ook opat, toen hij de laatste kruimeltjes chocola wegslikte, had hij geen greintje nieuw inzicht opgedaan uit de ogen van zijn vader.
Ze waren lichtbruin, maar met een melkachtig waas over de irissen. Het wit was niet langer wit, maar lichtgeel en vaag doorspekt met pastelgroen. Ze dreven in formaldehyde in de luchtdicht afgesloten pot, en tuurden af en toe door het gebogen glas met een treurige uitdrukking en soms met iets dat op een ondraaglijke smart leek.
Ahriman had deze ogen zijn leven lang bestudeerd, niet alleen toen

ze zich nog in de schedel van zijn vader bevonden maar ook nadat ze eruit gestoken waren. Ze bevatten geheimen die hij wenste te achterhalen, maar zoals altijd was het vrijwel onmogelijk om ze te doorgronden.

42

Omdat de drie slaappillen nog lang niet uitgewerkt waren, was Martie kennelijk niet in staat om zichzelf in paniek te brengen, zelfs niet nadat ze bevrijd was van de stropdassen, uit bed was gestapt en op haar benen stond.

Maar haar handen trilden bijna constant en ze schrok als Dusty te dicht bij haar kwam. Ze geloofde nog steeds dat ze in staat was om plotseling zijn ogen uit te krabben, zijn neus af te happen of zijn lippen áf te bijten en op die manier een bijzonder ongebruikelijk ontbijt te nuttigen.

Terwijl ze zich uitkleedde om te gaan douchen, zag ze er met haar vermoeide ogen charmant pruilend uit en Dusty, op een afstand die volgens haar maar net veilig was, vond dat ronduit aantrekkelijk.

'Heel erotisch en smeulend. Als je er zo uitziet, kun je een vent blootsvoets over een met spijkers bezaaid voetbalveld laten lopen.'

'Ik voel me niet erotisch,' zei ze met een schorre stem. Ze trok zonder bijbedoelingen een pruilmondje, maar de uitwerking was adembenemend. 'Ik voel me net vogelpoep.'

'Opmerkelijk.'

'Vind ik niet.'

'Wat?'

Terwijl ze haar ondergoed afstroopte, zei ze: 'Ik vind het vervelend.'

'Nee,' zei hij. 'Ik had het over je woordkeus. Dus je voelt je net vogelpoep – waarom nou juist *vogel*?'

Ze gaapte. 'Heb ik dat gezegd?'

'Ja.'

'Ik weet het niet. Misschien omdat ik het gevoel heb dat ik uit de lucht ben komen vallen en overal overheen ben gespat.'

Ze wilde niet per se alleen zijn als ze douchte.

Dusty keek vanuit de deuropening van de badkamer toe hoe Martie de douchemat neerlegde, de deur van de douchecabine opentrok en de kranen afstelde. Toen ze in de cabine stapte, liep hij de badkamer in en ging op het gesloten deksel van de wc zitten.

Terwijl Martie zich begon in te zepen, zei Dusty: 'We zijn al drie jaar getrouwd, maar ik heb het gevoel dat ik bij een peepshow zit.'

Een blokje zeep, een plastic fles shampoo en een tube crèmeconditioner waren voorwerpen waar zo weinig dodelijk gevaar van uitging dat ze in staat was om zich te wassen zonder een angstaanval te krijgen.

Dusty pakte de haardroger uit een la van de toilettafel, stak de stekker in het stopcontact en stelde zich weer in de deuropening op.

Martie weigerde om de haardroger te gebruiken. 'Ik wrijf het wel een beetje droog en dan laat ik het verder gewoon opdrogen.'

'Dan gaat het pluizen en daar heb je zo'n hekel aan dat je de hele dag gaat lopen katten.'

'Ik kat niet.'

'Nou, in ieder geval zeur je nooit.'

'Zo is het verdomme ook nog eens een keer.'

'Klagen dan?' stelde hij voor.

'Vooruit. Dat wil ik wel toegeven.'

'Dan loop je de hele dag te klagen. Waarom wil je de haardroger niet gebruiken? Die is niet gevaarlijk.'

'Ik weet het niet. Hij lijkt een beetje op een pistool.'

'Het is geen pistool.'

'Ik heb nooit beweerd dat dit allemaal redelijk verklaarbaar is.'

'Ik beloof je dat ik niet zal blijven staan als je dat apparaat op volle kracht zet en een poging doet om me dood te föhnen.'

'Bastaard.'

'Dat wist je toen je met me trouwde.'

'Het spijt me.'

'Wat?'

'Dat ik je een bastaard noemde.'

Hij haalde zijn schouders op. 'Ach, je mag alles tegen me zeggen wat je wilt, zolang je me maar niet vermoordt.'

Haar ogen waren blauwer dan gasvlammen toen de woede ze deed oplaaien. 'Dat is helemaal niet grappig.'

'Ik weiger om bang voor je te zijn.'

'Maar dat moet je wel zijn,' zei ze klagend.

'Geen denken aan.'

'Wat ben je toch een domme, domme... man.'

'Man. Ai. De ergste belediging die er bestaat. Hoor eens, als je me ooit weer een man durft te noemen... Ik weet het niet, maar dan zou het best eens uit kunnen zijn tussen ons.'

Ze wierp hem een nijdige blik toe en stak eindelijk haar hand uit naar de haardroger, maar trok die gelijk weer terug. Ze probeerde het opnieuw, deinsde weer terug en begon te trillen, niet zozeer van angst maar van ergernis en stille ellende.

Dusty was bang dat ze zou gaan huilen. Gisteravond had de aanblik van haar tranen zijn maag doen omdraaien.

Terwijl hij naar haar toe liep, zei hij: 'Laat mij het maar doen.'

Ze week achteruit. 'Blijf uit mijn buurt.'

Hij plukte een handdoek van het rek en bood haar die aan. 'Denk je dat er één moordlustige maniak is die dit als favoriete wapen zou uitkiezen?'

Haar blik gleed echt langs de hele handdoek alsof ze behoedzaam de moorddadige mogelijkheden probeerde in te schatten.

'Je moet hem met twee handen vastpakken,' legde hij uit. 'Trek hem strak, hou hem stijf vast, concentreer je en laat niet los. Zolang je iets in je handen hebt, kun je me niets doen.'

Ze pakte de handdoek met een sceptische blik aan.

'Heus waar,' zei hij. 'Wat zou je ermee kunnen doen behalve me een klap voor mijn kont geven?'

'Dat zou me anders best deugd doen.'

'Maar er is zeker vijftig procent kans dat ik dat zou overleven.' Toen ze bleef aarzelen, zei hij: 'En trouwens, ik heb de haardroger. Als je iets probeert, zal ik je een paar verbrande lippen bezorgen die je niet snel zult vergeten.'

'Ik voel me zo'n sukkel.'

'Dat ben je helemaal niet.'

Vanaf de drempel klonk het gesnuif van Valet.

Dusty zei: 'Dat is dus twee tegen één. Het sukkeldom is weggestemd.'

'Schiet nou maar op,' zei ze grimmig.

'Kijk naar de wastafel en blijf met je rug naar me toe staan als je denkt dat ik op die manier minder gevaar loop.'

Ze ging met haar gezicht naar de wastafel staan, maar ze deed haar ogen dicht in plaats van in de spiegel te kijken.

Hoewel het helemaal niet koud was in de badkamer stond het kippenvel op Marties rug.

Met behulp van een borstel trok Dusty keer op keer haar dikke, zwarte, schitterende haar door de heteluchtstraal uit de haardroger en bracht het in model zoals hij haar zo vaak had zien doen.

Vanaf het moment dat ze bij elkaar waren, had Dusty het leuk gevonden om toe te kijken hoe Martie zichzelf verzorgde. Of ze nu haar haar waste, haar nagels lakte, haar make-up aanbracht, of zonnebrandlotion in haar huid masseerde, het gebeurde altijd met een

simpele, haast luie zorgvuldigheid die iets katachtigs had en heerlijk gracieus was. Een leeuwin, vol zelfvertrouwen omtrent haar uiterlijk, maar niet ijdel.
Martie had altijd zo sterk en veerkrachtig geleken dat Dusty zich nooit zorgen had gemaakt over wat er met haar zou gebeuren als het noodlot hem als hij ergens hoog op een dak zat een vroegtijdige dood zou bezorgen. Nu maakte hij zich wel zorgen – en voor zijn gevoel was zijn bezorgdheid een belediging voor haar, alsof hij medelijden met haar had. En dat was niet waar, dat zou hij niet eens kunnen. Ze was nog veel te veel *Martie* om medelijden op te roepen. Toch leek ze nu schrikbarend kwetsbaar, met die slanke nek, die tengere schouders en de wervels die zo teer in elkaar grepen in het midden van haar rug en Dusty stond duizend angsten uit voor deze lieve vrouw, ook al mocht hij haar dat nooit laten merken.
Zoals de grote filosoof Skeet ooit had gezegd: *Liefde is moeilijk*.

In de keuken gebeurde iets vreemds. In feite was vrijwel alles wat zich in de keuken afspeelde vreemd, maar het laatste voorval, vlak voordat ze het huis uitliepen, was het vreemdst van alles.
Om te beginnen zat Martie stram in een van de stoelen bij de eettafel, met haar handen onder haar dijen. Eigenlijk *zat* ze op haar handen, alsof die, als ze niet in bedwang gehouden werden, het eerste het beste dat binnen bereik kwam op zouden grissen en naar Dusty toe zouden smijten.
Omdat ze die ochtend verschillende onderzoeken moest ondergaan en er bloed bij haar geprikt moest worden, mocht ze vanaf de vorige avond negen uur niet meer eten tot het moment dat de dokter later die ochtend met haar klaar zou zijn.
Ze was overstuur omdat ze in de keuken moest blijven zitten terwijl Valet zijn ochtendbrokjes naar binnen schrokte en Dusty een glas melk dronk en een donut at, maar niet omdat zij zich wel mochten uitleven. 'Ik weet wat er in die laden zit,' zei ze terwijl de angst in haar stem doorklonk. Ze had het over messen en ander scherp keukengerei.
Dusty knipoogde wellustig. 'Ik weet ook wat er in jouw laden zit.'
'Verdomme, het wordt tijd dat je dit eens wat serieuzer gaat nemen.'
'Als ik dat doe, kunnen we net zo goed meteen allebei zelfmoord plegen.'
Hoewel haar wenkbrauwen nog meer naar elkaar toe kropen, wist hij dat ze besefte dat hij verstandige taal had gesproken.
'Moet je jou daar zien staan met je volle melk en een met suiker be-

streken donut met roomvulling. Volgens mij ben je al half op weg om harakiri te plegen.'
Terwijl hij zijn melk opdronk, zei hij: 'Om een *normaal* – en waarschijnlijk lang – leven te leiden kun je volgens mij het beste luisteren naar alles wat die gezondheidsnazi's te zeggen hebben en vervolgens precies het tegenovergestelde te doen.'
'Maar als ze nu morgen zeggen dat cheeseburgers met patat het gezondste dieet is dat je kunt volgen?'
'Dan stort ik me op de vegetarische hamburgers en bijbehorend konijnenvoer.'
Terwijl hij zijn glas omspoelde, draaide hij haar de rug toe en ze zei op scherpe toon: 'Hé!', dus keek hij haar weer aan toen hij het afdroogde, zodat ze geen kans zou krijgen om stiekem op hem af te sluipen en zijn hersens in te slaan met een blikje witte bonen in tomatensaus.
Ze konden die ochtend geen wandeling met Valet maken. Martie weigerde om alleen achter te blijven terwijl Dusty de hond uitliet. En als ze meeging, zou ze zonder twijfel doodsbang zijn dat ze Dusty voor een vrachtauto zou duwen en Valet in de draagbare hakselaar van de eerste de beste tuinman zou proppen.
'Het heeft toch wel iets grappigs,' zei Dusty.
'Het is helemaal niet grappig,' weerlegde ze grimmig.
'We zullen allebei wel gelijk hebben.'
Hij deed de achterdeur open en stuurde Valet naar buiten om de ochtend in de afgesloten achtertuin door te brengen. Het was fris weer maar niet koud en er werd geen regen voorspeld. Hij zette een volle bak water op de veranda en zei tegen de hond: 'Je mag poepen waar je wilt, dan ruim ik het later wel op, maar je moet niet het idee krijgen dat dit vaste prik wordt.'
Hij sloot de deur, deed hem op slot en keek naar de telefoon en dat was het moment waarop dat vreemde voorval zich afspeelde. Martie en hij begonnen tegelijk te praten, dwars door elkaar heen.
'Martie, ik wil niet dat je dit verkeerd opvat...'
'Ik heb alle vertrouwen in dokter Closterman...'
'... maar ik geloof echt dat we in overweging moeten nemen...'
'... maar er kunnen dagen overheen gaan voor de uitslag van het onderzoek bekend is...'
'... om ook een andere arts te consulteren...'
'... en hoewel ik het een verschrikkelijk idee vind...'
'... en dan bedoel ik niet nog een gewone arts...'
'... denk ik dat ik onderzocht zou moeten worden...'
'... maar een therapeut...'

'... door een psychiater...'
'... die bekend is met de behandeling van fobieën...'
'... met de juiste ervaring...'
'... iemand als...'
'... ik zat te denken aan...'
'... Dokter Ahriman.'
'... Dokter Ahriman.'
Ze spraken de naam gelijktijdig uit – en zaten elkaar in de stilte die erop volgde met open mond aan te kijken.
Daarna zei Martie: 'Volgens mij zijn we al te lang getrouwd.'
'Nog iets langer en we gaan zelfs op elkaar lijken.'
'Ik ben niet geschift, Dusty.'
'Dat weet ik wel.'
'Maar bel hem toch maar.'
Hij liep naar de telefoon en belde inlichtingen om achter het nummer van Ahriman te komen. Hij sprak de voicemail van de dokter in met het verzoek om een afspraak te mogen maken en liet het nummer van zijn mobiele telefoon achter.

43

In Skeets appartement was de slaapkamer even kaal en spaarzaam gemeubileerd als een kloostercel.

Martie, die zich in een hoek had teruggetrokken om wat minder armslag te hebben als ze plotseling door een aanval van moordlust werd getroffen, stond met haar armen over haar borst gekruist en de handen stijf onder haar oksels. 'Waarom heb je me dat gisteravond niet verteld? Die arme Skeet zit weer in het afkickcentrum en dat vertel je me nu pas?'

'Je had al genoeg aan je hoofd,' zei Dusty terwijl hij zocht onder de keurig opgevouwen kleren in de onderste la van een ladekast die zulke strakke vormen had dat het leek alsof hij gemaakt was door een strenge religieuze orde die de mening huldigde dat Shakermeubels zondig sierlijk waren.

'Wat zoek je... zijn voorraad stuf?'

'Nee. Als daar nog iets van over is, kost het me uren voor ik dat boven water heb. Ik zoek... Ik weet eigenlijk niet wat ik zoek.'

'We moeten over veertig minuten bij dokter Closterman zijn.'

'We hebben meer dan genoeg tijd,' zei Dusty en verplaatste zijn speurtocht naar een hogere lade.

'Verscheen hij stoned op het werk?'

'Ja. Hij is bij de Sorensons van het dak gesprongen.'

'Mijn god! Was hij zwaar gewond?'

'Hij had helemaal niets.'

'Helemaal níéts?'

'Het is een lang verhaal,' zei Dusty terwijl hij de bovenste la van de kast opentrok. Hij was niet van plan om haar te vertellen dat hij samen met Skeet van het dak was gevallen, niet zolang ze in deze toestand verkeerde.

'Wat hou je voor me verborgen?' wilde ze weten.

'Ik hou helemaal niets verbórgen.'

'Wat hou je dan voor me áchter?'
'Martie, laten we nu geen woordspelletjes spelen, oké?'
'Op dit soort momenten is het overduidelijk dat je de zoon van Trevor Penn Rhodes bent.'
Terwijl hij de laatste kastlade dichtschoof, zei hij: 'Dat was gemeen. Ik hou niets voor je áchter.'
'Waar wil je me dan tegen beschermen?'
'Ik denk dat ik eigenlijk op zoek ben,' zei hij in plaats van haar vraag te beantwoorden, 'naar bewijzen dat Skeet bij een of andere sekte betrokken is geraakt.'
Omdat hij het enige nachtkastje al had doorzocht en ook onder het bed had gekeken, liep Dusty naar de aangrenzende badkamer, klein, schoon en volkomen wit. Hij opende het medicijnkastje en schiftte snel door de inhoud.
Vanuit de slaapkamer zei Martie op een angstige en beschuldigende toon: 'Je weet niet wat ik hier allemaal kan uitspoken.'
'Zoek je een bijl?'
'Bastaard.'
'Dat verhaal hebben we al gehad.'
'Ja, maar het is nog lang niet uit.'
Toen hij weer uit de badkamer te voorschijn kwam, zag hij dat ze stond te beven en even bleek was als iets dat onder een steen vandaan was gekropen – maar wel veel aantrekkelijker. 'Alles in orde met je?'
'Hoe bedoel je... een sekte?'
Hoewel ze in elkaar kromp toen hij naar haar toe kwam, pakte hij haar bij de arm, trok haar weg uit de hoek en nam haar mee naar de woonkamer. 'Skeet zei dat hij van het dak was gesprongen omdat een engel des doods tegen hem had gezegd dat hij dat moest doen.'
'Dat is gewoon drugsgeleuter.'
'Dat kan best. Maar je weet hoe die sekten te werk gaan... met die hersenspoelingen en zo.'
'Waar heb je het over?'
'Hersenspoelen.'
In de woonkamer trok ze zich in een andere hoek terug en klemde haar handen weer onder haar oksels. 'Hersenspoelen?'
'Bonte was, witte was, hersenwas, draaien draaien draaien in de wasmasjien...'
In de woonkamer stonden alleen een bank, een fauteuil, een salontafel, een bijzettafeltje, twee lampen en een rek met planken voor zowel boeken als tijdschriften. Dusty hield zijn hoofd scheef om de rugtitels te kunnen lezen.

Vanuit haar hoek zei Martie: 'Wat hou je voor me verborgen?'
'Begin je nou weer?'
'Je zou niet denken dat hij bij een sekte betrokken was – en gehersenspoeld, goeie genade nog aan toe – als hij het alleen maar over een of andere engel des doods had gehad.'
'Er is ook iets gebeurd in de kliniek.'
'In New Life?'
'Ja.'
'Wat dan?'
Alle paperbacks op de planken waren fantasy. Verhalen over draken, magiërs, boze tovenaars en snoevende helden in het Land van Weleer of Nooitgedacht. Dusty stond voor de zoveelste keer versteld van het lievelingsgenre van het joch; per slot van rekening leefde Skeet al min of meer in een fantasiewereld en dan had hij die puur voor zijn vermaak toch eigenlijk niet nodig.
'Wat is er dan gebeurd?' herhaalde Martie.
'Hij raakte in trance.'
'Hoe bedoel je, in trance?'
'Je weet wel, wat zo'n illusionist met je doet, zo iemand die je vanaf het toneel kan hypnotiseren zodat je kakelend als een kip rondloopt.'
'Liep Skeet kakelend als een kip rond?'
'Nee, het zat iets ingewikkelder in elkaar.'
Terwijl Dusty de planken langsliep, werd hij ineens verschrikkelijk triest van al die titels. Hij besefte dat zijn broer waarschijnlijk zijn toevlucht tot al deze sprookjesrijken zocht omdat het stuk voor stuk schonere, betere en meer geordende fantasieën waren dan die waarin de jongen leefde. In deze boeken werd toverkracht gebruikt, waren vrienden altijd trouw en moedig, waren goed en kwaad duidelijk van elkaar te onderscheiden (goed won altijd) en niemand raakte verslaafd aan drugs en maakte een puinhoop van zijn leven.
'Kwaakte hij dan als een eend of liep hij te klokken als een kalkoen?' vroeg Martie vanuit de hoek waarnaar ze zichzelf had verbannen.
'Wat?'
'In welk opzicht was het ingewikkelder wat Skeet in de kliniek heeft gedaan?'
Terwijl hij snel een stapeltje tijdschriften bekeek en niets vond dat door een zondiger sekte was gepubliceerd dan de Time-Warner-mediagroep, zei Dusty: 'Dat vertel ik je later wel. Daar hebben we nu geen tijd meer voor.'
'Je doet bijzonder irritant.'
'Daar moet je aanleg voor hebben,' zei hij en liet de tijdschriften en

de boeken met rust om een snelle blik in het keukentje te werpen.
'Laat me hier niet alleen,' zei ze smekend.
'Kom dan mee.'
'Geen denken aan,' zei ze, duidelijk met de gedachte aan messen, vleesvorken en aardappelstampers. 'Geen denken aan. Dat is een keuken.'
'Ik zal je heus niet vragen om te gaan koken.'
Het was een open keuken annex eetruimte die aan de woonkamer grensde, zo'n tyisch Californisch ontwerp, dus Martie was in feite in staat om toe te kijken terwijl hij laden en kastdeurtjes opentrok. Ze bleef een halve minuut stil, maar toen ze weer begon te praten, trilde haar stem. 'Dusty, ik begin me slechter te voelen.'
'Wat mij betreft, word je alleen maar steeds beter, lieverd.'
'Ik meen het. Het is echt waar. Ik balanceer op het randje en de afgrond komt steeds dichterbij.'
Dusty vond geen rotzooi van sekten tussen de potten en de pannen. Geen geheime decoderingen. Geen pamfletten over het nakende armageddon. Geen verhandelingen over hoe je de antichrist kon herkennen als je hem in het winkelcentrum tegen het lijf liep.
'Wat ben je daar aan het doen?' wilde Martie weten.
'Ik rijg mezelf aan een mes, zodat jij dat niet meer hoeft te doen.'
'Wat ben je toch een bastaard.'
'Daar hebben we het al over gehad,' zei hij, terwijl hij terugkwam in de woonkamer.
'Je bent een kouwe kikker,' klaagde ze.
Haar bleke gezicht vertrok van nijd.
'Ik ben een ijspegel,' beaamde hij.
'Dat is echt waar. Ik meen het.'
'Als de noordpool.'
'Je kunt me zo verschrikkelijk kwaad maken.'
'Jij kunt mij zo verschrikkelijk gelukkig maken,' troefde hij haar af.
In plaats van nijdig keek ze plotseling verrast toen de waarheid tot haar doordrong en ze sperde haar ogen open toen ze zei: 'Jij bent mijn Martie.'
'Dat klinkt me niet echt als een belediging in de oren.'
'En ik ben jouw Susan.'
'O, dat is niet zo best. Dan zullen we al onze geborduurde handdoeken moeten vervangen.'
'Een jaar lang ben ik met haar omgesprongen zoals jij nu met mij doet. Ik heb haar zoet gehouden, haar voortdurend gepest zodat ze zich niet zou overgeven aan zelfmedelijden, en ik heb geprobeerd haar een hart onder de riem te steken.'

'Je bent dus een echt takkewijf geweest, hè?'
Martie lachte. Beverig en één rilling verwijderd van een snik, net als zo'n lach in een opera als de tragische heldin een sopraantriller inzet en die laat zakken tot een wanhopige altsnik. 'Ik ben een takkewijf geweest en een sarcastische wijsneus, ja, omdat ik zo dol op haar ben.'
Glimlachend stak Dusty zijn rechterhand naar haar uit. 'We moeten ervandoor.'
Toen ze een stap uit haar hoek was, bleef ze staan omdat ze niet verder kon. 'Dusty, ik wil geen Susan zijn.'
'Dat weet ik.'
'Ik wil niet... zo diep vallen.'
'Dat zal ook niet gebeuren,' beloofde hij.
'Ik ben bang.'
In plaats van toe te geven aan haar normale voorkeur voor vrolijke kleuren, had Martie de donkere kant van haar garderobe geplunderd. Zwarte laarzen, zwarte spijkerbroek, een zwarte trui en een zwart leren jack. Ze zag eruit als een rouwende gast op de begrafenis van een biker. In deze strenge kleren had ze er eigenlijk stoer uit moeten zien, even hard en indrukwekkend als de nacht zelf. In plaats daarvan leek ze zo kwetsbaar als een schaduw die vervaagt en oplost voor de meedogenloze zon.
'Ik ben bang,' herhaalde ze.
Dit was een moment voor de waarheid, niet om grapjes te maken, en Dusty zei: 'Ja. Ik ook.'
Terwijl ze de vrees voor haar ingebeelde moordlust van zich af zette, pakte ze zijn hand. Die van haar was koud, maar het feit dat ze hem aanraakte, was een stap vooruit.
'Ik móét Susan bellen,' zei ze. 'Ze had verwacht dat ik haar gisteravond zou bellen.'
'Dat doen we wel vanuit de auto.'
Terwijl ze het appartement uit liepen, via de gezamenlijke hal de trap af en naar buiten gingen door de kleine entree waar Skeet met potlood de naam FARNER onder CAULFIELD op zijn brievenbus had gekrabbeld, voelde Dusty Marties hand in de zijne warmer worden en durfde te denken dat hij haar zou kunnen redden.
Een tuinman die al vroeg aan het werk was, verzamelde afgeknipte heggentakken in een jutezak. Het was een knappe jonge hispanic met ogen zo donker als stroop, die hen toelachte en knikte.
Op het gazon vlak bij hem lagen een kleine snoeischaar en een grote heggenschaar.
Bij de aanblik van de scharen slaakte Martie een gesmoorde kreet.

Ze rukte haar hand los uit Dusty's arm en ging ervandoor, niet in de richting van die pseudo-wapens maar de andere kant op, naar de rode Saturn die langs het trottoir stond.
'*Disputa?*' vroeg de tuinman vol medeleven aan Dusty, alsof hij zelf helaas ervaring genoeg had op het gebied van ruzie met vrouwen.
'*Infinidad*,' antwoordde Dusty terwijl hij haastig doorliep en hij was al bij de auto toen hij zich plotseling realiseerde dat hij *enfermedad* had willen zeggen, oftewel 'ziek', maar dat hij in plaats daarvan 'oneindig' had gezegd.
De tuinman keek hem na, niet fronsend van verbazing maar ernstig knikkend, alsof Dusty's verkeerde woordkeuze inderdaad een onweerlegbare diepgang had.
Zo kan een reputatie van wijsheid worden opgebouwd op funderingen die nog zwakker zijn dan die van een luchtkasteel.
Tegen de tijd dat Dusty achter het stuur kroop, zat Martie huiverend en kreunend naast hem, helemaal dubbelgevouwen voor zover het dashboard dat toeliet. Ze hield haar handen tussen haar samengeknepen dijen, alsof ze jeukten van verlangen om onheil te veroorzaken.
Toen Dusty zijn portier dichttrok, zei Martie: 'Ligt er iets scherps in het handschoenenkastje?'
'Dat weet ik niet.'
'Zit het op slot?'
'Dat weet ik ook niet.'
'Doe het dan in godsnaam op slot.'
Hij deed het op slot en startte meteen daarna de motor.
'Schiet op,' smeekte ze.
'Goed.'
'Maar je mag niet te hard rijden.'
'Oké.'
'Maar je moet wél opschieten.'
'Wat wil je nu eigenlijk?' vroeg hij terwijl hij wegreed.
'Als je te hard rijdt, probeer ik misschien het stuur te grijpen om de auto van de weg te laten rijden, of om te laten slaan, of ons frontaal tegen een vrachtwagen te laten botsen.'
'Natuurlijk doe je dat niet.'
'Het zou best kunnen,' hield ze vol. 'Wél waar. Je wilt niet weten wat er in mijn hoofd omgaat, wat ik allemaal in gedachten zie.'
De uitwerking van de drie slaappillen werd met de seconde minder, terwijl Dusty's brandend maagzuur als gevolg van de met room gevulde, besuikerde donut langzaam maar zeker verergerde.
'O, god,' kreunde ze, 'god, alsjeblieft, alsjeblieft, laat me die dingen

niet zien, laat me die dingen niet zien.'
Terwijl ze vol ellende voorovergebogen zat, kennelijk kotsmisselijk van de gewelddadige beelden die ongevraagd door haar hoofd schoten, snakte Martie naar adem, en dat veranderde al gauw in heftig kokhalzen waarbij ze ongetwijfeld haar ontbijt overgegeven zou hebben als ze iets had gegeten.
Terwijl ze dwars door de stad reden, was het ochtendverkeer vrij druk en Dusty verwisselde regelmatig van rijbaan waarbij hij af en toe wat risico nam als hij een gaatje zag, maar hij trok zich niets aan van de boze blikken van andere automobilisten die daarbij soms stevig op de claxon leunden. Martie scheen midden in een emotionele bobsleerun te zitten die haar met een noodgang over glad ijs naar een paniekaanval aan het einde van de baan voerde. Dusty wilde zo dicht mogelijk in de buurt van de praktijk van dr. Closterman zijn als ze tegen de wand klapte en van de weeromstuit in een soortgelijke zenuwinzinking zou belanden als hij de avond ervoor had meegemaakt.
Hoewel ze steeds heftiger begon te kokhalzen, bleef de opluchting uit, niet alleen omdat ze een lege maag had, maar ook omdat ze eigenlijk zonder succes probeerde de misselijkmakende beelden die door haar hoofd rondkolkten uit te braken. Waarschijnlijk vulde haar mond zich met speeksel, zoals meestal gebeurt tijdens dat soort aanvallen van misselijkheid, want ze spuugde meer dan eens op de grond.
Tussen het kokhalzen door snakte ze echt naar adem en haar keel moest uitgedroogd en half rauw zijn van de kracht waarmee ze de lucht naar binnen zoog. Bovendien beefde Martie van top tot teen en wel zo heftig dat Dusty uit meegevoel ook vol kille afschuw begon te trillen, hoewel hij zich absoluut niet kon voorstellen welke vreselijke beelden haar teisterden.
Hij ging nog harder rijden, waarbij hij nog agressiever begon te weven en nog grotere risico's nam die nu niet alleen door luid getoeter werden begeleid maar ook regelmatig door heftig gepiep van remmen. Hij hoopte bijna dat hij door de politie aangehouden zou worden. Martie was er zo slecht aan toe dat de meeste smerissen er wel van af zouden zien om hem een bon te geven en hem in plaats daarvan met behulp van de sirene veilig door het verkeer zouden loodsen.
Haar toestand verslechterde zelfs. Op dit moment was het kokhalzen even over, maar ze begon heen en weer te wiegen op haar stoel terwijl ze kreunde en met haar voorhoofd tegen het gecapitonneerde dashboard sloeg, aanvankelijk nog zacht, langzaam en voorzich-

tig alsof ze haar aandacht af wilde leiden van de kwelgeesten die door haar hoofd tolden, maar vervolgens steeds harder en sneller, niet langer kreunend maar grommend als een bokser die zich tijdens een training met toenemende felheid op zijn boksbal stort: '*Oeh, oeh, oeh, oeh, oeoehhhh.*'

Dusty praatte tegen haar en zei dringend dat ze rustig moest blijven, dat ze vol moest houden, dat ze niet moest vergeten dat hij bij haar was, dat hij alles voor haar zou doen, dat hij vertrouwen in haar had en dat alles in orde zou komen. Hij wist niet of ze hem kon verstaan. Wat hij ook zei, niets scheen haar te troosten.

Hij verlangde er wanhopig naar om haar in zijn armen te nemen en haar op die manier tot rust te brengen, maar hij vermoedde dat elk lichamelijk contact tijdens deze aanval precies het tegenovergestelde zou bereiken. Het was best mogelijk dat ze nog ergere aanvallen van angst en afschuw zou krijgen als hij zijn hand op haar schouder legde.

Dr. Closterman hield praktijk in een torenflat naast het ziekenhuis. Een straat verderop kon hij de beide gebouwen, de hoogste in de omgeving, al zien staan.

Ondanks het feit dat het dashboard gecapitonneerd was, zou ze zichzelf ongetwijfeld verwonden als ze er met haar hoofd tegenaan bleef slaan, maar ze wist niet van ophouden. Er kwam geen kreet van pijn over haar lippen, ze kreunde alleen maar bij iedere klap, ze vloekte en ze schold zichzelf uit – 'Hou op, hou op, hou op' – en leek in feite door de duivel bezeten. Of om het juister te zeggen: ze was zowel het slachtoffer als de duivelsuitdrijver terwijl ze uit alle macht vocht tegen haar eigen demonen.

Bij het medisch complex werden de omliggende parkeerterreinen overschaduwd door rijen hoge bomen. Hij zocht en vond een plaats vlak bij de flat waar de dokter praktijk hield, onder een overkoepelend bladerdak.

Zelfs nadat hij was gestopt en de auto in de parkeerstand had gezet, had Dusty nog steeds het gevoel dat hij in beweging was. Een ochtendbriesje liet de schaduwen van de bladeren over de voorruit trillen, terwijl een wirwar van zonnestralen over het gebogen glas schoot en er aan weerszijden vanaf leek te schieten alsof ze stralende stukjes loof waren die in zijn slipstream rondtolden.

Toen Dusty de motor uitzette, hield Martie op met tegen het dashboard aan te beuken. Haar handen die tot dan toe tussen haar samengeknepen dijen vastgeklemd hadden gezeten, schoten los. Ze greep haar hoofd vast alsof ze de pijngolven van een migraineaanval wilde onderdrukken, waarbij ze haar vingers zo hard tegen haar

schedel drukte dat de huid over haar knokkels strak kwam te staan en even glad en wit werd als de botten eronder.
Ze gromde en vloekte niet meer en aan het schelden was ook een eind gekomen. Het werd nog erger, want toen ze zich opnieuw vooroverboog begon ze te gillen. IJle kreten onderbroken door een wanhopig happen naar adem, als een zwemmer in nood. Er klonk doodsangst door in haar geschreeuw. Maar ook woede, afschuw en schrik. Gegil dat huiverde van walging, alsof het uit de keel kwam van een zwemmer die onder zich in het water iets engs voorbij voelde glijden, iets kouds, glibberigs en afschuwelijks.
'Martie, wat is er nou? Zeg iets tegen me. Martie, laat me je helpen.'
Misschien kon ze hem niet verstaan door al dat gegil, het bonzen van haar hart en het gesuis van het bloed in haar oren, of misschien was er gewoon niets dat hij kon doen en hoefde ze hem daarom geen antwoord te geven. Ze worstelde met een maalstroom van heftige emoties die haar mee scheen te slepen naar diep water, naar een bodemloze put vol waanzin waarin ze best zou kunnen verdrinken.
Tegen beter weten in raakte Dusty haar aan. Ze reageerde precies zoals hij had gevreesd. Ze deinsde achteruit, sloeg zijn hand van haar schouder en drukte zichzelf plat tegen het rechterportier, omdat ze er onzinnig genoeg nog steeds van overtuigd was dat ze in staat was om hem te verblinden of iets nog ergers aan te doen.
Een jonge vrouw die samen met twee kinderen de parkeerplaats overstak, hoorde Marties gegil en liep fronsend en turend naar de Saturn toe. Toen haar blik die van Dusty kruiste, keek ze hem zo donker aan dat het leek alsof hij de belichaming was van al het kwaad dat was veroorzaakt door iedere sluipschutter, jeugdige schoolmoordenaar, seriewurger, krankzinnige bommengooier en koppensneller die in haar tijd van leven het nieuws had gehaald. Ze trok de kinderen naar zich toe en liep iets sneller met hen in de richting van het ziekenhuis, waarschijnlijk om een veiligheidsbeambte te zoeken.
Marties zenuwaanval was geleidelijk aan ontstaan, maar er kwam niet op dezelfde manier een eind aan. Plotseling was alles voorbij. Een laatste kreet die de ruiten in de kleine ruimte deed trillen ging over in een snakkende ademhaling die al snel veranderde in diepe, bevende zuchten. Ertussendoor klonk een ontmoedigend janktoontje dat afkomstig leek te zijn van een gewond dier en dat als een flinterdun draadje zijde de ene rafelige ademtocht aan de andere reeg.
Hoewel Dusty niets had gezien van de griezelfilm die zich met horten en stoten in Marties brein had afgespeeld, was de aanblik op zich al genoeg geweest om hem alle moed te ontnemen. Zijn mond was droog. Zijn hart ging tekeer. Hij hief zijn handen op en zag ze tril-

len, waarna hij zijn vochtige handpalmen aan zijn spijkerbroek afveegde.
De sleutels bungelden nog steeds in het contactslot. Hij plukte ze eruit, dempte het geklingel met zijn hand en stopte ze in een van zijn zakken voor Martie haar gebogen hoofd op kon heffen en ze in het oog zou krijgen.
Hij was niet bang dat ze de sleutels zou grijpen om ze furieus en vastberaden in zijn gezicht te steken en hem voorgoed blind te maken, zoals ze zichzelf volgens haar eigen bewering in een visioen had zien doen. Hij was niet banger voor haar dan hij voor dit laatste voorval was geweest.
Maar zo vlak na een aanval zou één blik op de sleutels al genoeg kunnen zijn om haar opnieuw de steile helling van de paniek af te laten tuimelen.
Hoewel ze nog steeds zwaar ademde, was ze stil geworden. Ze ging rechtop zitten en liet haar hoofd los.
'Dit hou ik niet veel langer uit,' fluisterde ze.
'Het is voorbij.'
'Ik ben bang van niet.'
'In ieder geval voorlopig.'
Door het spel van zonnestralen en bladschaduwen op Marties gezicht leek het afwisselend goud en zwart, bijna even ontastbaar als een gezicht in een droom dat steeds minder vaak goudkleurig en steeds vaker zwart werd tot het uiteindelijk alle vorm verloor en glinsterend wegstierf als de laatste heldere sprankjes van een vuurpijl in een bodemloze nachtelijke hemel.
Hoewel zijn verstand de kans dat hij haar zou verliezen weigerde te accepteren, wist hij in zijn hart dat ze hem begon te ontglippen, in de greep van een macht die hij niet kon begrijpen en waartegen hij haar niet kon beschermen.
Nee. Dr. Ahriman kon haar helpen. Kon, zou, moest.
Misschien was dr. Closterman in staat om door middel van MRI's, e.e.g.'s en petscans en alle andere afkortingen en lettercombinaties van de moderne medische wetenschap vast te stellen wat er met haar aan de hand was, de oorzaak te achterhalen en haar te genezen.
Maar als het Closterman niet zou lukken, dan zou Ahriman vast en zeker slagen.
Vanuit een wildernis van door de wind bewogen bladschaduwen keken Marties ogen in de zijne, blauw als de edelstenen in de oogholten van een half in de rimboe verstopte stenen godin. Er stond geen enkele illusie in die blik te lezen. Geen bijgelovige zekerheid dat alles weer goed zou komen in dit aardse paradijs. Niets anders dan

het kille besef dat ze zich in een dilemma bevond.
Op de een of andere manier wist ze de angst voor haar eigen moorddadige kracht te overwinnen. Ze stak hem haar linkerhand toe.
Hij pakte hem dankbaar vast.
'Arme Dusty,' zei ze. 'Een broer aan de drugs en een krankzinnige vrouw.'
'Je bent niet krankzinnig.'
'Ik ben anders al een aardig eind op weg.'
'Wat er ook met je gebeurt,' zei hij, 'het gaat niet alleen om jou. Het gaat om ons allebei. We zijn er samen bij betrokken.'
'Dat weet ik wel.'
'De twee musketiers.'
'Butch en Sundance.'
'Mickey en Minnie.'
Hij lachte niet. Zij ook niet. Maar met karakteristieke vastberadenheid zei Martie: 'Laten we maar eens gaan kijken of dokter Closterman iets opgestoken heeft van zijn studie medicijnen.'

44

Het opnemen van de temperatuur, de bloeddruk en de polsslag, een zorgvuldig oftalmoscopisch onderzoek van het linkeroog gevolgd door het rechter, een blik met de auriscoop op de geheimen van de oren, het ernstig en uitgebreid beluisteren van de borst en de rug met behulp van een stethoscoop – *Even diep ademhalen, vasthouden en weer uitademen, diep ademhalen en vasthouden* – het palperen van het onderlichaam, een snelle controle van de audito-oculogyrische reflex, een kort tikje met een hamertje op een mooie knieschijf om de patellaire reflex te peilen: al die simpele dingen brachten dr. Closterman tot de conclusie dat Martie een uitzonderlijk gezonde jonge vrouw was, in fysiologisch opzicht zelfs nog jonger dan haar achtentwintig jaar.

Vanaf de extra stoel in de hoek van de onderzoeksruimte zei Dusty: 'Het is net alsof ze iedere week jonger wordt.'

Closterman zei tegen Martie: 'Legt hij het er altijd zo dik op?'

'Ik moet het iedere dag met bakken het huis uit kruien.' Ze lachte naar Dusty. 'En ik vind het heerlijk.'

Closterman was achter in de veertig maar in tegenstelling tot Martie leek hij ouder – wat ongetwijfeld ook bij een medisch onderzoek zou blijken – en dat kwam niet alleen door zijn haar dat al vroegtijdig wit was geworden. Een onderkin, hangwangen, zware kaken en een trotse knobbelneus, ooghoeken die helemaal roze waren omdat ze eeuwig bloeddoorlopen waren van te veel tijd in zilte lucht, wind en zon en een gebruinde huid die elke dermatoloog een schorre stem van het preken zou bezorgen – dat alles bestempelde hem tot een enthousiaste fijnproever, diepzeevisser, windsurfer en waarschijnlijk ook bierkenner. Van zijn brede voorhoofd tot zijn nog omvangrijker buik was hij een levend voorbeeld van de gevolgen van het negeren van de verstandige adviezen die hij schaamteloos aan zijn patiënten uitdeelde.

Doc – zoals hij in de surfwereld werd genoemd – had een verstand dat even scherp was als een scalpel, de doktersmanieren van een geliefde grootvader met een sprookjesboek in zijn handen en een toewijding voor zijn vak die Hippocrates het schaamrood op de kaken zou hebben gebracht. Toch had Dusty hem niet in de eerste plaats vanwege al die prachtige eigenschappen boven alle andere internisten uitverkoren, maar vooral vanwege zijn bijzonder menselijke zwakheden, hoe onverstandig die uit medisch oogpunt ook mochten zijn. Doc was zo'n zeldzaamheid onder deskundigen die geen arrogantie kende, niets van dogma's wilde weten en in staat was om een probleem vanuit een nieuwe invalshoek te bekijken in plaats van door de bril van vooringenomenheid die anderen die zich op hun grote vakmanschap lieten voorstaan zo vaak verblindde. Een bescheiden man die zich bewust was van zijn zwakheden en tekortkomingen.

'Kerngezond,' oordeelde Closterman terwijl hij een paar aantekeningen toevoegde aan Marties dossier. 'Zo sterk als een paard. Net als je vader.'

Zoals ze daar op de rand van de onderzoektafel zat, in een papieren ziekenhuisjurk en met omgeslagen rode kniekousen, leek Martie inderdaad even gezond als de eerste de beste aerobicslerares in zo'n commercieel, aan overdreven conditietraining gewijd tv-programma met een presentator die geloofde dat de dood eerder een persoonlijke keuze dan iets onvermijdelijks was.

Dusty kon de veranderingen in Martie zien die Closterman wel moesten ontgaan, hoeveel aandacht hij ook aan zijn patiënten schonk. Een sombere schaduw in haar ogen die haar gewoonlijk zo heldere oogopslag verduisterde. Een hardnekkige verbeten trek om haar mond en schouders die mistroostig omlaag hingen.

Hoewel Closterman bereid was om Martie voor een aantal diagnostische behandelingen door te verwijzen naar het aangrenzende ziekenhuis, zag hij dat kennelijk alleen als een uitgebreid jaarlijks onderzoek en niet als een essentiële stap voor het vaststellen van de oorzaak van een levensgevaarlijke toestand. Doc had de bijzonder kort samengevatte omschrijving van haar bizarre gedrag van de afgelopen vierentwintig uur aangehoord en hoewel ze haar gewelddadige visioenen niet tot in details beschreef, had ze wel zoveel verteld dat Dusty wenste dat hij die vette donut niet had opgegeten. Niettemin begon de arts, terwijl hij zijn aantekeningen in het patiëntendossier afrondde, aan een verklaring over de vele oorzaken van stress, de geestelijke en lichamelijke problemen die uit stress voortvloeiden en de beste technieken om met stress om te gaan – alsof Marties

moeilijkheden het gevolg waren van te hard werken, te weinig vrije tijd, een neiging om zich druk te maken over kleinigheden en een bultig matras.
Ze onderbrak Closterman met de vraag of hij alsjeblieft die reflexhamer weg wilde leggen.
Terwijl hij met zijn ogen knipperde en de draad van zijn betoog over stress helemaal kwijtraakte, zei hij: 'Wegleggen?'
'Ik word er zenuwachtig van. Ik moet er steeds naar kijken. Ik ben bang van wat ik ermee zou kunnen doen.'
Het glimmende metalen instrument was even klein als een speelgoedhamer en leek als wapen weinig tot geen nut te hebben.
'Als ik het zou oppakken en in uw gezicht zou gooien,' zei Martie op zo'n zachte en redelijke toon dat haar woorden nog onrustbarender overkwamen, 'dan zou u op z'n minst even duizelen en dat zou mij de gelegenheid geven om iets te pakken dat veel gevaarlijker is. Zoals die pen. Wilt u die pen ook alstublieft opbergen?'
Dusty schoof naar het randje van zijn stoel.
Daar gaan we dan.
Dr. Closterman keek naar de balpen die op het dichtgeslagen patiëntendossier lag. 'Het is gewoon een Paper Mate-pen.'
'Ik zal u eens vertellen wat ik daar allemaal mee kan doen, dokter. Een klein voorbeeldje van wat mij door het hoofd gaat en ik weet niet waar het vandaan komt, die akelige dingen, en ik weet ook niet hoe ik ze tegen kan houden.' De blauwe papieren jurk maakte een fris en onheilspellend krakend geluid als een droge pop waarin iets dodelijks worstelde om geboren te worden. Haar stem bleef zacht, al klonk hij nu wel een tikje gespannen. 'Het kan me echt niets schelen of het een Montblanc of een Bic is, want het is ook een stiletto, een vleespen, en ik zou dat ding van dat dossier kunnen grissen om u voordat u wist wat er gebeurde aan te vallen, ik zou 't in uw oog kunnen steken tot 't halverwege in uw schedel zat om 't vervolgens rond te draaien, te draaien en te draaien tot uw hersens echt beschadigd zijn en u ter plekke dood neer zou vallen of de rest van uw leven door zou moeten brengen met de geestelijke vermogens van een verrekte aardappel.' Ze zat te beven. Haar tanden klapperden. Ze greep met beide handen naar haar hoofd, net zoals ze in de auto had gedaan, alsof ze de vreselijke beelden wilde onderdrukken die ongevraagd opbloeiden in de nachtelijke tuin van haar geest. 'En of u daar nou dood of levend op de grond zou liggen, er zijn nog meer dan genoeg dingen die ik na die pen met u zou kunnen doen. U hebt injectiespuiten in een van die laden liggen, naalden – en daar op die tafel staat een glazen pot vol houten spatels. Als je dat glas breekt,

heb je scherven die als mes kunnen dienen. Ik zou uw gezicht open kunnen kerven – of er plakjes vanaf kunnen snijden en de stukken met injectienaalden aan de wand prikken om een collage van uw gezicht te maken. Daar zou ik toe in staat zijn. Ik kan het... Ik zie het op dít moment in gedachten voor me.' Ze borg haar gezicht in haar handen.

Closterman was bij het woord 'aardappel' opgesprongen, hij schoot ondanks zijn omvang als een danser overeind en inmiddels was Dusty ook opgestaan.

'Om te beginnen,' zei de geschrokken arts, 'zal ik een recept voor valium uitschrijven. Hoeveel van die aanvallen zijn er al geweest?'

'Een paar,' zei Dusty. 'Ik weet het niet. Maar deze was niet zo erg.'

Clostermans ronde gezicht leende zich beter voor een glimlach; als hij fronste, zag hij er met zijn bolle neus, zijn blozende wangen en zijn vrolijke ogen toch niet ernstig genoeg uit. 'Niet erg? Waren die andere dan nog erger? Dan zou ik niet aanraden om zónder valium aan die onderzoeken te beginnen. Patiënten willen nog weleens overstuur raken van sommige van die procedures, zoals een MRI.'

'Ik ben al overstuur voor ik eraan begin,' zei Martie.

'We zullen je wel een beetje rustiger maken, zodat het niet zo'n beproeving wordt.' Closterman liep naar de deur en bleef even aarzelend met zijn hand op de knop staan. Hij wierp een blik op Dusty. 'Vind je het niet erg om even alleen te blijven?'

Dusty schudde zijn hoofd. 'Ze zegt alleen maar dat ze bang is dat ze die dingen zal doen... niet dat ze dat ook écht zal doen. Dat kán ze helemaal niet, zeker Martie niet.'

'Om de donder kan ik dat wel,' zei ze vanachter haar scherm van vingers.

Toen Closterman weg was, legde Dusty de reflexhamer en de balpen ergens neer waar Martie er niet bij kon. 'Zo beter?'

Tussen haar vingers door had ze zijn begripvolle actie gevolgd. 'Ik schaam me dood.'

'Mag ik je hand vasthouden?'

Een korte aarzeling. Daarna: 'Oké.'

Toen Closterman terugkwam, had hij al een recept voor valium naar hun vaste apotheek doorgebeld en hij had twee apart verpakte monsters van het kalmerende middel bij zich. Hij maakte een ervan open en gaf het aan Martie met een kartonnen bekertje vol water.

'Martie,' zei Closterman. 'Ik geloof echt dat uit die onderzoeken zal blijken dat er geen sprake is van een gezwel in de hersenen – geen neoplasma, geen cyste, geen blastoom en geen granulatiegezwel. Er zijn veel mensen die als ze een raar soort hoofdpijn voelen die niet meteen overgaat al gauw – althans in hun achterhoofd – denken dat het vast een tumor is. Maar een tumor in de hersenen komt echt niet zo vaak voor.'

'Ik heb geen hoofdpijn,' hielp ze hem herinneren.

'Precies. En hoofdpijn is een van de voornaamste symptomen van een hersentumor. Net als een afwijking van het netvlies die wij *choked disk* noemen en waarvan ik geen spoor heb gevonden toen ik je ogen onderzocht. Je hebt verteld dat je moest overgeven en misselijk was. Als je had moeten overgeven zónder dat je misselijk was, dan zouden we een van de klassieke symptomen hebben. Zoals je mij hebt verteld, heb je niet echt last van hallucinaties...'

'Nee.'

'Alleen maar die onverdraaglijke gedachten, wanstaltige beelden in je hoofd, die je echter niet verwart met dingen die werkelijk gebeuren. Ik krijg de indruk dat je ontzettend gespannen bent. Dus als puntje bij paaltje komt, ook al moeten we eerst nog een heleboel lichamelijke afwijkingen elimineren... tja, dan vermoed ik dat ik je toch naar een therapeut zal moeten doorverwijzen.'

'We kennen al iemand,' zei Martie.

'O? Wie?'

'Hij schijnt een van de besten te zijn,' zei Dusty. 'Misschien hebt u weleens van hem gehoord. Een psychiater. Dokter Mark Ahriman.'

Hoewel het ronde gezicht van Roy Closterman onmogelijk de scherpe lijnen kon produceren die nodig waren voor een afkeurende frons, verstrakte het ogenblikkelijk in een volslagen ondoorgrondelijke uitdrukking waaruit evenmin iets viel op te maken als uit buitenaardse hiërogliefen afkomstig uit een ander sterrenstelsel. 'Ja, Ahriman, die heeft een prima reputatie. En dan zijn er natuurlijk nog zijn boeken. Wie heeft jullie naar hem doorverwezen? Ik had het idee dat hij geen nieuwe patiënten meer aannam.'

'Hij heeft een vriendin van mij onder behandeling,' zei Martie.

'Mag ik vragen waarvoor?'

'Agorafobie.'

'Dat is iets vreselijks.'

'Het heeft haar hele leven veranderd.'

'Hoe gaat het met haar?'

'Dokter Ahriman denkt dat ze op het randje van een doorbraak staat,' zei Martie.

'Dat is goed nieuws,' zei Closterman.

Er verschenen rimpeltjes in de door de zon verweerde huid rond zijn ooghoeken, en zijn lippen krulden aan weerszijden precies even ver omhoog, maar dit was niet de brede en hartveroverende glimlach waartoe hij in staat was. In feite kon je het nauwelijks een glimlach noemen, het was gewoon een variant op zijn ondoorgrondelijke uitdrukking die deed denken aan de glimlach van een boeddhabeeld: welwillend maar eerder geheimzinnig dan vrolijk.

Nog steeds met die opkrullende mondhoeken en die rimpeltjes om zijn ogen zei hij: 'Maar als zou blijken dat dokter Ahriman inderdaad geen nieuwe patiënten aanneemt, ken ik een fantastische therapeut, een meelevende en vrij briljante vrouw die je vast en zeker zal willen behandelen.' Hij pakte Marties dossier op, samen de pen waarmee ze hem een oog had kunnen uitsteken. 'Om te beginnen zullen we, voor we over therapie gaan praten, eerst maar eens die onderzoeken laten doen. Jullie worden in het ziekenhuis verwacht en alle afdelingen hebben beloofd dat ze nog ruimte voor je zullen maken alsof je rechtstreeks van de eerste hulp komt, je hoeft geen afspraken te maken. Vrijdag zal ik alle uitslagen wel binnen hebben en dan kunnen we besluiten wat ons verder te doen staat. Tegen de tijd dat je aangekleed bent en naar hiernaast gaat, zal dat valium al wel werken. Voor het geval je er nog een nodig hebt voor je het recept kunt gaan ophalen, mag je dat tweede monster ook meenemen. Verder nog vragen?'

Waarom hebt u een hekel aan Mark Ahriman? vroeg Dusty zich af. Hij stelde de vraag niet. Gezien zijn wantrouwen tegen academici en deskundigen – twee etiketten waar Ahriman ongetwijfeld heel trots op was – en gezien zijn respect voor dr. Closterman, snapte Dusty absoluut niet waarom hij zijn mond hield. Desondanks bleef de vraag tussen zijn tong en zijn verhemelte plakken.

Een paar minuten later, toen hij samen met Martie het vierkante plein tussen de twee torenflats overstak, besefte Dusty dat zijn tegenzin om die vraag te stellen weliswaar vreemd was, maar nog niet half zo vreemd als het feit dat hij dr. Closterman niet had verteld dat hij al telefonisch contact had opgenomen met de praktijk van Ahriman om te vragen of ze later die dag een afspraak konden maken en dat hij verwachtte dat hij teruggebeld zou worden.

Zijn aandacht werd getrokken door een hard gekrijs boven zijn hoofd. Dunne grijze wolken waren als flarden smerig wasgoed over de strakblauwe hemel uitgestrooid en drie dikke zwarte kraaien wiekten door de lucht en deden af en toe een uitval alsof ze vezels uit die verwaaide, rottende mist plukten om een nest op een begraafplaats te bouwen.

Om redenen die zowel duister als verklaarbaar waren, moest Dusty aan Poe denken, aan een raaf die als onheilstijding boven op een deur zat. Hoewel Martie in haar valiumroes zonder een spoor van haar eerdere tegenzin zijn hand vasthield, moest Dusty ook aan de verdwenen maagd van Poe, Lenore, denken en hij vroeg zich af of dat gekrijs van de kraaien in de taal van de raaf misschien hetzelfde betekende als 'nimmermeer'.

In het hematologielab zat Martie toe te kijken hoe een hele serie buisjes zich langzaam vulde met haar bloed en ondertussen babbelde ze met de laborant, een jonge Amerikaan van Vietnamese afkomst, Kenny Phan, die de naald snel en pijnloos in haar ader had geprikt.

'Ik veroorzaak veel minder ongemak dan een vampier,' zei Kenny met een aanstekelijke grijns. 'En gewoonlijk heb ik ook een veel frissere adem.'

Dusty zou ook belangstellend hebben toegekeken als hij zelf bloed had moeten afstaan, maar hij werd draaierig bij de aanblik van Marties bloed.

Omdat ze instinctief begreep dat hij zich niet op zijn gemak voelde, vroeg ze hem om van de gelegenheid gebruik te maken om Susan Jagger met behulp van zijn mobiele telefoon op te bellen.

Hij toetste het nummer in en liet de telefoon twaalf keer overgaan. Toen Susan niet opnam, verbrak hij de verbinding en vroeg Martie wat haar nummer was.

'Dat weet je toch wel.'

'Misschien heb ik het verkeerd ingetoetst.'

Hij deed het opnieuw, waarbij hij elk cijfer hardop opnoemde en toen hij bij het laatste was, zei Martie: 'Dat klopt.'

Dit keer liet hij de telefoon zestien keer overgaan voor hij de verbinding verbrak. 'Ze is er niet.'

'Maar ze moet er zijn. Ze is nooit ergens anders... behalve als ik bij haar ben.'

'Misschien staat ze onder de douche.'

'Geen antwoordapparaat?'

'Nee. Ik probeer het straks nog wel een keer.'

Beneveld door het valium wierp Martie hem een peinzende, misschien zelfs wel een tikje ongeruste blik toe, maar ze scheen niet echt bezorgd.

Terwijl hij een buisje vol bloed verving door het laatste lege zei Kenny Phan: 'En nu nog eentje voor mijn persoonlijke verzameling.'

Martie lachte, ditmaal zonder de verdekte trilling van een meer duistere emotie.

Ondanks de omstandigheden kreeg Dusty het gevoel dat het normale leven weer binnen handbereik was en dat het veel gemakkelijker terug te vinden zou zijn dan hij tijdens de grimmiger momenten

van de afgelopen veertien uur had durven denken.
Op het moment dat Kenny Phan een paars pleistertje in de vorm van Barney de Dinosaurus over het wondje van de injectienaald plakte, ging Dusty's mobiele telefoon over. Jennifer, de secretaresse van dr. Ahriman, belde om te bevestigen dat de psychiater in staat was om zijn afspraken voor die middag te verzetten zodat hij hen om half-twee kon ontvangen.
'Dat is geluk hebben,' zei Martie, die haar opluchting niet onder stoelen of banken stak toen Dusty haar het nieuws doorgaf.
'Ja.'
Dusty was zelf ook opgelucht – en dat was wel vreemd als je naging dat als Marties probleem inderdaad psychisch was, de prognose voor een snel en volledig herstel er weleens een stuk minder voordelig uit zou kunnen zien dan wanneer de ziekte een puur fysieke oorzaak had. Hij had dr. Mark Ahriman nog nooit ontmoet maar toch had het telefoontje van de secretaresse een hartverwarmend gevoel van zekerheid bij hem opgeroepen, alsof er een troostend vuurtje in hem oplaaide – en dat was ook een vreemde en verrassende reactie.
Als het geen fysiek probleem was, zou Ahriman weten wat hen te doen stond. Hij zou in staat zijn om de wortels van Marties angst bloot te leggen.
Dusty's tegenzin om op welk gebied ook vertrouwen te hechten aan deskundigen was op het randje van pathologisch en hij was de eerste om dat toe te geven. Hij was zelfs een beetje onthutst dat hij zo intens hoopte dat dr. Ahriman, met al zijn titels, zijn goedverkopende boeken en zijn verheven reputatie, over een bijna magisch vermogen zou beschikken om alles weer in orde te maken.
Kennelijk leek hij meer op de gemiddelde sukkel dan hij ooit had willen toegeven. Als alles wat voor hem op de eerste plaats kwam – Martie en hun leven samen – in gevaar kwam en als zijn eigen kennis en gezond verstand niet in staat waren om het probleem op te lossen, stortte hij zich in zijn domme angst meteen in de armen van een stel deskundigen, niet alleen met een pragmatische dosis hoop maar ook met iets dat akelig veel op vertrouwen leek.
Nou ja, goed. Wat maakte het uit? Als hij daar alleen maar mee bereikte dat Martie zichzelf weer in de hand zou krijgen, dat ze weer net als vroeger gezond en opgewekt werd, dan was hij bereid om voor iedereen, overal en te allen tijde in het stof te knielen.
Nog steeds helemaal in het zwart maar met de paarse Barney op haar arm liep Martie hand in hand met Dusty het hematologielab uit. De volgende stap was een MRI-scan.
De gangen roken naar boenwas, ontsmettingsmiddelen en een vage,

onderliggende geur van ziekte.
Een verpleegster kwam hen in het gezelschap van een broeder tegemoet met een brancard waarop een jonge vrouw lag die niet ouder was dan Martie. Ze lag aan een infuus. Op haar gezicht waren kompressen gelegd waarop verse bloedvlekken zaten. Ze konden slechts één van haar ogen zien: open, grijsgroen en met een glazige blik van shock.
Dusty wendde zijn blik af met het gevoel dat hij inbreuk pleegde op de privacy van deze vreemde en hij pakte Marties hand nog steviger vast omdat hij er op een bijgelovige manier zeker van was dat in de glazige ogen van deze gewonde vrouw nog meer ongeluk lag opgesloten dat in een oogwenk van haar op hen over kon springen.
Alsof hij regelrecht uit Cheshire kwam, dook de ondoorgrondelijke glimlach van Closterman, compleet met opkrullende lippen en rimpeltjes, op in Dusty's geheugen.

45

De dokter werd laat wakker uit een droomloze slaap, opgefrist en zich verheugend op de dag die voor hem lag.
In de volledige uitgeruste fitnessruimte die deel uitmaakte van de hoofdslaapsuite, werkte hij twee volle rondes op de toestellen met gewichten af plus een halfuur op een hometrainer waarop hij liggend op zijn rug moest fietsen.
Dit waren de enige oefeningen die hij deed, drie keer per week, en toch was hij even fit als hij twintig jaar geleden was geweest, met een taille van tachtig centimeter en een lichaam dat bij vrouwen in de smaak viel. Volgens hem lag dat aan zijn genen en aan het feit dat hij verstandig genoeg was om zich niet door stress te laten overmannen.
Voordat hij ging douchen, gebruikte hij de huistelefoon om de keuken te bellen en Nella Hawthorne te vragen om zijn ontbijt klaar te maken. Twintig minuten later liep hij met natte haren, omgeven door de vage geur van een kruidige huidlotion en gehuld in een rode zijden kamerjas, terug naar de slaapkamer en pakte zijn ontbijt van de elektrische serveerwagen.
Op het antieke zilveren blad stonden een karaf vers geperst sinaasappelsap in een zilveren emmertje gevuld met ijs om het koel te houden, twee chocoladecroissants, een schaaltje met aardbeien vergezeld van bruine suiker en dikke slagroom, een sinaasappel-amandelmuffin met een schaaltje geklopte boter ernaast, een plak kokoscake met citroenmarmelade en een stevige portie gefrituurde pecannoten besprenkeld met suiker en kaneel om tussen de andere lekkernijen door op te knabbelen.
Hoewel hij achtenveertig was, kon de dokter zich beroemen op de spijsvertering van een tienjarig jochie op speed.
Hij ging aan het bureau van bewerkt staal en zebrahout zitten waar hij een paar uur geleden de uit het lichaam van zijn vader verwij-

derde ogen had bestudeerd.
De pot met formaldehyde stond er nog steeds. Hij had hem niet teruggezet in de kluis voor hij was gaan slapen.
Op sommige ochtenden zette hij de tv aan om onder het ontbijt naar het nieuws te kijken; maar welke zender hij ook koos, geen van de mannelijke of vrouwelijke presentatoren had zulke boeiende ogen als de inmiddels twintig jaar dode Josh Ahriman.
De aardbeien waren de rijpste en de lekkerste die de dokter ooit had gegeten. De croissants waren subliem.
Papa's blik richtte zich loom op het feestelijke ontbijt.
Omdat hij een regelrecht wonderkind was geweest, was de dokter nog in de twintig toen hij zijn opleiding al helemaal had voltooid en met zijn psychiatrische praktijk was begonnen. Maar hoewel studeren hem heel gemakkelijk was afgegaan, verliep het werven van patiënten die stevig in de slappe was zaten minder soepel, ondanks de Hollywood-connecties die hij dankzij zijn vader had. Hoewel de elite uit de filmwereld luidruchtig prat ging op het feit dat voor hen iedereen gelijk was, had het merendeel toch een vooroordeel tegen al te jeugdige psychiaters en ze waren niet bereid om bij een therapeut die nog niet eens dertig was op de bank te komen liggen. Om eerlijk te zijn zag de dokter er destijds ook veel jonger uit dan zijn leeftijd – dat was nog steeds zo – en hij had voor achttien door kunnen gaan toen hij zijn naambordje op de deur spijkerde. Desalniettemin was het voor Ahriman een frustrerende ervaring geweest dat hij ten prooi was gevallen aan dat soort hypocrisie, juist in de filmwereld, waar je vaker werd geconfronteerd met mensen die hun hart op de tong droegen dan met de naam van de grootste modeontwerper van het moment ook al timmerde die laatste nog zo spectaculair aan de weg.
Zijn vader was hem voortdurend blijven ondersteunen met een ruime toelage, maar het begon de dokter steeds meer tegen te staan om de vrijgevigheid van zijn oudeheer te accepteren. Het was toch ontzettend gênant om op je achtentwintigste nog steeds afhankelijk te zijn, vooral als je rekening hield met zijn schitterende academische prestaties. En trouwens, Josh Ahriman mocht zijn portemonnee dan nog zo wijd opentrekken, van de toelage die hij hem gaf, kon de dokter er niet de levensstijl op na houden die hij ambieerde en het was evenmin genoeg om de research die hij wenste te doen te financieren.
Omdat hij enig kind was en de enige erfgenaam, vermoordde hij zijn vader met een enorme dosis bijzonder snel werkende thiobarbital gecombineerd met paraldehyde, ingespoten in een stel verrukkelijke,

met chocola bedekte marsepeinen petitfours waar die ouwe dol op was. Voordat hij het huis in brand stak om het verminkte lichaam te vernietigen, voerde de dokter een gedeeltelijke sectie uit op het gezicht van pa, op zoek naar de bron van zijn tranen.

Josh Ahriman was een bijzonder succesvol scenarioschrijver, regisseur en producer – een regelrechte driedubbele klapper – wiens werk varieerde van eenvoudige liefdesverhalen tot vaderlandslievende histories over moed op het slagveld. Hoe verschillend die films ook mochten zijn, ze hadden één ding gemeen: overal ter wereld brachten ze het publiek in tranen. Sommige critici – maar zeker niet allemaal – typeerden ze als sentimenteel geleuter, maar de betalende bezoekers kwamen in drommen naar de bioscopen en voor zijn ontijdige dood op eenenvijftigjarige leeftijd had pa al twee Oscars in de wacht gesleept – een voor de regie en een voor het scenario.

Zijn films waren kassuccessen omdat het sentiment erin oprecht was. Hoewel de vereiste meedogenloosheid en onbetrouwbaarheid die nodig waren om in Hollywood op grote schaal succes te hebben hem niet vreemd waren, had pa ook een gevoelige ziel en zo'n klein hartje dat hij een van de kampioentranentrekkers van zijn tijd was. Hij huilde zelfs op begrafenissen als de overledene iemand was geweest om wiens dood hij vaak en vurig had gebeden. Hij jankte schaamteloos bij bruiloften, bij herdenkingen, bij scheidingsprocedures, op bar mitswa's, op verjaardagen, tijdens politieke bijeenkomsten, bij hanengevechten, op Thanksgiving, met Kerstmis en op oudejaarsavond, op de vierde juli en op Labor Day – en het hardst en het bitterst op de gedenkdag van zijn moeders dood, als hij er tenminste aan dacht.

Dit was een man die alle geheimen van tranen kende. Hoe hij ze kon ontlokken aan zowel lieve grootmoeders als vakbondsoplichters. Hoe hij er mooie vrouwen mee kon ontroeren. Hoe hij ze kon gebruiken om zichzelf te ontlasten bij verdriet, pijn, teleurstelling en stress. Zelfs zijn vreugdevolle momenten werden op de spits gedreven en nog mooier gemaakt door ze met tranen te garneren.

Dankzij een sublieme medische opleiding wist de dokter precies hoe tranen werden aangemaakt, opgeslagen en uitgescheiden door het menselijk lichaam. Desondanks verwachtte hij nog iets te leren van het ontleden van zijn vaders traanstelsel.

Daarin zou hij teleurgesteld worden. Nadat hij pa's oogleden had weggesneden en vervolgens voorzichtig zijn ogen had weggenomen, kwam de dokter tot de ontdekking dat beide traanklieren zich op de verwachte plek bevonden: in een holte boven en iets terzijde van de oogbal. De klieren waren normaal van grootte, vorm en uiterlijk.

De bovenste en onderste traanbuizen die elk oog bedienden waren al even onopmerkelijk. Beide traanzakken – gelegen in een groeve aan de binnenkant van de oogkas; om ze ongeschonden te verwijderen is vrijwel onmogelijk – bleken dertien millimeter groot en dat was de gemiddelde maat voor een volwassene.

Omdat het traanstelsel zo klein was, uit heel zacht weefsel bestond en beschadigd was geraakt bij de gedeeltelijke autopsie die de dokter had uitgevoerd, was het hem niet gelukt om daar iets van over te houden. Hij had nu alleen nog maar de oogballen en ondanks zijn verwoede pogingen om ze bewaard te houden – conserveringsmiddel, luchtdichte verpakking en regelmatig onderhoud – kon hij niet echt voorkomen dat ze langzaam maar zeker slechter werden.

Kort na de dood van zijn vader had Ahriman de ogen van zijn vader meegenomen naar Santa Fe, New Mexico, waar hij volgens zijn eigen idee beter in staat zou zijn om op eigen benen te staan, weg uit de schaduw van de grote regisseur die altijd als een sluier om hem heen zou hangen als hij in Los Angeles bleef. Daarginds in de hoog gelegen woestijn verwierf hij zijn eerste successen en ontdekte hij zijn blijvende hartstocht voor machtsspelletjes.

De ogen verhuisden met hem mee van Santa Fe naar Scotssdale in Arizona, en meer recentelijk naar Newport Beach. Hier, nauwelijks een uur ten zuiden van de plek waar pa vroeger aan de weg timmerde, was de dokter dankzij het verloop van de tijd en zijn eigen talrijke successen voorgoed bevrijd van die patriarchale schaduw en hij had het gevoel dat hij thuisgekomen was.

Toen Ahriman met zijn knie tegen een van de poten van het bureau stootte, rolden de ogen langzaam door de formaldehyde en leken de laatste gefrituurde pecannoot te volgen toen hij die naar zijn mond bracht.

Hij liet de vuile borden op het bureau staan, maar zette de glazen pot terug in de kluis.

Hij trok een goed gesneden, blauw wollen pak met een dubbele rij knopen van Vestimenta aan, een op maat gemaakt wit overhemd met een platte boord en Franse manchetten en een bedrukte zijden das met een effen, maar bijpassend pochet. Van zijn vaders flair voor historische drama's had hij geleerd hoe belangrijk kleding was.

De ochtend was bijna voorbij. Hij wilde zeker twee uur voor de komst van Dustin en Martie Rhodes in zijn kantoor zijn, om al zijn strategische zetten nog eens door te nemen en te beslissen wat de beste manier was om aan het volgende level van het spel te beginnen.

In de lift omlaag naar de garage dacht hij vluchtig aan Susan Jagger, maar zij was verleden tijd en het gezicht dat hij zich nu het gemakkelijkst voor de geest kon halen was dat van Martie.

Hij was nooit in staat geweest om de grote massa tot tranen toe te roeren, zoals zijn vader keer op keer had gedaan. Maar ook het ontlokken van tranen aan een publiek dat uit slechts één persoon bestond, kon verrukkelijk zijn. Daarvoor waren een aanzienlijke intelligentie, vaardigheid en vakmanschap nodig. En visie. De ene vorm van amusement was niet legitiemer dan de andere.

Terwijl de liftdeuren in de garage openschoven, vroeg de dokter zich af of Marties traanklieren en traanzakken groter zouden zijn dan die van pa.

46

Nadat ze bloed had afgestaan en er een scan, röntgenfoto's, een e.c.g. en een e.e.g. van haar waren gemaakt, hoefde Martie alleen nog maar in een plastic potje te plassen, dan zaten alle onderzoeken erop en kon ze het ziekenhuis verlaten. Dankzij de valium was ze rustig genoeg om alleen naar de wc te durven gaan, zonder de beschaamde en beschamende aanwezigheid van Dusty, ook al bood hij aan om als haar 'urinemonsterbewaker' op te treden.

Ze was nog steeds niet de oude. Haar onredelijke angst was door het kalmeringsmiddel niet verdwenen, alleen teruggedrongen; in de donkere krochten van haar geest lagen nog steeds nukkig de hete kolen te smeulen, die ieder moment weer op konden laaien tot een allesverzengend vuur.

Toen ze bij de wastafel haar handen waste, waagde ze een blik in de spiegel. Dat was een vergissing. In het spiegelbeeld van haar ogen ving ze een glimp op van de Andere Martie, ingesloten en des duivels, kokend van woede omdat ze chemisch aan banden was gelegd. Terwijl ze haar handen afspoelde, hield ze haar ogen neergeslagen.

Tegen de tijd dat ze met Dusty het ziekenhuis uit liep, begonnen die sintels van angst alweer behoorlijk op te gloeien.

Er waren nog maar drie uur verlopen sinds ze dat eerste valium had genomen, eigenlijk te weinig om alweer een pil te slikken. Desondanks scheurde Dusty de verpakking van het monster open en gaf haar de tweede pil die ze aan een drinkfonteintje in de ontvangsthal wegspoelde.

Er liepen nu meer mensen dan eerst over de vierkante binnenplaats heen en weer. In Martie gaf een rustige inwendige stem, even zacht als een lugubere geest die zich tijdens een seance liet horen, doorlopend commentaar op het feit dat de andere voetgangers naar verhouding zo kwetsbaar waren. Neem nou die man met zijn been in het gips die zich op krukken voortbewoog, die kon je zo omgooien.

En eenmaal op de grond was hij weerloos en zou niets kunnen beginnen tegen de punt van een laars in zijn keel. En daar, een vrouw in een elektrische rolstoel die glimlachend voorbijrolde, de linkerarm slap en verschrompeld op haar schoot, de rechterhand op het bedieningspaneel. Zo'n simpel doelwit zou ze de hele dag niet meer tegenkomen.
Martie richtte haar aandacht op het plaveisel voor haar voeten en probeerde de mensen die voorbijkwamen volledig te negeren, want dat zou die akelige innerlijke stem waar ze zo bang voor was misschien tot zwijgen brengen. Ze hield zich stijf vast aan Dusty's arm en vertrouwde erop dat ze met behulp van het valium en haar man veilig naar de auto zou worden geloodst.
Toen ze op de parkeerplaats aankwamen, wakkerde het januaribriesje iets aan en bracht wat killere lucht uit het noordwesten mee. De grote bomen fluisterden alsof ze samen in een complot waren verwikkeld. Het drukke geflikker en geflits van zonnestralen en schaduwen op talloze autoruiten leek op waarschuwingstekens in een code die ze niet kon lezen.
Ze hadden nog tijd genoeg om voor hun afspraak met dr. Ahriman te gaan lunchen. Hoewel de tweede valiumpil zo meteen wel zou gaan werken, durfde Martie er niet op te vertrouwen dat ze drie kwartier in een café zou kunnen zitten zonder stennis te maken, ook al was het er nog zo rustig, en dus ging Dusty op zoek naar een drive-in fastfoodrestaurant.
Hij had hooguit anderhalve kilometer gereden, toen Martie hem vroeg om te stoppen voor een uitgestrekt drie verdiepingen hoog complex met tuinappartementen. De woongemeenschap stond achter een grasveld zo groen als een golfbaan, overschaduwd door gracieuze Californische peperbomen, fijnvertakte melaleuca's – de lampenpoetsersboom – en een paar hoge jacaranda's met vroege paarsblauwe bloemtrossen. Lichtgeel gepleisterde muren. Rode dakpannen. Het leek een schone, veilige en prettige omgeving.
'Ze hebben de helft moeten herbouwen na de brand,' zei Martie. 'Zestig appartementen werden in de as gelegd.'
'Hoe lang is dat geleden?'
'Vijftien jaar. En ze hebben de daken van de gebouwen die niet beschadigd waren vervangen, omdat de brand zich zo snel kon uitbreiden door die oude cederhouten dakbedekking.'
'Het ziet er niet echt spookachtig uit, hè?'
'Maar dat zou eigenlijk wel moeten. Negen doden, onder wie drie kleine kinderen. Eigenlijk gek, hè, dat het er nu zo leuk uitziet... alsof die nacht alleen maar een droom was.'

'Zonder jouw vader zou het nog erger zijn geweest.'
Hoewel Dusty het hele verhaal kende, wilde Martie toch over de brand praten. Herinneringen waren het enige dat van haar vader was overgebleven en door erover te praten bleven ze vers. 'Het was al een inferno toen de brandweer hier arriveerde. Er was geen schijn van kans dat ze de brand snel meester zouden zijn. Smilin' Bob waagde zich vier keer naar binnen, vier keer tot diep in die laaiende, rokende hel en iedere keer kwam hij er weer uit. Hij was er zelf slecht aan toe, maar hij kwam telkens weer opdagen met mensen die het anders nooit overleefd zouden hebben. Sommigen van hen heeft hij gedragen, anderen wees hij de weg. Er was een heel gezin van vijf personen dat volkomen gedesoriënteerd en verblind door de rook in de val zat, omringd door de vlammen, maar hij kwam met ze naar buiten en bracht ze alle vijf in veiligheid. Er waren daar nog meer helden, iedere man van elk korps dat opgeroepen was, maar geen van hen kon het zo lang volhouden als hij. Hij hapte rook alsof het een lekkernij was, hij leek van de hitte te genieten alsof hij in een sauna zat en hij bleef maar doorgaan en doorgaan – maar zo was hij altijd. Altijd. Hij heeft zestien mensen gered voor hij zelf in elkaar zakte en ze hem hier met een ambulance hebben weggehaald.'
Die avond, toen ze zich samen met haar moeder naar het ziekenhuis had gehaast en vervolgens naar het bed van Smilin' Bob, was Martie doodsbang geweest, zo erg dat ze dacht dat ze erin zou blijven. Zijn gezicht was vuurrood van eerstegraads brandwonden. En het zat vol zwarte strepen: roetdeeltjes die zo diep in zijn poriën waren doorgedrongen door de schokgolven van een ontploffing dat ze niet gewoon weggewassen konden worden. De ogen bloeddoorlopen, een ervan zo opgezwollen dat het halfdicht zat. Zijn wenkbrauwen en het grootste deel van zijn haar weggeschroeid en een nare tweedegraads brandwond in zijn nek. Snijwonden van glasscherven in zijn linkerhand en onderarm, gehecht en in het verband. En zijn stem klonk zo angstaanjagend – krassend, rauw en zo zwak als ze hem nog nooit had gehoord. De woorden kwamen piepend naar buiten en gingen vergezeld van de zure lucht van rook. Zijn adem rook nog steeds naar rook, de stank kwam uit zijn lóngen. De dertienjarige Martie had diezelfde ochtend nog het gevoel gehad dat ze allang volwassen was en getrappeld van ongeduld tot haar omgeving dat zou erkennen. Maar daar in het ziekenhuis, met Smilin' Bob die er zo slecht aan toe was, had ze zich plotseling onbetekenend en kwetsbaar gevoeld, even hulpeloos als een vierjarig kind.
'Hij pakte mijn hand met zijn goede hand, de rechter, en hij was zo uitgeput dat hij die maar nauwelijks vast kon houden. En met die

akelige stem, die rokerige stem, zei hij: "Hoi, Miss M.", en ik zei: "Hoi." Hij probeerde te glimlachen, maar zijn gezicht deed behoorlijk pijn, dus het was een enge glimlach waarvan ik helemaal niet vrolijk werd. Hij zei: "Ik wil dat je me iets belooft" en ik knikte alleen maar, want god, ik was bereid om te beloven dat ik mijn rechterarm voor hem zou afhakken, alles wat hij maar wilde, en dat moet hij hebben geweten. Hij bleef constant piepen en hoesten, maar hij zei: "Als je morgen naar school gaat, ga je niet lopen pochen dat je papa dit heeft gedaan, en dat je papa dat heeft gedaan. Er wordt je vast van alles gevraagd en ze zullen allerlei dingen herhalen die in het nieuws over mij gezegd zijn, maar heb niet het lef om daar prat op te gaan. Dat laat je maar. Je mag ze vertellen dat ik hier lig... dat ik lekker ijs mag eten en de verpleegsters mag pesten; dat ik het machtig naar m'n zin heb en van plan ben om net zo lang ziektegeld te innen tot ze doorkrijgen dat ik er een slaatje uit sla." '

Dat deel van het verhaal had Dusty nog nooit eerder gehoord. 'Waarom liet hij je dat beloven?'

'Dat heb ik hem ook gevraagd. Hij zei dat alle andere kinderen op school ook vaders hadden en dat ze allemaal vonden dat hun vaders helden waren, of dat ze dat in ieder geval dolgraag wilden geloven. En de meesten van hen wáren ook helden volgens papa, of dat zouden ze zijn als ze er de kans toe kregen. Maar zij waren accountants, verkopers, monteurs of ze zaten achter een computer en ze hadden gewoon niet de mazzel om op de juiste tijd op de juiste plaats te zijn, een mazzel die mijn vader vanwege zijn baan wel had. Hij zei: "Als er ook maar één kind naar huis gaat en teleurgesteld naar zijn vader kijkt omdat jij over mij hebt lopen opscheppen, dan heb je je onbehoorlijk gedragen, Miss M. En ik weet dat jij niet onbehoorlijk bent. Dat zul jij niet doen, nooit. Jij bent een schat, Miss M. Een echte schat." '

'Mazzel,' zei Dusty verbaasd en schudde zijn hoofd.

'Hij was me er eentje, hè?'

'Nou en of.'

De onderscheiding die haar vader voor zijn moedige gedrag tijdens die avond van de brandweer had gekregen was niet zijn eerste en het zou ook niet de laatste zijn. Voordat kanker voor elkaar kreeg wat vlammen niet was gelukt, was hij de brandweerman met de meeste onderscheidingen geworden die de staat ooit had gekend.

Hij stond erop om iedere onderscheiding in kleine kring in ontvangst te nemen, zonder ceremonie en zonder de pers in te lichten. Hij huldigde de mening dat hij alleen maar deed waarvoor hij betaald werd. En trouwens, alle risico's en alle verwondingen waren blijkbaar on-

belangrijk vergeleken bij wat hij in de oorlog had meegemaakt.
'Ik weet niet wat er met hem in Vietnam is gebeurd,' zei Martie. 'Daar heeft hij nooit over gepraat. Toen ik elf was, vond ik op zolder een doos met zijn medailles. Hij vertelde me dat hij die had gekregen omdat hij de snelste typist op de administratie van de divisiecommandant was geweest, maar toen ik daar niet intrapte, zei hij dat er in Nam vaak bakwedstrijden werden gehouden en dat hij een geweldig lekkere cake kon bakken. Maar zelfs op mijn elfde wist ik al dat ze je geen veelvoud van Bronzen Sterren toekennen omdat je zo goed cake kunt bakken. Ik weet niet of hij voordat hij naar Nam ging al net zo'n fijne vent was als toen hij terugkwam, maar om de een of andere reden denk ik dat hij misschien wel een beter mens is geworden door wat hij heeft moeten meemaken, dat hij daardoor zo nederig, zo lief en zo gul is geworden – zo vol liefde voor het leven, vol liefde voor mensen.'
De sierlijke peperbomen en de melaleuca's deinden in de wind en de jacaranda's glinsterden paarsblauw tegen de grauwer wordende lucht.
'Ik mis hem zo verrekte erg,' zei ze.
'Dat weet ik.'
'En waar ik zo bang voor ben... vanwege dat idiote gedoe dat me nu overkomt...'
'Dat word je wel de baas, Martie.'
'Nee, ik bedoel dat ik bang ben dat ik daardoor... dat ik iets zal doen om hem te onteren.'
'Onmogelijk.'
'Dat weet je niet,' zei ze huiverend.
'Dat weet ik wél. Onmogelijk. Je bent écht een dochter van je vader.'
Martie was verbaasd dat ze er toch in slaagde om een flauw glimlachje te produceren. Dusty werd wazig voor haar ogen en hoewel ze haar trillende lippen stijf op elkaar klemde, lekte de smaak van zout toch een van haar mondhoeken binnen.

Ze lunchten in de auto, op de parkeerplaats achter een drive-inrestaurant.
'Geen tafellaken, geen kaars en geen vaas met bloemen,' zei Dusty, terwijl hij met smaak een broodje vis en een portie patat naar binnen werkte. 'Maar je moet toegeven dat we een prachtig uitzicht hebben op die vuilcontainer daar.'
Hoewel ze geen ontbijt had gehad, bestelde Martie alleen een kleine vanillemilkshake, die ze langzaam opdronk. Ze voelde er niets

voor om een maag vol vet voedsel te hebben als ze weer werd overvallen door die ontzettende horrorfilm vol dood en ellende die zich in haar hoofd had afgespeeld toen ze in de auto onderweg waren van Skeets appartement naar de praktijk van dr. Closterman.

Met behulp van de mobiele telefoon belde ze Susan op. Ze liet de telefoon twintig keer overgaan voordat ze de verbinding verbrak.

'Er is iets mis,' zei ze.

'Laten we geen overhaaste conclusies trekken.'

'Ik kan me niet eens haasten. Mijn benen zijn helemaal slap,' zei ze en dat was inderdaad zo, dankzij de dubbele dosis valium. Haar ongerustheid was ook vaag en niet duidelijk omlijnd, maar ze maakte zich wel degelijk zorgen.

'Als we haar nadat we bij dokter Ahriman zijn geweest nog niet kunnen bereiken, rijden we er even langs om te kijken of alles in orde is,' beloofde Dusty.

Omdat ze zo gekweld werd door haar eigen bizarre afwijking, had Martie nog geen kans gezien om Dusty op de hoogte te brengen van Susans ongelooflijke verhaal dat ze misbruikt werd door een nachtelijke bezoeker die naar believen kwam en ging, terwijl ze zich helemaal niet kon herinneren dat hij bij haar was binnengedrongen. En dit was ook niet het juiste moment. Ze was nu net weer wat evenwichtiger en ze was bang dat ze zich opnieuw onzeker zou gaan voelen als ze dat verhaal over haar emotionele gesprek met Susan zou gaan vertellen. Trouwens, ze moesten over een paar minuten bij dr. Ahriman zijn en ze had geen tijd meer om Dusty het hele gesprek tot in de kleinste bijzonderheden over te brieven. Later.

'Er is iets mis,' herhaalde ze, maar hield verder haar mond.

Vreemd om hier zonder Susan binnen te komen in die stijlvolle, zwart-en-honing getinte wachtkamer.

Terwijl ze de drempel overstapte en haar voet op de zwarte granieten vloer zette, voelde Martie haar bezorgdheid aanzienlijk afnemen. Geestelijk en lichamelijk viel er plotseling iets van haar af. Hoop bloeide op in haar hart.

Dat vond ze al even vreemd en het leek ook niets op de uitwerking van het valium. Haar angst werd door het kalmeringsmiddel ingepakt en onderdrukt, hoewel ze onder die chemische deken nog wel degelijk iets voelde wriemelen. Maar hier op deze plek had ze het gevoel dat haar vrees uit haar wegvloeide, dat hij niet langer slechts onderdrukt werd maar helemaal oploste.

Twee keer per week gedurende het afgelopen jaar was ook Susan zonder uitzondering duidelijk opgeklaard als ze hier bij de praktijk was aangekomen. Met uitzondering van haar eigen appartement viel de zware druk van de agorafobie nooit in andere besloten ruimtes van haar af, maar als ze over deze drempel stapte, vond ze soelaas. Een moment nadat Jennifer, de secretaresse, opkeek en hen vanuit de hal binnen zag komen, ging de deur van dr. Ahrimans spreekkamer al open en kwam de psychiater de receptieruimte binnenlopen om hen te begroeten.

Hij was lang en knap. Zijn houding, de manier waarop hij zich gedroeg en zijn onberispelijke kleding deden Martie denken aan de elegante hoofdrolspelers in films uit andere tijden: William Powell, Cary Grant.

Martie wist niet hoe de dokter het voor elkaar kreeg om zoveel geruststellende autoriteit en bevoegdheid uit te stralen, maar ze deed ook geen poging om dat te verklaren, omdat alleen al zijn aanblik haar nog meer op haar gemak stelde dan het binnengaan van dit vertrek en ze was gewoon dankbaar voor het sprankje hoop dat ze voelde.

47

Onheilspellend, die duisternis die nog voor de schemering in de zee opdook, alsof een primitieve kwaadaardigheid uit diepe onderzeese geulen omhoogkwam en zich tot aan elke kust verspreidde.
De lucht had zich volledig omwikkeld met de grijze wolken die daar al sinds die ochtend aan elkaar gebreid waren en had geen spoortje blauw meer overgelaten om het water door weerspiegeling kleur te geven en er was geen zon die van de kartelranden van de golven af spetterde. Toch had Dusty de indruk dat de loodgrijze Stille Oceaan veel donkerder was dan hij op dit uur zou moeten zijn en zwart dooraderd.
Vanaf deze veertiende verdieping zag ook de lange kustlijn er somber uit: de overschaduwde stranden, de hellingen van de heuvels in het zuiden en de bewoonde vlakten in het westen en het noorden. Het groen van Moeder Natuur leek bedekt te zijn met een dun laagje grauwgrijze grondverf en alles wat door mensenhanden was gemaakt leek op onwezenlijke brokstukken die lagen te wachten op de grootste aardbeving in duizend jaar of op een atoomoorlog.
Toen hij zijn blik afwendde van het uitzicht achter de enorme glazen wand, viel die rare onzekerheid van Dusty af alsof er een knop was omgedraaid. Er ging een geruststellende invloed uit van de mahoniehouten lambrisering in de spreekkamer, de planken met keurig geordende boekwerken, de verzameling academische titels van de meest toonaangevende universiteiten in het land, het warme, veelkleurige licht uit drie lampen in Tiffany-stijl – zouden het echte zijn? – en de smaakvolle meubels. Hij was al verbaasd geweest dat hij zich zo opgelucht had gevoeld toen hij samen met Martie Ahrimans wachtkamer binnenliep, maar hier veranderde die opluchting in een haast zen-achtige kalmte.
Zijn stoel stond bij het immense raam, maar Martie en dr. Ahriman zaten op een andere plek, in twee fauteuils die tegenover elkaar ston-

den met in het midden een laag tafeltje. Met meer zelfbeheersing dan ze had getoond sinds Dusty haar de avond ervoor in de garage had aangetroffen, praatte Martie over haar paniekaanvallen. De psychiater luisterde aandachtig en met een onmiskenbaar meegevoel dat weldadig aandeed.

In feite voelde Dusty zich zo gerustgesteld dat hij zat te glimlachen. Dit was een veilige plek. Dr. Ahriman was een fantastische psychiater. Alles zou weer in orde komen nu dr. Ahriman de zorg voor Martie op zich had genomen. Dr. Ahriman voelde zich bijzonder betrokken bij zijn patiënten. Dr. Ahriman zou er wel voor zorgen dat er een eind kwam aan al die moeilijkheden.

Daarna richtte Dusty zijn aandacht weer op het uitzicht en de oceaan leek een uitgestrekt moeras, alsof het water zo vol modder en slierten zeewier zat dat zich alleen lage, drabbige golven konden vormen. En in dit vreemde licht waren de achter elkaar aan rollende koppen niet wit maar dofgrijs en donkergeel.

Op winterdagen als de hemel betrokken was, zag de zee er vaak zo uit maar hij had dat nog nooit eerder verontrustend gevonden. Hij had in het verleden zelfs vaak een vreemde, woeste schoonheid in dit soort beelden gezien.

Het inwendige stemmetje van zijn verstand vertelde hem dat hij gevoelens op dit uitzicht projecteerde die er eigenlijk niet door werden opgeroepen, gevoelens die een andere oorzaak hadden. De zee was gewoon dezelfde zee die ze altijd was geweest en de werkelijke reden voor deze onzekerheid lag ergens anders.

Dat was een verwarrende gedachte, want hier binnen in deze kamer was geen enkele aanwijsbare oorzaak voor zijn ongerustheid. Dit was een veilige plek. Dr. Ahriman was een fantastische psychiater. Dr. Ahriman voelde zich bijzonder betrokken...

'We zullen er nog verder over moeten praten,' zei dr. Ahriman, 'en nog heel wat dingen boven water moeten krijgen voor ik werkelijk met zekerheid een diagnose kan stellen. Maar ik durf het wel aan om wat er met jou gebeurt een naam te geven, Martie.'

Martie leunde iets voorover in haar stoel en Dusty zag dat ze de voorlopige diagnose van de dokter met een vage glimlach afwachtte, zonder een spoor van zenuwachtigheid in haar gezicht.

'Het is een interessant en zelden voorkomend ziektebeeld,' zei de psychiater. 'Autofobie, de vrees voor de eigen persoon. Ik ben zelf nooit een dergelijk geval tegengekomen, maar ik ken alle literatuur over deze aandoening die zich op diverse verbijsterende manieren openbaart – zoals je nu inmiddels helaas heel goed weet.'

'Autofobie,' zei Martie verwonderd terwijl ze ten onrechte eerder gefascineerd dan bang leek, alsof de psychiater haar al had genezen door de aandoening gewoon een naam te geven.

Misschien lag dat aan het valium.

Maar terwijl Dusty zich nog zat te verbazen over Marties reactie kwam hij tot de ontdekking dat hij zelf ook zat te glimlachen en te knikken.

Dr. Ahriman zou er wel voor zorgen dat er een eind kwam aan deze ellende.

'Statistisch gesproken,' zei Ahriman, 'is het haast ongelooflijk dat zowel je beste vriendin als jij ten prooi valt aan ernstige angstsyndromen. Fobieën die zulke ingrijpende gevolgen hebben als die van jou en Susan komen niet veel voor, dus ik vermoed dat er een verband bestaat.'

'Een verband? Hoezo, dokter?' vroeg Dusty en dat innerlijke stemmetje van zijn verstand kon niet nalaten om commentaar te leveren op zijn manier van spreken, die wel iets weg had van een twaalfjarig jongetje dat een vraag stelde aan Mr. Wizard in het inmiddels beëindigde jeugdprogramma op tv waarin werd geprobeerd om wetenschap als iets leuks te presenteren.

Ahriman zette zijn vingertoppen tegen elkaar, duwde ze tegen zijn kin en zei met een nadenkende blik: 'Martie, je hebt Susan inmiddels al een jaar hier gebracht...'

'Sinds Eric en zij uit elkaar zijn.'

'Ja. En je hebt als Susans navelstreng gefungeerd door boodschappen voor haar te doen en andere karweitjes op te knappen. Omdat ze zo weinig progressie vertoont, ben je je steeds meer zorgen gaan maken. En naarmate je bezorgdheid groeit, ga je jezelf de schuld geven van het feit dat zij nauwelijks op de behandeling reageert.'

Verbaasd zei Martie: 'Is dat zo? Geef ik mezelf daar de schuld van?'

'Voor zover ik je ken, ligt het in je aard om je in hoge mate verantwoordelijk te voelen voor anderen. Misschien zelfs wel overdreven verantwoordelijk.'

Dusty zei: 'De erfenis van Smilin' Bob.'

'Mijn vader,' legde Martie Ahriman uit. 'Robert Woodhouse.'

'Aha. Goed, wat er dus volgens mij is gebeurd, is dat jij het gevoel begon te krijgen dat je Susan op de een of andere manier in de steek hebt gelaten en dat gevoel heeft zich gemetastaseerd in schuld. En die schuldgevoelens liggen aan de basis van deze autofobie. Als je niet eens in staat bent om de vriendin van wie je zoveel houdt te helpen, dan... nou, dan begin je jezelf in te prenten dat je kennelijk niet zo'n goed mens bent als je dacht, dat je misschien zelfs wel een slecht mens bent, of in ieder geval op z'n minst een slechte vriendin, en dat

je niet te vertrouwen bent.'
Dusty vond die verklaring eigenlijk te simpel om waar te zijn – maar toch klonk het overtuigend.
Toen Marties blik de zijne kruiste, zag hij dat ze ongeveer op dezelfde manier reageerde als hij.
Kon iemand van de ene op de andere dag last krijgen van zo'n rare, complexe aandoening, iemand die daarvoor even onwrikbaar was geweest als de Rocky Mountains?
'Gisteren,' bracht Ahriman Martie in herinnering, 'toen je Susan hier bracht voor haar behandeling heb je me nog even apart genomen om me te vertellen hoe bezorgd je over haar was.'
'Nou ja.'
'En weet je nog wat je verder hebt gezegd?' Toen Martie aarzelde, hielp Ahriman haar een handje: 'Je zei tegen me dat je het gevoel had dat je haar in de steek had gelaten.'
'Maar ik bedoelde niet...'
'Je zei het met veel overtuiging. Vol angst. Dat je haar in de steek had gelaten.'
Terwijl ze eraan terugdacht, zei ze: 'Ja, dat is wel waar, hè?'
Dr. Ahriman nam zijn vingers van zijn kin, spreidde zijn handen alsof hij wilde zeggen: *Zie je nou wel*, en glimlachte. 'Als uit onze verdere gesprekken zou blijken dat deze diagnose correct is, dan is dat goed nieuws.'
'Ik kan wel wat goed nieuws gebruiken,' zei Martie, hoewel ze vanaf het moment dat ze de spreekkamer binnen was gekomen helemaal niet meer overstuur had geleken.
'Het vinden van de wortels van de fobie, de verborgen oorzaak, is vaak de moeilijkste fase van de behandeling. Als jouw autofobie voortkomt uit je schuldgevoelens ten opzichte van Susan, dan kunnen we een jaar therapie overslaan. En het zou nog mooier zijn als wat jij hebt niet zozeer een echte fobie blijkt te zijn, maar eerder een... nou laten we het maar een sympathische fobie noemen.'
'Zoals sommige mannen sympathische weeën kunnen krijgen of 's morgens net zo misselijk worden als hun zwangere vrouw?' opperde Martie.
'Precies,' bevestigde Ahriman. 'En een sympathische fobie, als je daar tenminste aan lijdt, is oneindig veel gemakkelijker te genezen dan een aandoening zoals die van Susan, die veel dieper zit. Ik durf je bijna wel te garanderen dat je niet lang naar me toe hoeft te komen voor ik met je klaar ben.'
'Hoe lang?'
'Een maand. Hooguit drie. Je moet goed begrijpen dat we geen pre-

cieze datum kunnen prikken. Er hangt zo ontzettend veel af van... jou en mij.'

Dusty leunde nog gerustgestelder achterover in zijn stoel. Een maand, of zelfs drie maanden, dat was niet echt lang. Vooral niet als ze in die tijd geleidelijk aan vooruitging. Dat konden ze wel uithouden.

Dr. Ahriman was een fantastische psychiater. Dr. Ahriman zou er wel voor zorgen dat er een eind kwam aan al die moeilijkheden.

'Ik ben bereid om er meteen aan te beginnen,' verkondigde Martie. 'Vanmorgen ben ik al bij onze internist geweest...'

'En wat was zijn conclusie?' vroeg Ahriman.

'Hij denkt dat we alle noodzakelijke stappen moeten nemen om ons ervan te verzekeren dat het niet om een hersentumor of zoiets gaat, maar dat het hoogstwaarschijnlijk een geval is voor een therapeut en niet voor een arts.'

'Hij komt als een goede, zorgvuldige arts op me over.'

'Ik heb al wat onderzoeken gehad in het ziekenhuis, alles wat hij me wilde laten doen. Maar nu... Nou ja, er staat nog niets vast, maar ik denk echt dat ik hier hulp zal krijgen.'

'Laten we dan maar meteen beginnen!' zei dr. Ahriman opgewekt en met een haast jongensachtig enthousiasme dat Dusty hartverwarmend vond omdat eruit scheen te blijken hoe betrokken hij was bij zijn vak en hoeveel vertrouwen hij in zijn eigen vaardigheden had.

Dr. Ahriman zou er wel voor zorgen dat er een eind kwam aan al die moeilijkheden.

'Meneer Rhodes,' zei de psychiater, 'traditionele therapie is uiteraard een proces waarbij vertrouwelijkheid voor de patiënt onontbeerlijk is als hij – of in dit geval zij – echt wil gaan meewerken. Dus moet ik u verzoeken om voor de rest van deze behandeling plaats te nemen in onze tweede wachtkamer.'

Dusty keek Martie aan om te zien wat zij ervan vond.

Ze glimlachte en knikte.

Dit was een veilige plaats. Hier kon haar niets overkomen.

'Natuurlijk, uiteraard.' Dusty stond op uit zijn stoel.

Martie gaf hem haar leren jasje dat ze uitgetrokken had toen ze de spreekkamer binnenkwam en hij hing het samen met zijn eigen jas over zijn arm.

'Deze kant op, meneer Rhodes,' zei dr. Ahriman en liep dwars door zijn grote spreekkamer naar de deur van de tweede wachtkamer.

Schilferige wolken, vet en vaalgrijs als rotte vis, leken op gore uitwerpselen die door de deinende Stille Oceaan waren afgescheiden en tegen de hemel aan geplakt. De zwarte aders in het water leken op spataderen en waren talrijker dan daarvoor, terwijl grote delen van

de zee er in Dusty's ogen angstaanjagend zwart uitzagen – ook al viel dat niemand anders op.
Zijn korte gevoel van onbehagen verdween als sneeuw voor de zon toen hij het enorme raam de rug toekeerde en achter dr. Ahriman aan liep.
De deur tussen de spreekkamer met de mahoniehouten lambrisering en de wachtkamer voor de vertrekkende patiënten was verrassend dik. Hij paste tot op de millimeter tussen de sponningen en als hij werd opengedaan, klonken er een soort zachte plop en een zucht alsof het deksel van een luchtdicht afgesloten pot werd losgedraaid. Dusty veronderstelde dat er wel een goede deur nodig was om te voorkomen dat de patiënten van de dokter afgeluisterd konden worden. Ongetwijfeld zaten er een paar lagen geluiddempend materiaal in.
De honingkleurige wanden, de zwart granieten vloer en het meubilair in deze tweede wachtkamer leken sprekend op die in de grotere wachtkamer bij de hoofdingang van de kantoorsuite.
'Wilt u dat Jennifer u een kopje koffie, cola of wat ijswater brengt?' vroeg Ahriman aan Dusty.
'Nee, dank u wel. Ik heb niets nodig.'
'Die,' zei Ahriman wijzend op de tijdschriften die als een waaier op een van de tafels lagen, 'zijn allemaal van recente datum.' Hij glimlachte. 'Dit is een van de weinige dokterspraktijken die niet fungeert als begraafplaats voor bladen uit een vorig decennium.'
'Heel attent.'
Ahriman legde geruststellend een hand op Dusty's schouder. 'Het komt heus wel weer in orde met haar, meneer Rhodes.'
'Ze is een knokker.'
'Houd moed.'
'Dat doe ik ook.'
De psychiater liep terug naar Martie.
De deur viel met een gedempte maar imposante dreun dicht en viel automatisch in het slot. Aan deze kant zat geen klink. De deur kon alleen vanuit de spreekkamer geopend worden.

48

Zwart haar, zwarte kledij. Blauwe ogen als Tiffany. Haar licht, een tweede lamp.

De dokter scherpte in gedachten die haiku nog iets aan en was er vrij tevreden over toen hij terugliep naar zijn fauteuil en aan de andere kant van het lage tafeltje tegenover Martie ging zitten.

Zonder iets te zeggen bestudeerde hij haar gezicht, eerst trek voor trek en daarna als geheel. Hij nam er de tijd voor, benieuwd of zijn langdurige zwijgen haar onrustig zou maken.

Ze bleef onverstoord wachten, kennelijk in het volste vertrouwen dat de zwijgende blikken van de dokter een klinische reden hadden die ze wel te horen zou krijgen als de tijd daarvoor rijp was.

Net als bij Susan Jagger had dr. Ahriman al eerder bij Martie en Dustin Rhodes de suggestie geïmplanteerd dat ze zich in zijn praktijkruimte volkomen op hun gemak voelden. En eveneens dat ze onmiddellijk gerustgesteld werden als ze hem zagen.

In hun onbewuste brein had hij zes gedachten geplaatst, een soort korte gebedjes waarop ze terug konden vallen, zin voor zin of achter elkaar als een lange, kalmerende mantra, als ze in zijn bijzijn bekropen werden door twijfel of nervositeit. *Dit is een veilige plek. Dr. Ahriman is een fantastische psychiater. Alles komt weer in orde nu dr. Ahriman de zorg voor mij* – of in Dustins geval *voor Martie – op zich heeft genomen. Dr. Ahriman voelt zich bijzonder betrokken bij zijn patiënten. Dr. Ahriman zal er wel voor zorgen dat er een eind komt aan al die moeilijkheden.* Zelfs als ze volledig bij bewustzijn waren, zouden deze minimeditaties hun indruk versterken dat dr. Mark Ahriman hun enige redding was.

De dokter had het hoogst amusant gevonden om te zien hoe ze glimlachten en knikten, ook al moesten ze zich wel afvragen waardoor hun angst zo plotseling van hun was afgevallen. En wat was het toch leuk wanneer een man zo dankbaar zijn vrouw aan je toevertrouw-

de terwijl je alleen maar de bedoeling had om haar te vernederen, te onteren, te kleineren en uiteindelijk te vernietigen.
Na de onverwachte rustpauze die door Susans zelfmoord was ingelast, kon het spel nu hervat worden.
'Martie?' zei hij.
'Ja dokter?'
'Raymond Shaw.'
Haar houding veranderde onmiddellijk. Ze verstrakte en ging rechter zitten in de stoel. Haar lieve lichte glimlach bevroor en verdween langzaam maar zeker toen ze zei: 'Ik luister.'
Nadat hij haar door het noemen van die naam had geactiveerd, laadde de dokter nu het uitgebreide programma dat zo bondig was samengevat in de code van haar persoonlijke haiku. 'Gevallen blaren...'
'U bent het westen en de westenwind,' zei ze braaf.
'... uit het westen aangevoerd...'
'De bladeren zijn uw instructies.'
'... bijeen in het oosten.'
'Ik ben het oosten,' zei Martie en vanaf dit moment zouden alle opdrachten die de dokter haar gaf verzameld worden als herfstbladeren die in de donkere warme diepte van haar onderbewustzijn zouden worden omgezet in compost.

Terwijl Dusty Marties leren jack aan de kapstok hing, voelde hij de paperback in de rechterzak zitten. Het was het boek dat ze altijd bij zich had als ze met Susan meeging, niet het hele afgelopen jaar maar toch zeker vier of vijf maanden.
Hoewel ze had beweerd dat het een spannend boek was, zag het er nog even ongeschonden uit als toen het voor het eerst in de winkel terechtkwam. De rug was glad en er zat geen vouwtje in. Toen hij de bladzijden tussen zijn vingers door liet ritsen, waren ze nog zo fris en helder dat het leek alsof dit de eerste keer was dat ze werden opengeslagen sinds ze in de binderij onverbrekelijk met elkaar waren verbonden.
Hij herinnerde zich dat Martie over dit verhaal had gesproken op de vage manier van een middelbare scholier die een uittreksel verzint van een boek dat ze zelfs nog nooit heeft ingekeken. Plotseling was hij ervan overtuigd dat Martie geen letter in het boek had gelezen, maar hij snapte absoluut niet waarom ze over zoiets onbelangrijks zou liegen.
Het kostte Dusty zelfs de grootste moeite om het idee te accepteren dat Martie überhaupt over iets zou liegen, of het nu wel of niet be-

langrijk was. Een ongewone eerbied voor de waarheid was een van de manieren waarop ze voortdurend controleerde of ze het wel waard was om zich de dochter van Smilin' Bob Woodhouse te noemen.
Nadat hij zijn eigen jas had opgehangen keek hij, nog steeds met het boek in zijn handen, naar de waaier van tijdschriften op de tafel. Ze waren allemaal van hetzelfde laken een pak: schaamteloos gedweep met beroemdheden of zogenaamd geestige beschouwingen over het doen en laten van beroemdheden zonder een stukje van hen heel te laten, wat uiteindelijk op hetzelfde neerkwam als schaamteloos gedweep.
Zonder de tijdschriften aan te raken ging hij met het boek in een stoel zitten.
De titel kwam hem vaag bekend voor. Toen het was verschenen, was het een bestseller geweest. Er was een beroemde film van gemaakt. Dusty had het boek nooit gelezen en de film ook niet gezien.
The Manchurian Candidate van Richard Condon.
Volgens de bladzijde met het colofon was de eerste druk in 1959 gepubliceerd. Eeuwen geleden. In een ander millennium.
Maar het werd nog steeds herdrukt. Een goed teken.
Hoofdstuk 1. Hoewel het een thriller was, begon het boek niet in een stormachtige nacht, maar in het zonovergoten San Francisco. Dusty begon te lezen.

De dokter vroeg of Martie op de bank plaats wilde nemen, zodat hij naast haar kon gaan zitten. Gehoorzaam stond ze op uit de fauteuil.
Helemaal in het zwart. Vreemd verpakt speelgoed – nog niet eens kapot.
Die haiku bleef ook hangen en hij liet hem nog een paar keer met toenemend genoegen door zijn hoofd spelen. Niet zo goed als die met de Tiffany-verwijzing, maar veel beter dan zijn recente pogingen om Susan Jagger in poëzie te vereeuwigen.
Terwijl hij vlak naast Martie op de bank ging zitten, maar niet met zijn dij tegen de hare, zei de dokter: 'Vandaag beginnen we aan een nieuwe fase.'
In de plechtige en verstilde ruimte van de kapel in haar geest waar alleen gewijde kaarsen werden ontstoken voor de god Ahriman, luisterde Martie naar zijn woorden met de serene aanvaarding en de glanzende profetische blik van een Jeanne d'Arc die haar Stem aanhoort.
'Vanaf vandaag zul je tot de ontdekking komen dat vernietiging en zelfvernietiging steeds aantrekkelijker worden. Angstaanjagend, jazeker. Maar zelfs doodsangst heeft een zekere aantrekkingskracht.

Vertel me maar of je weleens in een achtbaan hebt gezeten, eentje waarin je op hoge snelheid door die complete lussen gaat.'
'Ja.'
'Vertel me wat je voelde in die achtbaan.'
'Angst.'
'Maar je voelde nog meer.'
'Uitgelatenheid. Verrukking.'
'Precies. Angst en plezier zijn in ons onverbrekelijk met elkaar verbonden. We zitten vreemd in elkaar, Martie. Angst verrukt ons, niet alleen het ondergaan van angst maar ook het veroorzaken ervan bij anderen. We zijn gezonder als we toegeven aan die vreemde neigingen en niet uit alle macht proberen om beter te zijn dan onze inborst ons ingeeft. Je begrijpt wat ik je vertel.'
Haar ogen schommelden. REM. Ze zei: 'Ja.'
'Ongeacht hoe onze Schepper ons heeft willen maken, we zíjn wat er van ons is geworden. Medeleven, liefde, bescheidenheid, eerlijkheid, trouw en oprechtheid – dat zijn allemaal van die enorme glazen ruiten waartegen kleine vogels zich dom genoeg keer op keer te pletter vliegen. We lopen ons voortdurend stuk tegen de ruit van de liefde of de ruit van de waarheid in onze dwaze pogingen om iets te bereiken wat we nooit zullen bereiken, om iets te worden waarvoor we niet geschikt zijn.'
'Ja.'
'Macht en de belangrijkste exponenten daarvan – dood en sex. Dat zijn onze drijfveren. Macht over anderen is voor ons het opperste genoegen. We verafgoden politici omdat ze zoveel macht hebben en we aanbidden beroemdheden omdat hun leven hun meer macht schijnt te geven dan ons eigen leven. De sterken onder ons grijpen de macht en de zwakkeren genieten van het feit dat ze aan de macht van de sterken ten prooi vallen. Macht. De macht om te doden, te verminken, pijn te doen en andere mensen te bevelen wat ze moeten doen, hoe ze moeten denken, wat ze wel en wat ze niet mogen geloven. De macht om te terroriseren. Vernietiging is onze grootste gave en onze bestemming. En ik ga jou erop voorbereiden om dood en verderf te zaaien, Martie, en uiteindelijk jezelf te vernietigen – zodat je zowel het ultieme genot zult kennen van het verpletteren van mensen als van het zelf verpletterd worden.'
Blauw geschommel. Blauwe rust.
Haar handen in haar schoot, de handpalmen omhoog alsof ze iets in ontvangst moest nemen. De lippen geweken om alles op te nemen. Het hoofd een tikje schuin in de houding van de aandachtige student.

De dokter stak zijn hand uit naar haar gezicht en streelde haar wang.
'Kus mijn hand, Martie.'
Ze drukte haar lippen op zijn vingers.
Terwijl hij zijn hand liet zakken, zei de dokter: 'Ik ga je meer foto's laten zien, Martie. Beelden die we samen zullen bestuderen. Ze lijken op de beelden die we gisteren bekeken hebben, toen je hier met Susan was. Net als die foto's zullen het allemaal stuitende, walgelijke en griezelige beelden zijn. Jij zult ze echter kalm bestuderen en met oog voor elk detail. Je zult ze opbergen in je geheugen waar ze ogenschijnlijk vergeten zullen zijn – maar iedere keer dat je angst overgaat in een complete paniekaanval zullen deze beelden weer in je gedachten komen. En dan zul je ze níét zien als foto's in een boek, keurig omkaderd, met witte randen en een onderschrift. In plaats daarvan zullen het in jouw hoofd complete beelden worden, die op jou een levendiger en realistischer indruk zullen maken dan dingen die je werkelijk hebt meegemaakt. Vertel me alsjeblieft of je me wel of niet begrijpt, Martie.'
'Ik begrijp het.'
'Ik ben trots op je.'
'Dank u wel.'
Zoekend, blauwe ogen. Zijn wijsheid geeft haar visie. Leraar en leerling.
In technisch opzicht niet zo gek, maar onjuist. Hij is niet in de eerste plaats haar leraar en zij is in geen enkel opzicht zijn student. Speler en speelgoed. Meester en bezit.
'Martie, als deze beelden je tijdens paniekaanvallen weer door het hoofd gaan, zul je ervan walgen en er ziek van worden, ze zullen je misselijk maken en zelfs wanhopig... maar er zal óók een vreemde fascinatie van uitgaan. Je zult ze stuitend vinden, maar boeiend. Hoewel je misschien niet weet waar je het zoeken moet uit medelijden met de slachtoffers in deze beelden, zul je, ergens diep verborgen in je geest, de moordenaars die hen zo wreed omgebracht hebben bewonderen. Een deel van je zal die moordenaars benijden om hun macht en je zult dit moorddadige aspect van jezelf onderkennen. Je zult angst koesteren voor die gewelddadige andere Martie... maar er toch naar snakken om haar het heft in handen te geven. Je zult die beelden beschouwen als *wensen*, als uitbarstingen van geweld waaraan je jezelf zou overgeven als je maar eerlijk zou kunnen zijn tegenover die andere Martie, dat koude wrede ik dat in feite je ware menselijke aard is. Die andere Martie dat ben je wérkelijk. De lieve vrouw die je op het eerste gezicht bent... dat is niets anders dan bedrog, een schaduw die je afwerpt in het licht van de beschaving, zo-

dat je door kunt gaan voor een van de zwakkeren en hen niet zult alarmeren. Gedurende onze volgende afspraken zal ik je laten zien hoe je de Martie kunt worden die je behoort te zijn, hoe je dat schaduwbestaan moet laten varen en werkelijk kunt gaan *leven*, hoe je jezelf helemaal moet waarmaken en de macht en de glorie kunt verwerven waartoe je voorbestemd bent.'

De dokter had twee grote en prachtig geïllustreerde handboeken meegebracht naar de bank. Deze dure boeken werden bij veel universiteiten gebruikt bij de colleges criminaliteit. De meeste politierechercheurs en lijkschouwers van grote steden kenden ze ook, maar bij het gewone publiek waren niet veel mensen van hun bestaan op de hoogte.

Het eerste was een standaardwerk van de forensische pathologie, de wetenschap van het herkennen en verklaren van ziektes, letsel en verwondingen van het menselijk lichaam. Dr. Ahriman interesseerde zich voor forensische pathologie, omdat hij medisch geschoold was en omdat hij vastbesloten was om nooit – bij de organische puinhopen die het resultaat waren van zijn spelletjes – bewijsmateriaal achter te laten dat tot gevolg zou kunnen hebben dat hij van zijn landhuis moest verhuizen naar een cel, al dan niet gecapitonneerd. GA METEEN NAAR DE GEVANGENIS was een kaart die hij niet van plan was te accepteren. Per slot van rekening zat er bij dit spel, anders dan bij monopolie, geen kaart met de tekst VERLAAT DE GEVANGENIS ZONDER TE BETALEN.

Het tweede handboek was een uitgebreide studie van de methoden van aanpak, de procedures en de forensische technieken van het feitelijke moordonderzoek. De dokter had het aangeschaft vanuit het principe dat een groot sportman de strategie van zijn tegenspelers helemaal moet kunnen doorzien.

Beide boeken bevatten een galerij vol van de duistere kunst des doods. In het forensisch-pathologische handboek stonden meer voorbeelden en een grotere verscheidenheid van gruwelijkheden die de ziel deden verschrompelen, maar het standaardwerk op het gebied van moordonderzoek bood meer foto's van slachtoffers op de plaats van het misdrijf en die hadden een charme die niet altijd werd aangetroffen op foto's die in het lijkenhuis waren genomen, omdat elk slachthuis nu eenmaal visueel interessantere dingen te bieden heeft dan de etalage van een slager. Guggenheims vol bloed, Louvres vol geweld, museums van menselijke slechtheid en ellende, ingebonden en voorzien van inhoudsopgaven en registers om het opzoeken te vergemakkelijken.

Ze wachtte dociel. De lippen iets geopend. De ogen opengesperd.

Een vat dat klaarstond om gevuld te worden.
'Je bent echt aantrekkelijk,' zei de dokter tegen haar. 'Martie, ik moet erkennen dat ik zo verblind werd door Susan dat ik veel te weinig waardering voor jou heb kunnen opbrengen. Tot op dit moment.'
Gehard door wat meer lijden zou ze uitzonderlijk erotisch zijn.
Vervolgens begon hij met het boek over moordonderzoek. Hij sloeg het open bij een bladzijde die gemarkeerd was met een roze plakbriefje.
Terwijl hij Martie het boek voorhield, wees Ahriman haar op een foto van een dode man die op zijn rug op een hardhouten vloer lag. Hij was naakt en geteisterd door zesendertig steekwonden. De dokter zorgde ervoor dat Martie extra goed lette op de fantasievolle wijze waarop de moordenaar de genitaliën van het slachtoffer had gebruikt.
'En daar, die bielsnagel door het voorhoofd,' zei Ahriman. 'Van staal, vijfentwintig centimeter lang en voorzien van een kop met een diameter van tweeëneenhalve centimeter, al kun je van die lengte niet veel zien. Hij is ermee aan de eiken vloer vastgenageld. Ongetwijfeld een verwijzing naar de kruisiging – de spijker door de hand en de doornenkroon samengebundeld in één doelmatig symbool. Neem het goed in je op, Martie. Elk schitterend detail.'
Ze bleef er strak naar kijken zoals haar was opgedragen terwijl haar blik van wond naar wond over de foto gleed.
'Het slachtoffer was een priester,' vertelde de dokter haar. 'Waarschijnlijk betreurde de moordenaar het feit dat de vloer van eikenhout was, maar er is geen enkele fabrikant van renovatiemateriaal voor huizen die het lef heeft gehad om parket van kornoelje op de markt te brengen.'
Blauw geschommel. Blauwe rust. Knipperende ogen. Het beeld lag vast en was opgeslagen.
Ahriman sloeg de bladzijde om.

Omdat hij zo bezorgd was over Martie had Dusty niet verwacht dat hij zich op het boek zou kunnen concentreren. Maar de innerlijke vrede die zich over hem ontfermd had op het moment dat hij Ahrimans praktijkruimte binnenkwam, verdween niet en hij raakte sneller geboeid door het verhaal dan hij had verwacht.
The Manchurian Candidate bleek een onderhoudend verhaal met kleurrijke personages, precies zoals Martie hem met die vreemde houterige stem en woordkeuze had voorgehouden. Gezien de kwaliteit van het boek bleef het volkomen onverklaarbaar waarom ze

het niet had uitgelezen – of zelfs maar een behoorlijk deel ervan doorgewerkt had – in al die maanden dat ze het mee had gesleept als Susan therapie had.

In hoofdstuk 2 stuitte Dusty op een alinea die begon met de naam *Dr. Yen Lo.*

Hij schrok zo dat het boek in een reflex bijna uit zijn handen schoot. Hij kon het nog net vasthouden, maar hij was de bladzijde kwijt waar hij was gebleven.

Terwijl hij bladerend op zoek ging naar de juiste bladzijde was hij ervan overtuigd dat zijn ogen hem parten hadden gespeeld. Een of andere zin met drie lettergrepen die een beetje leken op die Aziatische naam zou hem daar wel aan hebben doen denken en daardoor had hij het verkeerd gelezen.

Dusty vond het tweede hoofdstuk, de bladzijde en de alinea terug en daar stond ontegenzeggelijk de naam in duidelijke zwarte letters, precies op dezelfde manier gespeld als Skeet dat keer op keer had gedaan op de velletjes van het opschrijfboekje: *Dr. Yen Lo.* De letters dansten voor zijn ogen toen zijn handen begonnen te beven.

De naam had ervoor gezorgd dat de jongen onmiddellijk in die vreemde verwarde toestand was geraakt alsof hij was gehypnotiseerd en nu kreeg Dusty er dusdanig de kriebels van dat zijn nek meer ribbels vertoonde dan een stuk ribfluweel. Zelfs de bijzonder kalmerende uitwerking van de inrichting van de wachtkamer had geen invloed op zijn ijskoude ruggengraat die even verkild was als een thermometer in een vrieskast.

Terwijl hij zijn vinger als boekenlegger gebruikte, stond hij op en begon door de kleine kamer te ijsberen in een poging zijn zenuwen voldoende in bedwang te krijgen om het boek stil te houden en verder te kunnen lezen.

Waarom werd Skeet zo gekweld en zo beïnvloed door een naam die niets anders was dan die van een personage uit een roman?

Als je rekening hield met de literaire voorkeur van de knul, de overladen boekenplanken vol fantasyverhalen in zijn appartement, zat het er dik in dat hij de thriller niet eens had gelezen. Er kwam geen draak in voor, laat staan een elf of een tovenaar.

Nadat hij een paar rondjes had gemaakt door de kamer en langzaam maar zeker begrip begon te krijgen voor de frustratie van een gekooide panter in een dierentuin, keerde Dusty weer terug naar zijn stoel, hoewel hij nog steeds het gevoel had dat al zijn ruggenmergvloeistof zich als een verkild soort kwik in zijn middel had verzameld.

Hij las verder. *Dr. Yen Lo...*

49

Slonzig werk, deze onthoofding, duidelijk uitgevoerd met het verkeerde snijwerktuig.
'De ogen van het slachtoffer zijn hier vrij interessant, Martie. Wat lijken ze opengesperd. De bovenste oogleden zijn door shock zo ver omhooggekruld dat het bijna lijkt alsof ze afgesneden zijn. Zoveel verwondering in zijn blik, zoiets onaards, alsof hem op het moment van zijn dood een glimp werd gegund op wat hem in het hiernamaals te wachten stond.'
Ze keek naar de meelijwekkende ogen op de foto. En knipperde. En knipperde.
Doorbladerend naar het volgende roze plakbriefje zei de dokter: 'Deze is van bijzonder groot belang, Martie. Bekijk hem goed.'
Ze boog haar hoofd iets verder over naar de bladzijde.
'Jij zult uiteindelijk samen met Dusty de opdracht krijgen om een vrouw op een soortgelijke manier te martelen en je zult van de diverse lichaamsonderdelen een patroon moeten maken dat even knap is als dit. Het slachtoffer hier is een meisje dat nog maar net veertien jaar was, maar jullie tweeën zullen te maken krijgen met een wat oudere persoon.'
De dokter werd zo geboeid door de foto dat hij de eerste twee tranen pas zag toen ze al bijna onder aan Marties gezicht waren beland. Toen hij opkeek en het stel parels in het oog kreeg, was hij verbijsterd.
'Martie, je hoort je op die allerdiepste plek van je geest te bevinden, helemaal beneden in de kapel. Vertel me of dat wel of niet de plek is waar je bent.'
'Ja. Hier. De kapel.'
Nu haar persoonlijkheid zo diep weggedrukt was, had ze niet in staat mogen zijn om emotioneel te reageren op iets waar ze getuige van was of wat haar werd aangedaan. Net als bij Susan had de dokter

haar uit de kapel moeten halen en haar figuurlijk gesproken twee of drie trappen naar boven moeten laten lopen, naar een hoger bewustzijnsniveau, voor ze in staat zou zijn tot een zo pikante reactie als deze.

'Vertel me eens wat er aan de hand is, Martie.'

Haar stem was nauwelijks luider dan een zucht. 'Zoveel pijn.'

'Heb je pijn?'

'Zij.'

'Vertel me wie.'

Terwijl er meer tranen opwelden en schitterden in haar ogen, wees ze naar het in een nieuw model gebrachte meisje op de foto.

Ahriman zei verwonderd: 'Het is maar een foto.'

'Van een echt mens,' mompelde ze.

'Ze is al een hele tijd dood.'

'Ze heeft ooit geleefd.'

Marties traanklieren waren duidelijk prachtexemplaren. Haar traanzakken liepen leeg in de tranenmeren die daardoor zo vol werden dat ze overstroomden en de twee volgende druppels spoelden iets van de ellende uit haar ogen.

Ahriman moest denken aan de laatste traan van Susan, die ze er in de laatste minuut van haar leven uit geperst had. Uiteraard moest sterven een behoorlijke hoeveelheid stress teweegbrengen, zelfs als iemand rustig overlijdt in een toestand van extreme persoonlijkheidsonderdrukking. Martie was niet stervende. En toch die tranen.

'Je hebt dat meisje helemaal niet gekend,' hield de dokter vol.

Een nauwelijks hoorbaar gefluister. 'Nee.'

'Misschien heeft ze dit wel verdiend.'

'Nee.'

'Het kan wel een tienerhoertje zijn geweest.'

Zacht en somber. 'Maakt niet uit.'

'Misschien was ze zelf wel een moordenares.'

'Zij is ik.'

'Wat houdt dat in?' vroeg hij.

'Wat houdt dat in?' bauwde ze hem na.

'Je zegt dat zij jij is. Verklaar je nader.'

'Het kan niet verklaard worden.'

'Dan heeft het niets te betekenen.'

'Het kan alleen begrepen worden.'

'Het kan alleen begrepen worden,' herhaalde hij minachtend.

'Ja.'

'Is dit een raadsel, een of andere zen-koan of zo?'

'Is dat zo?' vroeg ze.

'Vrouwen,' zei hij ongeduldig.
Martie zei niets.
De dokter sloeg het boek dicht, bleef even naar haar profiel kijken en zei toen: 'Kijk me aan.'
Ze draaide hem haar gezicht toe.
'Zit stil,' zei hij. 'Ik wil proeven.'
Ahriman drukte zijn lippen tegen elk van haar tranende ogen. De tong kwam er ook nog even aan te pas.
'Zout,' zei hij, 'maar ook nog iets anders. Een subtiel vlaagje van iets heel boeiends.'
Hij wilde nog een keer proeven. Een REM-stuip liet haar oog erotisch onder zijn tong trillen.
Terwijl hij weer achteroverleunde, zei Ahriman: 'Scherp maar niet bitter.'
Nat meisjesgelaat. Een wereld vol van verdriet. En toch stralend mooi.
In de overtuiging dat die drie regels het begin waren van de zoveelste haiku die het waard was om op papier te zetten, borg de dokter het stukje poëzie in zijn geheugen om het later aan te scherpen.
Alsof Marties traanstelsel door de warmte van Ahrimans lippen was opgedroogd, verdween het vocht uit haar ogen.
'Ik zal veel meer plezier aan je beleven dan ik had gedacht,' zei Ahriman. 'Ik zal bij jou bijzonder grondig te werk moeten gaan, maar die extra inspanning zal waarschijnlijk wel de moeite waard zijn. Net als bij het mooiste speelgoed is je vormgeving – je brein en je hart – minstens even spannend als je functie. Nu wil ik dat je kalm bent, volkomen rustig, emotieloos, opmerkzaam en gehoorzaam.'
'Ik begrijp het.'
Hij sloeg het standaardwerk weer open.
Onder de geduldige leiding van de dokter bestudeerde Martie, dit keer met droge ogen, de politiefoto van het aan stukken gehakte meisje, van wie de lichaamsdelen op een zo creatieve wijze opnieuw waren gerangschikt. Hij droeg haar op om zich voor te stellen hoe het zou zijn om deze gruweldaad zelf te verrichten, om zich te verlustigen aan de stinkende, vochtige realiteit van wat ze hier op glanspapier afgedrukt zag. Om er zeker van te zijn dat Martie al haar vijf zintuigen bij deze oefening gebruikte, putte Ahriman niet alleen uit zijn medische kennis maar ook uit zijn persoonlijke ervaring en zijn prima functionerende fantasie om haar te helpen met een groot aantal details op het gebied van kleur, structuur en stank.
Andere bladzijden volgden. Nog meer foto's. Verse lijken maar ook lichamen in diverse stadia van ontbinding.

En knipperen.
En knipperen.
Uiteindelijk zette hij de twee zware boeken terug op de plank.
Hij was een kwartier te lang met Martie bezig geweest, maar het was ook zo bevredigend om haar waardering voor de dood te verhogen. Af en toe had de dokter het idee dat hij een eersteklas onderwijzer zou zijn geweest, gehuld in tweedpakken met bretels en strikdasjes; en hij wíst gewoon dat hij het leuk zou hebben gevonden om met kinderen te werken.
Hij gaf Martie opdracht om op haar rug op de bank te gaan liggen en haar ogen dicht te doen. 'Nu ga ik Dusty naar binnen roepen, maar jij zult geen woord verstaan van wat wij tegen elkaar zeggen. Je zult je ogen pas weer opendoen als ik je dat opdraag. Je trekt je nu terug op een geluidloze, onverlichte plaats en je zakt in een diepe slaap waaruit je pas weer wakker zult worden in de kapel in je geest als ik je ogen kus en je "prinses" noem.'
Nadat hij een minuut had gewacht, nam de dokter de polsslag van Marties linkerpols op. Langzaam, stevig, regelmatig. Tweeënvijftig slagen per minuut.
Nu was meneer Rhodes aan de beurt, de huisschilder, geflipte student en huis-, tuin- en keukenintellectueel die binnenkort als het onwetend werktuig der wraak berucht zou zijn van zee tot glanzende zee.

Ongeveer twee bladzijden nadat dr. Yen Lo zijn opwachting had gemaakt, drong het plotseling tot Dusty door dat het boek over hersenspoelen ging.
Die ontdekking was al bijna even verrassend als het zien van de naam die op Skeets aantekenblok had gestaan. Dit keer schoot het boek hem niet uit de handen en bleef hij gewoon op zijn plaats zitten, maar hij mompelde wel: 'Vuile klootzak.'
In het appartement van de jongen had Dusty zonder succes gezocht naar een bewijs dat hij zich bij een sekte had aangesloten. Geen verhandelingen of pamfletten. Geen religieuze gewaden of iconen. Niet één kip die zorgelijk kakelend in een kooi zat te wachten tot ze geofferd zou worden. Nu, terwijl Dusty niet eens aan Skeets problemen had zitten dénken, dook in het boek van Condon ineens de mysterieuze Chinese arts op en openbaarde zich als een deskundige op het gebied van de wetenschap en de kunst van het *hersenspoelen*.
Dusty geloofde niet in toeval. Het leven was een tapijt met ingeweven patronen die je kon onderscheiden als je daar oog voor had. Het was geen tóéval dat Martie al maanden met dit boek rondliep. Het

was hun in handen gespeeld omdat het een aanwijzing bevatte waar het werkelijk om ging bij deze krankzinnige toestand. Hij had zijn linkerteelbal willen geven – of, nog iets bereidwilliger, al het geld dat op hun spaarrekening stond – om te weten wie ervoor had gezorgd dat *The Manchurian Candidate* hier op dit moment, nu ze het zo hard nodig hadden, aanwezig zou zijn. Hoewel Dusty geloofde in de weloverwogen schepping van het universum, had hij toch moeite met het idee dat God een paperbackthriller zou gebruiken voor een van zijn wonderen in plaats van een brandende struik of de wat gebruikelijker en opvallender tekenen aan de hemel. Oké, als het dus God niet was en evenmin het toeval, dan moest het iemand van vlees en bloed zijn.

Dusty hoorde hoe hij hardop een kievit zat te imiteren – wie? wie? – en hij snoerde zichzelf de mond toen hij besefte dat hij te weinig wist om die vraag te beantwoorden.

In Condons boek, dat tijdens en na de oorlog in Korea speelde, had dr. Yen Lo een paar Amerikaanse soldaten gehersenspoeld en een van hen in een robotachtige moordenaar veranderd zonder dat de man besefte wat er met hem was gebeurd. Weer thuis en tot held uitgeroepen, zou de soldaat een normaal leven leiden – tot hij, geactiveerd door een simpel spelletje patience en voorzien van instructies, veranderde in een gewillige moordenaar.

Maar aan de oorlog in Korea was in 1953 een eind gekomen en deze thriller was in 1959 verschenen, lang voordat Dusty geboren was. Die jonge soldaat en dr. Yen Lo waren geen van beiden bestaande personen. Er was geen duidelijke reden waarom er een verband zou bestaan tussen dit boek en Dusty, Martie en Skeet met zijn haikuregels.

Hij kon alleen maar doorlezen, op zoek naar de onthulling.

Nadat hij snel nog een paar bladzijden had doorgelezen, hoorde Dusty hoe de deurklink aan de andere kant van de deur naar Ahrimans spreekkamer in beweging kwam en het slot met een klik opensprong. Plotseling kreeg hij het gevoel dat hij niemand moest laten merken dat hij dit boek zat te lezen. Hij was ineens onverklaarbaar nerveus en toen de deur met de plof en de zucht van een ontsloten vacuüm open begon te gaan, smeet hij het boek geschrokken opzij, alsof iemand op het punt stond hem te betrappen terwijl hij verdiept was in een smerig stuk pornografie, of nog erger, in een van de talloze hoogdravende boekdelen die zijn vader en stiefvaders hadden afgescheiden.

Het boek gleed over de rand van het smalle bijzettafeltje naast zijn stoel en kwam precies op het moment dat de zware deur openging

en dr. Ahriman verscheen met een bons op de grond terecht. Om onverklaarbare redenen roodaangelopen schoot Dusty al overeind voordat het boek op de grond lag en kuchte om de *plof* te overstemmen.
Gejaagd hoorde hij zichzelf zeggen: 'Dokter, is Martie... Ging alles... Zal ze...'
'Viola Narvilly,' zei de dokter.
'Ik luister.'

50

Nadat ze de activeringslitanie van Dusty's eigen haiku hadden afgewerkt, ging dr. Ahriman hem voor naar de spreekkamer en bracht hem rechtstreeks naar de fauteuil waar Martie eerder in had gezeten. Ze lag op de bank te slapen en Dusty keek niet eens naar haar. Ahriman ging in de stoel tegenover hem zitten en bestudeerde zijn patiënt gedurende een minuut. De man gedroeg zich een tikje afstandelijk, maar hij reageerde onmiddellijk op de stem van de dokter. Zijn passieve uitdrukking was niet vreemder dan de gezichten die automobilisten konden trekken als ze tijdens de spits vastzaten in zo'n vervelende bumper-aan-bumper-file.

Dustin Rhodes was een vrij nieuwe aanwinst in de Ahriman-verzameling. De dokter had hem pas twee maanden geleden volledig in zijn macht gekregen.

Martie zelf had op aanwijzingen van de dokter haar man bij drie gelegenheden de zorgvuldig samengestelde dosis drugs toegediend die nodig was om hem in de half benevelde slaaptoestand te brengen waarin hij effectief geprogrammeerd kon worden: Rohypnol, phencyclidine, valium en een stof die bekendstond – hoewel alleen bij een paar ingewijden – als Santa Fe #46. Omdat Dusty na het eten altijd een dessert nam, was de eerste dosis toegediend in een plak notencake; de tweede, twee dagen later, had smaak noch reuk toegevoegd aan een schaaltje crème brûlée met een toefje geroosterde kokoskrulletjes; en de derde, weer drie avonden later, zou zelfs door een bloedhond nog niet zijn opgemerkt in een sorbet met karamelsaus, maraskinokersen, amandelen en gehakte dadels.

De man wist absoluut wat lekker was. In ieder geval op het gebied van culinaire voorkeuren voelde de dokter een zekere verwantschap met hem.

Het programmeren had plaatsgevonden in de slaapkamer van de Rhodes: met Dusty op het bed, Martie in kleermakerszit op het grote met schapenvacht overtrokken kussen in de hoek zodat ze hem niet voor de voeten kon lopen en een staande schemerlamp die dienst deed als infuusstandaard. Het was allemaal prima verlopen.

De hond had problemen willen maken maar was veel te lief en te gehoorzaam om meer te doen dan grommen en nukken. Ze hadden hem met een bak water, een geel plastic eendje met een piepertje in de buik en een kluif opgesloten in Marties werkkamer.

Nu, nadat de aanval van REM uit Dusty's ogen was geweken, zei dr. Ahriman: 'Dit zal niet lang duren, maar de opdrachten die je vandaag van me krijgt, zijn heel belangrijk.'

'Ja, meneer.'

'Martie zal hier aanstaande vrijdag, overmorgen, terugkomen voor een nieuwe afspraak en jij zult je werkschema aanpassen om haar te kunnen brengen. Vertel me of dit duidelijk is.'

'Ja. Duidelijk.'

'Goed. Je hebt me gisteren verrast – met dat heldhaftige gedoe bij het huis van de Sorensons. Dat was niet mijn bedoeling. In de toekomst, als je er weer bij bent wanneer je broer Skeet zelfmoord probeert te plegen, zul je niet ingrijpen. Je mag wel proberen om hem op andere gedachten te brengen, maar je laat het bij praten en uiteindelijk zul je toestaan dat Skeet zichzelf te gronde richt. Vertel me of je dat hebt begrepen.'

'Ik begrijp het.'

'Als hij er een eind aan maakt, zul je volkomen kapot zijn. En boos. Woedend zelfs. Je zult je volkomen overgeven aan je gevoelens. Je weet op wie je die woede moet richten, want die naam zal in het zelfmoordbriefje staan. Vrijdag zullen we hier verder over praten.'

'Ja, meneer.'

Omdat hij altijd in was voor een geintje, ook al had hij het nog zo druk, wierp de dokter een blik op Martie, die op de bank lag, en richtte zijn aandacht vervolgens weer op Dusty. 'Je vrouw is heel mals, vind je ook niet?'

'Vind ik dat?'

'Of je het daar nu mee eens bent of niet, ik vind haar echt een mals brokje.'

Dusty's ogen waren voornamelijk grijs, maar met blauwe strepen die ze uniek maakten. Als jongetje had Ahriman knikkers verzameld en hij had zakken vol schitterende glazen stuiters gehad, waaronder drie die sprekend op Dusty's ogen hadden geleken ook al waren ze lang niet zo glanzend geweest. Martie was bijzonder dol op de ogen van haar man en daarom had de dokter met extra veel plezier de suggestie bij haar geïmplanteerd dat ze pas écht in de greep van haar autofobie zou komen als ze een plotseling visioen kreeg waarin ze een sleutel in een van die geliefde ogen stak.

'Met betrekking tot dit onderwerp,' zei Ahriman, 'geen korte antwoorden meer. Laten we het eens uitgebreid hebben over de malsheid van je vrouw.'

Dusty's blik was niet op Ahriman maar op een punt in de lucht ergens tussen hen in gevestigd, toen hij zonder enige uitdrukking in zijn stem even vlak als een machine zei: 'Mals in de betekenis van sáppig, neem ik aan.'

'Precies,' beaamde de dokter.

'Druiven zijn sappig. Aardbeien. Sinaasappels. Lekkere karbonaadjes zijn mals,' zei Dusty. 'Maar het woord is niet... echt van toepassing op personen.'

Met een verrukte glimlach zei Ahriman: 'O, werkelijk... niet echt van toepassing? Een beetje voorzichtig, schilder. Je verraadt je afkomst. En als ik nou een kannibaal was?'

Omdat hij in deze toestand niet in staat was om een vraag te beantwoorden met iets anders dan een verzoek om toelichting, vroeg Dusty: 'Bent u een kannibaal?'

'Als ik een kannibaal was, zou het wel echt toepasselijk zijn als ik je vrouw als "mals" omschreef. Vertel me eens hoe uw mening in dat geval luidt, meneer Dustin Penn Rhodes.'

De toon van Dusty's emotieloze stem bleef onveranderd, maar nu klonk hij vrij pedant, tot groot genoegen van de dokter. 'Vanuit kannibalistisch oogpunt is het woord wel toepasselijk.'

'Ik vrees dat er een zeurderige professor schuilgaat onder al dat aardse arbeidersgedrag van je.'

Dusty zei niets, maar zijn ogen schommelden in een REM-stuip.

'Goed, hoewel ik dus geen kannibaal ben,' zei Ahriman, 'vind ik je vrouw toch mals. Van nu af aan heb ik zelfs een nieuw koosnaampje voor haar. Ze zal mijn kleine *karbonaadje* zijn.'

De dokter sloot de behandeling af met de gebruikelijke opdrachten om geen bewuste of toegangelijke onderbewuste herinneringen te bewaren aan datgene wat zich tussen hen had afgespeeld. Daarna: 'Je gaat nu terug naar de wachtkamer voor de vertrekkende patiënten, Dusty. Pak het boek op dat je zat te lezen en ga weer op dezelfde plaats zitten. Zoek de plek op waar je was gebleven toen je werd gestoord. Daarna zul je in gedachten de kapel verlaten waar je je nu bevindt. Terwijl je de kapeldeur sluit, zullen alle herinneringen aan wat zich heeft afgespeeld vanaf het moment dat ik uit mijn spreekkamer te voorschijn kwam vlak nadat je de klik van het slot hoorde tot je uit je huidige toestand ontwaakt verdwenen zijn. Daarna loop je langzaam tot tien tellend de kapel uit en de trap op. Als je bij tien bent aangekomen, zul je weer bij je volle bewustzijn zijn – en gewoon verder lezen.'

'Ik begrijp het.'

'Ik wens je een prettige middag, Dusty.'

'Dank u wel.'

'Graag gedaan.'

Dusty stond op uit de fauteuil en liep dwars door de spreekkamer zonder zijn vrouw op de bank ook maar één blik te gunnen.

Toen de heer des huizes was verdwenen, liep de dokter naar mevrouw en stond haar te bekijken. Absoluut mals.

Hij viel op een knie naast de bank, kuste haar beide gesloten ogen en zei: 'Mijn karbonaadje.'

Dit had uiteraard geen enkel effect, maar de dokter moest er wel om lachen.

Weer een kus op beide ogen. 'Prinses.'

Ze werd wakker, maar ze bevond zich nog steeds in de kapel in haar geest en kreeg nog geen toestemming om tot bewustzijn te komen. In opdracht van Ahriman liep ze weer terug naar de fauteuil waar ze eerder in had gezeten.

Terwijl hij in zijn eigen stoel plaatsnam, zei hij: 'Martie, gedurende de rest van de middag en de vroege avond zul je je wat rustiger voelen dan tijdens de afgelopen vierentwintig uur. Je autofobie is niet verdwenen, maar wel iets afgenomen. Een tijdje zul je alleen gekweld worden door een lichte ongerustheid, een gevoel van breekbaarheid, en om het uur door korte aanvallen van een wat fellere angst die stuk voor stuk ongeveer een minuut of twee zullen duren. Maar later, om... o, zo rond een uur of negen, zul je de ergste paniekaanval krijgen die je tot dusver hebt meegemaakt. Die zal op de gewone manier beginnen en net als daarvoor in hevigheid toenemen – maar plotseling zullen alle dode en gemartelde mensen die we samen hebben bestudeerd, alle neergestoken, neergeschoten en verminkte lijken en de in staat van ontbinding verkerende kadavers door je hoofd schieten en je zult er tegen alle logica in van overtuigd raken dat jij persoonlijk verantwoordelijk bent geweest voor wat er met hen is gebeurd, dat jouw handen al deze martelingen en moorden hebben gepleegd. Jouw handen. Jouw handen. Vertel me of je begrijpt wat ik heb gezegd.'

'Mijn handen.'

'Ik laat de bijzonderheden van je moment suprême aan jou over. Je beschikt in ieder geval over genoeg basismateriaal.'

'Ik begrijp het.'

Ogen vol hartstocht. Sudderend in erosbouillon. Mijn mals karbonaadje.
Een haiku met culinaire beeldspraak. Geen onderwerp dat de meesters van het Japanse vers ooit zouden oppakken, maar hoewel de dokter probeerde de formele structuur van de haiku zoveel mogelijk te benaderen, was hij in geestelijk opzicht zo vrijgevochten dat hij af en toe zijn eigen regels bepaalde.

Dusty zat te lezen over dr. Yen Lo die samen met zijn ploeg van toegewijde communistische specialisten op het gebied van hersenspoeling aan het rotzooien was met het brein van de ongelukkige Amerikaanse soldaten, toen hij plotseling uitriep: 'Wat is dít voor de donder,' doelend op de paperback die hij in zijn handen had.
Hij kreeg de neiging om *The Manchurian Candidate* door de wachtkamer te smijten, maar hield zich in. In plaats daarvan liet hij het op het tafeltje naast zijn stoel vallen en schudde zijn rechterhand alsof hij zich aan het boek had gebrand.
Hij sprong overeind en stond op het onding neer te kijken. Hij had niet meer geschokt en geschrokken kunnen zijn als het boek door de vloek van een boze tovenaar in een ratelslang was veranderd.
Toen hij zijn ogen van het boek af durfde te wenden, wierp hij een blik op de deur naar de spreekkamer van dr. Ahriman. Dicht. Het was net alsof die al sinds mensenheugenis op slot had gezeten. Even onwrikbaar als een uit één stuk gehouwen steen.
Het piepende geluid van de deurkruk en het geklik van het slot: geluiden die hij duidelijk had gehoord. Verlegenheid, schrik, schaamte en een onheilspellend gevoel. Om onverklaarbare redenen waren al die gevoelens als een elektrische stroomstoot door hem heen geschoten, alsof er ergens een lek in een leiding had gezeten: *Laat je niet betrappen terwijl je dit zit te lezen!* Automatisch had hij het boek op de tafel gesmeten en omdat het glanzende omslag zo glad was, was het zo van het granieten tafelblad afgeschoten. De deur had dat *plof-zucht*-vacuümgedoe voortgebracht en hij begon net haastig overeind te komen toen het boek met een bons op de grond terechtkwam en toen...
... en toen had hij het boek weer in zijn hand en zat in zijn stoel te lezen alsof dat moment van *piep-klik-plof-zucht-bons* waardoor hij zo geschrokken was helemaal nooit had plaatsgevonden. Misschien stond zijn hele leven, van de wieg tot het graf, daar boven in het koninkrijk der hemelen wel op videoband en had een van de hemelse redacteuren hem een paar seconden teruggedraaid tot het moment vlak voordat hij was opgeschrokken door de geluiden van de deur

en had daarbij al die gebeurtenissen uit zijn verleden gewist zonder eraan te denken ook zijn geheugen uit te wissen. Het zou wel een leerling-redacteur zijn geweest die nog een hoop moest leren.

Tovenarij. Dusty moest weer denken aan al die fantasyboeken in het appartement van Skeet. Tovenaars, boze tovenaars, magiërs, heksen en duivelsbezweerders. Dit was zo'n ervaring waardoor je in tovenarij ging geloven... of je ging afvragen of je nog wel goed wijs was.

Hij stak zijn hand uit naar het boek dat hij op tafel had laten vallen – voor de tweede keer? – en aarzelde toen. Hij raakte het met één vinger aan, maar het begon niet te sissen en het deed ook geen oog open om naar hem te knipogen.

Hij pakte het op, draaide het peinzend om in zijn handen en liet de bladzijden vervolgens langs zijn duim ritsen.

Het geluid deed hem denken aan een spel kaarten dat werd geschud en dat herinnerde hem er weer aan hoe de gehersenspoelde Amerikaanse soldaat in het boek, de man die was geprogrammeerd om als moordenaar te dienen, werd geactiveerd als hem een pak kaarten werd overhandigd met de vraag: *Waarom dood je de tijd niet met een spelletje patience?* Voor de juiste uitwerking moest de vraag exact op die manier gesteld worden. Vervolgens ging die vent patience zitten spelen tot de ruitenvrouw te voorschijn kwam, waarna zijn onderbewuste brein toegankelijk werd voor zijn opdrachtgever en hij zijn instructies in ontvangst kon nemen.

Terwijl hij nadenkend naar de paperback bleef staren, liet Dusty opnieuw de randen van de bladzijden langs zijn duim ritsen.

Nog steeds piekerend ging hij weer zitten. Zijn duim bleef langs de bladzijden glijden.

Wat hij hier had, was geen tovenarij. Wat hij hier had, was opnieuw een tijdshiaat, hooguit van een paar seconden, zelfs nog korter dan dat moment van gisteren aan de telefoon in de keuken.

Korter?

Was dat wel zo?

Hij keek op zijn polshorloge. Misschien was het niet korter. Hij wist het niet zeker, want hij had niet meer gekeken hoe laat het was vanaf het moment dat hij was gaan zitten lezen. Misschien was hij maar een paar seconden van de wereld geweest, misschien tien minuten of zelfs nog langer.

Een tijdshiaat.

Waar sloeg dit op?

Nergens op.

Nu hij zo door zijn instinct werd opgejaagd en zijn hersens zich op kronkelpaden begaven waarbij de darmen van de mens op een rech-

te weg leken, kon hij zich niet meer op Condons boek concentreren. Hij liep naar de kapstok aan de andere kant van de kamer en stopte het boek in zijn eigen jaszak in plaats van in die van Martie.
Uit een van de andere zakken pakte hij zijn telefoon.
In plaats van de gehersenspoelde en geprogrammeerde persoon met een exact geformuleerde vraag te activeren – *Waarom dood je de tijd niet met een spelletje patience?* – kon je dat toch ook met behulp van een naam doen? *Dr. Yen Lo.*
In plaats van het diepe onderbewustzijn toegankelijk te maken voor de opdrachtgever bij het verschijnen van de ruitenvrouw... kon je dat toch ook doen door een paar dichtregeltjes op te zeggen? Een haiku.
IJsberend toetste Dusty het mobiele nummer van Ned Motherwell in.
Na vijf keer overgaan nam Ned op. Hij was nog steeds bij het huis van de Sorensons. 'Er viel vandaag nog niet te schilderen, alles was nog vochtig van de regen, maar we hebben veel voorbereidend werk gedaan. Verrek, Fig en ik hebben vandaag met ons tweeën meer gedaan dan we in twee dagen voor elkaar krijgen als die hopeloze kleine drol ons zo stoned als een garnaal voor de voeten loopt.'
'Met Skeet gaat het goed,' zei Dusty. 'Leuk dat je ernaar vraagt.'
'Ik hoop dat je hem ergens naartoe hebt gebracht waar ze hem vierentwintig uur per dag tegen zijn kont lopen te schoppen.'
'Zeker weten. Ik heb hem ingeschreven in de Onze-Lieve-Vrouwe-Kontschopperskliniek.'
'Zo'n tent zou er eigenlijk horen te zijn.'
'Ik ben ervan overtuigd dat er in iedere stad een zal komen als de Straight Edgers de kerk overnemen. Hoor eens, Ned, zou je Fig vandaag het werk kunnen laten afmaken terwijl jij iets voor mij doet?'
'Tuurlijk. *Fig* is geen dopesnuivende, zelfdestructieve eikel. *Fig* is betrouwbaar.'
'Heeft hij de laatste tijd nog een glimp opgevangen van Big Foot?'
'Als hij mij dat ooit zou vertellen, zou ik hem geloven.'
'Ik ook,' gaf Dusty toe.
Hij vertelde Ned Motherwell wat hij voor hem moest doen en ze spraken af waar en hoe laat ze elkaar zouden treffen.
Nadat hij de verbinding had verbroken, hing Dusty de telefoon aan zijn riem. Hij keek op zijn horloge. Bijna drie uur. Hij ging weer zitten.
Twee minuten later zat Dusty voorovergebogen in zijn stoel met de onderarmen op zijn dijen en de handen tussen zijn knieën geklemd naar de zwartgranieten vloer te kijken en zo diep na te denken dat

het smeer eigenlijk met de snelheid van kogels uit zijn oren had moeten spuiten. Toen de deurklink piepte en het slot klikte, ging er een schok door hem heen maar hij sprong niet meteen op.

Met een charmante glimlach kwam Martie het eerst de spreekkamer uit lopen en Dusty stond op om haar met een iets minder charmante glimlach te begroeten. Achter haar kwam dr. Ahriman met een vaderlijke glimlach de wachtkamer in en het zou best kunnen dat Dusty's glimlach iets charmanter werd toen hij de psychiater in het oog kreeg, want de man straalde letterlijk vakmanschap uit, plus medeleven, zelfvertrouwen en nog meer van die prettige dingen.

'Het ging prima,' verzekerde dr. Ahriman Dusty. 'We maken nu al vorderingen. Ik denk dat Martie uitstekend op de therapie zal reageren, werkelijk waar.'

'Goddank,' zei Dusty terwijl hij Marties jack van de kapstok pakte.

'Dat wil niet zeggen dat jullie geen moeilijke tijd te wachten staat,' waarschuwde de dokter. 'Misschien komen er wel paniekaanvallen die nog veel erger zijn dan tot dusverre. Dit is per slot van rekening een zeldzame en moeilijke fobie. Maar ook al is er op korte termijn af en toe een terugval, ik ben ervan overtuigd dat ze op de lange duur helemaal zal genezen.'

'Op de lange duur?' vroeg Dusty, maar niet echt bezorgd, want in het bijzijn van de vol vertrouwen glimlachende dokter kon niemand zich zorgen maken.

'Hooguit een paar maanden,' zei dr. Ahriman. 'En misschien gaat het nog wel sneller. Dit soort dingen speelt zich in een eigen tempo af en daar kunnen we niets aan veranderen. Maar er is alle reden voor optimisme. Ik wil op dit moment zelfs niet overwegen om haar een geneesmiddel voor te schrijven, we houden het de eerste twee weken alleen op therapie en dan zien we wel weer verder.'

Dusty had bijna verteld dat dr. Closterman al een recept voor valium had uitgeschreven, maar Martie deed het eerst haar mond open. Terwijl ze het zwarte leren jack aanschoot dat Dusty voor haar ophield, zei ze: 'Schat, ik voel me echt goed. Echt veel beter, een stuk beter. Eerlijk waar.'

'Vrijdagochtend. Om tien uur hebben we een afspraak,' hielp dr. Ahriman hen herinneren.

'We zullen er zijn,' verzekerde Dusty hem.

Glimlachend en knikkend zei Ahriman: 'Daar ben ik van overtuigd.'

Toen de dokter terugliep naar zijn spreekkamer en de zware deur achter zich dichttrok, leek er iets van warmte uit de wachtkamer weg te sijpelen. Ergens vandaan kwam een kille tochtvlaag.

'Hij is echt een fantastische psychiater,' zei Martie.

Terwijl hij zijn jack dichtritste, zei Dusty: 'Hij voelt zich bijzonder betrokken bij zijn patiënten.' Maar hoewel hij erbij glimlachte en nog steeds een goed gevoel had, vroeg hij zich toch ergens in een verknipt deel van zijn hersenen af hoe hij wist dat Ahriman zich niet in de eerste plaats bekommerde om het opstrijken van zijn honorarium.

Terwijl ze de deur naar de gang op de veertiende verdieping opentrok, zei Martie: 'Hij zal ervoor zorgen dat er een eind komt aan al die moeilijkheden. Hij geeft me een goed gevoel.'

In de lange gang op weg naar de lift zei Dusty: 'Wie zegt er nou "tot dusverre"?'

'Wat bedoel je?'

'Dat zei hij. Dr. Ahriman. *Tot dusverre.*'

'Is dat zo? Nou ja, dat is toch een uitdrukking?'

'Maar hoe vaak hoor je die? Als je niet in het kantoor van een advocaat of in een rechtszaal zit, bedoel ik.'

'Wat wil je daarmee zeggen?'

Fronsend zei Dusty: 'Dat weet ik niet.'

In de lifthal zei Martie terwijl ze op het knopje drukte: 'Tot dusverre klonk je steeds verstandig, maar nu niet.'

'Het is een hoogdravende uitdrukking.'

'Helemaal niet.'

'In de gewone spreektaal wel,' hield hij vol. 'Het is iets dat mijn ouweheer zou kunnen zeggen. Trevor Penn Rhodes. Of die ouwe van Skeet. Of die andere twee elitaire klootzakken met wie ze getrouwd is geweest.'

'Je loopt te bazelen en dat is tot dusverre niet zo vaak voorgekomen. Waar slaat dat nou toch op?'

Hij zuchtte. 'Nergens op, denk ik.'

Op weg naar de begane grond reageerde Dusty's maag alsof ze zich in een snellift naar de hel bevonden.

Terwijl ze door de ontvangsthal liepen, had hij het gevoel dat hij een diepzeeduiker was die vanwege de decompressie langzaam maar zeker omhoogsteeg, of dat hij een week lang in een spaceshuttle had doorgebracht en weer moest wennen aan de zwaartekracht. Alsof hij wakker werd uit een droom.

Terwijl ze naar de deuren toe liepen, pakte Martie zijn arm en hij zei: 'Het spijt me, Martie. Ik voel me gewoon... raar.'

'Dat maakt niet uit. Je was al raar toen ik met je trouwde.'

51

In tegenstelling tot de praktijkruimte van dr. Ahriman op de veertiende verdieping bood de parkeerplaats geen uitzicht op de vlakbij gelegen Stille Oceaan. Dusty kon niet zien of de oceaan nog steeds zo onheilspellend donker was als hij vanuit de spreekkamer van de psychiater had geleken.

De lucht was drabbig maar leek niet, zoals eerder, met het volle gewicht van de Dag des Oordeels op hen neer te drukken en alles wat door mensenhanden was gemaakt, kwam niet langer op hem over als de toekomstige brokstukken van een onafwendbare ramp.

Het briesje was bezig om zichzelf tot een stevige wind op te werken en beijverde zich om dode bladeren en wat stukjes afval van de straatstenen te vegen.

In de auto leek Martie een tikje nerveus, ook al was het niets vergeleken bij de zenuwslopende toestand van die ochtend. Nog steeds nagenietend van haar therapie rommelde ze in het handschoenenkastje en vond een rol chocolaatjes die ze een voor een in haar mond stopte en met smaak opknabbelde. Kennelijk was ze niet bang dat ze het snoepgoed later weer over zou moeten geven, als ze tijdens een paniekaanval opnieuw zo voorovergebogen zou gaan zitten kokhalzen.

Dusty bedankte voor het chocolaatje dat Martie hem aanbood, trok het boek uit zijn jaszak en vroeg: 'Waar heb je dit vandaan?'

Ze wierp een blik op het boek en haalde haar schouders op. 'Ergens op de kop getikt.'

'Heb je het gekocht?'

'Boekwinkels geven niets gratis weg, weet je.'

'Welke boekwinkel?'

Fronsend zei ze: 'Hoezo?'

'Dat zal ik je zo uitleggen. Maar eerst wil ik dit weten. Welke winkel? Barnes and Noble? Borders? Book Carnival, waar je altijd detectives koopt?'

Met haar mond vol chocola zat ze een tijdje naar het boek te kijken en zag er vervolgens beduusd uit. 'Dat weet ik niet.'
'Nou ja, je koopt per week toch geen honderd boeken in twintig verschillende winkels,' zei hij ongeduldig.
'Nee, oké, maar ik heb nooit beweerd dat mijn geheugen even goed is als het jouwe. Kun jíj je niet herinneren waar ik het gekocht heb?'
'Waarschijnlijk was ik er niet bij.'
Martie legde de rol chocolaatjes neer en pakte het boek van hem aan. Ze sloeg het boek niet open en ritste ook niet met haar duim langs de bladzijden zoals hij eigenlijk had verwacht, maar terwijl ze naar de titel zat te staren hield ze het met twee handen vast, zo stijf dat het leek alsof ze er de bron van herkomst uit probeerde te persen op dezelfde manier waarop ze een sinaasappel uitperste.
'Ik kan maar beter teruggaan naar het ziekenhuis en laten onderzoeken of ik misschien in het eerste stadium van Alzheimer verkeer,' zei ze ten slotte terwijl ze het boek teruggaf aan Dusty en haar chocola weer oppakte.
'Misschien heb je het van iemand gekregen,' opperde hij.
'Van wie?'
'Dat wil ik nou net weten.'
'Nee. Als ik het had gekregen, zou ik dat nog wel weten.'
'Waarom heb je het boek niet opengeslagen toen je het net zat te bekijken?'
'Opengeslagen? Er staat toch niet in waar ik het gekocht heb.' Ze stak hem het halve rolletje snoep toe. 'Hier. Je bent een beetje prikkelbaar. Misschien heb je behoefte aan suiker. Neem er maar een paar.'
'Nee, bedankt. Martie, weet je waar dat boek over gaat?'
'Tuurlijk. Het is een thriller.'
'Maar waar gáát die thriller over?'
'Boeiend verhaal, interessante personages. Ik vind het leuk.'
'Over welk onderwerp?'
Ze staarde naar de paperback en begon langzamer te kauwen. 'Nou ja, je weet toch wel waar thrillers over gaan. Vluchten, eropaf gaan, schieten en er weer vandoor.'
Het leek net alsof het boek in Dusty's handen koud werd. En zwaarder. Het materiaal begon ook te veranderen: het kleurige omslag leek gladder dan eerst. Alsof het niet zomaar een boek was. Meer dan een boek. Een talisman waarvan de toverkracht elk moment kon gaan werken zodat hij halsoverkop via een magische poort in zo'n van draken vergeven alternatief rijk zou belanden waar Skeet zo graag over las. Of misschien had de talisman die truc al verricht en

was hij zonder het zich te realiseren van de ene wereld in de andere gestapt. En zou hij híér die draken tegenkomen.
'Martie, ik geloof niet dat je ook maar een regel in dit boek hebt gelezen. Of het zelfs maar hebt opengeslagen.'
Terwijl ze een chocolaatje tussen haar duim en wijsvinger klaarhield om in haar mond te steken zei ze: 'Ik zei toch al dat het een echte thriller is. Het is goed geschreven. Het verhaal is boeiend en de personages zijn interessant. Ik... vind... het... leuk.'
Dusty zag dat ze zelf hoorde hoe mechanisch ze dat opdreunde. Haar mond stond open, maar het stukje chocola ging niet naar binnen. Haar ogen werden groot van verbazing.
Hij hield het boek omhoog, met de achterkant naar haar toe, en zei: 'Het gaat over hersenspoelen, Martie. Dat blijkt zelfs al uit de flaptekst.'
Haar gezicht vertelde duidelijker dan ze het in woorden had kunnen uitdrukken dat ze geen flauw idee had waar het over ging.
'Het speelt tijdens en vlak na de oorlog in Korea,' zei hij tegen haar.
Het ronde chocolaatje begon aan haar vingers te kleven, dus stopte ze het in haar mond.
'Het gaat over een vent,' zei Dusty, 'een of andere soldaat, Raymond Shaw, die...'
'Ik luister,' zei ze.
Dusty's aandacht was op het boek gevestigd op het moment dat Martie hem in de rede viel en toen hij opkeek, zag hij dat er een kalme afwezige trek op haar gezicht was gekomen. Haar mond hing open. Hij kon het chocolaatje op haar tong zien liggen.
'Martie?'
'Ja,' zei ze gesmoord, zonder de moeite te nemen om haar mond te sluiten en het snoepje trilde op haar tong.
Het was een herhaling van het voorval met Skeet in de New Life Clinic, maar nu met Martie.
'O, shit,' zei hij.
Ze knipperde met haar ogen, sloot haar mond, duwde de chocola met haar tong in haar linkerwang en zei: 'Wat is er aan de hand?'
Ze was weer bij hem terug, niet langer afwezig en haar ogen stonden helder.
'Waar ben je geweest?' vroeg hij.
'Ik? Wanneer?'
'Hier. Net precies.'
Ze hield haar hoofd schuin. 'Ik geloof echt dat je een stoot suiker nodig hebt.'
'Waarom zei je: "Ik luister"?'

'Dat heb ik niet gezegd.'
Dusty keek door de voorruit en zag geen kasteel van vulkanisch glas met roodogige duivels op de gekartelde kantelen, geen draken die zich te goed deden aan ridders. Alleen maar de winderige parkeerplaats, de wereld zoals hij die kende hoewel hij er minder vanaf scheen te weten dan hij vroeger had gedacht.
'Ik zat je over het boek te vertellen,' bracht hij haar in herinnering. 'Weet je nog wat het laatste was dat ik erover zei?'
'Dusty, wat heeft dit in 's hemelsnaam...'
'Geef me nou maar m'n zin.'
Ze zuchtte. 'Nou, je zei dat het over die vent ging, een of andere soldaat...'
'En?'
'En daarna zei je: "O, shit." Dat is alles.'
Alleen al het vasthouden van het boek bezorgde hem kippenvel. Hij legde het op het dashboard. 'Weet je niet meer hoe die soldaat heette?'
'Dat heb je me niet verteld.'
'Ja, dat heb ik je wel verteld. En daarna... was je weg. Gisteravond heb je me verteld dat je het gevoel had dat je af en toe een stukje tijd miste. Nou, je hebt net een paar seconden gemist.'
Ze keek ongelovig. 'Dat gevoel heb ik helemaal niet.'
'Raymond Shaw,' zei hij.
'Ik luister.'
Weer helemaal afwezig. Ogen op oneindig. Maar niet zo diep in trance als Skeet was geweest.
Als hij er nu eens van uitging dat de naam het onderwerp activeerde. En dat de haiku vervolgens het onderbewustzijn ontvankelijk maakte voor instructies.
'Heldere watervallen,' zei Dusty, want dat was de enige haiku die hij kende.
Haar ogen waren glazig, maar ze schommelden niet zoals die van Skeet.
Gisteravond, toen ze al bijna sliep, had ze niet op die regels gereageerd en ze zou er nu ook niet op reageren. Haar sleutelwoorden waren Raymond Shaw in plaats van Dr. Yen Lo en haar haiku was een andere dan die van Skeet.
Desondanks zei hij: 'Verspetterend in de golven.'
Ze knipperde met haar ogen: 'Wat verspettert?'
'Je was weer weg.'
Terwijl ze hem weifelend aankeek, zei ze: 'Wie heeft er dan mijn plaats warm gehouden?'

'Ik meen het echt. Je was weg. Net als Skeet maar toch anders. Hij hoefde alleen maar de naam te horen, alleen Dr. Yen Lo, en hij raakte meteen hoteldebotel, begon over de regels te raaskallen en was van z'n stuk gebracht omdat ik hem niet op de juiste manier stuurde. Maar jij staat steviger in je schoenen, jij wacht gewoon op de juiste tekst en als ik dan niet met de dichtregels kom waarmee je toegankelijk wordt voor instructies, klap je meteen weer dicht.'
Ze keek hem aan alsof hij geschift was.
'Ik ben niet geschift,' zei hij nadrukkelijk.
'Maar je bent absoluut nog raarder dan toen ik met je trouwde. Wat betekent al die onzin over Skeet?'
'Er is gisteren iets heel vreemds gebeurd in New Life. Ik heb nog geen kans gehad om je dat te vertellen.'
'Doe het dan nu maar.'
Hij schudde zijn hoofd. 'Later. Eerst moeten we dit ophelderen om jou te bewijzen wat er aan de hand is. Heb je nog iets in je mond?'
'In mijn mond?'
'Ja. Heb je dat laatste chocolaatje dat je hebt gepakt al op of zit er nog iets in je mond?'
Ze haalde het laatste stukje van de half opgeloste chocola uit haar wang, liet het hem zien op het puntje van haar tong en stopte het toen weer weg. Terwijl ze hem het halve rolletje voorhield, zei ze: 'Maar heb je liever geen nieuwe?'
Terwijl hij het rolletje aanpakte, zei hij: 'Slik het door.'
'Af en toe vind ik het lekker om ze te laten smelten.'
'Je kunt de volgende wel laten smelten,' zei hij ongeduldig. 'Vooruit nou, schiet op, slik dat ding door.'
'Absoluut een gebrek aan suiker.'
'Nee, ik ben gewoon van nature prikkelbaar,' zei hij terwijl hij een chocolaatje uit het rolletje haalde. 'Heb je 't doorgeslikt?'
Ze slikte overdreven.
'Heb je niets meer in je mond?' drong hij aan. 'Is het echt weg? Helemaal?'
'Ja, ja. Maar wat heeft dat te maken met...'
'Raymond Shaw,' zei Dusty.
'Ik luister.'
Met ogen die op oneindig stonden, een gezicht dat haast onmerkbaar verslapte en de mond vol verwachting geopend wachtte ze op de haiku die hij niet kende.
In plaats van poëzie gaf Dusty haar snoepgoed en duwde het chocolaatje tussen haar open lippen door langs haar tanden op haar tong, die niet eens bewoog toen de lekkernij erop gelegd werd.

Op het moment dat Dusty zich iets terugtrok, knipperde Martie alweer met haar ogen en begon de zin af te maken die Dusty had afgebroken door 'Raymond Shaw' te zeggen... en merkte dat ze een chocolaatje in haar mond had.

Dit was voor haar een soortgelijk moment als dat waarop Dusty tot de ontdekking was gekomen dat hij, als bij toverslag, het boek weer in zijn hand had... een fractie van een seconde nadat hij het op de vloer van de wachtkamer had laten vallen. Hij was zo geschrokken dat hij het boek bijna dwars door de kamer had gesmeten voor hij zichzelf weer in bedwang had. Dat lukte Martie niet. Van verbazing snakte ze naar adem, verslikte zich, hoestte, spuugde het snoepje met aanzienlijk meer kracht uit dan een kauwgomballenautomaat en scoorde een voltreffer midden op zijn voorhoofd.

'Ik dacht dat je het lekker vond om ze te laten smelten,' zei hij.

'Het smelt ook.'

Terwijl hij de chocola met een papieren zakdoekje van zijn voorhoofd wreef, zei Dusty: 'Je was een paar seconden weg.'

'Ik was weg,' beaamde ze en haar stem trilde een beetje.

De plezierige uitwerking van de therapie begon af te nemen. Ze wreef nerveus met de rug van haar hand over haar mond, trok de zonneklep omlaag om haar gezicht in het spiegeltje te bekijken, deinsde onmiddellijk terug voor haar spiegelbeeld en deed de klep weer omhoog. Ze kromp in elkaar op haar stoel.

'Skeet,' hielp ze hem herinneren.

Zo beknopt mogelijk vertelde Dusty haar het hele verhaal over de val van het dak van de Sorensons, de velletjes uit het aantekenblokje in Skeets keuken, het voorval in New Life en het feit dat hij net had ontdekt dat er bij hemzelf ook op z'n minst korte hiaten in de tijd zaten. 'Black-outs, schemertoestand, hoe je het ook wilt noemen.'

'Jij, ik en Skeet,' zei ze. Ze wierp een korte blik op de paperback op het dashboard. 'Maar... hersenspoelen?'

Hij was er zich scherp van bewust hoe raar zijn theorie klonk, maar door de gebeurtenissen van de afgelopen vierentwintig uur was het toch geloofwaardig ook al werd het niet minder absurd. 'Het zou kunnen, ja. Er is in ieder geval íéts met ons gebeurd. Er is iets... met ons gedaan.'

'Waarom wij?'

Hij keek op zijn horloge. 'We moeten ervandoor. Ik heb een afspraak met Ned.'

'Wat heeft Ned ermee te maken?'

Terwijl hij de motor startte, zei Dusty: 'Niets. Ik heb hem gevraagd om een paar dingen voor me te kopen.'

Toen Dusty de auto achteruit de parkeerplaats op reed, zei Martie: 'Blijft de grote vraag. Waarom wij? Waarom overkomt ons dit?'

'Oké, ik weet wat je denkt. Een huisschilder, een ontwerpster van videospelletjes en die arme slapjanus van een Skeet. Wie schiet er iets mee op om met onze hersens te rotzooien en macht over ons uit te oefenen?'

Terwijl ze het boek van het dashboard plukte, zei ze: 'Waarom hebben ze die vent in dit verhaal gehersenspoeld?'

'Ze hebben een moordenaar van hem gemaakt die op geen enkele manier in verband kan worden gebracht met de mensen die hem in hun macht hebben.'

'Jij, ik en Skeet... moordenaars?'

'Tot hij John Kennedy doodschoot, was Lee Harvey Oswald minstens even onbelangrijk als wij zijn.'

'Goh, bedankt.'

'Maar het is wel zo. En Sirhan Sirhan idem dito. En John Hinckley.'

Of de zee wel of niet zo zwart dooraderd zou blijken te zijn als hij hem onder ogen kreeg, Dusty voelde toch dat zijn stemming weer begon in te zakken nu de geruststellende omgeving van de psychiatrische praktijk ver achter hem lag. Toen hij naar de uitgang van de parkeerplaats reed en bij de kassa kwam waar een gestreepte slagboom de uitrit blokkeerde, ging er iets dreigends uit van het hokje, alsof het een bewakingspost was bij een of andere afgelegen, godvergeten grensovergang diep in de Balkan waar met machinegeweren gewapende boeven in uniform regelmatig reizigers beroofden en af en toe vermoordden. De caissière was een aardige vrouw – een jaar of dertig, knap, een tikje mollig en met een vlinderdiadeempje in haar haar – maar Dusty had het paranoïde gevoel dat ze niet de persoon was die ze leek. Toen de slagboom omhoogging en hij de parkeerplaats af reed, leek de kans groot dat in de helft van de auto's die voorbijreden een surveillanceploeg zat die de opdracht had om hen te volgen.

52

Op Newport Center Drive stonden de door de wind geteisterde rijen hoge palmen met hun bladerkruin te schudden alsof ze Dusty wilden waarschuwen dat hij niet op de ingeslagen weg verder moest gaan.

Martie zei: 'Oké, als er dan zoiets met ons is gebeurd – wie heeft dat dan gedaan?'

'In *The Manchurian Candidate* zijn het de sovjets, de Chinezen en de Noord-Koreanen.'

'De Sovjet-Unie bestaat niet meer,' merkte ze op. 'En het wil er bij mij niet in dat wij met ons drieën de instrumenten zijn van een of andere ingewikkelde samenzwering van een stel totalitaire staten uit Azië.'

'In een film zou het waarschijnlijk om buitenaardse wezens gaan.'

'Geweldig,' zei ze sarcastisch. 'Dan moeten we maar meteen Fig Newton opbellen en gebruik maken van de enorme kennis die hij over dit onderwerp heeft vergaard.'

'Of een of andere gigantische multinational die van plan is om ons allemaal te veranderen in redeloze, robotachtige consumenten.'

'Ik ben al half zover zonder hun hulp,' zei ze.

'Een geheime overheidsinstelling, konkelende politici of Big Brother.'

'Dat laatste komt me iets te dicht bij de werkelijkheid. Maar dan nog... waarom wij?'

'Als het niet om ons ging, hadden ze wel iemand anders genomen.'

'Wat een slap argument.'

'Ik weet het,' zei Dusty, die zich gefrustreerder voelde dan een klooster vol ongehuwde geestelijken.

Ergens in het schaduwgedeelte van zijn brein zat een ander antwoord hem te plagen, een antwoord dat vaag opblonk maar net niet helder genoeg werd om het goed te onderscheiden. Iedere keer als hij probeerde om het te pakken te krijgen, ontglipte het hem zelfs helemaal.

Hij moest weer denken aan die tekening van het bos dat een stad werd als hij de instelling veranderde waarmee hij ernaar keek. Hier was weer zo'n situatie waar hij door de bomen de stad niet kon onderscheiden.

Hij herinnerde zich ook de droom van het onweer en de reiger. De rubber bal waarmee de bloeddrukmeter werd opgepompt had in de lucht gezweefd en was door een onzichtbare hand ingeknepen en weer losgelaten. In die droom was er behalve hijzelf en Martie nog iets aanwezig geweest dat even doorzichtig was als een geest.

Dat iets was hun kwelgeest, of het nu een buitenaards wezen was, een agent van Big Brother of iemand anders. Als hij inderdaad volgens een of ander hypnotisch geïnstalleerd programma functioneerde, nam Dusty aan dat zijn programmeurs hem hadden ingeprent om nooit wantrouwen tegen hen te koesteren maar zich bij eventuele argwaan te richten op een hele rits andere waarschijnlijke en onwaarschijnlijke verdachten, zoals buitenaardse wezens en geheime agenten van de regering. Zijn vijand kon ieder moment zijn pad kruisen, maar in het leven van alledag zou hij even onzichtbaar zijn als hij in de nachtmerrie met de krijsende reiger was geweest.

Terwijl Dusty de Pacific Coast Highway op draaide, sloeg Martie *The Manchurian Candidate* open en las de eerste zin van het boek waarin de naam voorkwam die haar mini-black-out had veroorzaakt. Dusty zag dat er een rilling door haar heen ging toen ze die las, maar ze raakte niet in die afwezige, afwachtende toestand.

Daarna zei ze het hardop: 'Raymond Shaw', maar dat had geen ernstige gevolgen, behalve dat ze opnieuw even rilde.

'Misschien heeft het niet de juiste uitwerking op je als je de naam leest of zelf uitspreekt,' opperde hij, 'alleen maar als iemand die tegen je zegt.'

'Of misschien heeft die naam nu ik hem ken geen macht meer over me.'

'Raymond Shaw,' zei hij.

'Ik luister.'

Toen Martie na een seconde of tien weer bij haar volle bewustzijn was, zei Dusty: 'Welkom thuis. En dat zegt genoeg over die theorie.'

Met een nijdige blik op het boek zei ze: 'We moeten het maar mee naar huis nemen en verbranden.'

'Dat heeft geen enkele zin. Er staan aanwijzingen in. Geheimen. De personen die jou het boek in handen hebben gespeeld – want ik heb het idee dat je het níét zomaar gewoon gekocht hebt – wie het ook zijn, het moeten tegenstanders zijn van de mensen die ons hebben geprogrammeerd. Ze willen ons aan het verstand brengen wat er met ons gebeurt. En het boek is een sleutel. Ze hebben je een sleutel in handen gegeven om alles open te breken.'

'O ja? Waarom zijn ze dan niet gewoon op me af gekomen en hebben gezegd: "Hé, dame, een stel mensen die wij kennen zijn aan het rotzooien geslagen met je hersens en hebben om onvoorstelbare redenen een autofobie en nog veel meer troep waar je geen idee van hebt in je hoofd geplant en dat bevalt ons helemaal niet."'

'Nou, laten we zeggen dat het inderdáád een of andere geheime regeringsinstantie is en dat er zich binnen die instelling een kleine groep mensen bevindt met morele bezwaren tegen dit project...'

'Bezwaren tegen Operatie Hersenspoeling Dusty, Skeet en Martie.'

'Ja. Maar ze kunnen ons niet met open vizier tegemoettreden.'

'Waarom niet?' hield ze vol.

'Omdat ze dan vermoord worden. Of misschien zijn ze gewoon bang dat ze ontslagen zullen worden en hun pensioen kwijtraken.'

'Morele bezwaren, maar hun pensioen mag er niet bij inschieten. Dat klinkt griezelig reëel. Maar voor de rest... Dus ze spelen me dat boek in handen. Vette knipoog, lekker puh. En vervolgens programmeren ze me om de een of andere reden zo dat ik het niet inkijk.'

Dusty remde voor een rood stoplicht. 'Die theorie gaat een beetje mank, hè?'

'Hij is gewoon lam.'

Ze waren op een brug over het kanaal tussen Newport Harbor en de baai erachter. Onder de zonloze hemel was de grote watervlakte weliswaar niet zwart maar donker grijsgroen en het woelige patroon van de golven dat werd veroorzaakt door de wind erboven en de stroming eronder leek geschubd, als de huid van een of ander angstaanjagend sluimerend reptiel uit het Jura-tijdperk.

'Maar er is iets anders dat niet lam is,' zei Martie, 'helemaal niet zelfs. Ik heb het over iets dat met Susan gebeurt.'

Haar stem klonk zo grimmig dat Dusty's aandacht van de haven werd afgeleid. 'Wat is er met Susan?'

'Zij heeft ook hiaten in haar tijd. En bepaald geen kleine stukjes. Grote leemtes. Hele nachten.'

De sluier van het valium in haar ogen was langzaam maar zeker opgelost en die welkome maar kunstmatige kalmte maakte weer plaats voor ongerustheid. In de praktijkruimte van dr. Ahriman was haar onnatuurlijke bleekheid verdwenen en had plaats gemaakt voor een perzikachtige tint, maar nu kropen er weer schaduwen in de tere huid onder haar ogen, alsof haar gezicht verduisterde uit solidariteit met de steeds fletser wordende wintermiddag.

Aan het andere eind van de brug sprong het rode licht op groen. Het verkeer zette zich in beweging.
Martie vertelde hem het verhaal over Susans spookverkrachter.
Dusty was ongerust geweest. Hij was bang geweest. Maar nu voelde hij hoe zijn hart ingekapseld werd door iets ergers dan bezorgdheid en angst.
Af en toe, als hij in het diepe dal van de nacht wakker werd en lag te luisteren naar de lieve, zachte ademhaling van Martie, werd hij bekropen door een dodelijke vrees – veel erger dan gewone angst. Als hij bij het eten een glaasje wijn te veel had gedronken, iets te veel roomsaus had gehad en misschien een bitter teentje knoflook, dan was niet alleen zijn maag van slag maar ook zijn hoofd en lag hij over de stille wereld voor zonsopgang te piekeren zonder zijn gewone waardering voor de schoonheid van stilte. Op zo'n moment ontging de vredigheid hem en hoorde hij alleen de dreiging van de leegte. In plaats van het vertrouwen dat hem gedurende het merendeel van zijn leven vaste grond onder de voeten gaf, knaagde in dat soort geluidloze nachten de worm van de twijfel aan zijn hart en lag hij zich af te vragen of hij samen met Martie alleen maar dit ene leven zou hebben, met daarna niets anders dan een diepe duisternis waarin herinneringen uit den boze waren en zelfs eenzaamheid niet was toegestaan. Hij moest niets hebben van tot-de-dood-u-scheidt, hij was alleen tevreden met de eeuwigheid en als een wanhopig innerlijk stemmetje er op zo'n moment op wees dat de eeuwigheid bedrog was, stak hij altijd in het donker zijn hand uit om Martie in haar slaap aan te raken. Niet met de bedoeling om haar wakker te maken, alleen maar om te voelen wat ze onveranderlijk inhield en wat zelfs bij zijn lichtste aanraking al waarneembaar was: haar aangeboren goedheid, haar onsterfelijkheid en de belofte dat hetzelfde voor hem gold.
Nu, terwijl hij het verhaal over Susan van Martie te horen kreeg, had Dusty opnieuw het gevoel dat hij als een appel voor de worm van de twijfel fungeerde. Alles wat hun overkwam, leek onwerkelijk en zinloos, alsof ze een glimp opvingen van de chaos waarop het leven stoelde. Hij werd overstelpt door het idee dat, als het zover was, het einde niet meer zou zijn dan het einde en niet tevens een nieuw begin. Bovendien voelde hij instinctief dat het snel naderde, een wrede en gewelddadige dood waar ze blind op afgestuurd werden.
Toen Martie uitgesproken was, gaf Dusty haar zijn mobiele telefoon.
'Probeer nog eens of je Susan kunt bereiken.'
Ze toetste het nummer in. De telefoon bleef onverdroten overgaan. En overgaan.

‘Laten we maar eens gaan kijken of dat gepensioneerde stel beneden weet waar ze naartoe is,’ stelde Martie voor. ‘We zijn er toch vlakbij.’
‘Ned staat op ons te wachten. Zodra ik heb opgepikt wat hij voor me heeft gehaald, gaan we naar Susan toe. Maar het kan vast en zeker niet Eric zijn die daar ’s nachts rondsluipt.’
‘Omdat haar kwelgeest ook bij die mensen hoort die betrokken zijn bij wat er met jou, mij en Skeet gebeurt.’
‘Ja. En Eric, verrek, dat is een beleggingsadviseur, iemand die met getallen stoeit en geen tovenaar op het gebied van hersenspoeling.’
Martie toetste opnieuw Susans nummer in. Ze drukte de telefoon stijf tegen haar oor. Ze wenste zo vurig dat er aangenomen zou worden, dat haar gezicht samengeknepen werd door de spanning.

53

De grootste trots van Ned Motherwell was een Chevy Camaro uit '82: zonder lak maar met een laag dofgrijze primer die op gezette tijden vernieuwd werd, gestript, voorzien van een paar gele halogeen koplampen en met uitzondering van een dikke dubbele sportuitlaat ontdaan van alle chroom. Zoals de wagen daar stond in het uiterste hoekje van de parkeerplaats van het winkelcentrum waar ze hadden afgesproken, leek hij sprekend op een vluchtauto.

Toen Dusty twee plaatsen verderop parkeerde, stapte Ned uit de Camaro en hoewel het zeker geen kleine auto was, leek Ned heel wat groter te zijn dan zijn vervoermiddel. Toen hij het portier sloot, torende hij hoog boven de lage, verbouwde auto uit. Hoewel het bepaald fris was en al laat in de middag, droeg hij zoals gewoonlijk alleen een witte katoenen broek en een wit T-shirt. Hij zag eruit alsof hij de Camaro naar de garage zou kunnen dragen als hij ooit autopech zou krijgen.

De bomen rondom de parkeerplaats zwiepten in de wind en wolkjes zand en afval stoven over het wegdek, maar het onstuimige weer scheen Ned niets te doen – hij leek er zich zelfs niets van aan te trekken.

Toen Dusty zijn raampje omlaag draaide, keek Ned langs hem heen naar binnen, glimlachte en zei: 'Ha, die Martie.'

'Ha, die Ned.'

'Wat naar om te horen dat je je niet lekker voelt.'

'Ze zeggen dat ik het wel zal overleven.'

Tijdens het telefoongesprek vanuit Ahrimans wachtkamer had Dusty gezegd dat Martie ziek was en zich niet goed genoeg voelde om naar een apotheek of een boekwinkel te gaan en dat hij haar niet alleen in de auto wilde laten zitten.

'Het is al erg genoeg om voor deze vent te moeten werken,' zei Ned tegen Martie, 'dus ik kan me voorstellen dat je er ziek van wordt als

je met hem moet samenleven. Grapje, baas.'
'Ik kan ertegen.'
Ned reikte hem door het raampje een zakje van de apotheek aan. Daarin zat het valium waarvan dr. Closterman eerder telefonisch het recept had doorgegeven. Hij had ook nog een veel grotere tas van een boekwinkel bij zich.
'Als je me vanmorgen had gevraagd wat een haiku is,' zei Ned, 'dan had ik gezegd dat het een soort vechtsport was, net zoiets als taekwondo. Maar het zijn allemaal van die gestripte gedichten.'
'Gestript?' vroeg Dusty terwijl hij in de zak keek.
'Net als mijn auto,' zei Ned. 'Vereenvoudigd en gestroomlijnd. Ze zijn best tof. Ik heb zelf ook zo'n boek gekocht.'
Dusty zag zeven verzamelbundels met haiku's in de zak zitten. 'Wat een boel.'
'Ze hebben planken vol van die dingen,' zei Ned. 'Ze mogen dan klein zijn maar er zit een grote omzet in die haiku's.'
'Ik geef je morgen wel een cheque voor die hele handel.'
'Dat heeft geen haast. Ik heb met mijn creditcard betaald. Het duurt wel even voor de afrekening binnenkomt.'
Dusty gaf Marties huissleutel door het raampje aan Ned. 'Weet je zeker dat je tijd genoeg hebt om voor Valet te zorgen?'
'Ik wil het met alle plezier doen. Maar ik weet niets van honden.'
'Zoveel hoef je niet te weten.' Dusty vertelde hem waar hij de hondenbrokken kon vinden. 'Geef hem maar twee kopjes vol. Daarna zal hij wel uitgelaten willen worden, maar je kunt hem gewoon tien minuten in de tuin laten dan doet hij wel wat er van hem verwacht wordt.'
'Kan hij wel alleen thuisblijven?'
'Zolang hij een bak water heeft en de tv aanstaat, is hij tevreden.'
'Mijn moeder is een kattenvrouw,' zei Ned. 'Natuurlijk niet de Catwoman uit *Batman*, maar ze heeft altijd een poesje.'
Om die grote Ned over een 'poesje' te horen praten had ongeveer hetzelfde effect als een fullback uit de NLF die plotseling balletpasjes gaat maken en een perfecte entrechat uitvoert.
'Een van de buren heeft een keer een rooie kat vergiftigd waar mijn moeder echt dol op was. Mrs. Jingles. Zo heette de kat, niet die buurman.'
'Wat is dat nou voor iemand die een kat vergiftigt?' vroeg Dusty zich af.
'Hij had een lab waar hij amfetaminen maakte in het huurhuis ernaast,' zei Ned. 'Echt een stuk vullis. Ik heb zijn beide benen gebroken en daarna heb ik het alarmnummer gebeld waarbij ik net

deed alsof ik hem was en zei dat ik van de trap was gevallen en hulp nodig had. Ze stuurden een ambulance, zagen dat lab en grepen hem meteen in de kraag.'

'Heb jij de benen van een drugshandelaar gebroken?' zei Martie. 'Was dat niet riskant?'

'Niet echt. Een paar avonden later vuurde een van zijn vriendjes een kogel op me af, maar hij zat zo onder de speed dat hij miste. Ik heb zijn beide armen gebroken, hem in zijn auto gezet en hem van een helling af geduwd. Vervolgens het alarmnummer gebeld, gezegd dat ik hem was en om hulp geroepen. Ze vonden verdacht geld en verdovende middelen in de kofferbank, lieten zijn armen zetten en stopten hem voor tien jaar in de lik.'

'En dat allemaal voor een kat?' vroeg Dusty verbaasd.

'Mrs. Jingles was een leuke kat. Bovendien was ze van mijn moeder.'

Martie zei: 'Ik heb het gevoel dat Valet in goede handen is.'

Glimlachend en knikkend zei Ned: 'Ik zal er wel voor zorgen dat jullie hond niks overkomt.'

Op het schiereiland, op Balboa Boulevard, een paar straten verwijderd van Susans huis, zat Martie door een van de haikubundels te bladeren toen ze naar adem snakte, het boek liet vallen en voorovergebogen op de stoel ging zitten met zo'n gespannen lichaam dat het leek alsof ze pijn had. 'Stop. Meteen stoppen, nu, snel, stoppen.'

Geen pijn maar angst. Dat ze het stuur zou grijpen. En de auto naar de rijbaan van het tegemoetkomende verkeer zou trekken. De inmiddels vertrouwde er-sluimert-een-monster-in-me-blues.

In de zomer, als de stranden vol zaten, had Dusty bij een paniekaanval waarschijnlijk een uur lang rond moeten rijden om een parkeerplaats te vinden. Maar in januari kon hij de auto meteen langs de weg stilzetten.

Op het trottoir flitsten een paar jongeren op inlineskates voorbij, op zoek naar bejaarden die ze een ziekenhuis in konden schaatsen. Links van hen trapten fietsers zich suf op weg naar een dodelijk verkeersongeval.

Niemand had belangstelling voor Dusty en Martie. Daar zou weleens verandering in kunnen komen als ze begon te schreeuwen.

Hij vroeg zich af hoe hij haar het best kon tegenhouden als ze weer met haar hoofd tegen het dashboard begon te slaan. Hoe hij dat ook aanpakte, het bleef riskant. In haar paniek zou ze zich heftig verzetten en zich los proberen te rukken en dan zou hij haar ongewild pijn doen.

'Ik hou van je,' zei hij hulpeloos.
Daarna begon hij tegen haar te praten, gewoon rustig te praten, terwijl zij heen en weer wiegde op haar stoel, naar adem snakte en kreunde als een vrouw tijdens de eerste barensweeën van een paniek die op het punt stond geboren te worden. Hij probeerde niet verstandig met haar te praten of haar met woorden te vertroetelen, want ze wist allang hoe irrationeel dit was. In plaats daarvan begon hij over hun eerste afspraakje.
Het was een ramp van de eerste orde geweest. Hij had enthousiaste verhalen opgehangen over het restaurant, maar dat was in de zes weken sinds hij er voor het laatst was geweest in andere handen overgegaan. De nieuwe chef-kok had kennelijk zijn opleiding genoten aan de plattelandskokschool van IJsland, want het eten was koud en elk gerecht had een bijsmaak van vulkanische as. De hulpkelner smeet een glas water over Dusty heen, Dusty gooide een glas water over Martie en hun kelner goot de inhoud van een kom saus over zichzelf uit. De brand in de keuken tijdens het dessert was klein genoeg om geblust te worden zonder dat de brandweer eraan te pas hoefde te komen, maar wel zo groot dat hij door een hulpkelner, een kelner, de gerant en de hulpkok (een uit de kluiten gewassen heerschap uit Samoa) bestreden moest worden met vier brandblusapparaten – hoewel die oceaan van blusschuim misschien nodig was geweest omdat ze er meer van op elkaar spoten dan op de brand. Nadat ze rammelend van de honger uit het restaurant waren vertrokken, hadden Dusty en Martie tijdens een hopeloos maal in een koffieshop dat als goedmakertje moest dienen zo ontzettend moeten lachen dat ze voor eeuwig aan elkaar vastzaten.
Nu lachten ze geen van beiden, maar de band tussen hen was sterker dan ooit. Of het nu aan het rustige gebabbel van Dusty lag, aan de nawerking van het valium, of aan de invloed van dr. Ahriman, Martie verviel niet in een complete paniekaanval. Binnen twee of drie minuten nam haar angst af en ging ze weer rechtop zitten in haar stoel.
'Beter,' zei ze. 'Maar ik voel me nog steeds strontziek.'
'Als vogelpoep,' hielp hij haar herinneren.
'Ja.'
Hoewel het nog zeker een uur licht zou blijven, had meer dan de helft van de auto's die voorbijkwamen, of ze nu van het schiereiland af kwamen of ernaartoe gingen, hun koplampen aan. De drab die langzaam maar zeker van west naar oost langs de hemel schoof, zorgde voor een vroege en langdurige schemering.

Dusty deed de lichten aan en schoof tussen het verkeer toen er een gaatje viel.
'Bedankt dat je dat deed,' zei Martie.
'Ik wist niets anders te bedenken.'
'De volgende keer moet je gewoon weer gaan praten. Je stem. Die geeft me houvast.'
Hij vroeg zich af hoe lang het nog zou duren tot hij haar in zijn armen kon nemen zonder dat ze verstijfde van angst en zonder die glinstering van een opkomende paniek in haar ogen. Hoe lang nog, als het tenminste ooit weer zover kwam?

De grauwende zee probeerde zich omhoog te werken uit haar diepten en het continent op te eisen, terwijl het met de wind flirtende strand haar zanderige vingers naar de boulevard uitstrekte en de straatstenen in beslag nam.
Drie zeemeeuwen klemden zich in een vreemde hoek vast aan de leuning van de trap, wachtposten die de zee in de gaten hielden en zaten te dubben of ze de winderige kust de rug toe zouden keren om verder landinwaarts een meer beschutte plek op te zoeken.
Toen Martie en Dusty de steile trap op liepen naar de derde verdieping vlogen de vogels een voor een op en surften op de onstuimige luchtgolven naar het oosten. Hoewel meeuwen niet bepaald zwijgzaam zijn, hielden deze allemaal hun bek toen ze wegvlogen.
Martie klopte op de deur, wachtte en klopte opnieuw, maar Susan deed niet open.
Ze gebruikte haar sleutel om de twee dievenklauwen open te draaien. Daarna opende ze de deur en riep Susans naam, twee keer, maar ze kreeg geen antwoord.
Ze veegden hun voeten op de kokosmat, gingen naar binnen, trokken de deur achter zich dicht en riepen opnieuw haar naam, dit keer nog luider.
De keuken was in duisternis gehuld, maar in de eetkamer brandden de lampen.
'Susan?' zei Martie nog eens, maar opnieuw kreeg ze geen antwoord.
Overal in het appartement klonken stemmen, maar die behoorden allemaal toe aan de wind die met zichzelf in gesprek was. Kwebbelend over het met cederhout bedekte dak. Juichend en jubelend langs de dakranden. Fluitend door elke spleet en fluisterend aan elk raam.
Duisternis heerste in de woonkamer, waar alle luxaflex omlaag was en de overgordijnen dichtgetrokken waren. Hetzelfde gold voor de hal, maar er kwam wel licht uit de slaapkamer, waarvan de deur

wijd openstond. Vanuit de badkamer viel een fel tl-schijnsel door de halfgeopende deur.
Martie liep aarzelend naar de slaapkamer, terwijl ze opnieuw Susans naam riep.
Dusty wist het al op het moment dat hij zijn hand op de deurkruk van de badkamer legde, nog voor hij de deur verder open had geduwd. De geur van rozenwater deed vergeefse pogingen om een lucht te onderdrukken die nog niet door een stortvloed van klimrozen overheerst had kunnen worden.
Ze was Susan niet meer. Een door bacteriologische gassen opgezwollen gezicht, een groenige huid, ogen die uitpuilden van de druk in de schedel, ontbindingsvocht dat uit de neus en de mond droop, de groteske, uitgestoken tong die van ons allemaal na de dood een hond maakt: het warme water waarin ze was gestorven had ervoor gezorgd dat ze door de kleinste leefgemeenschappen die de natuur kent nog sneller was gereduceerd tot iets dat in een nachtmerrie thuishoort.
Hij zag het aantekenblok op de toilettafel naast de wasbak liggen, de keurig geschreven regels, en plotseling pompte zijn hart evenveel angst als bloed rond, geen angst voor die arme dode vrouw in de badkuip, geen goedkope griezelfilmschrik, maar kille vrees voor wat dit voor hem, voor Martie en voor Skeet inhield. Hij doorzag het in scène gezette tafereel onmiddellijk, voelde intuïtief de waarheid aan en wist dat ze nog veel kwetsbaarder waren dan ze zich hadden kunnen voorstellen, dat ze niet alleen elkaar zouden kunnen kwetsen maar stuk voor stuk ook zichzelf, op een manier en in een mate die Marties autofobie bijna rechtvaardigde.
Voordat hij meer dan een paar woorden had kunnen lezen van het briefje riep Martie hem en hij hoorde haar vanuit de slaapkamer naar de hal lopen. Hij draaide zich onmiddellijk om, liep naar buiten en hield haar tegen. ‘Nee.’
Alsof ze in zijn ogen kon lezen wat hij in de badkamer had gezien, zei ze: ‘O god. O zeg me dat het niet waar is, niet zij.’
Ze probeerde zich langs hem heen te wringen, maar hij hield haar vast en dwong haar terug naar de woonkamer. ‘Zo’n afscheid wil je niet.’
Er brak iets in haar, iets dat hij nog maar één keer eerder had zien breken: bij het doodsbed in het ziekenhuis, op de avond dat haar vader zich gewonnen moest geven aan de kanker en zij van emotie in een slappe voddenbaal was veranderd waardoor ze net zomin had kunnen lopen als een lappenpop en net zomin rechtop had kunnen staan als de met stro gevulde lompen van een vogelverschrikker zonder het karkas.

Nadat ze half naar de bank in de woonkamer was gedragen, zakte Martie er in tranen op neer. Ze greep een geborduurd kussen uit de verzameling die er keurig op gerangschikt lag, drukte dat tegen haar borst en knelde het zo stevig vast dat het leek alsof ze met dat kussen haar bloedende hart probeerde te stelpen.
Terwijl de wind net deed of hij rouwde, belde Dusty het alarmnummer, hoewel dit al urenlang geen kwestie meer was van leven of dood.

54

Met de winderige middag in hun rug en voorafgegaan door de geur van wintergroene pepermuntjes die de lucht van een ruimschoots van knoflook voorziene lunch moest maskeren, kwamen twee geüniformeerde politieagenten als eersten opduiken.

De stemming in het appartement – opgeroepen door Marties stille verdriet, door Dusty's gefluisterde sympathiebetuigingen en door de spookstemmen van de jakkerende wind – had tot op dat moment ruimte gelaten voor de onredelijke draad van fragiele hoop die het hart bijeenhoudt als iemand net met de dood in aanraking is gekomen. Dusty merkte het zelf ook, ondanks wat hij had gezien: die krankzinnige, wanhopige, zwak sluimerende maar nog niet helemaal uitgebluste, meelijwekkende wens om te geloven dat er een verschrikkelijke vergissing is gemaakt, dat de dode helemaal niet dood maar slechts bewusteloos, in coma of in slaap is en dat ze weer gewoon wakker zal worden en de kamer binnen zal komen lopen, zich afvragend wat hun treurige gezichten te betekenen hebben. Hij had Susans groenig bleke huid gezien, haar hals waarvan het vlees al donker was geworden, haar opgezwollen gezicht en het ontbindingsvocht; en toch protesteerde een irrationeel inwendig stemmetje dat het best mogelijk was dat het alleen schaduwen waren geweest, spelingen van het licht die hij verkeerd had begrepen. En bij Martie, die het lijk niet had gezien, moest die flauwe, waanzinnige hoop nog veel sterker leven dan bij Dusty.

De smerissen maakten gewoon door hun aanwezigheid een einde aan alle hoop. Ze waren beleefd, sympathiek en professioneel, maar het waren ook grote kerels, lang en stevig gebouwd, en alleen al door hun omvang drukten ze je met de neus op de harde werkelijkheid die geen ruimte meer liet voor valse hoop. Door het jargon waarvan ze zich onderling bedienden – 'O.P.' oftewel *overleden persoon*, 'mogelijk een 10-56' voor *waarschijnlijk een geval van zelfmoord* – werd

de dood door middel van woorden een onwrikbaar gegeven en het metalige geknetter van berichten die uit de radio vloeiden die aan een van de koppels hing, was de lugubere stem van het noodlot, onverstaanbaar maar onafwendbaar.
Er kwamen nog twee geüniformeerde agenten bij, op de voet gevolgd door een stel rechercheurs in burger en in het kielzog van de rechercheurs verschenen een man en een vrouw van de gerechtelijke medische dienst. Terwijl de eerste twee mannen alle hoop de bodem in hadden geslagen, beroofde deze grotere groep de dood volkomen onbedoeld van alle mysterie en waardigheid door ermee om te gaan zoals een accountant met zijn boeken omgaat: met een praktisch respect voor routine en een gereserveerdheid waaruit bleek dat er niets nieuws onder de zon was.
De smerissen hadden een heleboel te vragen, maar niet zoveel als Dusty had verwacht, voornamelijk omdat de omstandigheden ter plekke en de staat waarin het lichaam verkeerde vrijwel onomstotelijk bewezen dat het om een geval van zelfmoord ging. De verklaring van de overledene op vier velletjes van het aantekenblok liet geen twijfel omtrent het motief maar was toch emotioneel genoeg – en met voldoende voorbeelden van typisch wanhopige onsamenhangendheid – om authentiek over te komen.
Martie beaamde dat het Susans handschrift was. Vergelijkingen met een niet-geposte brief van Susan aan haar moeder en met voorbeelden uit haar adresboekje sloten de mogelijkheid van een vervalsing vrijwel uit. Als het onderzoek aanleiding zou geven tot verdenkingen van moord, zou er een analyse van gemaakt worden door een handschriftdeskundige.
Martie kon ook als geen ander bevestigen dat Susan Jagger, zoals in de zelfmoordbrief stond, al zestien maanden lang leed aan een ernstige vorm van agorafobie, dat haar carrière in duigen lag, dat haar huwelijk op de klippen was gelopen en dat ze vaak in de put zat. Haar protesten dat Susan desondanks geen moment aan zelfmoord had gedacht, kwamen dan ook zelfs op Dusty over als trieste pogingen om de reputatie van een goede vriendin te beschermen en te voorkomen dat de herinnering aan Susan bezoedeld zou worden.
Trouwens, uit Marties emotionele verwijten, die in de eerste plaats tot haarzelf werden gericht in plaats van tot de politie of tot Dusty, bleek duidelijk dat ze ervan overtuigd was dat het om zelfmoord ging. Ze nam zichzelf kwalijk dat ze niet hier was geweest toen Susan haar nodig had, dat ze Susan de vorige avond niet had teruggebeld en misschien zelfs wel dat ze niet tussenbeide was gekomen toen ze het scheermes al in haar hand had.

Voordat de gezagsdragers op het toneel verschenen, hadden Dusty en Martie al afgesproken om geen woord te zeggen over Susans spookachtige nachtelijke bezoeker die een paar theelepeltjes bijzonder onspookachtig biologisch bewijsmateriaal achterliet. Martie had het idee dat een dergelijk verhaal de politie er alleen maar van zou overtuigen dat Susan onevenwichtig was geweest, een beetje verknipt zelfs, waardoor haar reputatie nog meer geschaad zou worden.

Ze was ook bang dat het aansnijden van dit gevoelige onderwerp vragen zou oproepen die haar autofobie aan het licht zouden brengen. Ze had geen zin om zich te onderwerpen aan zo'n met priemende ogen uitgevoerd verhoor en kille psychologische beoordeling. Ze had Susan geen kwaad gedaan, maar als ze uitgebreid ging vertellen dat ze zeker wist dat ze tot extreme gewelddaden in staat was, zouden de rechercheurs hun idee van zelfmoord onmiddellijk in de ijskast zetten en haar urenlang het vuur na aan de schenen leggen tot ze overtuigd waren dat haar angst voor zichzelf even ongerijmd was als op het eerste gezicht het geval scheen te zijn. En als de stress van al dat gedoe in hun bijzijn een nieuwe paniekaanval zou veroorzaken, dan konden de smerissen weleens tot de slotsom komen dat ze een gevaar voor zichzelf en voor anderen was en gebruik maken van hun in de wet vastgelegde recht om haar tegen haar wil tweeënzeventig uur in een psychiatrische inrichting op laten nemen.

'En op zo'n plek zou ik het nooit uithouden,' had Martie tegen Dusty gezegd voordat de eerste politieagenten kwamen opdagen. 'Opgesloten. In de gaten gehouden. Daar zou ik niet tegen kunnen.'

'Dat zal ook niet gebeuren,' had hij beloofd.

Hij had dezelfde redenen als zij om zijn mond te houden over Susans fantoomverkrachter, maar hij had ook nog een andere reden die hij voor haar had verzwegen. Hoewel Martie dat alleen maar graag wilde geloven, wist hij gewoon absoluut zeker dat Susan geen zelfmoord had gepleegd, althans niet uit vrije wil en in het volle besef van wat ze ging doen. Als hij dat echter tegen de politie zou zeggen en zelfs maar een *vergeefse* poging zou doen om hen ervan te overtuigen dat dit een heel bijzondere zaak was die draaide om gezichtsloze samenzweerders en waanzinnig effectieve hersenspoelmethoden, dan zouden hij en Martie nog voor het einde van de week op de een of andere manier aan hun eind komen.

En het was nu al woensdag.

Vanaf het moment dat hij in dat boek op dr. Yen Lo was gestuit en met name vanaf het moment dat hij tot de ontdekking was gekomen dat hij de paperback als bij toverslag weer in zijn bevende handen hield nadat het boek in de wachtkamer op de grond was gevallen, kreeg Dusty steeds sterker het gevoel dat er gevaar dreigde, een gevoel dat als een loden last op hem drukte. Ergens tikte een klok. Hij kon de klok niet zien of horen, maar in zijn botten voelde hij de weerklank van elke harde tik. Veel tijd restte Martie en hem niet meer. De druk van zijn angst was nu zelfs zo groot dat hij begon te vrezen dat de smerissen in de gaten zouden krijgen dat hij zich ergens zorgen over maakte, dat verkeerd zouden interpreteren en argwanend zouden worden.

Susans moeder die samen met haar nieuwe echtgenoot naar Arizona was verhuisd, was telefonisch op de hoogte gebracht, net als haar vader die met zijn nieuwe vrouw in Santa Barbara woonde. Ze waren allebei onderweg. Nadat de rechercheur die de leiding had over de zaak, inspecteur Bizmet, bij Martie had geïnformeerd in hoeverre Susan en haar man van elkaar vervreemd waren, belde hij Eric ook op, kreeg een antwoordapparaat en liet zijn naam, rang en nummer achter, maar geen bijzonderheden.

Bizmet, een man met een indrukwekkende omvang, blond haar dat met een tondeuze gemillimeterd was en een blik die rechtstreeks uit een boormachine leek te komen, zei net tegen Dusty dat het niet nodig was dat ze nog langer bleven toen Martie een aanval van autofobie kreeg.

Dusty herkende de symptomen. De plotselinge schrik in haar ogen. De genepen uitdrukking. Haar gezicht bleker dan bleek.

Ze zakte terug op de bank waarvan ze net was opgestaan, boog zich voorover, sloeg haar armen om haar lichaam en begon heen en weer te wiegen, precies zoals ze eerder in de auto had gedaan, huiverend en snakkend naar adem.

Met al die smerissen om hen heen kon hij haar nu niet tot rust brengen door herinneringen op te halen aan de tijd dat ze nog verkering hadden. Hij kon alleen maar hulpeloos toekijken en bidden dat het niet uit zou lopen op een regelrechte paniekaanval.

Tot Dusty's verbazing zag inspecteur Bizmet Marties autofobische ellende aan voor een nieuwe opwelling van verdriet. Hij stond duidelijk onthutst op haar neer te kijken, sprak onhandig een paar troostende woordjes en wierp een blik vol medeleven op Dusty.

Een paar van de andere smerissen staarden even naar Martie en gingen toen gewoon weer verder met hun diverse taken en gesprekken. Kennelijk pikten hun speurneuzen het spoor niet op.

'Drinkt ze?' vroeg Bizmet aan Dusty.

'Wat zegt u?' antwoordde hij, want hij was zo gespannen dat hij even niet eens meer wist wat 'drinken' betekende, alsof het Swahili was. 'O, drinken, ja, af en toe. Waarom?'

'Neem haar mee naar een leuke kroeg en giet er een paar bij haar naar binnen, zodat haar zenuwen een beetje tot rust komen.'

'Dat lijkt me een goed idee,' beaamde Dusty.

'Maar jij niet,' voegde Bizmet er met een donkere blik aan toe.

Met het hart in de keel zei Dusty: 'Wat?'

'Zij kan wel een paar borrels nemen, maar jij mag er maar één als je moet rijden.'

'O, natuurlijk. Ik heb nog nooit een bekeuring gehad. En zo wil ik het houden.'

Martie wiegde heen en weer, beefde, snakte naar adem en was zo slim om ertussendoor een paar gesmoorde snikken van verdriet uit te gooien. Ze kreeg de aanval in ongeveer twee minuten onder controle, net als in de auto op weg hiernaartoe.

Nadat ze de dank en het medeleven van Bizmet in ontvangst hadden genomen, stonden ze na hooguit een uurtje in het appartement weer buiten waar het inmiddels donker was geworden.

De straffe wind van die middag was in de vroege winterschemering niet gaan liggen. Met zijn kille adem, die rook naar het zoute water van de Stille Oceaan en naar het jodium in de slierten zeewier die op de kust ernaast lagen te verpieteren, joeg de wind Dusty en Martie voort, puffend en piepend alsof hij hun verweet schuldig te zijn en dingen verborgen te houden.

In het chaotische gerammel en geklik van de zwiepende palmtakken hoorde Dusty het half verborgen, ritmische getik van een klok. Hij hoorde het ook in hun voetstappen op de boulevard, in het geluid van de één meter hoge, decoratieve windmolen op het terras van een van de huizen met uitzicht op de oceaan waar ze langs kwamen en tussen elke hartslag in. Hun tijd was bijna op.

55

Davy Crockett verdedigde The Alamo met heldenmoed, maar niet alleen geholpen door zijn gebruikelijke landgenoten. Dit keer had Davy de steun van Eliot Ness en een aanzienlijk legertje FBI-agenten.

Het ligt in de lijn der verwachtingen dat machinegeweren, hadden de stoere mannen van The Alamo die tot hun beschikking gehad, de historische uitkomst van die slag uit 1836 zouden hebben veranderd. Per slot van rekening zou de Gatling-mitrailleur, in feite de eerste ruwe versie van het machinegeweer, pas over zesentwintig jaar uitgevonden worden. Het was zelfs zo dat er destijds nog geen automatische geweren in gebruik waren en dat de meest geavanceerde wapens waarover de strijdende partijen konden beschikken voorladers waren.

Helaas voor de verdedigers van The Alamo werden ze dit keer niet alleen belegerd door Mexicaanse soldaten maar óók door een stel meedogenloze gangsters uit de tijd van de Drooglegging die eveneens over mitrailleurs beschikten. De combinatie van de valse geslepenheid van Al Capone en de militair-strategische gaven van generaal Santa Anna zou voor Crockett en Ness weleens te veel van het goede kunnen zijn.

De dokter overwoog even om deze epische strijd nog ingewikkelder te maken door er ruimtevaarders en futuristische wapens uit zijn Galaxy Command-collectie aan toe te voegen. Hij weerstond die kinderachtige verleiding, want de ervaring had hem geleerd dat het spel hem steeds minder bevrediging schonk naarmate hij meer anachronistische elementen op een bord bij elkaar bracht. Als hij het echt boeiend wilde houden, moest hij zijn flamboyante fantasie tijdens het spelen intomen en zich strikt houden aan een scenario met één knap maar geloofwaardig concept. Woudlopers, Mexicaanse soldaten, FBI-agenten, gangsters én ruimtevaarders zou echt te gek worden.

Gemakkelijk gekleed in een zwarte pyjama in ninja-stijl met een rode zijden ceintuur wandelde de dokter op blote voeten langzaam om het bord heen, terwijl hij met een vakkundig oog de stellingen van de strijdende partijen bekeek. Tijdens zijn verkenningstocht liep hij te rammelen met een paar dobbelstenen in een werpbeker.
Zijn gigantische speelbord was in feite een tafel van tweeëneenhalve meter in het vierkant die midden in de kamer stond. Dit oppervlak van meer dan zes vierkante meter kon voor elk nieuw spel opnieuw worden ingericht met behulp van zijn speciaal gemaakte topografische elementen.
In de grote vierkante kamer van negen bij negen meter stonden verder alleen een fauteuil en een bijzettafeltje waar de telefoon en hapjes op gezet konden worden.
Momenteel kwam de enige verlichting van de spotjes die recht boven het speelbord omlaag schenen. De rest van de kamer was in schaduwen gehuld.
Alle vier de wanden waren van plafond tot vloer bedekt met planken waarop honderden plastic speelsets in de oorspronkelijke dozen stonden. De meeste dozen waren puntgaaf of bijna puntgaaf en de inhoud was stuk voor stuk in uitmuntende conditie. Elke set bevatte de complete originele verzameling figuren, gebouwen en accessoires.
Ahriman verzamelde alleen de Marx-speelsets, die door Louis Marx gedurende de jaren vijftig, zestig en zeventig gefabriceerd waren. De miniatuurfiguurtjes van die sets waren schitterend van detail, prachtig gemaakt en gingen op de markt voor zeldzaam speelgoed voor honderden – zo niet duizenden – dollars van de hand. Zijn collectie omvatte behalve de sets van The Alamo en The Untouchables ook de Avonturen van Robin Hood, American Patrol, Armored Attack, Ben Hur, Battleground, Captain Gallant van het Vreemdelingenlegioen, Fort Apache, de Roy Rogers Rodeo Ranch, de Tom Corbett Space Academy en nog talloze andere, voor het merendeel in twee- of drievoud waardoor hij in staat was het tafelblad met een groot aantal medespelenden te bevolken.
Vanavond was de dokter in een bijzonder goede bui. Het spel op het bord voor hem beloofde ontzettend leuk te worden. Maar nog mooier was dat zijn andere en veel grotere spel, dat zich in de wereld buiten deze kamer afspeelde, met het uur interessanter werd.
Meneer Rhodes was begonnen aan *The Manchurian Candidate*. Het zat er dik in dat Dustin niet over genoeg fantasie en intelligentie beschikte om alle aanwijzingen in dat boek op te pikken en evenmin in staat zou zijn om daar genoeg conclusies aan te verbinden om te

begrijpen in welk web hij verstrikt was geraakt. De kans dat hij zichzelf en zijn vrouw zou kunnen redden was nog steeds te verwaarlozen, maar wel iets beter dan voor hij dat boek had opengeslagen.

Alleen een hopeloze narcist, iemand die aan hoogmoedswaanzin leed of een andere psychopaat zou jaar in jaar uit dezelfde sport blijven beoefenen als hij van tevoren wist dat hij iedere keer zou winnen. Voor de ware – en evenwichtige – sportman was een element van twijfel, een vleugje spanning, onontbeerlijk om het spel echt de moeite waard te maken. Hij moest zijn vaardigheid op de proef stellen en het lot tarten, niet om de andere spelers een sportieve kans te geven – sportiviteit was iets voor dwazen – maar om zelf scherp te blijven en er zoveel mogelijk plezier aan te beleven.

De dokter bouwde in al zijn scenario's valstrikken voor zichzelf in. Meestal gebeurde er niets met die valstrikken, maar de *mogelijkheid* van een ophanden zijnde ramp was verkwikkend en hield hem alert. Hij was dol op dit ondeugende trekje van zichzelf en hij maakte er volop gebruik van.

Zo had hij Susan Jagger bijvoorbeeld toegestaan om zich bewust te zijn van het sperma dat hij in haar achterliet. Hij had haar opdracht kunnen geven om dit onsmakelijke bewijs te negeren en dan zou ze het uit haar hoofd gezet hebben. Door haar toe te staan het wel te merken en door te suggereren dat ze haar verdenkingen moest richten op de man van wie ze gescheiden leefde, had de dokter gezorgd voor krachtige karakterontwikkelingen waarvan hij de gevolgen niet kon overzien. Het was zelfs bijna op een ramp uitgelopen met die videoband en dat was werkelijk het láátste waar hij op gerekend had.

The Manchurian Candidate was een van de valstrikken in dit spel. Hij had Martie de paperback gegeven met de opdracht om te vergeten van wie ze het boek had gekregen. Hij had de indruk bij haar geplant dat Martie tijdens ieder bezoek van Susan een stukje van het boek las, hoewel ze in werkelijkheid geen letter onder ogen kreeg, en hij had die suggestie onvoldoende ondersteund door haar een paar onwaarschijnlijk oppervlakkige zinnetjes in te geven waarmee ze het verhaal kon beschrijven als Susan of iemand anders haar er iets over zou vragen. Als Marties slappe, houterige beschrijving bij Susan verwondering zou hebben gewekt, was ze er misschien in gedoken en dan had ze in bepaalde opzichten een verband ontdekt met het dilemma waar zij in het dagelijks leven voor stond. Martie zelf had geen strikt verbod gehad om het boek te lezen, ze werd er alleen van afgehouden en uiteindelijk zou ze zich daar best overheen kunnen

zetten op een moment dat Ahriman dat totaal niet verwachtte. In plaats daarvan was meneer Rhodes om de een of andere reden in het verhaal gaan snuffelen.
Op welk punt komt er een eind aan de fictie en begint de werkelijkheid? Daar draait alles om bij dit spel.
Terwijl de dokter om de grote tafel liep en zich afvroeg wie de winnaar zou zijn, Crockett of Capone, ruiste zijn zwarte ninja-pyjama met zijden geritsel. *Rammel-rammel*, de dobbelstenen in de beker.

Een binnenhuisarchitect zou desgevraagd zeggen dat de stijl 'hedendaags bistro' was, 'Italiaans modern'. Dan zou hij niet liegen of noodgedwongen onoprecht zijn geweest, maar het antwoord zou toch nergens op slaan. Al dit glanzende donkere hout en zwarte marmer, al die gladde gepolitoerde oppervlakten, de amber-onyx kandelaars in de vorm van schaamlippen, de lange muurschildering achter de bar van een Rousseau-achtige rimboe waarin de vegetatie nog weelderiger was dan in werkelijkheid en waarin mysterieuze kattenogen tussen de met regendruppels gesierde bladeren lonkten – dit alles verwees slechts naar één enkel thema: sex.
De ene helft van de tent was een restaurant en de andere een bar, onderling verbonden door een enorme toog met aan weerszijden mahoniehouten pilaren op marmeren voetstukken. Zo vroeg in de avond, nu de kantoren net waren leeggelopen, puilde de bar uit van welgestelde jonge vrijgezellen die zich met meer agressie dan een junglekat aan de jacht wijdden, maar in het eetgedeelte was het nog niet druk.
De gastvrouw bracht Dusty en Martie naar een plek met twee tegenover elkaar gelegen banken waarvan de rugleuningen zo hoog waren dat er in feite een afgeschutte ruimte was ontstaan die slechts aan een kant uitzicht bood op het restaurant.
Martie voelde zich niet op haar gemak in zo'n openbare gelegenheid waar ze een diepe vernedering riskeerde als ze werd getroffen door een paniekaanval waarbij alle stoppen doorsloegen. Ze voelde zich enigszins gesterkt door het feit dat haar laatste aanvallen, sinds ze de praktijk van dr. Ahriman had verlaten, naar verhouding vrij mild waren geweest en van korte duur.
Ondanks de kans dat ze een figuur zou slaan, wilde ze toch liever hier eten dan in de geborgenheid van haar eigen keuken. Ze had weinig zin om naar huis te gaan waar de onopgeruimde puinhoop in de garage haar zou herinneren aan de manische waanzin waarmee ze vastbesloten had geprobeerd om haar huis van alle potentiële wapens te ontdoen.

Maar nog veel ontmoedigender dan de garage of andere herinneringen aan haar gebrek aan zelfbeheersing was het antwoordapparaat dat in haar werkkamer op haar stond te wachten. Daar zou, dat stond als een paal boven water, een boodschap op staan die Susan gisteravond had ingesproken.
Marties eer en haar plichtsgevoel zouden haar niet toestaan om de band te wissen zonder dat ze hem eerst had afgeluisterd en ze kon die grimmige taak evenmin aan Dusty overlaten. Susan had recht op haar persoonlijke aandacht.
Voordat ze in staat zou zijn om naar die geliefde stem te luisteren en zich voor te bereiden op het nog grotere schuldgevoel dat daardoor zeker zou worden opgeroepen, moest ze eerst kracht verzamelen. En zich moed indrinken.
Als gehoorzame burgers volgden ze de raad van inspecteur Bizmet op: een flesje Heineken voor Dusty, Sierra Nevada voor Martie.
Met haar eerste slokje bier nam ze een valiumpil in, ondanks de waarschuwing op het flesje van de apotheek dat benzodiazepine en alcohol niet samengingen.
Neem risico's in het leven en sterf jong. Of sterf ondanks alles jong. Dat schenen de enige keuzes te zijn die hun nog overbleven.
'Had ik haar gisteravond nou maar teruggebeld,' zei Martie.
'Je was niet in staat om haar te bellen. En je had haar trouwens toch niet kunnen helpen.'
'Maar als ik iets aan haar stem had gehoord, had ik er misschien voor kunnen zorgen dat ze hulp van iemand ánders kreeg.'
'Je zou niets aan haar stem hebben gehoord. Tenminste niet wat jij bedoelt, niet dat ze nog dieper in de put zat en niet dat ze zo wanhopig was dat ze aan zelfmoord dacht.'
'Dat zullen we nooit weten,' zei ze somber.
'Maar ik weet het wel degelijk,' hield Dusty vol. 'Je zou geen aan zelfmoord grenzende wanhoop hebben gehoord, want ze heeft geen zelfmoord gepleegd.'

Ness was al dood, hij was als een van de eersten gesneuveld, een enorme klap voor de verdedigers van The Alamo!
De edele wetsdienaar was gedood door een paperclip.
De dokter pakte het kleine plastic lijk van het bord.
Om vast te stellen welk speelgoedfiguurtje in welk leger aan de beurt was om te schieten, maakte Ahriman gebruik van een ingewikkeld systeem van berekeningen dat berustte op het gooien met dobbelstenen en het trekken van een willekeurige kaart uit een compleet pak.

De enige wapens waren een paperclip die afgevuurd werd met behulp van een elastiekje en een knikker die in beweging werd gebracht door een zetje met de duim. Natuurlijk konden die twee simpele methodes een groot aantal afschuwelijke manieren van sterven symboliseren: door een pijl, door een geweerschot, door kanonvuur, door een bowiemes, door een bijl in het gezicht...
Helaas lag het niet in de aard van plastic speelgoedfiguurtjes om zelfmoord te plegen en het zou een ontzaglijke belediging zijn voor Amerika en het Amerikaanse volk om te suggereren dat mannen als Davy Crockett en Eliot Ness zelfs maar in staat waren om aan zelfvernietiging te denken. Vandaar dat die boeiende mogelijkheid ontbrak bij de spelletjes op het bord.
In het grotere spel, waar plastic vlees was en het bloed echt, zou binnenkort een nieuwe zelfmoord op stapel worden gezet. Skeet moest eraan geloven.
Aanvankelijk, toen de dokter dit spel bedacht, had hij het idee gehad dat Holden 'Skeet' Caulfield de hoofdrolspeler moest worden die na afloop van het ultieme bloedbad tot aan zijn nek in de lijken zou zitten. Met zijn gezicht zouden alle nieuwsuitzendingen geopend worden. Zijn idiote naam zou onsterfelijk worden in de criminele legendevorming, even berucht als die van Charles Manson.
Maar wellicht omdat zijn brein al sedert zijn vroegste jeugd met zoveel medicijnen was geteisterd bleek Skeet uiteindelijk een slecht onderwerp om te programmeren. Zijn concentratievermogen – zelfs onder hypnose! – was niet goed en en hij had moeite om zich onderbewust aan de elementaire codes van zijn psychologische conditionering te houden. In plaats van de gebruikelijke drie programmeringssessies had de dokter er voor Skeet zes nodig gehad en daarna was de noodzaak gebleken van een paar kortere – nog niet eerder voorgekomen – herstelsessies waarbij slechter wordende onderdelen van zijn programma opnieuw geïnstalleerd moesten worden.
Af en toe liet Skeet zich zelfs al gewilloos sturen na het horen van *dr. Yen Lo*, de naam die hem activeerde, en dan hoefde Ahriman niet eens de haiku met hem door te nemen. Het veiligheidsrisico dat door deze gemakkelijke toegankelijkheid ontstond, was onaanvaardbaar. Liever vroeg dan laat zou Skeet figuurlijk gesproken een paperclip moeten accepteren. Eigenlijk had hij dinsdagochtend moeten sterven. Maar later vanavond zou het er zeker van komen.
De dobbelstenen produceerden een negen. Uit het spel kaarten kwam een ruitenvrouw te voorschijn.
Na een snelle rekensom besloot Ahriman dat het volgende schot af-

komstig zou zijn van een figuur die op de zuidwestelijke hoek van het dak van The Alamo zat: een van de trouwe ondergeschikten van Eliot Ness. Zonder twijfel zou de treurende FBI-agent staan te trappelen om wraak te nemen. Zijn wapen was een knikker, waarvan het dodelijk vermogen groter was dan van een gewone paperclip en met het voordeel van zijn gunstige, hoog gelegen positie zou hij weleens bijzonder veel schade kunnen toebrengen aan de omringende Mexicaanse soldaten en de smeerlappen van gangsters die de dag zouden betreuren dat ze erin toegestemd hadden om het vuile werk voor Al Capone op te knappen.

'Ze heeft geen zelfmoord gepleegd,' herhaalde Dusty op zachte toon terwijl hij zich alsof ze een complot zaten te smeden in hun afgeschutte hoekje vooroverboog, ook al was er in de bar zo'n geroezemoes van stemmen dat niemand hen zou kunnen afluisteren.

Zijn stem klonk zo overtuigd dat Martie sprakeloos was. Doorgesneden polsen. Niets dat op een worsteling wees. Een zelfmoordbrief in Susan handschrift. De conclusie dat ze er zelf een eind aan had gemaakt, was onweerlegbaar.

Dusty stak zijn rechterhand op en bij elk nieuw argument liet hij een vinger uit zijn gebalde vuist springen. 'Eén... gisteren in New Life werd Skeet geactiveerd door de naam *dr. Yen Lo* en daarna kwamen we samen met hangen en wurgen uit op de haiku die mij in staat stelde om in zijn onderbewustzijn door te dringen en hem te programmeren.'

'Programmeren,' zei ze aarzelend. 'Dat kan ik nog steeds nauwelijks geloven.'

'Ik zie het als programmeren. Hij wachtte op instructies. "Missies", noemde hij die. Twee... toen ik me aan hem begon te ergeren en tegen hem zei dat hij me een lol moest doen en maar moest gaan slapen, viel hij onmiddellijk om. Ik bedoel, hoe kun je nou binnen een oogwenk in slaap vallen, puur omdat je dat wilt? Drie... gisteren heeft hij eerder op de dag, toen hij van plan was om van het dak te springen, gezegd dat iemand hem had *opgedragen* om te springen.'

'Ja, de engel des doods.'

'Toegegeven, hij was zo stoned als een garnaal. Maar dat betekent niet dat er geen greintje waarheid school in wat hij zei. Vier... in *The Manchurian Candidate* is de gehersenspoelde soldaat in staat om op aanwijzingen van de man die hem controleert een moord te plegen en vervolgens totaal te vergeten wat hij heeft gedaan, maar, let op: mocht dat nodig zijn dan zal hij ook gehoor geven aan de opdracht om zelfmoord te plegen.'

'Dat is gewoon een thriller.'
'Ja, ik weet het. Het is goed geschreven. Het verhaal is boeiend en de personages zijn interessant. Je vindt het leuk.'
Omdat ze niet wist wat ze daarop moest zeggen, nam Martie nog maar een slokje bier.

Generaal Santa Anna was dood en de geschiedenis werd herschreven. Al Capone moest nu het commando over de samengevoegde strijdmachten van Mexico en de onderwereld van Chicago op zich nemen.
Het stel brave Hendrikken dat The Alamo verdedigde, kon maar beter nog geen feestje gaan vieren. Santa Anna was een formidabel strateeg, maar wat pure meedogenloosheid betrof, was Capone hem veruit de baas.
Ooit had de echte Capone, niet dit plastic figuurtje, een verklikker gemarteld met een handboor. Hij had het hoofd van die vent tussen een bankschroef geklemd en terwijl zijn handlangers de armen en de benen van de draaikont vasthielden, had die ouwe Al zelf de handboor bediend en een boortje met een diamanten punt door het voorhoofd van de doodsbange man gedreven.
Ooit had de dokter zelf een vrouw met een boor vermoord, maar dat was een elektrische Black & Decker geweest.

'Natuurlijk is dat verhaal van Condon verzonnen,' zei Dusty, 'maar je krijgt het gevoel dat de psychologische controletechnieken die erin beschreven worden op degelijke research berusten en dat wat hij ons als fictie voorschotelt zelfs in die tijd al best mogelijk was. En Martie, dat boek speelt in een tijd die *al bijna vijftig jaar achter ons ligt*. Voordat er straalvliegtuigen waren.'
'Voordat we voet op de maan zetten.'
'Ja. Voordat er mobiele telefoons waren, magnetrons en vetvrije chips in een zakje voorzien van een waarschuwing tegen diarree. Probeer je eens voor te stellen wat specialisten op het gebied van hersenspoelen tegenwoordig klaar zouden kunnen spelen, als ze maar genoeg geld hebben en geen geweten.' Hij hield even zijn mond om een slokje Heineken te nemen. Daarna: 'Vijf... dr. Ahriman zei dat het *ongelooflijk* was dat zowel jij als Susan zulke ernstige fobieën hadden opgelopen. Hij...'
'Weet je, het is waarschijnlijk waar wat hij zei, dat die fobie van mij in verband staat met die van Susan, dat het komt doordat ik het gevoel heb dat ik haar in de steek heb gelaten, doordat ik...'
Dusty schudde zijn hoofd en balde zijn hand weer tot een vuist. 'Of

jouw fobie en de hare zijn bij jullie ingeplant, bij jullie ingeprogrammeerd als onderdeel van een soort experiment of om een andere reden die waar wij geen donder van snappen.'
'Maar dr. Ahriman heeft zelfs niet gesuggereerd...'
Ongeduldig zei Dusty: 'Oké, hij is een fantastische psychiater en hij voelt zich ontzettend betrokken bij zijn patiënten. Maar vanwege zijn opleiding en ervaring gaat hij automatisch op zoek naar een psychologische oorzaak en gevolg, naar een of ander trauma in je verleden dat verantwoordelijk is voor je toestand. Misschien leek Susan daarom nauwelijks vooruit te gaan, omdat het helemaal niet aan een of ander trauma ligt. En, Martie, als ze je zo kunnen programmeren dat je bang wordt voor jezelf, dat je al die gewelddadige beelden in je hoofd krijgt, dat je al die dingen gaat doen die je gisteren thuis hebt gedaan... wat zouden ze je dan nog meer kunnen laten doen?'
Het zou aan het bier kunnen liggen. Of aan het valium. Of zelfs aan de logica van Dusty. Maar wat de reden ook mocht zijn, Martie vond zijn redenatie steeds aantrekkelijker worden.

Ze heette Viveca Scofield. Ze was een hoerig filmsterretje, vijfentwintig jaar jonger dan de vader van de dokter en zelfs drie jaar jonger dan de dokter zelf, die destijds achtentwintig was. Toen ze in de laatste film van die ouwe een belangrijke bijrol had vervuld, had ze al haar niet-geringe listen aangewend om hem zover te krijgen dat hij met haar zou trouwen.
Ook als de dokter er niet naar had gehunkerd om uit de schaduw van zijn vader te treden en op eigen kracht naam te maken had hij zich van Viveca moeten ontdoen voor ze mevrouw Josh Ahriman werd en op een geniepige manier zeggenschap zou weten te krijgen over het familiekapitaal of het er helemaal doorheen zou jagen.
Pa was weliswaar zo gehaaid als de pest geweest op het gebied van de handel en wandel in Hollywood en hij had precies geweten hoe hij zijn compagnons moest belazeren of zelfs de meest valse en psychotische studiobazen op zijn hand moest krijgen, maar hij was ook al vijftien jaar weduwnaar en de grootste huilebalk van zijn tijd. Hij was in bepaalde opzichten even kwetsbaar als hij op andere punten gepantserd was. Viveca zou met hem zijn getrouwd, een manier hebben gevonden om hem voortijdig het graf in te jagen, zijn lever met gefruite uitjes hebben verorberd op de avond voor de begrafenis en vervolgens zijn zoon het landhuis uit hebben gezet met niets anders dan een gebruikte Mercedes en een symbolische maandelijkse toelage.

Vandaar dat de dokter uit oogpunt van rechtvaardigheid bereid was geweest om Viveca te elimineren op dezelfde avond dat hij zijn vader had vermoord. Hij had een tweede injectiespuit gevuld met de bijzonder snelwerkende thiobarbital en paraldehyde, met de bedoeling dat in iets dat ze zou opeten of rechtstreeks in het filmsterretje zelf te spuiten.
Toen de grote regisseur dood in de bibliotheek lag, geveld door de vergiftigde petitfours, maar voordat zijn traanstelsel operatief was verwijderd, was de dokter op zoek gegaan naar Viveca en had haar in zijn vaders bed aangetroffen. Een houten crackpijp en andere drugsbenodigdheden lagen op het nachtkastje en naast haar op de verkreukelde lakens lag een dichtbundel. Het filmsterretje snurkte als een beer die zich had volgepropt met bessen die al half waren gaan gisten terwijl ze nog aan de struik zaten en op haar lippen verschenen speekselblaasjes die meteen weer knapten.
Ze was even naakt als Moeder Natuur haar had gemaakt en omdat Moeder Natuur kennelijk in een gulle bui was geweest, kreeg de jonge dokter allerlei wilde gedachten. Het ging echter om een heleboel geld en geld was macht en macht was beter dan sex.
Eerder op de dag, toen ze elkaar even onder vier ogen hadden gesproken, was er een vervelend ruzietje ontstaan waar een eind aan kwam toen ze zedig opmerkte dat ze hem nooit had zien overlopen van emotie zoals dat bij zijn vader zo vaak het geval was. 'Wij lijken op elkaar, jij en ik,' zei ze. 'Je vader heeft niet alleen zijn eigen voorraad tranen maar ook die van jou, terwijl ik de mijne al had opgebruikt toen ik acht jaar was. We zullen geen van beiden ooit een traan laten. Maar jij zit met het probleem, doktertje, dat je nog een hart hebt, ook al is dat tot een miezerig hoopje ingekrompen, terwijl ik helemaal geen hart heb. Dus als je probeert om die ouwe van je tegen mij op te zetten, dan castreer ik je en laat je iedere avond met een mooie sopraan populaire liedjes zingen om mij te amuseren als ik zit te eten.'
De herinnering aan dat dreigement bracht de dokter op een beter idee dan sex.
Hij liep naar de rand van het twaalf hectare grote landgoed, naar de welvoorziene gereedschapskamer en timmermanswerkplaats die ondergebracht was in het gebouw waarin zich op de eerste verdieping ook de appartementen bevonden van het echtpaar dat het beheer had over het landgoed, meneer en mevrouw Haufbrock, en de tuinman annex klusjesman, Earl Ventnor. De Haufbrocks waren vertrokken voor een week vakantie en Earl was ongetwijfeld uitgeteld nadat hij zoals elke avond een vaderlandslievende poging had ge-

daan om ervoor te zorgen dat de Amerikaanse bierbrouwersindustrie niet failliet zou gaan door de concurrentie van buitenlandse merken.
De dokter hoefde dus niet voorzichtig te doen terwijl hij een elektrische Black & Decker-boor uit de voorraad gereedschap pakte. Hij was ook zo slim om een drie meter lang, oranje verlengsnoer mee te nemen.
Terug in de slaapkamer van zijn vader deed hij de stekker van het verlengsnoer in een stopcontact, koppelde de boor aan het verlengsnoer en klom met die uitrusting op het bed, waar hij schrijlings op Viveca ging zitten, maar wel op zijn knieën. Ze was zo stoned dat ze tijdens al die voorbereidingen rustig door bleef snurken en hij moest haar naam een paar keer roepen voor ze wakker werd. Toen ze uiteindelijk bij haar positieven kwam en stom met haar ogen lag te knipperen, glimlachte ze naar hem op alsof ze dacht dat hij iemand anders was en alsof ze het idee had dat de elektrische boor een ingewikkelde nieuwe Zweedse vibrator was.
Dankzij de sublieme opleiding die hij op de Harvard Medical School had genoten, was de dokter in staat om de centimeter dikke stalen boor met grote nauwkeurigheid te richten. Hij zei tegen de verwarde en glimlachende Viveca: 'Als je geen hart hebt, moet daar iets anders zitten en we kunnen het best uitvinden wat dat is door een boormonster te nemen.'
Het lawaai van de krachtige kleine Black & Decker-motor wekte haar uit haar drugsroes. Maar toen was de booroperatie al begonnen en in feite bijna voltooid.
Nadat hij de tijd had genomen om te genieten van de schoonheid die Viveca in haar dood tentoonspreidde, viel het oog van de dokter op de dichtbundel die opengeslagen op de lakens lag. Op beide bladzijden zat een ronde bloedvlek, maar in een maagdelijke cirkel van wit papier stonden midden in de rode vlek drie dichtregels:

Deze illusie:
Kelkblad dat valt en verdwijnt
In maan en bloemen...

Destijds wist hij nog niet dat het gedicht een haiku was, dat het in 1890 door Okyo was geschreven, dat het over de naderende eigen dood van de dichter ging en dat het, zoals de meeste haiku's, in vertaling niet meer het ideale vijf-zeven-vijf lettergrepenpatroon had waarin het Japanse origineel was geschreven.
Wat hij wél wist, was dat dit gedichtje hem onverwacht ontroerde,

zo heftig als hij nog nooit eerder was ontroerd. Het gedicht verwoordde op een manier zoals Ahriman het zelf nooit had kunnen uitdrukken, zijn tot dusverre half onderdrukte en vormeloze besef van zijn eigen sterfelijkheid. De drie regels van Okyo drukten hem onmiddellijk en scherp op de intens trieste waarheid dat hij, ook hij, uiteindelijk voorbestemd was om te sterven. Hij was ook een hersenschim, even teer als een bloem, en zou op een dag als verlepte bloemblaadjes ter aarde vallen.
Terwijl hij op het bed knielde met de bundel haiku's in zijn beide handen, de drie regels keer op keer opnieuw las en het doorboorde filmsterretje op wie hij nog steeds schrijlings zat totaal was vergeten, kreeg de dokter een benauwd gevoel in zijn borst en zijn keel kneep dicht van emotie bij het vooruitzicht van zijn uiteindelijke verscheiden. Hoe kort is het leven! Hoe onrechtvaardig is de dood! Hoe onbetekenend zijn wij allemaal! Hoe wreed is het universum.
Deze gedachten maalden met zoveel kracht door zijn hoofd, dat de dokter eigenlijk zeker wist dat hij huilde. Terwijl hij het boek in zijn linkerhand hield, hief hij zijn rechter op naar zijn droge wangen en vervolgens naar zijn ogen, maar er was geen traan te bekennen. Hij was er echter van overtuigd dat de tranen hem hoog hadden gezeten en op dat moment wist hij dat hij wel degelijk zou kunnen huilen als hij maar ooit iets meemaakte dat treurig genoeg was om zijn waterlanders op te roepen.
Dit besef deed hem genoegen, want dat betekende dat hij meer gemeen had met zijn vader dan hij had verondersteld en het bewees ook dat hij helemaal niet op Viveca Scofield leek, zoals zij had beweerd. Misschien had zíj geen tranen meer over, maar de zijne zaten veilig opgeborgen en beidden hun tijd.
Het was ook niet waar dat ze geen hart had. Dat had ze wel degelijk. Natuurlijk klopte het nu niet meer.
De dokter stapte van Viveca af, liet haar als een onafgemaakt timmerwerkje met de Black & Decker in haar lijf liggen en bleef een hele tijd op de rand van het bed zitten, verdiept in de bundel haiku's. Hier, op deze vreemde plaats en tijd, ontdekte hij zijn artistieke kant.
Toen hij zich eindelijk los kon rukken van het boek, bracht hij het lichaam van pa naar boven, legde het op het bed, veegde de chocoladevlekken van zijn mond, ontleedde het uitmuntende traanstelsel van de grote regisseur en haalde de beroemde ogen uit zijn hoofd. Hij nam Viveca een paar deciliter bloed af, pakte zes van haar onderbroekjes, allemaal strings, uit een la van de toilettafel – ze woon-

de samen met zijn vader – en brak een van haar acryl vingernagels af.
Toen hij zich met behulp van een loper toegang had verschaft tot het appartement van Earl Ventnor vond hij op de salontafel in de woonkamer een slordige imitatie van de scheve toren van Pisa, opgebouwd uit lege Budweiser-blikjes. De klusjesman stond niet scheef maar lag plat op zijn rug op de bank en snurkte bijna even hard als Viveca had gedaan terwijl op tv Rock Hudson in een oude film Doris Day het hof maakte.
Waar eindigt fictie en begint de werkelijkheid? Daar draait alles om bij het spel. Hudson die Day het hof maakt; Earl die in een aanval van dronken wellust het hulpeloze filmsterretje verkracht en een wrede dubbele moord begaat – wij geloven wat het meest voor de hand ligt, of het nu om fictie of feiten gaat.
De dokter spetterde een deel van Viveca's bloed over de broek en het overhemd van de slapende klusjesman. Hij gebruikte de rest om er een van de strings in te dopen. Zorgvuldig wikkelde hij de afgebroken vingernagel in het met bloed doordrenkte ondergoed en legde vervolgens alle zes de broekjes in de onderste la van de ladekast in Earls slaapkamer.
Toen Ahriman het appartement verliet, lag Earl nog steeds als een blok te slapen. Hij zou uiteindelijk wakker worden van de sirenes.
In de vlakbij gelegen tuinschuur, waar de grasmaaimachines opgeborgen werden, vond de dokter een jerrycan met twintig liter benzine. Die nam hij mee naar het huis en naar de slaapkamer van zijn vader.
Nadat hij zijn eigen met bloed bevlekte kleren in een zak had gestopt, zich snel had gewassen en schone kleren had aangetrokken, goot hij de benzine over de lichamen, liet de lege jerrycan op het bed vallen en stak de brandstapel aan.
De dokter had de week in het vakantiehuis van zijn vader in Palm Springs doorgebracht en was die middag alleen maar teruggereden naar Bel Air om deze belangrijke familiezaken af te wikkelen. Toen dat werk erop zat, keerde hij terug naar de woestijn.
Ondanks de grote hoeveelheid prachtige en waardevolle antieke voorwerpen die in vlammen zouden opgaan als de brandweer niet snel genoeg zou reageren, nam Ahriman alleen de zak met zijn bebloede kleren mee, de bundel haiku's en zijn vaders ogen in een pot met een tijdelijk conserveringsmiddel. Nauwelijks anderhalf uur later verbrandde hij de belastende kleren in de open haard samen met een paar welriekende stukken cederhout en roerde de as later door de mulch in de kleine rozentuin achter het zwembad. Hij was te sen-

timenteel om afstand te doen van de ogen en het dunne dichtbundeltje, ook al was het nog zo riskant om ze in zijn bezit te houden. Hij bleef de hele nacht op om te kijken naar een marathon van oude Bela Lugosi-films die tussen zonsondergang en zonsopgang werd uitgezonden, at een hele liter Rocky-Road-ijs en een grote zak chips op, sloeg net zoveel vruchtensap en zoete frisdrank achterover als hij wilde, ving een woestijnkever in een grote glazen pot en martelde het beest met een lucifer. Zijn persoonlijke filosofie was ongelooflijk verrijkt door de drie regels van Okyo's haiku en hij had de raad van de dichter ter harte genomen: het leven is kort en we gaan allemaal dood, dus geniet maar zolang het nog kan.

Het eten ging vergezeld van een tweede rondje bier. Omdat ze niet had ontbeten en als lunch alleen maar een kleine vanille-milkshake had gehad, was Martie uitgehongerd. Toch had ze het gevoel dat ze eigenlijk verraad tegenover haar vriendin pleegde door zo vlak nadat ze Susan dood had aangetroffen alweer eetlust te hebben. Maar het leven ging verder en ook als je verdriet had, kon je behagen scheppen in bepaalde dingen, hoe verkeerd dat ook leek. En zelfs als je constant bang was, kon je toch genieten, want Martie liet zich elk hapje van haar steurgarnalen goed smaken terwijl ze ondertussen luisterde hoe haar man zich al redenerend een beeld probeerde te vormen van het onheil dat hun boven het hoofd hing.

De vingers sprongen opnieuw uit Dusty's vuist te voorschijn. 'Zes... als Susan geprogrammeerd kon worden om zich te onderwerpen aan herhaaldelijk seksueel misbruik terwijl alle herinneringen daaraan uit haar geheugen weggewist konden worden, als ze gehoor gaf aan de opdracht om zich te laten verkrachten, waar zou ze dan níét toe bereid zijn? Zeven... ze begon te vermoeden wat er aan de hand was, ook al had ze geen enkel bewijs, en misschien was dat beetje argwaan al genoeg om de mensen die haar in bedwang hielden te alarmeren. Acht... ze heeft jou op de hoogte gebracht van haar vermoedens en dat wisten ze. Vandaar dat ze zich zorgen gingen maken dat ze er ook met iemand over zou gaan praten die ze niet onder controle hadden, wat weer inhield dat ze geëlimineerd moest worden.'

'Hoe konden ze dat weten?'

'Het is best mogelijk dat haar telefoon werd afgetapt. Er is van alles mogelijk. Maar als ze hebben besloten dat ze geëlimineerd moest worden, als ze haar *opdracht* hebben gegeven om zelfmoord te plegen en zij gehoorzaamde omdat ze geprogrammeerd was, dan is dat eigenlijk geen zelfmoord. Niet in moreel en misschien ook niet in ju-

ridisch opzicht. Dat is moord.'
'Maar wat kunnen wij eraan doen?'
Terwijl hij aan zijn biefstuk begon, zat hij een tijdje over haar vraag na te denken. Toen: 'Ik mag barsten als ik dat weet... althans nu. Want we kunnen niets bewijzen.'
'Als ze haar alleen maar hoefden op te bellen om haar achter gesloten deuren zelfmoord te laten plegen... wat moeten wij dan doen als onze telefoon straks overgaat?' vroeg Martie zich af.
Ze keken elkaar strak aan, terwijl ze die vraag herkauwden en vergaten te eten. Uiteindelijk zei hij: 'We nemen niet op.'
'Dat lijkt me op de lange duur niet erg praktisch.'
'Om eerlijk te zijn, Martie, denk ik niet dat wij er nog lang zullen zijn als we er niet heel snel achter komen wat er precies aan de hand is.'
Ze moest denken aan Susan in de badkuip hoewel ze het lichaam helemaal niet had gezien en twee handen plukten aan de snaren van haar hart – de warme vingers van verdriet en de kille van angst. 'Nee, niet lang meer,' beaamde ze. 'Maar hóé moeten we daarachter komen? Waar moeten we beginnen?'
'Ik kan maar één ding bedenken. Haiku's.'
'Haiku's?'
'Gezondheid,' zei hij, die schat, en deed de tas met boeken open die hij mee had genomen naar het restaurant. Hij bekeek de zeven boeken die Ned had gekocht, schoof er een over tafel naar Martie toe en nam zelf een ander. 'Volgens de flapteksten zijn dit een aantal van de klassieke dichters van het genre. Die zullen we eerst proberen – en er het beste van hopen. Er is waarschijnlijk zoveel eigentijds materiaal, dat we wekenlang kunnen zoeken als we niets bij de klassieken vinden.'
'Wat zoeken we dan?'
'Een gedicht dat je rillingen bezorgt.'
'Net als toen ik dertien was en de teksten van Rod Stewart las?'
'Goeie god, nee. Ik zal proberen om te vergeten dat ik dat ooit heb gehoord. Ik bedoel net zo'n rilling als je kreeg toen je die naam in *The Manchurian Candidate* las.'
Ze kon de naam uitspreken zonder de gevolgen die ze ervan ondervond als iemand anders hem noemde. '*Raymond Shaw*. Kijk nou, ik huiver al als ik het zeg.'
'Zoek maar naar een haiku die je hetzelfde gevoel bezorgt.'
'En dan?'
In plaats van antwoord te geven, verdeelde hij zijn aandacht tussen zijn eten en zijn boek. Al na een paar minuten zei hij: 'Hier! Het be-

zorgt mij geen kouwe rillingen, maar ik ken hem wel degelijk. "Heldere watervallen... verspetterend in de golven... blauwe dennennaalden".'

'Skeets haiku.'

Volgens het boek was het gedicht geschreven door Matsuo Bashō, die leefde van 1644 tot 1694.

Omdat de haiku's zo kort waren, kon je er in tien minuten een heleboel doorwerken en Martie deed de volgende grote ontdekking voor ze de helft van haar scampi op had. 'Ik heb 'm. Geschreven door Yosa Buson, honderd jaar na jouw Bashō. "Aangeblazen uit het westen... verzamelt het gevallen blad... zich in het oosten."'

'Is dat de jouwe?'

'Ja.'

'Weet je het zeker?'

'Ik zit nog steeds te rillen.'

Dusty pakte het boek van haar aan en las zelf de regels. Het verband ontging hem niet. 'Het gevallen blad,' zei ze. Haar hoofdhuid prikte alsof ze zelfs op dit moment kon horen hoe de Bladman door het tropische oerwoud naar haar toe kwam schuifelen.

Zoveel doden. Zestienhonderd man waren in 1836 gesneuveld en nog honderden meer waren op deze januariavond weggevaagd door de grillen en de nukken van dobbelstenen en speelkaarten. En nog steeds woedde de slag in alle hevigheid voort.

Terwijl hij The Untouchables op The Alamo speelde, werkte de dokter de bijzonderheden van het einde van Holden 'Skeet' Caulfield uit. Skeet moest voor zonsopgang verdwijnen, maar temidden van dit bloedbad telde een dood meer of minder niet.

De dobbelstenen leverden twee keer een één op en in dezelfde beurt werd schoppenaas getrokken, wat volgens de ingewikkelde regels van de dokter inhield dat de opperbevelhebbers van beide legers verraad zouden plegen en naar de andere kant zouden overlopen. Nu voerde de doodzieke kolonel James Bowie, die zowel tyfus als longontsteking had, het bevel over het Mexicaanse leger, terwijl meneer Al Capone de strijd om de onafhankelijkheid van de streek Texas leidde.

Skeet mocht geen zelfmoord plegen op het terrein van New Life. Ahriman was een semi-stille compagnon in de kliniek en die aanzienlijke investering moest ontzien worden. Hoewel er geen reden was om zich zorgen te maken dat hetzij Dustin of Martie een schadeclaim zou indienen, kon het zijn dat een of ander familielid dat de dokter níét in bedwang had, misschien een achterneef of zo die de laatste dertig jaar in een hut in Tibet had gezeten en Skeet zelfs nog nooit ontmoet had, vijf minuten nadat die kleine junk onder de grond was gestopt in het gezelschap van een advocaat op het toneel verscheen om een proces wegens medische fouten aan te spannen. Vervolgens zou een geschifte jury – die ze tegenwoordig alleen maar schenen te benoemen – de Tibetaanse neef een miljard dollar toekennen. Nee, Skeet moest opzettelijk en achteloos New Life uit lopen, tegen het advies van zijn artsen in, en zichzelf vervolgens ergens anders om zeep brengen.

Een knikker, afgevuurd door een van de helden van The Alamo, ketste rond door het landschap en schakelde verbazend genoeg negen Mexicaanse soldaten uit plus twee van de capo's van Capone die niet samen met hem naar Texas overgelopen waren.

Sint Antonio van Valero, naar wie de franciscaner priesters de missie hadden vernoemd waaromheen de enorme vesting The Alamo was verrezen, zou heel wat tranen hebben geplengd om deze kennelijk eindeloze, verdrietige verspilling van levens in de schaduw van zijn kerk – ware het niet dat hij al lang voor 1836 dood en uitgehuild was. Het zat er ook dik in dat hij ontzet zou zijn geweest als hij had geweten dat Al Capone bewees een betere verdediger van zijn heilige grond te zijn dan Davy Crockett.

De privéverpleegster die tijdens de avonddienst over Skeet waakte, was Jasmine Hernandez, die met de rode gympen en de groene veters, en zij was helaas vakkundig en onomkoopbaar. De dokter had tijd noch zin om zuster Hernandez door het hele proces van programmeren te voeren, alleen maar om haar blind en doof te maken voor de opdrachten die hij Skeet moest geven. Daarom moest hij wachten tot haar dienst erop zat. De verpleegkundige die het om middernacht van haar overnam, was een luie donder die maar al te graag in de personeelskantine op zijn kont zou gaan zitten om de *Tonight Show* te zien en aan een cola te lurken, terwijl Ahriman een onderonsje had met de pathetische halfbroer van Dustin.

Hij durfde niet het risico te nemen om Skeet telefonisch opdracht te geven zelfmoord te plegen. De ellendige jongste Caulfield was zo onbetrouwbaar als het op programmeren aankwam, dat het noodzakelijk was om hem onder vier ogen af te richten.

Paperclip. *Pang*. Een ramp. Kolonel Bowie is geveld. Kolonel Bowie is geveld! Nu heeft het Mexicaanse leger geen bevelhebber meer. Capone lacht in zijn vuistje.

Prachtig, dit woud, uitgestrekt en koel. De enorme bomen staan zo dicht op elkaar dat hun gladde, roodbruine, glanzende stammen rondom haar heen in elkaar overvloeien tot één houten wand. Martie weet op de een of andere manier dat het mahoniebomen zijn, hoewel ze die nog nooit heeft gezien. Ze bevindt zich kennelijk in een of andere Zuid-Amerikaanse jungle, waar de mahonie welig tiert, maar ze kan zich niet herinneren dat ze een reis heeft geboekt of dat ze haar koffers heeft gepakt.

Ze hoopt dat ze genoeg kleren bij zich heeft, aan het reisstrijkijzer heeft gedacht en ook genoeg middeltjes tegen insectenbeten heeft meegenomen, vooral die laatste, want op ditzelfde moment heeft een slang zijn giftanden in haar linkerarm gezet. Giftand, enkelvoud. Het serpent schijnt maar één giftand te hebben en die ziet er heel vreemd uit, even zilverkleurig en dun als een naald. De slang heeft een dun, doorzichtig lijf en hangt omlaag van een zilveren boom zonder bladeren en met slechts één tak, maar in het Amazonegebied verwacht je ook exotische reptielen en planten aan te treffen.

Blijkbaar is het serpent niet giftig, want Martie is er helemaal niet bang voor en hetzelfde geldt voor Susan, die ook deel uitmaakt van deze Zuid-Amerikaanse expeditie. Op dit moment zit ze in een fauteuil aan de andere kant van de open plek, half van Martie afgewend zodat alleen haar profiel te zien is, zo stil en rustig dat ze waarschijnlijk zit te mediteren of in gedachten verzonken is.

Martie zelf ligt op een krib, of misschien wel op iets nog groters, een gecapitonneerde bank bijvoorbeeld met de warme glans van leer. Dit moet wel een eersteklas wildernistoer zijn, als zelfs de moeite is genomen om fauteuils en banken mee te brengen.

Af en toe gebeuren er magische en grappige dingen. Een sandwich zweeft door de lucht – zo te zien banaan met pindakaas op dikke sneden witbrood – en beweegt heen en weer, op en neer, terwijl er hapjes uit verdwijnen. Het lijkt wel alsof er hier in het woud een geest bij haar is, een hongerige geest die zijn lunch verorbert. Ook een flesje vruchtenlimonade hangt in de lucht en wordt schuingehouden tegen onzichtbare lippen om de dorst van diezelfde geest te lessen, net als later een flesje druivensap. Ze veronderstelt dat ze dit had kunnen verwachten, want per slot van rekening is de literaire stijl die het magisch realisme wordt genoemd door Zuid-Amerikaanse schrijvers bedacht.

Al even magisch is het raam in het woud, dat zich boven en achter haar bevindt en licht brengt in het woud dat anders stil, donker en weerzinwekkend zou zijn geweest. Alles bij elkaar is dit een prima plek voor hun kamp.

Met uitzondering van de bladeren. Afgevallen bladeren liggen overal verspreid op de open plek, misschien afkomstig van de mahonies, misschien van andere bomen en hoewel het maar dode bladeren zijn bezorgen ze Martie toch een onrustig gevoel. Van tijd tot tijd knisperen en kraken ze, hoewel niemand er een voet op zet. Er waait nog niet het lichtste briesje door het woud, maar de rusteloze bladeren liggen alleen of in groepjes te trillen, te huiveren en tegen elkaar te raspen en ze kruipen voort over de bodem van het kamp met lugubere fluistergeluidjes, alsof gewone bladeren kunnen konkelen en samenzweren.

Zonder waarschuwing steekt er een harde westenwind op. Het raam kijkt uit op het westen, maar het moet openstaan want de wind komt erdoorheen en bereikt de open plek, een enorme huilende kracht die meer bladeren meesleept, grote dwarrelende massa's, sissend en fladderend als wolken vleermuizen, deels vochtig en buigzaam, deels droog en dood. De wind zwiept ook de bladeren van de grond omhoog en het kolkende afval giert rond de randen van de open plek – rode herfstbladeren, vochtige groene bladeren, bloemblaadjes, stengels, complete schutbladen – als een draaimolen zonder paarden maar met vreemde beesten die uit bladeren bestaan. Vervolgens vliegen alle bladeren, zonder één enkele uitzondering, alsof ze door de herdersfluit van Pan worden aangetrokken naar het midden van de open plek en klonteren samen tot de gestalte van een man, rond het onzichtbare wezen dat al voortdurend aanwezig was, de sandwich etende en limonade drinkende geest die daardoor vorm en structuur krijgt. De Bladman doemt op, reusachtig en angstaanjagend met zijn chaotische Halloween-hoofd, de zwarte gaten waar eigenlijk ogen hadden moeten zitten en zijn rafelige muil.

Martie worstelt om overeind te komen van de bank voor hij haar zal aanraken, voor het te laat is, maar ze is te zwak om op te staan. Het lijkt net alsof ze bevangen is door een tropische koorts, malaria. Of misschien was de slang toch giftig en begint het gif nu pas te werken.

De wind heeft de bladeren vanuit het westen aangeblazen terwijl Martie het oosten is en de bladeren moeten bij haar binnendringen omdat zij het oosten is. De Bladman legt een grote, stekelige hand over haar gezicht. Hij bestaat helemaal uit bladeren, kolkende hoeveelheden bladeren, sommige krakend en verkreukeld, andere fris en vochtig en weer andere glibberig van zwammen en van schimmels. Hij duwt de bladeren die zijn wezen vormen in haar mond en ze bijt een stuk van het beest af en probeert het uit te spugen. Maar er worden nog meer bladeren in haar mond geduwd en ze moet slikken, slikken of stikken, want ook haar neus wordt volgepropt met verpulverde, poederachtige bladeren en nu dringt er ook nog een schimmelachtige prop bladeren in haar oren binnen. Ze probeert te schreeuwen om Susans hulp, kan niet schreeuwen, kan alleen maar kokhalzen, probeert vervolgens om Dusty te gillen, maar Dusty is niet meegekomen naar Zuid-Amerika of waar ze ook mag zijn, hij is thuis in Californië, er is gewoon niemand die haar kan helpen, ze wordt helemaal volgepropt met bladeren, haar buik vol bladeren, haar longen zitten vol, haar keel, ze stikt bijna in de bladeren en nu dwarrelt er een storm van bladeren door haar hoofd, binnen in haar schedel en schraapt over de oppervlakte van haar hersens tot ze niet helder meer kan denken, tot haar aandacht volledig wordt opgeëist door het geluid van de bladeren, het onophoudelijke schrapende-ritselende-tikkende-klikkende-krakende-suizende GELUID...

'En op dat moment word ik altijd wakker,' zei Martie.

Ze keek neer op haar laatste garnaal, boven op het restant van een bed van pasta en het ding leek meer op een pop dan op een schaaldier, zo'n pop die ze als kind weleens was tegengekomen als ze in een boom was geklommen. Op de bovenste takken van zo'n wijd uitwaaierende reus, in wat een schoon prieel van zonlicht, smaragdgroene bladeren en frisse lucht had geleken, had ze er een keer een hele plaag van gezien. Tientallen dikke poppen, stevig vastgekleefd aan bladeren die waren omgekruld om ze gedeeltelijk te verbergen, alsof de boom was overgehaald om een steentje bij te dragen aan de veiligheid van de parasieten die zich aan hem te goed deden. Ze vond het eigenlijk nauwelijks weerzinwekkend omdat ze best wist dat rupsen uiteindelijk in vlinders veranderden en toen ze de uit zijde gesponnen zakken goed bekeek, zag ze dat sommige ervan vol waren van een wriemelend leven. Martie besloot om het goud- of roodgevleugelde wonder dat erin zat, wat het ook mocht wezen, een paar minuten of misschien wel een paar uur eerder dan anders het geval zou zijn geweest te bevrijden en peuterde heel voorzichtig het uit meerdere lagen bestaande materiaal van de pop los... en vond geen vlinder, zelfs geen mot, maar een enorme hoeveelheid jonge spinnetjes die uit een eierschaal losbraken. Nadat ze die ontdekking had gedaan kreeg ze nooit meer dat uitgelaten gevoel als ze hoog in de luchtige top van een boom zat en zelfs niet als ze zich op een andere hoog gelegen plek bevond. Daarna begreep ze dat tegenover elk levend wezen dat onder een steen woont of door de modder kruipt een ander even wriemelend schepsel staat dat juist hoog boven de grond goed gedijt, want ook al is dit een wonderbaarlijke wereld, het is toch een wereld na de zondeval.

Omdat haar eetlust was bedorven liet ze de laatste garnaal liggen en zocht toevlucht bij haar bier.

Terwijl hij de restanten van zijn maaltijd opzij schoof, zei Dusty: 'Ik wou dat je me die nachtmerrie van jou al veel eerder tot in de kleinste bijzonderheden had verteld.'
'Het is maar een droom. En wat zou je er trouwens uit opgemaakt hebben?'
'Niets,' gaf hij toe. 'Niet tot na mijn droom van de afgelopen nacht. Dan zou ik het verband meteen hebben gezien. Hoewel ik eigenlijk niet weet wat ik ervan zou hebben gedacht.'
'Welk verband?'
'Zowel in jouw droom als in de mijne is er een... een onzichtbaar wezen. En een thema van bezeten-zijn, van een duister en ongewenst iets dat doordringt tot het hart, tot de hersens. En het infuus natuurlijk, waar je het nooit eerder over hebt gehad.'
'Infuus?'
'In mijn droom is het duidelijk een infuus dat van de staande schemerlamp in onze slaapkamer naar beneden bungelt. In jouw droom is het een slang.'
'Maar het is écht een slang.'
Hij schudde zijn hoofd. 'In die dromen is vrijwel niets wat het schijnt te zijn. Het zijn allemaal symbolen, metaforen. Want het zijn niet zomaar dromen.'
'Het zijn herinneringen,' veronderstelde ze en voelde dat ze gelijk had zodra de woorden over haar lippen waren.
'Verboden herinneringen aan onze programmeringssessies,' beaamde Dusty. 'Onze... onze africhters moet je ze denk ik noemen, wie ze ook mogen zijn, hebben al die herinneringen uitgewist. Dat moesten ze wel, want ze wilden vast niet dat wij ons daar iets van zouden herinneren.'
'Maar de ervaring is ons toch bijgebleven, ergens diep in ons binnenste.'
'En toen die weer naar boven kwam, moest het er wel zo verdraaid uit komen, vol symboliek, omdat we er op geen enkele andere manier aan terug mochten denken.'
'Precies zoals je een document op je computer kunt weggooien. Dat verdwijnt dan uit de directory zodat je er niet meer bij kunt, maar in feite blijft het vrijwel eeuwig op je harde schijf staan.'
Hij vertelde haar zijn droom over de reiger en het onweer.
Net toen Dusty uitgesproken was, voelde Martie weer plotseling die bekende angst opkruipen, met de nerveuze energie van duizenden babyspinnetjes die over de hele lengte van haar ruggengraat uit hun eierschalen barstten.
Ze liet haar hoofd zakken en keek omlaag in haar pul bier waar ze

haar beide handen omheen geklemd had. Als ze Dusty die naar zijn hoofd gooide, zou hij bewusteloos kunnen raken. Als ze de pul vervolgens tegen de rand van de tafel kapotsloeg, kon hij gebruikt worden om zijn gezicht open te kerven.

Ze zat trillend te bidden dat de hulpkelner niet net op dit moment hun vuile borden weg zou komen halen.

De aanval duurde een minuut of twee.

Martie tilde haar hoofd op en keek naar het stukje restaurant dat vanuit hun afgeschermde zitplaats zichtbaar was. Er zaten inmiddels meer mensen te eten dan toen zij en Dusty binnenkwamen en er liepen ook meer kelners rond, maar er was niemand die haar aanstaarde, al dan niet met een vreemde blik.

'Alles in orde?' vroeg Dusty.

'Dit was niet zo erg.'

'Valium of bier.'

'Een van beide,' beaamde ze.

Hij tikte op zijn horloge en zei: 'Ze komen bijna precies om het uur, maar zolang ze zo licht zijn...'

Martie kreeg een akelig voorgevoel: dat deze laatste, kleine aanvallen alleen maar vooruitblikken waren op attracties die nog komen moesten, korte clipjes van het hoofdprogramma.

Terwijl ze zaten te wachten tot hun kelner de rekening bracht en daarna het wisselgeld doken ze weer in de haikubundels.

Martie vond ook de volgende en die was van Matsuo Bashō, die Skeets haiku met de blauwe dennennaalden had geschreven.

Bliksemflitsen en
De nachtroep van de reiger
Reizend in het duister.

In plaats van het voor te lezen gaf ze het boek aan Dusty. 'Dit moet hem zijn. Alle drie uit klassieke bronnen.'

Ze zag de rilling door hem heen gaan toen hij het gedicht las.

Het wisselgeld arriveerde met een laatste dank-u-wel van de kelner plus het eeuwige nog-een-prettige-dag-verder, hoewel het al twee uur geleden donker was geworden.

Terwijl Dusty de fooi uitrekende en op tafel legde, zei hij: 'We weten dat de activeringsnamen uit het boek van Condon komen, dus het moet niet zo moeilijk zijn om die van mij te vinden. Nu hebben we onze haiku's. Ik wil weten wat er gebeurt als... we die bij elkaar gebruiken. Maar dit is zeker niet de juiste plaats om dat uit te proberen.'

'Waar dan?'
'Laten we maar naar huis gaan.'
'Zijn we thuis veilig?'
'Zijn we ergens veilig?' vroeg hij.

56

Omdat hij bijna de hele dag alleen was gelaten, in de achtertuin had moeten rondlopen in plaats van behoorlijk uitgelaten te worden zoals brave honden verdienen en gevoerd was door een intimiderende reus die hij nog maar twee keer eerder had ontmoet, had Valet eigenlijk het volste recht om te mokken, terughoudend te doen en zelfs om hen met een ontevreden gegrom te begroeten. In plaats daarvan was hij een en al goudkleurige, grijnzende, kwispelende vergiffenis en kroop tegen hen aan voor een knuffel om vervolgens van pure verrukking weg te springen, een pluizig geel eendje te pakken en een kakofonie van gekwaak te veroorzaken door erin te bijten.

Ze hadden er niet aan gedacht om tegen Ned Motherwell te zeggen dat hij een lamp voor Valet aan moest doen, maar Ned bleek een prima oppas en had de keuken helder verlicht achtergelaten.

Op de tafel had Ned ook een briefje neergelegd, vastgeplakt aan een envelop gevoerd met noppenplastic: *Dusty, dit stond rechtop tegen je voordeur.*

Martie scheurde de envelop open en dat vond Valet een opwindend geluid, kennelijk omdat het net klonk alsof er een zak met hondenkoekjes werd opengemaakt. Ze haalde er een ingebonden boek met een felgekleurd stofomslag uit. 'Geschreven door dr. Ahriman.'

Verbaasd pakte Dusty het boek van haar aan en Valet strekte zijn nek en snuffelde met opengesperde neusgaten.

Dit was Ahrimans huidige bestseller, geen roman maar een psychologische verhandeling over hoe je moest leren van jezelf te houden. Dusty en Martie kenden het geen van beiden omdat ze liever romans lazen. Voor Dusty was dat zelfs eerder een kwestie van principe dan van voorkeur. In een tijd waarin misleiding, bedrog en regelrechte leugens in een groot deel van de maatschappij opgeld deden, had hij vaak meer waarheden in één roman aangetroffen dan in bakkenvol geleerde analyses.

Maar dit was uiteraard een boek van dr. Ahriman en ongetwijfeld geschreven met dezelfde diepe betrokkenheid die hij in zijn privépraktijk toepaste.

Terwijl hij naar de foto op het omslag keek, zei Dusty: 'Ik vraag me af waarom hij niet heeft verteld dat hij dat voor ons op de post had gedaan.'

'Het is niet per post gekomen,' zei Martie en wees naar de envelop waarop de postzegels ontbraken. 'Het is afgegeven... en niet namens dr. Ahriman.'

Als afzender stonden de naam en het adres van dr. Roy Closterman vermeld.

In het boek was een kort briefje van de internist gestopt: *Mijn receptioniste rijdt op weg naar huis langs jullie huis, dus ik heb haar gevraagd om dit af te geven. Ik dacht dat het laatste boek van dr. Ahriman jullie wel zou interesseren. Misschien hebben jullie nog nooit iets van hem gelezen.*

'Vreemd,' zei Martie.

'Ja. Hij mag dokter Ahriman niet.'

'Wie niet?'

'Closterman.'

'Natuurlijk mag hij hem wel,' protesteerde ze.

'Nee. Ik merkte het meteen. Aan zijn uitdrukking en de manier waarop hij sprak.'

'Maar waarom zou hij hem niet mogen? Dokter Ahriman is een fantastische psychiater. Hij voelt zich echt enorm betrokken bij zijn patiënten.'

Kwak, kwak, kwak, zei de pluchen speelgoedeend.

'Dat weet ik, ja, en moet je zien hoe jij al na één afspraak opgeknapt bent. Hij heeft je echt góéd gedaan.'

Valet begon weer door de keuken rond te tollen, met fladderende oren, poten die over de tegels kletsten en het eendje in zijn bek en produceerde meer gekwaak dan een gevederde kudde.

'Af, Valet,' beval Martie. En toen: 'Misschien is dokter Closterman... Het kan wel beroepsnaijver zijn.'

Terwijl hij het boek opensloeg en vanaf het begin doorbladerde, zei Dusty: 'Naijver? Maar Closterman is geen psychiater. Hij heeft een heel ander vakgebied dan dokter Ahriman.'

De altijd gehoorzame Valet stopte met het gedraaf door de keuken, maar hij bleef zich uitleven op het eendje tot Dusty het gevoel begon te krijgen dat ze in een tekenfilm terecht waren gekomen waarin die twee beroemde eenden een hoofdrol vertolkten: Daffy en Donald.

Dusty was een beetje geërgerd dat Closterman hen had opgezadeld met dit ongewenste geschenk. Gezien de verholen maar onmiskenbare afkeer die de internist van dr. Ahriman had getoond, was dit kennelijk ook niet vriendelijk of welwillend bedoeld. Het leek een vervelend, kinderachtig gebaar.

Op de zevende bladzijde vanaf het begin van het boek van de psychiater, stuitte Dusty op een kort puntdicht dat voorafging aan de eerste pagina van hoofdstuk 1. Het was een haiku.

Deze hersenschim
van vallende blaadjes verdwijnt
in maan en bloemen...
Okyo, 1890

'Wat is er aan de hand?' vroeg Martie.

Iets dat leek op thereminmuziek uit een heel oude film met Boris Karloff in de hoofdrol jankte en jodelde door zijn hoofd.

'Dusty?'

'Een raar toeval,' zei hij en liet haar de haiku zien.

Terwijl ze de drie regels las, hield Martie haar hoofd scheef, alsof zij de muziek waarop het gedicht was gezet ook kon horen.

'Vreemd,' beaamde ze.

De hond liet het eendje opnieuw praten.

Martie begon steeds langzamer te lopen toen ze de trap op ging. Dusty wist dat ze er verschrikkelijk tegen opzag om Susans stem op het antwoordapparaat te horen. Hij had aangeboden om er in zijn eentje naar te luisteren en haar dan te vertellen wat erop stond, maar in haar ogen stond dat gelijk aan morele lafheid.

In de werkkamer boven bood Marties grote U-vormige bureau alle werkruimte die ze nodig had om hobbits uit Eriador en dwars door de landen Gondor en Rhovanion naar het boze koninkrijk Mordor te slepen – aangenomen dat het leven haar ooit nog de kans zou geven om weer terug te keren naar de geestelijk gezonde andere wereld van Tolkien. Twee compleet uitgeruste computers en een gezamenlijke printer besloegen nog geen derde van het hele werkblad.

Aan de telefoon was een antwoordapparaat gekoppeld dat ze al gebruikte sinds ze haar college-opleiding had afgerond. Voor een elektronisch apparaat was het niet alleen oud, maar zelfs antiek. De teller gaf aan dat er vijf boodschappen op de band stonden.

Martie kwam niet in de buurt van het bureau maar bleef vlak bij de deur staan, alsof de afstand haar wat minder gevoelig zou maken voor de emotionele uitwerking van Susans stem.

Hier lag ook een met schapenvacht bekleed kussen voor Valet, maar hij bleef bij zijn vrouwtje, alsof hij wist dat ze troost nodig zou hebben.

Dusty drukte op AFLUISTEREN. Het bandje spoelde terug en werd vervolgens afgespeeld.

De eerste boodschap was het bericht dat Dusty had achtergelaten toen hij haar de avond ervoor had opgebeld vanaf de parkeerplaats bij New Life.

Ik ben het, Scarlett. Rhett. Ik bel alleen maar om te zeggen dat ik bij nader inzien tóch wel een lor om je geef...

De tweede was een telefoontje van Susan, het gesprek dat binnen moest zijn gekomen vlak nadat Martie de eerste keer in slaap was gevallen, van pure uitputting en dankzij de scotch, voordat ze wakker was geschrokken uit een nachtmerrie en het medicijnkastje had geplunderd op zoek naar slaappillen.

Ik ben het. Wat is er aan de hand? Is alles goed met je? Of denk je soms dat ik geschift ben? Dat geeft niet hoor. Bel maar terug.

Martie was twee stappen achteruitgegaan, tot in de deuropening, alsof ze achteruitgedreven werd door het geluid van de stem van haar dode vriendin. Haar gezicht was wit, maar de handen die ze ervoor sloeg, waren nog witter.

Valet zat voor haar en keek naar haar op, met gespitste oren en de kop schuin, alsof hij hoopte dat hondse liefheid een tegenwicht zou vormen voor verdriet.

Het derde bericht was ook van Susan en ontvangen om tien voor halfvier in de ochtend; het moest zijn binnengekomen toen Dusty zijn handen in de badkamer stond te wassen en Martie de 'ongestoorde slaap van een onschuldig kind sliep', zoals de tv-commercials voor het slaapmiddel beloofden.

Martie, met mij. Martie, ben je daar? Op de band bleef Susan even stil, wachtend tot iemand op zou nemen en op de drempel kreunde Martie. Berouwvol en bitter zei ze: 'Ja', en uit dat ene woordje bleek duidelijk wat ze bedoelde: Ja, ik was hier; ja, ik had je misschien kunnen helpen; ja, ik heb je in de steek gelaten.

Luister, als je daar bent, pak dan in godsnaam op. Tijdens de volgende pauze nam Martie haar handen van haar gezicht en staarde vol afschuw naar het antwoordapparaat.

Dusty wist wat ze hierna verwachtte te zullen horen, want hij verwachtte hetzelfde. Gepraat over zelfmoord. Een smeekbede om steun, om de raad van een vriendin, om geruststelling.

Het is Eric niet, Martie. Het is Ahriman. Het is Ahriman. *Ik heb de klootzak op video. De klóótzak – nadat ik hem zo heb gematst met zijn huis. Alsjeblieft, Martie, bel me alsjeblieft. Ik heb hulp nodig.*

Dusty stopte de band voordat het apparaat doorging met het vierde bericht.

Het huis leek op zijn grondvesten te schudden, alsof de continentale platen diep onder de kust van Californië tegen elkaar op botsten, maar deze aardbeving speelde zich uitsluitend in hun hoofd af.

Dusty keek Martie aan.

Wat een ogen, die ogen van haar. Schokgolven hadden zelfs het intense verdriet gebroken dat ze nog blauwer maakte dan gewoonlijk. Nu zag hij iets in haar ogen dat hij nog nooit in iemands ogen had gezien, een trek die hij niet goed kon omschrijven.

Hij hoorde zichzelf zeggen: 'Ze moet een beetje gek zijn geweest toen het einde nabij was. Ik bedoel, waar slaat dat nou op? Welke video? Dokter Ahriman is...'

'... een fantastische psychiater. Hij voelt zich...'

'... bijzonder betrokken bij...'

'... zijn patiënten.'

De vage thereminachtige muziek, griezelig en onmelodieus, speelde in de concertzaal die zich in Dusty's schedel bevond: eigenlijk helemaal geen muziek, maar het psychische equivalent van plotseling tuitende oren, tinnitus van de hersenen. Het werd veroorzaakt door wat psychologen die honderd dollar per uur rekenen 'cognitieve dissonantie' noemen: het gelijktijdig vasthouden aan twee lijnrecht tegenover elkaar staande meningen over hetzelfde onderwerp. In dit geval was het onderwerp Mark Ahriman. Dusty werd overspoeld door cognitieve dissonantie omdat hij geloofde dat Ahriman een fantastische psychiater was en nu ook een verkrachter, geloofde dat Ahriman een dokter was die zeer betrokken was bij het welzijn van zijn patiënten en nu ook een moordenaar, een meelevend therapeut en een wrede manipulator.

'Het kan niet waar zijn,' zei hij.

'Absoluut niet,' beaamde ze.

'Maar die haiku.'

'Het mahoniewoud in mijn droom.'

'Zijn spreekkamer is betimmerd met mahonie.'

'En heeft een raam op het westen,' zei ze.

'Het is krankzinnig.'

'Zelfs als hij het toch zou zijn... waarom dan wij?'

'Waarom jij weet ik wel,' zei Dusty duister. 'Om dezelfde reden als Susan. Maar waarom ik?'

'Waarom Skeet?'
Van de laatste twee boodschappen op de band was de eerste die ochtend om negen uur binnengekomen, de tweede die middag om vier uur en ze waren allebei van Marties moeder. De eerste was kort; Sabrina had alleen maar opgebeld om even te kletsen.
De tweede boodschap was langer en heel bezorgd, want Martie werkte thuis en belde haar moeder meestal binnen een uur of twee terug; het feit dat ze niet snel had gereageerd was voor Sabrina aanleiding om zich over te geven aan apocalyptische veronderstellingen. Wat in het warrige bericht ook niet onder woorden werd gebracht – maar wat wel duidelijk was voor iedereen die wist hoe goed Sabrina dingen tussen de regels door kon zeggen – was de vurige hoop dat (1) Martie een afspraak had met een advocaat om over een scheiding te praten, (2) dat Dusty bewezen had dat hij een alcoholicus was en op dit moment werd ingeschreven bij een kliniek om van de drank af te komen, (3) dat Dusty bewezen had dat hij een rokkenjager was en nu in het ziekenhuis lag bij te komen van een pak slaag – een stevig pak slaag – dat hij van de echtgenoot van een andere vrouw had gekregen, of (4) dat Dusty, de dronkaard, in een kliniek van de drank af probeerde te komen nadat hij een – stevig – pak slaag had gehad van de echtgenoot van een andere vrouw en dat Martie bij een advocaat zat om over de echtscheiding te praten.
Normaal gesproken zou Dusty zich onwillekeurig toch geërgerd hebben, maar dit keer leek het totaal onbelangrijk dat Sabrina geen enkel vertrouwen in hem had.
Hij spoelde de band terug naar het belangrijkste bericht van Susan. In elk opzicht was het nog moeilijker om haar woorden voor de tweede keer aan te horen dan het de eerste keer was geweest.
Susan was dood, maar toch klonk haar stem.
Ahriman de genezer, Ahriman de moordenaar.
Cognitieve dissonantie.
De band van het antwoordapparaat was niet het doorslaggevende bewijs waar ze gebruik van zouden kunnen maken, want het bericht van Susan gaf niet voldoende bijzonderheden. Ze had de psychiater niet van aanranding beschuldigd – of, in feite, van iets anders dan dat hij een klootzak was.
Desondanks was de band toch in zekere zin bewijsmateriaal en ze moesten hem bewaren.
Terwijl Dusty de microcassette uit het apparaat haalde, een rode viltstift van het bureau pakte en in blokletters SUSAN op het label schreef, deed Martie een nieuw bandje in het antwoordapparaat. Hij legde

de beschreven cassette in het ondiepe middenlaatje van het bureau.
Martie zag er gekwetst uit.
Susan dood. En dr. Ahriman die zo'n betrouwbare steunpilaar in een onzekere wereld had geleken, was kennelijk in een valluik veranderd.

57

Vanuit de keuken belde Dusty naar de praktijk van Roy Closterman en kreeg de boodschappendienst van de arts die na werktijd de telefoontjes aannam. Hij beweerde dat Martie een allergische reactie vertoonde op medicijnen die de dokter had voorgeschreven. 'Het is echt heel dringend.'

Terwijl zijn baasje en zijn vrouwtje aan de keukentafel zaten te wachten tot er teruggebeld zou worden, lag Valet languit onder tafel diep te zuchten om hun aan het verstand te brengen dat ze kostbare tijd verspilden die beter kon worden besteed door lekker aan een touw te rukken of met een bal te gaan spelen.

Dusty was in *The Manchurian Candidate* op zoek naar een naam die hem net zulke rillingen zou bezorgen als het gedichtje van Bashō over de reiger. In de wachtkamer van dr. Ahriman had hij genoeg van de thriller gelezen om inmiddels vrijwel alle hoofdpersonen te kennen en bij die namen was er niet één die hem kippenvel bezorgde. Nu vond hij terwijl hij het snel doorliep verderop in het boek een randfiguur waarbij dat wel het geval was: een tweederangs operazangeres, Viola Narvilly, ook al leek dat een malle naam om door Ahriman – of wie het ook mocht zijn – met zulke dodelijke bedoelingen uitgekozen te worden.

Nu lazen ze elkaar de haiku's voor.

Dusty begon als eerste met de activeringsnaam. 'Raymond Shaw.'

'Ik luister,' zei ze, zonder enige emotie met ogen die tegelijkertijd glazig en alert stonden.

'Aangeblazen uit het westen...'

'U bent het westen en de westenwind.'

Plotseling durfde Dusty niet alle drie de regels van het gedicht op te lezen, omdat hij niet wist hoe hij haar moest aanpakken als hij toegang kreeg tot haar onderbewustzijn. Als ze openstond voor instructies, zou ze vast heel breekbaar zijn, kwetsbaar, en als hij haar dingen voorstelde of haar vragen stelde, konden die onbedoeld ernstige uitwerkingen hebben en onvoorziene psychologische schade veroorzaken.

En trouwens, hij wist niet hoe hij haar uit die trance moest krijgen, weer bij haar volle bewustzijn, tenzij hij haar zou vertellen dat ze moest gaan slapen, net als Skeet had gedaan. En Skeet had in New Life zo vast geslapen dat hij niet wakker te krijgen was toen ze zijn naam hadden geroepen en hem door elkaar hadden geschud. Zelfs het toedienen van reukzout had niet geholpen, hij was gewoon in zijn eigen tempo bijgekomen. Als Dusty's gevoel dat ze niet veel tijd meer hadden correct was en geen paranoïde reactie, dan konden ze niet het risico nemen dat Martie wegzakte in een narcoleptisch pseudo-coma waaruit hij haar niet wakker kon schudden.

Toen Dusty niet verder ging met de tweede regel van de haiku, knipperde Martie met haar ogen en de blik alsof ze in hoger sferen vertoefde, verdween toen ze weer bij haar volle bewustzijn kwam. 'En?'

Hij vertelde haar wat er was gebeurd. 'Maar het zou gewerkt hebben. Dat is wel duidelijk. Nu moet jij het met mij proberen – alleen maar de eerste regel van mijn gedicht.'

Omdat ze het nog niet uit haar hoofd kende, moest Martie haar toevlucht nemen tot de dichtbundel.

Hij zag dat ze haar mond opendeed om iets te zeggen...

... en toen legde de retriever zijn zware kop op Dusty's schoot, bij wijze van geruststelling of om gerustgesteld te worden.

Een onderdeel van een seconde geleden had Valet nog als een wollig hoopje aan Dusty's voeten gelegen.

Nee, geen onderdeel van een seconde. Er waren tien of vijftien seconden voorbijgegaan, misschien zelfs nog meer, een stukje tijd dat Dusty nu kwijt was. Toen Martie de activeringsnaam, *Viola Narvilly*, had gebruikt, had Dusty kennelijk gereageerd... en de hond, die instinctief voelde dat er iets mis was met zijn baasje was opgestaan om te kijken wat er aan de hand was.

'Dat is doodeng,' zei Martie, terwijl ze de dichtbundel dichtsloeg en met een grimas opzij legde alsof het een satanische bijbel was. 'Zoals je eruitzag... helemaal van de wereld.'

'Ik kan me niet eens herinneren dat je die naam zei.'

'Nou, dat heb ik wel degelijk gedaan. En de eerste regel van dat gedicht: "De bliksem glanst op." En jij zei: "U bent de bliksem."'

De telefoon ging over.

Terwijl hij van de tafel opsprong, gooide Dusty bijna zijn stoel om en toen hij de handset van de wandhouder griste, vroeg hij zich af

of zijn 'hallo' beantwoord zou worden door dr. Closterman of door iemand anders die 'Viola Narvilly' zou zeggen. Na één druk op de knop lag slavernij constant op de loer.
Closterman.
Dusty verontschuldigde zich omdat hij een leugentje had gebruikt om zich ervan te verzekeren dat hij teruggebeld zou worden. 'Er is geen sprake van een allergische reactie, maar er is wel iets dringends, dokter. Dat boek dat u ons hebt gestuurd...'
'*Hoe leer ik van mezelf te houden*,' zei Closterman.
'Ja. Dokter, waarom hebt u ons dat gegeven?'
'Ik vond dat jullie dat moesten lezen,' antwoordde Closterman zonder ook maar iets in zijn stem dat duidde op een positief of een negatief oordeel over het boek of de schrijver.
'Dokter...' Dusty aarzelde en pakte toen meteen de koe bij de hoorns: 'Ach verrek, ik zou niet weten hoe ik dit voorzichtig zou moeten aanpakken. Volgens mij bestaat de kans dat we moeilijkheden hebben met dokter Ahriman. Grote moeilijkheden.'
Zelfs terwijl hij die beschuldiging uitsprak, protesteerde een innerlijke stem. De psychiater, fantastisch en betrokken, had niets gedaan om deze laster, dit gebrek aan eerbied te rechtvaardigen. Dusty voelde zich schuldig, ondankbaar, trouweloos en irrationeel. En al die gevoelens joegen hem angst aan, want als je de omstandigheden in aanmerking nam, had hij meer dan genoeg reden om argwaan te koesteren ten opzichte van de psychiater. De innerlijke stem die met veel overtuigingskracht sprak, was niet de zijne maar die van een onzichtbaar wezen, hetzelfde wezen dat in zijn droom de bal van de bloeddrukmeter had ingeknepen, hetzelfde waaromheen zich in Marties nachtmerrie de razernij van bladeren vormde. En nu sloop dit wezen door de krochten van zijn hersens, onzichtbaar maar niet zwijgend, en moedigde hem aan om geloof te hebben in dr. Ahriman, om die belachelijke argwaan van zich af te zetten, om hem te *vertrouwen*.
Closterman maakte gebruik van Dusty's zwijgen om een vraag te stellen: 'Martie is al bij hem geweest, hè?'
'Vanmiddag. Maar we denken nu... dat het verder teruggaat dan dat. Al maanden en maanden geleden, toen ze haar vriendin naar hem toe bracht voor therapie. Dokter, u denkt vast dat ik stapelgek ben...'
'Niet noodzakelijk. Maar we moeten dit niet verder via de telefoon bespreken. Kunnen jullie hier komen?'
'Waarheen?'
'Ik woon op Balboa Island.' Closterman vertelde hem hoe hij moest rijden.

'We komen er meteen aan. Is het goed als we een hond meebrengen?'
'Die kan dan met de mijne spelen.'
Toen Dusty de telefoon ophing en Martie aankeek, zei ze: 'Misschien is dit niet zo verstandig om te doen.'
Ze luisterde naar haar eigen innerlijke stem.
'Als we,' zei ze, 'nou eens gewoon dokter Ahriman opbellen en hem dit allemaal voorleggen... misschien heeft hij er wel een verklaring voor.'
De onzichtbare wandelaar in de doolhof in Dusty's hersens drong aan op dezelfde handelwijze, vrijwel woord voor woord zoals Martie het zei.
Ze sprong plotseling op. 'O god, wat zeg ik nou voor de donder?'
Het bloed steeg Dusty naar het gezicht en hij wist dat als hij in een spiegel keek hij zou zien dat zijn wangen rood waren. Hij brandde van schaamte, schaamte over zijn argwaan, over het feit dat hij niet in staat was om dr. Ahriman het welverdiende vertrouwen en respect te gunnen waar de psychiater recht op had.
'Weet je waar we zitten?' zei Dusty met een bevende stem. 'Midden in een remake van de *Invasion of the Body Snatchers*.'
Valet was onder de tafel vandaan gekomen. Hij stond in elkaar gedoken met zijn staart tussen de poten en liet zijn kop een beetje hangen, alsof hij hun stemming aanvoelde.
'Waarom nemen we de hond mee?' vroeg Martie.
'Omdat ik niet denk dat we hier voorlopig terugkomen. Ik geloof niet dat we dat risico kunnen nemen. Kom op,' zei hij terwijl hij door de keuken naar de gang liep. 'Laten we maar wat spullen in de koffers gooien, genoeg kleren voor een paar dagen. En laten we het *snel* doen.'
Een paar minuten later pakte Dusty voor hij zijn koffer dichtdeed de .45 Colt uit de la van het nachtkastje. Hij aarzelde, besloot toen om het wapen bij de hand te houden, sloot de koffer zonder het erin te doen en pakte een leren jack met diepe zakken uit de kast.
Hij vroeg zich af of het pistool hem werkelijk zou kunnen beschermen.
Als Mark Ahriman op dit moment de slaapkamer kwam binnenlopen, zou die verraderlijke innerlijke stem van Dusty hem net lang genoeg tegen kunnen houden om de psychiater de kans te geven te glimlachen en 'Viola Narvilly' te zeggen voordat hij de trekker kon overhalen.
En zou ik daarna het pistool als een ijslolly in mijn mond steken en net zo gehoorzaam een kogel door mijn kop jagen als Susan haar

polsen heeft doorgesneden?
Terwijl ze de slaapkamer uit liepen, de smalle trap af, achter de retriever aan, met Martie die een van de koffers meezeulde en Dusty die de andere droeg, even langs de keuken om de boeken te pakken en vervolgens naar de Saturn op de oprit, werd het gevoel dat ze zich moesten haasten om de groter wordende schaduw van een naderend onheil voor te blijven steeds sterker.

58

Een lage brug met een ronde overkapping verbond Balboa Island, in Newport Harbor, met het vasteland. Marine Avenue, met aan weerszijden winkels en restaurants, lag er vrijwel verlaten bij. Eucalyptusbladeren en afgerukte veren van palmbladeren cirkelden als manshoge wervelwinden over de straat. Het leek wel een bewerking van Marties droom.

Dr. Closterman woonde niet in een van de binnenstraten, maar langs de waterkant. Ze lieten de auto aan het eind van Marine Avenue staan en liepen samen met Valet naar het stenen wandelpad dat rondom het hele eiland liep en door een lage kademuur van de haven werd gescheiden.

Voor ze Clostermans huis hadden gevonden, op de kop af een uur na haar laatste aanval, voelde Martie weer een golf van autofobie opkomen. Het was opnieuw een aanval die wel uit te houden was, even matig als de drie ervoor, maar zolang ze er last van had, kon ze geen stap verzetten, ze kon niet eens staan.

Ze gingen op de kademuur zitten wachten tot de aanval voorbij was. Valet was geduldig, hij stond niet te drentelen en deed ook geen pogingen om een mogelijk nieuw vriendje te besnuffelen toen een man met een dalmatiër voorbijliep.

De vloed kwam op. Door de wind was de anders zo rustige haven woelig, waardoor kleine golven tegen de betonnen kademuur sloegen en de weerkaatste lichten van de huizen langs de waterkant over het roerige water rimpelden.

Zeiljachten en motorboten die aan de priveligplaatsen lagen, deinden op hun ankerplaatsen heen en weer, kreunend en krakend. Lijnen en metalen bevestigingen kletterden tegen stalen masten.

Toen Marties aanval vrij snel voorbij was, zei ze: 'Ik zag een dode priester met een bielsnagel door zijn voorhoofd. Heel even maar, goddank, niet zoals eerder vandaag toen ik dat soort ellende niet uit

mijn hoofd kon krijgen. Maar waar komt die rotzooi vandáán?'
'Iemand heeft het erin gestopt.' Tegen het advies van de hardnekkige innerlijke stem in zei Dusty: '*Ahriman* heeft het erin gestopt.'
'Maar hoe dan?'
Terwijl haar onbeantwoorde vraag over de haven verwaaide, gingen ze opnieuw op zoek naar Closterman.
Er was geen huis op het eiland hoger dan drie verdiepingen en charmante bungalows lagen knus weggestopt naast grote chique panden. Closterman woonde in een gezellig uitziend huis van twee verdiepingen met een zadeldak, decoratieve luiken en langs de vensters bloembakken vol sleutelbloemen.
Toen hij de deur opendeed, droeg de op blote voeten lopende arts een bruine katoenen broek waarin zijn buik over de tailleband puilde en een T-shirt met een reclame voor Hobie-surfplanken.
Naast hem stond een zwarte labrador met grote, onderzoekende ogen.
'Charlotte,' zei dr. Closterman bij wijze van begroeting.
Valet was meestal vrij verlegen tegenover andere honden, maar toen ze zijn riem af hadden gedaan, stond hij meteen kwispelend neus aan neus met Charlotte. Ze draaiden snuffelend om elkaar heen en meteen daarna rende de labrador de hal door en de trap op en Valet stoof wild achter haar aan.
'Laat maar gaan,' zei Roy Closterman. 'Ze kunnen niets omgooien dat niet al vaker tegen de vlakte is gegaan.'
De arts bood aan om hun jassen weg te hangen, maar die hielden ze liever aan omdat Dusty de Colt in een van zijn zakken had.
In de keuken rees een geur om van te watertanden op uit een grote bak vol spaghettisaus: warme gehaktballetjes en worstjes die erin lagen te pruttelen.
Closterman bood Dusty een borrel aan en Martie een kop koffie – 'tenzij je geen valium meer hebt genomen' – en schonk op hun verzoek voor hen allebei een kop koffie in.
Ze gingen aan de glanzende lichtgrenen tafel zitten terwijl de arts een paar gele paprika's schoonmaakte en in reepjes sneed.
'Ik was van plan om jullie eerst een beetje uit te horen,' zei Closterman, 'voor ik zou besluiten hoeveel ik jullie kon vertellen. Maar ach verrek, ik ben tot de conclusie gekomen dat er geen enkele reden is om me in te houden. Ik had enorm veel bewondering voor je vader, Martie, en als je ook maar iets op hem lijkt, wat volgens mij wel het geval is, dan weet ik dat ik erop kan rekenen dat je je mond houdt.'
'Dank u wel.'
'Ahriman,' zei Closterman, 'is een narcistische klootzak. Dat is niet

zomaar mijn mening. Het is iets dat zo gemakkelijk bewezen kan worden dat het in feite wettig verplicht zou moeten zijn om dat in de auteursgegevens op de omslag van zijn boeken te vermelden.'
Hij keek even op van de paprika's om te zien of ze geschokt waren door zijn uitlating – en glimlachte toen hij zag dat ze geen spier vertrokken. Met zijn witte haren, zijn zware kaken, zijn onderkinnen, zijn hangwangen en zijn brede glimlach leek hij sprekend op een kerstman zonder baard.
'Hebben jullie weleens een boek van hem gelezen?' vroeg hij.
'Nee,' zei Dusty. 'Alleen maar even het exemplaar dat u ons hebt bezorgd ingekeken.'
'Het is nog veel erger dan de doorsnee populaire psychologische rotzooi. *Hoe leer ik van mezelf te houden*. Mark Ahriman heeft nooit moeite hoeven te doen om van Mark Ahriman te leren houden. Hij is al vanaf zijn geboorte smoorverliefd op zichzelf. Lees dat boek maar, dan merk je dat vanzelf.'
'Denkt u dat hij in staat is om gedragsstoornissen bij zijn patiënten te *veroorzaken*?' vroeg Martie.
'In staat? Het zou me niets verbazen als de helft van wat hij geneest ziektebeelden zijn die hij om te beginnen zelf heeft veroorzaakt.'
De conclusies die ze uit dat antwoord konden trekken, waren wat Dusty betrof adembenemend. 'Wij denken dat Marties vriendin, over wie we het vanmorgen hebben gehad...'
'Die pleinvreespatiënt.'
'Ze heette Susan Jagger,' zei Martie. 'Ik kende haar al vanaf dat we tien waren. Ze heeft vannacht zelfmoord gepleegd.'
De arts was er niet in geslaagd om hen te schokken, maar Martie bezorgde hem wel een schok. Hij legde het mes neer, liet de gele paprika's liggen en droogde zijn handen af aan een keukenhanddoekje. 'Je vriendin.'
'We hebben haar lichaam vanmiddag gevonden,' lichtte Dusty toe.
Closterman ging aan de tafel zitten en pakte een van Marties handen tussen de zijne. 'En jij dacht dat het beter met haar ging.'
'Dat was wat dokter Ahriman me gisteren vertelde.'
Dusty zei: 'We hebben reden om te denken dat Marties autofobie – we weten inmiddels dat het zo heet – niet op een natuurlijke manier is ontstaan.'
'Ik ben een jaar lang twee keer per week met Susan bij zijn praktijk geweest,' legde ze uit. 'En ik heb ontdekt dat ik lijd aan... vreemde geheugenstoornissen.'
De ogen van de dokter mochten dan door de zon verschroeid en door de wind geteisterd zijn en permanente rode vlekjes in de oog-

hoeken vertonen, ze waren desondanks eerder vriendelijk dan aangetast. Hij draaide Marties hand tussen de zijne om en bestudeerde haar handpalm. 'Ik zal jullie alle belangrijke dingen vertellen die ik van die gladde smeerlap weet.'

Hij werd onderbroken toen Charlotte de keuken in kwam stuiven met een bal in haar bek en Valet op haar hielen. De honden gleden uit op de tegelvloer en schoten even halsoverkop de keuken uit als ze binnen waren gekomen.

Closterman zei: 'Afgezien van het zindelijk maken kunnen wij meer van honden leren dan zij van ons. Maar goed, ik doe wat liefdadigheidswerk. Ik ben geen heilige. Er zijn een hoop dokters die veel meer doen. Ik werk als vrijwilliger met mishandelde kinderen. Ik heb zelf als kind heel wat klappen gehad. Daar heb ik niets van overgehouden. Ik kon mijn tijd verspillen met het haten van de schuldigen... of ze aan God en de wet overlaten en mijn energie gebruiken om onschuldigen te helpen. Maar goed... Herinneren jullie je de zaak-Ornwahl nog?'

De familie Ornwahl had meer dan twintig jaar lang in Laguna Beach een populaire peuterschool geleid. Iedere open plek in hun klaslokalen leidde tot een verhitte concurrentiestrijd tussen de ouders van mogelijke nieuwe leerlingen.

Twee jaar geleden had de moeder van een vijfjarig kind dat nog niet de leerplichtige leeftijd had bereikt een aanklacht ingediend bij de politie, waarbij ze leden van de familie Ornwahl beschuldigde van seksueel misbruik van haar dochter en beweerde dat andere kinderen waren gebruikt voor groepssex en satanische rituelen. Tijdens de hysterie die daardoor ontstond, interpreteerden andere ouders van Ornwahl-leerlingen elk vreemd trekje in het gedrag van hun kinderen als een alarmerende emotionele reactie op mishandeling.

'Ik had geen betrekkingen met de Ornwahls of met gezinnen waarvan de kinderen op die school zaten,' zei Roy Closterman. 'Vandaar dat mij werd gevraagd om de kinderen pro Deo te onderzoeken ten behoeve van de Raad voor de Kinderbescherming en de officier van justitie. Ze werden ook bijgestaan door een pro Deo-psychiater. Hij ondervroeg de leerlingen van de Ornwahls om vast te stellen of ze met overtuigende verhalen over misbruik kwamen.'

'Dokter Ahriman,' raadde Martie.

Roy Closterman stond op van de tafel, pakte de koffiepot en schonk hun kopjes nog eens vol.

'Er was een bijeenkomst om de diverse aspecten van de medische kant van het Ornwahl-onderzoek te coördineren. Ik had op het eerste gezicht een hekel aan Ahriman.'

Een vleugje zelfverwijt deed Dusty onrustig heen en weer schuiven op zijn stoel. Die hardnekkige inwendige stem zei dat hij zich moest schamen voor zijn trouweloosheid ten opzichte van de psychiater, voor het feit dat hij zelfs maar *luisterde* naar dat negatieve gedoe.
'En toen hij achteloos opmerkte dat hij gebruik maakte van hypnotische regressie-therapie om sommige kinderen te helpen zich mogelijke voorvallen van misbruik weer voor de geest te halen,' zei Closterman, 'begonnen al mijn alarmbelletjes te rinkelen.'
'Maar hypnose is toch een aanvaarde techniek bij therapie?' vroeg Martie, waarbij ze wellicht haar eigen innerlijke raadsman napraatte.
'Dat is steeds minder het geval. Een therapeut die onzorgvuldig te werk gaat, kan heel gemakkelijk, zonder dat het de bedoeling is, onjuiste herinneringen ingeven. Elke persoon onder hypnose is kwetsbaar. En als de therapeut bepaalde bedoelingen heeft en zich niet ethisch opstelt...'
'Denkt u dan dat Ahriman bepaalde bedoelingen had bij de zaak-Ornwahl?'
In plaats van antwoord te geven op de vraag, zei Closterman: 'Kinderen zijn heel gemakkelijk te beïnvloeden, zelfs zonder hypnose. Het ene na het andere onderzoek heeft aangetoond dat ze zich alles zullen "herinneren" wat een therapeut met veel overredingskracht volgens hen wil dat ze zich herinneren. Als je hen ondervraagt, moet je heel omzichtig te werk gaan om te vermijden dat je aanstuurt op een bepaalde getuigenis. En alle zogenaamde verdrongen herinneringen die bij een kind onder hypnose weer bovenkomen zijn vrijwel waardeloos.'
'Hebt u het met Ahriman over die kwestie gehad?' vroeg Martie.
Terwijl hij weer verderging met zijn gele paprika's zei Closterman: 'Ik heb het aangesneden – en hij gedroeg zich als een neerbuigende, arrogante lul. Maar wel glad. Hij is een goeie politicus. Op alles waar ik me zorgen over maakte, had hij een antwoord en geen van de andere betrokkenen bij het onderzoek deelde mijn zorgen. O, de arme verdomde en verdoemde familie Ornwahl vond het niet leuk, maar dit was een van die gevallen waarbij massahysterie het onmogelijk maakt dat de zaak correct wordt afgehandeld.'
'Zijn bij uw onderzoek van de kinderen lichamelijke bewijzen van misbruik aan het licht gekomen?' vroeg Dusty.
'Helemaal niets. Bij oudere kinderen vind je niet altijd fysiologische bewijzen van verkrachting. Maar dit waren kinderen die de leerplichtige leeftijd nog niet eens hadden bereikt, kléine kinderen. Als sommige van de dingen die zogenaamd met hen waren gedaan ook

echt hadden plaatsgevonden, dan had ik vrijwel zeker weefselbeschadigingen moeten aantreffen, littekens en chronische infecties. Ahriman haalde al die verhalen van satanische sex en martelingen boven water – maar daar kon ik geen greintje medisch bewijs voor vinden.'

Vijf leden van de Ornwahl-familie waren in staat van beschuldiging gesteld en de peuterschool was bij het zoeken naar bewijzen bijna met de grond gelijkgemaakt.

'Daarna,' zei Closterman, 'werd ik benaderd door iemand die besefte hoe ik over Ahriman dacht... en ik kreeg te horen dat hij, voor al die heisa begon, de zuster van de vrouw die de aanklacht tegen de Ornwahls had ingediend onder behandeling had gehad.'

'Had Ahriman geen melding moeten maken van die connectie?' vroeg Dusty.

'Absoluut. Dus ik ging naar de officier van justitie. Het bleek dat die vrouw inderdaad de zuster was van de eiseres, maar Ahriman beweerde dat hij niet wist dat ze familie van elkaar waren.'

'Maar u geloofde hem niet?'

'Nee. Maar de OVJ wel – en handhaafde hem. Want als ze toegegeven hadden dat Ahriman niet zuiver op de graat was, hadden ze geen gebruik kunnen maken van de vraaggesprekken die hij met de kinderen had gehad. In feite zouden dan alle verhalen die de kinderen hem hadden verteld beschouwd moeten worden als afgedwongen of zelfs *opgelegde* herinneringen. Die zouden tijdens het proces geen knip voor de neus waard zijn. De zaak van het openbaar ministerie berustte op een onwankelbaar geloof in de integriteit van Ahriman.'

'Ik kan me niet herinneren dat ik daar in de kranten iets over gelezen heb,' zei Martie.

'Daar kom ik zo op terug,' beloofde Closterman.

Hij begon het mes op de snijplank met iets minder precisie te hanteren, agressiever, alsof hij niet alleen maar gele paprika's aan reepjes sneed.

'Mijn informatie luidde dat Ahrimans patiënt vaak naar zijn praktijkruimte werd gebracht door haar zuster, de vrouw die de Ornwahls had beschuldigd.'

'Zoals ik met Susan meekwam,' merkte Martie op.

'Als dat waar was, dan bestond het gewoon niet dat hij haar niet op z'n minst één keer had ontmoet. Maar ik had geen bewijs, ik had alles uit de tweede hand. Als je jezelf geen proces wegens smaad op de hals wilt halen, ga je pas in het openbaar kabaal maken over een man als Ahriman als je de bewijzen in handen hebt.'

Eerder die dag, in zijn spreekkamer, had Closterman geprobeerd om

te fronsen, maar dat had op zijn bolle ronde gezicht niet gewerkt. Nu nam boosheid bezit van zijn gelaatstrekken en in tegenstelling tot de frons paste de felle nijdige blik er wel op.
'Ik wist niet hoe ik aan die bewijzen moest komen. Ik ben geen dokter-detective zoals die lui op de tv. Maar ik dacht... Nou, laten we maar eens kijken of er iets in het verleden van die klootzak te vinden is. Het leek een beetje vreemd dat hij twee keer in zijn carrière voor een ingrijpende verandering had gekozen. Na meer dan tien jaar in Santa Fe was hij overgestapt naar Scottsdale in Arizona. En na zeven jaar daar kwam hij hier naar Newport. Over het algemeen geeft een succesvolle arts zijn praktijk niet zomaar op om toe te geven aan een gril en in een andere stad weer van voren af aan te beginnen.'
Closterman had alle paprika's aan reepjes gesneden. Hij spoelde het mes af, droogde het af en borg het op.
'Ik deed navraag in medische kringen om te zien of er iemand was die een arts kende met een praktijk in Santa Fe. Ik heb een vriend die cardioloog is en die had een oude studievriend die zich in Santa Fe heeft gevestigd met wie hij me in contact bracht. Toen bleek dat die dokter uit Santa Fe Ahriman zelfs had gekend in de tijd dat hij daar nog zat... en dat hij net zo'n verdomde hekel aan hem had als ik. En vervolgens kwam de klap op de vuurpijl... er was daarginds een opzienbarend geval van seksueel misbruik op een peuterschool geweest en net als hier had Ahriman alle kinderen ondervraagd. Toen werden er ook al vraagtekens gezet bij zijn aanpak.'
Dusty's maag begon op te spelen en hoewel hij niet het idee had dat het aan de koffie lag, schoof hij toch zijn kopje opzij.
'Een van de kinderen, een vijfjarig meisje, pleegde zelfmoord op het moment dat het proces begon,' zei Roy Closterman. 'Een kind van *vijf* jaar. Ze liet een pathetische tekening achter die ze had gemaakt van net zo'n meisje als zij... dat voor een naakte man knielde. De man was anatomisch correct.'
'Lieve god,' zei Martie en schoof haar stoel achteruit. Ze wilde opstaan, maar ze kon nergens naartoe en ging maar weer zitten.
Dusty vroeg zich af of het lichaam van het vijfjarige meisje nu bij haar volgende paniekaanval ook met alle griezelige details door Marties hoofd zou flitsen.
'Ze hadden net zo goed meteen een oordeel van de jury kunnen vragen, want de beklaagden hadden geen schijn van kans meer. Het kostte de aanklager in Santa Fe geen enkele moeite om iedereen veroordeeld te krijgen.'
De arts pakte een flesje bier uit de koelkast en wipte het dopje eraf.

'Er gebeuren nare dingen met brave mensen die in aanraking komen met dokter Mark Ahriman, maar hij komt er altijd uit te voorschijn als de redder in nood. Tot de Pastore-moorden in Sante Fe. Mevrouw Pastore, een bijzonder aardige vrouw die nog nooit een onvertogen woord tegen iemand heeft gezegd en gedurende haar hele leven geen spoor van onevenwichtigheid heeft getoond, laadt plotseling een revolver en besluit om haar gezin te vermoorden. Ze begint met haar tienjarige zoontje kapot te schieten.'

Door dit verhaal werd Marties angst voor haar eigen vermogen om geweld te gebruiken aangewakkerd en nu wist ze wel waar ze naartoe kon. Ze stond op, liep naar de gootsteen, draaide de kraan open, liet wat vloeibare zeep uit een pompje in haar handen lopen en begon ze grondig te wassen.

Hoewel Martie geen woord tegen dr. Closterman had gezegd, scheen hij haar gedrag brutaal noch vreemd te vinden.

'De jongen was een patiënt van Ahriman. Hij stotterde heel erg. Er bestond een vermoeden dat Ahriman en de moeder een relatie hadden gehad. En er was een getuige die Ahriman op de avond van de moorden bij het huis van de Pastores had gezien. Hij stond voor het huis door een open raam naar het bloedbad te kijken.'

'Te kijken?' zei Martie terwijl ze een papieren handdoekje van een rol aan de muur trok. 'Gewoon... te kijken?'

'Alsof het om een sportwedstrijd ging,' zei Roy Closterman. 'Alsof... hij daarnaartoe was gegaan omdat hij wist wat er zou gebeuren.'

Dusty kon ook niet stil blijven zitten. Terwijl hij opstond, zei hij: 'Ik heb vanavond al twee biertjes gehad, maar als uw aanbod nog steeds geldt...'

'Bedien jezelf,' zei Roy Closterman. 'Praten over dr. Ahriman is niet bevorderlijk voor gematigdheid.'

Martie gooide de papieren handdoekjes in de afvalbak en zei: 'Dus die getuige heeft hem daar gezien... Wat gebeurde er toen?'

'Niets. De getuige werd niet geloofd. En het gerucht over de verhouding kon niet bewezen worden. Er bestond trouwens geen enkele twijfel over dat mevrouw Pastore de trekker had overgehaald. Forensische bewijzen te over. Maar de Pastores waren geliefd en veel mensen geloofden dat Ahriman op de een of andere manier toch bij de tragedie betrokken was geweest.'

Terwijl hij met zijn biertje terugliep naar de tafel, zei Dusty: 'Dus de sfeer in Santa Fe beviel hem niet meer en hij verhuisde naar Scottsdale.'

'Waar nog meer nare dingen gebeurden met nog meer brave mensen,' zei Closterman terwijl hij in de pan met de saus, de gehakt-

balletjes en de worstjes roerde. 'Ik heb een dossier waar alles in staat. Dat zal ik je meegeven als je weggaat.'
'Met al die munitie,' zei Dusty, 'moet u toch in staat zijn geweest om ervoor te zorgen dat hij zich niet meer met de zaak-Ornwahl mocht bemoeien.'
Roy Closterman ging weer aan de tafel zitten, net als Martie. 'Nee,' zei de dokter.
Verbaasd zei Dusty: 'Maar dat geval met die andere peuterschool moet op zich toch al genoeg zijn geweest om...'
'Ik heb er nooit gebruik van gemaakt.'
Het diepgebruinde gezicht van de arts werd nog donkerder van woede. Hij zag eruit als een donderwolk en het bloed steeg hem naar het hoofd, waardoor hij onder zijn zonnebrand bijna paars werd.
Closterman schraapte zijn keel en vervolgde: 'Iemand ontdekte dat ik telefonisch contact had met mensen in Santa Fe en Scottsdale en vragen stelde over Ahriman. Toen ik op een avond thuiskwam uit de praktijk zaten er twee mannen in de keuken, op dezelfde plek waar jullie nu zitten. Donkere pakken, stropdassen, goed verzorgd. Maar het waren vreemden – en toen ik me omdraaide om er als de bliksem vandoor te gaan, stond er nog een derde achter me.'
Dusty was bereid geweest om in alle opzichten met Closterman mee te gaan, maar deze bestemming ontbrak op zijn voorgenomen reisroute. Hier wilde hij niet naartoe, want dit leek een snelweg richting hopeloosheid voor hem en Martie.
Als dr. Ahriman hun vijand was, hadden ze daar meer dan genoeg aan. Alleen in de bijbel kon David winnen van Goliath. Alleen in films had de kleine man een kans tegen het gevaarte.
'Maakt Ahriman gebruik van goedkope knokploegen?' vroeg Martie, misschien omdat ze niet meteen dezelfde conclusie had getrokken als Dusty – of omdat ze het gewoon niet wilde geloven.
'Er is niets goedkoops aan die lui. Ze hebben een prima pensioenregeling, een uitstekende ziektekostenverzekering met inbegrip van alle tandartskosten en rijden tijdens werktijd rond in een keurige auto van de zaak. Maar goed, ze hadden een videoband bij zich en die lieten ze me zien op de tv in de zitkamer. Op de band stond een jongetje dat een patiënt van me is. Zijn vader en moeder zijn ook patiënten van me en goede vrienden. Fijne vrienden.'
De arts moest ophouden. Hij stikte van woede en verontwaardiging. Zijn hand hield zijn bier zo stijf omkneld dat het leek alsof het flesje in zijn vuist zou barsten.
Daarna: 'De jongen is negen jaar en echt een lief kind. Op de videoband stromen de tranen over zijn gezicht. Hij vertelt aan iemand

die buiten beeld blijft hoe hij al vanaf zijn zesde jaar seksueel wordt mishandeld door zijn dokter. Door mij. Ik heb dat joch nooit op die manier aangeraakt, dat zou ik nooit doen, dat zou ik niet eens kunnen. Maar hij is heel overtuigend, heel emotioneel en bijzonder *beeldend.* Iedereen die hem kent, zou weten dat hij geen toneel speelde, dat hij nooit dergelijke leugens zou kunnen vertellen. Hij is veel te naïef om zo geraffineerd te zijn. Hij gelooft echt wat hij zegt, woord voor woord. In zijn gedachten is dat allemaal echt gebeurd, die gore dingen die ik zogenaamd met hem heb uitgespookt.'

'De jongen was een patiënt van Ahriman,' veronderstelde Dusty.

'Nee. Van die drie in het pak gestoken heren die verdomme geen enkel recht hadden om zich in mijn huis te bevinden, die goedgeklede boeven, kreeg ik te horen dat de moeder van de jongen een patiënt van Ahriman is. Dat wist ik niet. Ik heb geen idee waarom ze bij hem onder behandeling was.'

'Via de moeder,' zei Martie, 'heeft Ahriman die jongen in handen gekregen.'

'En hem op de een of andere manier, door hypnotische suggestie of zoiets, die onechte herinneringen ingegeven.'

'Het is meer dan hypnotische suggestie,' zei Dusty. 'Ik weet niet wát het is, maar het gaat veel dieper dan dat.'

Nadat hij steun had gezocht bij zijn bier zei Roy Closterman: 'De klootzakken vertelden me... dat de jongen op de band in trance was. Als hij weer bij zijn volle bewustzijn was, zou hij niet in staat zijn om deze onechte herinneringen op te roepen, al die vreselijke dingen die hij over mij zei. Hij zou er nooit over dromen en er evenmin op een onderbewuste manier last van hebben. Ze zouden geen enkele invloed hebben op zijn psyche of op zijn leven. Maar de onechte herinneringen zouden verstopt blijven in wat zij zijn *sub*-onderbewustzijn noemden, verdrongen, klaar om eruit gegooid te worden als hij ooit de *opdracht* kreeg om ze zich weer te herinneren. Ze bezwoeren me dat ze hem die opdracht zouden geven als ik zou proberen om Mark Ahriman in de problemen te brengen met betrekking tot de zaak-Ornwahl of in welk ander geval ook. Daarna gingen ze weg en namen de videoband mee.'

De pleitbezorger voor Ahriman in de krochten van Dusty's brein was ver afgedwaald, waardoor zijn stem nu veel zwakker klonk dan eerst en ook niet overtuigend meer.

Martie zei: 'Hebt u enig idee wie die mannen waren?'

'Het maakt me niet uit wat de naam is van de instelling die op hun salarisbriefjes staat,' zei Roy Closterman. 'Mijn neus zei me genoeg.'

'Overheid,' zei Dusty.

'Daar roken ze wel naar,' bevestigde de arts.

Blijkbaar was Martie op dit moment minder bang voor haar eigen vermogen om geweld te gebruiken dan voor dat van anderen, want ze legde haar hand over die van Dusty en hield die stevig vast.

In de gang klonk gehijg en het geluid van hondenpoten. Valet en Charlotte kwamen weer terug in de keuken, moegespeeld en grijnzend.

Achter hen klonken voetstappen en een gezette, vriendelijk uitziende man in een Hawaï-shirt en een tot op zijn kuiten vallende broek kwam de keuken binnen. In zijn linkerhand had hij een bruine envelop.

'Dit is Brian,' zei Roy Closterman en stelde hen aan elkaar voor.

Nadat ze elkaar een hand hadden gegeven, gaf Brian de envelop aan Dusty. 'Hier is het dossier van Ahriman dat Roy heeft samengesteld.'

'Maar dat heb je niet van ons gekregen,' waarschuwde de dokter. 'En je hoeft het ook niet terug te brengen.'

'Eigenlijk,' zei Brian, 'willen we het nooit ofte nimmer terug hebben.'

'Brian,' zei Roy Closterman, 'laat hen je oor eens zien.'

Terwijl Brian zijn vrij lange blonde haar aan de linkerkant van zijn hoofd opzij streek, draaide hij aan zijn oor, tilde het op en trok het los.

Martie snakte naar adem.

'Een prothese,' legde Roy Closterman uit. 'Nadat die drie pakken die avond weg waren gegaan, ging ik naar boven en trof Brian bewusteloos aan. Zijn oor was afgesneden – en de wond was op vakkundige wijze gehecht. Ze hadden het in de vuilstortkoker gegooid, dus het kon er niet opnieuw aan genaaid worden.'

'Echte lekkere jongens,' zei Brian terwijl hij net deed alsof hij zich met zijn oor koelte toewoof, waarbij hij iets ondefinieerbaars uitstraalde dat weliswaar griezelig was maar waarom Dusty ondanks alles toch moest lachen.

'Brian en ik zijn al meer dan vierentwintig jaar bij elkaar,' zei de dokter.

'Meer dan vijfentwintig jaar,' verbeterde Brian. 'Roy, je bent echt hopeloos als het om verjaardagen gaat.'

'Ze hadden hem niets aan hoeven te doen,' zei de arts. 'De video van de jongen was genoeg, meer dan genoeg. Ze hebben het alleen gedaan om hun betoog kracht bij te zetten.'

'Dat is hun wat mij betreft gelukt,' zei Brian terwijl hij zijn oorprothese weer op de plaats bracht.

'En,' zei Roy Closterman, 'misschien begrijpen jullie nu waarom dat

dreigement met de jongen zo hard aankwam. Vanwege mij en Brian, omdat we samenleven, zouden bepaalde mensen sneller geloof hechten aan beschuldigingen van kindermishandeling. Maar ik zweer bij God, als ik ooit ook maar énige neiging in die richting vertoonde, enig verlangen naar een kind, dan zou ik mijn eigen keel afsnijden.'
'Als ik je niet voor was geweest,' zei Brian.
Met de binnenkomst van Brian was Clostermans opgekropte woede langzaam maar zeker afgenomen en de vlekkerige, verkleurde donderwolken onder zijn gebruinde huid waren weggeëbd. Maar nu kroop er weer iets van die duisternis in zijn gezicht. 'Ik ben niet bepaald trots op mezelf dat ik niet doorgezet heb. De familie Ornwahl was geruïneerd en ze waren vrijwel zeker onschuldig. Als ik het alleen maar tegen Mark Ahriman had moeten opnemen, zou ik koste wat kost doorgeknokt hebben. Maar die lui die onder hun stenen vandaan kwamen kruipen om hem in bescherming te nemen... daar begrijp ik helemaal niets van. En ik kan niet vechten tegen iets dat ik niet begrijp.'
'Misschien kunnen wij er ook niet tegen vechten,' zei Dusty.
'Dat zou kunnen,' beaamde Closterman. 'En het zal je ook wel zijn opgevallen dat ik jullie niet heb gevraagd wat er eigenlijk precies met jullie vriendin Susan is gebeurd en welke problemen jullie zelf met Ahriman hebben. Want eerlijk gezegd zijn er dingen die ik niet wil weten. Dat zal wel laf zijn van me, veronderstel ik. Ik heb mezelf nooit als een lafaard beschouwd tot dit gebeurde, tot Ahriman, maar nu weet ik dat ik ook een breekpunt heb.'
Martie sloeg haar armen om hem heen en zei: 'Dat hebben we allemaal. En u bent helemaal geen lafaard, doc. U bent een lieve, dappere man.'
'Dat zeg ik ook altijd,' zei Brian, 'maar naar mij luistert hij nooit.'
Terwijl hij Martie even stijf tegen zich aan drukte, zei de arts: 'Je zult niet alleen je vaders hart nodig hebben, maar ook al zijn moed.'
'Dat heeft ze,' zei Dusty.
Dit was het vreemdste moment van kameraadschappelijkheid dat Dusty ooit mee had gemaakt: zij met hun vieren die in zoveel opzichten van elkaar verschilden en zich toch onderling verbonden voelden alsof ze de laatste menselijke wezens waren op een planeet die was overmeesterd door buitenaardse wezens.
'Zouden we de tafel niet voor twee personen extra dekken?' vroeg Brian zich af.
'Dank je wel,' zei Dusty, 'maar we hebben al gegeten. En we hebben nog een heleboel te doen voordat het nacht wordt.'
Martie deed Valet zijn riem aan en de twee honden snuffelden nog

even bij wijze van afscheid aan elkaars achterste.
Bij de voordeur zei Dusty: 'Dokter Closterman...'
'Roy, alsjeblieft.'
'Dank je wel. Roy, ik kan niet zeggen dat Martie en ik nu minder in de penarie hadden gezeten als ik op mijn instinct had vertrouwd en mezelf niet steeds had voorgehouden dat ik paranoïde was, maar dan waren we misschien wel een halve stap verder geweest dan we nu zijn.'
'Paranoia,' zei Brian, 'is in dit nieuwe millennium het duidelijkste teken van geestelijke gezondheid.'
'Maar...' zei Dusty, 'hoe paranoïde het ook mag klinken... ik heb een broer die in een afkickcentrum zit. Dit is al de derde keer. De laatste twee keer in dezelfde kliniek. En gisteravond, toen ik hem daar achterliet, liet die inrichting een vervelende indruk bij me achter, zo'n paranoïde gevoel...'
'Om welke inrichting gaat het?' vroeg Roy.
'De New Life Clinic. Ken je die?'
'In Irvine. Ja. Ahriman is een van de eigenaren.'
Terwijl hij terugdacht aan het lange en gezaghebbende silhouet achter Skeets raam, zei Dusty: 'Ja. Daar zou ik gisteren van opgekeken hebben... maar vandaag niet.'
Na de warmte van het huis van Closterman leek de januariavond een kouder en scherper tintje te hebben. Een huilende wind schepte smerige schuimvlokken van de oppervlakte van het water in de haven en joeg ze over het wandelpad rond het eiland.
Valet huppelde zo ver zijn riem het toeliet voor hen uit en zijn baasjes haastten zich achter hem aan.
Geen maan. Geen sterren. Geen zekerheid dat de ochtend zou aanbreken en geen gretig verlangen om te zien wat die zou brengen.

59

Zonder dat de lichten uitgingen en de gordijnen openschoven om Martie te waarschuwen dat de voorstelling op het punt stond te beginnen, zonder dat ze als opwarmertje een korte vooruitblik had gehad, flitsten er plotseling dode priesters met doorboorde hoofden en andere gedachte-films over een scherm in het bioscoopcomplex dat zich in de spookachtigste buurt van haar hele brein bevond. Ze schreeuwde het uit en schoot overeind in haar stoel alsof ze een glibberige theaterrat, volgevreten van gemorste popcorn en chocolatjes, over haar voeten voelde kruipen.

Dit keer was er geen sprake van een geleidelijk wegzakken in paniek, geen langzaam omlaag glijden door een lange tunnel van angst: midden in een zin tuimelde Martie vanuit een gesprek over Skeet in een diepe put vol krioelende verschrikkingen. Eén keer snakken naar adem, twee keer snel en diep kreunen en toen begon het geschreeuw al. Ze probeerde zich voorover te buigen, maar werd tegengehouden door haar veiligheidsriem. De gordel die haar vastsnoerde, joeg haar evenveel angst aan als haar visioenen, misschien omdat zoveel van de monstruositeiten in haar hoofd door middel van kettingen, touwen, boeien, pinnen door hun hoofd of spijkers door hun handen vastgebonden of vastgenageld waren. Ze klauwde met twee handen tegelijk naar de nylon banden, maar kennelijk zonder dat ze besefte waardoor ze in haar bewegingen werd belemmerd, zo wanhopig bang dat ze was vergeten hoe ze de riem los moest maken.

Ze reden over een brede avenue waar weinig verkeer was en Dusty schoot schuin over een paar rijbanen naar de kant van de weg. Hij stopte met piepende remmen op een tapijt van dode dennennaalden, onder een enorme den die in strijd verwikkeld was met de wind.

Toen hij probeerde om Martie uit haar veiligheidsriem te helpen, week ze achteruit en begon nog heftiger en met nog minder succes met de gordel te worstelen, terwijl ze ondertussen naar hem sloeg in

een poging om hem op afstand te houden. Desondanks slaagde hij erin de knop te vinden en de beugel los te maken.
Heel even vocht ze nog tegen de banden waarmee ze vastgesnoerd had gezeten, toen glipte ze er toch uit en liet ze oprollen. Maar het kleine beetje vrijheid bracht geen opluchting en haar groeiende paniek ontlokte aan Valet op de achterbank een meelevend gepiep toen het patroon van haar kreten verscheurd werd door stuiptrekkend kokhalzen.
Dit keer had ze een volle maag en toen ze zich in haar ellende voorover boog werd haar droge gehijg bijna nat. Terwijl ze met een huivering van afschuw de inhoud van haar maag weer naar binnen slikte, klauwde ze in een poging om uit de auto te komen naar de klink van het portier.
Misschien wilde ze alleen maar uit de auto ontsnappen om te voorkomen dat er een smeerboel zou ontstaan als ze haar avondeten uitkotste, maar zodra ze buiten stond, zou ze ook kunnen proberen om te vluchten, niet alleen voor de onstuitbare horrorfilm in haar hoofd, maar weg van Dusty en de mogelijkheid dat ze zich in een vlaag van woede tegen hem zou keren. Hij mocht haar niet laten weglopen, want in haar paniek zou ze misschien de weg op rennen en overreden kunnen worden.
Martie duwde het portier een stukje open en de militante wind ging onmiddellijk tot de aanval over. Een spervuur van koude lucht stoof door de kier naar binnen en haar haar begon als een vlag te wapperen.
'Raymond Shaw,' zei Dusty.
Omdat de artillerie van de wind langs de randen van het portier floot met het schrille gejank van een inslaande mortier en een onophoudelijk gedreun en omdat haar eigen angstkreten zo luid waren, hoorde Martie de naam niet eens. Ze duwde het portier verder open.
'*Raymond Shaw!*' schreeuwde Dusty.
Ze zat half van hem afgewend op haar stoel en hij kon haar niet horen zeggen 'Ik luister', maar hij wist dat ze die woorden moest hebben uitgesproken, want ze verstijfde en werd stil, wachtend op de haiku.
Terwijl hij snel voor haar langs reikte, trok hij het portier dicht.
In de betrekkelijke stilte, voor Martie met haar ogen kon knipperen en uit haar droomtoestand zou ontwaken om weer midden in haar paniekaanval terecht te komen, legde Dusty een hand onder haar kin, draaide haar gezicht naar zich toe en zei: 'Aangeblazen uit het westen...'
'U bent het westen en de westenwind.'

'... verzamelt het gevallen blad...'
'De bladeren zijn uw instructies.'
'... zich in het oosten.'
'Ik ben het oosten.'

Volledig toegankelijk, wachtend om in werking gesteld te worden, staarde Martie dwars door Dusty heen, alsof hij nu het onzichtbare wezen was en niet Ahriman.

Uit het lood geslagen door Marties nietszeggende uitdrukking, haar doffe oogopslag en de volstrekte gehoorzaamheid die daaruit bleek, wendde Dusty zich van haar af. Zijn hart ging tekeer als een krachtig aangedreven zuigerstang en zijn hoofd tolde als een vliegwiel.

Ze was nu ongelooflijk kwetsbaar. Als hij haar de verkeerde opdracht gaf, als hij die dusdanig onder woorden bracht dat er ook een volledig onbedoelde tweede betekenis achter gezocht kon worden, dan zou ze op een manier kunnen reageren waar hij niet op voorbereid was. De mogelijkheid dat hij haar onopzettelijk ernstige psychische schade toebracht, was angstaanjagend reëel.

Toen hij tegen Skeet had gezegd dat hij maar moest gaan slapen, had Dusty er niet bij verteld hoe lang dat dutje moest gaan duren. Skeet was gedurende meer dan een uur niet wakker te krijgen geweest; er scheen echter geen enkele reden te zijn waarom hij niet langer was blijven slapen: dagen, weken, maanden, of gedurende de rest van zijn bestaan, in leven gehouden door apparaten in de hoop op een ontwaken dat nooit zou volgen.

Voordat Dusty Martie ook maar de simpelste opdracht gaf, moest hij daar heel goed over nadenken. De formulering moest zo eenduidig mogelijk zijn.

Behalve het feit dat hij zich zorgen maakte over wat hij haar ongewild aan zou kunnen doen, maakte de mate waarin hij Martie onder controle had terwijl ze daar geduldig op zijn aanwijzingen zat te wachten hem ook onrustig. Hij hield meer van deze vrouw dan zijn leven hem lief was, maar niemand hoorde in staat te zijn om een ander menselijk wezen volledig in zijn macht te hebben, hoe zuiver zijn bedoelingen ook mochten zijn. Boosheid was minder giftig voor de ziel dan hebzucht, hebzucht bevatte minder venijn dan naijver en naijver had maar een fractie van de corrumperende uitwerking van macht.

Dode dennennaalden lagen als *I Ching*-staafjes over de voorruit verspreid en vormden voortdurend veranderende patronen, maar als daarin de toekomst werd uitgebeeld dan was Dusty niet in staat om hun voorspellingen te begrijpen.

Hij keek zijn vrouw strak in de ogen, die heel even schommelden

net als die van Skeet hadden gedaan. 'Martie, ik wil dat je goed naar me luistert.'
'Ik luister.'
'Ik wil dat je me vertelt waar je nu bent.'
'In onze auto.'
'In fysiek opzicht, ja. Dat klopt precies. Maar ik heb het idee dat je geestelijk ergens anders bent. Ik wil graag weten waar dat is.'
'Ik ben in de kapel in mijn geest,' zei ze.
Dusty had geen flauw idee wat ze daarmee bedoelde, maar hij had niet genoeg tijd en ook niet de tegenwoordigheid van geest om die uitspraak op dit moment verder te onderzoeken. Hij moest het risico nemen om verder te gaan met alleen die ene term, *de kapel in haar geest.*
'Als ik mijn vingers voor je gezicht houd en ermee knip, dan val je meteen in een diepe en rustige slaap. Als ik er opnieuw mee knip, ontwaak je uit die slaap en dan kom je ook terug uit die kapel in je geest waar je momenteel bent. Dan ben je weer volledig bij bewustzijn... en je paniekaanval is voorbij. Begrijp je me?'
'Begrijp ik je?'
Fijne zweetdruppeltjes kriebelden langs zijn haargrens. Hij streek met een hand over zijn voorhoofd. 'Vertel me of je me wel of niet begrepen hebt.'
'Ik begrijp het.'
Hij hief zijn rechterhand op met de duim en de wijsvinger stijf tegen elkaar gedrukt, maar toen aarzelde hij, overmand door twijfel. 'Herhaal mijn instructies.'
Ze herhaalde ze woord voor woord.
Twijfel hield hem nog steeds gekluisterd, maar hij kon hier niet, klaar om met zijn vingers te knippen, de rest van de avond blijven zitten wachten tot hij genoeg zelfvertrouwen zou hebben. Hij zocht in het diepst van zijn geheugen naar alles wat hij over dit soort controletechnieken had geleerd uit zijn waarnemingen van Skeet en uit de kennelijk correcte gevolgtrekkingen die hij had gemaakt op basis van al die kleine aanwijzingen. Hij zag niet wat er fout was aan zijn plan – behalve dat het meer op onwetendheid berustte dan op begrip. Voor het geval hij verschrikkelijk de mist in ging en Martie voor altijd in coma zou brengen, gaf hij haar vier gefluisterde woordjes die ze mee kon nemen en bij zich kon houden op haar reis door die duisternis – 'Ik hou van je' – en knipte toen met zijn vingers.
Martie zakte onderuit in haar stoel, ogenblikkelijk in slaap verzonken en de achterkant van haar hoofd stootte een keer tegen de hoofdsteun. Daarna viel haar hoofd voorover, met de kin op haar borst,

terwijl de ravenzwarte vleugels van haar haar uitwaaierden en haar gezicht voor hem verborgen hielden.
Zijn longen leken dichtgetrokken te worden alsof het ouderwetse geldbuidels waren, waardoor het ademhalen hem moeite kostte, maar op hetzelfde moment dat hij uitademde, knipte hij weer met zijn vingers.
Ze ging rechtop zitten in haar stoel, wakker, waakzaam, zonder die afwezige blik in haar ogen, en keek verbaasd om zich heen. 'Verrek, wat is er gebeurd?'
Het ene moment zat ze in blinde paniek naar adem te snakken en probeerde klauwend en wringend uit de Saturn te komen... en een moment later was ze kalm en zat het autoportier weer dicht. De kermis van de dood die zijn tenten in haar hoofd had opgeslagen, compleet met vastgenagelde priesters en ontbindende lijken, was zo abrupt verdwenen dat het leek alsof hij door de avondwind was weggeblazen.
Ze keek hem aan en hij zag dat het tot haar doordrong. 'Jij.'
'Volgens mij had ik geen keus. Dat zou een verdomd vervelende aanval zijn geworden.'
'Ik voel me... schoon.'
Vanaf de achterbank drong Valet zich tussen de beide voorstoelen in, terwijl hij angstig met zijn ogen rolde en gerustgesteld wilde worden.
Martie streelde de hond en zei: 'Schoon. Zou het voorbij zijn?'
'Zo gemakkelijk zal dat wel niet gaan,' veronderstelde Dusty. 'Maar als we er goed over nadenken en zorgvuldig te werk gaan... misschien kunnen we dan ongedaan maken wat ze met ons hebben gedaan. Maar eerst...'
'Eerst,' zei ze terwijl ze haar veiligheidsriem weer vastklikte, 'moeten we Skeet weghalen uit die tent.'

60

De kat op rattenjacht, zwart als roet en even slinks en sluipend als een sliertje rook, keek omhoog in de koplampen van de Saturn met ogen die feloranje opvlamden en verdween vervolgens in de uitgebrande hoeken van de nacht.
Dusty zette de auto vlak naast een vuilcontainer, dicht tegen het gebouw aan zodat het steegje niet versperd werd.
De hond keek hen na met zijn neus tegen een van de raampjes van de auto gedrukt en de ruit raakte beslagen door zijn adem toen ze snel naar de leveranciersingang van New Life liepen.
Hoewel het bezoekuur al twintig minuten geleden afgelopen was, hadden ze waarschijnlijk toch wel naar boven gemogen om Skeet te zien als ze door de voordeur naar binnen waren gegaan, vooral als ze vertelden dat ze waren gekomen om hem weg te halen uit de kliniek. Door zo recht op hun doel af te gaan, zouden ze echter in een lange discussie verwikkeld raken met de dienstdoende hoofdverpleegkundige en een dokter, als die nog aanwezig was, en de administratieve rompslomp zou veel te veel tijd kosten.
Nog erger was dat Ahriman in Skeets dossier misschien een aantekening had gemaakt dat hij meteen moest worden gewaarschuwd als er door de patiënt of de familie van de patiënt om onmiddellijk ontslag uit de kliniek werd gevraagd. Dusty wilde niet het risico lopen dat ze oog in oog met de dokter kwamen te staan, in ieder geval nu nog niet.
Gelukkig zat de deur van de leveranciersingang niet op slot. Erachter lag een kleine, zwak verlichte ruimte met een afvoer in het midden van de betonnen vloer. De scherpe lucht van een naar dennen geurend ontsmettingsmiddel verhulde slechts gedeeltelijk een zure stank, waarschijnlijk afkomstig van melk die bij aflevering uit een kapot pak was gedruppeld en vervolgens in het poreuze beton was gesijpeld. Maar Dusty had het idee dat het naar geronnen bloed rook

of naar opgedroogd braaksel, tekenen van wreedheid of een misdrijf. In dit nieuwe millennium, waarin de werkelijkheid zo kunstmatig was, kon hij zich zelfs na een blik op deze profane ruimte voorstellen dat het een geheim abattoir was waar om middernacht bij volle maan rituele offers werden gebracht.
Hij was ook weer niet zo paranoïde dat hij dacht dat ieder personeelslid van de kliniek een gehersenspoelde vazal van dr. Ahriman was, maar toch liep hij samen met Martie behoedzaam verder, alsof hij zich op vijandelijk terrein bevond.
Achter de eerste ruimte lag een lange gang die verderop een andere gang kruiste en nog verder weg op een dubbele deur uitkwam die waarschijnlijk toegang gaf tot de receptie. Links en rechts van de gang bevonden zich kantoren, opslagruimtes en waarschijnlijk de keuken.
Er was niemand te zien, maar in de verte hoorden ze twee mensen praten in een vreemde, waarschijnlijk Aziatische taal. Hun stemmen klonken vluchtig, alsof ze niet uit een van de kamers voor hen kwamen, maar door de sluier drongen die om een vreemde andere wereld hing.
Direct rechts na de ruimte waardoor ze binnen waren gekomen wees Martie op een deur met het opschrift TRAPPENHUIS en volgens de goeie ouderwetse traditie van de werkelijkheid van het vorig millennium bevond zich erachter inderdaad een trap.

In een eenvoudig antracietgrijs pak, een wit overhemd dat aan de boord openstond, een blauw-met-geel gestreepte das die was losgetrokken, zonder pochet en met haar waarmee de wind opzettelijk vrij spel had gehad voor hij bij zijn binnenkomst in de receptie van New Life afwezig zijn vingers door zijn dikke pruik had gehaald, was Mark Ahriman qua kleding en kapsel geknipt voor de rol van een toegewijde dokter die zijn vrije avond opofferde als patiënten hem nodig hadden.
Achter de balie van de veiligheidsdienst zat Wally Clark, kort en dik, kuiltjes in de blozende wangen en glimlachend. Hij zag eruit alsof hij wachtte tot hij begraven zou worden in een zandkuil vol gloeiende kolen om vervolgens opgediend te worden bij een luau.
'Dokter Ahriman,' informeerde Wally terwijl de dokter door de receptie liep met een zwarte dokterskoffer in de hand, 'geen rust voor de vermoeiden?'
'De juiste uitdrukking is "geen rust voor de goddelozen",' verbeterde de dokter.
Wally grinnikte plichtsgetrouw om dat grapje vol zelfspot.

Inwendig glimlachend bij de gedachte hoe snel Wally dat grijnsje zou inslikken als hij een bepaalde pot met twee beroemde ogen voor zijn neus gezet zou krijgen, zei de dokter: 'Maar de dankbare kanten van het werk van een arts wegen ruimschoots op tegen het feit dat je af en toe een maaltijd misloopt.'

'Zou het niet fijn zijn als alle artsen er net zo over dachten als u, meneer?' zei Wally vol bewondering.

'O, ik weet zeker dat de meeste dat ook doen,' zei Ahriman edelmoedig terwijl hij op het knopje van de lift drukte. 'Maar ik ben het met je eens, er is niets ergers dan een medicus die zich nergens meer iets van aantrekt, die alleen routinematig te werk gaat. Als er ooit een dag komt dat ik geen plezier meer heb in dit baantje, Wally, dan hoop ik dat ik zo verstandig zal zijn om ander werk te zoeken.'

Terwijl de liftdeuren opengleden, zei Wally: 'Ik hoop dat we die dag nooit zullen beleven. Uw patiënten zouden u verschrikkelijk missen, dokter.'

'Nou, als dat waar is dan zal ik ze voor ik met pensioen ga gewoon allemaal moeten vermoorden.'

Lachend zei Wally: 'U bent me er eentje, dokter Ahriman.'

'Pas goed op dat er geen barbaren binnenkomen, Wally,' antwoordde hij toen hij in de lift stapte.

'U kunt op me rekenen, meneer.'

Op weg naar de tweede verdieping wenste de dokter dat het een wat minder koele avond was geweest. In warmer weer had hij naar binnen kunnen komen met zijn colbertje achteloos over een van zijn schouders en zijn hemdsmouwen opgerold; dan had hij de gewenste indruk nog beter kunnen overbrengen zonder de noodzaak van al die ondersteunende teksten.

Hij was ervan overtuigd dat hij, als hij voor een carrière als filmacteur had gekozen, niet alleen beroemd zou zijn geworden maar zelfs internationaal een grote naam zou hebben gehad. Dan zou hij vast bedolven zijn onder de prijzen. Aanvankelijk zou er wel wat kinderachtig geklets zijn geweest over nepotisme, maar zijn talent zou uiteindelijk de negatievelingen de mond hebben gesnoerd.

Omdat hij echter in de hoogste Hollywood-kringen en op studioterreinen was opgegroeid, had de filmindustrie voor Ahriman geen enkele romantiek meer gehad, precies zoals de zoon van de eerste de beste derdewereld-dictator door zijn opvoeding verveeld zou raken en meer dan genoeg zou krijgen van de opwindende taferelen in goed uitgeruste martelkamers en van de pracht en praal van massa-executies.

En trouwens, als beroemde filmster – met het gebrek aan anonimiteit dat daarmee samenging – kon je je alleen sadistisch uitleven op filmploegen, op de duur betaalde callgirls die ervoor zorgden dat de wat verkniptere sterren van het witte doek aan hun trekken kwamen en op de jonge actrices die dom genoeg waren om zich als prooi te laten gebruiken. De dokter zou nooit tevreden zijn geweest met zulke simpele slachtoffers.

Ding. De lift arriveerde op de tweede verdieping.

Toen Dusty en Martie behoedzaam op de tweede verdieping het trappenhuis uit liepen, lachte het geluk hen nog steeds toe. Een meter of dertig verderop, waar de twee goed verlichte gangen elkaar kruisten, stonden twee vrouwen bij de verpleegsterspost, maar die keken geen van beiden in de richting van de trap. Hij liep zonder dat iemand hen zag met Martie naar de kamer van Skeet daar vlakbij.

Het enige licht in de kamer kwam van de tv. Het jachterige gedoe van een politieserie op het scherm zorgde voor bleke lichtplekken die als geesten over de muren kronkelden.

Skeet zat rechtop in bed als een pasja tegen een stapel kussens geleund en dronk door een rietje uit een fles drinkyoghurt met vanillesmaak. Toen hij zijn bezoek in de gaten kreeg, blies hij belletjes in zijn drank alsof hij op een trompet toeterde en begroette hen verrukt.

Terwijl Martie naar het bed liep om Skeet te knuffelen en een kus op zijn wang te geven, zei Dusty opgewekt goedenavond tegen Jasmine Hernandez, de verpleegkundige die de wacht hield bij deze potentiële zelfmoordenaar en trok de smalle kast open.

Toen Dusty zich met Skeets koffer in de hand weer van de kast afkeerde, was zuster Hernandez opgestaan uit de fauteuil en keek naar de lichtgevende cijfers op haar horloge. 'Het bezoekuur is voorbij.'

'Ja, dat klopt, maar wij komen ook niet op bezoek,' zei Dusty.

'Dit is een noodgeval,' zei Martie, terwijl ze Skeet dwong om zijn drinkyoghurt neer te zetten en op de rand van het bed te gaan zitten.

'Er is een zieke in de familie,' voegde Dusty eraan toe.

'Wie is ziek?' vroeg Skeet.

'Mam,' zei Dusty tegen hem.

'Welke mam?' vroeg Skeet, die kennelijk zijn oren niet kon geloven. Claudette ziek? Claudette die ervoor had gezorgd dat hij Holden Caulfield als vader had gekregen en vervolgens dr. Derek 'Lintworm' Lampton als stiefvader? De vrouw met de schoonheid en de onverschilligheid van een godin? Die maîtresse van derderangs academici? Die muze van romanschrijvers die geen betekenis hechtten aan het geschreven woord en van saaie psychologen die het menselijk ras verachtten? Claudette, de eigenzinnige existentialist met haar onverdeelde minachting voor alle regels en wetten, voor alle definities van de werkelijkheid waarvoor zij niet als uitgangspunt diende? Hoe kon iets ter wereld dit volslagen ongevoelige en schijnbaar onsterfelijke schepsel treffen?

'Onze mam,' bevestigde Dusty.

Skeet had zijn sokken al aan en Martie knielde naast het bed om zijn voeten in zijn gympen te proppen.

'Martie,' zei de jongen, 'ik heb mijn pyjama nog aan.'

'We hebben geen tijd om je hier om te kleden, schat. Je mam is echt heel ziek.'

Met nauwelijks onderdrukte opwinding in zijn stem zei Skeet: 'Echt waar? Is Claudette echt ziek?'

Terwijl hij Skeets kleren zo snel als hij ze uit de ladekast kon trekken in de koffer smeet, zei Dusty: 'Ze werd er heel plotseling door getroffen.'

'Waardoor? Een vrachtauto of zo?' vroeg Skeet.

Jasmine Hernandez hoorde de bijna verrukte ondertoon in Skeets stem en fronste. '*Chupaflor*, wil dat zeggen dat je nu alles maar laat lopen?'

Terwijl hij omlaag keek naar zijn pyjamabroek zei Skeet volkomen serieus: 'Nee, ik ben schoon.'

De dokter meldde zich bij de verpleegsterspost op de tweede verdieping om de verpleegkundigen op het hart te drukken dat hij noch zijn patiënt in kamer 246 gestoord mocht worden tijdens de behandeling.

'Hij heeft me opgebeld met de mededeling dat hij van plan is om morgen te vertrekken en dat zou hoogstwaarschijnlijk zijn dood betekenen. Ik moet proberen hem dat uit het hoofd te praten. Hij is nog steeds zwaar verslaafd. Als hij in de bewoonde wereld komt, heeft hij binnen een uur heroïne gescoord en als mijn indruk van zijn psychopathologie juist is, wil hij met alle geweld een overdosis nemen en er een eind aan maken.'

'En dat,' zei zuster Ganguss, 'terwijl hij zoveel heeft om voor te leven.'

Ze was midden dertig, aantrekkelijk en door de bank genomen bijzonder professioneel. Maar bij deze patiënt gedroeg ze zich meer als een geil schoolmeisje dan als een gediplomeerd verpleegkundige en verkeerde ze constant op het randje van cerebrale anemie, een gebrek aan bloedtoevoer in de hersenen, als gevolg van het feit dat zoveel van haar bloed naar haar lendenen en haar geslachtsdelen stroomde.

'En het is zo'n schatje,' voegde zuster Ganguss eraan toe.

De jongere vrouw, zuster Kyla Woosten, was niet onder de indruk van de patiënt in kamer 246, maar ze was duidelijk wel geïnteresseerd in dr. Ahriman zelf. Bij iedere gelegenheid dat de dokter het woord tot haar richtte, voerde zuster Woosten hetzelfde repertoire van kunstjes met haar tong op. Terwijl ze net deed alsof ze zich van niets bewust was – maar in werkelijkheid met meer berekening te werk ging dan een Cray-supercomputer in één volle dag kon klaarspelen – likte ze met de regelmaat van de klok over haar lippen om ze te bevochtigen: langdurig, langzaam, sensueel gelik. Als ze nadacht over iets dat Ahriman had gezegd, stak de feeks soms haar tong uit en beet op het puntje, alsof ze op die manier beter kon nadenken.

Ja, daar was de tong al, speurend in de rechtermondhoek, misschien op zoek naar een kruimeltje lekkers dat in die voluptueuze tere spleet was achtergebleven. Nu weken haar lippen vol verbazing uiteen en tikte haar tong nerveus tegen haar verhemelte. Opnieuw dat bevochtigen van de lippen.

Zuster Woosten was knap, maar de dokter was niet in haar geïnteresseerd. Om te beginnen hield hij zich aan de regel om geen werknemers te hersenspoelen. Ook al zou er een eind komen aan alle eisen om loonsverhoging en bijzondere beloningen als hij in zijn diverse ondernemingen het personeelsbestand geestelijk volkomen in zijn macht zou hebben, dan nog waren de mogelijke complicaties het risico niet waard.

Hij had misschien een uitzondering kunnen maken voor zuster Woosten, want haar tong fascineerde hem. Het was een brutaal, roze dingetje. Hij zou het wel leuk hebben gevonden om daar iets inventiefs mee te doen. Maar helaas, in een tijd waarin niemand meer gechoqueerd raakte van bodypiercing voor cosmetische doeleinden, een tijd waarin oren, wenkbrauwen, neusvleugels, lippen, navels en zelfs tongen regelmatig doorboord en met sieraden getooid werden, kon de dokter niet veel met Woosters tong doen waar zij, als ze weer wakker werd, ontzet over zou zijn of zelfs maar onaangenaam zou vinden.

Af en toe vond hij het knap frustrerend om een sadist te zijn in een tijd waarin zelfverminking een absolute rage was.

Goed, op naar kamer 246 en zijn ster-patiënt.

De dokter was de voornaamste aandeelhouder van de New Life Clinic, maar normaal gesproken behandelde hij hier geen patiënten. In

het algemeen interesseerden mensen met drugsproblemen hem niet; ze waren zo druk bezig met het ruïneren van hun eigen leven dat alle extra ellende die hij hun kon bezorgen neerkwam op gaten met gaten vullen.
Momenteel bevond zijn enige patiënt in New Life zich in 246. Uiteraard had hij ook speciale interesse in de broer van Dustin Rhodes, verderop in de gang in 250, maar hij was niet officieel een van Skeets artsen; zijn bemoeienis met dat geval was strikt officieus.
Toen hij 246 binnenkwam, een suite met twee kamers en een volledig ingerichte badkamer, trof hij de beroemde acteur aan in de zitkamer, waar hij staande op zijn hoofd, de handen plat op de grond, de hielen en de billen tegen een muur, ondersteboven tv keek.
'Mark? Wat spook jij hier uit op dit uur?' vroeg de acteur terwijl hij volhardde in zijn yogahouding – of wat het ook mocht zijn.
'Ik moest in het gebouw zijn voor een andere patiënt. Ik dacht dat ik maar even langs moest komen om te zien hoe het met jou gaat.'
De dokter had gelogen toen hij tegen zuster Ganguss en zuster Woosten had gezegd dat de acteur hem had opgebeld en had gedreigd om de volgende ochtend de kliniek te verlaten. Ahriman had uitsluitend de bedoeling om hier te zijn als de ploeg voor de nachtdienst arriveerde, zodat hij Skeet kon programmeren nadat de overijverige zuster Hernandez naar huis was gegaan. De acteur was zijn dekmantel. Na een paar uur in 246 zouden de luttele minuten die hij aan Skeet spendeerde puur toevallig lijken en als het bezoek door iemand van het personeel werd opgemerkt, zou die daar niets opmerkelijks aan vinden.
De acteur zei: 'Ik breng een uur per dag in deze houding door. Dat is goed voor de doorbloeding van de hersenen. Het zou prettig zijn als ik nog een tweede, kleiner tv-toestel had, dat ik op zijn kop kan zetten als ik daar behoefte aan heb.'
Met een blik op de soap op het scherm zei Ahriman: 'Als je naar dat soort dingen kijkt, zijn ze ondersteboven waarschijnlijk een stuk beter.'
'Critici zijn niet echt geliefd, Mark.'
'Don Adriano de Armado.'
'Ik luister,' zei de acteur. Er ging een korte rilling door hem heen, maar hij slaagde erin om op zijn hoofd te blijven staan.
Om deze patiënt te activeren had Ahriman de naam gekozen van een personage uit *Love's Labour's Lost* van William Shakespeare.
De ondersteboven acteur, die twintig miljoen dollar plus een percentage incasseerde voor een filmrol, had gedurende de ongeveer dertig jaar van zijn leven in elk opzicht weinig onderricht willen ac-

cepteren en hij had geen officiële beroepsopleiding gevolgd voor zijn vak. Als hij een scenario voor een film las, liet hij het meestal bij zijn eigen tekst en pas als Pasen en Pinksteren op één dag vielen, zou hij ooit iets van Shakespeare lezen. Behalve als chimpansees en bavianen het op zekere dag voor het zeggen zouden krijgen in de wereld van het grote toneel was er geen schijn van kans dat hij ooit een rol zou krijgen in een stuk van de Bard van Avon en dus bestond er geen gevaar dat iemand anders behalve de dokter zelf de naam *Don Adriano de Armado* tegenover hem zou laten vallen.
Ahriman nam met de acteur zijn persoonlijke haiku door die hem openstelde.

Toen Martie de veters van Skeets sportschoenen dichtstrikte, zei Jasmine Hernandez: 'Als jullie hem meenemen uit de kliniek, moet ik jullie een verklaring laten tekenen waarin wij ontslagen worden van alle verantwoordelijkheid.'
'We komen hem morgen terugbrengen,' zei Martie, terwijl ze overeind kwam en Skeet aanspoorde om van de rand van het bed op te staan.
'Ja,' zei Dusty, die nog steeds kleren in de koffer stond te proppen, 'we willen hem alleen meenemen om mam te zien, dan komt hij weer terug.'
'Toch moeten jullie een verklaring ondertekenen,' hield zuster Hernandez vol.
'Dusty,' waarschuwde Skeet, 'je mag wel oppassen dat Claudette nooit te horen krijgt dat je haar *mam* noemt in plaats van Claudette. Dan zal ze je vast en zeker op je falie geven.'
'Hij heeft nog maar een dag geleden geprobeerd zelfmoord te plegen,' bracht zuster Hernandez hun in herinnering. 'De kliniek kan geen enkele verantwoordelijkheid nemen als hij in deze toestand vertrekt.'
'Wij zullen de kliniek in geen enkel opzicht aanspreken. Wij nemen de volle verantwoordelijkheid op ons,' verzekerde Martie haar.
'Dan ga ik het formulier wel halen.'
Martie ging voor de zuster staan, waardoor Skeet zich wiebelend op eigen benen overeind moest zien te houden. 'Waarom helpt u ons niet om hem klaar te maken? Dan kunnen we met ons vieren naar de verpleegsterspost gaan om die verklaring te ondertekenen.'
Jasmine Hernandez keek haar met samengeknepen ogen aan. 'Wat gebeurt hier allemaal?'
'We hebben gewoon haast, dat is alles.'
'O ja? Dan ga ik heel snel dat formulier halen,' antwoordde zuster

Hernandez en duwde Martie opzij. Bij de deur stak ze haar vinger op tegen Skeet en beval: 'Waag het niet om ervandoor te gaan voor ik weer terugkom, *chupaflor*.'
'Tuurlijk, mij best,' beloofde Skeet. 'Maar schiet je wel op? Claudette is erg ziek en daar wil ik niets van missen.'

De dokter gaf de acteur opdracht om rechtop te gaan staan en vervolgens op de bank te gaan zitten.
De hartenbreker was een eersteklas exhibitionist en droeg alleen een klein zwart onderbroekje. Hij was even fit als een knul van zestien, slank en goed gespierd in weerwil van zijn enorme hoeveelheid slopende slechte gewoontes.
Hij liep door de kamer met de soepele gratie van een balletdanser. Ondanks het feit dat zijn persoonlijkheid ver was teruggedrongen en hij in die toestand nauwelijks meer zelfbewustzijn had dan een knolraap, bewoog hij zich toch alsof hij voor de camera's stond. De overtuiging dat hij constant door zijn bewonderaars werd bekeken en aanbeden, was kennelijk geen houding die hij zich had aangemeten nadat hij door de roem was bedorven; het was een overtuiging die hij van nature had meegekregen.
Terwijl de acteur wachtte, trok dr. Ahriman zijn colbert uit en rolde zijn hemdsmouwen op. Hij keek naar zijn spiegelbeeld in een spiegel boven een dressoir. Perfect. Zijn onderarmen waren krachtig en behaard, mannelijk zonder dat ze meteen een Neanderthaler van hem maakten. Als hij om middernacht deze kamer zou verlaten en met lange passen door de gang zou lopen naar Caulfields kamer, zou hij zijn colbert over zijn schouder slaan en van top tot teen de indruk wekken van een vermoeide, hard werkende, bijzonder betrokken en sexy arts.
Ahriman trok een stoel naar de bank en ging tegenover de acteur zitten. 'Je moet kalm blijven.'
'Ik ben kalm.'
Wiebel, wiebel deden de blauwe ogen waar zuster Ganguss zo week van werd.
Deze publiekstrekker had de voorkeur gegeven aan Ahriman junior boven andere psychiaters vanwege de Hollywood-achtergrond van de dokter. Ahriman senior, Josh, was al aan vergiftigde petitfours gestorven toen deze knaap op de middelbare school nog steeds onvoldoendes haalde voor wiskunde, geschiedenis en andere vakken, dus de twee hadden nooit samengewerkt. Maar de acteur huldigde het standpunt dat als de grote regisseur twee Oscars had gewonnen, de zoon van de grote regisseur de allerbeste psychiater ter wereld moest

zijn. 'Misschien met uitzondering van Freud,' had hij tegen de dokter gezegd. 'Maar die zit een eind weg, ergens in Europa, en ik kan niet steeds voor elke behandeling heen en weer vliegen.'

Nadat Robert Downley jr. uiteindelijk voor een fikse tijd naar de gevangenis was gestuurd, had dit brok vlees met een hoge marktwaarde zich zorgen gemaakt dat hij ook weleens opgepakt zou kunnen worden door 'fascistische agenten van de narcoticabrigade'. Hoewel hij eigenlijk geen trek had om zijn levensstijl op te geven om de dwingende machtshebbers hun zin te geven, voelde hij er nog veel minder voor om een gevangeniscel te moeten delen met een moordlustige maniak met een nekomvang van meer dan veertig centimeter en geen specifieke voorkeur voor een der seksen.

Hoewel Ahriman doorgaans patiënten met ernstige drugsproblemen afwees, had hij hém wel aangenomen. De acteur bewoog zich in de hoogste maatschappelijke kringen, waar hij de vreemdste streken kon uithalen die voor de dokter een bijzonder hoge amusementswaarde inhielden. In feite werden nu al door middel van de acteur voorbereidingen getroffen voor een buitengewoon spel, dat enorme nationale en internationale consequenties zou hebben.

'Ik heb wat belangrijke instructies voor je,' zei Ahriman.

Iemand klopte dringend op de deur van de suite.

Martie probeerde Skeet een badjas aan te trekken, maar hij stribbelde tegen.

'Lieverd,' zei ze, 'het is behoorlijk kil vanavond. Je kunt niet alleen in die dunne pyjama naar buiten.'

'Die jas is echt stom,' protesteerde Skeet. 'Die hebben ze me hier gegeven. Hij is niet van mij, Martie. Hij zit vol met die nare, pluizige bolletjes en ik vind die strepen vreselijk.'

Op zijn hoogtepunt, voordat hij ten onder was gegaan aan de drugs, had Skeet op vrouwen dezelfde uitwerking gehad als de geur van rauw vlees op Valet. In die tijd was hij altijd goed gekleed geweest, een mannetjesdier in vol ornaat. Zelfs nu hij zo diep was gezakt, kwam Skeets goede smaak op het gebied van kleren af en toe weer opduiken, hoewel Martie niet begreep waarom dat juist nú het geval moest zijn.

Terwijl hij de sloten van de ingepakte koffer dichtdrukte, zei Dusty: 'Laten we maar gaan.'

Martie, die op stel en sprong iets anders moest bedenken, trok de deken van Skeets bed en sloeg die om zijn schouders. 'Wat denk je hiervan?'

'Het heeft iets Amerikaans-indiaans,' zei hij terwijl hij de deken om

zich heen trok. 'Dat vind ik leuk.'
Ze pakte Skeet bij zijn arm en duwde hem naar de deur waar Dusty stond te wachten.
'Ho!' zei Skeet terwijl hij bleef staan en zich omdraaide. 'De loten.'
'Welke loten?'
'In het nachtkastje,' zei Dusty. 'Ze zitten in de bijbel.'
'We kunnen niet weg zonder ze mee te nemen,' hield Skeet vol.

Als antwoord op het geklop op de deur, riep de dokter ongeduldig: 'Ik wens hier niet gestoord te worden.'
Een korte aarzeling en toen werd er opnieuw geklopt.
Ahriman zei rustig tegen de acteur: 'Loop naar de slaapkamer, ga op het bed liggen en wacht op me.'
Alsof hij zojuist een wenk had gekregen van een geliefde die hem alle geneugten des vlezes in het vooruitzicht stelde, stond de acteur op van de bank en gleed de kamer uit. Iedere vloeiende stap, elke soepele beweging van de heupen was verleidelijk genoeg om overal ter wereld bioscoopzalen te vullen.
Er werd voor de derde keer geklopt.
'Dr. Ahriman? Dr. Ahriman?'
Terwijl hij naar de deur liep, besloot de dokter dat als zuster Woosten verantwoordelijk bleek voor deze interruptie, hij vlijtiger zou gaan studeren op het probleem van wat er met haar tong moest gebeuren.

Martie pakte de beide loten uit de bijbel en wilde ze aan Skeet geven.
Terwijl hij zijn dekencape met zijn linkerhand vasthield, woof hij met de rechter de loten weg. 'Nee, nee! Als ik ze aanraak, zijn ze niets meer waard, dan verliezen ze al het geluk dat erin zit.'
Terwijl ze de loten in een van haar zakken propte, hoorde ze iemand verderop in de gang om dr. Ahriman roepen.

Toen Ahriman de deur van kamer 246 opendeed, was zijn ergernis bij de aanblik van Jasmine Hernandez nog groter dan wanneer hij de wilde roze tong van zuster Woosten voor zich had gehad.
Jasmine was een uitmuntend gediplomeerd verpleegkundige, maar ze leek veel te veel op een paar bijzonder irritante meisjes die de dokter als jongen en in zijn vroege puberteit had gekend, het soort vrouwen dat hij De Weters noemde. Zij waren degenen die hem zowel met hun ogen uitlachten als met hun korte slinkse blikken en de verwaande grijnsjes die hij nog net vanuit zijn ooghoeken kon zien als

hij hun de rug toedraaide. De Weters leken dwars door hem heen te kijken en hem te begrijpen op een manier waarop hij niet begrepen wilde worden. Nog erger was dat ze hem het rare gevoel gaven dat ze iets verschrikkelijk grappigs over hem wisten, iets waarvan hij zich zelf niet bewust was, en dat hij voor hen een voorwerp van spot was vanwege bepaalde karaktertrekjes waarvan hij niet eens wist dat hij ze had.

Maar sinds zijn zestiende of zeventiende, toen zijn eerdere, slungelachtige aantrekkelijkheid begon te rijpen tot een adembenemend knap uiterlijk, was de dokter nog maar zelden lastig gevallen door De Weters, die kennelijk voor het merendeel hun vermogen om hem te doorgronden hadden verloren. Jasmine Hernandez was er echter wel een van dat soort en hoewel ze er nog niet in was geslaagd om dwars door hem heen te kijken, waren er momenten dat hij ervan overtuigd was dat ze verbaasd met haar ogen zou gaan knipperen om hem vervolgens strak aan te kijken met ogen waarin die spottende blik verscheen, terwijl een van haar mondhoeken opkrulde tot een nauwelijks waarneembaar grijnsje.

'Dokter, het spijt me dat ik u moet storen, maar toen ik zuster Ganguss vertelde wat er aan de hand is en zij zei dat u in het pand was, vond ik dat ik u op de hoogte moest brengen.'

Ze was zo dominant dat de dokter een paar passen achteruitweek en dat vatte ze op als een uitnodiging om de kamer binnen te stappen, wat niet zijn bedoeling was geweest.

'Een van de patiënten staat op het punt om uit eigen beweging te vertrekken,' zei zuster Hernandez. 'En, voor zover ik dat kan inschatten, onder vreemde omstandigheden.'

'Mag ik mijn Yogo-Yogo meenemen?' vroeg Skeet.

Martie keek hem aan alsof hij plotseling begon te raaskallen. Maar toen ze er even over nadacht, waren er uiteraard meer dan genoeg aanwijzingen dat ze allebei een tikje geschift waren, dus gunde ze hem het voordeel van de twijfel. 'Je wát?'

'Zijn frisdrank,' zei Dusty vanuit de deuropening. 'Pak die nou maar en dan moeten we er echt vandoor!'

'Iemand riep om Ahriman,' zei Martie. 'Hij is hier.'

'Ik heb het ook gehoord,' verzekerde Dusty haar. 'Pak nou maar gauw die verdomde frisdrank.'

'Yogo-Yogo met vanillesmaak, en trouwens ook met chocolasmaak,' zei Skeet terwijl Martie om het bed heen liep en de fles van het nachtkastje griste, 'is geen frisdrank. Het is eerder een drinkdessert.'

Terwijl ze Skeet de Yogo-Yogo in zijn rechterhand duwde, zei Martie: 'Hier is je drinkdessert, schattebout. En schiet nou op met die luie reet van je, voor ik er mijn laars tegenaan zet.'

Aanvankelijk veronderstelde de dokter in zijn verwarring dat zuster Ganguss tegen zuster Hernandez had gezegd dat de acteur van plan was om de kliniek te verlaten en dat hij de patiënt was waar ze zich zo druk over maakte omdat hij op eigen houtje wilde vertrekken. Aangezien het hele verhaal over de acteur een leugen was die als dekmantel moest dienen voor de werkelijke reden waarom de dokter vanavond naar de kliniek was gekomen, zei hij: 'Maakt u zich niet ongerust, zuster Hernandez, hij heeft besloten om toch maar niet weg te gaan.'

'Wat? Waar hebt u het over? Ze proberen op dit moment om hem hem mee naar buiten te slepen.'

Ahriman draaide zich om zodat hij een blik op de woonkamer en op de open deur naar de slaapkamer kon werpen. Hij verwachtte half en half dat hij zou zien hoe een aantal jonge dames, misschien wel leden van een fanclub, de vrijwel naakte en semi-catatonische acteur uit een raam lieten zakken met de bedoeling om hem gevangen te houden en hem tot hun liefdesslaaf te maken.

Geen ontvoersters. Geen filmster.

Terwijl hij zich weer tot de zuster wendde, zei hij: 'Over wie hebt u het?'

'*Chupaflor*,' zei ze. 'De kleine kolibrie. Holden Caulfield.'

Martie ondersteunde Skeet terwijl ze de trap af liepen.

De jongen zag er in zijn pyjama en de witte deken zo bleek en breekbaar uit dat hij een geest had kunnen zijn die door de dienstvertrekken van New Life waarde. Een zwakke geest. Hij sukkelde met slappe knieën onvast de trap af en bij iedere stap die hij nam, dreigde hij op de deken te trappen en te struikelen.

Achter Martie en Skeet liep Dusty zeulend met de koffer zijdelings de trap af en gaf hun rugdekking door op te letten of Ahriman ergens boven hen in het trappenhuis zou opduiken. Hij had de .45 Colt uit zijn jaszak gehaald.

Het neerschieten van een toonaangevend psychiater zou hem geen ereplaatsje naast Smilin' Bob Woodhouse bezorgen in de Helden Hall Of Fame. In plaats van bewierookt te worden tijdens huldigingsdiners zou hij in de gevangenis moeten aanschuiven in de rij die op het eten stond te wachten.

De bittere waarheid was dat ze, ondanks alles wat ze inmiddels over dr. Ahriman te weten waren gekomen en alle conclusies die ze zelf

hadden getrokken, geen enkel bewijs hadden dat hij zich schuldig had gemaakt aan onwettig of zelfs maar onethisch gedrag. Het bandje uit het antwoordapparaat met het bericht van Susan was het enige dat in de buurt kwam van wettig bewijsmateriaal, maar daarop beschuldigde ze de psychiater er alleen maar van dat hij een klootzak was. Als Susan er op de een of andere manier in was geslaagd om Ahriman op videoband vast te leggen, zoals ze had beweerd, dan was die band verdwenen.
Skeet liep de trap af op dezelfde manier waarop een peuter dat zou hebben gedaan. Hij zette zijn rechtervoet op de volgende tree, trok zijn linkervoet ernaast, aarzelde even om na te denken over de volgende stap en herhaalde vervolgens het hele proces.
Ze bereikten de overloop en nog steeds verscheen er boven hen geen achtervolger. Dusty bleef staan om de bovenste trap onder schot te houden terwijl Martie en de jongen doorliepen naar de deur beneden. Als Ahriman op de tweede verdieping het trappenhuis in kwam lopen en hen zag vluchten, zou hij weten dat ze hem doorhadden, dat ze een gevaar voor hem betekenden, en dan zou Dusty hem dus meteen als hij hem zag moeten neerschieten. Want als Ahriman de tijd kreeg om *Viola Narvilly* te zeggen en die naam liet volgen door de haiku over de reiger, zou de psychiater de controle hebben over het pistool ook al had Dusty dat nog steeds in zijn hand. Daarna zou er van alles kunnen gebeuren.

Geschrokken, maar veel te ervaren om te laten merken dat hij zich zorgen maakte, dwong de dokter zuster Hernandez om vanuit 246 weer achteruit te lopen naar de gang terwijl hij haar verzekerde dat Dustin en Martine Rhodes geen overhaaste beslissingen zouden nemen die Skeets genezingsproces in gevaar brachten. 'Mevrouw Rhodes heeft zich recentelijk zelf bij mij onder behandeling gesteld en ik weet dat ze het volste vertrouwen heeft dat wij goed voor haar zwager zullen zorgen.'
'Ze kwamen met een of ander verhaal dat de moeder van *chupaflor* ziek was geworden...'
'Ach, dat zou heel naar zijn.'
'... maar het klonk als opgeklopte nonsens, als u het mij vraagt. En omdat de kans bestaat dat de kliniek verantwoordelijk zal worden gehouden...'
'Ja, ja, goed, ik weet zeker dat ik de zaak wel weer recht zal kunnen trekken.'
Nadat hij vastberaden de deur van 246 achter zich had dichtgetrokken, liep dr. Ahriman door de gang naar kamer 250, op de voet

gevolgd door Jasmine Hernandez. Hij wenste zich niet te haasten, want daaruit zou blijken dat hij dit geval eigenlijk veel belangrijker vond dan hij voorgaf.

Hij was blij dat hij de tijd had genomen om zijn colbert uit te doen en zijn hemdsmouwen op te rollen. Dat arbeiderstrekje en zijn mannelijke onderarmen benadrukten het zelfvertrouwen en de competentie die hij wilde uitstralen.

Het enige leven in 250 was het pseudo-leven op de televisie. Het bed lag overhoop, de laden van de ladekast waren open en leeg, een door de kliniek verstrekte badjas lag verkreukeld op de grond en de patiënt was verdwenen.

'Gaat u alstublieft aan zuster Ganguss vragen of ze hen heeft zien weggaan via de voortrap of de lift,' droeg de dokter Jasmine Hernandez op.

Omdat zuster Hernandez niet geprogrammeerd was, omdat ze nog steeds beschikte over haar eigen vrije wil en dat in veel te ruime mate, begon ze te protesteren: 'Maar ze hebben vast niet genoeg tijd gehad om...'

'Het is voldoende als een van ons beiden de achtertrap controleert,' viel de dokter haar in de rede. 'Gaat u nu maar naar zuster Ganguss toe, alstublieft.'

Met zo'n nijdige blik op haar gezicht dat niemand het zou hebben gewaagd om haar tegen te spreken als ze had beweerd dat ze een transseksuele reïncarnatie van Pancho Villa was, draaide Jasmine Hernandez hem de rug toe en liep met grote stappen naar de verpleegsterspost.

Bij de achtertrap trok Ahriman de deur open, stapte op de bovenste overloop, luisterde, hoorde niets en sprong met twee treden tegelijk de trap af. Zijn zware voetstappen kaatsten terug van de betonnen muren en galmden en weergalmden over elkaar heen, zodat het net leek alsof hij een enthousiast applaudisserend publiek achter zich had gelaten toen hij onder aan de tweede trap was beland.

De gang op de begane grond was verlaten.

Hij liep door een klapdeur naar het vertrek aan de achterkant van het gebouw. Niemand te zien.

Nog een deur, die toegang gaf tot het steegje.

Terwijl Ahriman naar buiten stapte, liet de wind het deksel van een van de vuilcontainers ratelen en leek een rode Saturn langs hem heen te *blazen*.

Achter het stuur zat Dustin Rhodes. Hij wierp een blik op de dokter. Op het gezicht van de huisschilder stonden angst en te veel kennis te lezen.

De broer, dat van dope vergeven, snotneuzerige, nutteloze brok vreten, zat achterin. Hij woof.
Met achterlichten die even snel verdwenen als die van een ruimteschip dat spot met de snelheid stoof de Saturn met een roekeloze vaart de nacht in.
De dokter hoopte dat de auto tegen een vuilcontainer zou botsen die in de steeg achter de gebouwen stond, onbestuurbaar zou worden, om zou slaan en in een zee van vlammen uit elkaar zou spatten. Hij hoopte dat Dusty, Martie en Skeet levend zouden verbranden, dat er niets van hen zou overblijven dan verschroeide botten en verbrande brokken rokend vlees en dat er vervolgens uit de lucht een enorme vlucht grote gemuteerde kraaien neer zou dalen op de ontplofte brokstukken van de Saturn en aan het gekookte vlees van de overledenen zou gaan trekken, rukken en trekken en scheuren tot er geen eetbaar stukje over was.
Er gebeurde niets van dat alles.
De auto reed nog twee straten verder voordat hij de hoek omsloeg en een hoofdweg op draaide.
Toen de Saturn al lang en breed uit het zicht was verdwenen, stond de dokter hem nog steeds in het midden van de steeg na te staren.
De harde wind ranselde hem. Hij was blij met die kille vlagen, alsof die de verwarring uit hem weg zouden blazen en zijn hoofd weer helder zouden maken.
In de wachtkamer voor vertrekkende patiënten had Dusty eerder op de dag in *The Manchurian Candidate* zitten lezen, dat de dokter bij Martie had achtergelaten als een soort toevallige troef die, als hij ooit uitgespeeld zou worden, een acceptabele hoeveelheid opwinding aan dit spel zou toevoegen. Bij het lezen van de thriller zou Rhodes geplaagd worden door opwellingen van angst die te scherp waren om verklaard te worden door het verhaal zelf, vooral als hij de naam *Viola Narvilly* tegenkwam, en hij zou bepaalde vreemde overeenkomsten met de gebeurtenissen in zijn eigen leven herkennen. Het boek zou hem aan het denken zetten en vragen bij hem oproepen. Niettemin was de kans dat Dusty alleen door het boek van Condon zou worden aangezet tot zulke grote gedachtesprongen dat de ware aard van de dokter en diens werkelijke bedoelingen onthuld werden zo miniem dat het oneindig veel waarschijnlijker leek dat astronauten tot de ontdekking zouden komen dat er op Mars een filiaal stond van Kentucky Fried Chicken waar Elvis zich in een hoekje zat vol te proppen. En volgens hem was het helemaal onmogelijk – met nadruk: *onmogelijk* – dat de huisschilder al die gevolgtrekkingen *in één middag* had gemaakt.

Dus moesten er nog andere troefkaarten in het spel zijn die de dokter er zelf niet in had gestoken, maar die door het noodlot waren uitgedeeld.
Een daarvan zou Skeet zijn. Skeet, met een brein dat zo vergeven was van de drugs dat hij niet volkomen programmeerbaar was geweest.
Omdat hij zich zorgen had gemaakt over de betrouwbaarheid van de leerling-schilder was Ahriman hier vanavond expres naartoe gekomen om een zelfmoordscenario in Skeets sub-onderbewustzijn te planten en vervolgens dat stuk ongeluk de straat op te sturen om zich nog voor het krieken van de dag het leven te benemen. Nu moest hij een nieuwe strategie bedenken.
Welke onverwachte kaarten waren er behalve Skeet nog meer uitgespeeld? Het leed geen twijfel dat die er waren geweest. Hoeveel Dusty en Martie ook mochten weten – en wellicht was hun kennis niet zo groot als het scheen – ze hadden niet alleen met behulp van het boek en Skeet een groot deel van de puzzel in elkaar kunnen zetten.
Deze onverwachte ontwikkeling appelleerde totaal niet aan Ahrimans sportieve geest. Hij vond het wel leuk als er wat risico in zijn spelletjes zat, maar alleen risico's die hij in de hand had.
Hij was een speler, geen gokker. Hij gaf de voorkeur aan een bouwwerk van regels boven de jungle van geluk.

61

Het woonwagenpark lag ineengedoken tegen de straffe wind, alsof het zich voorbereidde op een van die tornado's die dat soort plekken altijd lijkt te treffen om ze ten behoeve van het valse genot van televisiecamera's her en der over het geteisterde landschap te blazen. Gelukkig waren dat soort wervelwinden in Californië zeldzaam, zwak en slechts van korte duur. De inwoners van dit park zouden niet blootgesteld worden aan het geroutineerde medeleven van verslaggevers die maar moeilijk konden kiezen tussen het maken van een opwindend rampenverslag vol vernielingen en het laten spreken van de restjes menselijke sympathie die hun dienstjaren bij het avondnieuws hadden overleefd.

De straten vormden een netwerk en de ene leek sprekend op de andere. De honderden woonwagens op hun betonnen funderingen waren vrijwel identiek.

Desondanks herkende Dusty zonder moeite de woonplaats van Foster 'Fig' Newton toen hij hem zag. Deze woongemeenschap was aangesloten op kabeltelevisie en de woonwagen van Fig was de enige met een kleine satellietschotel op het dak.

In feite stonden er drie satellietschotels op Figs dak, afgetekend tegen de laaghangende nachthemel, die een vieze geelzwarte tint had gekregen van de lichtvervuiling die uit de voorsteden opsteeg. Elke schotel had een ander formaat. Een was gericht op de zuidelijke luchtstreken en een op de noordelijke; die stonden allebei vast. De derde, die op een ingewikkelde bolconstructie was geplaatst, knikte en draaide onafgebroken rond, alsof hij smakelijke hapjes schichtige informatie uit de ether plukte op ongeveer dezelfde manier waarop een nachthavik vliegende insecten uit de lucht pikt.

Behalve de satellietschotels staken er ook exotische antennes omhoog uit het dak: sprieten van een of anderhalve meter lang, allemaal met een verschillend aantal stompe dwarsliggers; een dubbele spiraal van koperdraad; een ding dat leek op een omgekeerde, kale metalen kerstboom die op zijn kop stond zodat de punten van de takken naar de lucht wezen en nog iets dat als een soort gehoornde vikinghelm op een bijna twee meter lange paal balanceerde.

Met al die uitsteeksels van apparaten om informatie te verzamelen zag de woonwagen eruit als een slordig vermomd buitenaards ruimteschip: precies zo'n ding waarvan mensen die inbelden naar de praatprogramma's waar Fig het liefst naar luisterde altijd beweerden dat ze het gezien hadden.

Dusty, Martie, Skeet en Valet stonden op een kluitje op een veranda van tweeëneenhalve meter in het vierkant met een aluminium overkapping die nadat ze waren opgestegen waarschijnlijk ook dienst zou doen als zonnepaneel. Dusty klopte op de deur nadat hij vergeefs naar een bel had gezocht.

Zoals hij daar stond en zijn dekencape vasthield die wapperde en uitwaaierde in de wind, leek Skeet op een figuur uit een fantasyverhaal die het spoor volgde van een voortvluchtige boze tovenaar, dodelijk vermoeid van alle avonturen en voortdurend lastig gevallen door trollen. Met stemverheffing om zich boven de wind uit verstaanbaar te maken, zei hij: 'Weten jullie zeker dat Claudette niet ziek is?'

'Heel zeker. Ze is niet ziek,' stelde Martie hem gerust.

Met een blik op Dusty zei de jongen: 'Maar jij hebt me verteld dat ze ziek was.'

'Dat was een leugentje om je uit de kliniek weg te kunnen halen.'

Teleurgesteld zei Skeet: 'Ik dacht werkelijk dat ze ziek was.'

'Dat zou je toch niet echt willen,' zei Martie.

'Nou, ze hoeft niet meteen dood te gaan. Krampen en overgeven zouden al genoeg zijn.'

Het buitenlicht ging aan.

'En flinke diarree,' voegde Skeet eraan toe.

Dusty had het gevoel dat er iemand door het kijkgaatje in de deur naar hem stond te loeren.

Een moment later ging de deur open. Op de drempel stond Fig, knipperend achter de dikke brillenglazen. Zijn grijze ogen werden vergroot door de positieve lenzen en stonden boordevol met de droefheid die er zelfs niet uit verdween als Fig lachte. 'Hoi.'

'Fig,' zei Dusty, 'het spijt me dat ik je thuis lastig moet vallen, en nog wel zo laat, maar ik wist niet waar ik anders naartoe moest.'

'Tuurlijk,' zei Fig terwijl hij achteruitstapte om hen binnen te laten.

'Vind je het erg dat we de hond bij ons hebben?' vroeg Dusty.

'Nee.'

Martie hielp Skeet het trapje op. Valet en Dusty volgden.
Terwijl Fig de deur sloot, zei Dusty: 'We zitten zwaar in de problemen, Fig. Ik had wel naar Ned kunnen gaan, maar die zou Skeet waarschijnlijk vroeg of laat de nek omdraaien, dus ik...'
'Zitten?' vroeg Fig terwijl hij hun voorging naar een eettafel.
Terwijl ze alle drie gehoor gaven aan de uitnodiging en stoelen bij de tafel trokken, kroop de hond eronder weg en zei Martie: 'We hadden ook wel naar mijn moeder kunnen gaan, maar zij zou alleen maar...'
'Sap?' vroeg Fig.
'Sap?' herhaalde Dusty.
'Sinaasappel, pruimen of druiven,' verduidelijkte Fig.
'Heb je geen koffie?' vroeg Dusty.
'Nee.'
'Sinaasappel,' besloot Dusty. 'Dank je wel.'
'Druivensap zou wel lekker zijn,' zei Martie.
'Heb je ook Yogo-Yogo met vanillesmaak?' informeerde Skeet.
'Nee.'
'Druivensap.'
Fig liep naar de koelkast in de aangrenzende keuken.
Terwijl Fig het vruchtensap inschonk, praatten mensen op de radio over 'actief en inactief buitenaards DNA geënt op de menselijke genetische structuur' en maakten zich zorgen over 'of de huidige kolonisatie van de Aarde door buitenaardse wezens tot doel heeft om het menselijk ras tot slaven te maken, om het menselijk ras naar een hoger plan te tillen of alleen maar gaat om het oogsten van menselijke organen om ze als zwezerik op te dienen op buitenaardse eettafels'.
Martie trok haar wenkbrauwen op alsof ze Dusty wilde vragen: *Heeft dit wel zin?*
Terwijl hij knikkend en glimlachend rondkeek in de woonwagen, zei Skeet: 'Ik vind het hier leuk. Het gonst hier lekker.'

Nadat zuster Hernandez naar huis was gestuurd met de toezegging dat ze een hele avond uitbetaald zou krijgen hoewel ze twee uur minder had gewerkt dan ze contractueel verplicht was, nadat zuster Ganguss herhaaldelijk was verzekerd dat er niets was dat hun filmsterpatiënt op dit moment nodig had en nadat zuster Woosten nog een paar excuses had gevonden om de gymnastische kunsten te vertonen van haar helderroze tong, ging dr. Ahriman weer verder met zijn onafgemaakte karweitje in kamer 246.
De acteur lag op het bed zoals hem was opgedragen, boven op de

dekens in zijn kleine zwarte onderbroekje. Hij staarde naar het plafond met evenveel emotie als hij had getoond in elke rol die hij had vervuld in zijn reeks enorme succesfilms.
Terwijl hij op de rand van het bed ging zitten zei de dokter: 'Vertel me waar je nu bent, niet in lichamelijk maar in geestelijk opzicht.'
'Ik ben in de kapel.'
'Mooi.'
Tijdens een vorig bezoek had Ahriman de acteur opdracht gegeven om nooit meer heroïne, cocaïne, marihuana of andere bij de wet verboden middelen te gebruiken. In tegenstelling tot wat de dokter tegen zuster Ganguss en zuster Woosten had gezegd, was deze man inmiddels volkomen genezen van alle vormen van verslaving.
Medeleven noch een gevoel van professionele verantwoordelijkheid had dr. Ahriman ertoe bewogen om de patiënt van die destructieve gewoontes te bevrijden. Het kwam er gewoon op neer dat deze man nuchter meer nut had dan stoned.
De filmster zou binnenkort gebruikt worden bij een gevaarlijk spel dat enorme historische consequenties zou hebben; vandaar dat de kans dat hij, als het tijd werd om hem in te zetten, in een gevangeniscel zat te wachten tot hij op borgtocht werd vrijgelaten, geëlimineerd moest worden. Hij moest op vrije voeten blijven, gereed voor zijn afspraak met het noodlot.
'Je beweegt je in exclusieve kringen,' zei de dokter. 'Ik denk met name aan een gebeurtenis die jij volgens afspraak over tien dagen zult moeten bijwonen, volgende week zaterdagavond. Beschrijf alsjeblieft de gebeurtenis waar ik op doel.'
'Het is een receptie voor de president,' zei de acteur.
'De president van de Verenigde Staten.'
'Ja.'
In feite was het een groot feest om geld in te zamelen voor de politieke partij van de president, dat gehouden zou worden in het in Bel Air gelegen landhuis van een regisseur die zelfs nog meer geld had verdiend, meer Oscars had verzameld en meer risico had gelopen op een besmetting met een seksueel overdraagbare ziekte met meer kandidaat-actrices dan wijlen Josh Ahriman, de Koning der Tranen. Tweehonderd van Hollywoods grootste sterren zouden twintigduizend dollar per persoon betalen voor het privilege om te slijmen tegen dit ultieme politieke beest zoals er door iedereen dagelijks tegen hen werd geslijmd, van beroemde presentatoren van talkshows tot het gepeupel op straat. Voor hun geld zouden ze een avond lang afwisselend mogen genieten van een egotrip die zo enorm was dat spontane orgasmes niet uit zouden blijven en een verrukkelijk per-

vers gevoel dat ze niets anders waren dan serviel uitschot van de popcultuur in de aanwezigheid van een grootheid.
'Niets zal je ervan weerhouden om aanwezig te zijn op dit feest voor de president,' beval de dokter.
'Niets.'
'Ziekte, letsel, aardbevingen, huwbare tienerfans van beide seksen – dit soort afleidingen zullen evenmin als andere dingen kunnen voorkomen dat je op tijd arriveert.'
'Ik begrijp het.'
'Ik geloof dat de president een grote fan van je is.'
'Ja.'
'Als je tijdens die avond van aangezicht tot aangezicht komt te staan met de president, zul je al je charme en manipulatiekunst aanwenden om hem onmiddellijk op zijn gemak te stellen. Vervolgens beweeg je hem ertoe om zich naar je over te buigen door net te doen alsof je van plan bent om een onweerstaanbaar roddeltje te vertellen over een van de mooiste actrices die aanwezig is. Als hij heel dichtbij is en het meest kwetsbaar, pak je zijn hoofd met twee handen vast en bijt zijn neus af.'
'Ik begrijp het.'

Het gonsde inderdaad in de woonwagen zoals Skeet had opgemerkt, maar Martie vond het gezoem eerder irritant dan prettig. In feite zweefde er een geluidstapijt van elektronisch geroezemoes, gespin, gezucht en zwakke piepjes door de lucht, sommige aanhoudend van toon en volume, andere onderbroken en weer andere aan- en afzwellend. Al die geluiden waren vrij zacht, fluistend, nooit schril en het gecombineerde effect gaf je ongeveer het gevoel dat je op een zomermiddag in een weiland zat, omgeven door cicades, krekels en andere insectoïde troubadours die de liefde tussen ongedierte bezongen. Misschien was dat de reden dat het gezoem Martie jeuk bezorgde en het idee dat er beestjes over haar benen kropen.
Twee wanden van de zitkamer, waarvan deze eethoek een uitbouw was, waren van vloer tot plafond bedekt met planken waarop computerbeeldschermen en gewone tv's stonden, voor het merendeel ingeschakeld en verlicht met beelden, kolommen met getallen, stroomschema's en abstracte patronen van verschuivende vormen en kleuren waar Martie geen touw aan kon vastknopen. Op de planken stond ook een grote hoeveelheid geheimzinnige apparatuur voorzien van oscilloscopen, radarschermen, metertjes, volume- en beeldregelaars voorzien van een verlicht grafiekje en digitale beeldschermen in zes verschillende kleuren.

Toen iedereen een glas vruchtensap had gekregen, ging Fig Newton ook aan de tafel zitten. Achter hem was een wand beplakt met astronomische kaarten van zowel het noordelijk als het zuidelijk halfrond. Hij zag eruit als een hillbilly-neef van Captain James Kirk die het bevel voerde over een uitverkoopversie van het sterrenschip *Enterprise.*
De mascotte van het ruimtecommando, Valet, stond water te drinken uit een schaal die de gezagvoerder voor hem had neergezet. De hond zag er zo opgewekt uit dat hij kennelijk geen last had van het gezoem in de woonwagen.
Martie vroeg zich af of Figs altijd blozende gezicht en kersrode neus niet te wijten zouden zijn aan de straling van al zijn elektronische apparaten in plaats van aan het feit dat hij tijdens zijn werk als huisschilder altijd aan de zon was blootgesteld.
'En?' vroeg Fig.
Dusty zei: 'Martie en ik moeten naar Santa Fe en we hebben...'
'Om energie op te doen?'
'Wat?'
'Dat is een meetkundig bepaalde plaats vol energie,' zei Fig ernstig.
'Wat? Santa Fe? Wat voor soort energie?'
'Mystieke.'
'Echt waar? Nou nee, we gaan er alleen maar heen om met een paar mensen te praten die misschien als getuige kunnen optreden bij... een criminele kwestie. We moeten Skeet een paar dagen onderbrengen op een plek waar niemand hem ooit zou zoeken. Als jij nou...'
'Van plan om te springen?' vroeg Fig aan Skeet.
'Te springen? Waarvan?'
'Van mijn dak.'
'Ik wil je niet beledigen,' zei Skeet, 'maar dat is niet hoog genoeg.'
'Jezelf voor je kop te schieten?'
'Nee, nee, geen denken aan,' beloofde Skeet.
'Oké,' zei Fig terwijl hij een slokje van zijn pruimensap nam.
Dat ging gemakkelijker dan Martie had verwacht. Ze zei: 'We weten dat we je erg veel last bezorgen, Fig, maar zou je Valet er ook nog bij kunnen hebben?'
'De hond?'
'Ja. Het is echt een schat, hij blaft niet, hij bijt niet en hij is prettig gezelschap als je...'
'Doet-ie wat?'
'Hè?'
'In huis?' vroeg Fig.
'O, nee, nooit.'

'Oké.'
Martie keek Dusty strak aan en kennelijk voelde hij zich even bezwaard als zij, want hij zei: 'Fig, ik moet heel eerlijk tegen je zijn. Ik denk dat er iemand op zoek zal gaan naar Skeet, misschien wel meer dan één persoon. Ik geloof niet dat de kans erin zit dat ze hier komen opdagen, maar als dat wel zo is... dan zijn ze gevaarlijk.'
'Drugs?' vroeg Fig.
'Nee. Daar heeft het niets mee te maken. Het gaat om...'
Toen Dusty aarzelde, worstelend om hun bizarre problemen om te zetten in woorden die Figs goedgelovigheid niet tot het uiterste op de proef zouden stellen, nam Martie het over: 'Het mag dan volslagen krankzinnig klinken, maar wij zijn betrokken geraakt bij een of ander experiment op het gebied van hersenspoelingen, een samenzwering van...'
'Buitenaardse wezens?' vroeg Fig.
'Nee, nee. We...'
'Transdimensionale wezens?'
'Nee. Dit gaat...'
'Regering?'
'Dat zou kunnen,' zei Martie.
'De Amerikaanse Psychologische Associatie?'
Martie was sprakeloos en Dusty zei: 'Hoe kom je daar in vredesnaam op?'
'Maar vijf mogelijkheden,' zei Fig.
'Wie is de vijfde?'
Terwijl hij over de tafel leunde met de meest plechtige uitdrukking die zijn roze ronde taartbodemgezicht kon opbrengen en met vochtige grijze ogen die overliepen van zijn eeuwige droefenis over het mensdom, zei Fig: 'Bill Gates.'
'Lekker sapje,' zei Skeet.

De naakte acteur. Wufte man van het witte doek. Beroemd en berucht.
Vreselijk. Als mooie vrouwen de dokter al niet direct inspireerden tot hoogstaande poëtische ontboezemingen, dan leek het onwaarschijnlijk dat deze toneelspeler met zijn operatief verbouwde neus en zijn vol collageen gepompte lippen het onderwerp zou worden van een onsterfelijke haiku.
Terwijl hij opstond van de rand van het bed en neerkeek op het onbewogen gezicht en de schommelende ogen zei Ahriman: 'Je kauwt niet op de neus nadat je hem hebt afgebeten. Je spuugt hem onmiddellijk uit in een dusdanige staat dat hij er door een ploeg van eer-

steklas chirurgen weer aan gezet kan worden. Het gaat níét om een moordaanslag en níét om permanente verminking. Er zijn mensen die de president een boodschap willen geven – een waarschuwing, zo je wilt – die hij niet kan negeren. Jij bent alleen maar de boodschapper. Vertel me of dit je al dan niet duidelijk is.'

'Het is duidelijk.'

'Herhaal mijn instructies.'

De acteur herhaalde de instructies woord voor woord, heel wat nauwgezetter dan hij ooit de teksten uit een van zijn scenario's voordroeg.

'Hoewel je de president geen verder letsel zult toebrengen, hoef je alle andere aanwezigen bij deze gebeurtenis tijdens je poging om te ontsnappen niet te ontzien.'

'Ik begrijp het.'

'Door de schok van de aanslag zul je de kans krijgen om uit handen te blijven van de agenten van de geheime dienst voordat ze reageren.'

'Ja.'

'Maar ze zullen je binnen enkele tellen op de hielen zitten. Daarna weet je wat je te doen staat... hoewel je *niet levend opgepakt zult worden*. Je zou je kunnen verbeelden dat je Indiana Jones bent, omsingeld door nazi-geboefte en hun kwalijke vazallen. Wees inventief bij het veroorzaken van chaos door gewone voorwerpen als wapens te gebruiken terwijl je je met veel branie een weg zoekt door het huis tot je wordt neergeschoten.'

Dit leuke karweitje met de acteur was een van de opdrachten die de dokter af en toe verplicht was om aan te nemen. Dat was de prijs die hij moest betalen om zijn controletechnieken voor zijn eigen amusement te mogen gebruiken en nauwelijks of geen vrees te koesteren dat hij in de gevangenis terecht zou komen als een van zijn spelletjes verkeerd afliep.

Als hij dit voor zijn eigen plezier had gedaan, zou het scenario niet zo simpel zijn geweest. Maar ondanks het gebrek aan complexiteit was het amusementsgehalte van het spel bijzonder hoog.

Nadat hij de acteur dusdanig had geprogrammeerd dat hij geen toegankelijke herinneringen zou overhouden aan wat zich vanavond tussen hen had afgespeeld, nam Ahriman hem mee naar de zitkamer van de suite.

Oorspronkelijk was de dokter van plan geweest om zeker een uur lang quasi-samenhangende psychotische wartaal te dicteren die de acteur in zijn eigen, handgeschreven dagboek zou opschrijven alsof het zijn eigen duistere fantasieën betrof. Dat hadden ze ook gedaan tijdens een paar eerdere behandelingen en de eerste helft van het dagboek was gevuld met bijna tweehonderd bladzijden koortsachtige paranoïde vrees, bittere haat en voorspellingen van het naderende eind van de wereld – vrijwel allemaal met betrekking tot de president van de Verenigde Staten. De acteur zou zich niets van wat hij had geschreven herinneren en het dagboek alleen openslaan op bevel van zijn psychiater; maar na de aanslag op de presidentiële neus, wanneer de dader was neergeschoten, zouden de autoriteiten dit afschuwelijke document aantreffen onder de verzameling slipjes die de acteur als souvenir had bewaard nadat hij de ontelbare vrouwen die hij had verleid eruit had gepraat.

Nu zat de commandoachtige manier waarop het echtpaar Rhodes Skeet uit de kliniek had weggehaald hem echter dwars en dus besloot Ahriman om het dicteren dit keer over te slaan. De bestaande tweehonderd bladzijden zouden overtuigend genoeg zijn, niet alleen voor de FBI-agenten maar ook voor de lezers van de landelijke roddelpers.

De acteur, gewend om de aanwijzingen van een regisseur op te volgen, ging weer tegenover het tv-toestel tegen de wand van de zitkamer op zijn hoofd staan, even lenig als een puberale gymnast die twintig jaar jonger was dan hij.

'Begin maar te tellen,' zei Ahriman.

Toen de acteur bij *tien* was, keerde hij vanuit de kapel in zijn geest weer terug naar zijn volle bewustzijn. Voor zover hij wist, was zijn psychiater een moment geleden de kamer binnengekomen.

'Mark? Wat spook jij hier uit op dit uur?'

'Ik moest in het gebouw zijn voor een andere patiënt. Wat doe jíj in vredesnaam?'

'Ik breng een uur per dag in deze houding door. Dat is goed voor de doorbloeding van de hersenen.'

'Het resultaat is te merken.'

'Ja, hè?' straalde de filmster ondersteboven.

Terwijl hij zichzelf inprentte dat hij geduldig moest blijven, voerde de dokter nog tien minuten lang een intens vervelend gesprek over de enorme bedragen die de huidige megahit van de acteur opleverde zodat zijn slachtoffer zich toch íéts zou herinneren van zijn bezoek. Toen hij ten slotte vertrok uit kamer 246 wist hij veel meer dan hem lief was over typische bezoekerspatronen in de bioscopen in winkelcentra in Chicago en wijde omgeving.

De beroemde acteur. Een hap uit de neus van de democratie. En miljoenen juichen.

Niet geweldig, maar een stuk beter. Die moest hij verder uitwerken.

Terwijl de januariwind buiten gierde en velden vol elektronische krekels binnen zoemden, activeerde Dusty Skeet door middel van de naam *dr. Yen Lo*.

De jongen ging een beetje rechter aan tafel zitten en zijn bleke gezicht werd zo uitdrukkingsloos dat Dusty zich nu pas bewust werd van de subtiele angst die het eerder had getoond. Die gewaarwording versterkte het altijd aanwezige verdriet dat voortkwam uit het feit dat zijn broer al zo jong was beroofd van een rijk en betekenisvol leven.

Toen ze de haiku en Skeets drie antwoorden achter de rug hadden, zei Fig Newton: 'Precies', alsof hij alles wist van zulke psychologische besturingsmechanismen.

Een paar minuten geleden, tijdens een haastig overleg in Figs bibliotheek, een slaapkamertje vol boeken over ufo's, ontvoeringen door buitenaardse wezens, spontane menselijke ontploffingen, transdimensionale wezens en de Bermudadriehoek – had Dusty Martie in korte trekken verteld wat hij met Skeet hoopte te bereiken. Wat hij van plan was, leek vol gevaren voor Skeets toch al breekbare psychische toestand en hij was bang dat hij meer kwaad dan goed zou doen. Tot zijn verbazing was Martie meteen enthousiast over zijn plan. Hij had meer vertrouwen in haar dan in de kans dat de zon in het oosten op zou komen en pas toen zij het ermee eens was, durfde hij de verschrikkelijke verantwoordelijkheid voor de consequenties van zijn plan aan.

Nu Skeet inmiddels toegankelijk was en zijn ogen net zo schommelden als ze in de New Life Clinic hadden gedaan, zei Dusty: 'Vertel me of je mijn stem kunt horen, Skeet.'

'Ik kan je stem horen.'

'Skeet... als ik je instructies geef, zul je die dan opvolgen?'

'Zal ik die opvolgen?'

Terwijl hij zich alles weer voor de geest haalde wat hij tijdens hun eerdere onderhoud in de kliniek had opgestoken, formuleerde Dusty de vraag opnieuw en nu als een opdracht: 'Skeet, je zult alle instructies opvolgen die ik je geef. Bevestig of ontken dat dit waar is.'

'Dat bevestig ik.'

'Ik ben dr. Yen Lo.'

'Ja.'

'En ik ben de heldere watervallen.'

'Ja.'

'In het verleden heb ik je een heleboel opdrachten gegeven.'

'De blauwe dennennaalden,' zei Skeet.

'Dat klopt. Goed, Skeet, over een poosje zal ik met mijn vingers knip-

pen. Als dat gebeurt, zul je rustig gaan slapen. Bevestig of ontken dat je me tot nu toe hebt begrepen.'
'Dat bevestig ik.'
'En daarna zal ik nog een keer met mijn vingers knippen. Bij die tweede keer zul je wakker worden, weer tot je volle bewustzijn komen, maar je zult óók voorgoed al mijn eerdere instructies aan jou vergeten zijn. Mijn macht over jou zal ten einde zijn. Ik – dr. Yen Lo, de heldere watervallen – zal nooit meer in staat zijn om toegang tot je te krijgen. Skeet, vertel me of je wel of niet hebt begrepen wat ik heb gezegd.'
'Ik begrijp het.'
Bij wijze van geruststelling keek Dusty Martie aan.
Ze knikte.
Fig, die niet wist wat ze van plan waren, leunde voorover op de tafel, gebiologeerd, zijn pruimensap vergeten.
'Hoewel je al mijn eerdere instructies zult vergeten, Skeet, zul je je elk woord herinneren van wat ik nu tegen je ga zeggen en je zult erin geloven en je daar de rest van je leven naar gedragen. Vertel me of je wel of niet hebt begrepen wat ik net heb gezegd.'
'Ik heb het begrepen.'
'Skeet, je zult nooit meer illegale drugs gebruiken. Je zult er geen behoefte meer aan hebben. De enige middelen die je nog zult gebruiken, zijn de medicijnen die je van een arts krijgt voorgeschreven als je ziek bent.'
'Ik begrijp het.'
'Skeet, vanaf dit moment zul je begrijpen dat jij in wezen een goed mens bent, met niet meer of minder fouten dan andere mensen. De negatieve dingen die je vader gedurende al die jaren over je heeft gezegd, de waardeoordelen die je moeder over je heeft uitgesproken, de kritiek die Derek Lampton op je heeft gehad – niets van dat alles zal je ooit nog raken, pijn doen of afremmen.'
'Ik begrijp het.'
Aan de andere kant van de tafel blonken tranen in Marties ogen.
Dusty moest even ophouden en diep ademhalen voor hij verder ging.
'Skeet, je zult terugkijken naar je jeugd en de tijd vinden waarin je nog in de toekomst geloofde, waarin je nog vervuld was van dromen en hoop. Je zult weer in de toekomst gaan geloven. Je zult in jezelf gaan geloven. Je zult hoop hebben, Skeet, en die hoop zul je nooit ofte nimmer meer kwijtraken.'
'Ik begrijp het.'
Skeet met zijn ogen op oneindig. Fig als vastgenageld. De brave Valet die somber toekeek. Martie die haar ogen depte met de mouw van haar blouse.

Dusty zette zijn duim tegen zijn middelvinger.
Aarzelde. Dacht aan alles wat er fout zou kunnen gaan en piekerde over de onopzettelijke gevolgen van goede bedoelingen.
Knip.
Skeets ogen vielen dicht en hij zakte onderuit in zijn stoel, vast in slaap. Zijn kin belandde op zijn borst.
Overstelpt door de verantwoordelijkheid die hij net op zijn schouders had genomen, stond Dusty op, bleef even onzeker staan en liep vervolgens naar de keuken. Bij de gootsteen draaide hij de koude kraan open, hield zijn handen als een kommetje onder de waterstraal en plensde herhaaldelijk water over zijn gezicht.
Martie kwam naar hem toe. 'Het komt heus wel in orde, lieverd.'
Door het water waren zijn tranen misschien niet meer te zien, maar de emotie die zijn stem afkneep, kon hij niet verbergen. 'Wat als hij door mijn toedoen nou nog veel meer in de knoei raakt?'
'Dat zal niet gebeuren,' zei ze vol overtuiging.
Hij schudde zijn hoofd. 'Dat kun je niet weten. De geest is zo kwetsbaar. Een van de ergste dingen die er mis is met deze wereld is... Er zijn zoveel mensen die willen rotzooien met de geest van andere mensen en ze veroorzaken zoveel scháde. Zo ontzettend veel schade. Je kunt het gewoon niet weten, dat kunnen we geen van beiden.'
'Ik weet het wel,' hield ze vriendelijk vol terwijl ze haar hand tegen zijn natte gezicht legde. 'Want wat jij daar binnen net hebt gedaan, gebeurde uit pure liefde, pure volmaakte liefde voor je broer en daar kan nooit iets kwaads uit voortkomen.'
'Ja. En de weg naar de hel is geplaveid met goede voornemens.'
'Maar dat geldt ook voor de weg naar de hemel, denk je niet?'
Huiverend, terwijl hij een dikke brok uit zijn keel wegslikte, bracht hij een nog grotere angst onder woorden: 'Ik ben bang voor wat er kan gebeuren als het werkt... maar nog veel banger dat het niet zal werken. Is dat niet krankzinnig? Als ik nu met mijn vingers knip en degene die wakker wordt, is de oude Skeet, nog steeds vol zelfverachting, nog steeds in de knoop, nog steeds die arme lieve slapjanus? Dit is zijn laatste kans en ik wil zo verschrikkelijk graag geloven dat het wel heeft gewerkt, maar wat als ik nu met mijn vingers knip en het blijkt dat die laatste kans helemaal geen kans was? Wat dan, Martie?'
De kracht in haar stem beurde hem op, zoals ze hem altijd opbeurde: 'Dan heb je het tenminste geprobeerd.'
Dusty keek naar de eethoek, naar Skeets achterhoofd met de verwarde en ongekamde haren. De dunne nek, de smalle schouders.
'Kom op,' zei Martie zacht. 'Geef hem een nieuw leven.'

Dusty draaide de kraan dicht.
Hij trok een paar papieren handdoekjes van een rol en depte zijn gezicht.
Hij maakte een prop van de handdoekjes en gooide ze in de afvalbak.
Hij wreef zijn handen tegen elkaar alsof hij het beven kon stoppen door ze te masseren.
Tik-tik-tik, nagels op het zeil: de nieuwsgierige Valet kwam de keuken binnenlopen. Dusty streelde de hond over zijn gouden kop.
Ten slotte liep hij achter Martie aan naar de eettafel, waar ze weer bij Fig en Skeet gingen zitten.
De duim weer tegen de middelvinger.
Laat de toverkracht maar werken, goed of slecht, hoop of wanhoop, vreugde of verdriet, inhoud of leemte, leven of dood: *klik*.
Skeet opende zijn ogen, tilde zijn hoofd op, ging rechterop zitten in zijn stoel, keek naar iedereen die om de tafel zat en zei: 'Nou, wanneer beginnen we?'
Hij kon zich niets van de behandeling herinneren.
'Typerend,' verkondigde Fig, heftig knikkend.
'Skeet?' zei Dusty.
De jongen keek hem aan.
Terwijl hij diep inademde en vervolgens de naam met zijn adem uitblies, zei Dusty: 'Dr. Yen Lo.'
Skeet hield zijn hoofd scheef. 'Hè?'
'Dr. Yen Lo.'
Martie probeerde het op haar beurt. 'Dr. Yen Lo.'
En vervolgens Fig: 'Dr. Yen Lo.'
Skeet bestudeerde de verwachtingsvolle gezichten om hem heen, met inbegrip van dat van de hond die met zijn voorpoten op tafel was gaan staan. 'Wat is dit, een raadsel of een quiz of zo? Was die Lo een of andere historische figuur? Ik ben nooit goed geweest in geschiedenis.'
'Nou,' zei Fig.
'Heldere watervallen,' zei Dusty.
Verbijsterd zei Skeet: 'Dat klinkt als een soort afwasmiddel.'
In ieder geval had het eerste deel van het plan gewerkt. Skeet was niet langer geprogrammeerd, niet langer bestuurbaar.
Maar alleen na verloop van tijd zou blijken of Dusty's tweede doel ook was bereikt: Skeets bevrijding van zijn gekwelde verleden.
Dusty duwde zijn stoel achteruit en kwam overeind. 'Sta op,' zei hij tegen Skeet.
'Hè?'

'Kom op, broer, sta op.'
Terwijl hij de deken van de kliniek van zijn schouders liet glijden, stond de jongen op van zijn stoel. Hij zag eruit als een van stokken en stro gemaakte vogelverschrikker die de pyjama van een dikke man aanhad.
Dusty sloeg zijn armen om zijn broer en hield hem vast, heel stijf vast, en toen hij eindelijk weer iets kon zeggen, zei hij: 'Voor we weggaan, zal ik je wat geld geven voor Yogo-Yogo met vanillesmaak, oké?'

62

Voor de verandering lachte het geluk hen toe. United had twee plaatsen beschikbaar op een vroege ochtendvlucht vanaf John Wayne International Airport via Denver naar Santa Fe. Met behulp van een creditcard reserveerde Dusty de tickets via de telefoon in de keuken van Fig Newton.

'Pistool?' vroeg Fig een paar minuten later toen Dusty en Martie bij de voordeur stonden en zich opmaakten om broer en hond onder zijn hoede achter te laten.

'Wat is daarmee?' vroeg Dusty.

'Een nodig?'

'Nee.'

'Volgens mij wel,' zei Fig.

'Vertel me alsjeblieft niet dat je hier een arsenaal hebt rondslingeren waarmee je een oorlog kunt ontketenen,' zei Martie, die zich duidelijk afvroeg of Foster Newton iets onrustbarenders was dan alleen maar een excentriekeling.

'Heb ik niet,' stelde Fig haar gerust.

'Maar ik heb dit wel,' zei Dusty, terwijl hij de aangepaste .45 Colt Commander uit zijn jaszak trok.

'Je gaat toch vliegen?' zei Fig.

'Ik ga niet proberen om het aan boord van het vliegtuig bij me te dragen. Ik stop het wel in een van onze koffers.'

'Ze kunnen je eruit pikken om gescand te worden,' waarschuwde Fig.

'Zelfs als het niet om handbagage gaat?'

'Sinds kort wel, ja.'

'Zelfs op zo'n korte vlucht?'

'Zelfs dan,' hield Fig vol.

'Dat komt door al die terroristische toestanden van de laatste tijd. Iedereen is zenuwachtig geworden en de FAA heeft nieuwe regels uitgevaardigd,' verklaarde Skeet.

Dusty en Martie hadden hem niet verbaasder aan kunnen kijken als hij plotseling een derde oog midden in zijn voorhoofd had geopend. Aangezien hij een aanhanger was van de betwistbare filosofische theorie dat de werkelijkheid te saai voor woorden is, las Skeet nooit een krant en luisterde of keek nooit naar de nieuwsuitzendingen op radio en televisie.

Omdat hij begreep waarom ze zo verbaasd waren, haalde Skeet zijn schouders op en zei: 'Nou ja, dat ving ik toevallig op toen de ene dealer het aan de andere vertelde.'

'Dealer?' vroeg Martie. 'Hebben we het over een *drugsdealer*?'

'Andere ken ik niet.'

'Zitten drugsdealers gezellig met elkaar over het laatste nieuws te keuvelen?'

'Ik geloof dat dit van invloed was op hun koeriersdiensten. Ze hadden er de pest over in.'

Dusty zei tegen Fig: 'Maar hoeveel bagage pikken ze eruit om te scannen? Een op de tien koffers? Een op de vijf?'

'Op sommige vluchten misschien vijf procent.'

'Nou dan...'

'Op andere kan het honderd procent zijn.'

Neerkijkend op het pistool in zijn hand zei Dusty: 'Het is een legaal vuurwapen... alleen heb ik geen vergunning om het op zak te hebben.'

'En je gaat de staatsgrens over,' waarschuwde Fig.

'Dat is nog erger, hè?'

'Niet beter.' Terwijl hij een van zijn uilachtige ogen dichtkneep, voegde hij eraan toe: 'Maar ik heb wel iets.'

Fig verdween in de achterkamers van de woonwagen, maar was al een minuut later terug met een doos in zijn handen. Uit de doos haalde hij een glanzende speelgoedvrachtwagen. Met een zwaai van zijn hand liet hij de wielen draaien: 'Vroeoeoem! Transport.'

Zwarte lucht, zwarte wind. Zwart, de ramen van het huis. Woont de wind binnen?

Op de achterveranda van het miniatuur Victoriaanse huis van de Rhodes, dat naar Ahrimans smaak veel te lief was, aarzelde hij even bij de deur, terwijl hij naar de maracas-ritmes van de zwiepende bomen in de nacht en met zelfbehagen naar de haiku over de zwarte wind in zijn hoofd luisterde.

Toen hij hier voor het eerst was geweest voor de programmeringssessies van Dusty had hij een van de reservehuissleutels van de Rhodes meegenomen, zoals hij ook een sleutel van het appartement van Susan had gehad. Nu stapte hij naar binnen en trok de deur snel achter zich dicht.

Als de wind hier woonde, was hij niet thuis. Dit was een warme en stille duisternis. Er was ook niemand anders thuis, zelfs de golden retriever niet.

Omdat hij gewend was zich als een vorst te gedragen in de huizen van de mensen die hij in zijn macht had, knipte hij brutaal het keukenlicht aan.

Hij wist niet wat hij precies zocht, maar hij was ervan overtuigd dat hij het zou herkennen als hij het vond.

Al vrijwel onmiddellijk ontdekte hij iets. Een gevoerde envelop, opengescheurd en achtergelaten op de eettafel. Zijn aandacht werd onmiddellijk getroffen door het adres van de afzender op het etiket: dr. Roy Closterman.

Omdat Ahriman opvallend succesvol was, zowel wat zijn praktijk als wat zijn boeken betrof, omdat hij een aanzienlijk vermogen had geërfd en een te benijden persoon was, omdat hij domme mensen niet kon uitstaan, omdat hij eerder de neiging vertoonde om minachting te voelen dan bewondering voor andere mensen in de medische wereld, die zich volgens hem op een benauwende manier aan zelfverheerlijkende ethische regels en dogmatische inzichten vastklampten, en om nog diverse andere redenen had hij weinig vrienden maar meer dan een handjevol vijanden onder collega-artsen en specialisten. Het zou hem dan ook verbaasd hebben als de internist van de Rhodes níét een van degenen was geweest die er een negatieve opinie over hem op na hielden. Dat ze patiënten waren van de zichzelf verheerlijkende Sint Closterman was dus nauwelijks zorgwekkender dan wanneer ze een van de andere artsen consulteerden die Ahriman geringschattend als snuffelaars en bemoeials typeerde.

Wat hem wel zorgen baarde, was een handgeschreven briefje dat naast de opengescheurde envelop lag. Het was geschreven op het briefpapier van Closterman en door hem ondertekend.

Mijn receptioniste rijdt op weg naar huis langs jullie huis, dus ik heb haar gevraagd om dit af te geven. Ik dacht dat het laatste boek van dr. Ahriman jullie wel zou interesseren. Misschien hebben jullie nog nooit iets van hem gelezen.

Hier was weer zo'n onverwachte troefkaart.

Dr. Ahriman vouwde het briefje op en stak het in zijn zak.

Het boek waar Closterman het over had, lag er niet bij. Als het werkelijk om zijn laatste boek ging, dan moest het een ingebonden exem-

plaar zijn van *Hoe leer ik van mezelf te houden.*
Het deed de dokter genoegen dat zelfs zijn vijanden hun bijdrage leverden aan de royalty's van zijn boek.
Niettemin zou Ahriman, als deze crisis was bezworen, Sint Closterman opnieuw onder handen moeten nemen. Het hoofd van het vriendje zou weer enigszins in evenwicht worden gebracht als het resterende oor er ook afgesneden werd. Van Closterman zelf zou bijvoorbeeld de middelvinger van de rechterhand kunnen worden verwijderd, waardoor hij niet meer in staat zou zijn om vulgaire gebaren te maken; een heilige zou geen bezwaar mogen hebben dat hij werd ontlast van een vinger met dergelijke obscene mogelijkheden.

De brandweerauto – twaalfeneenhalve centimeter breed, twaalfeneenhalve centimeter hoog en dertig centimeter lang – was gemaakt van geperst metaal. Elk kind zou er verrukt van zijn geweest, want hij was tot in de kleinste details nagemaakt, handbeschilderd en met trots en vakmanschap in Holland vervaardigd.
Met zijn gasten om zich heen ging Fig aan de eettafel zitten en draaide met behulp van een schroevendraaiertje acht koperen schroeven los, waardoor de carrosserie van de vrachtwagen loskwam van het onderstel en de wielen.
In de wagen lag zo'n vilten zakje waar schoenen in verpakt kunnen worden om te voorkomen dat ze in een koffer tegen iets anders aan komen te liggen.
'Pistool,' zei Fig.
Dusty gaf hem de .45 Colt.
Fig wikkelde het kleine pistool in de schoenenzak zodat het niet zou gaan rammelen en stopte de zak in de holle carrosserie van de brandweerauto. Als het wapen iets omvangrijker was geweest, zouden ze een grotere vrachtwagen nodig hebben gehad.
'Reservemagazijn?' vroeg Fig.
'Heb ik niet,' zei Dusty.
'Zou wel moeten.'
'Helaas.'
Fig schroefde de carrosserie van de auto weer vast aan het onderstel, plakte het schroevendraaiertje aan de onderkant vast en gaf hem aan Dusty. 'Laat ze maar scannen.'
'Als je het op zijn kant in een koffer legt, krijg je een herkenbaar silhouet van een speelgoedauto op het röntgenscherm,' zei Martie vol bewondering.
'Zo is het,' zei Fig.
'Ze gaan vast geen koffer openmaken om zoiets te controleren.'

'Nee.'
'We zouden dit waarschijnlijk zelfs in onze handbagage mee kunnen nemen,' zei Dusty.
'Nog beter.'
'Beter?' vroeg Martie. 'O ja, want luchtvaartmaatschappijen maken af en toe de bagage zoek die je niet bij je hebt.'
Fig knikte. 'Precies.'
'Heb je dat ding zelf weleens gebruikt?' vroeg Skeet.
'Nooit,' zei Fig.
'Waarom heb je het dan?'
'Voor het geval dat.'
Terwijl hij de vrachtwagen in zijn handen van alle kanten bekeek, zei Dusty: 'Je bent een vreemde man, Foster Newton.'
'Bedankt,' zei Fig. 'Kevlar pantser?'
'Hè?'
'Kevlar. Kogelvrij.'
'Kogelvrije vesten?' vroeg Dusty.
'Heb je die?'
'Nee.'
'Wil je ze?'
'Heb jij gepantserde kleding?' vroeg Martie verwonderd.
'Zeker.'
Skeet zei: 'Heb je die ooit nodig gehad, Fig?'
'Nog niet,' zei Fig.
Martie schudde haar hoofd. 'Zo meteen bied je ons nog een buitenaards dodelijk straalpistool aan.'
'Heb ik niet,' zei Fig, duidelijk teleurgesteld.
'We zullen maar afzien van gepantserde kleding,' zei Dusty. 'Als we zo dik ingepakt zijn, zou dat de veiligheidsdienst op het vliegveld weleens kunnen opvallen.'
'Zou kunnen,' beaamde Fig, die er serieus op inging.

De dokter vond beneden verder niets dat hem bezighield. Hoewel hij een levendige belangstelling had voor kunst en binnenhuisarchitectuur gunde hij zich geen tijd om zelfs maar een schilderij, een meubelstuk of een kunstvoorwerp te bewonderen. De inrichting liet hem koud.
De slaapkamer vertoonde tekenen van een haastig vertrek. Twee van de laden in de ladekast waren niet dicht. Een kastdeur stond open. Een trui was op de grond gegooid.
Toen hij de kast aan een nader onderzoek onderwierp, zag hij bovenin op een plank twee bij elkaar passende koffers staan. Naast die

twee was een lege ruimte waar misschien twee kleinere koffers hadden gestaan.

Een tweede slaapkamer en de badkamer leverden geen aanwijzingen op en daarna kwam hij bij Marties werkkamer.

Nijver meisje, blauwe ogen. Werkend aan haar Hobbit-spel. In Mordor wacht de dood.

Overal op haar U-vormige werkblad lagen stapels boeken, kaarten van sprookjeslanden, schetsen van personages en andere spullen met betrekking tot haar project gebaseerd op *In de Ban van de Ring*. Ahriman besteedde meer tijd aan het bestuderen van al die dingen dan strikt noodzakelijk was, omdat hij nu eenmaal dol was op alles wat met spelletjes te maken had.

Terwijl hij zich verdiepte in de met behulp van de computer gemaakte ontwerpen voor hobbits, orks en andere wezens realiseerde de dokter zich dat er minstens één reden was waarom hij door de bank genomen beter haiku's over Martie kon maken dan over Susan en andere vrouwen die als inspiratiebron hadden gediend. Martie deelde zijn belangstelling voor spelletjes. Net als hij werd ze geboeid door de macht van de spelleider. In dat opzicht vertoonde ze in ieder geval een geestestrek die weerslag vond bij hem.

Hij vroeg zich af of hij na verloop van tijd ook andere gedragspatronen en passies zou ontdekken die ze met elkaar gemeen hadden. Als die huidige betreurenswaardige gisting in hun relatie eenmaal achter de rug was, zou het dan niet ironisch zijn om erachter te komen dat het lot voor hen een veel complexere toekomst in petto had dan hij ooit had kunnen voorzien omdat hij afgeleid was door Susans exceptionele schoonheid en Marties familiebetrekkingen?

Ahrimans suikerzoete sentimentele kant verkneukelde zich bij het idee om verliefd te worden, of althans iets dat erop leek. Hoewel hij een druk bezet leven leidde, met al lang gesettelde gewoontes, zou hij er niets op tegen hebben als de romantiek voor complicaties zou zorgen.

Terwijl hij zich na het werkblad op de bureauladen concentreerde, voelde hij zich eigenlijk geen detective meer maar een ondeugende minnaar die in het dagboek van zijn schattebout zat te bladeren op zoek naar haar best bewaarde hartsgeheimen.

In het driedelige ladeblok vond hij niets dat hem als detective of minnaar interesseerde. In de brede, ondiepe middenla trof hij echter tussen liniaals, potloden, vlakgummetjes en meer van dat soort dingen een microcassette aan waar met rode blokletters SUSAN op was geschreven.

Het gevoel dat hem bekroop, was te vergelijken met wat een hel-

derziende zigeunerin ondergaat als ze een pluk theeblaadjes op een bord uitschudt en in dat doorweekte patroon een bijzonder gevaarlijk lot ziet opdagen: een kilte die het zachte merg in zijn ruggengraat veranderde in een brok ijs.
Hij zocht in de overgebleven laden naar een bandrecorder waar microcassettes in pasten. Die had Martie niet.
Toen zijn blik op het antwoordapparaat viel dat op een van de hoeken van het bureau stond, wist hij wat hij in zijn hand had.

De aluminium overkapping die in de wind hing te trillen maakte een geluid dat klonk alsof een levend beest diep in zijn keel gromde, alsof er ergens in de nacht iets hongerigs zat te wachten tot Dusty de deur van de woonwagen opendeed.
'Als we de weerberichten mogen geloven, wordt het de rest van de week doffe ellende,' zei hij tegen Fig. 'Doe maar geen poging om bij de Sorensons aan het werk te gaan. Je hoeft voor mij alleen maar goed op Skeet en Valet te passen.'
'Tot wanneer?' vroeg Fig.
'Dat weet ik niet. Dat hangt af van wat we daarginds ontdekken. Waarschijnlijk zijn we overmorgen terug, vrijdag. Maar het kan ook zaterdag worden.'
'Wij amuseren ons wel,' beloofde Fig.
'We kunnen een paar potjes kaarten,' zei Skeet.
'En de kortegolffrequenties afspeuren naar buitenaardse signalen,' zei Fig, wat voor hem min of meer op een toespraak neerkwam.
'En naar praatprogramma's op de radio luisteren,' voorspelde Skeet.
'Hé,' zei Fig tegen Skeet, 'zullen we een rechtbank gaan opblazen?'
'Ho,' zei Martie.
'Grapje,' zei Fig met een uilachtige knipoog.
'Maar niet leuk,' drukte ze hem op het hart.
Buiten, nadat Dusty en Martie het trapje af en de kleine veranda over waren gelopen, rukte de wind aan hen en onderweg naar de auto scharrelden grote, dood-bruine magnoliabladen voortdurend als ratten rond hun voeten.
Achter hen, uit de geopende deur van de woonwagen, klonk een doordringend en zielig gejank van Valet, alsof zijn hondse voorgevoel hem had verteld dat hij hen nooit weer zou zien.

Het tellertje op het antwoordapparaat gaf aan dat er twee berichten binnengekomen waren. Dr. Ahriman besloot om die eerst af te luisteren voordat hij controleerde wat er op de cassette met SUSAN stond. Het eerste telefoontje was van Marties moeder. Ze klonk alsof ze trappelde van ongeduld om te horen wat er aan de hand was, waarom haar eerdere telefoontjes niet beantwoord waren.

De tweede stem op het bandje was van een vrouw die zei dat ze van de boekingsbalie van een luchtvaartmaatschappij was: *Meneer Rhodes, ik ben vergeten om u te vragen naar de verloopdatum van uw creditcard. Als deze boodschap u bereikt, wilt u me die dan alstublieft nog even doorbellen?* Ze gaf een gratis nummer door. *Maar ook als ik niets meer van u hoor, liggen uw twee tickets voor Santa Fe morgenochtend voor u klaar.*

Dr. Ahriman stond ervan te kijken dat ze zich al zo snel hadden geconcentreerd op het grote belang van zijn periode in New Mexico. Martie en Dusty schenen bovennatuurlijke tegenstanders te zijn... tot hij besefte dat Sint Closterman hen moest hebben gewezen op zijn connectie met Santa Fe.

Maar de langzame en regelmatige polsslag van de dokter, die zelfs tijdens het plegen van een moord zelden met meer dan tien slagen per minuut versnelde, ging bij het horen van dit nieuws over de reisplannen van de Rhodes toch omhoog.

De dokter, die net als een atleet altijd heel goed naar zijn eigen lichaam luisterde en zich voortdurend bewust was van het belang van het handhaven van een goede gezondheid, ging weer zitten, haalde een paar keer diep adem en keek toen op zijn horloge om zijn polsslag op te nemen. Als hij zat, was die meestal tussen de zestig en de tweeënzestig slagen per minuut, want hij had een uitmuntende conditie. Nu telde hij zeventig slagen, een verhoging van minimaal acht slagen en dat terwijl er geen dode vrouw bij de hand was die daar verantwoordelijk voor was.

Terwijl Dusty op de luchthaven op zoek ging naar een hotel, belde Martie vanuit de auto eindelijk haar moeder op.

Sabrina maakte zich zorgen en was volkomen overstuur. Minutenlang weigerde ze om te geloven dat Martie niet gewond of verminkt was, dat ze niet het slachtoffer was geworden van een verkeersongeluk, een schietpartij vanuit een auto, brand, bliksem, een ontevreden postbode of die vreselijke vleesetende bacterie die weer in het nieuws was.

Terwijl ze naar dat geraaskal luisterde, werd Martie bekropen door een typisch gevoel van tederheid dat alleen haar moeder kon oproepen.

Sabrina hield zo waanzinnig veel van haar enige kind dat Martie al op haar elfde hopeloos neurotisch zou zijn geworden als ze niet bijna vanaf de dag dat ze haar eerste stappen had gezet zo hardnekkig onafhankelijk was geweest. Maar er waren ergere dingen in deze wereld dan waanzinnige liefde. Waanzinnige haat. O, meer dan genoeg. En gewone waanzin, dat was er in overvloed.

Sabrina had niet minder van Smilin' Bob gehouden dan van haar dochter. Doordat ze hem al had verloren toen hij nog pas drieënvijftig was, probeerde ze Martie nog veel meer in bescherming te nemen. Dat zowel haar man als haar dochter op jeugdige leeftijd aan verschillende oorzaken zou overlijden, mocht dan even onwaarschijnlijk zijn als de kans dat de aarde nog voor het aanbreken van de morgen vernietigd zou worden door een inslaande komeet, maar kille statistieken en tabellen van verzekeringsmaatschappijen boden geen soelaas aan een gewond en angstig hart.

Daarom was Martie ook niet van plan om een woord tegen haar moeder te zeggen over hersenspoelingen, haiku's, de Bladman, de priester met de bielsnagel door zijn hoofd, afgesneden oren of de reis naar Santa Fe. Als ze overdonderd werd met al dat griezelige nieuws zou Sabrina's angst onmiddellijk omslaan in hysterie.

Ze zou evenmin iets tegen haar moeder zeggen over Susan Jagger, niet alleen omdat ze er niet op durfde te vertrouwen dat ze over het verlies van haar vriendin kon praten zonder haar zelfbeheersing te verliezen, maar ook omdat Sabrina bijna evenveel van Susan had gehouden als van een dochter. Dit was nieuws dat ze onder vier ogen moest vertellen, terwijl ze haar moeders hand vasthield om zowel steun te geven als te krijgen.

Als verklaring van het feit dat ze haar moeder niet eerder had teruggebeld, vertelde Martie haar alles over Skeets zelfmoordpoging en zijn vrijwillige opname in de New Life Clinic. Natuurlijk had dat alles zich de vorige ochtend, op dinsdag, afgespeeld en het was dus ook geen verklaring voor Marties gedrag op woensdag, maar ze hing zo'n wazig verhaal op dat het klonk alsof Skeet zich op de ene dag van het dak van de Sorensons had gestort en pas de volgende dag naar de kliniek was gegaan, met als resultaat twee hectische dagen.

Sabrina's reactie was maar gedeeltelijk wat Martie had verwacht – en verrassend emotioneel. Ze kende Skeet helemaal niet goed en ze had ook nooit de wens geuit om hem beter te leren kennen. In de ogen van Marties moeder was die arme Skeet net zo gevaarlijk als een met een machinegeweer uitgerust lid van het Colombiaanse Medellin-drugskartel, een gewelddadige en slechte figuur die kinderen op schoolspeelplaatsen tegen de grond wilde drukken om hun aderen tegen hun wil vol heroïne te spuiten. En nu dan toch tranen en snikken, bezorgde vragen over zijn verwondingen en vooruitzichten en weer tranen.

'Hier ben ik nu zo bang voor geweest, dit vreet constant aan me,' zei Sabrina. 'Ik wist dat het ervan zou komen, het móést gewoon gebeuren en nu is het dan zover en de volgende keer loopt het vast niet zo goed af. De volgende keer kan Dusty van het dak vallen, zijn nek breken en voor de rest van zijn leven verlamd raken of doodgaan. En wat dan? Ik heb je gesmeekt om niet met een huisschilder te trouwen, om een man te zoeken die wat meer ambities heeft, iemand met een mooi kantoor die gewoon achter een bureau zit en die niet voortdurend van daken valt, die niet eens *kans* loopt om van een dak te vallen.'

'Mam...'

'Ik heb mijn leven lang dat soort zorgen gehad over je vader. Je vader en brand. Altijd maar brand en brandende gebouwen en dingen die ontploffen en dingen waar hij misschien onder bedolven zou worden. *Mijn hele huwelijk lang* heb ik het vreselijk gevonden om hem naar zijn werk te zien gaan, raakte in paniek als ik een brandweersirene hoorde en durfde niet naar het nieuws te kijken, want als er weer een flits kwam van een grote brand die ergens was uitgebroken dan dacht ik meteen dat hij er ook wel bij zou zijn. En hij ís ook gewond geraakt, keer op keer. En misschien had die kanker van hem wel iets te maken met al die rook die hij tijdens een brand naar binnen kreeg. Met al die gifstoffen in de lucht bij een grote brand. En nu heb jij een man met daken, zoals ik een man met branden had. Daken en ladders, altijd maar vallen en je zult nooit rust hebben.'

Martie was sprakeloos van verbazing over die bezorgde toespraak die recht uit het hart kwam.

Aan de andere kant van de lijn zat Sabrina te huilen.

Dusty, die kennelijk instinctief aanvoelde dat er zich iets belangrijks tussen moeder en dochter afspeelde en er blindelings van uitging dat daar voor hem negatieve consequenties aan waren verbonden, wendde zijn blik af van het verkeer voor hen en fluisterde: 'Wat nu weer?'

Uiteindelijk zei Martie: 'Mam, daar heb je nog nooit eerder een woord over gezegd. Je...'

'De vrouw van een brandweerman praat niet over zulke dingen, ze zeurt hem niet aan zijn hoofd en maakt zich niet openlijk zorgen,' zei Sabrina. 'Nooit ofte nimmer, want mijn god, als je erover begint, *gebeurt* het juist. De vrouw van een brandweerman moet sterk zijn en opgewekt, ze moet hem steunen, haar angst verdringen en glimlachen. Maar in haar hart blijft ze altijd bang en toen moest jij zo nodig trouwen met een man die voortdurend op ladders staat, die over daken rondholt en eraf valt, terwijl je ook iemand had kunnen

zoeken die achter een bureau zit en hoogstens van een stóél kan vallen.'
'Maar het probleem is dat ik van hem hou, mam.'
'Dat weet ik, lieverd,' snikte haar moeder. 'Het is gewoon verschrikkelijk.'
'Heb je me dáárom constant op mijn huid gezeten vanwege Dusty?'
'Ik heb je niet op je huid gezeten, schat. Ik stond helemaal aan jouw kant.'
'Nou, zo voelde het wel. Mam... mag ik hieruit opmaken dat je dan toch misschien in zekere zin Dusty wel een héél klein beetje aardig vindt?'
Dusty was zo verrast toen hij die vraag hoorde dat zijn handen van het stuur schoten en de Saturn bijna van zijn rijbaan af raakte.
'Het is een lieve jongen,' zei Sabrina, alsof Martie nog steeds op de middelbare school zat en met pubers uitging. 'Hij is lief en verstandig en beleefd en ik weet best waarom je van hem houdt. Maar op een dag zal hij van een dak vallen en de dood vinden en dan zal jouw hele leven instorten. Daar zul je nooit overheen komen. Je hart zal met hem sterven.'
'Waarom heb je dit niet al lang geleden gewoon tegen me gezegd in plaats van al dat gekift over alles wat hij deed?'
'Dat was geen kiften, schat. Ik probeerde uiting te geven aan mijn bezorgdheid. Ik kon niet *zeggen* dat hij van een dak zou vallen, niet rechtstreeks. Mijn god, geen denken aan, want als je erover praat, gebeurt het juist. En nu zitten we er zomaar gewoon over te praten! Nu zal hij van een dak vallen en dan is het mijn schuld.'
'Mam, dat is onzinnig. Dat gebeurt heus niet.'
'Maar het ís al gebeurd,' zei Sabrina. 'En nu zal het weer gebeuren. Brandweerlieden en brand. Schilders en daken.'
Terwijl ze de telefoon tussen hen in hield, zodat haar moeder zowel Dusty als haar kon verstaan zei Martie: 'Hoeveel huisschilders ken jij eigenlijk, mensen die voor jou hebben gewerkt en andere vaklui die je niet in dienst hebt gehad?'
'Vijftig? Zestig? Ik heb geen idee. Maar zoveel op z'n minst.'
'En hoeveel zijn er van een dak gevallen?'
'Behalve Skeet en ik?'
'Behalve Skeet en jij.'
'Eentje, voor zover ik weet. Hij brak een been.'
Terwijl ze de telefoon weer tegen haar oor drukte, zei Martie: 'Heb je dat gehoord, mam? Eén. En die brak z'n been.'
'Eentje, *voor zover hij weet*,' zei Sabrina. 'Eentje en nu zal hij de volgende zijn.'

‘Hij is al van een dak gevallen. Het moet een kans van miljoenen tegen één zijn dat een schilder twee keer in zijn leven van een dak valt.’
‘Maar zijn eerste val telt niet mee,’ zei Sabrina. ‘Hij probeerde zijn broer te redden. Dat was geen ongeluk. Het ongeluk moet nog gebeuren.’
‘Mam, ik ben hartstikke dol op je maar je bent wel een beetje geschift.’
‘Dat weet ik, schat. Dat komt door al die jaren vol zorgen. En jij zult uiteindelijk ook een beetje geschift raken.’
‘We zullen het de komende paar dagen heel druk hebben, mam. Krijg het nou niet op je heupen als ik weer niet meteen terugbel, goed? We zullen echt niet van daken vallen.’
‘Laat me even met Dusty praten.’
Martie gaf hem de telefoon.
Hij had een behoedzame blik in zijn ogen, maar hij pakte het toestel wel aan. ‘Hoi, Sabrina. Ja. Nou ja, je weet wel. Huh-huh. Nee, dat zal ik niet doen. Nee, dat doe ik niet. Nee, ik beloof je dat ik dat niet zal doen. Dat is echt zo, hè? Wat? O, daar heb ik me nooit iets van aangetrokken. Je hoeft jezelf niet schuldig te voelen. Nou, ik hou ook van jou, Sabrina. Wat? Tuurlijk. Mam. Ik hou ook van jou, mam.’
Hij gaf de telefoon terug aan Martie en ze verbrak de verbinding.
Ze waren allebei even stil en toen zei Martie: ‘Wie had dat nou kunnen denken... een verzoening tussen moeder en kind en dat bij al die rottigheid.’
Grappig, hoe op een moment dat een mens er absoluut niet op rekent plotseling hoop opduikt, als een bloem op een stuk braakliggend land.
Dusty zei: ‘Je hebt haar voorgejokt, meid.’
Ze wist dat hij het niet had over haar eigen versie van het tijdschema tussen Skeets sprong en zijn opname in de kliniek en ook niet over het feit dat ze niets had gezegd over Susan en de rest van hun problemen.
Met een knikje zei ze: ‘Ja, ik heb tegen haar gezegd dat we niet van een dak zouden vallen... maar verrek, we vallen allemaal vroeg of laat van een dak.’
‘Tenzij wij de eersten zijn die het eeuwige leven hebben.’
‘Als dat zo is, dan moeten we echt veel serieuzer nadenken over een pensioenplan.’
Martie was doodsbang dat ze hem zou verliezen. Maar net als haar moeder kon ze er niet toe komen om die angst onder woorden te brengen, voor het geval er echt zou gebeuren waarvoor ze zo bang was.

New Mexico was de staat waar de hoogvlakte op de Rocky Mountains stuitte, het dak van het Amerikaanse Zuid-Westen en Santa Fe was een stad die meer dan twee kilometer boven de zeespiegel lag: een hele hoogte om vanaf te vallen.

Slechts één van de vijf berichten op de microcassette waar SUSAN op stond, was belangrijk maar terwijl hij ernaar zat te luisteren voelde de dokter dat zijn hart opnieuw sneller begon te kloppen.

Weer zo'n onverwachte troefkaart.

Toen hij de beide boodschappen van Marties moeder had afgeluisterd die volgden op het bericht van Susan dat als een bom was ingeslagen, wiste hij de band.

Meteen nadat het bandje gewist was, pakte hij de cassette uit het apparaat, gooide hem op de grond en stampte erop tot het plastic omhulsel helemaal kapot was.

Uit de puinhopen viste hij de smalle magnetische band en de twee spoeltjes waar de band omheen gewikkeld was. Ze vulden niet eens de palm van zijn hand: zoveel gevaar samengeperst in zo'n klein voorwerp.

Beneden in de huiskamer zette Ahriman de gaskraan open. Hij legde de band en de twee plastic spoeltjes boven op een van de keramische blokken.

Uit de zak van zijn colbert haalde hij een slanke, prachtig gestileerde Cartier-aansteker te voorschijn, een schitterend voorbeeld van vakmanschap.

Hij had al sinds zijn elfde jaar een aansteker op zak, eerst een die hij van zijn vader had gestolen en daarna, later, dit mooiere model. De dokter rookte niet, maar de kans bestond altijd dat hij iets in brand wilde steken.

Toen hij dertien was en al aan zijn eerste jaar op college was begonnen, had hij zijn moeder in brand gestoken. Als hij geen aansteker op zak had gehad toen hij er dringend om verlegen zat, had zijn leven op die akelige dag, vijfendertig jaar geleden, een heel vervelende wending kunnen nemen.

Hoewel zijn moeder eigenlijk had moeten gaan skiën – het gebeurde in hun vakantiehuis in Vail, tijdens de kerstperiode – kwam ze binnenlopen toen hij bezig was met de voorbereidselen om een kat levend te ontleden. Hij had de kat nog maar net verdoofd met chloroform die hij uit gewone huishoudschoonmaakmiddelen had gedistilleerd, de poten met stevig plakband vastgeplakt aan het plastic kleed dat als autopsietafel zou moeten fungeren, de bek van het beest met plakband dichtgeplakt om het gekrijs te dempen als het bij zou komen en de collectie chirurgische instrumenten uitgestald die hij had gekocht bij de fabrikant van medische apparatuur die korting gaf aan studenten die op het punt stonden aan hun studie medicijnen te beginnen. Toen... hallo, mam. Vaak kreeg hij haar maanden achter elkaar niet te zien, als ze op lokatie was voor een film, of op een van die safari's die ze zo leuk vond, waar geen geweer aan te pas kwam. Maar nu voelde ze zich plotseling schuldig omdat ze hem alleen had gelaten om met haar vriendinnen te gaan skiën en had besloten dat ze een middag samen door moesten brengen met het stomme idee dat hen dat iets dichter bij elkaar zou brengen. Ze had geen slechter tijdstip kunnen kiezen.

Hij kon zien dat zijn moeder meteen begreep wat er op Thanksgiving gebeurd was met de pup van zijn nichtje Heather en misschien raadde ze intuïtief de waarheid achter de verdwijning van het vierjarige zoontje van de beheerder van hun landgoed een jaar eerder. Zijn moeder was egocentrisch, zo'n typische actrice van in de dertig die de tijdschriftomslagen met haar foto inlijstte en in haar slaapkamer ophing, maar ze was niet dom.

De jonge Ahriman, die als gewoonlijk meteen wist wat hem te doen stond, had de kurk uit de fles met chloroform getrokken en de inhoud in haar fotogenieke gezicht gegooid. Dat gaf hem de tijd om de kat te bevrijden, het plastic kleed en de chirurgische instrumenten op te bergen, de controlelampjes van de keukenuitrusting uit te doen, het gas open te draaien, zijn moeder in brand te steken terwijl ze nog steeds bewusteloos op de grond lag, de kat op te grijpen en zich als een haas uit de voeten te maken.

De ontploffing deed Vail op zijn grondvesten schudden en weergalmde als een donderslag door de besneeuwde bergen, waardoor een paar lawines werden veroorzaakt die te gering in omvang waren om een hoge amusementswaarde te hebben. Het uit sequoiahout opgetrokken tienkamerchalet werd tot aanmaakhoutjes verpulverd en brandde als een lier.

Toen brandweerlieden de jonge Ahriman zittend in de sneeuw aantroffen op dertig meter van de brandstapel, met de kat in zijn armen die hij van de ontploffing had gered, verkeerde de jongen in zo'n shocktoestand dat hij aanvankelijk geen woord uit kon brengen en zelfs te verdwaasd was om te huilen. 'Ik heb de kat gered,' zei hij ten slotte tegen hen met een ontzette stem die hen nog jaren zou achtervolgen, 'maar ik kon mijn mam niet redden. Ik kon mijn mam niet redden.'

Later slaagden ze erin om het lichaam van zijn moeder te identificeren met behulp van haar tandartsgegevens. Het hoopje overblijfselen vulde na de crematie de urn nog niet voor de helft. (Dat wist hij; hij had erin gekeken.) Haar teraardebestelling werd bijgewoond door de koningen en koninginnen van Hollywood en die lawaaierige erewacht van begrafenissen van beroemdheden – pershelikopters – cirkelde boven hun hoofd.

Hij miste de nieuwe films met zijn moeder in de hoofdrol, omdat ze precies had geweten wat goede scenario's waren en meestal alleen maar goede films maakte, maar hij had zijn moeder zelf niet gemist, zoals hij wist dat ze hem niet gemist zou hebben als de rollen omgekeerd waren geweest. Ze was dol op dieren en had zich trouw ingezet voor alle instellingen die daar iets mee te maken hadden; kinderen vonden gewoon niet zoveel weerklank bij haar als iets op vier poten. Op het witte doek kon ze je recht in het hart raken en verdriet of vreugde brengen, maar dat talent strekte zich niet uit tot het leven van alledag.

Twee vreselijke branden, met een tussentijd van vijftien jaar, hadden de dokter tot wees gemaakt (als je tenminste niet op de hoogte was van de vergiftigde petitfours): de eerste een toevallig ongeluk, waarvoor de fabrikant van het gastoestel zwaar had moeten dokken en de tweede aangestoken door de dronken, geil-gekke, moordlustige klusjesman Earl Ventnor, die uiteindelijk twee jaar geleden in de gevangenis was gestorven nadat hij door een andere gevangene tijdens een ruzie was neergestoken.

Nu, terwijl Ahriman zijn duim over het wieltje liet glijden van de ouderwetse aansteker die nog met een vuursteentje werkte en het bandje uit het antwoordapparaat aanstak, dacht hij na over het feit dat brand zo'n belangrijke rol had gespeeld in zowel zijn leven als dat van Martie, aangezien haar vader de meest onderscheiden brandweerman in de geschiedenis van de staat was geweest. Alweer iets dat ze gemeen hadden.

Triest. Na deze laatste ontwikkelingen zou hij zich waarschijnlijk niet kunnen veroorloven om hun relatie tot bloei te laten komen. En hij had zich nog wel zo verheugd op de mogelijkheid dat hij en deze aantrekkelijke, spelletjes minnende vrouw op een dag iets bijzonders voor elkaar zouden kunnen betekenen.

Als hij erachter zou kunnen komen waar zij en haar man zich bevonden, kon hij hen activeren, meenemen naar de kapel in hun geest en achterhalen wat ze verder nog over hem te weten waren gekomen en aan wie ze dat misschien verteld hadden. In dat geval was de kans groot dat hij de schade kon herstellen en dat het spel weer opgevat en tot het einde uitgespeeld kon worden.

Hij had het nummer van hun mobiele telefoon, maar ze wisten dat hij dat had en in hun huidige paranoïde geestestoestand zouden ze het gesprek waarschijnlijk niet aannemen. En per telefoon kon hij maar één van beiden activeren, waardoor de ander die meeluisterde onmiddellijk gewaarschuwd zou zijn. Veel te riskant.

De truc was om hen te vinden. Ze waren op de vlucht, alert en op hun hoede en ze zouden zich goed verborgen houden tot ze in de ochtend in hun vliegtuig naar New Mexico zouden stappen.

Er was geen sprake van dat hij hen op de luchthaven, bij de boarding gate, zou kunnen benaderen. Zelfs als ze er niet vandoor gingen, kon hij hen niet in het openbaar activeren, ondervragen en instrueren.

Maar op het moment dat ze in New Mexico arriveerden, waren ze zogoed als dood.

Toen de geluidsband begon te branden en een giftige stank verspreidde, draaide de dokter de gashaard aan. *Zoeff*, en binnen twee minuten was er niets anders over van de band dan een kleverig restant op het bovenste van de keramiekblokken.

Hij was in een vreemde bui, de dokter, en triestheid was niet het voornaamste bestanddeel van zijn stemming.

Alle plezier was uit dit spel verdwenen. Hij had er zoveel moeite aan besteed, zoveel denkwerk, maar nu leek de kans verkeken dat het boven de stranden van Malibu uitgespeeld zou worden, zoals zijn bedoeling was geweest.

Hij had zin om dit huis in brand te steken.

Rancune was niet zijn enige drijfveer, evenmin als zijn afkeer van de inrichting. Zonder het grootste deel van een dag te spenderen aan het centimeter voor centimeter doorzoeken van het pand kon hij er niet zeker van zijn dat de microcassette met de beschuldiging van Susan het enige bewijsmateriaal tegen hem was dat Martie en Dusty hadden verzameld. Hij kon geen dag missen en hij kon zichzelf niet beter beschermen dan door het huis tot de grond toe af te laten branden.

Toegegeven, het bericht dat Susan op de band had achtergelaten was niet voldoende om hem te veroordelen en zelfs niet bezwarend genoeg om hem in staat van beschuldiging te stellen. Maar hij was een man die het nooit met de goden van het toeval op een akkoordje gooide.

Om zelf het huis in lichterlaaie te zetten was veel te riskant. Nadat de brand was aangestoken zou er iemand kunnen zijn die hem zag weglopen – en hem op zekere dag in de rechtszaal zou kunnen identificeren.

Hij draaide de gaskraan van de open haard dicht.

Terwijl hij het huis verliet, deed hij in vertrek na vertrek het licht achter zich uit.
Op de achterveranda schoof hij zijn reservesleutel onder de deurmat, waar de volgende bezoeker hem volgens opdracht zou vinden.
Voor het ochtend werd, zou hij het huis in brand steken, maar door middel van een handlanger in plaats van eigenhandig. Hij had een kandidaat, geprogrammeerd en wel en gemakkelijk telefonisch bereikbaar, die de brandstichting voor zijn rekening zou nemen als hem dat werd gezegd en die zich nooit zou herinneren dat hij de lucifer aangestreken had.
De wind bleef de nacht door elkaar schudden.
Tijdens de wandeling naar zijn auto, die drie straten verderop stond, probeerde de dokter zonder succes een windhaiku te componeren.
Terwijl hij langs dat ouderwetse Victoriaanse huis van de Rhodes reed, zag hij het in gedachten in lichterlaaie staan en hij pijnigde zijn hersens om een uit zeventien lettergrepen bestaand vers te maken over vuur, maar hij kon niet op de woorden komen.
In plaats daarvan herinnerde hij zich de regels die hij volkomen geïmproviseerd en voor de vuist weg had bedacht toen hij bij het binnenlopen van Marties kantoor die stapels werk op haar bureau had zien liggen.
Nijver meisje, blauwe ogen. Werkend aan haar Hobbit-spel. In Mordor wacht de dood.
Hij bewerkte het gedicht om het aan te passen aan de recente ontwikkelingen.
Nijver meisje, blauwe ogen. Vlijtig voor speurder spelend. Dood in Santa Fe.

63

De hotelkamer was groter dan een onderkomen in San Quentin en verschilde dankzij een kleurige en van iets te veel patroontjes voorziene inrichting volledig van het saaie grijze gevangenisdecor, maar voelde toch aan als een cel. In de badkamer moest Martie bij het zien van de badkuip aan Susan denken, ondergedompeld in rood gekleurd water, ook al was de aanblik van haar dode vriendin haar bespaard gebleven. Er was geen raam dat open kon en ze werd benauwd van de warme lucht die ondanks het feit dat de thermostaat zo laag mogelijk stond naar binnen werd gepompt. Ze voelde zich afgesloten, opgejaagd en bijna in een hoek gedreven. De autofobie, die sinds negen uur op een bijzonder laag pitje had gestaan, leek ieder moment getransformeerd te kunnen worden tot een vergevorderde staat van claustrofobie.

Actie. Handelingen, intelligent en op een moreel verantwoorde wijze uitgevoerd, vormen de oplossing voor de meeste problemen. Zo staat het geschreven op bladzijde 1 van de filosofie van Smilin' Bob. En ze ondernamen ook iets, hoewel alleen de tijd zou leren of hun aanpak intelligent genoeg was.

Eerst verdiepten ze zich in Roy Clostermans dossier over Mark Ahriman en besteedden met name aandacht aan de informatie over de Pastore-moorden en over de zaak van de peuterschool in New Mexico. Uit de fotokopieën van krantenartikelen selecteerden ze namen en maakten een lijst van de mensen die het slachtoffer waren geworden en wier verdriet mogelijk naast aanwijzingen ook een vernietigende getuigenverklaring zou opleveren.

Toen ze Clostermans dossier helemaal doorgewerkt hadden, gebruikte Dusty *Raymond Shaw* en de blad-haiku om toegang te krijgen tot Martie en haar te laten afdalen naar de kapel in haar geest – nadat hij haar eerst plechtig had beloofd dat hij geen enkele verandering zou aanbrengen in haar psyche en haar slechte eigen-

schappen ongemoeid zou laten, wat ze zowel grappig als ontroerend vond.
Net als bij Skeet droeg hij haar zorgvuldig op om alles te vergeten wat Raymond Shaw ooit tegen haar had gezegd, om alle beelden van de dood die Shaw in haar geest had geïmplanteerd van zich af te zetten, om niet alleen bevrijd te zijn van het besturingsprogramma dat Shaw in haar had geïnstalleerd maar ook voorgoed van haar autofobie. Op een bewust niveau hoorde ze niets van wat hij zei en herinnerde zich later ook niets van wat er was gebeurd nadat hij de activeringsnaam had uitgesproken tot...
Knip, waarop ze wakker werd en zich fris en schoon voelde, wat bijna twee dagen lang niet het geval was geweest. Haar oude vriend hoop kreeg weer een plaatsje in haar binnenste. Toen de proef op de som werd genomen, reageerde ze niet meer op *Raymond Shaw*.
Op haar beurt bevrijdde Martie Dusty nadat ze toegang tot hem had gekregen middels *Viola Narvilly* en de reiger-haiku.
Met een *knip* was hij weer bij haar terug.
Ze zat diep in zijn prachtige ogen te kijken toen ze na de trance weer helder werden en begreep het verschrikkelijke gevoel van verantwoordelijkheid waaronder hij gebukt was gegaan toen hij zich toegang had verschaft tot Skeet en hem had geïnstrueerd. Hoe ontzagwekkend en beangstigend was het geweest om haar man zo kwetsbaar voor zich te hebben terwijl de allerdiepste kamers van zijn geest voor haar openstonden, voor elke verandering die zij erin wenste aan te brengen; hoe ontzagwekkend en vernederend was het ook om haar meest fundamentele ik voor hem bloot te leggen, om zo naakt en hulpeloos te zijn, met als enige verdediging een absoluut vertrouwen.
Toen ze het probeerden, was ook hij niet langer toegankelijk.
'Vrij,' zei hij.
'Het is nog veel mooier,' zei ze. 'Van nu af aan zul je het vuur uit je sloffen lopen als ik tegen je zeg dat je het vuil buiten moet zetten.'
Hij lachte veel te hard om dat flauwe grapje.
Bij wijze van onafhankelijkheidsverklaring spoelde Martie haar valium door het toilet.

Omdat hij in een uitstekend humeur was geweest toen hij eerder die avond van huis ging, reed de dokter in zijn vuurrode Ferrari Testarossa die even laag en snel was als een hagedis, maar de wagen was veel te opvallend voor de stemming waarin hij momenteel verkeerde. Zijn Mercedes zou ook niet het juiste voertuig zijn geweest, veel te statig en te officieel voor een vent die zo ontzettend de pest in had dat hij met genoegen iemand de keel af zou snijden. Een van zijn verzameling ouderwetse auto's zou beter naar zijn zin zijn geweest: met name de Buick Riviera uit '63 met de verlaagde carrosserie, de tweedelige grill, de elliptische, verzonken koplampen, een uit meerdere delen bestaande achterbumper en andere bijzondere details die ervoor zorgden dat de auto eruitzag als een demonisch voertuig, bezeten en onverwoestbaar, dat zich in een film zelf zou besturen op moorddadige missies.

Hij stopte bij een avondwinkel om te bellen want hij wilde zijn mobiele telefoon of zijn telefoon thuis niet gebruiken.

Dit land was in het grootse nieuwe millennium één gigantisch biechthok met toeluisterende priesters van de wereldlijke kerk die verscholen achter elektronische beeldschermen elk gesprek volgden. De dokter controleerde zijn huis, zijn praktijkruimtes en zijn auto's iedere maand op afluisterapparatuur, een werkje dat hij zelf opknapte met behulp van een uitrusting die hij met contant geld had gekocht, omdat hij de privébeveiligingsfirma's die dat soort diensten aanboden geen van alle vertrouwde. Maar een telefoon kon ook op afstand afgeluisterd worden en daarom moesten alle belastende gesprekken altijd gevoerd worden via telefoons die niet op zijn naam stonden.

De telefooncel bij de winkel was tegen de muur bevestigd. Als de dokter door een surveillanceploeg in de gaten werd gehouden, zou de wind storend werken op een richtmicrofoon, maar hij wist eigenlijk wel zeker dat hij niet werd gevolgd. Als deze telefoon een bekend contact was voor drugsdealers bestond de mogelijkheid dat elk gesprek automatisch op band werd opgenomen en in dat geval zou een stemanalyse eventueel bij een proces als belastend bewijsmateriaal tegen Ahriman gebruikt kunnen worden, maar dat was een miniem en niet te vermijden risico.

Hoewel de dokter erop kon rekenen dat zijn hooggeplaatste vrienden een succesvolle vervolging wegens vrijwel iedere misdaad in de weg zouden staan, was hij toch altijd voorzichtig. Eigenlijk was het juist de kans dat hij door die 'vrienden' zou worden afgeluisterd die hem ertoe bewoog om zijn huis iedere maand opnieuw te controleren en hij vond het belangrijker dat zij onwetend bleven van zijn privéspelletjes dan dat hij zich zorgen maakte over de politie. De dokter zou zonder aarzelen een vriend verraden als hij daar voldoende baat bij zou hebben en hij ging ervan uit dat elke vriend hetzelfde met hem zou doen.

Hij toetste een nummer in, stopte wat munten in de telefoon, beschermde de microfoon met zijn holle hand tegen de huilende wind en toen er na drie keer overgaan werd opgenomen, zei hij: 'Ed Mavole', wat de naam was van een van de personages uit *The Manchurian Candidate*.

'Ik luister.'

Ze namen de haiku door die hem toegang verschafte en daarna zei de dokter: 'Vertel me of je wel of niet alleen bent.'

'Ik ben alleen.'

'Ik wil dat je naar het huis van Dusty en Martie in Corona Del Mar gaat.' Hij keek op zijn horloge. Bijna middernacht. 'Ik wil dat je om drie uur in de ochtend naar hun huis gaat, dat is over bijna drie uur. Vertel me of je dat wel of niet begrijpt.'

'Ik begrijp het.'

'Je neemt twintig liter benzine mee en een doosje lucifers.'

'Ja.'

'Wees alsjeblieft discreet. Zorg er goed voor dat je niet gezien wordt.'

'Ja.'

'Je zult door hun achterdeur naar binnen gaan. Onder de deurmat ligt een sleutel die ik daar voor je heb achtergelaten.'

'Dank u wel.'

'Graag gedaan.'

Omdat hij ervan overtuigd was dat zijn slachtoffer niet over de technische kennis beschikte om met succes een huis tot de grond toe af te laten branden, dook de dokter in elkaar tegen de felle wind en besteedde vijf minuten aan een uitleg hoe ontvlambare vloeistoffen en bijzonder brandbaar materiaal die zich al in het pand bevonden het best aangewend konden worden als aanvulling op de benzine. Vervolgens bracht hij zijn gehoorzaam toeluisterende gesprekspartner op de hoogte van de vier cruciale architectonische bijzonderheden waar een brandstichter gebruik van kon maken.

Ondanks het gevaar waarin ze verkeerden of misschien wel juist daarom, ondanks hun verdriet of misschien wel juist daarom vrijden Martie en Dusty met elkaar. Hun trage, moeiteloze paring was evenzeer een bevestiging als een geslachtsdaad: een bevestiging van het leven, van hun liefde voor elkaar en van hun vertrouwen in de toekomst.

Gedurende die fijne minuten was er geen angst die hen kwelde, geen geestelijke demonen of duivels die de wereld bevolkten, en ook leek de hotelkamer niet langer zo klein en benauwd als daarvoor. Zolang het soepele ritme voortduurde, was er geen sprake van dat de grens tussen feiten en verzinsels, tussen werkelijkheid en fantasie vervaagde, want de werkelijkheid was teruggebracht tot hun twee lichamen en hun wederzijdse tederheid.

Thuis, in zijn studeerkamer met de lambrisering van opengewerkt hout, ging de dokter in zijn ergonomische met struisvogelleer beklede stoel zitten en keek toe hoe zijn computer uit het bureaublad omhoogrees. Het liftmechanisme zoemde zacht.
Hij stelde een bericht samen waarin hij waarschuwde voor de reisplannen van Martine en Dustin Rhodes, nauwgezette persoonsbeschrijvingen verstrekte en verzocht, als een persoonlijke gunst, om hen te laten volgen vanaf het moment dat ze in New Mexico landden. Als hun onderzoek geen resultaten zou opleveren, mochten ze weer terugkeren naar Californië. Als ze erin slaagden om inlichtingen te krijgen die de dokter schade zouden kunnen berokkenen, gaf hij er de voorkeur aan dat ze daar in het Betoverde Land, zoals de ingezetenen het noemden, vermoord zouden worden zodat hem de moeite bespaard bleef om zich van hen te ontdoen als ze weer terugkeerden naar de Gouden Staat. Als het noodzakelijk bleek om hen in New Mexico te elimineren, dan moest het echtpaar eerst overreed worden om de verblijfplaats van de broer van meneer Rhodes, Skeet Caulfield, te onthullen.
Terwijl Ahriman zijn bericht nog eens doorlas om er zeker van te zijn dat het duidelijk was, had hij niet het gevoel dat hij Dusty of Martie ooit weer in levenden lijve zou zien, maar toch bleef hij nog enige hoop koesteren. Ze waren tot nu toe verbazend inventief geweest, maar hij kon niet anders dan geloven dat een simpele huisschilder en een meisje dat videospelletjes ontwierp hun beperkingen hadden.
Als ze echter weinig talent bleken te hebben om voor detective te spelen zou Ahriman, wellicht als ze terugkwamen naar Californië, er wel in slagen om een ontmoeting met hen te arrangeren. Dan kon hij zich toegang tot hen verschaffen, hen ondervragen om erachter te komen wat ze over zijn ware aard te weten waren gekomen en hen rehabiliteren door alle herinneringen te wissen die remmend zouden werken op hun aanhoudende gehoorzaamheid of een negatieve invloed hadden op hun ingeprogrammeerde bewondering voor hem. Als hij daarin zou slagen, zou het spel gered zijn.
Hij had de werknemers in New Mexico ook kunnen vragen om het echtpaar te ontvoeren en ervoor te zorgen dat hij ze een voor een aan de telefoon kreeg, zodat hij zich op afstand toegang tot hen kon verschaffen, hen kon ondervragen en rehabiliteren. Helaas zouden zijn vrienden dan op de hoogte zijn van zijn privéspel en hij wilde niet dat ze iets te weten zouden komen over zijn handelwijze, zijn beweegredenen en zijn persoonlijke genoegens.
Momenteel bestond er een uitmuntende relatie tussen hem en het ge-

nootschap van marionettenspelers in New Mexico, waar beide partijen baat bij hadden. Twintig jaar geleden had dr. Ahriman de effectieve formule ontwikkeld van een combinatie van verdovende middelen die de geest in een programmeerbare staat bracht en die had hij sindsdien voortdurend verfijnd. Hij had ook de bijbel over programmeertechnieken geschreven, waarvan anderen tot op de dag van vandaag geen duimbreed afweken. Een handjevol mannen – en twee vrouwen – konden deze machtswonderen verrichten, maar binnen het genootschap kon niemand bij de dokter in de schaduw staan. Hij was de marionettenspeler der marionettenspelers en als ze een bijzonder moeilijk of netelig geval hadden, kwamen ze bij hem. Hij weigerde nooit en stuurde geen rekeningen – maar al zijn reiskosten werden vergoed, hij ontving een ruime jaarlijkse toelage voor maaltijden onderweg en bij iedere kerst kreeg hij een klein maar attent geschenk van persoonlijke aard (schapenleren rijhandschoenen, lapis lazuli manchetknopen of een stropdas, handbeschilderd door de griezelig begaafde kinderen uit een Tibetaans klooster voor mystiek doven).

Drie of vier keer per jaar vloog hij op hun verzoek naar Albany of naar Little Rock, naar Hialeah of naar Des Moines, of naar Falls Church, voor het merendeel plaatsen die hij anders nooit onder ogen zou hebben gekregen, gekleed op een wijze die geen opzien baarde bij de plaatselijke bevolking en reizend onder valse namen als Jim Shaitan, Bill Sammael en Jack Appollyon. Daar, met voldoende personeel tot zijn beschikking, hield hij gedurende een of twee dagen programmeringssessies – gewoonlijk van een of twee slachtoffers – voordat hij weer terugvloog naar de weldadige kusten van de Stille Oceaan. Ter compensatie voor en als erkenning van zijn unieke status was Ahriman het enige lid van het genootschap dat van hun toezichthouders toestemming kreeg om zijn vaardigheden aan te wenden voor privéprojecten.

Een van de andere psychologen van het project – een jonge, met een sik getooide Duits-Amerikaan die helaas was opgezadeld met de achternaam Fugger – had een poging ondernomen om die status ook op zichzelf toe te passen, maar hij was betrapt. Onder de ogen van de andere programmeurs was Fugger, bij wijze van duidelijke les, aan stukken gehakt en beetje bij beetje aan een kuil vol zwiepende krokodillen gevoerd.

Omdat het dr. Ahriman niet was verboden om privéprojecten op te zetten, had hij geen uitnodiging ontvangen en was pas achteraf op de hoogte gebracht van de disciplinaire maatregel. Hij had een dusdanig leven geleid dat hij weinig reden had tot spijt, maar hij wens-

te toch uit het diepst van zijn hart dat hij het afscheidsfeestje van Fugger bij had kunnen wonen.
Nu voegde de dokter, gezeten achter het onyx blad van het bureau in zijn met opengewerkt hout betimmerde studeerkamer, nog twee regels aan zijn bericht toe om te melden dat de acteur volledig op de gewenste wijze was geprogrammeerd en dat de presidentiële neus binnenkort zeker een week lang uitgebreid in de media aan bod zou komen, compleet met geleerde analyses van zowel de gebruikelijke deskundigen als een aantal toonaangevende KNO-artsen.
Een ploeg agressieve speurhonden, losgelaten door het Witte Huis en momenteel snuffelend in de diverse activiteiten van bepaalde al te slimme bureaucraten op het ministerie van economische zaken, zou ongetwijfeld binnen vierentwintig uur na het opnieuw aannaaien van de voorgevel van 's lands hoogste ambtenaar worden teruggefloten, waarop de regering zich weer met het volk kon gaan bezighouden.
Aangezien de dokter zelf een geboren politicus was, voegde hij een paar persoonlijke kanttekeningen toe: een gelukswens voor de verjaardag van een van de andere programmeurs; een vraag naar de gezondheid van het oudste kind van de directeur van het project dat een behoorlijke griepaanval had gehad; en een hartelijk gefeliciteerd voor Curly van de onderhoudsdienst wiens huwelijksaanzoek door zijn vriendin was aanvaard.
Hij stuurde het document via e-mail naar het instituut in Santa Fe, gebruik makend van een onbreekbaar beveiligingsprogramma dat niet beschikbaar was voor het gewone publiek en speciaal was ontwikkeld voor gebruik door het genootschap en haar leden.
Wat een dag.
Zulke hoogtepunten en zulke dieptepunten.
Om weer wat vrolijker te worden en zichzelf te belonen voor het feit dat hij zo kalm en geconcentreerd was gebleven bij al die tegenslagen ging de dokter naar de keuken en maakte een grote kersensorbet klaar. Hij gaf zichzelf ook een schaal Milano-koekjes van Pepperidge Farm, waar zijn moeder ook zo dol op was geweest.

Woeste windvlagen die als gillende geesten uit de hemel omlaag sloegen, sirenes die als kreten van kwelgeesten omhoogkringelden, bomen die ertussen in de tang zaten en krampend en kreunend werden gemarteld, gerafelde flarden oranje die zich door de kruinen van de palmen en de laurierbomen slingerden: dit was Halloween in januari of een doorsneedag in de hel. Nu sprongen er weer ruiten op de eerste verdieping en scherven glas, glinsterend van de weerspiegeling van de vlammen, tinkelden omlaag op het dak van de veranda aan de voorkant als een onmelodieuze pianopassage in een symfonie van vernieling.

Brandweerauto's en voertuigen van reddingsdiensten versperden de smalle straat, zwaailichten zwiepten en schijnwerpers straalden, dienstradio's stonden roodgloeiend van stemmen die knetterden als vlammen. Brandslangen slingerden als een kolonie pythons over het natte wegdek, als bij toverkracht voortgedreven door het ritmische gepomp van de brandweerlieden.

Tegen de tijd dat de eerste brandweerauto arriveerde, stond de woning van de Rhodes al in lichterlaaie en omdat de huizen in deze buurt zo dicht op elkaar stonden, concentreerde de brandweer zich in eerste instantie op het nathouden van de daken van de naburige panden en de bomen in de directe omgeving, om te voorkomen dat de brand over zou slaan. Pas toen die ramp op het nippertje was voorkomen werd het spuitkanon van de grootste wagen op het Victoriaanse pandje gericht.

Het huis met al het decoratieve kantwerk leek te stralen in de vurige kransen waarmee het was omgeven, maar onder de vlammen was het kleurige schilderwerk in San Francisco-stijl al weggeschroeid en vervangen door roet en rotzooi. De voorgevel knakte en liet de laatste ruit springen. Het dak begon in te zakken. De overkapping van de veranda stortte in. Uiteindelijk werden alle brandslangen op het huis gericht, maar het vuur scheen zich te laven aan het water en zoog het naar binnen zonder te doven.

Toen een groot gedeelte van het dak omlaag stortte en tussen de brandende muren verdween, steeg er een kreet van ontzetting op uit het groepje buren dat zich aan de overkant van de straat had verzameld. Plotseling golfden grote massa's donkere rook omhoog en galoppeerden voortgedreven door de wind als een kudde paarden uit een helse nachtmerrie naar het westen.

Martie werd door een ziedende brand gedragen en de sterke armen die haar omvat hielden, waren die van haar vader, Smilin' Bob Woodhouse. Hij had zijn werkkleding aan: de helm met het groepsnummer en het personeelsnummer op de voorklep, de uniformjas met de reflecterende veiligheidsstrepen, de brandvrije handschoenen. Zijn brandweerlaarzen kraakten over het smeulende puin toen hij haar vastberaden in veiligheid bracht.

'Maar papa, je bent toch dood,' zei Martie en Smilin' Bob zei: 'Tja, ik ben dood en ik ben niet dood, Miss M., maar sinds wanneer houdt dood-zijn in dat ik er niet meer ben als jij me nodig hebt?'

Ze werden omringd door vlammen, af en toe speels en doorschijnend, dan weer even ondoordringbaar als steen, alsof dit niet zomaar een huis was dat door brand verzengd werd maar een gebouw dat uit vuur was opgetrokken, het Parthenon van de vuurgod in eigen persoon, met massieve pilaren en lateien en togen van vuur, mozaïekvloeren met ingewikkelde, vlammende patronen en vertrek na vertrek vol oneindige vuurzeeën waar ze doorheen moesten op zoek naar een uitgang die niet scheen te bestaan.

Toch voelde Martie zich veilig in de beschutting van haar vaders armen en ze hield zich aan hem vast met haar linkerarm om zijn schouders in de vaste overtuiging dat hij haar vroeg of laat uit dit huis zou wegdragen – tot ze achteromkeek en zag wie hen achternazat. De Bladman liep achter hen aan en hoewel hij van binnen uit in brand leek te staan werd hij niet vernietigd door de vlammen die zich aan hem voedden. In feite leek hij zelfs groter en sterker te worden, want het vuur was zijn vijand niet; het was de bron van zijn kracht. Terwijl hij dichterbij kwam, vonkende bladeren en sluiers van as om zich heen strooiend, stak hij zijn beide handen uit naar Smilin' Bob en naar de dochter van de brandweerman en klauwde vlak voor haar gezicht door de hete lucht. Ze begon te beven en van doodsangst te snikken, zelfs in de armen van haar vader, te snikken en te snikken. Steeds dichterbij kwamen de donkere oogholtes en de hongerige zwarte muil met rafelige bladlippen en tanden van vuur, steeds dichter- en dichterbij, en nu kon ze de herfststem van de Bladman horen, kil en stekelig als een veld vol distels onder een volle oktobermaan: 'Ik wil proeven. Ik wil je tranen proeven...'

Ze schrok op uit haar slaap en stond in een oogwenk naast het bed, wakker en waakzaam, maar toch was haar gezicht zo warm dat het leek alsof ze nog steeds omringd werd door vlammen en ze kon de vage rooklucht ruiken.

Ze hadden een lamp in de badkamer aangelaten en de deur op een kier laten staan, zodat de claustrofobische hotelkamer niet volledig verduisterd zou zijn. Martie kon genoeg zien om te weten dat de lucht schoon was; er hing geen sluier van rook.

Maar toch bleef die vage, scherpe lucht om haar heen hangen en ze werd bang dat het hotel in brand stond, dat de lucht – en misschien zelfs wel de rook zelf – onder de deur vanuit de gang naar binnen sijpelde.

Dusty lag te slapen en ze stond op het punt om hem wakker te maken, toen ze zich bewust werd van de man die in het halfduister stond. Hij stond zo ver mogelijk af van het bleke streepje licht dat uit de badkamer viel.

Martie kon zijn gezicht niet duidelijk zien, maar ze kon zich niet vergissen in de vorm van zijn brandweerhelm. Of in de lichtgevende strepen op zijn uniformjas.
De schaduwen speelden haar parten. Vast, ja vast. Maar toch... nee. Dit was niet zomaar een illusie.
Ze wist zeker dat ze wakker was, zo zeker als wat. En toch stond hij daar, hooguit drie of drieëneenhalve meter bij haar vandaan, nadat hij haar uit de nachtmerrie vol ziedende vlammen had gedragen. De droomwereld en de wereld waarin deze hotelkamer zich bevond, leken plotseling gelijkwaardig, beide onderdeel van dezelfde werkelijkheid en slechts gescheiden door een sluier die nog dunner was dan het gordijn van de slaap. Hier was de waarheid, zuiver en doordringend, zoals we er slechts zelden een blik op kunnen werpen, en Martie was ademloos, als aan de grond genageld door dat besef.
Ze wilde naar hem toe, maar werd tegengehouden door een eigenaardig soort fatsoen dat haar als van nature ingaf dat zijn wereld de zijne was en haar wereld de hare, dat deze tijdelijke ontmoeting van die twee werelden slechts kortstondig was, een gunst waar ze geen misbruik van mocht maken.
In zijn schaduwen scheen de brandweerman – en tevens nachtwaker – goedkeurend te knikken bij haar terughoudendheid. Ze dacht dat ze de vage glans zag van tanden die verschenen in de halve cirkel van een vertrouwde en geliefde glimlach.
Ze ging weer in bed liggen, met haar hoofd ondersteund door twee kussens, en trok de dekens op tot haar kin. Haar gezicht was niet warm meer en de rooklucht was verdwenen.
De klok op het nachtkastje gaf aan dat het 3:35 uur in de ochtend was. Ze betwijfelde of ze nog zou kunnen slapen.
Vol verbazing keek ze opnieuw naar die eigenaardige schaduwen en hij stond er nog steeds.
Ze glimlachte, knikte en sloot haar ogen en toen ze een poosje later het kenmerkende gekraak van zijn rubber brandweerlaarzen hoorde en het geritsel van zijn uniformjas deed ze haar ogen niet open. En ze deed ze evenmin open toen ze voelde hoe het asbest van de brandvrije handschoen haar hoofd raakte en ook niet toen hij haar haar op het kussen gladstreek.
Hoewel Martie had verwacht dat ze gedurende de rest van de nacht geen oog meer dicht zou doen, werd ze overmand door een bijzonder vredige slaap en werd pas een uur later weer wakker, in de stilte voor de zonsopgang, een paar minuten voordat ze gewekt zouden worden door de telefonist van het hotel.
Ze kon niet langer ook maar het geringste spoor van een rooklucht

ontdekken en in de satijnen schaduwen stond geen bezoeker meer op wacht. Ze was weer terug in één wereld, haar eigen wereld, zo vertrouwd, zo beangstigend en toch zo vol belofte.
Ze kon tegenover niemand bewijzen wat gedurende de nacht werkelijkheid was geweest en wat niet, maar zelf was ze ervan overtuigd dat ze de waarheid onderkende.
Terwijl de telefoon naast het bed begon te rinkelen om hen wakker te bellen, wist ze dat ze Smilin' Bob in deze wereld nooit weer zou zien, maar ze vroeg zich af hoe snel ze hem in de zijne zou ontmoeten: over vijftig jaar of misschien al morgen.

64

In hoog gelegen woestijngebieden is het ’s winters niet echt warm en Martie en Dusty troffen donderdagochtend bij aankomst op Santa Fe Municipal Airport een koude, droge lucht en een bleek landschap aan dat inmiddels even windstil was als het maanoppervlak.

Nadat de koffer met de speelgoedbrandweerauto in Orange County zonder problemen door de controle was gekomen, hadden ze hun twee koffers meegenomen als handbagage. Omdat ze niet meer langs de bagagecarrousel hoefden, konden ze direct doorlopen naar het autoverhuurbedrijf.

Terwijl ze in de tweedeurs-Ford stapte, snoof Martie een hoeveelheid naar citrusvruchten ruikende luchtverfrisser op waar een sinaasappelboomgaard zich niet voor had hoeven te schamen. Toch kon de geur de onderliggende smerige stank van verschaalde sigarettenrook niet helemaal verbergen.

Op Cerrillos Road, toen Dusty net de stad binnenreed, draaide Martie de koperen schroeven uit de bodem van de brandweerauto. Ze trok de vilten schoenenzak uit de auto en het pistool uit de schoenenzak.

‘Wil jij het bij je hebben?’ vroeg ze aan Dusty.

‘Nee, hou jij het maar.’

Dusty had voor de fijn uitgebalanceerde Springfield Armory Champion gekozen, een model van de Colt Commander dat door de wapenfabriek in Springfield met een aantal extra onderdelen op de markt werd gebracht. Het compacte lichtgewichtpistool, dat zeven kogels kon bevatten, was gemakkelijk te hanteren en was voorzien van een taps toelopende magazijnopening, een gegroefde loop met een verlaagde en wijd uitlopende uittredingspoort, een Novak combat-vizier, een gepolijste laadslede, een gepolijst uitwerpmechanisme en zwenkarm en een trekker van het type A-1 die afgesteld was op een druk van 2,05 kilo.

Aanvankelijk had ze het pistool niet eens willen hebben. Maar nadat ze bij een stuk of tien bezoeken aan een schietbaan zo'n tweeduizend patronen had afgevuurd, bleek ze net iets vaardiger met het wapen om te springen dan Dusty en daar was ze zelf nog verbaasder over dan hij.

Ze stopte het pistool in haar handtas.

Dat was geen ideale plek, want op die manier kon je het niet snel en ongehinderd trekken. Dusty had wel naar holsters gekeken, alleen maar om op de schietbaan te gebruiken, maar hij was er nog niet aan toegekomen om er een te kopen.

Omdat ze een spijkerbroek aanhad, een donkerblauwe trui en een blauw tweedjasje, had Martie het pistool ook tussen haar broekriem kunnen steken, op haar buik of in haar rug, want dan zou het onder de trui verstopt hebben gezeten. Maar in beide gevallen zou ze er veel last van hebben, dus was de handtas de enige mogelijkheid.

'Nu zijn we officieel bandieten,' zei ze terwijl ze de rits van het grote middenvak openliet om er sneller bij te kunnen.

'Dat waren we al op het moment dat we aan boord van het vliegtuig gingen.'

'Ja, maar nu hebben we ook in New Mexico de wet overtreden.'

'Hoe voelt dat?'

'Kwam Billy Bonney niet uit Santa Fe?' vroeg ze.

'Billy the Kid? Dat weet ik niet.'

'Hij kwam in ieder geval uit New Mexico. Maar ik kan je wel vertellen dat ik me voor geen meter als Billy the Kid voel. Tenzij hij altijd zo bang was dat hij bijna in zijn broek pieste.'

Ze stopten bij een winkelcentrum en kochten een cassetterecorder plus een voorraadje minicassettes en batterijen.

Met behulp van het telefoonboek, dat met een ketting vastzat aan de cel, liepen ze, terwijl hun adem in halfbevroren wolkjes boven de bladzijden hing, het korte rijtje namen door dat ze uit de artikelen in het dossier van Roy Closterman hadden gehaald. Sommige van die mensen stonden niet in de gids en waren waarschijnlijk dood of woonden niet meer in de stad. En een aantal van de inmiddels volwassen meisjes was misschien getrouwd en had nu een nieuwe naam. Maar toch vonden ze een paar adressen van mensen op de lijst.

Toen ze weer in de auto zaten en bij wijze van lunch een portie kiptaco's uit een fastfoodrestaurant aten, bestudeerde Dusty de kaart van de stad die ze van het autoverhuurbedrijf hadden gekregen terwijl Martie batterijen in de cassetterecorder deed en de gebruiksaanwijzing doorlas. De recorder was een toonbeeld van eenvoud en gemakkelijk te bedienen.

Ze hadden geen flauw idee welke getuigen bereid zouden zijn om een verklaring af te leggen en of ze dingen zouden vertellen die het verhaal bekrachtigden waarmee ze zelf in Californië naar de politie hoopten te gaan, maar proberen kon geen kwaad. Zonder de verklaringen van andere mensen die eveneens het slachtoffer waren geworden van de praktijken van Ahriman en die het verhaal een wat bredere context gaven, zouden de aanklachten die Martie en Dusty indienden belachelijke, paranoïde wartaal lijken en niemand zou hen serieus nemen, zelfs niet na het horen van de band met Susans boodschap.

Er waren twee positieve punten die hun een hart onder de riem staken. Ten eerste wisten ze dankzij de dingen die Roy Closterman had ontdekt dat er mensen in Santa Fe waren die Ahriman haatten, die hem verdachten van de ergste schendingen van zijn beroepseed als arts en therapeut en die er ronduit knettergek van waren geworden dat hij niet was opgepakt en gewoon uit de staat had kunnen vertrekken zonder dat zijn reputatie ook maar de geringste deuk had opgelopen en dat hij gewoon zijn beroep als arts kon blijven uitoefenen. Dat soort mensen moest toch vast en zeker wel op hun hand zijn.

Het tweede punt was dat Ahriman niet op de hoogte was van alles wat ze over zijn verleden hadden ontdekt, dat het ook niet waarschijnlijk was dat hij vermoedde dat zij in staat en intelligent genoeg waren om erachter te komen waar en wanneer hij zijn eerste stappen op het gebied van hersenspoelen had gezet en dat hij dus nooit op het idee zou komen om hen in Santa Fe te zoeken. En dat betekende weer dat ze op z'n minst een dag of twee, en misschien nog wel langer, hun gang konden gaan zonder bang te zijn dat ze de aandacht zouden trekken van de mysterieuze mannen die Brians oor hadden afgesneden.

Hier, in het land van Ahrimans verleden en onopgemerkt door de radar van de psychiater en zijn raadselachtige bondgenoten, zouden ze er misschien in slagen om zoveel inlichtingen te verzamelen dat hun verhaal geloofwaardig werd als ze zich uiteindelijk in Californië tot de autoriteiten wendden.

Nee. 'Zouden' was geen goed woord. 'Zouden' was een woord voor mislukkelingen. 'Moesten' was het woord dat ze zocht, het woord dat in de woordenschat van een winnaar thuishoorde. Ze *moesten* erin slagen om genoeg inlichtingen te verzamelen; en omdat het moest, lukte het ook.

Actie.

Toen ze wegreden bij het winkelcentrum zat Martie aan het stuur terwijl Dusty op de kaart keek en vertelde hoe ze moest rijden. Boven dit hoge land hing de hemel laag en had de kleur van gips. Die lage, schurende wolken zagen er ook ijzig uit en volgens het weerbericht op de radio zouden ze voor de dag om was wel een portie sneeuw van elkaar afschrapen.

Het huis lag een paar straten voorbij de kathedraal van Franciscus van Assisi en was omringd door een adobemuur die bij een paar treetjes overging in een toog met daarin een houten spijltjesdeur.
Martie parkeerde langs het trottoir. Samen met Dusty ging ze gewapend met een cassetterecorder en een verborgen pistool bij iemand op bezoek, een vleugje Californië in het mystieke Santa Fe.
Naast de houten deur hing onder een koperen lamp met koperkleurige micaruitjes een weelderige tros Spaanse pepers over de muur van in de zon gedroogde stenen omlaag. De tijd voor zo'n vrolijke herfstdecoratie was eigenlijk allang voorbij en de rode pepertjes waren gedeeltelijk wit uitgeslagen, maar nog kleurig en glanzend op de plekken waar de vruchten met een laagje ijs waren bedekt.
De deur stond op een kier en erachter lag een terras van klinkers. Vlak boven de grond prikten verschillende soorten agaves hun bladeren in de lucht en hoge pijnbomen zouden diepe schaduwen hebben geworpen als de zon had geschenen.
Het huis was een bungalow in pueblostijl en alleen daarom leek het al terecht dat deze staat zich erop beriep het Betoverde Land te zijn. Stevig gebouwd, met afgeronde hoeken, een en al vloeiende lijnen en aardetinten. Verzonken deur- en vensteropeningen en simpele kozijnen.
Een veranda liep over de volle breedte van het gebouw, rustend op door de tijd gladgeslepen grenen pilaren en gebeeldhouwde steunberen beschilderd met blauwe sterretjespatronen. In de overkapping werden de ruimtes tussen de dikke grenen balken waar het dak op steunde overbrugd door smalle essen latten.
De voordeur had een ronde bovenkant en was versierd met houtsnijwerk in de vorm van rozetten, schelpen en gedraaide koorden. De handgemaakte ijzeren deurklopper was een coyote die aan zijn achterpoten hing. Zijn voorpoten klapten tegen een grote ijzeren plaat die in de deur was gezet en toen Dusty klopte, weergalmde het geluid in de koude, windstille lucht over het hele voorterras.
De deur werd opengedaan door een vrouw van een jaar of dertig, van wie één kant van de familie hooguit twee generaties geleden uit Italië was geëmigreerd; maar in een andere tak van haar stamboom was ontegenzeggelijk Navajo gekerfd. Ze was bijzonder aantrekke-

lijk, met hoge jukbeenderen, ogen donker als het verenpak van een raaf en haar dat zelfs nog zwarter was dan dat van Martie: een echte prinses uit het Zuidwesten in een witte blouse met geborduurde *bluebirds* op de kraag, een verschoten spijkerrok, omgeslagen witte sokken en afgetrapte witte gympen.

Dusty stelde zichzelf en Martie voor. 'We zijn op zoek naar Chase Glyson.'

'Ik ben Zina Glyson,' zei ze, 'zijn vrouw. Misschien kan ik u van dienst zijn.'

Dusty aarzelde en Martie zei: 'We zouden heel graag met hem willen praten over dokter Ahriman. Mark Ahriman.'

Mevrouw Glysons rustige gezicht vertoonde geen spoor van spanning en haar stem bleef vriendelijk toen ze zei: 'U komt bij mij aankloppen met de naam van de duivel. Waarom zou ik met u praten?'

'Hij is de duivel niet,' zei Martie. 'Hij is eerder een vampier en wij willen een staak recht door het hart van die klootzak drijven.'

De strakke en onderzoekende blik van mevrouw Glyson was even doordringend als die van een dorpsoudste bij een zitting van de stamraad. Een moment later stapte ze achteruit en nodigde hen uit om van de koude veranda binnen te komen in de warme vertrekken achter de dikke muren.

Normaal gesproken droeg de dokter geen verborgen wapen, maar met al die onzekerheden van dat Rhodes-gedoe leek het hem verstandiger om zich te bewapenen.

Martie en Dusty vormden daarginds in New Mexico geen direct gevaar voor hem. En ze zouden ook geen bedreiging zijn als ze terugkwamen, met de nadruk op áls, tenzij hij niet in staat was om zo dicht bij ze te komen dat hij de namen – *Shaw, Narvilly* – uit kon spreken, waardoor hun programma's geactiveerd werden.

Skeet was een ander geval. Zijn brein was door al die drugs een soort zeef geworden en scheen niet in staat te zijn om de essentiële onderdelen van een controleprogramma vast te houden als dat niet regelmatig opnieuw geladen werd. Als die kleine drugsmaniak het om de een of andere reden in zijn verwarde hoofd kreeg om stiekem achter Ahriman aan te gaan, was het best mogelijk dat hij niet onmiddellijk zou reageren op *dr. Yen Lo* en de kans zou krijgen om gebruik te maken van een mes, een pistool of welk ander wapen hij ook bij zich zou hebben.

Het pak dat de dokter droeg – dubbele rij knopen, grijs met een krijtstreepje – was van Ermenegildo Zegna en elegant gesneden. Uit puur modieus oogpunt had er eigenlijk een federale wet moeten zijn waar-

bij het verboden was om de lijn van zo'n kledingstuk te bederven door er een schouderholster onder te dragen. Gelukkig had de dokter de vooruitziende blik gehad om een speciale holster van soepel leer te laten maken waarin zijn wapen zo diep onder de arm en zo dicht tegen het lichaam werd gedragen dat zelfs de meester-kleermakers in Italië het wapen niet zouden kunnen ontdekken.
Een onappetijtelijke bobbel werd ook voorkomen doordat het een compact automatisch wapen was, de Taurus PT-111 Millennium, uitgerust met een verlengde Pearce-greep. Erg klein maar krachtig.
Na zijn drukke avond had de dokter uitgeslapen, iets waartoe hij in staat was omdat hij zich niet meer aan zijn gebruikelijke donderdagochtendafspraak met Susan Jagger hoefde te houden nu ze zo dood was. Omdat hij tot na de lunch geen verplichtingen had, amuseerde hij zich door een bezoek te brengen aan zijn favoriete winkel voor antiek speelgoed, waar hij een in uitmuntende staat verkerende Gunsmoke Dodge City-speelset van Marx voor maar 3250 dollar en een gegoten Johnny Lightning Custom Ferrari voor maar 115 dollar kocht.
Er waren nog een paar andere klanten die rondsnuffelden in de winkel en met de eigenaar kletsten en dr. Ahriman had veel plezier toen hij zich voorstelde hoe het zou zijn als hij hun plotseling verraste door zijn pistool te trekken en hen zonder aanleiding een kogel in de maag te schieten. Maar natuurlijk deed hij dat niet, want hij was blij met zijn aankopen en hij wilde dat de eigenaar zich ook in de toekomst op zijn gemak zou voelen als hij terugkwam in de winkel, op zoek naar andere schatten.

De keuken rook naar versgebakken bruinbrood en uit een grote pan op het fornuis steeg de vlezige geur van chili zonder bonen op.
Zina belde haar man op zijn werk. Ze waren eigenaar van een galerie op Canyon Road. Toen hij hoorde waarom Martie en Dusty hem op kwamen zoeken, was hij binnen tien minuten thuis.
Terwijl ze op hem zaten te wachten, schonk Zina rode stenen mokken vol sterke koffie die op smaak was gebracht met een vleugje kaneel en presenteerde koekjes met geroosterde nootjes.
Toen Chase binnenkwam, zag hij er niet uit alsof hij zijn brood verdiende in een kunstgalerie, maar hij leek meer op een cowboy: lang en slungelig, verward stroblond haar, een knap gezicht verweerd door wind en zon. Hij was zo'n man die alleen maar door een stal hoeft te lopen om het vertrouwen te winnen van alle paarden, die zacht tegen hem zouden hinniken en hun nek zo ver mogelijk over de staldeur zouden steken om aan zijn handen te snuffelen.

Zijn stem was rustig maar gespannen toen hij bij hen aan de keukentafel kwam zitten. 'Wat heeft Ahriman jullie aangedaan?'

Martie vertelde hem over Susan. De verergerende agorafobie, de vermoedelijke verkrachtingen. De plotselinge zelfmoord.

'Hij heeft haar dat op de een of andere manier láten doen,' zei Chase Glyson. 'Dat denk ik. Daar ben ik van overtuigd. Zijn jullie vanwege die vriendin helemaal hiernaartoe gekomen?'

'Ja. Mijn beste vriendin.' Martie vond het niet nodig om hem meer te vertellen.

'Meer dan negentien jaar geleden heeft hij mijn familie geruïneerd,' zei Chase, 'en meer dan tien jaar geleden lazerde hij op uit Santa Fe. Ik heb een tijdje gehoopt dat hij dood was. Toen werd hij beroemd door zijn boeken.'

'Vind je het goed dat we je verhaal opnemen?' vroeg Dusty.

'Ja hoor, dat vind ik best. Maar wat ik heb te zeggen... Verrek, in de loop der jaren heb ik dat al wel honderd keer aan de smerissen verteld en aan diverse officieren van justitie, tot ik zo schor was als een verkouden kikker. Maar niemand luisterde naar me. Nou ja, die ene keer dat iemand wel luisterde en dacht dat ik best de waarheid zou kunnen spreken, kreeg hij bezoek van een paar hooggeplaatste vriendjes van Ahriman die hem mores leerden, zodat hij voortaan verdomd goed zou weten wat hij hóórde te denken van mijn ma en pa.'

Terwijl Martie en Dusty het verhaal van Chase Glyson opnamen, zat Zina op een krukje voor een ezel naast de open haard en maakte een pentekening van een eenvoudig stilleven dat ze eerder had opgesteld op een hoekje van de geschuurde grenen tafel waaraan zij zaten. Vijf eigenaardig gevormde stukken indiaans aardewerk, waaronder een kan met twee tuiten.

Wat Chase vertelde, was in essentie hetzelfde verhaal als in de knipsels uit Roy Clostermans dossier. Teresa en Carl Glyson hadden al jarenlang een succesvolle peuterschool, de Little Jackrabbit School, toen zij en drie van hun werknemers ervan werden beschuldigd dat ze kinderen van beide seksen hadden aangerand. Net als bij de zaak-Ornwahl, jaren later in Laguna Beach, had Ahriman zogenaamd zorgvuldige, psychiatrisch verantwoorde, onthullende gesprekken gevoerd met de kinderen, waarbij hij af en toe gebruik had gemaakt van hypnotische regressie – en hij had in die verhalen een patroon aangetroffen dat de oorspronkelijke beschuldigingen onderschreef.

'Al dat gedonder was gewoon pure lulkoek, meneer Rhodes,' zei Chase Glyson. 'Mijn ouwelui waren de fijnste mensen die er bestonden.'

Zina zei: 'Terri, dat was de moeder van Chase, had nog liever haar hand afgehakt dan hem tegen een kind op te heffen.'
'En zo was mijn papa ook,' zei Chase. 'Bovendien kwam hij bijna nooit bij Little Jackrabbit. Alleen maar af en toe om wat dingen te repareren, want hij was heel handig. De school was mijn moeders aangelegenheid. Papa was mede-eigenaar van een garagebedrijf en daar had hij zijn handen vol aan. Er zijn meer dan genoeg mensen in de stad die er nooit een woord van hebben geloofd.'
'Maar er waren ook mensen die dat wel deden,' zei Zina somber.
'O,' zei Chase, 'je hebt altijd van die lui die bereid zijn om van alles te geloven. Als je die influistert dat Jezus een dronkenlap moet zijn geweest omdat er wijn werd geschonken tijdens het Laatste Avondmaal, dan roddelen ze hun ziel naar de verdoemenis om dat door te kletsen. De meeste mensen kwamen tot de conclusie dat het gewoon niet waar kon zijn en omdat er geen tastbare bewijzen waren, zou er waarschijnlijk nooit iemand veroordeeld zijn... tot Valerie-Maria Padilla zelfmoord pleegde.'
'Een van de leerlingen,' zei Martie, 'dat vijfjarige meisje.'
'Ja, mevrouw.' Het gezicht van Chase leek te verduisteren alsof er een wolk tussen hem en de lampen aan het plafond was geschoven. 'Ze liet dat afscheidsbriefje achter, die tekening met kleurpotlood, dat akelige gekrabbelde tekeningetje dat alles veranderde. Van haar en een man.'
'Anatomisch correct,' zei Martie.
'Het ergste was dat die man een snor had... net als mijn pa. Op die tekening heeft hij een cowboyhoed op, wit met een rode band waar een zwarte veer in is gestopt. Precies zo'n hoed als mijn pa altijd droeg.'
Met een heftigheid die hen deed schrikken, trok Zina Glyson het bovenste vel van haar schetsboek, maakte er een prop van en smeet die in de open haard. 'De vader van Chase was mijn peetvader, de beste vriend van mijn eigen vader. Ik kende Carl vanaf dat ik zo'n ukkie was. Die man... Hij had respect voor mensen, wie ze ook waren, hoe weinig ze ook bezaten, welke fouten ze ook mochten hebben. En hij had ook respect voor kinderen, hij luisterde naar ze en hij gaf om ze. Hij heeft mij nooit ofte nimmer op díé manier aangeraakt en ik weet zeker dat hij geen vinger naar Valerie-Marie heeft uitgestoken. Als zij zelfmoord heeft gepleegd, dan komt dat door die akelige, slechte dingen die Ahriman in haar hoofd heeft gestopt, al die verwrongen sex en die verhalen over dieren die op school werden geofferd en dat ze gedwongen werd om hun bloed te drinken. Dat kind was víjf. Wat richt je aan in het hoofd van een klein kind, wel-

ke verschrikkelijke depressie bezorg je haar als je haar onder hypnose naar dat soort dingen gaat vragen, als je haar hélpt om zich dingen te herinneren die nooit zijn gebeurd?'
'Rustig, Zee,' zei haar man zacht. 'Het is allemaal allang voorbij.'
'Maar voor mij niet, helemaal niet.' Ze liep naar de oven. 'Het zal pas voorbij zijn als hij dood is.' Ze stopte haar rechterhand in een ovenwant. 'En dan geloof ik zijn overlijdensbericht nog niet.' Ze trok een bakblik met een vers bruinbrood uit de oven. 'Ik zal zelf zijn lijk moeten zien en een vinger in zijn oog moeten steken om te zien of hij nog reageert.'
Als ze Italiaans was, dan was ze Siciliaans, en als ze gedeeltelijk indiaans was, dan was ze geen vreedzame Navajo maar een Apache. Ze beschikte over een ongewone innerlijke kracht, een bepaalde taaiheid, en als ze de kans had gehad om zonder dat ze betrapt werd Ahriman zelf om zeep te brengen, dan had ze die gelegenheid waarschijnlijk meteen aangegrepen.
Martie vond haar ontzettend aardig.
'Ik was destijds zeventien,' zei Chase bijna alsof hij tegen zichzelf praatte. 'God weet waarom ze mij niet ook beschuldigd hebben. Waarom ben ik eraan ontsnapt? Als er dan toch een heksenjacht wordt ontketend, waarom dan niet het hele gezin op de brandstapel gezet?'
Terugkomend op iets dat Zina had gezegd, stelde Dusty een sleutelvraag: 'Áls ze zelfmoord pleegde? Wat bedoelde u daarmee?'
'Vertel jij het hem maar, Chase,' zei Zina terwijl ze van het bruinbrood naar de pan met chili liep. 'Kijk maar of zij vinden of het klinkt als iets dat een klein kind zichzelf zou aandoen.'
'Haar moeder was in de kamer ernaast,' zei Chase. 'Ze hoorde het pistoolschot, rende naar binnen en vond Valerie-Marie een paar seconden nadat het gebeurd was. Er kon niemand anders bij zijn geweest. Het meisje heeft absoluut zelfmoord gepleegd met het pistool van haar vader.'
'Ze moest het pistool uit een doos in de kast pakken,' zei Zina. 'En de kogels zaten in een aparte doos. En ze moest het ding laden. Een kind dat van haar levensdagen nog nooit een pistool in handen had gehad.'
'En dat is nog niet eens het moeilijkste om te geloven,' zei Chase. 'Wat het moeilijkste is...' Hij aarzelde. 'Dit is echt een vreselijk verhaal, mevrouw Rhodes.'
'Ik begin eraan te wennen,' verzekerde Martie hem grimmig.
Chase zei: 'De manier waarop Valerie-Marie zelfmoord pleegde... in het nieuws werd Ahriman geciteerd en die noemde het een "hande-

ling uit afkeer van zichzelf, een geval van geslachtsontkenning, een poging om het seksuele aspect van haarzelf dat tot haar aanranding had geleid te vernietigen". Want ziet u, dat kleine meisje... Voordat ze de trekker overhaalde, kleedde ze zichzelf uit en daarna duwde ze het pistool... naar binnen...'

Martie stond al overeind voor ze zelfs maar besefte dat ze op wilde staan. 'Lieve god.' Ze had behoefte aan beweging, ze wilde ergens naartoe, ze wilde iets doen, maar ze kon nergens heen behalve – zoals ze ontdekte toen ze al naast haar stond – naar Zina Glyson die ze omarmde op dezelfde manier waarop ze op een moment als dit haar armen om Susan heen geslagen zou hebben. 'Had jij toen verkering met Chase?'

'Ja,' zei Zina.

'En je bleef hem steunen. En je bent met hem getrouwd.'

'Goddank wel,' mompelde Chase.

'Wat moet dat zijn geweest,' zei Martie, 'om na de zelfmoord Carl tegenover andere vrouwen te verdedigen en pal te blijven staan voor zijn zoon.'

Zina had Marties armen even natuurlijk geaccepteerd als ze om haar heen werden geslagen. De herinnering bezorgde de prinses uit het Zuidwesten na al die jaren nog steeds rillingen, maar zowel de Siciliaanse als de Apache vrouw weigerde om te huilen.

'Niemand beschuldigde Chase,' zei ze, 'maar hij werd wel verdacht. En wat mij betreft... De mensen glimlachten wel naar me, maar ze hielden hun kinderen bij me weg. Jarenlang.'

Martie trok Zina mee terug naar de tafel en ze schoven weer met hun vieren aan.

'Vergeet al dat psychologische gezwets over geslachtsontkenning en het vernietigen van haar seksualiteit,' zei Zina. 'Geen kind zou op het idee komen om te doen wat Valerie-Marie heeft gedaan. Niet één kind. Dat kleine meisje heeft dat alleen maar gedaan omdat iemand haar dat ingeprent heeft. Hoe onmogelijk, hoe waanzinnig het ook mag klinken, maar Ahriman heeft haar laten zien hoe je een pistool moet laden en Ahriman heeft haar verteld wat ze met zichzelf moest doen, en ze is naar huis gegaan en heeft het gewoon gedáán, omdat ze... omdat ze... ik weet het niet, gehypnotiseerd was of zoiets.'

'Het klinkt ons helemaal niet onmogelijk of waanzinnig in de oren,' verzekerde Dusty haar.

De stad was kapot geweest van de dood van Valerie-Marie Padillo en de mogelijkheid dat ook andere kinderen van Little Jackrabbit zo gedeprimeerd waren dat ze zelfmoord overwogen had een soort massahysterie veroorzaakt die Zina omschreef als het Jaar van de Pest.

Het was tijdens die pestepidemie dat een jury van zeven vrouwen en vijf mannen unaniem het schuldig uitspraken over alle vijf de beklaagden.

'Jullie weten waarschijnlijk wel,' zei Chase, 'dat andere gevangenen kinderverkrachters als puur ongedierte beschouwen. Mijn pa... Het duurde precies negentien maanden voor hij in de keuken van de gevangenis waar hij werkte, werd vermoord. Vier steekwonden, twee van achteren door beide nieren en twee van voren in de buik. Waarschijnlijk hebben twee kerels hem in de sandwich genomen. Niemand heeft ooit iets willen zeggen, dus er is ook niemand aangeklaagd.'

'Leeft je moeder nog?' vroeg Dusty.

Chase schudde zijn hoofd. 'De andere drie dames van de school – stuk voor stuk aardige mensen – hebben allemaal vier jaar uitgezeten. Mijn ma kwam na vijf jaar vrij en toen ze haar lieten gaan, had ze kanker.'

'Officieel is ze aan kanker gestorven, maar wat in werkelijkheid haar dood heeft veroorzaakt, was schaamte,' zei Zina. 'Terri was een brave vrouw, een lieve vrouw en een trótse vrouw. Ze had niets gedaan, helemaal níéts, maar ze verging van schaamte als ze alleen maar stilstond bij wat de mensen dáchten dat ze had gedaan. Ze woonde bij ons in, maar dat heeft niet lang geduurd. De school was gesloten en Carl was zijn aandeel in de garage kwijtgeraakt. Alles is opgegaan aan kosten voor rechtshulp. Wij zaten toen ook nog krap en we hadden nauwelijks genoeg geld om haar te begraven. Dertien jaar geleden is ze overleden. Wat mij betreft, had het gisteren kunnen zijn.'

'Hoe vergaat het jullie hier tegenwoordig?' vroeg Dusty.

Zina en Chase keken elkaar even aan, een blik die boekdelen sprak. Hij zei: 'Een stuk beter dan eerst. Er zijn nog steeds mensen die het hele verhaal geloven, maar na de Pastore-moorden zijn dat er niet veel meer. En sommige van de kinderen van Little Jackrabbit... die hebben later hun verhaal openlijk herroepen.'

'Maar pas na tien jaar.' Zina's ogen waren op dat moment zwarter dan steenkool en harder dan staal.

Chase zuchtte. 'Misschien moest er tien jaar overheen gaan voor die herinneringen begonnen af te brokkelen. Ik zou het niet weten.'

'Maar,' vroeg Martie zich af, 'hebben jullie in al die jaren nooit overwogen om de hele zaak maar te vergeten en uit Santa Fe weg te gaan?'

'We houden van Santa Fe,' zei Chase en dat leek recht uit zijn hart te komen.

'Het is de mooiste plek ter wereld,' beaamde Zina. 'En trouwens,

als we weg waren gegaan, dan zijn hier nog steeds mensen die hadden gezegd dat ons vertrek aantoonde dat het allemaal waar was, dat we met de staart tussen de poten wegliepen.'
Chase knikte. 'Maar dat zijn er niet veel.'
'Ook al was het er maar één geweest,' zei Zina. 'Dan had ik er nog niet over gepiekerd om weg te gaan en hem dat genoegen te doen.'
Zina's handen lagen op tafel en Chase legde zijn ene hand eroverheen. 'Meneer Rhodes, als u denkt dat u daar iets mee op zou schieten, dan zijn volgens mij een paar van de Little Jackrabbit-kinderen die hun verhaal hebben ingetrokken best bereid om met u te praten. Die zijn uit zichzelf naar ons toe gekomen. Ze hebben hun verontschuldigingen aangeboden. Het zijn geen slechte mensen. Ze werden gebruikt. Ik denk dat ze graag zouden willen helpen.'
'Als u dat zou kunnen regelen,' zei Dusty, 'dan kunnen we daar morgen de hele dag aan besteden. Vandaag willen we nog bij daglicht en voordat het gaat sneeuwen naar de Pastore-ranch rijden.'
Chase duwde zijn stoel achteruit en ging staan, waarbij hij nog langer leek dan hij daarvoor was geweest. 'Weten jullie de weg?'
'We hebben een kaart,' zei Dusty.
'Nou, ik zal tot halverwege voor jullie uit rijden,' zei Chase. 'Want halverwege de Pastore-ranch is er iets dat jullie moeten zien. Het Bellon-Tockland Instituut.'
'Wat is dat?'
'Moeilijke vraag. Het staat daar al vijfentwintig jaar. Dat is de plek waar jullie Mark Ahrimans vrienden zullen vinden, als hij die al heeft.'
Zonder een jasje of een trui aan te trekken liep Zina met hen mee naar de straat.
De pijnbomen naast het terras aan de voorkant waren even bewegingsloos als bomen in een diorama, verzegeld achter glas.
Het gepiep van de ijzeren scharnieren aan de houten spijltjesdeur was het enige geluid in de winterse dag, alsof de stad totaal uitgestorven was, alsof Santa Fe een spookschip was op een zee van zand. Er was totaal geen beweging op straat. Geen rondzwervende katten, geen rondvliegende vogels. Een zware stilte lag drukkend over de wereld.
Dusty zei tegen Chase, wiens Lincoln Navigator voor hun auto stond geparkeerd: 'Is dat busje aan de overkant van een van jullie buren?'
Chase keek ernaar en schudde zijn hoofd. 'Ik geloof het niet. Maar het zou kunnen. Waarom?'
'Zomaar. Ik vind het wel een mooie bus, dat is alles.'
'Er komt iets op ons af,' zei Zina terwijl ze naar de lucht tuurde.

Martie dacht eerst dat ze bedoelde dat het begon te sneeuwen, maar er was geen sneeuw te zien.
De lucht was eerder wit dan grijs. Als de wolken al bewogen, dan was dat vanbinnen, verborgen achter de bleke huid die ze de wereld beneden voorschotelden.
'Iets slechts.' Zina legde haar hand op Marties arm. 'Mijn Apache-voorgevoel. Krijgersbloed dat instinctief voelt dat er geweld op komst is. Jullie moeten goed oppassen, Martie Rhodes.'
'Dat zullen we doen.'
'Ik wou dat je in Santa Fe woonde.'
'Ik wou dat je in Californië woonde.'
'De wereld is te groot en wij zijn stuk voor stuk veel te klein,' zei Zina en ze omhelsden elkaar opnieuw.
In de auto, toen Martie wegreed in het kielzog van de Navigator van Chase, keek ze even naar Dusty. 'Wat was er met dat busje?'
Terwijl hij zich omdraaide op zijn stoel en door de achterruit tuurde, zei hij: 'Ik had het idee dat ik dat al eerder had gezien.'
'Waar?'
'Bij het winkelcentrum waar we de recorder hebben gekocht.'
'Komt het achter ons aan?'
'Nee.'
Nadat ze rechtsaf was geslagen en drie straten verder was gereden, vroeg ze: 'Nu dan?'
'Nee. Ik zal me wel vergist hebben.'

65

In Californië, een tijdzone verder naar het westen dan Santa Fe, zat Mark Ahriman alleen te lunchen aan een tweepersoonstafeltje in een chique bistro in Laguna Beach. Aan zijn linkerkant had hij een schitterend uitzicht over de Stille Oceaan, rechts van hem zaten voornamelijk goed geklede en welgestelde lunchgasten.

Niet alles was volmaakt. Twee tafeltjes verder liet een man van een jaar of dertig – en dan moest de wereld wel heel rekbaar van begrip zijn – af een toe een balkend gelach horen, zo hard en langdurig dat alle ezels ten westen van de Pecos bij elke uitbarsting ongetwijfeld hun oren spitsten. Een bejaarde dame aan het tafeltje naast hem had een belachelijk mosterdgeel pothoedje op. Aan de andere kant van het vertrek zaten zes jongere vrouwen zo te giebelen dat hij er misselijk van werd. De kelner bracht het verkeerde voorgerecht en kwam pas na een vervelend lange tijd met het juiste opdagen.

Desondanks schoot de dokter hen geen van allen neer. Een echte sportman zoals hij putte weinig genoegen uit het simpel om zich heen schieten. Zinloze kogelregens waren alleen aantrekkelijk voor geestelijk gestoorden, voor hopeloze idioten, voor doorgedraaide tienerjochies met een veel te hoge eigendunk en veel te weinig zelfbeheersing en voor het soort fanatieke politieke figuren dat nog voor komende dinsdag de hele wereld wilde veranderen. Bovendien zat er in zijn mini-9mm-pistool een tweedelig magazijn dat maar tien kogels kon bevatten.

Nadat hij zijn lunch had afgerond met een plak pure chocoladecake met saffraanijs betaalde de dokter zijn rekening en vertrok, waardoor zelfs de dame met het belachelijke pothoedje de dans ontsprong.

Het was die donderdagmiddag heerlijk koel, maar niet kil. De wind had zichzelf in de loop van de nacht naar Japan geblazen. Er hing een zware lucht, maar de regen die kort na het aanbreken van de dag had moeten vallen was nog niet naar beneden gekomen.

Terwijl de parkeerwacht de Mercedes ophaalde, stond dr. Ahriman zijn vingernagels te bekijken. Hij was zo ingenomen met de kwaliteit van zijn manicure dat hij haast vergat om aandacht te schenken aan zijn omgeving. Hij stond zo geboeid naar zijn eigen handen te kijken – sterk, mannelijk, maar toch met de elegant taps toelopende vingers van een concertpianist – dat hij bijna de vreemdeling niet had opgemerkt die aan de overkant van de straat tegen een pick-uptruck leunde.

De truck was beige, goed onderhouden maar niet nieuw, het type voertuig dat nog in geen duizend jaar een verzamelobject zou worden en waarvoor Ahriman dus ook zo weinig belangstelling had dat hij niet eens wist van welk merk of uit welk jaar het was. De laadvloer van de truck was overkapt met een wit kampeerzeil en de dokter huiverde bij het idee om op die manier een vakantie te moeten doorbrengen.

De man die ertegenaan stond te leunen was weliswaar een vreemde, maar hij kwam hem toch bekend voor. Hij was begin veertig, met rossig haar, een rond rood gezicht en een bril met dikke glazen. Hij keek niet echt naar Ahriman, maar er was iets in zijn houding dat *achtervolger* schreeuwde. Hij voerde een hele vertoning op door op zijn polshorloge te kijken en vervolgens een ongeduldige blik te werpen op een naburige winkel alsof hij op iemand stond te wachten, maar hij acteerde zelfs nog slechter dan de filmster die zich momenteel voorbereidde op de rol van zijn leven als presidentiële neushapper.

De winkel met het antieke speelgoed. Nog maar een paar uur geleden. Een halfuur rijden en zes steden verderop. Daar had de dokter die blozende man ook gezien. Toen hij voor zijn plezier had staan denken aan de schok van verbijstering die het winkelpersoneel zou ondergaan als hij puur bij wijze van gril de andere klanten een kogel in de maag zou schieten, was dít een van de twee bezoekers geweest die hij in gedachten op de korrel had genomen.

In een land met drie miljoen inwoners was het nauwelijks te geloven dat deze tweede ontmoeting binnen een paar uur puur een kwestie van toeval was.

Een beige pick-up met een kampeerzeil was geen voertuig dat iemand normaliter zou associëren met een achtervolging door politiepersoneel in burger of een privédetective.

Toen Ahriman de truck echter wat beter bekeek, zag hij dat er behalve de gewone radioantenne nog twee andere antennes op zaten. Een ervan was een rubberantenne die aan de cabine was bevestigd, waarschijnlijk ten behoeve van de politieradio. De andere was een raar ding dat op de achterbumper zat vastgeschroefd: een bijna twee meter lange, zilverkleurige antenne die uitliep in een knop met uitsteeksels waar een zwarte spiraal omheen zat.

Terwijl hij wegreed bij het restaurant verbaasde het dr. Ahriman niet dat de pick-up achter hem aan reed.

De achtervolgingstechniek van de blozende man was amateuristisch. Hij bleef niet aan de bumper van de Mercedes plakken en hij liet toe dat een of twee andere voertuigen waarachter hij zich kon verbergen tussen hen invoegden, iets dat hij waarschijnlijk had geleerd door naar die idiote detectiveseries op tv te kijken. Maar hij had niet genoeg lef om Ahriman langer dan twee seconden uit het oog te verliezen; hij reed voortdurend tegen de streep op het midden van de weg of zo dicht langs de geparkeerde auto's aan de rechterkant als hij durfde en schoot steeds van de ene naar de andere rijbaan als het verkeer voor hem het zicht op de Mercedes ook maar even belemmerde. Vandaar dat de pick-up in de zij- en achteruitkijkspiegels van de dokter de enige onregelmatigheid was in het verkeersbeeld, onprofessioneel opvallend met die grote antennes die zwiepten in de wind terwijl hij heen en weer schoot als een botsautootje op de kermis.

Tegenwoordig konden professionals met behulp van geavanceerde transpondertechnieken en soms zelfs door middel van satellietnavigatie een verdachte dag en nacht volgen zonder zich zelfs maar binnen een straal van een kilometer bij hem in de buurt te bevinden. Deze achtervolger in de pick-up was zo'n stuk onbenul dat zijn enige professionele handeling erin bestond dat hij zijn antennes níét had opgetuigd met lichtgevende balletjes van piepschuim.

De dokter was volkomen verbijsterd – en nieuwsgierig.

Hij begon regelmatig af te slaan, waardoor hij langzaam maar zeker terechtkwam in minder drukke woonwijken zonder verkeer waar de pick-up zich achter kon verschuilen. Zoals verwacht compenseerde de achtervolger het gebrek aan dekking alleen maar door zich wat verder terug te laten zakken, tot ongeveer een straatlengte achter hem, alsof hij er het volste vertrouwen in had dat zijn prooi qua hersens en bezorgdheid een bijziende koe naar de kroon stak.

Zonder zijn bedoelingen aan te kondigen door een richtingwijzer aan te zetten, schoot de dokter plotseling naar rechts, stoof op het dichtstbijzijnde huis af, reed de oprit in, schakelde in de achteruit, reed weer achteruit de straat op en ging weer terug in de richting waar hij vandaan was gekomen – precies op tijd om de pick-up op te pikken toen het voertuig de hoek om kwam in een halfzachte poging om hem te volgen.

Terwijl hij op de vrachtwagen af reed en hem passeerde, deed dr. Ahriman net alsof hij op zoek was naar een adres en absoluut niet doorhad dat hij werd gevolgd. Twee snelle blikken naar links waren voldoende om dit spel van een groot deel mysterie te ontdoen. Hij stopte zelfs op de hoek, stapte uit de Mercedes en liep naar het straatnaambordje, waar hij omhoogkeek naar de naam en de wijknummers, op zijn hoofd krabde en op een denkbeeldig adres op een denkbeeldig papiertje in zijn hand keek, alsof iemand hem verkeerd had ingelicht.

Toen hij weer in zijn auto stapte en wegreed, bleef hij net zo lang talmen tot hij zag dat de beige pick-up weer achter hem aan kwam. Hij wilde hen niet kwijtraken.

Afgezien van het feit dat ze die ochtend gezamenlijk in de speelgoedwinkel hadden rondgesnuffeld, was de chauffeur nog steeds een vreemde voor hem; maar de chauffeur had niet alleen in de truck gezeten. Naast hem op de passagiersstoel, met ogen die bij de aanblik van Ahrimans Mercedes van verbazing bijna uit zijn hoofd rolden voor hij haastig zijn gezicht had afgewend, zat Skeet Caulfield. Terwijl Dusty en Martie in New Mexico in het verleden van de dokter aan het wroeten waren, speelde Skeet ook voor detective. Dat was ongetwijfeld een van zijn eigen stompzinnige ideeën, want zijn broer was veel te slim om hem daartoe aangezet te hebben.

De blozende man met de jampotbrillenglazen was waarschijnlijk een van Skeets dope rokende, dope slikkende, dope spuitende maatjes. Cheech and Chong in de rollen van Sherlock Holmes en Watson.

Wat er ook met Dusty en Martie in New Mexico zou gebeuren, Skeet vormde het grootste risico. Het was al twee dagen lang een prioriteit geweest om zich te ontdoen van die junk met zijn hoofd vol zaagsel, vanaf het moment dat de dokter hem waggelend op pad had gestuurd om van het dak te springen.

Nu hij bevrijd was van de noodzaak om de verblijfplaats van Skeet op te sporen, hoefde dr. Ahriman alleen maar rustig door te rijden en ervoor te zorgen dat hij de jongen op sleeptouw hield, tot hij de tijd had gehad om over de situatie na te denken en de beste aanpak te kiezen om zijn voordeel te doen met deze onverwachte meevaller. Het spel was begonnen.

Martie volgde de Navigator van Chase Glyson naar de parkeerplaats van een groot wegrestaurant op een paar kilometer buiten de stadsgrens, opgesierd met de beeltenis van een gigantische cowboy dansend met een gigantische cowgirl. De neonverlichting eromheen was nog niet aan, want het duurde nog een paar uur voor de muziek en

het drinken een aanvang zouden nemen. Ze parkeerden de auto's met de achterkant naar het gebouw, zodat ze uitkeken op de snelweg.
Chase stapte uit zijn wagen en ging op de achterbank van de gehuurde Ford zitten. 'Dat daarginds is het Bellon-Tockland Instituut.'
Het instituut besloeg ongeveer acht hectare midden in een nog veel groter veld niet in cultuur gebrachte salie. Het was omringd door een tweeëneenhalve meter hoge muur van op elkaar gestapelde stenen.
Het gebouw dat achter de muur verrees, was geïnspireerd door Frank Lloyd Wright, met name door zijn meest beroemde huis, Fallingwater. Alleen was dit Fallingwater zonder het water en het was buitenproportioneel groot, waardoor het indruiste tegen – of misschien zelfs spotte met – de opvatting van Wright dat ieder gebouw in harmonie moet zijn met het land waarop het rust. Deze massieve gepleisterde steenhoop van op z'n minst zestigduizend vierkante meter vloeide niet over in de strakke contouren van de omringende woestijn, maar scheen eruit omhoog te knállen, alsof er meer geweld dan architectuur aan te pas was gekomen. Zo zou het werk van Wright eruit hebben gezien volgens de opvatting van Albert Speer, de favoriete architect van Hitler.
'Nogal bombastisch,' zei Dusty.
'Wat doen ze daar binnen?' vroeg Martie. 'Het einde van de wereld voorbereiden?'
Chase klonk niet geruststellend. 'Waarschijnlijk wel, ja. Ik heb nooit een touw kunnen vastknopen aan wat ze zéggen dat ze doen, maar misschien zijn jullie minder stom dan ik. Research, zeggen ze, onderzoek dat leidt tot...' Nu begon hij te citeren uit iets dat hij kennelijk had gelezen: ' "Het toepassen van de laatste ontdekkingen op het gebied van psychologie en psychofarmacologie bij het ontwerpen van meer billijke en stabiele structurele modellen voor de overheid, de zakenwereld, cultuur en de maatschappij in zijn geheel, wat zal leiden tot een schoner milieu, een betrouwbaarder rechtssysteem, de vervulling van het menselijk potentieel en vrede op de wereld..." '
'Zodat er eindelijk een eind komt aan die smerige, ouwe rock-'n-roll,' voegde Dusty er minachtend aan toe.
'Hersenspoeling,' besliste Martie.
'Nou,' zei Chase, 'ik geloof niet dat ik je in dat opzicht zou willen tegenspreken... en trouwens ook niet als je met iets anders aankomt. Wat mij betreft, kunnen ze daar zelfs een verongelukt buitenaards ruimteschip hebben.'
'Ik zou liever te maken hebben met buitenaardse wezens, zelfs als

het van die enge zijn die zich graag te goed doen aan menselijke levers,' zei Dusty. 'Daar zou ik niet half zo bang voor zijn als voor Big Brother.'
'O, maar de overheid heeft niets met deze winkel te maken,' verzekerde Chase Glyson hem. 'Er is althans geen zichtbaar verband.'
'Wie zijn het dan?'
'Het instituut werd oorspronkelijk opgericht met fondsen van tweeëntwintig grote universiteiten en zes steenrijke particuliere stichtingen uit het hele land, en die zorgen er ook voor dat het jaar in jaar uit kan blijven draaien, samen met wat forse bijdragen van grote bedrijven.'
'Universiteiten?' Martie fronste. 'Dat is een klap voor de aan vervolgingswaanzin lijdende fanaat in mij. "Big Professor" is lang niet zo eng als Big Brother.'
'Zo zou je er niet over denken als je meer tijd had doorgebracht met Lintworm Lampton,' zei Dusty.
'Lintworm Lampton?' vroeg Chase.
'Dokter Derek Lampton. Mijn stiefvader.'
'Als je nagaat dat ze voor de wereldvrede werken,' zei Chase, 'is het een verdomd zwaar beveiligde tent.'
Op minder dan veertig meter naar het noorden moesten auto's die naar het instituut toe gingen, stoppen bij een indrukwekkend uitziend hek naast een bewakingspost. Drie mannen in uniform hielden zich bezig met iedere bezoeker die aan de beurt was om naar binnen te gaan en een van hen liep zelfs om het voertuig heen met een spiegel die schuin aan een stok was bevestigd om de onderkant van de auto te inspecteren.
'Wat zouden ze zoeken?' vroeg Dusty zich af. 'Verstekelingen? Bommen?'
'Misschien wel allebei. Er is ook een intensieve elektronische beveiliging, waarschijnlijk nog beter dan ze daarginds in Los Alamos hebben.'
'Dat hoeft niet zoveel te betekenen,' merkte Dusty op, 'aangezien de Chinezen vrolijk met al onze nucleaire geheimen uit Los Alamos zijn weggewandeld.'
Martie zei: 'Als je deze beveiliging hier ziet, hoeven we ons geen zorgen te maken dat de Chinezen ervandoor gaan met onze vredesgeheimen.'
'Ahriman zat tot over zijn oren in deze tent,' zei Chase. 'Hij had ook een privépraktijk in de stad, maar dit was zijn echte werk. En toen er aan de touwtjes moest worden getrokken om hem na de Pastoremoorden uit de puree te halen, gebeurde dat door de mensen hier.'

Martie snapte er niets van. 'Maar als die lui niets met de overheid te maken hebben, hoe kunnen ze dan smerissen, officieren van justitie en al die andere mensen naar hun pijpen laten dansen?'
'Met behulp van een gigantische hoeveelheid poen, om maar eens iets te noemen. En connecties. Omdat ze toevallig geen overheidsinstelling zijn, betekent dat nog niet dat ze geen invloed hebben in alle lagen van de overheid... en van de politie en van de media. Deze jongens hebben meer contacten dan de mafia en hun imago is een stuk beter.'
'Omdat ze aan de wereldvrede werken in plaats van in drugs handelen, cd's namaken en de vakbonden verloederen.'
'Precies. En als je erover nadenkt, hebben ze het beter voor elkaar dan wanneer ze een overheidsinstelling zouden zijn. Geen parlementaire commissies waardoor ze in de gaten worden gehouden. Geen brallerige politici aan wie ze verantwoording moeten afleggen. Gewoon een stel brave kerels dat goed werk doet voor de dag van morgen, waardoor het onwaarschijnlijk wordt dat iemand hen echt onder de loep neemt. Verrek, wat ze daar in die tent ook uitspoken, ik weet zeker dat het merendeel dat daar werkt echt gelooft dat ze brave jongens zijn die proberen de wereld te redden.'
'Maar jij niet.'
'Vanwege wat Ahriman mijn familie heeft aangedaan en vanwege het feit dat hij twee handen op één buik was met die lui. Maar de meeste mensen hier maken geen gedachte vuil aan het instituut. Het zegt hun niets. En als ze er wel over nadenken, dan krijgen ze alleen maar zo'n wazig, warm gevoel.'
'Wie zijn Bellon en Tockland?' vroeg Martie.
'Kornell Bellon en Nathaniel Tockland. Twee hoge pieten uit de wereld van de psychologie, voormalige professoren. Het instituut was hun idee. Bellon is een paar jaar geleden overleden. Tockland is negenenzeventig, gepensioneerd en getrouwd met een adembenemend knappe, intelligente, geestige vrouw – en nog een rijke erfgename op de koop toe! – die zeker een jaar of vijftig jonger is. Als je dat stel zou ontmoeten, zou je van z'n levensdagen niet begrijpen wat zij in hem ziet, want hij is net zo humorloos en saai en lelijk als hij oud is.'
Marties blik kruiste die van Dusty. 'Haiku.'
'Of iets in die geest.'
Chase zei: 'Maar goed, ik vond dat jullie dit moesten zien. Want om de een of andere reden... Ik weet het niet, maar om de een of andere reden verklaart dit Ahriman. En je krijgt een beter idee waar je het tegen op moet nemen.'

Ondanks de wrightiaanse invloeden zag het instituut er toch uit alsof het meer op zijn plaats zou zijn geweest op een plek ergens hoog in de Karpaten, op loopafstand van het kasteel van de graaf Von Frankenstein, constant in nevelsluiers gehuld en met de regelmaat van de klok getroffen door enorme bliksemschichten die het in plaats van te beschadigen alleen maar sterker schenen te maken.

Eigenlijk was dr. Ahriman van plan geweest om na een aangename lunch even langs het huis van de Rhodes te rijden om te zien wat de brand teweeg had gebracht. Nu hij Skeet en de reïncarnatie van inspecteur Clouseau op sleeptouw had, leek het niet verstandig om die toeristische route te volgen.

En trouwens, hij kon niet de hele dag rondlummelen, want hij had vanmiddag een afspraak met een patiënt. Hij reed rechtstreeks, maar wel met een gezapig vaartje, naar zijn praktijkruimte in Fashion Island.

Hij deed net alsof hij de pick-up niet opmerkte toen die op dezelfde parkeerplaats stopte, twee rijen achter zijn Mercedes.

Zijn suite op de veertiende etage keek uit over de oceaan, maar hij ging eerst naar de praktijkruimte van een KNO-arts aan de oostkant van het gebouw. De wachtkamer had ramen die uitkeken op de parkeerplaats.

De receptioniste die ijverig zat te tikken, keek niet eens op toen Ahriman naar het raam liep en nam ongetwijfeld aan dat hij gewoon een patiënt was die zou moeten wachten tot hij aan de beurt was, net als de rest van de door snotneuzen, roodomrande ogen en schorre kelen geplaagde, trieste meute die op ongemakkelijke stoelen in oude, van bacteriën vergeven tijdschriften zat te lezen.

Hij zag zijn Mercedes staan en vond meteen daarna de beige pickup met het witte kampeerzeil. Het onverschrokken duo was uitgestapt. Ze strekten hun benen, maakten hun schouders los en hapten wat frisse lucht, duidelijk bereid om te wachten tot hun prooi weer te voorschijn zou komen.

Mooi zo.

Toen hij in zijn praktijkruimte aankwam, vroeg de dokter aan zijn secretaresse, Jennifer, of haar gebruikelijke donderdagse lunch van plakjes tofoe met taugé op tarwecrackers haar had gesmaakt. Nadat hij de verzekering had gekregen dat het heerlijk was geweest – ze was zo'n fanatiekeling op het gebied van gezond eten en had bij haar geboorte ongetwijfeld niet eens de helft van de normale hoeveelheid smaakpapillen meegekregen – deed hij nog een paar minuten lang alsof hij geïnteresseerd was in het door de voedingsleer opgelegde voorschrift om regelmatig als aanvulling op de normale maaltijden grote hoeveelheden ginkgo biloba te nuttigen en sloot zich daarna op in zijn kantoor.

Hij belde Cedric Hawthorne, zijn huisbeheerder, en droeg hem op om de minst opvallende van zijn verzameling oude auto's – een Chevrolet El Camino uit 1959 – op de parkeerplaats te zetten van het gebouw naast dat waar de dokter zijn praktijk uitoefende. De sleutels moesten achtergelaten worden in een magnetische doos onder het rechterachterspatbord. Cedrics vrouw kon in een andere auto achter hem aanrijden en hem weer naar huis terugbrengen.

'O, en breng ook een skimasker mee,' voegde de dokter eraan toe. 'Leg dat maar onder de bestuurdersstoel.'

Cedric vroeg niet waarom hij een skimasker nodig had. Het was niet zijn taak om vragen te stellen. Daarvoor was hij veel te goed afgericht. Bijzonder goed afgericht. 'Jazeker, meneer, een skimasker.'

De dokter had al een handvuurwapen.

Hij had een strijdplan ontworpen.

Alle stukken stonden op hun plaats.

Straks kon het spel beginnen.

66

De boerderij had in de loop der tijd afgesleten Mexicaanse tegelvloeren en plafonds waarin tussen de steunbalken espen latten aangebracht waren. In de hoofdvertrekken knetterden aromatische vuren – subtiel op geur gebracht door dennenappels en een paar blokken cederhout – in fraai gevormde haarden van in de zon gedroogde stenen. Met uitzondering van de gestoffeerde fauteuils en banken stamden de meeste tafels, stoelen en kasten, die in de verte aan Stickley-meubels deden denken, uit de jaren dertig en overal lagen prachtige Navajo-kleden op de vloer – met uitzondering van de kamer waar de doden waren gevallen.

Hier brandde geen vuur. Alle meubelstukken waren op één na verwijderd en verkocht. De vloer was kaal.

IJl grijs licht priemde door het gordijnloze raam en kilte sloeg van de muren. Af en toe had Martie het idee dat ze vanuit haar ooghoeken zag dat het grijze licht ergens op viel, alsof het op een vreemde manier weerkaatst werd door het geluidloze voorbijgaan van een bijna doorzichtige figuur, maar als ze er dan direct naar keek, was er niets te zien; dan bleef het licht scherp en strak. Maar toch kostte het hier weinig moeite om in onzichtbare wezens te geloven.

In het midden van de kamer stond een houten stoel met een rugleuning van spijltjes. De harde zitting was niet bekleed. Misschien was hij wel gekozen omdat hij weinig comfort bood. Er waren monniken die geloofden dat het vermogen om je te concentreren op meditatie en gebed afnam door comfort.

'Iedere week zit ik hier een paar keer,' zei Bernardo Pastore, 'meestal een minuut of tien, vijftien... maar soms ook urenlang.'

Zijn stem klonk gesmoord en zijn tong sloeg een beetje dubbel. De woorden rolden als knikkers door zijn mond, maar hij poetste ze geduldig op en wist ze naar buiten te krijgen.

Dusty hield de recorder met de ingebouwde microfoon op de ran-

cher gericht, om er zeker van te zijn dat zijn moeizame spraak goed werd vastgelegd.
De rechterkant van het herbouwde gezicht van Bernardo Pastore was uitdrukkingsloos, de zenuwen waren onherstelbaar beschadigd. Zijn rechterkaak en een deel van zijn kin waren opnieuw in elkaar gezet met behulp van metalen plaatjes, draad, chirurgische schroeven, siliconendelen en getransplanteerde botten. Het resultaat was redelijk functioneel, maar geen esthetisch hoogstandje.
'Het eerste jaar,' zei Bernardo, 'heb ik heel wat tijd op die stoel doorgebracht, alleen maar om te proberen te begrijpen hoe het kon, hoe zoiets kon gebeuren.'
Toen hij deze kamer was binnengehold als reactie op het pistoolschot dat zijn slapende zoon had gedood, was Bernardo geraakt door twee patronen, op korte afstand afgevuurd door zijn vrouw, Fiona. De eerste was door zijn rechterschouder gegaan en de tweede had zijn kaak verbrijzeld.
'Na een poosje leek het geen zin te hebben om te proberen het te begrijpen. Als het geen zwarte magie was, dan was het iets dat erop leek. Tegenwoordig zit ik hier alleen maar om aan hen te denken, om hen te laten weten dat ik van hen houd en om haar te laten weten dat ik haar niets kwalijk neem, dat ik weet dat wat ze gedaan heeft voor haar een even groot raadsel is als voor mij. Want volgens mij is dat waar. Het moet waar zijn.'
Dat hij het overleefd had, druiste volgens zijn doktoren tegen alle logica in. De krachtige kogel die zijn kaak had verbrijzeld was op een wonderbaarlijke manier van het onderste kaakbeen afgeketst en had zich via de gehoorgang een weg gebaand tot boven de jukboog waar hij het gezicht weer had verlaten zonder de bovenliggende slagader in de slaap te beschadigen, want dan zou hij allang dood zijn geweest voor er medische hulp kwam opdagen.
'Ze hield evenveel van Dion als ik en al die beschuldigingen die ze in dat briefje heeft gezet, de dingen waarvan ze zei dat ik ze haar en Dion had aangedaan, die waren niet waar. En ook al had ik dat wel gedaan, en ook al zou zij zelfmoordneigingen hebben gehad, dan was ze nog niet het soort vrouw om een kind te vermoorden, of het nu om haar eigen kind of om dat van een ander ging.'
Nadat hij twee keer was geraakt, was Pastore naar een grote ladekast gewankeld, naast het raam dat op die mooie zomeravond open had gestaan.
'En daar stond hij, vlak voor het raam, naar ons te kijken met de meest godvergeven uitdrukking op zijn gezicht. Hij stond te grijnzen en zijn gezicht was helemaal nat van opwinding. Zijn ogen glommen.'

'U hebt het over Ahriman,' verduidelijkte Dusty ten behoeve van de band.

'Dokter Mark Ahriman,' bevestigde Pastore. 'Hij stond daar alsof hij wist wat er zou gaan gebeuren, alsof hij kaartjes had voor de moordpartij, een plaatsje op de eerste rij. Hij keek me aan. Wat ik in die ogen las, kan ik niet onder woorden brengen. Maar als ik meer kwaad dan goed heb gedaan in mijn leven, en als er een plaats is waar we allemaal verantwoording moeten afleggen voor wat we op deze aarde hebben uitgespookt, dan twijfel ik er geen moment aan dat ik opnieuw dat soort ogen zal zien.' Hij bleef even stil terwijl hij staarde naar het raam waarachter nu niets te zien was behalve het sobere licht. 'Daarna viel ik.'

Op de grond, met de ongedeerde kant van zijn gezicht op de vloer, had hij, terwijl het hem af en toe zwart werd voor de ogen, gezien hoe zijn vrouw zelfmoord pleegde en centimeters buiten zijn bereik neerviel.

'Kalm, zo vreemd kalm. Alsof ze niet wist wat ze deed. Geen aarzeling, geen tranen.'

Bloedend en misselijk van de pijn was Bernardo Pastore bij vlagen minutenlang buiten bewustzijn geweest, maar iedere keer als hij bijkwam, had hij zichzelf een stukje verder gesleept in de richting van de telefoon op het nachtkastje.

'Buiten kon ik coyotes horen, aanvankelijk nog ver weg in de nacht, maar daarna steeds dichterbij. Ik wist niet of Ahriman nog steeds bij het raam stond, maar ik vermoedde dat hij weg was en ik was bang dat de coyotes, aangetrokken door de geur van bloed, door de hor voor het raam heen zouden komen. Het zijn schichtige beesten als ze alleen zijn... maar niet in een meute.'

Hij had de telefoon bereikt, het toestel omlaag getrokken naar de vloer en om hulp gebeld, nauwelijks in staat om half verstaanbare woorden uit zijn opgezwollen keel en verbrijzelde gezicht te martelen.

'En vervolgens lag ik te wachten, ervan uitgaande dat ik dood zou zijn voordat er iemand kwam. En dat zou ik niet erg hebben gevonden. Misschien was dat wel het beste geweest. Toen Fiona en Dion er niet meer waren, hoefde ik niet meer zo nodig te leven. Er waren maar twee dingen waarom ik vol wilde houden. Ik moest erachter komen en begrijpen wat de rol van dokter Ahriman was geweest. Ik wilde gerechtigheid. En ten tweede... hoewel ik bereid was om te sterven, wilde ik niet dat coyotes zich aan mij en mijn gezin te goed zouden doen alsof we niets anders waren dan een stel opgejaagde konijnen.'

Te oordelen naar het kabaal dat ze maakten, had de meute coyotes zich onder het raam verzameld. Voorpoten krabbelden aan de vensterbank. Grommende snuiten drukten zich tegen de hor.
Toen Pastore zwakker begon te worden en zijn hersens geleidelijk aan steeds verwarder raakten, had hij het idee gekregen dat het helemaal geen prairiwolven waren die naar binnen probeerden te komen, maar schepsels die tot dan toe onbekend waren in New Mexico en die via een deur in de nacht zelf van Elders waren gekomen. Verwanten van Ahriman, met nog vreemdere ogen dan die van de dokter. Die zich niet tegen de hor drukten omdat ze zich gulzig aan het warme vlees te goed wilden doen, maar omdat ze werden gedreven door een honger naar drie stervende zielen.

De enige patiënt van die dag was de tweeëndertigjarige vrouw van een man die in iets meer dan vier jaar een half miljard dollar had verdiend met het verkopen van artikelen via Internet.
Hoewel ze een aantrekkelijke vrouw was, had hij haar niet vanwege haar uiterlijk als patiënt aangenomen. In seksueel opzicht had hij geen belangstelling voor haar, want toen ze bij hem kwam, was ze al zo neurotisch als een laboratoriumrat die maandenlang is gemarteld door het constant veranderen van zijn doolhof en het op willekeurige momenten toedienen van elektrische schokken. Ahriman werd alleen geil van vrouwen die nog volkomen gezond waren en alles te verliezen hadden als ze naar hem toe kwamen.
De enorme rijkdom van de patiënte was ook geen overweging geweest. Omdat hijzelf nooit een tekort aan financiële middelen had gehad, koesterde de dokter alleen maar minachting voor mensen die alles voor geld deden. Het mooiste werk werd afgeleverd als het puur voor het plezier was gedaan.
De echtgenoot had zijn vrouw gedwongen om zich onder behandeling van Ahriman te stellen, niet zozeer omdat hij zich bezorgd maakte over haar toestand, maar omdat hij van plan was om zich kandidaat te stellen voor de senaat van de Verenigde Staten. Hij was ervan overtuigd dat zijn politieke carrière in gevaar zou worden gebracht door een echtgenote die regelmatig op een excentrieke manier die aan waanzin grensde uit haar slof kon schieten. Waarschijnlijk maakte hij zich ten onrechte zorgen, gezien het feit dat dergelijke uitbarstingen al jarenlang over de volle breedte van het politieke spectrum een voornaam kenmerk waren geweest van zowel politici als hun echtgenotes, zonder dat zulk gedrag noemenswaardige gevolgen had op de opiniepeilingen.
De dokter had haar alleen als patiënt aangenomen omdat haar toe-

stand hem interesseerde. Deze vrouw werkte zichzelf langzaam maar zeker op naar een unieke fobie die hem interessant materiaal zou kunnen opleveren voor toekomstige spelletjes. Het was eveneens aannemelijk dat hij haar geval zou gebruiken voor zijn volgende boek, dat over dwangvoorstellingen en fobieën zou gaan en dat hij de voorlopige titel *Wees niet bang, want ik ben bij u* had gegeven. Natuurlijk zou hij haar uit privacy-overwegingen een andere naam geven.

De vrouw van de kandidaat-senator werd al enige tijd in steeds sterkere mate geobsedeerd door een acteur, Keanu Reeves. Ze had tientallen dikke plakboeken gemaakt vol foto's van Keanu, artikelen over Keanu en recensies van Keanu's films. Er was geen criticus die ook maar half zo goed bekend was met de filmografie van deze acteur als zij, want in haar eigen gerieflijke thuisbioscoop, met veertig zitplaatsen en een scherm op bioscoopformaat, had ze al zijn films minimaal twintig keer gezien en één keer had ze achtenveertig uur lang telkens opnieuw naar *Speed* zitten kijken, tot ze uiteindelijk onderuit was gegaan door gebrek aan slaap en een overdosis Dennis Hopper. Niet lang geleden had ze voor 200.000 dollar een hartvormig hangertje van Cartier gekocht, goud met diamanten bezet, waarop ze aan de achterkant had laten graveren: IK BEN KRAZY VAN KEANU.

Om redenen waar de patiënt zelf niets van begreep, was deze innige liefde plotseling omgeslagen. Ze begon te vermoeden dat Keanu ook zijn slechte kanten had. Dat hij zich bewust was geworden van haar belangstelling en die helemaal niet leuk vond. Dat hij mensen in dienst nam die haar in de gaten moesten houden. En daarna dat hij haar zelf in de gaten hield. Als de telefoon overging en er werd zonder iets te zeggen opgehangen, of degene die belde zei: *Neem me niet kwalijk, ik heb een verkeerd nummer gedraaid*, was ze ervan overtuigd dat het Keanu was. Vroeger had ze zijn gezicht aanbeden, nu joeg het haar doodsangst aan. Ze vernietigde al haar plakboeken en verbrandde alle foto's die ze van hem in haar slaapkamer had hangen, want ze was er inmiddels van overtuigd dat hij haar via elke foto van hemzelf op afstand kon bekijken. Als ze nu zijn gezicht zag, kreeg ze een paniekaanval. Uit angst dat ze een reclamespot voor zijn nieuwste film zou zien, kon ze zelfs geen televisie meer kijken. Ze durfde bijna geen tijdschrift meer open te slaan, want als ze een bladzijde omsloeg, kon ze ineens tot de ontdekking komen dat Keanu haar aankeek; ze schrok al als ze zijn naam in druk zag en haar lijstje van veilige tijdschriften bevatte weinig andere titels dan het *Journaal van de buitenlandse politiek* en medische periodieken als *Ontwikkelingen in de nierdialyse*.

Dr. Ahriman wist dat het niet lang meer zou duren, want dat was het gebruikelijke patroon bij dit soort gevallen, tot zijn patiënt ervan overtuigd zou raken dat Keanu Reeves haar bespioneerde en haar overal volgde, waar ze ook naartoe ging, en vanaf dat moment zou ze volkomen in de greep van haar fobie zijn. Daarna zou haar toestand zich stabiliseren en zou ze leren om even teruggetrokken te gaan leven als Susan Jagger onder invloed van haar agorafobie had gedaan, of ze zou volslagen psychotisch worden en op z'n minst gedurende een korte periode opgenomen moeten worden in een goede inrichting.

Er waren medicijnen die dat soort patiënten uitkomst boden, maar de dokter was niet van plan om deze mevrouw zo conventioneel te behandelen. Uiteindelijk zou hij haar drie programmeringssessies laten ondergaan, niet met de bedoeling om haar in zijn macht te krijgen, maar gewoon om haar opdracht te geven niet langer bang te zijn voor Keanu. Op die manier zou hij voor zijn volgende boek een prachtig hoofdstuk hebben over een wonderbaarlijke genezing, die hij zou toeschrijven aan zijn analytische gaven en zijn therapeutische genie door een uitgebreide therapie uit zijn duim te zuigen die hij in werkelijkheid nooit had toegepast.

Hij was nog niet begonnen met haar te hersenspoelen, want haar fobie diende zich nog verder te ontwikkelen. Ze moest eerst nog veel meer gaan lijden om ervoor te zorgen dat haar genezing een mooier verhaal zou opleveren en er zeker van te zijn dat haar dankbaarheid, als ze weer helemaal de oude was, geen grenzen zou kennen. Als hij het goed aanpakte, zou ze misschien zelfs wel bereid zijn om, als zijn boek uitkwam, samen met hem haar opwachting te maken in *Oprah*.

Nu, terwijl hij in de fauteuil tegenover haar zat, met tussen hen in het lage bijzettafeltje, luisterde hij naar haar koortsachtige speculaties over de machiavellistische listen van meneer Reeves zonder de moeite te nemen om aantekeningen te maken omdat haar hele monoloog en de incidentele vragen die hij stelde om haar aan te moedigen op een verborgen recorder werden vastgelegd.

Ondeugend als altijd bedacht de dokter plotseling hoe grappig het zou zijn geweest als de acteur die nu zat te wachten tot hij een aanval kon doen op de neus van de president Keanu zelf had kunnen zijn. Wat zou deze patiënt ontzettend schrikken als ze het nieuws te horen kreeg dat haar er absoluut van zou overtuigen dat haar neus het lijdend voorwerp zou zijn geweest als het toeval er niet voor had gezorgd dat het pad van de hoogste ambtenaar van het land dat van Keanu eerder had gekruist.

Nou ja. Als er een gevoel voor humor schuilging achter het reilen en

zeilen van het universum, dan was het niet zo groot als dat van de dokter.
'Dokter, u luistert niet naar me.'
'Dat doe ik wel,' verzekerde hij haar.
'Nee, u zat te suffen en ik betaal niet zulke schandalig hoge uurtarieven om u een beetje te laten dagdromen,' zei ze scherp.
Hoewel het nog niet eens vijf jaar geleden was dat deze vrouw en haar saaie echtgenoot zich maar net hadden kunnen veroorloven om een portie patat frites bij hun Big Macs te nemen, waren ze zo heerszuchtig en veeleisend geworden dat het leek alsof ze hun leven lang schatrijk waren geweest.
In feite was haar Keanu-gekte, evenals die maffe behoefte van haar echtgenoot met dat chagrijnige smoel om zich via het stemhokje te bewijzen, het gevolg van hun plotselinge financiële succes, van een schrijnend schuldgevoel dat ze met zo weinig moeite zoveel hadden gekregen, en van de onuitgesproken angst dat het op 'zo gewonnen, zo geronnen' zou kunnen uitdraaien.
'Het is toch geen kwestie van belangenverstrengeling, hè?' vroeg ze plotseling bezorgd.
'Pardon?'
'Dat u, zonder mij dat te vertellen, door mij in de problemen komt met een andere patiënt? U ként K-K-Keanu toch niet, hè dokter?'
'Nee, nee. Natuurlijk niet.'
'Het zou bijzonder onethisch zijn om mij níét op de hoogte te stellen van een eventuele relatie met hem. Bijzonder. En hoe weet ik dat u niet tot onethisch gedrag in staat bent? Wat weet ik eigenlijk van u af?'
In plaats van de Taurus PT-111 Millennium uit zijn schouderholster te trekken en deze nouveau-riche taart een lesje in goede manieren te geven, gebruikte de dokter zijn aanzienlijke charme om haar met een zoet lijntje zover te krijgen dat ze weer over haar waanideeën begon te raaskallen.
Een klok aan de muur gaf aan dat hij haar over een halfuurtje alweer de deur uit kon werken, de van Keanu vergeven buitenwereld in. Daarna zou hij de gelegenheid hebben om af te rekenen met Skeet Caulfield en de blozende man.

Op bepaalde plekken was het glazuur van de Mexicaanse tegels afgesleten.
'Daar bleef ik steeds bloedvlekken zien,' legde Bernardo Pastore uit. 'Terwijl ik in het ziekenhuis lag, hebben vrienden de kamer schoongemaakt en al het meubilair weggehaald, alles. Toen ik terugkwam,

zat er geen vlek meer... maar ik bleef ze toch zien. Een jaar lang heb ik iedere dag een tijdje geschrobd. Maar het was geen bloed dat ik weg probeerde te poetsen. Het was verdriet. Zodra ik dat besefte, hield ik eindelijk op met schrobben.'

Tijdens die eerste paar dagen op intensive care had hij moeten worstelen om in leven te blijven en was slechts bij vlagen bij bewustzijn; zijn verwondingen en zijn sterk opgezwollen gezicht maakten het hem onmogelijk om iets te zeggen, zelfs als hij helder was. Tegen de tijd dat hij Ahriman had kunnen beschuldigen, was de psychiater erin geslaagd om met een ander verhaal te komen, dat gestaafd werd door getuigen.

Pastore liep naar het slaapkamerraam en tuurde uit over de ranch. 'Hier heb ik hem zien staan. Precies op deze plek stond hij naar binnen te kijken. Het was niet iets dat ik heb gedroomd nadat ik was neergeschoten, zoals ze wilden beweren.'

Terwijl hij naast de rancher ging staan en de cassetterecorder nog steeds dicht bij hem hield, vroeg Dusty: 'En niemand geloofde u?'

'Een paar mensen. Maar slechts één die belangrijk was. Een smeris. Hij begon Ahrimans alibi na te pluizen en misschien begon hij in de buurt te komen, want ze hebben hem stevig op de vingers getikt. En hem op een andere zaak gezet, terwijl ze deze voor gesloten verklaarden.'

'Denkt u dat hij met ons zou willen praten?' vroeg Dusty.

'Ja. Nu er zoveel tijd overheen is gegaan, denk ik wel dat hij dat wil. Ik zal hem opbellen en hem vertellen waar jullie mee bezig zijn.'

'Als u iets voor vanavond zou kunnen regelen, zou dat mooi zijn. Volgens mij zal Chase Glyson ons morgen wel de hele dag bezighouden met voormalige leerlingen van Little Jackrabbit.'

'Wat jullie ook doen, het maakt toch niets uit,' zei Pastore en het leek eerder alsof hij naar het verleden of in de toekomst stond te kijken dan naar de ranch zoals die er nu bij lag. 'Op de een of andere manier is Ahriman onaantastbaar.'

'Dat zullen we wel zien.'

Zelfs in het grijze licht dat door een laagje grijs stof op de ruit naar binnen viel, was het dikke littekenweefsel op de rechterkant van Pastores gezicht vuurrood.

Alsof hij Marties blik voelde, keek de rancher haar aan. 'U krijgt vast nachtmerries van mij, mevrouw.'

'Ik niet. Ik vind dat u een aardig gezicht hebt, meneer Pastore. Een eerlijk gezicht. En trouwens, iemand die Mark Ahriman ontmoet heeft, zal nooit ergens anders meer nachtmerries van krijgen.'

'Dat klopt inderdaad, hè?' zei Pastore, terwijl hij zijn ogen opnieuw

op het wegstervende middaglicht vestigde.
Dusty schakelde de recorder uit.
'Ze zouden nu de meeste van deze littekens wel weg kunnen halen,' zei Bernardo Pastore. 'En ze wilden ook dat ik me opnieuw aan die kaak laat opereren. Ze zeiden dat ze hem veel strakker konden maken. Maar wat kan het mij nog schelen hoe ik eruitzie?'
Dusty noch Martie kon daarop een antwoord bedenken. De rancher was hooguit vijfenveertig en had nog heel wat jaren voor de boeg, maar er was niemand die ervoor kon zorgen dat hij zou uitkijken naar die jaren, niemand behalve hijzelf.

Jennifer woonde op drie kilometer van het kantoor. Of het nu mooi of lelijk weer was, ze liep altijd van en naar haar werk, want lopen was net zo belangrijk voor het handhaven van een goede gezondheid als plakjes tofoe, taugé en ginkgo biloba.
De dokter had haar gevraagd of ze hem een gunst wilde bewijzen door zijn auto naar de Mercedes-garage te rijden en hem daar achter te laten voor olieverversen en het verwisselen van de banden. 'Dan zullen zij er wel voor zorgen dat je met een van hun klantenbusjes naar huis wordt gebracht.'
'O, dat is wel goed,' zei ze. 'Ik loop van daaruit wel naar huis.'
'Maar dat is misschien wel meer dan dertien kilometer.'
'Echt waar? Fantastisch!'
'En als het nou gaat regenen?'
'Ze hebben het weerbericht bijgesteld. Morgen komt er regen, vandaag niet. Maar hoe komt ú dan thuis?'
'Ik loop even naar Barnes and Noble om daar wat rond te snuffelen en daarna heb ik een afspraak met een vriend om al vroeg een borrel te pakken,' loog hij. 'Hij brengt me wel naar huis.' Hij keek op zijn horloge. 'Ga maar wat vroeger weg... laten we zeggen over een kwartiertje. Op die manier zul je toch op de gebruikelijke tijd thuis zijn, ook al maak je een wandeling van dertien kilometer. En pak dertig dollar uit de kleine kas, zodat je bij die tent die je zo leuk vindt – Green Acres heet die toch? – kunt gaan eten als je dat wilt.'
'Wat bent u toch een ontzettend attente man,' zei ze.
Meer dan een kwartier zou Ahriman niet nodig hebben om via de ingang aan de voorkant, waar de jongens in de beige pick-up hem niet konden zien, dit gebouw te verlaten, naar het gebouw ernaast te lopen en vervolgens naar de parkeerplaats aan de achterkant, waar zijn Chevrolet El Camino uit 1959 op hem stond te wachten.

De maneges en de omheinde velden waren verlaten, omdat alle cowboypaarden al naar de warme stallen waren gebracht voordat het weer zou verslechteren.

Toen Martie even naast de huurauto bleef staan, zag het boerenhuis er lang niet meer zo pittoresk en romantisch uit als toen ze net was aangekomen. Zoals zoveel gebouwen in New Mexico had het huis een magische indruk gemaakt, alsof het bij toverslag uit de woestijn omhoog was gerezen; maar nu ging er net zoveel romantiek uit van de glanzende aarden muren als van modder en het huis leek niet omhoog te rijzen maar zich tegen de grond te drukken, ineengezakt en versmeltend met de aarde waaruit het was geboren, alsof het niet lang meer zou duren voordat het zonder een spoor na te laten was verdwenen, samen met de mensen die binnen die muren ooit liefde en vreugde hadden gekend.

'Ik zou weleens willen weten waar we eigenlijk mee te maken hebben,' zei Dusty terwijl Martie wegreed bij de boerderij. 'Wat is Ahriman... behalve wat hij schijnt te zijn?'

'Je bedoelt niet alleen maar zijn connecties, het instituut, wie hem beschermt en waarom.'

'Nee.' Zijn stem klonk gedempt, zacht en plechtig, alsof hij over gewijde zaken sprak. 'Wie is die vent, als we de voor de hand liggende en gemakkelijke antwoorden buiten beschouwing laten?'

'Een sociopaat. Een narcist, volgens Closterman.' Maar ze wist dat dat ook niet de woorden waren die hij zocht.

De met grind bestrooide eigen weg die de ranch met de verharde snelweg verbond, was meer dan anderhalve kilometer lang en liep eerst over een stuk vlak land en daarna omlaag over een paar heuvels. Onder de troosteloze gipskleurige hemel leek de donkergroene salie in dit laatste uur winterlicht bespikkeld met zilver. De tumbleweeds stonden op deze ademloze dag even roerloos als de vreemde rotsformaties die op de halfbegraven, knobbelige botten van prehistorische monsters leken.

'Als Ahriman nu door de woestijn kwam aanwandelen,' zei Dusty, 'zouden de ratelslangen dan bij duizenden uit hun schuilplaatsen opborrelen om hem als gehoorzame poesjes te volgen?'

'Ga nou niet eng tegen me doen, lieverd.'

Maar het kostte Martie geen enkele moeite om in haar verbeelding Ahriman bij het slaapkamerraam van Dion Pastore te zien staan nadat de schoten waren gelost, niet in het minst gestoord door de komst van de coyotes maar, alsof hij een ereplaats in de meute had opgeëist en gekregen, midden tussen die roofdieren met zijn gezicht tegen de hor gedrukt en de warme geur van het bloed opsnuivend, terwijl de prairiewolven diep in hun keel gromden en aan weerszijden van hem

met hun tanden langs het gaas schraapten.
Op de plaats waar de grindweg om een heuvel draaide en met een scherpe bocht steil omlaag liep, had iemand een spijkerlint neergelegd, een van die trucjes waar de politie bij een achtervolging door de stad weleens zijn toevlucht toe nam als het doelwit van de achtervolging moeilijk te vangen bleek.
Martie zag het te laat. Ze remde precies op het moment dat de beide voorbanden sprongen.
Het stuur klapte heen en weer in haar handen. Ze worstelde om de auto in bedwang te houden.
Ratelend tegen de onderkant van de auto als een gek geworden slang met een gebroken ruggengraat zwiepte het spijkerlint van de voorkant van de Ford naar de achterkant, waar het nog meer rubber vond om zijn tanden in te zetten. De achterbanden klapten.
Met vier lekke banden, naar beneden schuivend en glijdend over los grind op een helling vol voren, had Martie nog minder controle over de Ford dan ze op een ijsvlakte zou hebben gehad. De auto kwam dwars op de weg te staan.
'Hou je vast!' schreeuwde ze, hoewel dat nauwelijks nodig was.
Toen kwam het gat in de weg.
De Ford schokte, kantelde, leek een fractie van een seconde te aarzelen en sloeg om. Ze dacht dat ze twee keer over de kop gingen, hoewel het ook drie keer kon zijn geweest, want tellen was niet haar eerste zorg, vooral niet toen ze over de rand van de weg schoten naar een brede droge geul en rollend en glijdend op een eigenaardig lome manier zes meter omlaag vielen. De voorruit barstte en stukken van de auto scheurden met veel gepiep en gekraak los voordat de Ford eindelijk op zijn dak tot stilstand kwam.

67

De doordringende stank van benzine bracht Martie sneller bij haar positieven dan reukzout. Ze kon het horen druppelen ook, uit een of andere gebroken leiding.
'Is alles goed met je?'
'Ja,' bevestigde Dusty terwijl hij worstelde met zijn veiligheidsriem en vloekte omdat hij het slot niet loskreeg of te gedesoriënteerd was om het te vinden.
Terwijl ze ondersteboven in haar riemen hing en omhoogkeek naar het stuur en, nog hoger, naar haar voeten en de vloer, was Martie zelf ook een beetje gedesoriënteerd. 'Ze komen er vast aan.'
'Het pistool,' zei hij dringend.
De Colt zat in haar handtas, maar haar tas stond niet meer op de stoel, ingeklemd tussen haar heup en het portier.
Instinctief keek ze naar de vloer, maar de vloer bevond zich nu boven haar. De handtas kon niet omhooggevallen zijn.
Met bevende vingers vond ze het slot van haar veiligheidsriem, wurmde zich uit de banden die hardnekkig om haar heen bleven zitten en gleed op het dak.
Stemmen. Nog ver weg, maar ze kwamen wel dichterbij.
Dusty klauterde uit zijn veiligheidsriem en glibberde omlaag naar het dak. 'Waar is het?'
'Dat weet ik niet.' Ze bracht de woorden hijgend uit, want door de benzinestank werd ademhalen steeds moeilijker.
Het licht in de omgeslagen auto was akelig. Buiten kroop de schemering langzaam over de zwaarbewolkte lucht. De gebroken voorruit zat verstopt met *tumbleweed* en andere struiken die op de bodem van de geul stonden, dus van die kant kwam er ook nauwelijks licht binnen.
'Daar!' zei Dusty.
Op hetzelfde moment dat hij zijn mond opendeed, zag ze de hand-

tas ook, vlak bij de achterruit, en ze kroop op haar buik over het dak.
De tas was open gegaan en er waren een paar dingen uit gevallen. Ze schoof een poederdoos, een kam, een lipstick en andere spulletjes opzij en greep de tas op. Aan het gewicht kon ze voelen dat het pistool er nog steeds in zat.
Kletterend vielen een paar steentjes op de onderkant van de auto, losgetrapt door mannen die vanaf de grindweg langs de helling omlaag klommen.
Martie wierp een blik op de zijraampjes die laag bij de grond zaten, eerst naar links en toen naar rechts, in de verwachting dat ze het eerst hun voeten te zien zou krijgen.
Ze probeerde om zich zo stil mogelijk te houden en te luisteren naar hun voetstappen, zodat ze van tevoren zou weten van welke kant ze kwamen, maar vanwege de benzinedamp in de auto moest ze snuivend ademhalen. Dusty hijgde ook en de wanhoop in hun piepende ademhaling was zelfs nog angstaanjagender dan het geluid van de vallende stenen.
Tikketik, tikketik – niet het geluid van haar hart, want dat bonsde gewoon – *tikketik, tikketik*, en toen iets nats dat langs de rand van haar gezicht droop, waardoor ze in elkaar kromp en omhoogkeek naar de bodem van de auto. Benzine druppelde tussen de vloerplaten door.
Martie draaide haar hoofd om, keek achter zich en zag drie of vier andere plekken waar de brandstof omlaag drupte in de op zijn kop liggende Ford. De druppels vingen de laatste glimpjes licht op en glansden als pareltjes terwijl ze naar beneden vielen.
Dusty's gezicht. Met opengesperde ogen die beseften hoe hopeloos hun toestand was.
Prikkelende dampen deden Marties ogen tranen en net op het moment dat het gezicht van haar man wazig werd, zag ze hem eerder de woorden 'Niet schieten' zeggen dan dat ze hoorde hoe hij ze piepend uitbracht.
Als de flits uit de loop van het pistool geen ontploffing zou veroorzaken – wat wel het geval zou zijn – dan zou de vonk van een kogel die ergens vanaf ketste wel hun einde betekenen.
Ze veegde met de rug van haar hand over haar tranende ogen, ving door het raampje vlak naast haar een glimp op van een paar cowboylaarzen en toen begon iemand te rukken aan een koppig, verwrongen portier.

De paarsblauwe Chevrolet El Camino uit '59 was mooi aangepast:

een motorkap van alle chroom ontdaan, opgevuld en voorzien van ventilatiegaten; gladde bumpers uit één stuk; een mooie buisvormige grill; een via compressie bediende harde kap die omlaag draaide op de Classic Chevy-spoelen van McGaughly.

Dr. Ahriman had een parkeerplaats op straat gevonden met uitzicht op de uitrit van het parkeerterrein achter zijn kantoorgebouw en zat achter het stuur te wachten.

Onder de stoel van de bestuurder lag het skimasker. Dat had hij gecontroleerd voor hij de motor startte. Die brave, betrouwbare Cedric.

Het gewicht van het mini-9mm-pistool in de holster onder zijn linkerarm hinderde hem niet in het minst. Het was zelfs wel een prettig, warm gevoel. Pang, pang, jij bent dood.

En daar kwam Jennifer in de Mercedes, die alleen even bij de kassa stopte om de bewaakster te groeten, want de auto had een sticker op de voorruit die een maand geldig was. Daarna ging de gestreepte slagboom omhoog en reed ze door naar het stopbord op de hoek van de straat.

Achter haar remde de pick-up en hij stopte zo abrupt bij de kassa dat alle antennes heftig begonnen te trillen.

Jennifer reed linksaf de straat in.

Te oordelen aan de tijd die ze bij de kassa stonden, hadden de twee klungels van detectives er niet aan gedacht om los geld bij de hand te houden zodat ze snel konden doorrijden. Tegen de tijd dat ze de straat in draaiden, sloeg de Mercedes al helemaal aan het eind de bocht om en waren ze de auto bijna kwijt.

De dokter was een beetje bang geweest dat Skeet en zijn maatje, als ze zagen dat alleen Jennifer en niet hun eigenlijke prooi in de auto zat, op de parkeerplaats zouden blijven wachten tot hij weer zou opduiken of tot ze omkwamen van de dorst, welke van de twee mogelijkheden zich het eerst zou voordoen. Misschien hadden ze ook niet aan het parkeergeld gedacht omdat ze erover zaten te kibbelen of het wel verstandig zou zijn om de auto te volgen zonder dat hun doelwit erin zat. Uiteindelijk hadden ze toch in het aas gehapt, zoals de dokter had verwacht.

Hij volgde hen niet. Hij wist waar Jennifer naartoe ging en hij reed op zijn eigen manier naar de Mercedes-garage, waarbij hij een kortere route volgde.

De El Camino werd aangedreven door een 9.5:1 compacte 350cc Chevy-motor. De dokter amuseerde zich kostelijk terwijl hij door Newport Beach stoof, met één oog oplettend of hij ook verkeerspolitie zag en met één hand op de claxon voor eventuele voetgangers

die het waagden om zich op een zebrapad te begeven.
Hij parkeerde bij de ingang van de garage en moest meer dan vier minuten wachten voor de Mercedes en de pick-up kwamen opdagen. Jennifer reed de auto rechtstreeks naar binnen en de truck bleef verderop in de straat staan, een paar plaatsen voor de El Camino.
Omdat het kampeerzeil het uitzicht door de achterruit in de cabine van de pick-up belemmerde, konden Skeet en zijn medeavonturier niet goed zien wie er achter hun stond. Ze hadden hun zijspiegels kunnen gebruiken om de straat af te zoeken, maar Ahriman had het vermoeden dat ze, omdat ze zichzelf als een onverschrokken surveillanceploeg beschouwden, geen moment op het idee kwamen dat ze zelf ook weleens gevolgd konden worden.

De compacte, aangepaste, platte Colt gleed zonder moeite tussen haar riem en de band van Marties broek en nestelde zich tegen haar rug, waardoor ze er veel minder hinder van ondervond dan ze had verwacht.
Ze trok haar trui erover en streek net haar tweedjasje weer recht toen het portier aan de kant van de bestuurder met een gekreun en gekrijs van verwrongen metaal open werd gerukt.
Een man gebood hun om uit te stappen.
Met longen die nog steeds wanhopig benzinedampen inhaleerden en snakten naar frisse lucht kroop Martie op haar buik over het dak van de auto naar het portier en naar buiten.
Een man pakte haar linkerarm, rukte haar overeind, trok haar struikelend mee en duwde haar vervolgens opzij. Ze wankelde en viel, waarbij ze half op de zanderige bodem en half in een wirwar van struiken belandde.
Ze pakte niet meteen het pistool omdat ze nog steeds ongecontroleerd naar adem hapte en half verblind was door de tranen die uit haar ogen stroomden. Haar keel voelde gloeiend en rauw aan en ze had een scherpe smaak in haar mond. Haar neusgaten leken aan de binnenkant verschroeid te zijn en de benzinedampen drongen door tot in haar bijholtes en bezorgden haar een brandend gevoel in haar voorhoofdsholte, waar nu een bonzende hoofdpijn oplaaide.
Ze hoorde hoe Dusty ook uit de huurauto werd getrokken en net als zij op de grond werd gegooid.
Ze bleven allebei zitten op de plek waar ze gevallen waren, zo gulzig happend naar adem dat ze bijna stikten in de veel te lekkere lucht en die meteen weer moesten uitblazen voor hun longen er echt profijt van konden hebben.

Door Marties tranende ogen werd alles wazig en vervormd, maar ze zag twee mannen, een die hen bewaakte met iets dat op een pistool leek in zijn hand en een ander die om de op zijn kop liggende auto liep. Grote mannen. Donkere kleren. Gezichten kon ze nog niet onderscheiden.

Er fladderde iets tegen haar gezicht. Een motje. Hele wolken motjes. Maar wel koud. Geen motjes maar sneeuw. Het was gaan sneeuwen.

Ze begon net wat gemakkelijker te ademen, hoewel nog niet normaal, en iets beter te zien omdat haar ogen opdroogden, toen iemand haar bij haar haar pakte en haar dwong om op te staan.

'Schiet op, schiet op,' bromde een van de vreemdelingen ongeduldig. 'Als jullie ons ophouden, schiet ik je gewoon een kogel door de kop en laat je hier achter.'

Martie vatte het dreigement serieus op en begon omhoog te klimmen langs de glooiende helling van de geul waarover de auto naar beneden was gerold.

Toen Jennifer aan de overkant van de straat verscheen en wegliep bij de Mercedes-garage, stonden de speurhonden met hun mond vol tanden. Ze hadden erop gerekend dat ze haar in hun brik zouden kunnen volgen, maar de broze Skeet en zijn vriend met het ronde gezicht hadden geen van beiden zo'n goede conditie dat ze in staat waren om te voet een lange achtervolging in te zetten.

Het ergste was dat Jennifer er de pas in zette alsof de duvel plus een stuk of zes agressieve verkopers van tweedehands auto haar op de hielen zaten. Met het hoofd omhoog, de schouders naar achteren, de borst vooruit en wiegende heupen beende ze met grote passen door de koele middaglucht, als een vrouw die vast van plan was om nog voor zonsondergang bij de grens van Nevada te zijn.

Ze droeg hetzelfde broekpak dat ze op kantoor had gedragen, maar nu staken haar voeten in de duurste Rockport-wandelschoenen in plaats van in schoenen met hoge hakken. Alles wat ze mee moest nemen zat in een billenbuidel, zodat ze haar handen vrij had en ze pompte haar armen ritmisch op en neer alsof ze een Olympische snelwandelaarster was. Ze had haar haar opgestoken en haar paardenstaart wipte schattig op en neer terwijl ze het wegdek ranselde, op weg naar haar avondmaal.

De ramen van de El Camino waren getint en Jennifer kende deze auto niet. Toen ze aan de overkant van de straat voorbijliep, keek ze niet eens in de richting van de dokter.

Ze sloeg de hoek om, nog steeds in zicht, en begon een lange, licht

omhoog glooiende straat in te lopen.
Hup, hup, hup deed de paardenstaart. Haar samengeknepen bilspieren leken hard genoeg om walnoten te kraken.
Terwijl ze naar elkaar zaten te gebaren, reden de detectives weg van de plek waar ze geparkeerd stonden, kwamen langs de El Camino zonder de auto een blik waardig te keuren en reden door tot de hoek, waar ze weer langs de kant van de weg gingen staan.
Een paar honderd meter heuvelopwaarts, bij de volgende kruising, sloeg Jennifer rechtsaf. Ze liep naar het westen.
Toen ze bijna uit zicht was, reed de pick-up achter haar aan.
Na nog even gewacht te hebben, volgde de dokter de pick-up.
Het swingende vrachtautootje stopte op ongeveer honderd meter achter Jennifer opnieuw langs het trottoir.
De straat voor hen liep nog ongeveer anderhalve kilometer omhoog en kennelijk waren de stillen van plan om Jennifer na te kijken tot ze bij de top was, vervolgens achter haar aan te rijden, de auto weer langs de kant van de weg te zetten en haar opnieuw na te kijken terwijl ze verder liep.
Green Acres, het culinaire Mekka van elke gezondheidsfreak in de wijde omtrek, was ongeveer zes kilometer verderop en Ahriman vond het niet nodig om de pick-up bij stukjes en beetjes daarheen te volgen. Hij reed langs de truck, langs Jennifer en verder naar het restaurant.
De dokter amuseerde zich kostelijk met de twee amateurdetectives, Sherlock en Watson zonder verstand en met de verkeerde kleren aan. Hun brave stompzinnigheid gaf hun een heel eigen charme. Hij wenste bijna dat hij ze niet hoefde te vermoorden, dat hij ze kon houden als een stel makke aapjes om bij tijd en wijle een saaie middag op te vrolijken.
Natuurlijk was het al lang geleden dat hij echt zelf een mens het leven had benomen, in plaats van een tussenpersoon te gebruiken, en hij keek ernaar uit om zijn handen weer eens uit de mouwen te steken, om het zo maar eens te zeggen.

Zilveren vlokken, afgeschoren van een wollige hemel, zweefden recht omlaag in de windstille schemering en ieder bosje salie en elke bevroren tumbleweed breide al vlijtig aan een witte trui.
Tegen de tijd dat ze bij de top van de helling waren aanbeland, kon Martie weer helder zien en haalde ze weliswaar zwaar maar niet schokkend adem. Ze spuugde nog steeds speeksel uit met de vieze smaak van benzinedamp, maar ze was niet benauwd meer.
Een donkerblauwe BMW stond midden op de landweg met de por-

tieren open, een draaiende motor en een uitlaat die wolken gas uitbraakte. De zware winterbanden waren voorzien van sneeuwkettingen.
Martie wierp een blik achterom naar de bodem van de geul waar de verongelukte Ford lag en hoopte dat de auto zou ontploffen. In dit stille en open land zou dat geluid zelfs een kilometer verder op de boerderij nog te horen zijn; of misschien zou Bernardo Pastore precies op het juiste moment uit een raam kijken en de vuurgloed vlak achter de hemel zien, als een soort baken.
Het was valse hoop en dat wist ze.
Zelfs in het afnemende licht kon Martie zien dat de twee bewapende mannen allebei een machinepistool met een verlengd magazijn hadden. Ze wist niet veel van dat soort wapens af, alleen maar dat ze een kogelregen verspreidden en al dodelijk waren in handen van een slechte schutter, laat staan in handen van mannen die wisten hoe ze ermee om moesten gaan.
Deze twee zagen eruit alsof ze in een laboratium waren gekloond volgens een genetische formule met als titel 'beschaafde boeven'. Hoewel ze er knap, keurig verzorgd en bijna als knuffelbeesten uitzagen in hun Eddie Bauer-winterkleren, was het toch een ontzagwekkend stel, met nekken die dik genoeg waren om elk wurgkoord te weerstaan dat dunner was dan een scheepskabel en met zulke brede en massieve schouders dat ze in staat zouden moeten zijn om paarden uit een brandende stal te dragen.
De blonde deed de kofferbak van de BMW open en gaf Dusty opdracht om erin te stappen. 'En haal geen stommiteiten uit door straks bijvoorbeeld met een moersleutel op me af te komen, want ik maai je neer voor je die zelfs maar op kunt tillen.'
Dusty keek Martie even aan, maar ze wisten allebei dat dit niet het juiste moment was om de Colt te trekken. Niet terwijl er twee machinepistolen op hen gericht waren. Hun troefkaart was niet het verborgen wapen, hun troefkaart was de verrassing die dat mee zou brengen. Een heel bescheiden troefkaart, maar in ieder geval een die ze uit konden spelen.
Boos vanwege het uitstel nam de blonde een snelle stap en schopte Dusty's benen onder zijn lichaam uit, waardoor hij op de grond viel. 'Stap in die kofferbak!' schreeuwde hij.
Dusty voelde er niets voor om Martie met hen alleen te laten, maar aangezien er niets anders op zat dan te gehoorzamen krabbelde hij overeind en klom in de kofferbak van de auto.
Martie zag haar man daar liggen, op zijn zij en met een somber gezicht naar buiten kijkend. Dit was de houding van slachtoffers op

de omslagen van roddelbladen als er verhalen in stonden over maffiamoordpartijen. Het enige dat er in deze opstelling aan ontbrak, waren de strakke blik van de dood en het bloed.

Alsof de sneeuw al bezig was om een doodskleed voor Dusty te weven, dwarrelden de vlokken de kofferbak in en legden eerst een witte sluier over zijn wenkbrauwen en wimpers.

Ze had het misselijkmakende gevoel dat ze hem nooit weer zou zien.

De blonde knalde het kofferdeksel dicht en draaide de sleutel om in het slot. Hij liep naar het linkervoorportier en ging achter het stuur zitten.

De tweede man duwde Martie op de achterbank en schoof snel achter haar aan naar binnen. Hij zat recht achter de chauffeur.

De beide boeven bewogen zich met de soepele gratie van atleten en hun gezichten leken totaal niet op die van de doorsnee zware jongen. Beide mannen waren ongehavend, fris, met een hoog voorhoofd, mooie jukbeenderen, een klassieke neus en een vierkante kin – kortom, het soort man waarmee een rijke erfgename thuis kon komen bij mammie en pappie zonder dat haar toelage werd ingetrokken en haar bruidsschat werd gereduceerd tot een theepot. Ze leken zo sterk op elkaar dat het feit dat het eigenlijk om klonen ging alleen maar werd verborgen door hun haarkleur – donkerblond en koperrood – en het verschil in hun houding.

De blonde leek de meest opvliegende van het stel. Nog steeds nijdig omdat Dusty had geaarzeld voordat hij in de kofferbak stapte, zette hij de auto in de versnelling, liet de banden slippen waardoor het grind tegen de bodem van de wagen spatte en reed weg van de Pastore-ranch in de richting van de snelweg, die ongeveer zevenhonderd meter verderop lag.

De rooie glimlachte tegen Martie en trok zijn wenkbrauwen op, alsof hij wilde aangeven dat zijn compagnon af en toe een bezoeking was.

Hij hield het machinepistool met één hand vast, gericht op de vloer tussen zijn voeten. Hij leek niet bang te zijn dat Martie zich daadwerkelijk zou verzetten.

Ze zou hem dat wapen dan ook nooit kunnen afpakken of hem met een klap buiten gevecht kunnen stellen. Hij was zo snel en zo groot dat hij haar luchtpijp met een harde elleboogstoot kon verbrijzelen of haar met haar gezicht dwars door het zijraampje kon slaan.

Nu had ze Smilin' Bob meer dan ooit nodig, in levenden lijve of in de geest. En met een brandweerbijl.

Ze dacht dat ze op weg waren naar de zuidelijk gelegen snelweg. Maar na hooguit driehonderd meter verlieten ze de weg naar de boer-

derij en reden in oostelijke richting over een karrenspoor dat bijna alleen te onderscheiden was doordat er een onbegroeide strook tussen het struikgewas, de mesquite en de cactussen liep.
Als ze zich de kaart goed herinnerde – en afging op wat ze op de heenweg vanuit Santa Fe van het landschap had gezien – lag er in deze richting niets anders dan een woestenij.
De koplampen slaagden er niet in om een waterval van sneeuw, een schuimende Niagara van vlokken, te doorboren, dus er zou best een stad voor hen kunnen liggen. Maar op een metropool durfde ze niet te hopen, in plaats daarvan verwachtte ze een knekelveld met ongemarkeerde graven.
'Waar gaan we naartoe?' vroeg ze, omdat ze dacht dat ze wel van haar zouden verwachten dat ze aan één stuk door zenuwachtige vragen zou stellen.
'Naar een plekje om te vrijen,' zei de chauffeur en zijn ogen in de achteruitkijkspiegel keken recht in de hare, op zoek naar een opwindend spoortje angst.
'Wie zijn jullie eigenlijk?'
'Wij? Wij zijn de toekomst,' zei de chauffeur.
Opnieuw glimlachte de man op de achterbank en trok zijn wenkbrauwen op alsof hij de dramatische flair van zijn partner bespottelijk wilde maken.
De BMW reed niet zo hard als op de landweg, hoewel hij nog steeds te snel ging voor dit terrein. Toen hij in een diep gat terechtkwam, maakte de auto een sprong en op het moment dat ze weer omlaag klapten, schraapten de uitlaat en de benzinetank over de grond en werden ze opnieuw door elkaar gerammeld.
Omdat de rooie en Martie geen veiligheidsriemen omhadden, stuiterden ze omhoog en sloegen voorover.
Ze greep haar kans, bracht haar arm naar achteren en tastte met haar rechterhand omhoog onder haar jas en haar trui. Terwijl ze door elkaar werden geschud, trok ze het pistool onder haar riem uit.
Toen de auto weer tot rust kwam, hield Martie het pistool naast zich, tegen haar dij, en liet haar openhangende jasje erover vallen. Ook haar lichaam benam de rooie het uitzicht op de Colt.
Het pistool van de chauffeur lag waarschijnlijk op de stoel naast hem, binnen handbereik.
De rooie naast Martie had zijn pistool nog steeds in zijn rechterhand, tussen zijn knieën, met de loop naar de grond gericht.
Actie. Actie op basis van intelligentie en een moreel standpunt. Ze had het volste vertrouwen in haar intelligentie. Moord was immo-

reel, natuurlijk, maar voor doden uit zelfverdediging gold dat vast niet.
Toch was dit niet het juiste moment.
Timing. Timing was net zo belangrijk bij ballet als bij vuurgevechten.
Dat had ze ergens gehoord. Maar ondanks haar bezoeken aan de schietbaan, waarbij ze alleen op papieren silhouetten van een menselijk lichaam had geschoten, wist ze niets van ballet nóch van vuurgevechten.
'Jullie kunnen dit nooit ongestraft doen,' zei ze, waarbij ze niet de moeite nam om de angst die ze ook werkelijk voelde uit haar stem te weren, want daardoor zouden ze nog vaster gaan geloven dat ze hulpeloos was.
De chauffeur was geamuseerd. Terwijl hij net deed of er een vleugje twijfel in zijn stem kroop, zei hij tegen zijn partner: 'Zachary, denk jij dat wij dit ongestraft kunnen doen?'
'Ja hoor,' zei de rooie. Hij trok opnieuw zijn wenkbrauwen op en schokschouderde.
'Zachary,' zei de chauffeur opnieuw. 'Hoe noemen we dit soort klussen?'
'Gewoon pompen en verzuipen.'
'Heb je dat gehoord, meid? Met de nadruk op *gewoon*. Niks bijzonders. Zo gemakkelijk als wat. Een fluitje van een cent.'
'Maar je weet, Kevin,' zei Zachary, 'dat voor mij de nadruk op *pompen* ligt.'
Kevin lachte. 'Kijk meid, omdat jij degene bent die gepompt wordt en vervolgens samen met je man wordt verzopen, denk jij natuurlijk dat het heel belangrijk is. Maar dat geldt niet voor ons, hè Zachary?'
'Nee.'
'En ook niet voor de smerissen. Vertel haar maar waar ze naartoe gaat, Zachary.'
'Met mij naar Orgasmo City.'
'Man, je bent knettergek, maar wel grappig. En na Orgasmo City?'
'Je komt in een oude indiaanse bron terecht,' zei Zachary tegen Martie, 'en god mag weten hoe diep in het waterstelsel eronder.'
'Het is al driehonderd jaar geleden dat er daar nog indianen woonden die er gebruik van maakten,' legde Kevin uit.
'We kunnen niet het drinkwater van mensen bederven,' zei Zachary. 'Da's een federale overtreding.'
'Niemand zal ooit jullie lichamen vinden. Het is heel goed mogelijk dat jullie na dat auto-ongeluk gewoon de woestijn in zijn gelopen,

gedesoriënteerd en verdwaald raakten in de sneeuwbui en dood zijn gevroren.'

Terwijl de snelheid van de auto afnam, doken er aan weerszijden lugubere vormen op in de sneeuw. Ze waren laag en golvend, bleke formaties die het licht van de koplampen weerkaatsten en voorbijgleden als spookschepen in de mist. Verweerde ruïnes. Brokstukken van gebouwen, de stenen en adobe muren van een al eeuwen verlaten nederzetting.

Toen Kevin stopte en de auto in de parkeerstand zette, draaide Martie zich om naar Zachary en ramde de .45 Colt zo hard in zijn zij dat zijn gezicht vertrok van pijn.

Zijn ogen toonden een man die geen angst of mededogen kende, maar geen domme man. Zonder dat ze een woord hoefde te zeggen, liet hij het machinepistool op de grond vallen, tussen zijn voeten.

'Wat is er?' vroeg Kevin, aan wiens instinct niets mankeerde.

Terwijl de chauffeur in de achteruitkijkspiegel naar Martie keek, zei ze: 'Steek je armen achteruit en leg je handen op de hoofdsteun, vuile smeerlap.'

Kevin aarzelde.

'Nú!' schreeuwde Martie. 'Voordat ik dit stuk onbenul een kogel in zijn pens jaag en jouw achterhoofd tot moes knal. Handen op de hoofdsteun, waar ik ze kan zien.'

'We zitten in de knoei,' bevestigde Zachary.

Kevins rechterschouder zakte iets, alsof hij zijn hand uitstak naar het machinepistool dat op de voorstoel lag.

'HANDEN OP DE HOOFDSTEUN, NÚ, KLOOTZAK!' brulde ze en ze schrok ervan hoe volslagen psychotisch ze klonk, niet als een vrouw die alleen maar net deed alsof ze keihard was, maar écht als een waanzinnige. En in feite was ze op dat moment ook waanzinnig, volslagen psychotisch uit pure angst.

Kevin schoot weer rechtop, stak zijn beide handen naar achteren en pakte de hoofdsteun vast.

Met de Colt tegen zijn onderlijf geramd zou Zachary zich wel gedragen, want ze kon de trekker sneller overhalen dan hij zich kon bewegen.

'Jullie zijn met niets anders dan handbagage uit dat vliegtuig gestapt,' zei Kevin.

'Hou je bek. Ik zit na te denken.'

Martie wilde niemand doden, zelfs niet dit soort menselijk uitschot, niet als ze dat kon vermijden. Maar hoe kon ze dat vermijden? Hoe kon ze uit de auto komen en hen ook uit laten stappen, zonder hun

de kans te geven iets uit te halen?
Kevin bleef erover doorzeuren. 'Alleen maar handbagage, dus waar heb je dat pistool vandaan?'
Twee man om in de gaten te houden. Al die bewegingen bij het uitstappen. Wankele momenten, kwetsbaarheid.
'Waar heb je dat pistool vandaan?' hield Kevin vol.
'Dat heb ik uit de reet van je maat getrokken. *En hou nou je bek!*'
Als ze aan de kant van de bestuurder uitstapte, zou er een moment zijn waarop ze een van hen de rug moest toekeren. Dat kon niet.
Dan moest ze maar voorzichtig achteruit aan de andere kant uitstappen. Ze kon Zachary dwingen om samen met haar over de bank te schuiven en hem het pistool in de buik blijven drukken terwijl ze langs hem heen Kevin op de voorbank in de gaten kon houden.
Nu de ruitenwissers niet meer werkten, begon de sneeuw een dun laagje te vormen op de voorruit. Ze werd duizelig van de beweging van de neerdalende vlokken.
Niet naar buiten kijken.
Haar blik kruiste die van Zachary.
Hij kon zien dat ze niet wist wat ze moest doen.
Ze had bijna haar blik afgewend, maar besefte meteen hoe gevaarlijk dat zou zijn en drukte de mond van de Colt nog dieper in zijn buik, tot hij de andere kant op keek.
'Misschien is het geen echt pistool,' zei Kevin. 'Misschien is het wel van plastic.'
'Het is wel echt,' vertelde Zachary hem haastig.
Om op haar gevoel achteruit de auto uit te stappen, zou gevaarlijk kunnen zijn. Ze kon met haar voet achter de drempel blijven haken, of aan het portier zelf. Ze kon vallen.
'Jullie zijn maar verrekte huisschilders,' zei Kevin.
'Ik ben ontwerpster van videospelletjes.'
'Wat?'
'Mijn man is de huisschilder.'
En als zij was uitgestapt en Zachary kwam achter haar aan, zou hij gedurende een moment de deuropening blokkeren met haar pistool in zijn buik en dan had ze geen zicht meer op Kevin.
Het enige verstandige was om hen neer te schieten zolang zij nog in het voordeel was. Smilin' Bob had haar niet verteld wat ze moest doen als intelligentie en moraliteit frontaal met elkaar in botsing kwamen.
'Ik geloof niet dat de dame weet wat ze moet doen,' zei Zachary tegen zijn partner.

'Misschien is dit wel een patstelling,' zei Kevin.
Actie. Als zij het idee hadden dat ze niet meedogenloos kon handelen, zouden zíj in actie komen.
Nadenken. Goed nadenken.

68

Een winterbeeld vastgevroren in een met vloeistof gevulde glazen bol: de zachte en ronde lijnen van eeuwenoude indiaanse ruïnes, met een zilveren kleed overdekte salie, een donkerblauwe BMW met daarin twee mannen en een vrouw, plus een onzichtbare man in de kofferbak – twee moordenaars, twee mensen die uit de weg geruimd moesten worden – en niets dat beweegt, alles en iedereen even roerloos als het lege universum voor de oerknal, met uitzondering van de sneeuw, een sneeuwstorm zonder wind die onverstoorbaar door blijft vallen alsof de glazen bal net door een reuzenhand is geschud, een hoeveelheid fijne witte sneeuw die in een poolwinter niet had misstaan.

'Zachary,' zei Martie eindelijk, 'doe met je linkerhand zonder je om te draaien het portier aan jouw kant open. Kevin, jij houdt je handen op de hoofdsteun.'

Zachary probeerde het portier open te doen. 'Op slot.'

'Maak het open,' zei ze.

'Gaat niet. Het is een kinderslot. Hij moet het voorin opendoen.'

'Waar zit de knop van het slot, Kevin?' vroeg Martie.

'Op de console.'

Als ze hem toestond om op de knop te drukken, zou zijn hand centimeters verwijderd zijn van het machinepistool dat ongetwijfeld op de passagiersstoel lag.

'Hou je handen op de hoofdsteun, Kevin.'

'Wat voor videospelletjes ontwerp je?' vroeg Kevin in een poging om haar af te leiden.

Martie deed net alsof ze hem niet hoorde en vroeg: 'Heb je een zakmes, Zachary?'

'Zakmes? Nee.'

'Jammer. Als je ook maar een vin verroert, zul je een mes nodig hebben om twee hollowpoints uit je ingewanden op te diepen, want je zult niet lang genoeg leven om naar een ziekenhuis te gaan om dat door een echte dokter op te laten knappen.'

Terwijl ze achteruitschoof over de zitting naar een punt waarop ze zich midden tussen de twee hoofdsteunen zou bevinden, hield Martie het pistool op de roodharige man gericht, hoewel het wapen meer indruk zou hebben gemaakt als ze het stevig met de mond tegen zijn buik had kunnen blijven drukken.

'Voor het geval jullie je dat afvragen,' zei ze, 'dit ding is niet double-action. Single-action. En de trekker is lekker soepel. Een druk van vier pond is genoeg, licht en gemakkelijk, dus de loop gaat niet dansen. Elk schot zal raak zijn.'

Ze kon de voorstoelen niet goed genoeg in de gaten houden als ze bleef zitten, dus schoof ze voorzichtig naar voren en stond op, met haar benen half gebogen, de voeten uit elkaar en schrap, met het gezicht naar Zachary maar met haar rechterschouder tegen de rug van de voorstoel, terwijl ze het pistool met twee handen vasthad. Onhandig. Stompzinnig en gevaarlijk onhandig, maar ze kon geen andere manier bedenken om het wapen op Zachary gericht te houden en toch Kevins hand te kunnen zien als hij die omlaag liet zakken naar de console.

Ze durfde niet zelf haar hand in de ruimte tussen de voorstoelen te steken. Dan zou ze uit balans zijn en een gemakkelijke prooi voor Zachary.

Twee boze orks en één hobbit samen opgesloten in een auto. Hoe groot was de kans dat ze er alle drie levend uit zouden komen? Klein. Of de hobbit wint en gaat door naar het volgende level, of het spel is uit.

Om naar de voorstoel te kunnen kijken, moest ze haar gezicht afwenden van Zachary en hem vanuit haar ooghoeken in de gaten houden. 'Als ik ook maar iets hoor bewegen, als ik daar ook maar een glimpje van opvang, ben je er geweest.'

'Als ik in jouw schoenen had gestaan, was ik allang dood geweest,' merkte Zachary op.

'Ja, maar ik ben niet zoals jij, vuilak. Als je verstandig bent, blijf je doodstil zitten en dank je God op je blote knieën dat je de kans krijgt om het er levend af te brengen.'

Haar hart bonsde zo hard dat ze het gevoel had dat het uit haar borst zou springen. Dat was prima. Meer bloed naar de hersens. Helderder denken.

Ze draaide haar hoofd om en boog zich voorover om op de voorstoel te kijken.

Zoals ze had verwacht, lag Kevins machinepistool binnen handbe-

reik op de passagiersstoel. Een groot magazijn. Dertig kogels.
'Oké, Kevin, laat nu rustig je rechterhand zakken om het slot open te drukken, met de nadruk op *rustig*, en leg die dan weer op de hoofdsteun.'
'Als je maar niet zenuwachtig wordt en me voor niets om zeep helpt.'
'Ik ben niet zenuwachtig,' zei ze en haar stem klonk zo vast dat ze er verbaasd van was, want ze mocht dan aan de buitenkant niet trillen, vanbinnen trilde ze als een veldmuisje in de schaduw van de vleugels van een uil.
'Ik zal precies doen wat je zegt.' Kevin haalde langzaam zijn rechterhand achter zijn hoofd weg en liet hem zakken.
Martie wierp een snelle blik op Zachary, die zijn handen tot naast zijn gezicht had opgestoken om haar niet te verontrusten, hoewel ze hem daar geen opdracht voor had gegeven – wat ze eigenlijk wel had moeten doen – en daarna keek ze weer naar de voorstoel.
Terwijl Kevins hand omlaag leek te zweven naar de knop om de portieren open te doen, zei hij: 'Ik speel graag *Carmageddon*. Ken je dat spel?'
'Ik had wat jou betreft op *Kingpin* gegokt,' zei ze.
'Hé, da's ook hartstikke tof.'
'Kalm aan nu.'
Hij drukte op de tuimelknop.
Het was net alsof de beide mannen telepathisch hadden afgesproken wat er daarna moest gebeuren.
De sloten sprongen met een hoorbare klik open.
Onmiddellijk gooide Zachary het achterportier open en rolde naar buiten en Martie zag uit haar ooghoek dat hij zich nog tijdens die val bukte om het machinepistool van de grond op te pakken.
Nog terwijl Martie twee schoten loste op de vluchtende roodharige man en instinctief wist dat een daarvan raak was geweest, liet Kevin zich zijdelings op de voorbank vallen en greep zijn wapen op.
Haar tweede schot donderde nog als een kanonschot door de auto toen Martie zich op de grond liet vallen, uit het zicht van Kevin, de Colt op de rug van de voorstoel richtte en snel achter elkaar eentwee-drie-vier kogels op een rij in de bekleding joeg, hoewel ze er niet zeker van was of ze wel dwars door al die vulling en het frame van de stoel zouden gaan.
Ze was zowel van voren als van boven kwetsbaar. Niets weerhield Kevin ervan om dwars door de stoel terug te schieten en hij had dertig kogels om haar te raken. Als hij niet was geraakt, kon hij opstaan en haar van bovenaf doodschieten. En ze was ook kwetsbaar door het open portier, voor Zachary die buiten was met het tweede

machinepistool. Niet blijven liggen. *Weg, weg*. Toen ze het vierde schot in de rugleuning vuurde, was ze al bezig weg te kruipen.
Ze durfde geen tijd te verspillen met het openen van de deur achter haar, dus ging ze naar buiten door het portier dat Zachary had opengedaan, misschien wel rechtstreeks op een vuurgevecht af terwijl ze nog maar één kogel over had in het magazijn dat er zeven kon bevatten.
Geen vuurgevecht. Zachary – *voor mij ligt de nadruk op 'pompen'* – wachtte haar niet op. Hij was gewond en lag op de grond, maar hij was niet dood. Met op z'n minst één en misschien wel twee kogels in zijn rug worstelde het harde beest zich op handen en knieën vooruit.
Martie zag waar hij naartoe kroop. Zijn pistool. Toen hij was gevallen, was het wapen uit zijn handen geslagen. Het lag ongeveer drie meter voor hem op de met sneeuw bedekte grond.
Omdat ze inmiddels alleen nog maar op overleven was gericht en de zondagsschool en de beschaving het tegen de barbaar in haar hart moesten afleggen, schopte ze hem in zijn ribben. Hij kreunde van pijn, probeerde haar te grijpen, maar viel toen op zijn gezicht.
Haar hart ging als een razende tekeer, het bonsde zo hard dat haar gezichtsvermogen erdoor werd aangetast en bij elke hartklop rond de omtrek waziger werd. Haar keel was dichtgeknepen van angst. De adem viel als ijsklonten in haar longen en ratelde vervolgens luidruchtig weer naar buiten. Ze schoot langs Zachary heen naar het machinepistool en greep het op van de grond, waarbij ze ieder moment verwachtte dat ze opgetild zou worden en voorover zou knakken door de kracht van een veelvoud van kogels in haar rug.
Dusty opgesloten in de kofferbak van de BMW. Wanhopig haar naam schreeuwend. Bonkend tegen de binnenkant van het kofferdeksel.
Verbijsterd dat ze nog steeds in leven was, liet ze de Colt vallen. Draaide zich om met het nieuwe wapen in beide handen, turend door de van sneeuw vergeven duisternis, op zoek naar een doelwit, maar Kevin was niet achter haar. Het linkervoorportier was nog steeds dicht. Ze kon niet zien of hij nog in de auto zat.
Misschien lag hij dood op de voorbank.
Misschien ook niet.
Er was vrijwel geen spoortje licht meer aan de winterhemel te bekennen. Die had ook niet meer de kleur van gips. Asgrauw nu, en in het oosten zo zwart als roet. De vallende sneeuw was veel lichter dan het langzaam wegebbende uitspansel erboven, alsof dit de laatste schilfertjes licht waren, de laatste stukjes dag die afgeschud en weggegooid werden door een ongeduldige nacht.

Glanzend als parelmoer in het licht van de koplampen van de auto speelde de sneeuw de ogen parten – gordijnen na gordijnen na nog meer gordijnen van sneeuw – en schaduwachtige vormen schenen erdoor te sluipen terwijl er eigenlijk geen schaduw bewoog.
In een knieval voor een godgegeven instinct liet Martie zich op één knie zakken, waardoor ze zelf een kleiner doelwit zou vormen terwijl ze in het duister tuurde en in de verlichte banen die de koplampen daarin sneed, op zoek naar iets anders dat bewoog behalve de onafgebroken en loodrecht naar beneden vallende sneeuw, sneeuw, sneeuw.
Zachary lag roerloos voorover. Dood? Bewusteloos? Of deed hij net alsof? Ze moest wel een oogje op hem houden.
In de kofferbak van de auto lag Dusty nog steeds haar naam te roepen en nu probeerde hij zich wanhopig een weg naar binnen te banen door de achterbank in te trappen.
'Rustig!' riep ze. 'Met mij is alles goed. Rustig. Eentje is uitgeschakeld, misschien wel allebei. Rustig, anders kan ik niets horen.'
Dusty werd onmiddellijk stil maar nu drong het, ondanks het donderende hoefgetrappel van Marties eigen galopperende hart, tot haar door dat de auto stationair draaide. Een motor als een uurwerk. Een zware knalpot op de uitlaat: alleen maar een zacht, laag *puf-puf-puf*. Desondanks was er genoeg lawaai om de geluiden te overstemmen die Kevin misschien zou maken als hij gewond in de auto lag.
Terwijl ze de sneeuwvlokken uit haar ogen wreef, kwam ze iets overeind uit haar gebukte houding, kneep haar ogen samen en zag dat het rechtervoorportier van de BMW openstond. Dat was haar nog niet eerder opgevallen. Gewond of niet, Kevin was uit de auto en liep ergens rond.

Omdat hij ruim voor de nietsvermoedende Jennifer en de twee idiote neefjes van Miss Jane Marple bij Green Acres aankwam, liep dr. Ahriman het restaurant in om iets lekkers te kopen waarmee hij zijn eetlust kon stillen tot zijn diner dat hij, afhankelijk van wat er ging gebeuren, hoogstwaarschijnlijk zou moeten uitstellen tot later op de avond.
Het volkoren interieur deed hem versteld staan en gaf hem een gevoel alsof iemand met een glanzend stalen reflexhamertje een licht tikje had gegeven tegen het ontblote oppervlak van de voorkwab van zijn hersenen. Een vloer van eiken planken. Landelijke ruitjesstof. Gestreepte katoenen gordijnen. Glazen panelen met vreselijke gebrandschilderde afbeeldingen van korenschoven, korenaren, sperziebonen, wortels, broccoli en andere voorbeelden uit de hoorn des

overvloeds van Moeder Natuur verdeelden het restaurants in zitjes. Toen hij zag dat de serveersters waren uitgedost in blauwe denim broekrokken met eén schortje en rood-wit geblokte blouses, gecombineerd met strohoedjes nauwelijks groter dan een keppeltje, was hij bijna gevlucht.

Hij liep naar de kassa en las het menu dat hij veel gruwelijker vond dan elke serie autopsiefoto's die hij ooit onder ogen had gehad. Hij zou hebben gedacht dat een restaurant dat zijn klanten zulk akelig voedsel voorzette binnen een maand failliet moest gaan, maar zelfs op dit vroege tijdstip was het al redelijk druk. Eters met blozende gezichten zaten zich vol te proppen met enorme groene salades, glinsterend van de yoghurtdressing, dampende koppen soep zonder vlees, omeletten van eiwit met stapels droge geroosterde bruine boterhammen, vegetarische hamburgers even smakelijk als plakjes turf en glibberige bergen tofoe-aardappelstamppot.

Hij was zo ontzet dat hij eigenlijk aan de gastvrouw van het restaurant wilde vragen waarom ze dit waanzinnige thema nog niet een stapje verder doorvoerden om het volmaakt te maken. Ze konden de klanten net zo goed gewoon allemaal naast elkaar aan een trog zetten of hun eten op de vloer strooien en hen op hun gemak blootsvoets laten grazen, waarbij ze net zo veel mochten blaten en loeien als ze wilden.

Omdat hij nog liever van honger verging dan iets te eten dat op dit menu stond, richtte de dokter zijn aandacht hoopvol op de grote, per stuk verpakte koeken die in de buurt van de kassa uitgestald waren. Een handgeschreven bordje meldde trots dat ze ZELFGEMAAKT EN GEZOND waren. Rabarber-appel crackers. Nee. Boterkoeken met bonen-notenvulling. Nee. Zoete wortelgemberbroodjes. Nee. Hij raakte zo opgewonden van het laatste product dat hij zijn portemonnee al uit zijn zak had gehaald voor het tot hem doordrong dat het geen chocolatechip-koekjes waren, maar in plaats daarvan waren gemaakt van stukjes broodvrucht, geitenmelk en tarwebloem.

'We hebben deze ook nog,' zei de gastvrouw terwijl ze schaapachtig een mandje vol in cellofaan verpakte koeken te voorschijn haalde dat achter een stilleven van gedroogd fruit verstopt had gestaan. 'Die lopen niet zo goed. We zullen ze ook niet meer inkopen.' Ze hield hem het mandje met een uitgestrekte arm voor en bloosde alsof ze pornovideo's aan hem probeerde te slijten. 'Chocolade-kokosrepen.'

'Echte chocola en echte kokos?' vroeg hij argwanend.

'Ja, maar ik verzeker u... geen boter, margarine of gedroogde plantaardige vetstoffen.'

'Desondanks neem ik ze allemaal,' zei hij.
'Maar het zijn er nog negen.'
'Ja, prima, alle negen,' zei hij terwijl hij in zijn haast om af te rekenen zijn geld op de toonbank liet vallen. 'En een flesje appelsap als u niets beters hebt.'
De chocolade-kokosrepen kostten drie dollar per stuk, maar de gastvrouw was zo blij dat ze ervanaf was, dat de dokter het hele stel voor achttien dollar mocht hebben, en toen hij terugliep naar zijn El Camino was hij beter geslaagd dan hij zich een paar momenten geleden had kunnen voorstellen.
Ahriman had een plek uitgezocht waar hij zowel de ingang van de parkeerplaats als de entree van Green Acres goed kon zien. Hij zat onderuitgezakt in zijn stoel achter het stuur en was net begonnen aan zijn tweede reep toen Jennifer met ferme pas door de snel invallende schemering kwam aanlopen.
Haar passen waren nog even snel en indrukwekkend lang als toen ze vertrok voor haar tocht en haar armen zwaaiden nog even krachtig. Haar paardenstaart huppelde opgewekt. Ze zag eruit alsof ze geen zweetdruppeltje had vergoten toen ze op Green Acres af beende, met glanzende ogen en kennelijk trappelend van verlangen om zich te goed te doen aan voer en drinken van de hoogste kwaliteit.
Veel te dicht achter Jennifer kwam de oude pick-up met het kampeerzeil – blauwe wolken uitlaatgas uitbrakend en even opvallend als een winderige vos met opgezwollen poten op konijnenjacht – het parkeerterrein oprijden op hetzelfde moment dat hun prooi met de paardenstaart de deur van Green Acres opentrok en achter haar gespierde billen dicht liet vallen. Ze parkeerden de auto iets te dichtbij naar de smaak van de dokter, maar ze zouden hem nog niet hebben opgemerkt als hij boven op een praalwagen had gezeten, getooid met de bananenhoed van Carmen de Miranda.
Ze wachtten een paar minuten, kennelijk om te bespreken wat ze moesten doen, en vervolgens stapte de blozende man uit de truck, rekte zich uit en liep Green Acres binnen, waardoor Skeet alleen achterbleef.
Misschien vermoedden ze dat Jennifer hiernaartoe was gekomen om de dokter zelf te ontmoetten, voor een romantisch tête-à-tête boven een schaaltje zemelen en een bord gestoomde kalebassen.
Ahriman overwoog om naar de pick-up te lopen, Skeets portier open te doen en te proberen hem te activeren met *Dr. Yen Lo*. Als dat werkte, kon hij Skeet meenemen naar de El Camino en met hem wegrijden voor de andere man terugkwam.
Skeets programma werkte echter niet altijd zoals het hoorde, ten ge-

volge van het treurige feit dat zijn van drugs vergeven hersens voorgoed tot pap waren gereduceerd, en als de ontmoeting níét vlot verliep, zou de man met het puddinggezicht de dokter op heterdaad kunnen betrappen.

Hij kon ook niet gewoon naar de truck toe lopen om Skeet dood te schieten, want met het invallen van de schemering kwamen hordes mensen met een voor eeuwig verpeste smaak het parkeerterrein op rijden. Getuigen bleven per slot van rekening getuigen, of het nu om fijnproevers of om slokops ging.

De blozende man kwam het restaurant weer uit en keerde terug naar de pick-up en na hooguit twee minuten liep hij samen met Skeet Green Acres binnen. Kennelijk zouden ze een oogje op Jennifer blijven houden terwijl ze zelf ook een hapje naar binnen werkten.

De stemming van de dokter werd steeds beter, want hij verwachtte dat hij beide mannen voor de avond verstreken zou zijn wel op een fatsoenlijk beschutte plaats op de korrel zou kunnen nemen, om zich vervolgens te goed te doen aan een diner, dat een roofdier waardig was. Hij was van plan om alle tien de kogels in het magazijn te gebruiken, of dat nou noodzakelijk was of niet, gewoon alleen maar voor de lol.

De dreigende regen was uitgebleven en nu brak het wolkendek in de schemering, waardoor er sterren verschenen. Dat vond de dokter ook prettig. Hij hield van sterren. Er was een tijd geweest dat hij astronaut wilde worden.

Hij was halverwege zijn derde reep toen hij iets zag dat zijn fijne stemming dreigde te verstoren. Eén rij van hem af en op het oostelijk deel van de parkeerplaats stond een prachtige witte Rolls-Royce met getinte ramen, het traditionele motorkapembleem en glanzend gepoetste titanium wieldoppen. Het was een schok voor hem dat iemand die rijk genoeg was om een Rolls te bezitten en verfijnd genoeg om in zo'n automobiel te willen rijden in Green Acres kwam eten zonder daar met het pistool op de borst toe gedwongen te worden.

Deze beschaving was echt tot uitsterven gedoemd. Het uit de hand gelopen kapitalisme had zoveel voorspoed gebracht dat zelfs ordinaire wortel knagende, gras vretende schepsels zich op een koninklijke wijze konden verplaatsen om te gaan eten in het vegetarische equivalent van een hamburgertent.

De aanblik van dat voertuig, uitgerekend hier, was genoeg om de dokter ertoe te laten neigen zijn eigen antieke Rolls-Royce Silver Cloud bij de dichtstbijzijnde hydraulische autopers af te leveren. Hij wendde zijn blik af van de witte schoonheid en nam zich voor om er niet meer naar te kijken. Om de deprimerende aanblik uit zijn hoofd te zetten, startte hij de El Camino, stopte een bandje met oude radioprogramma's van Spike Jones in de cassettespeler en concentreerde zich op zijn reep.

Aan drie kanten lag de spookstad. In vervlogen eeuwen hadden waakvuren en brandende vetkaarsen in lantaarns met mica ruitjes de nacht op afstand gehouden. Nu was er geen tegenwicht voor de kille duisternis. Bewoond door schimmen, mogelijk uitsluitend opgeroepen door sneeuw, misschien deels geesten.

In het zuiden, achter Martie, half zichtbaar in het donker, stonden kapotte en verweerde adobemuren, op bepaalde plekken twee verdiepingen hoog, op andere niet meer dan een meter, met diepliggende vensteropeningen. Deuropeningen zonder deuren gaven toegang tot kamers die vrijwel allemaal dakloos waren, gevuld met puin en in warm weer bewoond door tarantula's en schorpioenen.

In het oosten, beter zichtbaar dankzij de koplampen van de auto maar nog steeds koppig versluierd, rezen hoge, verbrokkelde stenen schoorstenen op uit ronde steenformaties: eeuwenoude ovens misschien, of haarden.

Aan de noordkant bevonden zich de lage gebogen wanden van een bouwsel dat grotendeels schuil ging achter de BMW.

Verrassend genoeg torenden hoge populieren overal boven de ruïnes uit. Naast de diepe bron waar Zachary het over had gehad, moest er zich ook water vlak onder de oppervlakte bevinden, binnen bereik van de wortels.

Kevin kon een omtrekkende beweging om Martie maken door van het ene afgebrokkelde bouwwerk naar het volgende te lopen, van boom naar boom. Ze moest weg van deze open plek, maar ze huiverde bij het idee om door deze vreemde en eeuwenoude plaats achter hem aan te sluipen – en beslopen te worden.

Gebukt holde ze naar de auto en kroop tegen het rechterachterwiel aan.

Het achterportier stond open. Het plafondlampje verspreidde een zwak licht.

Ze liet zich plat op de grond vallen en waagde een snelle blik onder de auto. Geen Kevin te zien.

Het dunne laagje sneeuw aan de andere kant van de BMW glom in de weerkaatsing van het licht van de koplampen. Vanaf de grond gezien leek het verder maagdelijke witte kleed op één plaats geschonden te zijn door iemand die van de auto was weggelopen.

Terwijl ze weer overeind kwam tot een gebukte houding, boog ze zich over naar het licht dat uit de BMW viel en bestudeerde het machinepistool om er zeker van te zijn dat ze niet voor verrassingen kwam te staan als en wanneer ze gedwongen werd om het te gebruiken. Het verlengde magazijn joeg haar angst aan. Uit het feit dat ze zoveel munitie tot haar beschikking had, maakte ze op dat het pistool geheel automatisch was, niet alleen semi, en ze had niet veel vertrouwen in haar vermogen om zo'n krachtig wapen in bedwang te houden.

En ze had ook koude handen. Haar vingers begonnen gevoelloos te worden.

Ze gooide het achterportier dicht en leunde er met haar rug tegenaan terwijl ze naar Zachary stond te kijken. Hij lag nog steeds roerloos op zijn buik op de grond. Als hij net deed alsof hij bewusteloos was, wachtend tot zij iets minder op haar hoede zou zijn, dan beschikte hij over een onnatuurlijk geduld.

Voordat ze zich op Kevin kon concentreren, moest ze weten of deze man nog een bedreiging vormde.

Nadat ze er even over had nagedacht, liep ze in plaats van behoedzaam zonder omhaal op hem af, met snelle passen, en drukte de mond van het machinepistool tegen zijn nek.

Hij bewoog niet.

Ze trok de kraag van zijn gewatteerde ski-jack omlaag en drukte haar koude vingers tegen zijn hals, op zoek naar het kloppen van de halsslagader. Niets.

Zijn hoofd was opzij gerold. Ze trok met haar duim een ooglid omhoog. Zelfs in dit slechte licht was de strakke blik onmiskenbaar.

Schuldgevoelens verbonden haar verstand met haar hart, zodat ze bij de gedachte aan wat ze had gedaan pijnsteken in haar borst kreeg. Ze zou nooit meer dezelfde zijn, want ze had iemand het leven benomen. Hoewel de omstandigheden haar geen andere keus hadden gelaten dan te doden of zelf gedood te worden en hoewel deze man had gekozen om het kwaad te dienen en het góéd te dienen ook, drukte de ernst van Marties daad toch zwaar op haar. Ze voelde zich heel klein in meer opzichten dan ze op haar vingers na kon tellen. Ze had een bepaalde onschuld verloren die ze nooit terug zou krijgen.

Maar toch leefde er naast die schuld een gevoel van voldoening, een koele en intens beleefde tevredenheid dat ze zich tot op dit moment zo goed van haar taak had gekweten, dat de kans dat zij en Dusty dit zouden overleven groter was geworden en dat ze het verwaande idee van die boeven dat ze hen verreweg de baas waren de grond in had geboord. Ze werd bekropen door een sensatie van rechtvaardigheid die ze tegelijkertijd hartverwarmend en angstaanjagend vond.

Weer terug naar de auto, naar het rechtervoorportier, waar ze zich langzaam oprichtte tot ze door het raampje kon kijken. Het openstaande linkervoorportier. Geen Kevin. Bloed op de stoel.

Terwijl ze weer wegdook onder het raampje, dacht ze na over wat ze had gezien. Hij moest op z'n minst door een van de vier kogels die ze door de rugleuning had afgevuurd geraakt zijn. Er was niet veel bloed geweest, maar het feit dat er in ieder geval iets was gevloeid, betekende dat hij pijn had en in het nadeel was.

De sleutels zaten in het contact. Moest ze de motor uitzetten, de kofferbak opendoen en Dusty bevrijden? Dan zou het twee tegen één zijn.

Nee. Kevin wachtte misschien tot ze zou proberen om de sleutels te pakken en het was best mogelijk dat hij door het openstaande rechterportier recht in de auto kon kijken. Zelfs al kreeg ze de sleutels te pakken zonder neergeschoten te worden, dan zou ze toch een gemakkelijk doelwit vormen als ze achter de auto met het slot stond te prutsen en het deksel van de kofferbak opendeed.

Hoewel ze het een vreselijk idee vond, leek het toch het veiligst om zich via deze open plek terug te trekken naar de ruïnes in het zuiden. Dan kon ze onder dekking van de op instorten staande gebouwen en de populieren een omtrekkende beweging maken naar het oosten en vervolgens naar het noorden om op die manier aan de andere kant van de auto te komen, waar Kevin eruit was gegaan. Als de cirkel die ze beschreef maar groot genoeg was, kwam ze misschien uit achter de plek aan de noordkant waar hij de BMW onder schot hield.

Natuurlijk was het best mogelijk dat hij helemaal niet ineengedoken vanaf een vast punt de auto in de gaten hield. Misschien was hij ook wel in beweging en deed precies hetzelfde als zij, maar dan in tegengestelde richting. Onder dekking van het allang verlaten dorp en de bomen naar het oosten lopen en dan naar het zuiden. Een rondtrekkende beweging om haar te zoeken.

Als zij stiekem achter hem aan moest door die doolhof van adobe en populieren terwijl hij ook rondsloop, dan was de kans dat zij degene zou zijn die het er levend van afbracht akelig klein. Ze had niet langer het voordeel van de verrassing. En hij mocht dan gewond zijn, *hij* was de beroepskracht en dit was *zijn* vak, terwijl zij maar een amateur was. En het geluk was zelden met amateurs.

Het geluk was ook zelden met weifelaars. Actie.

Actie zou ook het motto zijn dat er bij Kevin was ingehamerd door de militaire of paramilitaire specialisten die hem hadden opgeleid, wie dat ook mochten zijn, en waarschijnlijk ook door een ruime ervaring. Ze wist plotseling zeker dat hij in beweging zou zijn en dat het laatste dat hij van een ontwerpster van videospelletjes en echtgenote van een huisschilder zou verwachten, was dat ze brutaal achter hem aan zou komen en via de meest directe weg die ze kon volgen naar hem op zoek zou gaan.

Misschien was dat waar. Misschien ook niet. Desondanks wist ze zichzelf ervan te overtuigen dat ze niet met een omtrekkende beweging achter hem moest proberen te komen of in een hinderlaag moest blijven wachten tot hij op zou komen dagen, maar dat ze in de aanval moest gaan en hem moest achtervolgen met behulp van alle sporen die hij in de verse sneeuw had achtergelaten.

Ze durfde niet dwars door het licht van de koplampen te lopen. Dan kon ze net zo goed zichzelf neerschieten en hem de munitie besparen.

In plaats daarvan kroop ze gebukt achteruit langs de auto, weg van de koplampen. Bij het achterspatbord aarzelde ze even, maar toen liep ze naar de achterkant van de BMW.

De rode achterlichten gaven veel minder licht dan de koplampen, maar de vallende sneeuwvlokken kregen de kleur van bloed als ze in de gloed terechtkwamen. De wolk uitlaatgas was een bloedige mist.

De nevelige dampen gaven Martie dekking maar ze raakte er ook door verblind, een rode onderdompeling, een angstaanjagende doop in het voorbijgaan. Toen was ze uit de kolkende wolk, onbeschut en kwetsbaar aan de noordkant van de auto.

Handelingen die tijdens de opzet van het plan brutaal hadden geschenen, leken roekeloos nu ze uitgevoerd werden. Gebukt, maar nog steeds een prima doelwit, holde ze snel naar de sporen die vanaf het openstaande portier van de BMW liepen.

Voetstappen en bloeddruppels, half bedekt door de gevallen sneeuw, onthulden dat Kevin naar het ronde adobebouwsel was gegaan, twaalf meter verderop.

Ze had dit gebouw vanaf de andere kant van de auto niet goed kunnen onderscheiden. Nu ze het beter kon zien, vond ze het eigenlijk nog geheimzinniger dan daarvoor. Een bijna twee meter hoge muur die met een boog in de duisternis verdween. De suggestie van een laag koepeldak. Moeilijk om vanaf dit punt in te schatten hoe diep het bouwsel was, maar zeker tien tot twaalf meter. Een trap, met aan weerszijden decoratieve getrapte muren, liep omhoog naar het dak waar zich kennelijk de ingang bevond en de logische conclusie was dat het grootste deel van het gebouw zich onder de grond bevond.

Kiva.

Het woord schoot haar te binnen uit een documentaire die ze een keer had gezien. Kiva, een gewijde ondergrondse kamer, het spirituele centrum van het dorp.

Naarmate Martie zich verder weghaastte van de auto werden de schaduwen dieper en de zware sneeuwval die met de seconde erger werd, benam haar het uitzicht op het spoor. Desondanks bleef het duidelijk genoeg, want de voetstappen veranderden in brede schuifelstrepen en plasjes bloed kwamen in de plaats van spetters.

Met een hart dat als een tom-tom tekeerging en trommelvliezen die meetrilden in een bijpassend ritme volgde ze hem naar de trap, doodsbang dat hij misschien naar het dak was geklommen en vervolgens was afgedaald in de kiva, waar hij in de gladde ronde duisternis op haar zat te wachten. Maar bij de trap had hij geaarzeld, had nog meer bloed verloren en was vervolgens doorgelopen langs de gebogen muur.

Martie stond met haar rug tegen de adobe en schoof om de kiva heen steeds verder de duisternis in, voorbij de laatste weerschijn van de koplampen van de BMW, met het machinepistool in twee handen, de vinger krampachtig aan de trekker. De diepe, pikzwarte schaduwen lichtten alleen iets op door het vage lichtgevende sneeuwkleed dat zich over de grond uitspreidde en door de fosforescerende vallende vlokken. Het geluid van de stationair draaiende automotor werd steeds zwakker, gedempt door de tussenliggende bouwsels en door lagen sneeuw, tot het nauwelijks luider was dan een ingebeeld geluid, en ze werd omgeven door iets dat op stilte leek. Ze luisterde of ze haar prooi hoorde, het schrapen van voetstappen of een moeizame ademhaling, maar ze hoorde niets.

Zelfs in deze duisternis was ze in staat om Kevin te volgen, hoewel ze de afdrukken van zijn schuifelende voeten nauwelijks kon zien. Nu was alleen het bloedspoor nog duidelijk genoeg om haar te leiden, zwarte druppeltjes over de maagdelijke sneeuw, neergelegd in een vloeiend schrift, alsof hij keer op keer hetzelfde cijfer had geschreven en ze dankte God dat er zoveel was.

Meteen daarop kromp Martie in elkaar omdat ze blij was met het bloed van een ander mens, maar toch kon ze een opwelling van trots over wat ze had klaargespeeld niet onderdrukken. Een trots, zo prentte ze zichzelf in, waardoor ze zelf ook heel goed tegen een paar kogels kon op lopen.

Terwijl ze centimeter voor centimeter opzij kroop, vergat ze niet om

af en toe over haar schouder te kijken in de richting waar ze vandaan kwam, voor het geval hij om het gebouw heen was gelopen en nu stiekem achter haar aan sloop. Op zo'n moment dat ze achteromkeek, raakte ze met haar linkervoet een voorwerp dat op de grond lag en toen ze haar hoofd omdraaide, zag ze een donkere vorm die scherper omlijnd was dan de bloedvlekken. Het had een duidelijk kletterend geluid veroorzaakt.
Ze bevroor, bang dat ze zich door het lawaai verraden had, maar ze stond ook stijf van ongeloof. Omdat ze haar ogen niet durfde te geloven, liet ze zich ten slotte langs de muur van de kiva omlaag zakken en ging op haar hurken zitten om het ding waar ze tegenaan had geschopt aan te raken.
Het tweede machinepistool.
Ze had al twee handen nodig om het wapen in bedwang te houden dat ze eerder had opgepakt. Ze duwde het pistool dat Kevin had laten vallen achter zich, omdat ze zich geen zorgen meer maakte dat hij vanuit die richting te voorschijn zou kruipen.
Tien passen verder zag ze zijn grote in elkaar gedoken lijf, de gespreide benen donker tegen de besneeuwde grond. Hij lag onderuitgezakt tegen de muur van de kiva, alsof hij de hele dag had gelopen en ontzettend moe was.
Ze bleef net buiten bereik staan, met het machinepistool op hem gericht, wachtend tot haar ogen zich nog meer hadden aangepast aan de onverbiddelijke nacht. Zijn hoofd was naar links gezakt. Zijn armen hingen naast zijn lichaam.
Voor zover ze kon zien, kwam er geen wolkje adem uit zijn mond. Daar stond tegenover dat er ook niet genoeg licht was om door de damp weerkaatst te worden. Ze kon haar eigen adem ook niet zien.
Uiteindelijk liep Martie naar hem toe, bukte zich en drukte voorzichtig haar halfbevroren vingers tegen zijn keel, net als ze bij Zachary had gedaan. Als hij nog steeds leefde, kon ze niet zomaar weglopen en hem alleen laten sterven. Ze zou niet snel genoeg hulp kunnen halen om hem nog te redden, en zelfs als die hulp binnen bereik zou zijn, durfde ze die er onder deze omstandigheden niet bij te roepen, niet met twee mogelijke aanklachten wegens moord boven haar hoofd. Ze kon echter bij hem blijven tot hij dood was, als een soort wake, want niemand, zelfs niet zo'n man als hij, hoorde alleen te sterven.
Een onregelmatige hartslag. Een vlaag hete adem over de rug van haar hand.
Als een val die door een veer openklapt, schoot zijn hand omhoog en greep haar pols vast.

Ze viel om vanuit haar gehurkte houding en belandde op haar rug terwijl ze de trekker overhaalde. Door de terugslag sprong het pistool in haar handen omhoog en de kogels vlogen doelloos door de hoogste takken van een vlakbij staande populier.

De tijd was volkomen van slag, seconden duurden even lang als minuten en minuten duurden uren hier in de kofferbak van de BMW.
Martie had tegen Dusty gezegd dat hij moest wachten, dat hij rustig moest zijn omdat ze anders daar buiten niet kon horen of er iets bewoog.
Eentje is uitgeschakeld, had ze gezegd. Eentje is uitgeschakeld, misschien wel allebei.
Zijn angst werd veroorzaakt door dat 'misschien'. Dat woordje 'misschien' was als een voedingsbodem in een petrischaal waarin geen bacteriën werden gekweekt maar vrees en Dusty was al bijna halfdood van het resultaat.
Vanaf het moment dat ze hem in de kofferbak hadden opgesloten had hij de ruimte afgezocht zonder een hand voor ogen te kunnen zien, voornamelijk de onderkant van het kofferdeksel, op zoek naar een knop waarmee hij het slot open kon laten springen. Die kon hij niet vinden.
In een uitholling aan de zijkant lagen een paar stukken gereedschap. Een combinatiemoersleutel, een krik en een breekijzer. Maar zelfs als de afgesloten kofferbak opengebroken kon worden, dan moest dat van buitenaf gebeuren, niet van binnenuit.
De wetenschap dat ze alleen met hen was, vervolgens de schoten en nu de stilte. Alleen het snorren van de motor en een licht trillen van de bodem van de kofferbak. Wachten en wachten, koortsachtig van angst. Wachten, tot hij het uiteindelijk niet meer uithield.
Liggend op zijn zij wurmde hij het platte uiteinde van het breekijzer tussen de rand van het beklede paneel aan de voorkant van de kofferruimte, waardoor de krammen eruit sprongen, boog de rand van het paneel om, kreeg zijn vingers eromheen, slaagde er met veel moeite in om het los te trekken en legde het plat op de vloer.
Hij legde het breekijzer aan de kant, rolde op zijn rug, trok zijn knieën zo ver op als de benauwde ruimte toestond en ramde zijn voeten tegen de binnenwand van de kofferbak die werd gevormd door de rugleuning van de achterbank. En opnieuw, en nog eens, en een vierde keer, een vijfde, snakkend naar adem, met een hart dat als een razende tekeerging...
... maar dat niet zo hard bonsde dat hem een nieuwe serie schoten ontging, het harde, akelige gekletter van een volledig automatisch

wapen, ergens in de verte, *ret-tet-tet-tet-tet-tet.*
Misschien waren er nu twee uitgeschakeld. Misschien ook niet. Martie had geen machinepistool. Die twee engerds wel.
Hij hield zijn adem in terwijl hij luisterde, maar er volgde niet meteen een nieuwe vuurstoot.
Opnieuw begon hij te schoppen, te schoppen en te schoppen, tot hij plastic of vinyl hoorde knappen en iets voelde verschuiven. Een smal reepje licht in de duisternis. Licht vanuit het passagiersgedeelte. Hij draaide zich om, duwde met zijn handen en zette zijn schouder ertegen, uit volle macht.

De stervende man had zijn laatste restje kracht opgebruikt toen hij Marties pols vastpakte, misschien niet eens met de bedoeling om haar kwaad te doen, maar om haar aandacht te trekken. Toen ze uit haar gehurkte houding achteroverviel op haar rug en acht of tien kogels in de boom afvuurde, liet Kevins hand los en viel weer van haar af.
Terwijl afgebroken takken omlaag kletterden door de hoge populier, tegen de muur van de kiva ketsten en in de sneeuw ploften, krabbelde Martie achteruit, ging vervolgens op haar knieën zitten en pakte het pistool weer met twee handen vast. Ze richtte het wapen op Kevin, maar ze haalde de trekker niet over.
De laatste stukjes van de populier kwamen omlaag toen Martie haar adem weer in bedwang kreeg en op het moment dat het weer stil werd, hijgde de man: 'Wie ben jij?'
Ze dacht dat hij waarschijnlijk lag te ijlen in deze laatste ogenblikken van zijn leven en dat zijn hoofd wazig was van al het bloedverlies.
'Ik zou maar proberen met mezelf in het reine te komen,' raadde ze hem vriendelijk aan, omdat ze niets anders kon bedenken. Dit zou ook de enige waardevolle raad zijn die iemand hem had kunnen geven als deze man een heilige was geweest en het advies was zelfs nog toepasselijker als je naging hoe ver hij van die status af stond.
Toen hij opnieuw genoeg adem kon opbrengen om weer te praten, bleek dat een delirium kennelijk een te overhaaste conclusie was geweest. Met een stem die even versleten klonk als een kleed dat ettelijke millennia geleden was geweven vroeg hij: 'Wie ben jij in werkelijkheid?' Ze kon de vage glans van zijn ogen nauwelijks onderscheiden. 'Met wie hadden we van doen... toen we met jou te maken kregen?'
De rilling die door Martie heen gleed, had niets te maken met de koude nacht of met de sneeuw, want ze moest denken aan de soort-

gelijke vragen die Dusty over dr. Ahriman had gesteld vlak voordat ze de bocht in de landweg hadden genomen en over het spijkerlint waren gereden.

'Wie... ben jij... in werkelijkheid?' vroeg Kevin opnieuw.

Hij snakte naar adem en kokhalsde toen zijn keel langzaam maar zeker werd dichtgeknepen. De frisse lucht werd bedorven door een koperachtige geur die uit hem opsteeg op het moment dat hij zijn laatste adem uitblies en het bloed uit zijn mond stroomde.

Toen hij stierf, was er zelfs geen dwarreling in de sneeuw, geen plotselinge glimp van de verscholen maan en niet het geringste zuchtje wind dat door de bomen gleed. In dat opzicht zou haar dood, als het vroeg of laat zover kwam, precies hetzelfde zijn: een onverschillige wereld die rustig door draaide naar het wonder van een nieuwe dageraad.

Als in een droom kwam Martie overeind van de dode man en bleef staan, verkild en half verbijsterd, niet in staat om zijn laatste vraag te beantwoorden.

Via haar eigen voetstappen en de zijne liep ze terug langs dezelfde weg die haar bij hem had gebracht. Op een gegeven moment moest ze even tegen de muur van de kiva leunen. Toen ging ze weer verder.

Terwijl ze in een boog op het licht af liep, door de zware sneeuwbui waar geen einde aan leek te komen, hield Martie het pistool nog steeds schietklaar in haar handen, geplaagd door een haast bijgelovig gevoel dat er nog steeds een gevaarlijk wezen rondzwierf, maar ze liet het wapen zakken toen ze besefte dat het haar eigen ogen waren waardoor dit gevaarlijke wezen de nacht in keek.

Naar de open plek, in de richting van de stationair lopende auto en de ruïnes eromheen. De wereld loste langzaam maar zeker op en tolde weg in de vallende sneeuw.

Dusty, die zichzelf had bevrijd, volgde het spoor van voetstappen en bloed dat snel vager werd.

Op het moment dat ze hem in het oog kreeg, liet Martie het pistool uit haar handen glijden.

Ze troffen elkaar aan de voet van de kivatrap en omarmden elkaar. Hij was haar houvast. De wereld kon niet oplossen of wegtollen zolang hij er deel van uitmaakte, want hij leek onsterflijk, even eeuwigdurend als de bergen. Misschien was dat ook wel een illusie, net als de bergen, maar ze klampte zich eraan vast.

69

Lang nadat de duisternis was gevallen, kwamen Skeet en zijn blozende vriend haastig Green Acres uitlopen, hun broeken ophijsend over volle buiken en hardnekkige stukjes voer tussen hun tanden wegpulkend met behulp van tandenstokers. Ze gingen rechtstreeks naar hun voertuig. De mobiele milieuramp startte met een vlaag verbrande olie waarvan de dokter durfde te zweren dat hij hem zelfs in zijn afgesloten El Camino nog kon ruiken.

Een minuut later kwam ook Jennifer het restaurant uit, even glanzend en robuust als een jong paard dat nieuwe kracht had opgedaan uit de voerzak. Ze deed een paar strekoefeningen om de verkrampte spieren in haar achtersteven, knieën, bovenbenen en hiel- en hoefgewrichten los te schudden. Daarna ging ze op weg naar huis, in een rustige draf in plaats van in een wedstrijdgalop, met huppelende manen en haar mooie hoofd zonder twijfel vol dromerige gedachten aan een verse laag stro in een stal zonder muizen en een lekkere frisse appel voor het slapengaan.

Even onvermoeibaar als stompzinnig zetten de detectives de achtervolging in, een opdracht die bemoeilijkt werd door de tragere gang van de jonge merrie en de duisternis.

Hoewel zelfs Skeet en zijn maat zich nu wel gauw zouden realiseren dat deze vrouw geen afspraak had met de dokter en dat hun werkelijke prooi hun al lang geleden was ontglipt, durfde Ahriman het risico niet aan om hen te volgen. Opnieuw reed hij voor hen uit, dit keer naar de straat voor het appartementencomplex waar Jennifer woonde. Hij parkeerde onder de wijd uitgespreide takken van een koraalstruik die groot genoeg was om als gasthuis te dienen voor de Zwitserse familie Robinson en die hem beschutting bood tegen het schijnsel van de straatlantaarns in de buurt.

In andere omstandigheden zouden Martie en Dusty naar de politie zijn gegaan, maar dit keer overwogen ze die mogelijkheid nauwelijks.

Denkend aan het opgelapte gezicht van Bernardo Pastore en de tegenwerking die de rancher in alle opzichten had ondervonden bij zijn pogingen om gerechtigheid te krijgen voor zijn vermoorde zoon en zijn dode vrouw, die zelf daarvoor de schuld op zich had genomen, huiverde Dusty bij het idee om de politie hierheen te halen. Simpele feiten zouden waarschijnlijk niet voldoende zijn om hen ervan te overtuigen dat het Bellon-Tockland Instituut zich bij het sensationele streven naar wereldvrede als vanzelfsprekend bediende van huurmoordenaars.

Was er eigenlijk wel een zinnig onderzoek geweest naar de zogenaamde zelfmoord van de vijfjarige Valerie-Marie Padilla? Geen sprake van. Wie was ervoor gestraft? Niemand.

Carl Glyson, vals beschuldigd, snel veroordeeld en doodgestoken in de gevangenis. Zijn vrouw Terri, volgens Zina gestorven van schaamte. Welke gerechtigheid hadden zij ondervonden?

En Susan Jagger. Dood omdat ze de hand aan zichzelf had geslagen, ja, maar ze had geen macht gehad over die hand.

Om de politie van al die dingen te overtuigen, zelfs de eerlijke smerissen – die toch het merendeel vormden – zou moeilijk zo niet onmogelijk zijn. En de paar corrupte figuren onder hen zouden zich tot het uiterste inspannen om ervoor te zorgen dat de waarheid verborgen zou blijven en dat onschuldigen gestraft zouden worden.

Met een krachtige zaklantaarn voorzien van zes batterijen die ze in de BMW vonden, doorzochten ze de ruïnes in de omgeving en ontdekten al snel de eeuwenoude bron waar de twee boeven het over hadden gehad. Het leek een voornamelijk natuurlijke schacht in zacht vulkanisch gesteente te zijn, door mensenhanden wijder gemaakt en versterkt met metselwerk. Er stond wel een lage muur omheen, maar de put was niet afgedekt met een dak.

De bodem was zelfs niet met behulp van de zaklantaarn te zien. Sneeuwvlokken dwarrelden erin omlaag, glanzend als motten in de straal terwijl ze in de duisternis verdwenen en vanuit de diepte steeg een flauwe vochtige lucht omhoog.

Samen sleepten Dusty en Marty het lijk van Zachary naar de put, kantelden het over de lage muur en luisterden toe hoe het van de ene wand van de onregelmatig gevormde schacht naar de andere ketste. Het gekraak van botten klonk even luid als geweerschoten en de val van de dode man duurde zo lang dat Dusty zich begon af te vragen of hij ooit op de bodem terecht zou komen.

Toen het lichaam de grond raakte, gebeurde dat niet met een plons of een plof, maar het geluid dat naar boven kwam hield het midden tussen die twee mogelijkheden. Het zou best kunnen dat het water daar beneden niet meer zo puur was als het lang geleden was geweest en inmiddels was ingedikt door eeuwen van slib. En misschien ook door de griezelige overblijfselen van andere mensen die hier tijdens andere nachten in waren gesmeten.

Na de klap waarmee het lichaam tegen de grond sloeg, steeg er een vochtig en griezelig geborrel omhoog, alsof iets dat daar beneden woonde zich te goed deed aan de dode man, of hem misschien alleen maar bekeek en probeerde hem te identificeren door zijn gezicht en lichaam als braille te lezen. Maar het lag meer voor de hand dat het lijk schadelijke gassen had vrijgemaakt die in die kleffe soep opgesloten hadden gezeten en nu begonnen te borrelen, te pruttelen en te bruisen.

Voor Dusty was dit een stukje hel op aarde en datzelfde gold voor Martie, te oordelen naar de blik van afgrijzen op haar gezicht. Een voorstad van de hel, even buiten Santa Fe. En het werk dat hun te wachten stond, was een karwei voor verdoemden.

Het verslepen van het tweede lijk naar de bron was zowel voor hem als voor haar een zware opgave, al lag dat niet alleen aan de fysieke inspanning die daarvoor nodig was. De man die Kevin heette had meer bloed verloren dan Zachary, ogenschijnlijk het merendeel van zijn zes of zeven liter, en dat was nog niet allemaal aan zijn huid en zijn kleren vastgevroren. Hij stonk ook, omdat hij kennelijk in zijn doodsstrijd incontinent was geweest. Zwaar, kleverig en even hardnekkig na zijn dood als tijdens zijn sterven, bleek hij een moeizaam pakket om te vervoeren.

Maar nog erger was de aanblik die hij bood, eerst onderuitgezakt tegen de muur van de kiva in de speurende straal van de zaklantaarn en vervolgens toen ze half dragend en half slepend met hem door het licht van de koplampen liepen. Die baard van bloed, die roodbevlekte tanden en die grauwe huid onder een witte sproetenlaag van sneeuw. In zijn glazige ogen stond zo'n intense en doordringende blik vol doodsangst dat hij, op het moment dat hij deze wereld vaarwel zegde, het gezicht moest hebben aanschouwd van de dood in eigen persoon die zich over hem heen boog voor de laatste kus – en vervolgens, achter de lege oogkassen van het knekelgezicht van Magere Hein, een onbeschrijflijke eeuwigheid.

Het werk van verdoemden en het was nog niet gedaan.

Terwijl ze in een grimmige stilte doorploeterden, durfden ze geen van beiden een woord te zeggen. Als ze zouden praten over wat ze deden, konden ze dit noodzakelijke karwei onmogelijk klaren. Dan zouden ze gedwongen worden om zich vol afschuw af te wenden. Ze gooiden Kevin in de bron en toen hij met een nog harder geluid dan zijn partner op de bodem terechtkwam, werd de klap opnieuw gevolgd door dat afschuwelijke, kolkende geborrel. Dusty zag in zijn verbeelding het gruwelijke beeld van Zachary en Kevin die daar beneden werden begroet door hun eerdere slachtoffers, nachtmerrieachtige figuren in diverse stadia van ontbinding maar toch voortgedreven door wraakgevoelens.

Hoewel een groot deel van New Mexico aan de oppervlakte dor en droog is, bevindt zich onder de staat een reservoir dat zo groot is dat er nog maar een klein gedeelte van is onderzocht. Deze verborgen zee wordt gevoed door ondergrondse rivieren die water aandragen van zowel de centrale hoogvlakten van de Verenigde Staten als de Rocky Mountains. De wonderbaarlijke Grotten van Carlsbad waren gevormd door de eindeloze werking van dat water dat door spleten in oplosbaar kalksteen stroomde en ongetwijfeld is er nog menig niet-ontdekt netwerk van grotten, groot genoeg om hele steden in onder te brengen. Als er spookschepen over deze verborgen zee zeilden, bemand door doden die nooit rust zouden vinden, bestond de mogelijkheid dat deze twee nieuwe rekruten de eeuwigheid door moesten brengen als roeiers op een slavengalei, of als zeelieden die de rottende zeilen bedienden van een beschimmeld galjoen, voortgedreven door een fantoomwind onder een stenen hemel, op weg naar onbekende havens onder Albuquerque, Portales, Alamogordo en Las Cruces.

Onder hun voeten lag een oceaan, maar bovengronds was geen water te vinden om het bloed van hun handen te wassen. Ze schepten handenvol sneeuw op en boenden. En nog meer sneeuw en nog harder boenen, tot hun halfbevroren vingers pijn deden, tot hun huid rood zag van het schuren en vervolgens tot hun huid wit werd van de kou, maar toch nog meer sneeuw en nog harder boenen, harder en harder in een poging om zich niet alleen schoon te wassen maar ook te reinigen.

Plotseling werd Dusty zich bewust van de waanzin die op de loer lag, keek op van zijn tintelende handen en zag Martie geknield liggen, voorovergebogen met een gezicht waar de walging van afgeschept kon worden terwijl haar zwarte haar vrijwel helemaal schuilging onder een kanten witte mantilla. Ze schuurde haar handen met samengeknede sneeuw die al half in stekelig ijs was veranderd en zat zo verwoed te boenen dat het niet lang meer zou duren voor ze ging bloeden. Hij pakte haar polsen, dwong haar voorzichtig om de met een laag ijs bedekte brokken sneeuw te laten vallen en zei: 'Zo is het genoeg.'

Ze knikte. Met een stem die trilde van afschuw en dankbaarheid, zei ze: 'Ik zou de hele nacht blijven doorboenen als ik het laatste uur zou kunnen uitpoetsen.'
'Ik weet het,' zei hij. 'Ik weet het.'

In vijftig minuten – of bijna twee afleveringen van *The Phil Harris-Alice Faye Show* volgens de tijdrekening van oude radioprogramma's – liep Jennifer in handgalop naar huis, klaar om afgekoeld en met een deken bedekt te worden.
Haar schuwe achtervolgers, Skeet en de blozende man, zaten haar op de hielen. Ze reden zelfs de parkeerplaats van het appartementencomplex op en stopten om Jennifer door de deur te zien verdwijnen.
Vanuit zijn donkere post onder de uitgespreide takken van de koraalstruik bespiedde de dokter de waakhonden en gunde zichzelf een bescheiden gevoel van trots over zijn haast onmenselijke geduld. Een goede sportman wist wanneer hij handelend moest optreden en wanneer hij moest wachten, hoewel dat wachten hem af en toe op het randje van de waanzin kan brengen.
Kennelijk waren Martie en Dusty zo roekeloos geweest om Skeet toe te vertrouwen aan de zorgen van de blozende man. Vandaar dat geduld beloond zou worden met twee moorden en de winst van het spel.
Inmiddels wist hij genoeg van deze twee detectives om vol vertrouwen te voorspellen dat zelfs zij te verveeld en te geïrriteerd zouden zijn om hun bewaking te hervatten en nu uiteindelijk zouden toegeven dat ze de zaak verknald hadden. En trouwens, deze jongens hadden zich zo volgepropt met rabarbergoulash en zoete aardappelpuree dat ze zich suf en loom voelden en verlangden naar huiselijke geneugten: smerige leunstoelen met uitklapbare voetensteunen en de meest volmaakt idiote series die de onmetelijke, zoemende, puffende, krakende, ronkende, thermonucleaire Amerikaanse amusementsindustrie kon ophoesten.
Daarna, als ze redelijk afgezonderd waren en zich behaaglijk en zeker voelden, zou de dokter toeslaan. Hij hoopte alleen dat Martie en Dusty nog lang genoeg zouden leven om de overblijfselen te kunnen identificeren en te rouwen.
Tot dr. Ahrimans lichte verbazing stapte de man met de jampotbrillenglazen uit de pick-up, liep naar de achterkant en haalde met zachte aandrang een hond onder het kampeerzeil te voorschijn. Dit was een mogelijke complicatie die een aanpassing van zijn strategie noodzakelijk maakte.
De man leidde de hond naar een met gras bedekt terrein in de tui-

nen rond het appartementencomplex. Na veel gesnuffel en een paar valse starts deed het beest wat er van hem verwacht werd.
Ahriman herkende de hond. De zachtaardige en timide retriever van Dusty en Martie. Hoe heette hij ook alweer? Varney? Volley? Vullis? Valet.
Per slot van rekening zou hij zijn aanpak toch niet hoeven te veranderen. O ja, op een kleinigheid na. Hij moest een kogel voor de hond bewaren.
Valet werd weer naar zijn plaats onder het kampeerzeil gebracht en de blozende man liep terug naar de cabine van de pick-up.
De dokter maakte zich op voor een rustige achtervolging, maar de truck reed niet weg.
Een minuut later dook Skeet op. Met een zaklantaarn en iets ondefinieerbaar blauws in zijn handen zocht hij het terrein af waar de hond zojuist zijn behoefte had gedaan.
Skeet lokaliseerde de prijs. Het blauwe ding was een plastic zak. Hij pakte de troep op, draaide de zak dicht, legde er een dubbele knoop in en deponeerde hem in de decoratieve sequoiahouten vuilnisbak die vlak bij de pick-up stond.
Gefeliciteerd, meneer en mevrouw Caulfield. Hoewel uw zoon een onbeholpen, dope rokende, coke snuivende, pillen pakkende, aan zinsbegoochelingen lijdende, warrige dwaas is met nog minder gezond verstand dan een karper, staat hij toch een treetje hoger op de sociale ladder dan mensen die de poep niet opruimen.
De pick-up verliet de parkeerplaats van het appartementencomplex, passeerde de El Camino en reed naar het oosten.
Omdat de straat lang en recht was en een heel eind te overzien, en omdat de pick-up rustig voorttufte, gaf de dokter toe aan een ondeugende opwelling. Hij sprong uit de El Camino, holde naar de roodhouten vuilnisbak, griste de blauwe zak eruit, ging terug naar zijn auto en begon aan de achtervolging voordat de truck uit het zicht was verdwenen.
Tijdens zijn achtergrondgesprekken met Skeet, die een onderdeel vormden van de programmeringssessies, was de dokter alles te weten gekomen over de streek die vroeger met Holden Caulfield de Oudere was uitgehaald. Toen de moeder van Skeet en Dusty Skeets vader de deur uit had gegooid om plaats te maken voor dr. Derek Lampton, de krankzinnige psychiater, hadden de broers vol plezier overal in de buurt hondendrollen verzameld en die anoniem per post verstuurd naar de grote literatuurprofessor.
Hoewel dr. Ahriman nog niet wist wat hij met het product van Valet zou gaan doen, wist hij zeker dat hij er wel een amusante be-

stemming voor zou vinden als hij er even over na zou denken. Het zou een geurige symbolische noot toevoegen aan een van de vele moorden die binnenkort plaats zouden vinden.
Hij had de blauwe zak op de grond voor de passagiersstoel neergezet. De knopen in het blauwe plastic waren verrassend doelmatig: er ontsnapte geen spoortje onaangename geur.
Nu, vol vertrouwen dat zijn talent als achtervolger hem vrijwel onzichtbaar zou maken voor Valets uitlaatservice, nestelde de dokter zich achter de pick-up. Hij reed de met avonturen gevulde avond in, met nog vijf van de negen chocolade-kokosrepen om op te eten en nog alle tien de kogels tot zijn beschikking.

Lichamelijk uitgeput, geestelijk verdoofd en emotioneel breekbaar wist Martie het volgende uur door te komen door zichzelf voor te houden dat de dingen die nu meteen opgeknapt moesten worden gewoon huishoudelijke karweitjes waren. Ze moesten alles opruimen, anders niet. Ze had een hekel aan het huishouden, maar ze voelde zich altijd beter als alles weer opgeknapt was.
Ze gooiden beide machinepistolen in de put.
Hoewel het onwaarschijnlijk leek dat de lichamen ooit gevonden zouden worden, wilde Martie zich ook ontdoen van de .45 Colt, want het was mogelijk om achteraf vast te stellen dat de kogels in de beide dode mannen afkomstig waren uit dat pistool. Misschien wist iemand in het instituut waar hun slechteriken haar en Dusty hadden willen dumpen en misschien zouden ze zelf wel op onderzoek gaan als Kevin en Zachary niets meer van zich lieten horen. Ze wenste geen enkel risico te nemen.
Ze kon de Colt niet ook in put gooien, voor het geval het pistool bij de lijken werd aangetroffen en geïdentificeerd kon worden als eigendom van Dusty. Tussen hier en Santa Fe lagen kilometers woestenij waarin het pistool voor eeuwig verborgen zou blijven.
Er zaten niet veel bloedvlekken op de voorstoelen van de BMW, maar ze vormden wel een probleem. Dusty viste twee schoonmaakdoeken op uit de gereedschapsruimte in de kofferbak. Hij gebruikte een ervan en een handvol gesmolten sneeuw om de bekleding zo goed mogelijk schoon te maken.
Martie hield de tweede doek bij zich om later te gebruiken.
Op de vloer voor de passagiersstoel ontdekte ze de cassetterecorder. Hier stond ook haar handtas met alles wat er nog in had gezeten – onder andere de minicassettes die ze hadden gebruikt om hun gesprekken met Chase Glyson en Bernardo Pastore op te nemen.
Kennelijk had een van beiden, Zachary of Kevin, een snelle speur-

tocht ondernomen naar de cassettes terwijl Martie met betraande ogen van de benzinedampen op de grond naast de op de kop liggende auto had zitten snakken naar adem. Ongetwijfeld zouden de cassettes ook in de put terecht zijn gekomen.

Er was nog steeds geen wind. Hoewel de sneeuw niet in verblindende vlagen op hen af kwam, was het zicht slecht en ze wisten niet zeker of ze de terugweg van de spookachtige ruïnes naar de landweg wel zouden kunnen vinden.

Maar ze konden zich niet vergissen, want aan de saliestruiken en de cactussen aan weerszijden was duidelijk te zien hoe het zandpad liep. Er was nog geen vijf centimeter sneeuw gevallen en daarvan had zich niets opgehoopt om het pad te versperren of te verbergen. Dankzij de winterbanden en de sneeuwkettingen was de BMW volkomen opgewassen tegen het slechte weer.

Ze reden terug over de landweg tot de plek waar de gehuurde Ford over het spijkerlint was gereden en over de kop was geslagen. Met behulp van de zaklantaarn liepen ze de glooiende helling van de geul af.

De omgeslagen auto lag iets naar voren gekanteld, waardoor de kofferbak net zo ver open kon dat Dusty de twee koffers eruit kon halen. Martie en hij droegen elk een koffer de glibberige helling op, waarbij ze de speelgoedauto van Fig en de paar dingen die uit Marties handtas waren gevallen in het wrak achterlieten; in de auto rook het nog steeds naar benzine en ze wilden geen van beiden het noodlot tarten.

Later, voordat ze de hoofdweg hadden bereikt, zette Dusty de auto aan de kant, waarna Martie op ongeveer vijftien meter naast de grindweg een plek vond om de Colt te begraven. De zandgrond was nog niet bevroren en een gat was snel gemaakt. Ze schepte de grond met twee handen weg, legde het pistool in het gat en bedekte het met meer dan veertig centimeter zand. Daarna vond ze een steen ter grootte van een pak suiker en legde die op het gat.

Nu waren ze ongewapend en weerloos, terwijl ze meer vijanden hadden dan ooit.

Op dit moment was ze veel te moe om zich daarover op te winden. Daar kwam nog bij dat ze van haar levensdagen geen pistool meer wilde afvuren. Misschien zou ze daar morgen of overmorgen anders over denken. Het was best mogelijk dat de tijd haar zou helen. Nee, niet helen. Maar de tijd kon haar misschien wel harder maken.

Nadat ze haar laatste huishoudelijke karweitje had opgeknapt, liep Martie terug naar de auto van de dode mannen en Dusty reed terug naar Santa Fe.

Met een kalm vaartje richting zuiden over de Pacific Coast Highway, tussen Corona Del Mar en Laguna Beach. Weinig verkeer. De inwoners van de kust uit eten of gezellig thuis. Er waren alleen nog flarden wolken over, die in oostelijke richting dreven.
Kille sterren, ijsmaan. En een silhouet van vleugels. Nachtvogel zoekt prooi.
Hij wenste zijn werkstukken vanavond niet te bekritiseren. Hij zou zijn obsessie voor hoge artistieke waarden voorlopig opzij zetten.
Per slot van rekening was hij vanavond eerder een roofdier dan een kunstenaar, hoewel het een het ander niet uitsloot.
De dokter voelde zich zo vrij als een nachtvogel en weer jong, alsof hij net was uitgevlogen.
Hij had niemand meer vermoord sinds hij zijn vader die vergiftigde petitfours had aangeboden en een onuitwisbare indruk had gemaakt op Viveca's hart met behulp van een boor van een centimeter dik.
Al meer dan twintig jaar had hij zichzelf tevredengesteld met het corrumperen van anderen en met het zaaien van dood en verderf door middel van hun gehoorzame handen.
Moord met afstandsbediening was uiteraard oneindig veel veiliger dan directe actie. Voor een man die een prominent lid was van zijn gemeenschap en veel te verliezen had, was het noodzaak om op dit punt zijn gevoelens aan te scherpen en te leren om meer genoegen te scheppen in de macht die hij over andere mensen had, in zijn vermogen om hun opdracht te geven om te moorden, dan in het moorden zelf. En de dokter ging er prat op dat zijn gevoelens niet slechts aangescherpt waren, maar ook waren uitgekristalliseerd tot de zuiverste vorm.
Desondanks moest hij in alle eerlijkheid toegeven dat hij weleens terugverlangde naar die goeie ouwe tijd. Hij was nu eenmaal door en door sentimenteel.
Het vooruitzicht dat hij op het punt stond om zijn handen vuil te maken aan een uitbarsting van puur geweld gaf hem het gevoel dat hij weer een jongen was.
Deze ene avond, dan. Voor één keer zou hij zich weer laten gaan. Als eerbetoon aan het verleden. En vervolgens weer twintig jaar onverminderd streng voor zichzelf zijn.
Voor hem sloeg de pick-up rechtsaf, zonder de moeite te nemen een richtingsaanwijzer aan te zetten, en reed een weg op die dwars door een braakliggende strook langs de kust naar het parkeerterrein van een openbaar strand leidde.
Deze gang van zaken verraste Ahriman. Hij reed naar de berm van de snelweg, stopte en deed zijn koplampen uit.

De pick-up was verder omlaag gereden en niet meer te zien.
Op dit uur, met name op een koele avond in januari, zouden Skeet en de blozende man waarschijnlijk de enige mensen zijn die een bezoek aan het strand brachten. Als Ahriman onmiddellijk achter hen aan zou rijden, zou zelfs dit onnozele stel vermoeden dat ze gevolgd werden.
Hij zou tien minuten wachten. Als ze na die tijd nog niet terug waren, zou hij achter hen aan moeten rijden naar de parkeerplaats.
Een verlaten stuk strand zou een mooie plaats zijn om hen om zeep te helpen.

70

Bij daglicht was Santa Fe betoverend geweest. Op deze besneeuwde avond maakte iedere straat waar ze doorheen reden een lugubere indruk.

Martie was zich veel sterker bewust van de grote hoogte dan daarvoor. De lucht was te dun om haar behoefte te stillen. Ze verkrampte rond een hol gevoel in haar borst dat haar het idee gaf dat er iets was samengeknepen, alsof haar longen half ingeklapt waren en niet helemaal gevuld konden worden in deze ijle atmosfeer. En haar lichaam voelde zo licht aan dat het op een onprettige manier scheen te drijven, wat haar het misselijkmakende idee bezorgde dat de zwaartekracht op deze grote hoogte was afgenomen en dat haar banden met de aarde elk moment verbroken konden worden.

Al deze gewaarwordingen waren subjectief en de waarheid was dat ze helemaal niet uit Santa Fe weg wilde omdat de lucht flinterdun was en ook niet omdat ze elk contact met de aarde dreigde te verliezen. Ze wilde weg omdat ze hier karaktertrekken bij zichzelf had ontdekt waar ze liever nooit mee geconfronteerd had willen worden. Hoe verder ze Santa Fe achter zich liet, hoe gemakkelijker het misschien voor haar zou zijn om zich te verzoenen met die ontdekking. Daar kwam nog bij dat het risico om in deze stad te blijven, ook al was dat maar tot de eerste vlucht die ze in de ochtend zouden kunnen nemen, veel te groot was. Het zou best kunnen dat het nog uren duurde voor Kevin en Zachary gemist werden. Maar het leek waarschijnlijker dat er van hen verwacht werd dat ze zich bij iemand in het instituut zouden melden zodra hun opdracht voltooid was en dat hadden ze inmiddels al moeten doen. Het zou niet lang duren voor mensen naar hen, en naar hun auto, op zoek gingen – en vervolgens naar Martie en Dusty.

'Albuquerque,' stelde Dusty voor.

'Hoe ver is dat?'

'Ongeveer negentig kilometer.'
'Halen we dat in dit weer?'
Er was eindelijk een dwingende wind opgestoken die de sneeuwvlokken een lesje in gehoorzaamheid gaf, waardoor ze zich opwerkten tot een complete sneeuwstorm. Onder zijn strenge leiding scheerden spookachtig witte legers over de hoogvlakte.
'Misschien neemt de sneeuw wel af als we wat minder hoog zitten.'
'Is Albuquerque groter dan Santa Fe?'
'Zes of zeven keer groter. Daar kunnen we gemakkelijker onderduiken tot morgenochtend.'
'Is er een vliegveld?' vroeg ze.
'Een heel groot vliegveld.'
'Laten we dan maar gaan.'
De ruitenwissers veegden de sneeuw van de voorruit en wisten geleidelijk aan ook Santa Fe weg.

Terwijl dr. Ahriman zat te wachten langs de kant van de Pacific Coast Highway, stak er plotseling een inlandige wind op die door het hoge helmgras blies en de El Camino meer liet schokken dan de slipstream van passerende auto's en vrachtwagens. Een stevige wind zou helpen om de knallen van de schoten te verbergen en zou ze op z'n minst zo vervormen dat het voor iemand die ze toevallig hoorde moeilijk zou worden om precies te bepalen waar ze vandaan kwamen.
Toch had de dokter ook zijn twijfels over het strand. Wat deden die twee minkukels daar op dit uur bij deze temperatuur?
Stel je voor dat het twee van die gekken waren die hun uithoudingsvermogen op de proef stelden door in heel koud water te gaan zwemmen? 'IJsberen' noemden ze zichzelf. En stel je voor dat dit twee ijsberen waren die het leuk vonden om *in hun blootje* te zwemmen?
Het vooruitzicht van een ontmoeting met Skeet en zijn maat in hun adamskostuum was genoeg om de verstandhouding van de dokter met de vier repen die hij had verorberd grondig te verstoren. Een wandelend skelet vergezeld van iemand die zijn uiterste best deed om op een slagroompunt te lijken.
Hij had ook niet het idee dat het een stel homo's was, hoewel hij die mogelijkheid niet kon negeren. Een romantisch onderonsje op een parkeerplaats aan het strand.
Als hij bij aankomst tot de ontdekking kwam dat ze in de auto tekeergingen als een stel onbehaarde apen, moest hij ze dan doodschieten zoals hij van plan was of ze nog even uitstel verlenen?
Als de lichamen gevonden werden, zouden de politie en de media ervan uitgaan dat ze vermoord waren vanwege hun seksuele ge-

aardheid. Dat zou vervelend zijn. De dokter was geen homohater. Hij was in geen enkel opzicht schijnheilig. Hij koos zijn slachtoffers vanuit een gevoel van *fair play* en een geloof in gelijke kansen. Toegegeven, hij had meer vrouwen dan mannen ellende gebracht. Maar hij stond op het punt om die ongelijkheid binnen een uur recht te trekken – en dat zou zeker het geval zijn als hij het spel, waarvan deze twee moorden slechts een onderdeel vormden, tot het eind had uitgespeeld.

Na tien minuten, toen de pick-up nog steeds niet terug was, zette de dokter zijn twijfels aan de kant. In het belang van de sport deed hij zijn lichten aan en reed omlaag naar de parkeerplaats.

De truck was inderdaad het enige voertuig dat er te zien was.

De parkeerplaats werd alleen verlicht door de maan, maar Ahriman zag toch dat er niemand in de cabine zat.

Als er romantiek in het spel was, hadden ze zich misschien teruggetrokken onder het kampeerzeil. Toen herinnerde hij zich de hond. Een uitdrukking van afkeer vloog over zijn gezicht. Nee toch.

Hij zette de auto twee plaatsen verder dan de pick-up en hield zichzelf voor dat hij moest opschieten. Het was best mogelijk dat de politie een keer of twee per nacht langs dit soort parkeerplaatsen reed om jonge drinkers ervan te weerhouden hier wilde feesten te organiseren. Als de patrouillerende agenten kentekens noteerden, zou dr. Ahriman de volgende ochtend een probleem hebben als de lichamen werden ontdekt. De truc was om hen om zeep te helpen en zich dan uit de voeten te maken voordat de politie of iemand anders vanaf de snelweg hierheen kwam rijden.

Hij trok het skimasker over zijn gezicht, stapte uit de El Camino en deed het portier op slot. Hij had zich bij zijn terugkomst een paar kostbare seconden kunnen besparen door het voertuig niet af te sluiten, maar zelfs hier in Orange County, in dit lange stuk van de Californische Goudkust waar het aantal misdaden veel lager lag dan op andere plaatsen, kwam je helaas nog steeds onbetrouwbare mensen tegen.

De wind was heerlijk: koel maar niet kil en net stevig genoeg om hem niet te hinderen maar wel het geluid van de schoten te dempen en te vervormen. En het dichtstbijzijnde huis aan de kust stond anderhalve kilometer naar het noorden.

Op het moment dat hij het doffe gedreun van de branding hoorde, besefte hij dat niet alleen de wind met hem in het complot zou zitten. De hele natuur in deze gevallen wereld scheen zich aan zijn zijde te scharen en hij kreeg het zalige gevoel dat hij er helemaal bij hoorde.

Terwijl hij de Taurus PT-111 Millennium uit zijn schouderholster trok, liep de dokter met ferme passen naar de pick-up. Hij wierp een blik door het raampje van de cabine, om er zeker van te zijn dat er niemand in zat.

Aan de achterkant van de truck drukte hij een van zijn door het masker bedekte oren tegen de klep in het kampeerzeil om te horen of hij beestachtige geluiden kon ontdekken en was opgelucht toen dat niet het geval bleek.

Hij liep langs de truck en tuurde door de nacht, waarbij hij ongeveer veertig meter naar het noorden een vreemd licht langs de kustlijn zag. Het maanlicht toonde twee mannen die een meter of zes van de vloedlijn voorovergebogen ergens mee bezig waren.

Hij vroeg zich af of ze mosselen zochten. De dokter had geen flauw idee waar of wanneer mosselen verzameld werden, want dat was werk en daar had hij geen belangstelling voor. Sommige mensen waren voorbestemd om te werken en andere om te spelen en hij wist precies in welk kamp de ooievaar hem had afgeleverd.

Een betonnen trap met een buis als leuning liep van een drie meter hoge duinrand omlaag naar het strand, maar hij gaf er de voorkeur aan om niet over het zand naar de mannen toe te lopen. In het maanlicht zouden ze hem aan zien komen en misschien het vermoeden krijgen dat hij niet met goede bedoelingen kwam.

In plaats daarvan liep Ahriman naar het noorden door rul zand en helmgras, ervoor zorgend dat hij ver genoeg van de duinrand bleef om te voorkomen dat zijn prooi op zou kijken en hem tegen de hemel afgetekend zou zien.

Zijn handgemaakte Italiaanse schoenen raakten vol zand. Tegen de tijd dat dit klusje geklaard was, zouden ze zo beschadigd zijn dat ze niet meer te poetsen waren.

Maanlicht op het zand. Zwarte schoenen bleek geschuurd. De schuld van de maan?

Hij wenste dat hij de gelegenheid had gehad om zich om te kleden. Hij droeg nog steeds het pak dat hij vanmorgen had aangetrokken en dat was vreselijk gekreukt. Uiterlijke schijn was een belangrijk deel van de strategie en geen enkel spel was wat het behoorde te zijn als het werd uitgevoerd in het verkeerde kostuum. Gelukkig zouden de duisternis en het maanlicht ervoor zorgen dat hij er netter en eleganter uit zou zien dan in werkelijkheid het geval was.

Toen hij volgens zijn berekening veertig meter had afgelegd, liep Ahriman naar de rand van het lage duin – en recht voor zich zag hij Skeet en zijn maat. Ze stonden hooguit een meter of vijf van de voet van het duin, met het gezicht van hem afgewend naar de zee.

De golden retriever was bij hen. Het beest stond ook naar de Stille Oceaan te kijken. De inlandige wind die in de richting van Ahriman blies, zou ervoor zorgen dat de hond zijn lucht niet oppikte.
Hij bleef naar hen kijken en probeerde erachter te komen wat ze uitspookten.
Skeeter had een op batterijen werkende seinlamp in zijn handen, met een semafoorsluiter en een lens die hij met een handbeweging kon verwisselen om de kleur van het licht te veranderen. Kennelijk was hij bezig om een boodschap door te seinen naar iemand op zee.
De andere man had in zijn rechterhand iets dat leek op een kleine richtmicrofoon voorzien van een schotelontvanger en een pistoolgreep. In zijn linkerhand hield hij een koptelefoon waarvan hij een van de schelpen tegen zijn linkeroor drukte, hoewel het niet waarschijnlijk leek dat hij met die harde wind gesprekken zou kunnen opvangen.
Raadselachtig.
Daarna drong het tot Ahriman door dat de mannen de seinlamp en de microfoon niet gericht hielden op schepen op zee, maar op iets hoog aan de nachtelijke hemel.
Nog raadselachtiger.
Omdat hij totaal niet begreep waar hij mee te maken zou krijgen, kwam de dokter er bijna toe om van zijn voornemen af te zien. Maar hij moest gewoon iets doen. Hij besloot om niet langer te aarzelen en daalde haastig de afbrokkelende helling af. Het schuivende zand maakte geen enkel geluid onder zijn voeten.
Hij had hen in de rug kunnen schieten. Maar vanaf het moment dat hij eerder die dag in de speelgoedwinkel had staan fantaseren, popelde hij al om iemand in de maag te schieten. En trouwens, er was geen lol aan om mensen in de rug te schieten; dan kon je hun gezicht niet zien, of hun ogen.
Hij liep brutaal om de mannen heen, tot hij voor hen stond en verraste hen volkomen. Terwijl hij de Millennium op de blozende man richtte, verhief de dokter zijn stem om de wind en de bulderende branding te overstemmen. 'Wat zijn jullie hier voor de donder aan het doen?'
'Buitenaardse wezens,' zei de man.
'We zoeken contact,' zei Skeet.
Omdat hij ervan uitging dat ze allebei high waren van een cocktail van drugs en dat er toch geen zinnig woord uit een van beiden te krijgen zou zijn, schoot Ahriman Skeets vriend twee kogels in de maag. De man sloeg achterover, hij moest op slag dood of stervend zijn, en liet tegelijkertijd de microfoon en de koptelefoon uit zijn handen vallen.

De dokter draaide zich om naar de verbijsterde Skeet en schoot hem ook twee keer in de maag, waarop Skeet in elkaar zakte als het skelet in een biologielab dat wordt losgetrokken van de standaard. Sterren, maan, schoten. Dood waar het leven begon. De zee, de branding.

Snelheid was belangrijk. Geen tijd voor poëzie. Nog twee schoten in de borst voor de neergevallen Skeet – *pang, pang* – om er zeker van te zijn dat hij er was geweest.

'Je moeder is een hoer, je vader is een oplichter en je stiefvader heeft hersens van varkensstront,' zei Ahriman met duivels genoegen.

Draaien, richten. *Pang, pang.* Nog twee in de borst voor het idiote maatje van Skeet, om zeker van zijn zaak te zijn. Helaas wist de dokter niets van zijn familie af, dus kon hij het moment niet verluchten met wat kleurrijke beledigingen.

De scherpe geur van pistoolschoten was bevredigend, maar helaas was het af en toe onderbroken maanlicht niet de ideale verlichting om echt te genieten van het bloed en de ravage van het verscheurde vlees.

Misschien kon hij zich wel een minuutje tijd veroorloven om met behulp van zijn zakmes wat souvenirs mee te nemen.

Hij voelde zich zo *jong*. Herboren. De dood was absoluut datgene waar alles in het leven om draaide.

Nog twee kogels over.

De beminnelijke retriever stond te janken, te piepen en had zelfs het lef om te blaffen. De hond was achteruitgedeinsd in de richting van de branding en scheen niet van plan om hem aan te vallen. Desondanks besloot de dokter om zowel de negende als de tiende kogel voor Valet te bewaren.

Terwijl het achtste schot nog nagalmde in zijn oren richtte hij het pistool op de hond – en had al bijna de trekker overgehaald voor hij besefte dat Valet helemaal niet tegen hem leek te blaffen maar naar iets op het lage duin achter hem.

Toen Ahriman zich omdraaide, zag hij een vreemde figuur op de duinrand staan die op hem neerkeek. Heel even had hij het idiote idee dat dit een van de buitenaardse wezens was waarmee Skeet en zijn maat contact hadden proberen te krijgen.

Het volgende moment herkende hij het gebroken witte St. John-pakje, dat licht scheen te geven in het donker, het blonde haar en de arrogante houding van de nouveau riches.

In zijn spreekkamer had ze hem eerder die dag in een aanval van paranoia beschuldigd van belangenverstrengeling en van mogelijk onethisch gedrag. *U ként K-K-Keanu toch niet, hè dokter?*

Op het moment zelf had hij gedacht dat hij haar met zijn charme wel van die bespottelijke argwaan af had geholpen, maar klaarblijkelijk was dat niet het geval geweest.
Juist de dokter had beter moeten weten. Dit was een van zijn psychiatrische specialismen en ook het onderwerp van zijn volgende bestseller, *Wees niet bang, want ik ben bij u*. Mensen die aan sterke waanideeën en zware fobieën leden – en zij leed aan allebei – waren volslagen onvoorspelbaar en de ernstigste gevallen konden zich bijzonder irrationeel gedragen. Ze was een wandelend probleem op schoenen van zeshonderd dollar.
Eigenlijk had ze die schoenen in haar hand, een links en een rechts, en ze stond op kousenvoeten. Hij voelde zich stom omdat hij zijn Italiaanse instappers had geruïneerd.
Hij had niet geweten in wat voor soort auto ze reed, maar nu wist hij dat wel. In een witte Rolls-Royce.
Terwijl hij zoveel pret had gehad bij het achtervolgen van die duffe dienders, had deze aan zinsbegoochelingen lijdende vrouw hém gevolgd, in de veronderstelling dat ze hem zou betrappen op een stiekeme ontmoeting met Keanu Reeves. Hij ergerde zich wild aan zijn kortzichtigheid.
Al die verbijsterende ontdekkingen schoten de dokter in hooguit twee seconden door het hoofd. In de derde hief hij het pistool op en vuurde een van de kogels af die hij voor de hond had bewaard.
Misschien speelde de wind hem parten, of de afstand, of de hoek, of de schrik die door hem heen schoot toen hij haar zag staan, maar wat ook de reden mocht zijn, hij miste.
Ze vluchtte. Weg van de duinrand. Uit zicht.
Met leed in zijn ziel dat hij moest vertrekken zonder de hond te doden en zonder souvenirs te oogsten van de twee mannen rende de dokter achter zijn Keanufobische patiënt aan. Hij verlangde er intens naar om haar volledig en voorgoed van haar problemen te verlossen.
'Rennen' bleek niet zo'n juiste omschrijving van zijn snelheid toen hij de voet van de duinrand had bereikt. De zanderige helling, uitgehold door erosie, was niet begroeid met helmgras dat de ondergrond steviger gemaakt zou hebben. Het bleek veel moeilijker om ertegenop te klimmen dan ervanaf te lopen. Het zand bleef verraderlijk onder zijn voeten wegschuiven. Hij zakte er tot zijn enkels in en tegen de tijd dat hij bij de top was aanbeland, kroop hij bijna op handen en voeten.
Zijn pak was een puinhoop.
De Keanuhaatster lag een heel stuk voor op Ahriman en was zo snel

als een gazelle, maar ze had tenminste geen andere wapens dan een hooggehakte pump in elke hand. Als hij haar kon inhalen, zou hij goed gebruik maken van de ene kogel die nog in de Millennium zat en als hij om de een of andere reden zelfs op korte afstand zou missen, kon hij zich verlaten op zijn grotere lengte en kracht om haar met geweld te onderwerpen en vervolgens de keel dicht te knijpen.
Het probleem was dat hij haar moest inhalen. Toen ze het verharde wegdek van de parkeerplaats bereikte, ging ze zelfs nog harder lopen, terwijl dr. Ahriman nog steeds voortsukkelde door het zuigende zand. Het gat tussen hen werd steeds groter en hij begon spijt te krijgen dat hij die derde en vierde chocolade-kokosreep ook had opgegeten.
De witte Rolls-Royce stond vlak bij het punt waar de toegangsweg op de parkeerplaats uitkwam, met de neus naar de zee. Ze kwam bij de auto aan en gleed achter het stuur op hetzelfde moment dat de schoenen van de dokter het asfalt raakten.
De motor kwam brullend tot leven.
Hij was nog steeds zeker vijftig meter van haar af.
De donkere koplampen flitsten aan.
Vijfendertig meter.
Ze schakelde in de achteruit. De banden knerpten over het wegdek toen ze haar voet op het gaspedaal zette.
De dokter stond stil, hief de Millennium op, hield hem met twee handen vast en nam een perfect evenwichtige schiethouding aan: het hoofd en het bovenlijf recht op haar gericht, rechterbeen iets achteruit bij wijze van steun, linkerknie licht gebogen, de rug kaarsrecht...
De afstand was te groot. De Rolls reed achteruit. Daarna was ze verdwenen over de top van de heuvel, achteruitrijdend in de richting van de Pacific Coast Highway, uit het zicht. Schieten had geen zin.
Tijd is van het grootste belang, had Anonymus gezegd, waarschijnlijk de grootste dichter uit de historie, en dit gold nu voor de dokter in nog sterkere mate dan ooit tevoren. *Keer terug, keer terug, o Tijd, op uw schreden*, schreef Elizabeth Akers Allen en Ahriman wenste vurig dat hij over een magisch horloge beschikte waarmee hij die truc kon uithalen, want Delmore Schwartz had nooit een juistere tekst geschreven dan: *Tijd is het vuur waarin wij branden* en de dokter was beducht voor branden, hoewel de staat Californië bij het uitvoeren van de doodstraf geen gebruik maakte van de elektrische stoel. *Tijd, een maniak die met stof strooit*, schreef Tennyson en de dokter vreesde dat zijn eigen stof ook verstrooid zou worden, hoewel hij wist dat hij zichzelf moest dwingen om kalm te zijn en de

houding aan te nemen van Edward Young, die had geschreven: *Trotseer de tand des tijds*. Sara Teasdale huldigde de opvatting *Tijd is een beminnelijke vriend*, maar zij had verdomme geen flauwe notie waar ze het over had en Henry Wadsworth Longfellow schreef over *De barden wier verre voetstappen weergalmen door de gangen van de Tijd*, wat kant noch wal raakte bij de huidige crisis, maar de dokter was een genie met een schandalig goede opleiding en hij was overstuur, dus al die gedachten plus nog ontelbare andere knetterden als een machinegeweervuur door zijn hoofd terwijl hij naar de El Camino holde, de motor startte en wegreed van de parkeerplaats.

Tegen de tijd dat Ahriman de Pacific Coast Highway bereikte, was de Rolls-Royce verdwenen.

De rijke taart en haar suffe eikel van een echtgenoot woonden in het vlakbij gelegen Newport Coast, maar het was best mogelijk dat ze niet rechtstreeks naar huis was gegaan. Als haar fobie al een ernstiger stadium had bereikt dan hij zich hiervoor had gerealiseerd, een of andere vorm van paranoïde psychose, zou ze misschien zelfs nooit meer naar huis durven gaan, uit angst dat Keanu of een van zijn handlangers – zoals haar eigen pistolen-Paultje-psychiater – haar daar met kwade bedoelingen zou opwachten.

Maar ook als hij het idee had gehad dat ze wel naar huis was gereden, zou Ahriman haar niet gevolgd zijn. Zij en haar man hadden vast een uitgebreide staf van personeel in huis, stuk voor stuk mogelijke getuigen, en een aanzienlijk beveiligingssysteem.

In plaats daarvan trok de dokter zijn skimasker af en reed zo snel als hij durfde naar zijn eigen huis.

71

Op weg naar huis kwamen er geen poëtische opmerkingen over de tijd meer uit de opengevallen geheugenkoffer van Mark Ahriman rollen, maar gedurende het eerste deel van de tien minuten durende tocht zat hij schuimbekkend smerige opmerkingen uit te slaan – allemaal aan het adres van de Keanuhaatster, alsof ze hem kon horen. Hij bezwoer vurig dat hij haar zou vernederen, verkrachten en verminken en op diverse fantasievolle manieren aan stukken zou hakken. Dat was een puberale woedeaanval en hem niet waardig, zoals hij heel goed wist, maar hij moest het kwijt.

Tijdens het tweede deel van de tocht zat hij te piekeren of ze wel of niet de politie zou bellen om de twee moorden aan te geven. Omdat ze paranoïde was, kon ze best vermoeden dat de laaghartige Keanu elke opsporingsdienst in zijn macht had, van de plaatselijke smerissen tot en met de FBI, en in dat geval zou ze haar mond houden of op z'n minst de tijd nemen om te dubben en te kniezen over de vraag of ze de autoriteiten zou inlichten.

Misschien zou ze wel een tijdje weggaan of zelfs het land uit vluchten en onderduiken tot ze had besloten wat ze zou doen. Met een half miljard dollars tot haar beschikking kon ze een heel eind wegkomen en weleens moeilijk te vinden zijn.

De gedachte dat ze zou kunnen verdwijnen joeg hem schrik aan en een kil straaltje zweet liep over zijn nek. Zijn hooggeplaatste vrienden konden hem gemakkelijk helpen om te verbergen dat hij iets te maken had met een willekeurig aantal verschrikkelijke misdaden die werden gepleegd door anderen die hij in zijn macht had; maar het was iets heel anders, en heel wat twijfelachtiger, om van hen te verwachten dat ze hem konden beschermen tegen de gevolgen van moorden die hij eigenhandig had gepleegd. Dat was dan ook een van de redenen waarom hij dat soort risico's de laatste twintig jaar niet meer had genomen. Het zweet uit zijn nek liep nu over zijn ruggengraat.

Omdat hij een man was die overliep van zelfvertrouwen, had hij nog nooit iets gevoeld dat hier ook maar bij in de buurt kwam. Hij besefte dat hij zichzelf zo gauw mogelijk weer in de hand moest krijgen.
Hij was de heerser over het geheugen, de almachtige vader van de leugen en hij kon elke uitdaging aan. Goed, oké, er waren de afgelopen tijd een paar dingen misgelopen, maar zo nu en dan een beetje tegenslag gaf smaak aan het leven.
Tegen de tijd dat hij de doolhof van zijn eigen ondergrondse garage binnenreed, had hij zichzelf weer volkomen in bedwang.
Hij stapte uit de El Camino en keek vol afschuw naar al het zand dat op de bekleding zat en in de vloerbedekking was getrapt.
Zand, of elk soort grond, werd bij elk misdaadproces als wettig bewijsmateriaal erkend. De wetenschappelijke afdeling van elk bekwaam politiekorps was in staat om de samenstelling, de grootte van de korrels en andere eigenschappen van dit zand te vergelijken met een zandmonster van de plek waar de twee moorden hadden plaatsgevonden – en tot de conclusie te komen dat het identiek was...
Terwijl hij de sleutels in het contactslot liet zitten, pakte Ahriman slechts twee dingen uit de El Camino. De dichtgeknoopte zak met de topprestatie van Valet. De zak van Green Acres die nog halfvol zat met repen. Die zette hij zorgvuldig opzij op de gevlamde granieten vloer van de garage.
De dokter ontdeed zich haastig van zijn geruïneerde schoenen, stroopte zijn sokken en zijn broek af, trok zijn colbert uit en legde alle kledingstukken op een stapeltje op de grond. Hij legde zijn portefeulle, de mini-9-mm en de schouderholster bij de twee zakken. De stropdas vol aangekoekt zand en het witte overhemd gingen vervolgens uit en werden op de stapel gelegd, hoewel hij de 24-karaats gouden dasketting wel achterhield.
Verbazend genoeg zat er zelfs een heleboel zand vastgekoekt in zijn ondergoed. Vandaar dat hij zich helemaal uitkleedde en zijn T-shirt en onderbroek bij de rest van de afdankertjes legde.
De dokter gebruikte zijn riem om de kledingstukken tot een keurig pakketje bij elkaar te binden. Dat legde hij op de zitting van de autostoel.
Er zaten ook nog wat irritante zandkorreltjes, niet echt veel, in zijn lichaamshaar vast. Met zijn handen borstelde hij zich zo goed mogelijk af.
Naakt, op zijn polshorloge na, liep hij met de paar dingen die hij had achtergehouden in zijn handen de onderste verdieping van het huis binnen en nam de lift naar de slaapsuite op de derde etage.

Met behulp van het Crestron-toetspaneel opende hij de geheime kluis in de open haard. Hij legde de Taurus PT-111 Millennium in de kleine gecapitonneerde doos met de pot waar zijn vaders ogen in zaten en voegde er, na even nadenken, de blauwe zak aan toe.
Dit was slechts een tijdelijke opslagplaats voor het belastende pistool, tot hij een dag of twee de tijd had gehad om te besluiten hoe hij zich er voorgoed van moest ontdoen. De poep zou hij morgenvroeg al weleens nodig kunnen hebben.
Nadat hij een geelgroene zijden kamerjas met zwartzijden revers en een zwarte ceintuur had aangetrokken, belde Ahriman naar beneden naar het appartement van de huisbeheerder en vroeg of Cedric Hawthorne ogenblikkelijk naar de slaapsuite wilde komen.
Toen Cedric even later arriveerde, verschafte Ahriman zich toegang tot hem middels de naam van een verdachte butler uit een detectiveroman van Dorothy Sayers en nam vervolgens de haiku met hem door die hem in zijn macht zou brengen.
De dokter maakte er geen gewoonte van om zijn zakelijke personeel te programmeren, maar in het belang van absolute privacy vond hij het noodzakelijk om de twee belangrijkste leden van zijn huishoudelijke staf wel volledig onder controle te hebben. Uiteraard gebruikte hij zijn macht niet om op een onbehoorlijke manier van hen te profiteren. Ze werden goed betaald, hadden een uitmuntende ziektekostenverzekering en pensioenregeling en ze konden voldoende vakantie opnemen – maar hij had wel bij hen allebei een ijzeren weerstand ingebouwd om te voorkomen dat ze misbruik zouden maken van hun keukenrechten en zich te goed zouden doen aan de voorraad van zijn lievelingssnoepgoed.
Kort en bondig droeg hij Cedric op om met de El Camino naar het dichtstbijzijnde magazijn voor tweedehandskleding te rijden en daar het bundeltje zanderige kleren af te geven. Daarna moest Cedric de tank vullen en regelrecht doorrijden naar Tijuana in Mexico, vlak over de grens bij San Diego. In een van de beruchtere buurten van Tijuana moest hij, als het waardevolle voertuig dan nog niet onder zijn kont vandaan was gestolen, de auto parkeren met niet-afgesloten portieren en de sleutels in het contactslot, zodat hij zeker wist dat de wagen zou verdwijnen. Hij moest naar het dichtstbijzijnde grote hotel lopen, een huurauto regelen en terugrijden naar Newport Beach, waar hij ruim voor de ochtend moest aankomen. (Aangezien het nu nog geen acht uur 's avonds was, ging de dokter ervan uit dat Cedric om drie uur in de ochtend weer terug kon zijn.) Als hij weer in Orange County was, moest hij de huurauto op het vliegveld inleveren en met een taxi naar huis komen. Daarna zou hij

naar bed gaan, twee uur slapen en uitgerust wakker worden, zonder zich te herinneren dat hij weg was geweest.

Een deel van die opdracht zou niet zo gemakkelijk zijn, omdat hij vrij laat in Mexico zou arriveren, maar met vijfduizend dollar in een gordel – die Ahriman hem meegaf – moest hij in staat zijn om alle noodzakelijke dingen te doen. En contant geld was niet zo gemakkelijk te traceren.

'Ik begrijp het,' zei Cedric.

'Ik hoop je in levenden lijve terug te zien, Cedric.'

'Dank u wel, meneer.'

Nadat Cedric was vertrokken, belde de dokter naar beneden naar Nella Hawthorne en vroeg of zij nu onmiddellijk naar de zitkamer van de suite wilde komen waaruit haar echtgenoot net was weggestuurd voor zijn Mexicaanse avontuur.

Toen Nella binnenkwam, activeerde Ahriman haar met de naam van de geniepige huishoudster van Manderley, het landhuis in *Rebecca* van Daphne du Maurier. Hij gaf haar opdracht om de garage schoon te vegen tot er geen korreltje zand meer lag en vervolgens een diep gat te graven in een van de bloembedden in de achtertuin om daar de zak met het opgeveegde vuil in te begraven. Als dat karwei erop zat, moest ze vergeten dat ze dat ooit had gedaan.

'Daarna ga je terug naar je eigen vertrekken en wacht op verdere instructies,' beval Ahriman.

'Ik begrijp het.'

Toen Cedric op weg was naar Mexico en Nella ijverig aan de slag was gegaan, begaf de dokter zich naar zijn met opengewerkt hout betimmerde kantoor op de verdieping eronder. Zijn computer had maar zeven seconden nodig om met behulp van de elektrische lift uit zijn bureaublad omhoog te komen, maar hij zat ongeduldig met zijn vingers te tikken terwijl hij wachtte tot het apparaat op zijn plaats klikte en ingeschakeld werd.

Omdat hij een netwerkverbinding had met de computer in zijn praktijkruimte, kon hij toegang krijgen tot zijn patiëntengegevens en het telefoonnummer van de Keanuhaatster opvragen. Ze had er twee achtergelaten: een nummer thuis en een mobiel nummer.

Er waren minder dan veertig minuten verstreken sinds haar overhaaste aftocht van de parkeerplaats bij het strand.

Hoewel hij het vervelend vond dat hij haar via zijn eigen huisnummer moest bellen, was tijd van het grootste belang – en tegelijkertijd het vuur waarin wij branden – en hij kon zich er nu niet druk over maken dat het gesprek later als bewijsmateriaal zou kunnen dienen. Hij probeerde het mobiele nummer.

Hij herkende haar stem toen ze opnam nadat de telefoon vier keer was overgegaan. 'Hallo?'
Kennelijk verkeerde ze, zoals hij al had vermoed, in een staat van paranoïde verbijstering en reed doelloos rond terwijl ze probeerde te besluiten wat haar te doen stond met betrekking tot wat ze had gezien.
O, wat had hij nu graag gewild dat ze geprogrammeerd was.
Dit zou een netelig gesprek worden. Terwijl hij de Hawthornes hun opdrachten had gegeven en nog wat andere dingen had opgeknapt, had hij furieus na zitten denken over de manier waarop hij haar het best kon benaderen. Voor zover hij kon zien, was er maar één aanpak die misschien zou lukken.
'Hallo?' herhaalde ze.
'U weet met wie u spreekt,' zei hij.
Ze gaf geen antwoord, omdat ze zijn stem herkende.
'Hebt u met iemand gesproken over... dat incident?'
'Nog niet.'
'Mooi.'
'Maar dat ga ik wel doen. U hoeft niet te denken dat ik dat niet zal doen.'
Terwijl hij zijn kalmte bewaarde, zei de dokter: 'Hebt u *The Matrix* gezien?'
Dat was een overbodige vraag, want hij wist allang dat ze iedere film van Keanu Reeves minstens twintig keer in de beslotenheid van haar veertig zitplaatsen tellende thuisbioscoop had gezien.
'Natuurlijk heb ik die gezien,' zei ze. 'Hoe kunt u een dergelijke vraag stellen als u in uw spreekkamer naar me hebt geluisterd? Maar waarschijnlijk zat u zoals gewoonlijk weer te dagdromen.'
'Het is niet zomaar een film.'
'Wat is het dan?'
'De werkelijkheid,' zei de dokter en liet dat woord met behulp van zijn aanzienlijke acteertalent zo onheilspellend mogelijk klinken.
Ze zei niets.
'Net als in de film is dit niet het begin van een nieuw millennium zoals u denkt. In werkelijkheid is het nu het jaar 2300... en de mensheid leeft al eeuwen in slavernij.'
Hoewel ze geen antwoord gaf, begon ze sneller en lichter adem te halen, een betrouwbare fysiologische aanwijzing voor paranoïde fantasieën.
'En net als in de film,' vervolgde hij, 'is deze wereld waarvan jij denkt dat hij echt is... helemáál niet echt. Het is alleen maar een illusie, bedrog, een virtuele werkelijkheid, een adembenemend gedetailleerde

voedingsbodem gecreëerd door een kwaadaardige computer om jou onder de duim te houden.'
De stilte die ze liet vallen, leek eerder nadenkend dan vijandig en haar zachte, snelle ademhaling bleef de dokter bemoedigend in de oren klinken.
'In werkelijkheid zit u net als miljarden andere menselijke wezens, iedereen met uitzondering van een paar rebellen, in een fuik waar u intraveneus wordt gevoed, vastgekoppeld aan de computer die zich met uw bio-elektrische kracht voedt en u de schijnwereld van deze matrix voorschotelt.'
Ze zei niets.
Hij wachtte.
Zij wachtte nog langer.
Uiteindelijk zei hij: 'Dat stel dat u hebt gezien... vanavond op het strand. Dat waren geen mannen. Dat waren machines, die de matrix bewaken, net als in de film.'
'U schijnt te denken dat ik krankzinnig ben,' zei ze.
'Integendeel. We hebben u geïdentificeerd als een van degenen in die fuiken die vraagtekens beginnen te zetten bij de waarde van deze virtuele werkelijkheid. Een potentiële rebel. En we willen helpen om u te bevrijden.'
Hoewel ze geen woord zei, hijgde ze licht, als een dwergpoedeltje of zo'n ander harig onderkruipsel van een hond dat in gedachten een hondenkoekje krijgt aangeboden.
Als ze al, zoals hij vermoedde, volslagen paranoïde was, dan zou het scenario dat de dokter haar voorhield een enorme aantrekkingskracht hebben. Ineens moest de wereld er voor haar een stuk minder verward uitzien. Daarvoor had ze zich instinctief van alle kanten ingesloten gevoeld door vijanden, met ontelbare, vaak onverklaarbare en vaak tegenstrijdige beweegredenen, terwijl ze zich nu kon concentreren op één vijand: de gigantische, kwaadaardige computer die de wereld regeerde en de robotmachines van het apparaat. Haar obsessie voor Keanu – eerst gebaseerd op liefde, daarna op angst – had haar vaak verbijsterd en tot wanhoop gedreven omdat het zo raar leek zoveel belang te hechten aan iemand die slechts een acteur was; maar nu zou ze misschien tot de conclusie komen dat hij niet alleen een filmster was, maar ook de Verlosser, de uitverkorene die de mensheid zou bevrijden uit de greep van apparaten, de held der helden, en dus was hij haar intense belangstelling volkomen waardig. Omdat ze aan paranoia leed, was ze ervan overtuigd dat de werkelijkheid zoals het gros van de mensen die aanvaardde maar schijn was, dat de waarheid vreemder en

angstaanjagender was dan de namaakwerkelijkheid waar de meeste mensen in geloofden en nu bevestigde de dokter haar vermoedens. Hij bood haar paranoia met een logische structuur en een geruststellend gevoel van orde en regelmaat en dat zou onweerstaanbaar moeten zijn.

Ten slotte zei ze: 'Wat u mij schijnt te willen zeggen is dat K-K-Keanu mijn vriend is, mijn bondgenoot. Maar ik weet nu dat hij... gevaarlijk is.'

'Vroeger hield u van hem.'

'Ja, nou ja, maar daarna is de waarheid tot me doorgedrongen.'

'Nee,' verzekerde de dokter haar. 'Uw oorspronkelijke gevoelens voor de Verlosser waren gebaseerd op uw opmerkingsgave. Uw instinctieve gevoel dat hij een bijzonder mens is en waard om aanbeden te worden is correct en juist. De angst die u vervolgens voor hem bent gaan koesteren, is bij u *geïmplanteerd* door de kwaadaardige computer, die wil dat u productief blijft in uw accufuik.'

Terwijl hij naar zichzelf zat te luisteren, naar het medeleven en de oprechtheid in zijn stem, begon de dokter het gevoel te krijgen dat hij knettergek was.

Ze werd opnieuw stil. Maar ze hing niet op.

Ahriman gunde haar alle tijd om na te denken. Hij moest niet de indruk maken dat hij haar dit idee probeerde aan te smeren.

Terwijl hij wachtte, dacht hij na over wat hij wilde eten. Dat hij een nieuw pak van Ermenegildo Zegna moest bestellen. Over slimme manieren om de zak poep te gebruiken. Over de opwinding die hij had gevoeld bij het overhalen van de trekker. Over Capones verrassende zege bij The Alamo.

'Ik zal tijd nodig hebben om hierover na te denken,' zei ze ten slotte.

'Natuurlijk.'

'Probeer me niet te zoeken.'

'U kunt gaan en staan waar u wilt in de virtuele werkelijkheid van de matrix,' zei Ahriman, 'en in werkelijkheid blijft u steeds vastzitten in dezelfde accufuik.'

Nadat ze daar even over had nagedacht, zei ze: 'Dat zal wel waar zijn, denk ik.'

Omdat hij instinctief aanvoelde dat ze ertoe begon te neigen om het scenario dat hij haar had voorgeschoteld te aanvaarden, ging de dokter nog één riskant stapje verder: 'Ik ben gerechtigd om u te vertellen dat de Verlosser u niet als zomaar een doorsnee potentiële rebel beschouwt.'

Een ademloze stilte werd gevolgd door meer van dat snelle harig-

onderkruipsel-van-een-hond-gehijg, hoewel het dit keer anders klonk, met een subtiele erotische ondertoon.
Daarna zei ze: 'Heeft Keanu persoonlijk belangstelling voor mij?'
Ze had niet gestotterd bij de naam van de acteur.
De dokter, die dit beschouwde als een teken van vooruitgang, formuleerde zijn antwoord zorgvuldig: 'Ik heb met betrekking tot dit onderwerp alles gezegd waartoe ik gerechtigd ben. Neemt u er gerust de hele nacht voor om na te denken over wat we hebben besproken. Ik sta morgen in mijn praktijkruimte de hele dag tot uw beschikking, op elk moment dat u besluit om me te bellen.'
'Áls ik u bel,' zei ze.
'Als,' beaamde hij.
Ze verbrak de verbinding.
'Rijke raaskallende truttetut,' zei de dokter terwijl hij de telefoon neerlegde. 'En dat is mijn *professionele* opinie.'
Hij had er het volste vertrouwen in dat ze hem zou bellen en dat hij in staat zou zijn om haar te bewegen hem onder vier ogen te ontmoeten. Vervolgens zou hij haar programmeren.
Hij had even gewankeld, maar nu zat de heerser over het geheugen weer rotsvast op zijn troon.
Voordat hij Nella Hawthorne belde om zijn avondeten te bestellen nam Ahriman zijn e-mail door en ontdekte twee gecodeerde berichten van het instituut in New Mexico. Hij ontcijferde ze en nadat hij ze had gelezen, brandde hij ze voorgoed van zijn harde schijf.
Het eerste was die ochtend binnengekomen en was een bevestiging van de boodschap die hij de avond ervoor had verzonden. Meneer en mevrouw Rhodes zouden voortdurend in de gaten worden gehouden vanaf het moment dat ze op Santa Fe Municipal uit hun vliegtuig stapten. Voor hun aankomst was hun huurauto al uitgerust met een transponder om elektronische surveillance mogelijk te maken. Curly van de afdeling onderhoud wilde aan Ahriman doorgeven dat hij en zijn nieuwe verloofde voor het eerst met elkaar besloten uit te gaan nadat ze hadden ontdekt dat ze allebei razend enthousiast waren over *Hoe leer ik van mezelf te houden.*
Het tweede bericht was slechts een paar uur geleden binnengekomen en was kort. De heer en mevrouw Rhodes waren de hele dag in de slag geweest om mensen te ondervragen die betrokken waren bij de zaak-Glyson en de zaak-Pastore en ze hadden alle medewerking gekregen van de personen die ze hadden gesproken. Vandaar dat ze in de omgeving van Santa Fe zouden blijven, tot in de eeuwigheid of tot het universum in elkaar klapte tot een stukje materie ter grootte van een erwt, afhankelijk van wat het eerst zou komen.

Ahriman was opgelucht dat hij het aan zijn collega's kon overlaten om zijn belangen te beschermen, maar hij vond het ontzettend dat hij nu zou moeten afzien van zijn huidige spel – een van de belangrijkste van zijn hele leven – en iets geheel nieuws zou moeten bedenken. Hij had op z'n minst Skeet, Dusty of Martie – en het liefst twee van hen – nodig om zijn hele ingewikkelde strijdplan uit te voeren en nu waren ze allemaal dood of bijna dood.

Hij had nog geen bevestiging ontvangen van de executies in Santa Fe, maar die zou snel genoeg komen, waarschijnlijk nog voor hij naar bed ging.

Nou ja, hij was nog steeds een speler. En zolang hij een speler bleef, was de uitkomst van één enkele confrontatie niet van cruciaal belang. Zolang hij een speler was, bleef de kans op een nieuw spel bestaan en morgen had hij vast wel weer iets anders bedacht.

Getroost belde hij naar beneden naar Nella Hawthorne en bestelde zijn avondeten: twee chiliburgers met gefruite uitjes en cheddar, een zak chips, twee flesjes vruchtensap en een plak chocoladecake met kersenvulling.

Toen hij weer boven was in de hoofdsuite, kwam hij tot de ontdekking dat de betrouwbare Cedric eerder op de dag naar de garage was gegaan en zijn aankopen van die ochtend uit de Mercedes had gehaald; hij had ze op het bureau in de slaapkamer gelegd. De gegoten Jonny Lightning Custom Ferrari. De in onberispelijke staat verkerende Gunsmoke Dodge City-speelset van Marx.

Hij ging aan het bureau zitten, maakte de speelset open en bekeek een paar van de plastic figuurtjes. Wetsdienaars en revolverhelden. Een meisjes uit een danstent. Subliem uitgewerkt, de fantasie stimulerend, zoals vrijwel alle producten van wijlen Louis Marx.

De dokter bewonderde mensen die hun werk, wat dat ook mocht zijn, aanpakten met oog voor detail zoals hijzelf ook altijd deed. Een oude volkswijsheid schoot door zijn altijd bezige, altijd vruchtbare brein: *De duivel let op elke kleinigheid*. Dat vond hij veel grappiger dan het eigenlijk was. Hij schoot in de lach en kon niet meer ophouden.

Daarna herinnerde hij zich een variatie op dat aforisme: *God let op elke kleinigheid*. Hoewel de dokter een speler was en geen gelovige, maakte die gedachte een abrupt einde aan zijn lachbui. Voor de tweede keer vanavond en pas voor de tweede keer in zijn hele leven voelde hij het klamme zweet over zijn nek lopen.

Fronsend nam hij in gedachten de lange dag vol verrassingen nog eens door en pijnigde zijn geheugen op zoek naar een cruciaal detail dat hij tot dusverre misschien verkeerd had geïnterpreteerd of over

het hoofd had gezien. Zoals de witte Rolls-Royce op de parkeerplaats van Green Acres, waarmee hij zich op een schandalige manier had vergaloppeerd.
Ahriman liep naar de badkamer om zijn handen een paar keer te wassen en gebruikte een grote hoeveelheid vloeibare zeep om ze af te boenen met een hard borsteltje, dat eigenlijk bedoeld was om zijn nagels schoon te maken. Hij wreef stevig met de harde haren van zijn vingertoppen tot zijn polsen, zowel over de boven- als over de onderkant en besteedde extra veel aandacht aan de huidplooitjes op zijn vingers.
Het was niet waarschijnlijk dat de Keanuhaatster de politie zou bellen om te melden dat de dokter op het strand twee mannen had vermoord en de kans was klein dat iemand anders hem in de omgeving van de moorden had gezien. Maar als de smerissen onverhoeds toch kwamen opdagen, kon hij het zich niet veroorloven om kruitsporen op zijn handen te hebben die aan het licht zouden kunnen komen tijdens laboratoriumproeven en die zouden bewijzen dat hij vanavond een vuurwapen had afgevuurd.
Hij kon geen ander detail bedenken waar hij aandacht aan moest schenken.
Nadat hij zijn handen had afgedroogd, keerde Ahriman terug naar het bureau in de slaapkamer, waar hij Marshal Dillon en een smeerlap van een revolverheld opstelde voor een vuurgevecht.
'Pang, pang, pang,' zei hij en met een knip van zijn vinger knikkerde hij de dode marshal zo hard weg dat het figuurtje zes meter verderop tegen de muur ketste.
Marshals en boeven. Vuurgevecht in het wilde westen. Volgevreten gieren.
Hij voelde zich beter.
Het eten arriveerde.
Het leven was goed.
Hetzelfde gold voor de dood als jij die uitdeelde.

Van het hoogst gelegen woestijngebied naar het hoog gelegen woestijngebied, een hoogteverschil van meer dan zeshonderd meter tussen Santa Fe en Albuquerque, een afstand van negentig kilometer die Dusty in anderhalf uur aflegde. Naarmate ze daalden, nam de sneeuwstorm in hevigheid af, maar ook in de lager gelegen stad bleef de sneeuw gestadig vallen.
Ze vonden een geschikt motel en boekten een kamer die ze contant afrekenden omdat de kans bestond dat iemand de volgende dag zou proberen om hen te traceren via hun creditcards.

Nadat ze hun koffers in de kamer hadden gezet, reden ze ongeveer anderhalve kilometer verder in de BMW en lieten de auto achter in een zijstraat waar hij niet uit de toon zou vallen en het dagen kon duren voor iemand er aandacht aan schonk. Dusty had de tocht alleen willen maken terwijl Martie in de warme hotelkamer achterbleef, maar ze wilde bij hem blijven.
Martie gebruikte de tweede poetsdoek om het stuur, het dashboard, de portiergrepen en andere dingen die ze misschien aangeraakt hadden af te vegen.
Dusty liet de sleutels niet in de auto zitten. Als hij werd gestolen en door een stel joyrijdende jongelui in de prak werd gereden, zouden de smerissen contact opnemen met de eigenaars van de BMW en dan zou het instituut de speurtocht onmiddellijk naar Albuquerque verplaatsen. Hij deed de auto op slot en liet de sleutels in de eerste de beste straatput vallen.
Hand in hand liepen ze door de sneeuw terug naar het motel. Het was een koude avond, maar niet bitterkoud, en van de wind die in het hoger gelegen woestijngebied was opgestoken, was hier niets te merken.
Vóór deze avond zou de wandeling leuk en misschien zelfs romantisch zijn geweest. Nu associeerde Dusty sneeuw met de dood en hij had het vermoeden dat die twee begrippen voor de rest van zijn leven in zijn hoofd zo nauw met elkaar verbonden zouden blijven dat hij er de voorkeur aan zou geven om voortaan de wintermaanden altijd aan de milde Californische kust door te brengen.
Bij een supermarkt die de hele nacht open was, kochten ze een witbrood, een pakje kaas, een potje mosterd, chips en bier.
Terwijl hij door de gangen liep om zijn keuze te maken, een werkje dat hem onder normale omstandigheden al snel de keel uit zou hebben gehangen, werd Dusty plotseling zo overstelpt door emoties en was hij zo dankbaar dat hij nog steeds in leven was, zo blij dat hij Martie aan zijn zij had, dat zijn benen slap werden en hij van dankbaarheid bijna op zijn knieën viel. Hij leunde tegen een van de schappen en deed net alsof hij het etiket op een blik hutspot las.
Als andere mensen in de winkel hem zagen, trapten ze er waarschijnlijk in. Martie liet zich niet bedotten. Ze bleef naast hem staan, legde haar hand in zijn nek terwijl ze ook net deed alsof ze naar het blik keek en zei op een fluistertoon: 'Ik hou zo ontzettend veel van je, lieverd.'
Terug in hun kamer belde hij het gratis nummer van een luchtvaartmaatschappij om te informeren naar de eerste vlucht die ze zouden kunnen nemen. Hij slaagde erin om plaatsen te krijgen en ge-

bruikte zijn creditcard alleen maar om die te reserveren. Hij verzocht de man van de boekingsbalie om het bedrag er niet vanaf te halen. 'Ik betaal liever contant als ik de tickets morgen kom ophalen.'

Ze namen allebei een heel hete, lange douche. De dunne, door het motel verstrekte miniatuurzeepjes waren helemaal weggesmolten toen ze eindelijk klaar waren.

Dusty ontdekte een schaafplek achter zijn rechteroor. Er zat een laagje geronnen bloed op. Misschien had hij een tik gekregen toen de auto over de kop was geslagen. Tot op dit moment had hij er niets van gevoeld.

Zittend in bed, met een handdoek als tafellaken, maakten ze boterhammen met kaas. Ze hadden de blikjes bier koud gehouden door ze in een met sneeuw gevulde prullenbak te leggen.

De boterhammen en de chips smaakten niet goed en niet slecht. Het was gewoon iets om te eten. Brandstof om in beweging te blijven. Het bier moest hen helpen om in slaap te vallen, als ze dat konden. Ze hadden geen van beiden veel gezegd tijdens de rit vanuit Santa Fe en nu zeiden ze ook niet veel. In de jaren die voor hen lagen, als ze tenminste gelukkig genoeg waren om nog jaren te hebben in plaats van slechts uren of dagen, zouden ze waarschijnlijk niet vaak of uitgebreid terugkomen op wat er in die indiaanse ruïnes was gebeurd. Het leven was te kort om lang stil te blijven staan bij nachtmerries in plaats van bij dromen.

Te vermoeid om te praten keken ze tv terwijl ze aten.

Het televisienieuws zat boordevol beelden van oorlogsvliegtuigen. Explosies in de nacht, op een plek die een halve wereld verder lag. Op advies van deskundigen in internationale betrekkingen probeerde de machtigste volkerenbond ter wereld opnieuw twee strijdende partijen aan de onderhandelingstafel te krijgen door de civiele infrastructuur helemaal plat te bombarderen. Bruggen, ziekenhuizen, elektriciteitscentrales, videoverhuurwinkels, waterleidingbedrijven, kerken en broodjeszaken. Als je afging op het nieuws was er niemand in de hele politieke wereld noch in die van de media, of op welk punt ook in de hogere kringen van de maatschappij, die zich afvroeg of die aanpak ethisch verantwoord was. Het debat tussen de deskundigen concentreerde zich daarentegen op de vraag hoeveel miljoen pond bommen in welke hightech verpakking afgeworpen moest worden om een volksopstand te veroorzaken tegen de regering die het doelwit vormde en op die manier een complete oorlog te vermijden.

'Voor de mensen die in die verdomde broodjeszaak zaten,' zei Martie, 'is het al een complete oorlog.'

Dusty zette de tv uit.
Nadat ze hadden gegeten – en elk twee biertjes hadden opgedronken – kropen ze onder de dekens en lagen hand in hand in het donker.
De avond ervoor was sex een bevestiging van het leven geweest. Nu zou het heiligschennis hebben geleken. En trouwens, het enige waar ze behoefte aan hadden, was om dicht bij elkaar te zijn.
Na een poosje vroeg Martie: 'Is er nog een uitweg voor ons?'
'Dat weet ik niet,' zei hij eerlijk.
'Die mensen in het instituut... wat ze daar ook uitspoken, voordat wij hiernaartoe kwamen, hadden ze geen enkele reden om ons de voet dwars te zetten. Ze zijn alleen maar achter ons aan gegaan om Ahriman te beschermen.'
'Maar nu gaat het ook om Zachary en Kevin.'
'Daar zullen ze waarschijnlijk wel een praktisch standpunt over innemen. Ik bedoel dat ze dat wel gewoon als een zakelijk verlies zullen beschouwen. We kunnen hun niets aanwrijven. Voor hen vormen we geen echte bedreiging.'
'En dus?'
'Dus als Ahriman dood zou zijn... zouden ze ons dan niet met rust laten?'
'Dat zou kunnen.'
Ze hielden allebei een tijdje hun mond.
De nacht was zo stil dat Dusty bijna het idee had dat hij de sneeuwvlokken buiten tegen de grond kon horen slaan.
'Zou jij hem kunnen vermoorden?' vroeg hij ten slotte.
Het duurde lang voordat ze antwoord gaf. 'Ik weet het niet. Jij? Gewoon... in koelen bloede? Naar hem toe lopen en de trekker overhalen?'
'Misschien wel.'
Ze bleef weer een paar minuten stil, maar hij wist dat ze niet op het punt stond om in slaap te vallen.
'Nee,' zei ze uiteindelijk. 'Ik geloof niet dat ik dat zou kunnen. Hem vermoorden, bedoel ik. Hem of iemand anders. Nooit meer.'
'Ik weet dat je niet wilt dat je zoiets zou moeten doen. Maar ik geloof wel dat je het zou kunnen. En ik ook.'
Tot zijn verbazing kwam hij tot de ontdekking dat hij haar het verhaal vertelde van de optische illusie die hem als jongen zo had gefascineerd: de tekening van het woud die gewoon door er vanuit een ander perspectief naar te kijken plotseling veranderde in een drukke wereldstad.
'Slaat dat ergens op?' vroeg ze.

'Ja hoor. Want vanavond was ík die tekening. Ik heb altijd gedacht dat ik precies wist wie ik was. En dan verandert de invalshoek iets en ik zie ineens een ander ik. Welk ik is echt en welk is fictief?'

'Het is allebei de echte jij,' zei ze. 'En dat is prima.'

Door haar te horen zeggen dat het prima was, kon hij zelf ook aanvaarden dat het prima was. Hoewel ze dat niet wist en hij ook nooit in staat zou zijn om zijn gevoelens zo onder woorden te brengen dat het voor haar begrijpelijk werd, was Martie de enige toetssteen waaraan Dusty zijn waarde als menselijk wezen kon afmeten.

Later, toen hij al bijna sliep, zei ze: 'Er moet een uitweg zijn. We moeten gewoon... onze invalshoek veranderen.'

Misschien had ze gelijk. Een uitweg. Maar die zag hij niet, of hij nu wakker was of droomde.

72

Toen ze de volgende morgen onder een blauwe hemel wegvlogen vanuit Albuquerque, zonder speelgoedbrandweerauto en zonder pistool, stijf en met spierpijn van alle inspanningen van de avond ervoor, voelde Martie zich oud en moe. Terwijl Dusty *Hoe leer ik van mezelf te houden* zat te lezen om meer begrip voor hun vijand te krijgen, drukte Martie haar voorhoofd tegen het raampje en keek omlaag naar de besneeuwde stad die snel onder hen wegzakte. De hele wereld was zo vreemd geworden dat ze net zo goed weg had kunnen vliegen uit Istanboel of een andere exotische hoofdstad.

Iets minder dan tweeënzeventig uur geleden had ze Valet meegenomen voor zijn ochtendwandeling en was ze even bang geworden voor haar eigen schaduw. Toen dat rare moment voorbij was, had ze er grapjes over gemaakt. Haar beste vriendin leefde nog. Ze was nog nooit in Santa Fe geweest. Destijds geloofde ze dat het leven volgens een mysterieus plan verliep en ze had geruststellende patronen gezien in de manier waarop haar dagen verliepen. Ze geloofde nog steeds in het bestaan van zo'n plan, hoewel de patronen die ze nu zag heel anders waren dan die ze eerder had gezien, anders en zo ingewikkeld dat je er bijna bang van werd.

Ze had verwacht dat ze verschrikkelijke nachtmerries zou krijgen – en niet van twee blikjes bier en een paar dikke boterhammen met kaas. Maar haar slaap was niet verstoord.

Ze had evenmin in haar dromen Smilin' Bob gezien, en ook niet in die momenten gedurende de nacht dat ze, wakker geworden, naar de schaduwen in de motelkamer had liggen turen op zoek naar de opvallende vorm van zijn helm en de vage lichtgevende strepen op zijn uniformjas.

Martie had hem dolgraag willen zien, in haar dromen of op een andere manier. Ze voelde zich verlaten, alsof ze zijn bescherming niet langer waardig was.

Met Californië voor de boeg en met alles wat daar op haar wachtte, had ze de twee mannen in haar leven, Dusty en Smilin' Bob, echt nodig om nog enige hoop te kunnen koesteren.

De dokter had buiten de eerste vier dagen van de week zelden afspraken met patiënten. Op deze vrijdag stonden alleen Martie en Dusty Rhodes in zijn agenda en die zouden niet in staat zijn om zich aan hun afspraak te houden.

'Ik zou maar oppassen als ik jou was,' zei hij in de badkamer tegen zijn spiegelbeeld. 'Zo meteen hou je geen praktijk meer over als je al je patiënten van kant blijft maken.'

Omdat hij alle crisissituaties van de afgelopen dagen had overleefd zonder dat zijn staart was gecoupeerd en met zijn beide hoorns nog op de juiste plaats – wel een grappige beeldspraak, trouwens – was hij in een stralend humeur. Bovendien had hij een manier bedacht om het spel dat gisteravond hopeloos vastgelopen leek te zijn toch weer nieuw leven in te blazen en hij had een geweldig idee gekregen hoe hij de geurende inhoud van de blauwe zak zou kunnen gebruiken.

Hij had een ander prachtig Zegna-pak aangetrokken: zwart, schitterend gesneden, met het allernieuwste model revers en een jasje met twee knopen. Hij bood in de driedelige passpiegel in zijn garderobekamer zo'n superelegante aanblik dat hij even overwoog om de videocamera op te stellen en vast te leggen hoe fantastisch hij er op deze historische dag uit had gezien.

Helaas was tijd van het grootste belang, precies zoals dat de avond ervoor het geval was geweest. Hij had de Keanuhaatster beloofd dat hij de hele dag op de praktijk zou zijn, in afwachting van haar besluit om zich al dan niet aan te sluiten bij de opstand tegen de kwaadaardige computer. Hij mocht die nouveau riches nitwit niet teleurstellen.

Voor de tweede dag achter elkaar besloot hij om een pistool mee te nemen. De dreiging scheen met de dood van al die potentiële vijanden wel afgenomen te zijn, maar het waren gevaarlijke tijden.

Hoewel de Taurus PT-111 Millennium niet geregistreerd was – aangezien hem die, net als al zijn andere wapens, verstrekt was door de brave mensen in het instituut – kon hij het pistool niet meer gebruiken. Nu het in verband kon worden gebracht met de moord op twee mannen, was het iets geworden waar hij zijn vingers aan zou kunnen branden. Hij zou het uit elkaar moeten halen en zich er met de grootste omzichtigheid van moeten ontdoen.

Uit zijn vuurwapenkluis, verborgen achter boekenplanken in de zit-

kamer van de slaapsuite, pakte hij een .380 Beretta model 85F, een elegant pistool met een magazijn voor acht kogels dat ongeveer zes pond woog. Het was eveneens een ongeregistreerd wapen dat niet achterhaald zou kunnen worden.
Hij stopte de blauwe zak, de zak van Green Acres, en de cassetterecorder die hij als dicteerapparaat gebruikte in een handgemaakte, in vakken verdeelde Mark Cross-aktetas. Terwijl hij wachtte op het telefoontje van de Keanuhaatster zou hij het spel wat verder uitwerken en een hoofdstuk schrijven voor *Wees niet bang want ik ben bij u*. In zijn werkkamer controleerde hij zijn e-mail en zag tot zijn verrassing dat hij nog steeds geen bevestiging had ontvangen van de dubbele executie in New Mexico. Verbaasd maar niet ongerust stelde hij een korte, gecodeerde vraag op en verzond die naar het instituut.
Hij reed in zijn antieke Rolls-Royce Silver Cloud.
Tijdens de korte rit naar zijn praktijkruimte gaf de auto hem de inspiratie voor een aantal haiku's.
Blauwe dag, zilverwolk. Koninklijk vervoermiddel. En blauwe zak vol poep.
De dokter was echt in vorm en zijn jolige bui leverde hem twee straten van zijn kantoorgebouw nog een geinig gedichtje op.
Zilverwolk, zwart wegdek. Blinde steekt over, stok tikt. Meelij of plezier?
Hij koos voor meelij en liet de blinde man ongehinderd oversteken. Bovendien zat er geen enkel krasje op de Silver Cloud en de dokter huiverde bij het idee dat de schitterende automobiel zelfs maar lichte schade zou oplopen.

Terwijl ze met grote snelheid in een steile hoek op Californië af doken, had Dusty het vermoeden dat Martie en hij nog een lange weg omlaag voor de boeg hadden, zelfs nadat het landingsgestel van het vliegtuig veilig op het asfalt was beland. Verscholen achter deze zonnige dag wachtten duistere, nog onbekende diepten.
Zonder pistool maar gewapend met kennis, was hij er vast van overtuigd dat ze geen andere keus hadden dan Ahriman het hoofd te bieden. Hij had geen enkele illusie dat de psychiater zou bekennen of zelfs maar zou verklaren wat hem bewoog. Het enige waar ze op konden hopen, was dat Mark Ahriman onbewust iets zou onthullen waar zij hun voordeel mee konden doen of waardoor ze in ieder geval iets meer te weten zouden komen over hem en over het instituut in New Mexico.
'Daar komt nog bij dat ik niet geloof dat Ahriman ooit veel tegen-

werking heeft ondervonden. Zijn leven is zonder slag of stoot verlopen. Te oordelen naar wat ik van dat stomme boek van hem heb gelezen, is hij van top tot teen de klassieke narcist waarvoor dokter Closterman hem uitmaakte.'

'En verdomd verwaand op de koop toe,' voegde Martie eraan toe, want Dusty had haar een paar passages uit *Hoe leer ik van mezelf te houden* voorgelezen.

'Hij heeft macht, hij heeft connecties, hij is intelligent, maar als het erop aankomt, zou hij weleens een slappeling kunnen zijn. Als we hem zenuwachtig kunnen maken, hem kunnen intimideren, hem voor de voeten kunnen lopen en hem uit zijn evenwicht kunnen brengen, zal hij waarschijnlijk niet echt instorten, maar hij zou iets stoms kunnen doen, iets prijsgeven dat hij voor zich had moeten houden. En op dit moment moeten we elk voordeeltje benutten dat ons geboden wordt.'

Nadat ze de Saturn hadden opgeduikeld uit de parkeergarage van het vliegveld, reden ze naar Fashion Island in Newport Beach, naar de torenflat waar Ahriman zijn praktijk had. 'De Toren van Cirith-Ungol' noemde Martie het gebouw, naar een plaats vol onheil in *In de Ban van de Ring*.

In de lift naar de veertiende verdieping kreeg Dusty het gevoel dat zijn maag hem in de keel schoot, alsof ze omlaaggingen in plaats van omhoog. Hij besloot bijna om niet uit de lift te stappen, om gewoon te blijven staan en weer naar beneden te gaan. Maar toen... een idee.

De dokter had net de tijd genomen om van een reep te genieten toen zijn computer – die altijd aanstond – een zacht *ping* liet horen en het beeld van de beveiligingscamera in de receptie op het scherm projecteerde, wat altijd gebeurde als er iemand vanuit de gang buiten het kantoor naar binnen kwam. Als hij op de computer had zitten werken, zou het shot in een klein kadertje op het scherm zijn verschenen en dan zou hij Martie en Dusty Rhodes niet zo duidelijk hebben kunnen onderscheiden.

Hij keek op zijn Rolex en zag dat ze maar zes minuten te laat waren voor hun afspraak.

Kennelijk was er in New Mexico iets behoorlijk misgelopen.

Onder aan het scherm waren een aantal iconen van het beveiligingsprogramma verschenen. De dokter klikte met behulp van zijn muis op de afbeelding van een pistool.

Een bijzonder verfijnde metaaldetector gaf aan dat beide personen kleine hoeveelheden metaal op hun lichaam droegen – munten, sleu-

tels en dat soort dingen – maar niet zoveel dat het op een vuurwapen kon duiden.
Door naar een ander icoontje: een miniatuurskelet. *Klik.*
Terwijl het stel bij de balie van de receptie met Jennifer stond te praten, stonden ze precies op één lijn met röntgenbuizen die verstopt zaten tussen de ventilatiekleppen van een afzuigrooster in de muur links van hen. Fluorescopische beelden werden doorgeseind naar Ahrimans scherm.
Ze hadden fraaie skeletten, die twee. Stevige botten, goed gedefinieerde gewrichten en een uitstekende houding. Als ze de gave hadden om hun lichamelijke voordelen op elkaar aan te passen, zouden ze prima ballroomdansers zijn.
De röntgenbeelden toonden nog meer voorwerpen die rond de mooi uitgebalanceerde botten zweefden, alsof ze zich in een ruimte zonder zwaartekracht bevonden. Munten, sleutels, knopen, metalen ritssluitingen, maar geen messen in arm- of beenschedes, niets dodelijks. Een wirwar van kleine spulletjes in Marties handtas kon niet zo gemakkelijk geïdentificeerd worden. Er zou een dichtgeklapt stiletto tussen kunnen zitten. Dat was met geen mogelijkheid te zien.
Het derde icoontje was een tekening van een neus. Terwijl de dokter het laatste hapje van zijn reep in de mond stopte, klikte hij daarop.
Daardoor werd een apparaat geactiveerd waarmee luchtmonsters uit de receptieruimte geanalyseerd en onderzocht konden worden. Dit apparaat, dat was geprogrammeerd om het chemische profiel van tweeëndertig verschillende explosieve stoffen te herkennen, was gevoelig genoeg om hoeveelheden van slechts drie bekende moleculen per kubieke centimeter lucht op te pikken. Negatief. Zijn bezoekers hadden geen van beiden een bom bij zich.
Hij had ook niet echt verwacht dat Dusty of Martie over voldoende kennis van explosieven zou beschikken, of dat ze gehaaid genoeg waren om op bezoek te komen met een bom onder hun kleren verstopt. Dit buitengewoon geavanceerde veiligheidssysteem was geïnstalleerd omdat de dokter van tijd tot tijd te maken kreeg met patiënten die heel wat minder evenwichtig waren dan dit stel.
Sommige mensen zouden bij het zien van deze uitgebreide voorzorgsmaatregelen misschien zeggen dat het aanwijzingen van paranoia waren. Voor de dokter was het gewoon een kwestie van aandacht schenken aan de kleinste details.
Zijn pa had hem vaak op het belang van beveiliging gewezen. De productiekantoren van de grote regisseur waren uitgerust geweest met een – voor die tijd – uiterst geavanceerd veiligheidssysteem om

hem te beschermen tegen afgedankte sterretjes, wispelturige acteurs die woest waren over de manier waarop hij met hun acteerprestaties was omgesprongen en een incidentele recensent die erachter was gekomen wie het geld had gefourneerd om de benen van zijn moeder te laten breken.

Nu hij ervan overtuigd was dat Dusty noch Martie hem iets kon aandoen voor hij hen geactiveerd zou hebben, drukte Ahriman op de knop van de intercom en zei tegen Jennifer dat hij klaar was voor zijn afspraak. Zonder van zijn bureau op te staan opende hij het elektronische slot op de deur naar de receptieruimte en liet hem met behulp van de elektrisch aangedreven scharnieren langzaam naar binnen opendraaien.

De dokter klikte op een icoon met een koptelefoontje.

Martie en Dusty kwamen binnen, ogenschijnlijk boos maar ingetogener dan hij had verwacht. Toen hij een gebaar maakte naar de twee kleinere stoelen die tegenover zijn bureau stonden, gingen ze gehoorzaam zitten.

Achter hen ging de deur dicht.

'Dokter,' zei Martie, 'we weten niet wat er voor de donder aan de hand is, maar we weten dat het iets smerigs is, dat het stinkt, dat het voor geen meter klopt en we willen antwoord hebben.'

Ahriman had naar zijn computerscherm zitten kijken terwijl ze aan het woord was. Te oordelen naar de afwezigheid van het zwakke elektronische veld dat duidde op een *voice-activated* zendertje, droeg ze geen afluisterapparatuur bij zich.

'Een moment alsjeblieft,' zei hij terwijl hij op een icoontje met een microfoon klikte.

'Hoor eens,' zei Dusty nijdig, 'we zijn niet van plan om hier rustig te blijven zitten terwijl u...'

'Ssst,' gebood de dokter met zijn vinger tegen zijn lippen. 'Een moment stilte, alsjeblieft, volmaakte stilte. Volmaakt.'

Ze keken elkaar aan terwijl Ahriman de gegevens op het scherm bestudeerde.

De dokter zei: 'Martie, deze kamer is uitgerust met uiterst gevoelige microfoons die het regelmatige, karakteristieke geluidspatroon opvangen van de ritmisch ronddraaiende spoelen in een cassetterecorder. Ik zie dat je handtas open is en dat je die een beetje schuin op mij gericht houdt. Heb je een dergelijk apparaat in je tas?'

Duidelijk aangeslagen haalde ze de recorder te voorschijn.

'Zet die op het bureau, alsjeblieft.'

Ze boog zich voorover in haar stoel en deed afstand van de recorder.

Ahriman schakelde het apparaat uit en haalde er de minicassette uit.
'Goed, u hebt dat bandje,' zei Martie boos. 'Prima, mij best. Maar we hebben er nog een die een stuk beter is, vuile smeerlap. We hebben een band van Susan Jagger...'
'Raymond Shaw,' zei de dokter.
'Ik luister,' antwoordde Martie en verstijfde licht in haar stoel op het moment dat ze geactiveerd werd.
Meteen nadat Dusty zich fronsend had omgedraaid naar zijn vrouw, zei Ahriman: 'Viola Narvilly.'
'Ik luister,' antwoordde Dusty en nam dezelfde houding aan als zijn vrouw.
Om het stel tegelijkertijd te activeren was moeilijk, maar het was wel te doen. Als er meer dan zes seconden verliepen tussen het uitwisselen van de zinnen in de haiku's die hen toegankelijk maakten, zouden ze weer bij hun volle bewustzijn komen. Daarom moest hij van de een naar de ander overschakelen, als een jongleur met twee stokken waarop bordjes ronddraaiden.
Hij zei tegen Martie: 'Aangeblazen uit het westen...'
'U bent het westen en de westenwind.'
En tegen Dusty: 'De bliksem glanst op...'
'U bent de bliksem.'
Vervolgens tegen Martie: '... verzamelt het gevallen blad...'
'De bladeren zijn uw instructies.'
En weer naar Dusty: '... een kreet van een nachtreiger...'
'De kreten zijn uw instructies.'
Ahriman rondde het verhaal met Martie af: '... zich in het oosten.'
'Ik ben het oosten.'
En ten slotte met Dusty: '... vliegt door het duister.'
'Ik ben het duister.'
Martie zat met haar hoofd iets naar voren, haar ogen gericht op haar handen, die de tas omklemden.
Mooi gebogen hoofd. Beveelt de meester zelfmoord... volgt ze zijn opdracht.
Toegegeven, het was geen eersteklas haiku, maar de inhoud beviel de dokter prima.
Dusty zat nog steeds naar zijn vrouw gekeerd en leek volkomen op haar geconcentreerd, het hoofd een tikje schuin, alsof hij verbaasd was.
Natuurlijk was ze niet echt geïnteresseerd in haar handtas en haar man was zich ook niet werkelijk van haar bewust, want ze wachtten allebei maar op één ding: instructies.
Perfect.

Verbaasd en verheugd leunde Ahriman achterover in zijn stoel en verwonderde zich over de ommekeer waardoor het geluk hem plotseling weer toelachte. Het spel dat hij vanochtend nog had moeten herzien, kon nu vrijwel in de oorspronkelijke vorm die hij had bedacht uitgespeeld worden. Al zijn problemen waren opgelost.
Nou ja, met uitzondering van de Keanuhaatster. Maar nu het universum bereid scheen om zich geheel naar de wensen van de dokter te schikken, verwachtte hij dat de kwestie van die walgelijk welgestelde warhoofdige waanzintrut ook wel in zijn voordeel afgehandeld zou zijn voor de dag voorbij was.
Hij was wel nieuwsgierig hoe dit onwaarschijnlijke stel, de huisschilder en de ontwerpster van videospelletjes, New Mexico overleefd hadden. Maar het bleef niet bij die ene vraag, hij kon er wel vijfhonderd stellen. Hij had hen de hele dag kunnen uithoren om erachter te komen hoe ze erin waren geslaagd om zoveel over hem te weten te komen, ook al hadden ze dan toevallig een paar troefkaarten in handen gekregen.
Maar hoe belangrijk het ook was om aandacht aan details te besteden, men mocht de hoofdzaak niet uit het oog verliezen. En de hoofdzaak in dit geval was de succesvolle afronding van het belangrijkste spel uit de hele carrière van de dokter. Hoewel het oorspronkelijk zijn bedoeling was geweest om nog een tijdje met Martie te spelen voor hij haar en Dusty in Malibu zou gebruiken, was hij nu niet langer bereid om nog maanden, weken, of zelfs maar een uur langer te wachten op zijn ultieme genoegdoening.
Ze mochten dan nog zo slim zijn geweest, uiteindelijk waren Martie en Dusty niets anders dan plebs, twee doodgewone mensjes die wanhopig hun best deden om een trapje hoger op de sociale ladder te komen, want dat was wat al het plebs wilde, ook al zou het dan nooit toegeven, twee serieuze scharrelaars met dromen die hun vermogen om ze te vervullen ver te boven gingen. Ongetwijfeld zouden bepaalde details van hun pathetische speurtocht uiterst amusant zijn, maar uiteindelijk zouden hun escapades van weinig meer intelligentie getuigen dan het doen en laten van detective Skeet en zijn naamloze makker. Wie ze waren, maakte niet uit. Het enige dat telde, was hoe ze gestuurd konden worden.
Voordat de Keanuhaatster opbelde of de zaak in de war stuurde door ineens op te komen dagen, moest Ahriman Dusty en Martie instrueren, opladen en op pad sturen voor het bloedbad dat de laatste inning van dit spel zou vormen.
'Martie en Dusty, ik richt me nu tot jullie allebei. Om tijd te sparen zal ik jullie tegelijkertijd instructies geven. Is dat begrepen?'

'Is dat begrepen?' vroeg Martie, op hetzelfde moment dat Dusty zei: 'Is dat zo?'
'Vertel me of jullie wel of niet hebben begrepen wat ik zojuist heb gezegd.'
'Ik begrijp het,' zeiden ze als uit één mond.
Terwijl hij zich vooroverboog in zijn stoel, genietend van het moment, ronduit rillend van genot, zelfs zonder een spoortje spijt dat hij de kans niet zou krijgen om Martie een paar keer te pakken, zei de dokter: 'Later vandaag stappen jullie in de auto om naar Malibu te rijden...'
'Malibu...' mompelde Martie.
'Ja, dat klopt. Malibu. Jullie kennen het adres. Jullie gaan samen op bezoek bij de moeder van Dusty, Claudette, en haar echtgenoot... dat inhalige, hebberige, zichzelf verheerlijkende stuk ongeluk, dokter Derek Lampton.'
'Ik begrijp het,' zei Dusty.
'Daar twijfel ik geen moment aan,' zei Ahriman geamuseerd, 'aangezien jij onder één dak hebt moeten wonen met die stinkende kleine schijtluis. Goed, als na aankomst in Malibu blijkt dat Claudette of Droplul Derek om de een of andere reden de deur uit is, moeten jullie wachten tot ze allebei thuis zijn.'
De dokter besefte best dat hij zich overgaf aan een puberale scheldpartij door Lampton zo belachelijk te maken. Maar, o, wat knapte hij daarvan op.
Met stijgende opwinding zei hij: 'In feite moeten jullie zelfs wachten tot hun zoon ook thuis is, je venijnige halfbroertje Derek junior – dat tussen twee haakjes al net zo'n etterbuil op de kont van de mensheid is als zijn ouweheer. Jan Lul junior zal trouwens bij jullie aankomst wel in huis zijn, want hij krijgt onderwijs thuis, zoals je weet. Je schurftige stiefvader heeft zijn eigen theorieën over opvoeding. Ze zijn het nog niet waard om je kont mee af te vegen, maar ik vermoed dat hij ze jou ook wel in de strot heeft geduwd, net als Skeet. Maar goed, ze moeten dus allemaal aanwezig zijn voor jullie in actie komen. Jullie zullen ze allemaal buiten gevecht stellen, maar je vermoordt ze niet meteen. Jullie verminken en hakken ze in stukken in de volgende volgorde: eerst Claudette, dan Junior en vervolgens Derek drek-tussen-de-oren Lampton zelf. Hij moet als laatste aan de beurt komen, zodat hij precies kan zien wat jullie met Claudette en Junior doen. Afgelopen woensdag, Martie, heb ik je een foto laten zien van een meisje met een aan stukken gehakt lichaam dat door haar moordenaar op een bijzonder knappe manier opnieuw in elkaar was gezet en ik heb je verzocht om dat tafereeltje heel goed

in je op te nemen. Zodra jullie haar in stukken hebben gesneden, gaan jij en Dusty Claudette op dezelfde manier weer in elkaar zetten, met slechts één verschil, met betrekking tot haar ogen...'

Hij stopte en besefte dat hij in zijn opwinding op de zaken vooruitliep. Hij hield even op om diep adem te halen en een flinke slok cassis te nemen.

'Neem me niet kwalijk. Het spijt me. Ik loop te hard van stapel. Voordat jullie naar Malibu gaan, stoppen jullie bij een pakhuis met privéopslagruimtes in Anaheim om een zak vol chirurgische instrumenten op te halen. Plus een autopsiezaag met reservezaagbladen – waaronder een paar uitmuntende schedelzagen waarmee élke schedel geopend kan worden, zelfs zo'n dikke als die van Derek. Ik heb er ook een paar Glock-machinepistolen en reservemagazijnen...'

Met betrekking tot haar ogen.

Die vijf woorden uit zijn instructies schoten de dokter weer door het hoofd en het duurde even voor hij begreep waarom.

Met betrekking tot haar ogen.

Hij stond abrupt op uit zijn stoel en duwde hem achteruit, zodat hij hem niet in de weg stond. 'Martie, kijk me aan.'

Na een aarzeling hief de vrouw haar gebogen hoofd en haar neergeslagen ogen op.

Terwijl hij zich met een ruk omdraaide naar haar man, zei Ahriman: 'Dusty, waarom heb je de hele tijd naar Martie zitten kijken?'

'Waarom heb ik naar Martie zitten kijken?' antwoordde Dusty, die volkomen correct een vraag met een vraag beantwoordde, zoals hij in zijn zwaargeprogrammeerde staat behoorde te doen.

'Dusty, kijk me aan. Kijk me recht aan.'

Dusty verplaatste zijn blik van zijn vrouw naar Ahriman.

Martie zat weer naar haar handen te kijken.

'Martie!' beval de dokter.

Gehoorzaam keek ze hem weer in de ogen.

Ahriman staarde Martie aan, bekeek haar ogen en wendde zich toen tot Dusty, van de een naar de ander kijkend, van de een naar de ander, van de een naar de ander, tot hij heel wat onvaster dan hem zinde, zei: 'Geen REM. Geen schommeling.'

'Geen gelul meer,' zei Dusty terwijl hij opstond.

Hun houding veranderde. Weg waren de glazige uitdrukkingen. Weg, de gehoorzame indruk.

REM kon niet op een overtuigende manier worden nagedaan, dus ze hadden het niet eens geprobeerd.

Terwijl ze uit haar stoel opsprong, zei Martie: 'Wat ben jij? Wat ben jij voor een walgelijk, zielig *ding*?'

De toon van haar stem beviel de dokter niet, helemaal niet zelfs. De walging. De laatdunkendheid. Niemand sprak op zo'n manier tegen hem. Een dergelijk minachting was onacceptabel.
Hij probeerde haar weer in bedwang te krijgen: 'Raymond Shaw.'
'Je kunt me de kont kussen,' zei ze.
Dusty begon om het bureau heen te lopen.
Omdat hij instinctief voelde dat er weleens geweld gebruikt zou kunnen worden, trok de dokter de .380 Beretta uit zijn schouderholster. Bij de aanblik van het pistool bleven ze staan.
'Jullie kunnen niet gedeprogrammeerd zijn,' zei Ahriman met klem. 'Dat kán gewoon niet.'
'Waarom niet?' vroeg Martie. 'Omdat het nog nooit eerder is gebeurd?'
'Wat heb jij tegen Derek Lampton?' wilde Dusty op hoge toon weten.
Mensen spraken niet op hoge toon tegen de dokter. Nou ja, op z'n hoogst één keer. Hij wilde die stomme, stompzinnige, goedkoop geklede, onbeduidende, nietige *huisschilder* een kogel tussen zijn ogen jagen, zijn gezicht aan flarden knallen, zijn hersens uit zijn kop schieten.
Maar natuurlijk zou een schietpartij hier vervelende gevolgen hebben. De politie met hun eindeloze vragen. Verslaggevers. Vlekken die misschien nooit meer uit het Perzische tapijt zouden gaan.
Heel even verdacht hij het instituut van verraad: 'Wie heeft jullie gedeprogrammeerd?'
'Martie heeft het voor mij gedaan,' beweerde Dusty.
'En Dusty heeft mij bevrijd.'
Ahriman schudde zijn hoofd. 'Jullie liegen. Dat is gewoon onmogelijk. Jullie liegen allebei.'
De dokter hoorde een ondertoon van paniek in zijn stem en schaamde zich. Hij hield zichzelf voor dat hij Mark Ahriman was, de enige zoon van de grote regisseur, op zijn eigen terrein nog veel groter dan pa in Hollywood was geweest, een marionettenspeler, geen marionet.
'We weten een heleboel van je,' zei Martie.
'En we zullen nog veel meer te weten komen,' verzekerde Dusty. 'Elk smerig klein detail.'
Detail. Weer dat woord. Dat gisteravond een voorteken had geleken en geen gunstig voorteken.
Omdat hij ervan overtuigd was dat ze geactiveerd en toegankelijk waren geweest, had hij hun veel te veel verteld. Nu waren zij in het voordeel en de kans bestond dat ze uiteindelijk een manier zouden

vinden om dat effectief uit te buiten. De tegenpartij stond op winst.
'We komen er heus wel achter wat jij tegen Derek Lampton hebt,' bezwoer Dusty. 'En als we het motief achterhaald hebben, zal dat opnieuw een nagel aan je doodskist zijn.'
'Alsjeblieft,' zei de dokter, terwijl hij net deed alsof hij in elkaar kromp. 'Kwel me niet met clichés. Als je een poging wilt doen om me te intimideren, wees dan zo vriendelijk om voorlopig op te stappen, te zorgen dat je een fatsoenlijke opleiding krijgt en een betere woordenschat en kom dan terug om me met een wat oorspronkelijker beeldspraak te confronteren.'
Dat was beter. Hij was heel even uit zijn rol gevallen. Het was dan ook een veeleisende rol, complex, intellectueel en bijzonder genuanceerd. Onder alle acteurs die Oscars hadden gewonnen met hun acteerprestaties in de tranentrekkers van pa was er niet één die zich zo volkomen en met zoveel succes in deze rol had kunnen inleven als de dokter. Dat hij zich even had vergeten, was begrijpelijk, maar inmiddels was hij weer de heerser over het geheugen.
En als antwoord op hun meelijwekkende poging tot intimidatie toonde hij hun nu hoe dat werkelijk moest: 'Terwijl jullie aan die kruistocht beginnen om mij voor de rechter te brengen, zal het wellicht noodzakelijk zijn om een tijdje bij die beste, brave mam in te trekken. Dat leuke huisje van jullie is woensdagnacht tot de grond toe afgebrand.'
De arme, domme kinderen waren heel even verbijsterd omdat ze niet zeker wisten of wat hij had gezegd de waarheid was of een leugen, en als het een leugen was, dan begrepen ze totaal niet waar die toe diende.
'Jullie schitterende collectie tweedehands meubeltjes... allemaal weg, vrees ik. En die belastende bandopname waar jullie het eerder over hadden, die boodschap van Susan... ook weg. Dat is de tragedie van brand. De verzekering kan nooit voor vervanging van dingen met een emotionele waarde zorgen, nietwaar?'
Nu geloofden ze het. De verbijsterde uitdrukking van ontheemden, van daklozen.
Terwijl ze in emotioneel opzicht stonden te wankelen, deelde de dokter opnieuw een harde klap uit. 'Die idioot met de uilenbril bij wie jullie Skeet hebben achtergelaten. Hoe heet hij?'
Ze keken elkaar even aan en toen zei Dusty: 'Fig.'
De dokter fronste. 'Fig. Bedoel je Vijg?'
'Foster Newton.'
'Aha. Ik begrijp het. Nou, de Vijg is dood. Vier kogels in de maag en de borst.'

Geschrokken zei Dusty: 'Waar is Skeet?'
'Ook dood. Eveneens vier kogels in de maag en de borst. Skeet en de Vijg. Het was een leuke aanbieding: twee-voor-de-prijs-van-een.'
Toen Dusty opnieuw aanstalten maakte om naar de andere kant van het bureau te lopen, richtte Ahriman de Beretta recht op zijn gezicht en Martie greep haar man bij de arm en hield hem tegen.
'Helaas,' zei de dokter, 'was ik niet in staat om jullie hond te doden. Dat zou een mooi dramatisch trekje zijn geweest, dat op dit moment tot zo'n aardige onthulling had kunnen leiden. Zo heerlijk sentimenteel. Maar het leven is helaas niet zo ordentelijk gestructureerd als een film.'
De dokter was weer helemaal terug. Als hij een luchtsprong had kunnen maken en zichzelf een high five had kunnen geven, zou hij dat hebben gedaan.
Grote emoties welden op in het plebs, want zoals al hun soortgenoten werden ze veel minder door intellect gedreven dan door pure gemoedsaandoeningen, maar de Beretta dwong hen om zich te beheersen en met de seconde zagen ze zich meer genoodzaakt om de harde werkelijkheid onder ogen te zien dat het pistool niet het enige wapen was waarover de dokter beschikte. Als hij bereid was om te bekennen dat hij Skeet en de Vijg had vermoord, zelfs hier in de volslagen privacy van zijn sanctum sanctorum, moest hij er wel van overtuigd zijn dat hij onaantastbaar was. Tegen hun zin en vol bitterheid kwamen ze tot de conclusie dat, hoezeer ze ook hun best deden om hem te verslaan, hij hen toch wel af zou schieten met zijn superieure speltechniek, met zijn superieure intelligentie, met zijn minachting voor alle regels die hij niet zelf had opgesteld en met zijn uitzonderlijke gave voor bedrog – waardoor in feite het pistool zijn mínste wapen was.
Nadat hij hun even de tijd had gegund om deze waarheid door hun treurig poreuze hersens te laten sijpelen maakte de dokter een eind aan de vertoning. 'Ik denk dat jullie nu maar beter kunnen gaan. En ik zal jullie nog één raad geven om dit spel wat eerlijker te maken.'
'Spel?' zei Martie.
De minachting en afkeer in haar stem deden Ahriman niets meer.
'Wat willen jullie eigenlijk?' vroeg Dusty met een stem die samengeknepen was van emotie. 'Dat instituut... Waarom?'
'O,' zei de dokter, 'jullie begrijpen toch zeker wel dat het heel nuttig is om van tijd tot tijd iemand uit de weg te ruimen die een belangrijke politieke ontwikkeling tegenhoudt. Of om iemand in de macht te hebben die juist kan zorgen dat zoiets wel doorgang vindt. En af en toe... een bomaanslag door een of andere rechtse fanaat, of

de week daarna door een linkse fanaat, of een dramatische massamoord door een enkele schutter, of een spectaculair treinongeluk, of een desastreuze olieramp... Die dingen komen breeduit in de media waardoor de aandacht van de natie op een bepaalde kwestie wordt gericht en dat kan weer resulteren in wetgeving die voor een meer stabiele maatschappij zorgt, waardoor we ons kunnen behoeden voor de radicale uitersten van het politieke spectrum.'

'Moeten mensen zoals jíj ons beschermen voor extremisten?'

Hij negeerde haar honende opmerking en zei: 'Wat dat advies betreft, waarover ik het eerder had... Van nu af aan zou ik niet meer tegelijk gaan slapen. Ik zou bij elkaar blijven. Elkaar rugdekking geven. En vergeet niet dat iedereen die jullie op straat tegenkomen, iedere persoon in een menigte, een van mijn mensen zou kunnen zijn.'

Hij kon zien dat ze helemaal geen zin hadden om weg te gaan. Hun harten bonsden, in hun hersens heerste een chaos van woede, verdriet en shock en ze wilden nu meteen een beslissing forceren, op dit moment, zoals dat bij hun soort altijd het geval was, omdat ze geen notie hadden van strategie op lange termijn. Ze waren niet in staat om hun wanhopige behoefte aan een onmiddellijke emotionele catharsis te relateren aan het kille feit van hun machteloze positie.

'Ga,' zei Ahriman en gebaarde met de Beretta naar de deur.

Ze gingen, want ze hadden geen andere keus.

Via het beeld van de beveiligingscamera op het computerscherm keek de dokter toe hoe ze de receptieruimte door liepen en vertrokken via de deur naar de gang.

Hij legde de Beretta op het bureau in plaats van hem terug te stoppen in de schouderholster en met het pistool binnen handbereik ging hij zitten om na te denken over deze laatste ontwikkeling.

De dokter moest eigenlijk veel meer weten over de manier waarop dit stel boerenkinkels had ontdekt dat ze geprogrammeerd waren en hoe ze zichzelf hadden gedeprogrammeerd. Hun verbijsterende zelfbevrijding scheen niet zozeer een prestatie als wel een regelrecht wonder.

Jammer genoeg leek de kans klein dat hij er meer over te weten zou komen, tenzij hij hen weer kon verdoven, een nieuwe kapel in hun geest kon aanbrengen en het programma opnieuw zou kunnen laden, wat inhield dat hij hen nogmaals het vervelende procédé van drie sessies moest laten ondergaan zoals hij eerder met hen allebei had gedaan. Maar ze waren te zeer op hun hoede nu ze zich bewust waren van de dunne scheidslijn tussen werkelijkheid en fantasie in de moderne wereld, dus die kans zouden ze hem niet meer geven, hoe slim hij het ook aanpakte.

Hij zou met dit mysterie moeten leren leven.
Voorkomen dat ze nog meer schade aanrichtten, was belangrijker dan uit te vinden hoe ze zichzelf hadden weten te redden.
Hij had trouwens toch weinig respect voor de waarheid. De waarheid was iets klefs, een vormeloos ding dat onder je ogen in iets anders kon veranderen. Ahriman had zijn leven lang de waarheid naar zijn hand gezet, even gemakkelijk als een pottenbakker een brok klei tot elk gewenst model vaas kneedt.
Macht stak de waarheid te allen tijde de loef af. Met de waarheid kon hij deze mensen niet doden, maar macht die op de juiste manier werd aangewend, kon hen verpletteren en hen voor eeuwig van het bord vagen.
Hij haalde de blauwe zak uit zijn aktetas. Hij zette hem midden op zijn bureau en bleef er een minuut of twee naar staren.
Het spel kon in de komende paar uur toch uitgespeeld worden. Hij wist waar Martie en Dusty nu spoorslags naartoe zouden gaan. Alle belangrijke personen zouden zich op een en dezelfde plek bevinden en dus kwetsbaar zijn voor zo'n slimme strateeg als de dokter.
We komen er heus wel achter wat jij tegen Derek Lampton hebt. En als we het motief achterhaald hebben, zal dat opnieuw een nagel aan je doodskist zijn.
Wat waren ze toch hopeloos naïef. Na alles wat ze doorgemaakt hadden, geloofden ze nog steeds in een wereld die even geordend was als die in een willekeurige misdaadroman. Aanwijzingen, bewijzen en de waarheid zouden hen in dit geval geen stap verder helpen. Bij dit spel draaide het om meer fundamentele krachten.
De dokter hoopte dat de Keanuhaatster niet zou bellen tijdens zijn korte afwezigheid, stopte de Beretta in de holster, nam de lift naar de begane grond, liep het gebouw uit, stak Newport Center Drive over naar een van de restaurants in het naburige winkel- en vermaakscentrum en belde in een telefooncel hetzelfde nummer dat hij woensdagavond had gedraaid toen hij iemand nodig had om brand te stichten.
Het nummer was in gesprek. Hij moest het vier keer proberen voor het eindelijk overging.
'Ed Mavole,' zei de dokter.
'Ik luister.'
Nadat hij de regels van de haiku die hem toegang zou verschaffen had doorgenomen, zei de dokter: 'Vertel me of je alleen bent.'
'Ik ben alleen.'
'Ga het huis uit. Neem genoeg los geld mee. Ga meteen naar een telefooncel waar je een zekere mate van privacy hebt. Over een kwar-

tier moet je dit nummer bellen.' De dokter gaf het nummer door van de directe lijn naar zijn spreekkamer die niet via Jennifer liep. 'Vertel me of je dat wel of niet hebt begrepen.'
'Ik begrijp het.'
Ahriman vertelde zijn slachtoffer dat hij na tien tellen weer vanuit de kapel in zijn geest tot zijn volle bewustzijn moest komen, zei toen: 'Het spijt me, ik heb een verkeerd nummer gedraaid', en verbrak de verbinding.
Nadat hij rechtstreeks terug was gegaan naar zijn suite op de veertiende verdieping, liep de dokter omzichtig de receptieruimte binnen, voor het geval de Keanuhaatster hem daar op stond te wachten met in elke hand een schoen met een naaldhak.
Jennifer keek op van haar bureau achter de ruit van de receptiebalie en woof vrolijk.
Hij zwaaide terug, maar haastte zich naar zijn spreekkamer voor ze een enthousiast verhaal zou gaan ophangen over hoe goed het voor de gezondheid was om dagelijks een bord pap van dennenbast te eten.
Toen hij weer achter zijn bureau zat, haalde hij de Beretta uit zijn holster en legde het pistool weer binnen handbereik.
Hij viste een nieuw flesje cassis uit de koelkast in de spreekkamer en spoelde daar een nieuwe reep mee weg. Hij had behoefte aan een dosis suiker.
Hij draaide weer op volle toeren. Hij had een paar angstige momenten doorgemaakt, maar de crisis had hem slechts sterker gemaakt. Als eeuwige optimist was hij ervan overtuigd dat een spectaculaire zege nog maar een paar uur op zich zou laten wachten en hij was opgewonden.
Er waren weleens mensen die aan de dokter vroegen hoe hij er toch in slaagde om er zo jong uit te blijven zien, zijn jeugdige figuur te behouden en dag in dag uit zoveel werk te verzetten, terwijl hij toch een druk leven had. Zijn antwoord was altijd hetzelfde: wat hem jong hield, was zijn vermogen om *plezier* te hebben.
Toen de telefoon ging, was het noodzakelijk om het slachtoffer meteen te activeren en zich opnieuw toegang te verwerven: 'Ed Mavole.'
'Ik luister.'
Na de haiku zei dr. Ahriman: 'Je gaat rechtstreeks naar een pakhuis met privéopslagruimtes in Anaheim.' Hij gaf het adres van het pand door, het nummer van de ruimte die hij onder een valse naam had gehuurd en de code van het slot op de deur. 'In de opslagruimte zul je onder andere twee Glock 18-machinepistolen aantreffen en een

aantal reservemagazijnen met drieëndertig kogels. Neem een van de pistolen mee en... vier magazijnen moeten voldoende zijn.'

Nu er vijf mensen in het huis in Malibu in bedwang gehouden moesten worden en met slechts één persoon in plaats van twee om dat voor elkaar te krijgen, was het helaas niet mogelijk om de woning zonder al te veel lawaai in zijn macht te krijgen zodat vervolgens alle slachtoffers aan stukken konden worden gehakt en in ironische tafereeltjes worden herschikt, zoals het oorspronkelijke spelplan voorschreef. Er zou zoveel bij geschoten moeten worden dat de politie al snel ter plaatse zou zijn en het werk zou verstoren: smerissen stonden erom bekend dat ze weinig begrip hadden voor zowel plezier als ironie.

Maar misschien zou er nog wel genoeg tijd zijn om Derek Lampton senior tot een voorwerp van spot te maken, zoals hij verdiende.

'Naast het pistool en de vier magazijnen neem je verder alleen een autopsiezaag en een schedelblad mee. Nee, neem maar twee bladen mee, voor het geval er een knapt.'

Aandacht voor details.

Hij beschreef beide voorwerpen om er zeker van te zijn dat er geen fouten werden gemaakt en legde daarna uit waar het huis van Derek Lampton in Malibu zich precies bevond.

'Je vermoordt iedereen die je in het huis aantreft.' Hij noemde de mensen op van wie hij verwachtte dat ze aanwezig zouden zijn. 'Maar als er ook nog anderen zijn – buren, een meteropnemer, het doet er niet toe wie – vermoord je die eveneens. Verschaf je met geweld toegang, loop snel van kamer naar kamer, ga ze achterna als ze op de vlucht slaan en verspil geen tijd. Voordat de politie komt opdagen, licht je vervolgens met behulp van de autopsiezaag de schedel van dokter Derek Lampton.' Hij beschreef de techniek waarmee dit het best kon gebeuren. 'Vertel me nu of je dit wel of niet hebt begrepen.'

'Ik begrijp het.'

'Je verwijdert de hersenen en legt die aan de kant. Herhaal dat, alsjeblieft.'

'Verwijder de hersens en leg ze aan de kant.'

De dokter wierp een treurige blik op de blauwe zak op zijn bureau. Het was onmogelijk, in verband met de tijdsfactor en mogelijke getuigen, om een ontmoeting te arrangeren met deze geprogrammeerde moordenaar en hem Valets nuttige product te overhandigen. 'Er is iets dat je in de lege schedel moet achterlaten. Als de Lamptons een hond hebben, vind je wellicht wat je nodig hebt, maar als dat niet zo is, zul je er zelf voor moeten zorgen.' Hij gaf zijn laatste instructies door, waaronder een opdracht tot zelfmoord.

'Ik begrijp het.'
'Ik heb je bijzonder belangrijk werk toevertrouwd en ik ben ervan overtuigd dat je dat onberispelijk zult uitvoeren.'
'Dank u wel.'
'Graag gedaan.'
Toen hij de telefoon had neergelegd, wenste Ahriman dat hij de kans had gehad om al die etterbuilen van het gezin Lampton zelf te programmeren – de onverdraaglijke Derek, zijn sloerie van een vrouw en hun imbeciele zoon – en hén als marionetten te gebruiken. Helaas wisten ze maar al te goed wie hij was en zouden vast argwaan tegen hem koesteren; hij had in feite geen schijn van kans om zo dicht bij hen in de buurt te komen dat hij hun de vereiste verdovende middelen kon toedienen en de drie lange programmeringssessies kon uitvoeren.
Desondanks bruiste hij van opwinding. De triomf lag voor het grijpen.
Zwarte kersendrank. Moordgekte in Malibu. Ik bemin mezelf.
Volmaakt. De dokter bracht een dronk uit op zijn poëtische genie.

73

Op Cape Cod of op Martha's Vineyard zou dit huis eruit hebben gezien als een elementair onderdeel van de Amerikaanse Droom, zo'n plaats waar je op een koele Thanksgiving-ochtend naartoe gaat door de rivier over te steken en een bos door te lopen, een plaats waar zelfs volwassenen op een besneeuwde kerstochtend in het kerstmannetje geloven, het ideale huis voor de op handen gedragen grootmoeder. Hoewel er in werkelijkheid nog nooit een perfect huis had bestaan – net zomin als een volmaakte grootmoeder, trouwens – was dit land vol hartstochtelijk sentimentele mensen er toch van overtuigd dat het huis van een grootmoeder er eigenlijk altijd zó uit zou moeten zien. Een leien dak met een galerij rondom. Zilver verweerde cederhouten betimmering. Raamkozijnen en luiken glanzend wit geschilderd. Een diepe veranda met witte rieten schommelstoelen en een schommelbank en een goed onderhouden tuin waar elk weelderig bloemperk omzoomd werd door dertig centimeter hoge witte sierhekjes. Op Cape Cod of op Martha's Vineyard zou je ergens in het verleden misschien Norman Rockwell in de voortuin achter een ezel hebben aangetroffen, bezig met een schilderij van twee aanbiddelijke kinderen die achter een gans aan hollen met een rood lint om zijn nek dat nog maar half gestrikt is, terwijl op de achtergrond een vrolijke hond loopt te stoeien.

Ook al was het hartje winter aan de kust, hier in Malibu, op een lage heuvel aan de rand van de Stille Oceaan, met een trap die omlaag voerde naar het strand en omgeven door een overvloed van palmbomen, leek het huis niet op zijn plaats. Mooi, gracieus, goed van stijl en goed gebouwd, maar desondanks misplaatst. Als hier iemands grootmoeder woonde, zou ze knalblauwe nagels hebben, geblondeerd haar, lippen die een nieuwe sensuele vorm hadden gekregen met behulp van collageeninjecties en operatief vergrote borsten. Het huis was een schone schijn die duistere waarheden in zich verborgen hield en ook bij dit bezoek – het was pas de vijfde keer dat Dusty hier terugkwam sinds hij bijna twaalf jaar geleden, op zijn achttiende, zijn biezen had gepakt – had de aanblik ervan nog steeds dezelfde uitwerking op hem: er ging een rilling door zijn hart in plaats van over zijn rug.

Daar kon het huis uiteraard niets aan doen. Het was maar een huis. Maar toen Martie en hij de auto op de oprit hadden geparkeerd en de trap naar de veranda aan de voorkant op liepen, zei hij ondanks alles: 'De Toren van Cirith-Ungol.'

Hij durfde niet te denken aan hun kleine huis in Corona Del Mar. Als dat echt tot de grond toe was afgebrand, zoals Ahriman had beweerd, dan kon Dusty die emotionele schok nog niet aan. Een huis is maar een huis, natuurlijk, en onroerend goed kan vervangen worden, maar als je een fijn leven vol liefde hebt gehad in een huis, als het een plaats is waar mooie herinneringen zijn ontstaan, dan doet het onwillekeurig verdriet als je het kwijtraakt.

Hij durfde ook niet aan Skeet en Fig te denken. Als Ahriman de waarheid had gesproken, als hij ze had vermoord, dan was zowel de wereld als Dusty's hart er vandaag een stuk somberder op geworden en daar zou de rest van zijn leven geen verandering in komen. Hij voelde zich halfverlamd bij het idee dat hij misschien zijn lastige maar bijzonder geliefde broer had verloren, maar dat was te verwachten. Wat hem echter een beetje verbaasde, was dat hij zich ook zo overstuur voelde bij de gedachte aan Figs dood; de rustige, hardwerkende schilder was wel een beetje vreemd geweest, maar ook vriendelijk en goedhartig en de leemte die hij in Dusty's leven achterliet, had de omvang en de vorm van een vreemde, maar veelbetekenende vriendschap.

Nadat ze hadden aangebeld deed zijn moeder, Claudette, de deur open en zoals altijd werd Dusty verrast en vertederd door haar schoonheid. Op haar tweeënvijftigste kon ze nog doorgaan voor vijfendertig; en op haar vijfendertigste had ze de macht gehad om een kamer vol mensen als aan de grond genageld te laten staan door alleen maar binnen te komen, een macht die ze ongetwijfeld nog steeds zou hebben als ze vijfentachtig was. Zijn vader, de tweede van haar vier echtgenoten, had een keer gezegd: 'Claudette ziet er al vanaf haar geboorte uit om op te eten. De wereld aanschouwt haar iedere dag en begint te watertanden.' Dat was zo juist en zo beknopt geformuleerd dat het waarschijnlijk een uitspraak was die Trevor, zijn vader, ergens had gelezen en niet iets dat hij zelf had bedacht en hoewel het op het eerste gezicht misschien grof leek, was dat niet het geval. Het was gewoon waar. Trevor had het niet over haar seksualiteit gehad. Wat hij met schoonheid bedoelde, had niets met seksuele begeerte te maken. Het was schoonheid als een ideaal, een schoonheid die zo markant was dat de ziel erdoor beroerd werd. Of het nu om vrouwen of mannen ging, baby's of honderdjarigen, iedereen voelde zich tot Claudette aangetrokken en wilde bij haar zijn en als ze naar haar staarden, stond er diep in hun ogen iets te lezen dat op pure hoop en op verrukking leek, maar anders en mysterieus. De liefde die haar door zoveel mensen werd geboden was onverdiend – en bleef onbeantwoord. Haar ogen leken precies op die van Dusty, grijsblauw, maar met minder blauw dan de zijne; hij had er echter nooit in gevonden wat elke zoon hoopt te zien in de ogen van zijn moeder en evenmin had hij ooit reden gehad om te geloven dat ze behoefte had aan de liefde waaronder hij haar – vooral als jongen, maar ook nu nog – had willen bedelven.

'Sherwood,' zei ze zonder hem een kus te geven of een hand aan te bieden bij wijze van begroeting, 'is het tegenwoordig mode dat jonge mensen zonder aankondiging op bezoek komen?'

'Moeder, u weet dat ik geen Sherwood heet...'

'Sherwood Penn Rhodes. Dat staat op je geboortebewijs.'

'U weet heel goed dat ik die naam bij de wet heb laten veranderen...'

'Ja, toen je achttien was, opstandig en zelfs nog dwazer dan je nu bent,' zei ze.

'Al mijn vrienden hebben me vanaf dat ik een kind was Dusty genoemd.'

'Jouw vrienden waren altijd de grootste mislukkelingen van de klas, Sherwood. Je wordt altijd door de verkeerde types aangetrokken, zo onveranderlijk dat het bijna op opzet begint te lijken. *Dustin* Rhodes. Wat bezielde je? Hoe konden wij je zonder in lachen uit te barsten aan beschaafde mensen voorstellen als Dusty Rhodes?'

'Dat was precíés wat me bezielde.'

'Hallo, Claudette,' zei Martie, die tot op dat moment volslagen was genegeerd.

'Lieve kind,' zei Claudette, 'gebruik alsjeblieft je goede invloed op de jongen en eis dat hij zich van een volwassen naam bedient.'

Martie glimlachte. 'Ik vind Dusty leuk – zowel de naam als de jongen.'

'Martine,' zei Claudette. 'Dat is wel een naam voor een normaal mens.'

'Ik word liever Martie genoemd.'

'Dat weet ik, ja. Hoe spijtig. Je geeft Sherwood niet bepaald het goede voorbeeld.'

'Dustin,' hield Dusty vol.

'Niet in mijn huis,' wierp Claudette tegen.
Als hij hier kwam, werd Dusty onveranderlijk op deze kille manier ontvangen, hoeveel tijd er ook sinds zijn laatste bezoek was verstreken. Het was niet altijd gekibbel over zijn naam, het kon ook uitgebreid commentaar zijn op zijn werkkleding en zijn slordig geknipte haar, of de dringende vraag of hij al 'echt' werk had gevonden of nog steeds huizen schilderde. Ze had hem zelfs een keer voor de deur laten staan terwijl ze de politieke crisis in China doornam. Dat had op z'n minst vijf minuten geduurd, maar het had wel een uur geleken. Ze nodigde hem uiteindelijk altijd uit om binnen te komen en toch was hij er nooit zeker van dat hij een voet over de drempel zou mogen zetten.
Skeet was een keer ontzettend opgewonden geraakt toen hij een film over engelen had gezien, met Nicholas Cage als een van de gevleugelden. Een van de stellingen in de film was dat het beschermengelen niet is toegestaan om romantische liefdesgevoelens of andere sterke emoties te koesteren; ze moeten strikt intellectuele wezens blijven om ervoor te zorgen dat ze de mensheid kunnen dienen zonder daar gevoelsmatig bij betrokken te raken. Volgens Skeet was dat de verklaring voor hun moeder, die om haar schoonheid zelfs door engelen benijd kon worden, maar die koeler kon zijn dan een kan ongezoet citroensap in de zomer.
Toen ze ten slotte de psychische tol had geïnd waar ze met dit soort getreuzel op uit was, stapte Claudette achteruit en nodigde hen zonder een enkel woord of gebaar binnen. 'Eén zoon komt bijna midden in de nacht met een... gast opdagen, de ander met een vrouw en geen van beiden neemt de moeite om eerst op te bellen. Ik weet dat ze allebei les in omgangsvormen en wellevend gedrag hebben gehad, maar dat is kennelijk geldverspilling geweest.'
Dusty nam aan dat ze met 'de andere zoon' Junior bedoelde, die vijftien was en hier woonde, maar toen Martie en hij langs Claudette liepen, kwam Skeet de trap af hollen om hen te begroeten. Hij leek nog bleker dan hij was geweest toen ze hem de laatste keer hadden gezien en ook magerder, met donkere kringen om zijn ogen, maar hij leefde.
Toen Dusty zijn armen om hem heen sloeg, zei Skeet: 'Au, au, au', en hij zei het nog eens toen hij Martie omhelsde.
Verbijsterd zei Dusty: 'We dachten dat je...'
'We kregen te horen,' zei Martie, 'dat je...'
Voordat een van beiden de kans kreeg om hun zin af te maken, hees Skeet zijn trui en zijn hemd op, wat een uitroep van afkeer ontlokte aan zijn moeder, en toonde zijn blote bovenlijf. 'Kogelwonden!'

verkondigde hij vol verbazing en met een vreemd soort trots.
Vier venijnige blauwe plekken, akelige donkere kneuzingen met daaromheen elkaar overlappende kringen, stonden afgetekend op zijn uitgeteerde borst en maag.
Opgelucht dat Skeet nog leefde, blij maar ook een tikje in de war, zei Dusty: 'Kogelwonden?'
'Nou ja,' verbeterde Skeet, 'het zouden kogelwonden zijn geweest als ik en Fig...'
'Fig en ik,' corrigeerde zijn moeder.
'Ja, als Fig en ik geen kevlar-vesten hadden gedragen.'
Dusty was het liefst even gaan zitten. Martie stond ook op haar benen te trillen. Maar ze waren hier met een dringende boodschap naartoe gekomen en het zou een dodelijke vergissing kunnen zijn om die nu uit het oog te verliezen. 'Waarom hadden jullie kogelvrije vesten aan?'
'Het is maar goed dat jij ze niet mee wilde nemen naar New Mexico,' zei Skeet. 'Ik en Fig...' Een snelle, schuldige blik op zijn moeder. 'Fig en ik vonden dat we ons net zo goed nuttig konden maken, dus besloten we om dokter Ahriman te gaan schaduwen.'
'Wát?'
'We zijn achter hem aan gereden in Figs truck...'
'Die ze van mij in de garage moesten zetten,' zei Claudette. 'Ik wil niet dat iemand dat voertuig op mijn inrit ziet staan.'
'Het is een toffe truck,' zei Skeet. 'Maar goed, we hebben die vesten gewoon voor alle zekerheid aangetrokken en we zijn hem gaan volgen, maar op de een of andere manier heeft hij de rollen weten om te draaien. We dachten dat we hem kwijt waren en we stonden net op het strand om te proberen contact te krijgen met een van de moederschepen, toen hij zomaar aan kwam lopen en op ons allebei vier kogels afschoot.'
'Goeie god,' zei Martie.
Dusty beefde van top tot teen, overmand door meer emoties dan hij bij name kon noemen of uit elkaar kon houden. Desondanks viel hem wel op dat Skeets ogen niet meer zo stralend en helder waren geweest sinds die feestelijke dag, meer dan vijftien jaar geleden, toen ze met hun tweetjes een doos vol hondenpoep hadden gepakt en per post hadden verstuurd naar Holden Caulfield de oude, nadat Claudette hem ten faveure van Derek de deur uit had gezet.
'Hij droeg een skimasker, dus we konden hem niet voor honderd procent identificeren tegenover de politie. We zijn niet eens naar de politie toe gegaan. We dachten niet dat we daar ook maar iets mee zouden opschieten. Maar we wisten wel degelijk dat hij het was. Hij

kon ons niet voor de mal houden.' Skeet straalde, alsof ze de psychiater te slim af waren geweest. 'Eerst schoot hij twee keer op Fig, toen vier keer op mij, en het was net alsof ik met een hamer in m'n maag werd geramd, ik kon geen lucht meer krijgen, en ik was ook bijna bewusteloos en ik wou eigenlijk naar adem happen maar dat deed ik niet want de wind ging wel tekeer maar ik was toch bang dat hij me zou horen en zou weten dat ik niet echt dood was. Fig deed ook net of-ie dood was. En toen, voordat hij zich weer omdraaide naar Fig en nog twee kogels op hem afschoot, zei die vent tegen me: "Je moeder is een hoer en je vader is een oplichter en je stiefvader – die heeft stront tussen de oren."'

IJzig zei Claudette: 'Ik heb die leverancier van psychologische leuterpraat zelfs nog nooit ontmoet.'

'Daarna wisten ik en Fig, Fig en ik, allebei dat Ahriman er met een noodgang vandoor ging, maar we bleven daar toch liggen, want we waren hartstikke bang. En eerst kónden we ons ook niet bewegen. Alsof we verlamd waren. Weet je wel? En daarna, toen we ons wel konden bewegen, zijn we hierheen gegaan om erachter te komen waarom hij moeder een hoer vindt.'

'Ben je wel naar een ziekenhuis geweest?' vroeg Martie bezorgd.

'Nee, ik voel me best,' zei Skeet en liet eindelijk zijn trui weer zakken.

'Je kunt best een gebroken rib hebben, of inwendige verwondingen.'

'Ik heb dezelfde argumenten aangevoerd,' zei Claudette, 'zonder resultaat. Je weet hoe Holden is, Sherwood. Hij draaft altijd door in plaats van zijn gezonde verstand te gebruiken.'

'Toch is het een goed idee om naar een ziekenhuis te gaan en je te laten onderzoeken zolang het letsel nog zichtbaar is,' raadde Dusty Skeet aan. 'Dat is wettig bewijsmateriaal als we ooit in staat zijn om die klootzak voor de rechter te krijgen.'

'Bastaard,' vermaande Claudette, 'of smééerlap. Een van die twee is ruim voldoende, Sherwood. Van zinloze scheldwoorden raak ik niet onder de indruk. Als je denkt dat klootzak mij choqueert, kun je je mening beter herzien. Maar in dit huis hebben we nooit de opvatting gehuldigd dat William Burroughs literatuur is en dat zal ook nooit gebeuren.'

'Ik ben echt dol op je moeder,' zei Martie tegen Dusty.

Claudette kneep nauwelijks merkbaar haar ogen samen.

'Hoe was New Mexico?' vroeg Skeet.

'Een betoverd land,' zei Dusty.

Aan het eind van de gang zwaaide de klapdeur naar de keuken open en daar verscheen Derek Lampton. Hij kwam naar hen toe met de

schouders naar achteren getrokken, de rug kaarsrecht, de borst vooruit en hoewel zijn houding krijgshaftig was, leek hij toch op hen af te sluipen.
Skeet en Dusty hadden hem vrijwel vanaf de dag dat hij arriveerde in het geheim Lintworm genoemd, maar in werkelijkheid had Lampton meer weg van een nerts: compact, glad en kronkelend, met dik haar dat op een glanzende bontvacht leek en de snelle, zwarte, waakzame ogen van iets dat meteen het kippenhok leeg zou roven als de boer even niet oplette. Zijn handen, die hij verzuimde om Dusty of Martie ter begroeting aan te bieden, waren voorzien van slanke vingers. De vliezen daartussen waren iets breder dan normaal en de nagels waren een tikje puntig, waardoor het slimme klauwtjes leken. De nerts behoort tot de familie van de wezels.
'Is er iemand overleden en wordt het testament nu voorgelezen?' vroeg Lampton met een staaltje van wat hij als humor beschouwde. Het was ook de enige vorm van begroeting waartoe hij zich ooit zou verwaardigen.
Hij bekeek Martie van top tot teen, waarbij zijn aandacht voornamelijk op de welving van haar borsten onder haar trui gevestigd bleef, de directe manier waarop hij elke aantrekkelijke vrouw bestudeerde. Toen hij haar uiteindelijk in haar ogen keek, ontblootte hij zijn kleine, scherpe, in-witte tanden. Dat moest doorgaan voor een glimlach – en misschien dacht hij zelfs wel dat het een verleidelijke glimlach was.
'Sherwood en Martine zijn werkelijk in New Mexico geweest,' zei Claudette tegen haar man.
'Echt waar?' zei Lampton met opgetrokken wenkbrauwen.
'Dat heb ik jullie toch verteld,' zei Skeet.
'Dat is waar,' bevestigde Lampton, waarbij hij zich tot Dusty richtte in plaats van tot Skeet. 'Dat heeft hij ons verteld, maar met zulke overtrokken bijzonderheden dat wij ervan uitgingen dat het niet zozeer de waarheid was als wel een van zijn dissociatieve fantasieën.'
'Ik heb geen dissociatieve fantasieën,' protesteerde Skeet en slaagde erin om zijn stem een harde ondertoon mee te geven, hoewel hij het niet kon opbrengen om Lampton aan te kijken – in plaats daarvan hield hij zijn ogen op de grond gericht toen hij bezwaar maakte.
'Kom, Holden, wees niet zo defensief,' suste Lampton. 'Ik spreek geen oordeel over je uit als ik refereer aan jouw dissociatieve fantasieën, net zomin als ik een oordeel over Dusty zou uitspreken als ik het over zijn pathologische afkeer van gezag heb.'
'Ik heb geen pathologische afkeer van gezag,' zei Dusty, die nijdig op zichzelf was omdat hij daar gewoon op móést reageren en zijn

best deed om zijn stem rustig en zelfs vriendelijk te laten klinken. 'Ik heb een gerechtvaardigde afkeer van het idee dat een stel elitaire figuren de rest van de wereld voor zou mogen schrijven wat ze moeten doen en wat ze mogen denken. Ik heb een afkeer van zelfbenoemde deskundigen.'

'Sherwood,' zei Claudette, 'je versterkt je argument niet in het minst door het gebruik van een onbewust oxymoron als *zelfbenoemde deskundigen*.'

Martie slaagde er wonderwel in om haar gezicht strak te houden toen ze op effen toon opmerkte: 'Eerlijk gezegd was dat geen oxymoron, Claudette. Het was een metonymie, waarbij hij *zelfbenoemde* gebruikte in plaats van het wat meer vulgaire maar wel juistere *arrogante klootzakken van* deskundigen.'

Als hij er ooit ook maar aan had getwijfeld of hij wel voor altijd van Martie zou houden, dan wist Dusty nu zeker dat de band tussen hen tot in de eeuwigheid zou blijven bestaan.

Alsof ze haar schoondochter niet had gehoord, zei Claudette tegen Skeet: 'Derek heeft volkomen gelijk, Holden, in beide opzichten. Hij sprak geen oordeel over je uit. Zo is hij niet. En natuurlijk heb jij wel dissociatieve fantasieën. Zolang jij je eigen problemen niet onderkent, zul je nooit beter worden.'

Het was weliswaar moeilijk om een voet over de drempel te krijgen, maar om verder dan de hal te komen was een nog veel grotere beproeving.

'Holden neemt zijn medicijnen niet meer,' zei Derek Lampton tegen Dusty terwijl zijn blik omlaag gleed en weer bleef rusten op Marties borsten.

'U had me zeven verschillende middeltjes voorgeschreven,' zei Skeet. 'Als ik die 's morgens allemaal had genomen, zat ik zo vol dat ik geen ontbijt meer lustte.'

'Je zult nooit in staat zijn om je volledig te ontplooien,' vermaande Claudette, 'tot je onderkent wat je problemen zijn en daar iets aan doet.'

'Volgens mij had hij al veel eerder moeten ophouden met die medicijnen,' zei Dusty.

Lampton keek op van Marties borsten en zei: 'Holdens herstel wordt niet bevorderd als hij in verwarring wordt gebracht door ongeschoold advies.'

'Zijn vader heeft aan zijn herstel gewerkt tot hij negen was en daarna hebt u dat overgenomen.' Dusty slaagde er met moeite in om een glimlach te produceren en een luchtige toon aan te slaan waarvan hij wist dat niemand erin zou trappen. 'En tot nu toe heb ik niets

anders gezien dan een hoop herstelwerkzaamheden die niets hebben opgeleverd.'
Skeet klaarde op en zei: 'Moeder, wist u dat mijn vader helemaal geen Holden Caulfield heet? Zijn naam was Sam Farner voor hij die bij de wet liet veranderen.'
Claudette kneep haar ogen samen. 'Je fantaseert weer, Holden.'
'Nee, het is echt waar. Ik heb het bewijs thuis. Misschien bedoelde Ahriman dat toen hij hem een oplichter noemde, nadat hij mij had neergeschoten.'
Claudette wees met een vinger naar Dusty. 'Jij hebt hem aangemoedigd om geen medicijnen meer te nemen en nu zie je wat het gevolg is.' Ze zei tegen Skeet: 'Die Ahriman-figuur heeft mij een hoer genoemd. Moet ik aannemen, Holden, dat je van mening bent dat dat woord evenzeer op mij van toepassing is als *oplichter* van toepassing is op je vader?'
Dusty's hoofd werd gevuld met dat gevaarlijke gezoem waarvan hij meestal pas last kreeg als hij langer dan een halfuur in dit huis had doorgebracht. In een wanhopige poging om het meest dringende probleem weer aan te snijden, zei hij: 'Derek, wat zou de reden kunnen zijn dat Mark Ahriman zulke vijandige gevoelens voor jou koestert?'
'Omdat ik heb aangetoond wat hij werkelijk is.'
'En wat is hij dan?'
'Een charlatan.'
'En wanneer heb je dat aangetoond?'
'Bij elke gelegenheid die mij geboden wordt,' zei Lampton, terwijl zijn donkere nertsogen glommen van vals genoegen.
Claudette ging naast haar echtgenoot staan, liet haar arm om zijn middel glijden en zei, terwijl ze hem even speels tegen zich aan drukte: 'Als domme mannen zoals die Mark Ahriman door mijn Derek over de hekel worden gehaald, vergeten ze dat nooit meer.'
'Maar hoe?' drong Martie aan. 'Hoe heb je hem aan de kaak gesteld?'
'Met analytische essays in twee toonaangevende vaktijdschriften,' zei Lampton, 'waarin ik zijn lege theorieën en zijn povere proza onder de loep heb genomen.'
'Waarom?'
'Ik vond het stuitend dat zoveel psychologen hem serieus begonnen te nemen. De man is geen intellectueel. Hij is een poseur van het ergste soort.'
'En dat is alles?' vroeg Martie. 'Een paar essays?'
Lamptons spitse tanden blonken op. Er verschenen rimpeltjes naast zijn ooghoeken. Het was weliswaar een vrolijke uitdrukking, maar

hij zag er toch uit alsof hij net een muis in de gaten had gekregen die hij van plan was om te vangen en aan stukken te scheuren. 'O, sjongejonge nog aan toe, ze begrijpen niet wat het betekent om blootgesteld te worden aan een spervuur van Lampton-humor, hè?'
'Ik wel, denk ik,' zei Skeet, maar zijn moeder noch zijn stiefvader scheen te horen wat hij zei.
Claudette liet een kort meisjesachtig gegiechel horen, alsof Lampton iets geestigs of ondeugends had gezegd, of allebei. Het klonk even oprecht en vrolijk als het geluid van een ratelslang.
'O, sjongejonge nog aan toe,' herhaalde Lampton, terwijl hij heupwiegend met zijn vingers knipte alsof hij het idee had dat hij zich bediende van de allerhipste straattaal. 'Essays in twee vaktijdschriften. Ik heb hem bestookt met een bijzonder intelligent uitgevoerde guerrilla. En een parodie op zijn schrijfstijl voor *Bookend*, de laatste pagina van het recensiekatern van *The New York Times...*'
'Vreselijk grappig,' verzekerde Claudette hun.
'... plus dat ik zijn laatste boek heb gerecenseerd voor een grote perscombinatie en die recensie is via achtenzeventig kranten over het hele land verspreid. Ik heb alle knipsels. Je gelooft het niet, maar dat afschuwelijke boek heeft achtenzeventig weken in de bestsellerlijst van de *Times* gestaan.'
'Bedoel je *Hoe leer ik van mezelf te houden*?' vroeg Martie.
'Populair psychologisch geleuter,' verklaarde Lampton. 'Het heeft de Amerikaanse psyche waarschijnlijk meer schade berokkend dan enig ander boek dat de laatste tien jaar is verschenen.'
'Achtenzeventig weken,' zei Dusty. 'Is dat een lange tijd om in die lijst te staan?'
'Voor een boek van deze categorie is het een eeuwigheid,' zei Lampton.
'Hoe lang heeft jouw laatste boek in die lijst gestaan?'
Plotseling hautain zei Lampton: 'Daar heb ik echt niet op gelet. Succes bij het grote publiek is niet van belang. Wat wel van belang is, is de kwaliteit van het werk, de mate van invloed die het op de samenleving heeft, hoeveel mensen erdoor geholpen worden.'
'Ik heb het idee dat het ongeveer twaalf tot veertien weken was,' zei Dusty.
'O, nee, langer,' zei Lampton.
'Vijftien dan.'
Lampton stond te popelen om zijn prestaties eer aan te doen, maar omdat hij in de kuil was gevallen die hij zelf had gegraven, keek hij hulpzoekend naar Claudette en zij zei: 'Het heeft tweeëntwintig weken op de lijst gestaan. Derek geeft niets om dat soort dingen, maar

ik wel. Ik ben trots op hem. Tweeëntwintig weken is een mooie tijd, in feite zelfs heel goed voor zo'n degelijk stuk werk.'
'Nou ja, dat is ook meteen het probleem natuurlijk,' klaagde Lampton. 'Populair-psychologische rotzooi zal altijd beter verkopen dan gedegen werk. Niemand schiet er iets mee op, maar het leest lekker.'
'En het Amerikaanse publiek is niet alleen lui en slecht opgeleid,' zei Claudette, 'maar heeft ook dringend behoefte aan gedegen psychologisch advies.'
Terwijl hij Martie aankeek, zei Dusty: 'We hebben het over Dereks *Durf je eigen beste vriend te zijn.*'
'Ik kon er niet doorkomen,' zei Skeet.
'Daar ben je anders intelligent genoeg voor,' zei Claudette tegen hem. 'Maar als je je medicijnen niet neemt, steken je leerproblemen onmiddellijk de kop weer op en dan kun je nog niet eens je eigen naam lezen. "Medicatie voor educatie".'
Met een blik op de zitkamer vroeg Dusty zich af hoeveel procent van de bezoekers er ooit in slaagde om verder te komen dan de hal.
Skeet slaagde erin om weer wat moed op te diepen. 'Ik heb anders geen enkel probleem om mijn fantasyboeken te lezen, met of zonder medicijnen.'
'Jouw fantasyboeken,' zei Lampton, 'zijn een deel van de kwaal, Holden, niet van het middel.'
'Hoe zit het met die guerrilla?' vroeg Dusty.
Iedereen keek hem stomverbaasd aan.
'Je zei dat je Mark Ahriman bestookte met een bijzonder intelligent uitgevoerde guerrilla,' hielp Dusty Lampton herinneren.
Weer die glimlach van de kippenrovende muizenjager. 'Ga maar mee, dan zal ik je het laten zien!'
Lampton liep voor hen uit naar boven.
Valet stond in de gang op de eerste verdieping te wachten, kennelijk omdat hij te geïntimideerd was geweest door de oorlogshandelingen in de hal beneden.
Martie en Dusty bleven even staan om hem te knuffelen, hem onder zijn kin te kriebelen en achter zijn oren te wrijven en als tegenprestatie deelde hij likken uit en zwiepte met zijn staart.
Als hij de keus had gehad, was Dusty het liefst op de grond gaan zitten om de rest van de dag met Valet door te brengen. Met uitzondering van de omhelzing van Skeet – *au, au, au!* – was de begroeting van de hond de enige echte en oprechte ervaring die Dusty had gehad vanaf het moment dat hij had aangebeld.
Lampton klopte op een deur verderop in de gang. Met een blik over zijn schouder naar Dusty en Martie zei hij: 'Kom, schiet op.'

Claudette en Skeet liepen een kamer aan de andere kant van de gang binnen: Lamptons studeerkamer.
Hoewel Dusty niet hoorde dat iemand hem uitnodigde om binnen te komen, opende Lampton de deur waarop hij had staan kloppen en toen ze zich bij hem hadden gevoegd, liepen ze achter hem aan naar binnen.
Dit was de slaapkamer van Junior. Dusty was daar voor het laatst vier jaar geleden binnen geweest, toen Derek Lampton junior elf jaar was. Destijds was het interieur volledig op sport gericht. Posters van basketbalsterren en beroemde voetballers.
Nu waren alle muren en het plafond glimmend zwart geschilderd en die oppervlakten absorbeerden al het licht, zodat het nog steeds donker leek in de kamer, ook al brandden er lampen met een gezamenlijke sterkte van zeker driehonderd watt. Het uit buizen bestaande hoofdeinde van het bed was zwart en de lakens en de sprei die erop lagen, waren eveneens zwart. Het bureau en de stoel waren zwart, net als de boekenplanken. Over de natuurlijke tint van de essenhouten vloer, die zo mooi was in de rest van het huis, was een laag zwarte verf aangebracht. De enige kleur in de kamer kwam van de ruggen van de boeken op de zwarte schappen en van een paar grote vlaggen die tegen het plafond waren geniet: het rode veld met de witte cirkel en het zwarte hakenkruis van de vlag waarmee Adolf Hitler de hele wereld had willen bedekken en de hamer-en-sikkelvlag van de voormalige Sovjet-Unie. Vier jaar geleden hadden de planken vol gestaan met sportverhalen, sportbiografieën, boeken over boogschieten en science-fictionverhalen. Die hadden plaats gemaakt voor boeken over Dachau, Auschwitz, Buchenwald, de sovjetgoelags, de Ku Klux Klan, Jack The Ripper, een aantal hedendaagse, werkelijk bestaande seriemoordenaars en een paar collega's van de 'mad bomber'.
Junior zelf had witte gympen aan, witte sokken, een lichtbruine katoenen broek en een wit overhemd. Hij lag op het bed te lezen in een boek met een stapel in staat van ontbinding verkerende lijken op het stofomslag en door het sterke contrast tussen de jongen en het zwart satijnen beddengoed leek hij als een soort yogi te zweven.
'Ha, broer, hoe is het ermee?' vroeg Dusty niet op zijn gemak. Hij wist nooit wat hij tegen zijn halfbroer moest zeggen, want ze waren vrijwel vreemden voor elkaar. Hij was twaalf jaar geleden, toen Junior pas drie jaar was, het huis uit gegaan... gevlucht.
'Zie ik eruit alsof ik al dood ben?' vroeg Junior knorrig.
In feite leek de jongen adembenemend levend, veel te levend voor deze wereld, alsof hij was opgeladen met spectrale energie die van-

uit een stopcontact in het Hiernamaals in hem werd gepompt en die hem deed stralen. Hij was niet opgezadeld met het glibberige, wezelachtige uiterlijk van zijn vader; het lot had besloten om hem ruimschoots te voorzien van de genen van zijn moeder en hem te zegenen met het perfecte lichaam en gezicht dat geen van haar andere kinderen had meegekregen. Als hij op een dag zou besluiten om een podium op te klimmen, een microfoon te pakken en te gaan zingen, zou hij groter worden dan Elvis, de Beatles en Ricky Martin bij elkaar. Ook al zou hij helemaal niet zo'n geweldige stem hebben, dan nog zouden zowel jonge vrouwen als jonge mannen schreeuwen en huilen en proberen het podium te bestormen, terwijl een aanzienlijk percentage van dat publiek maar al te graag bereid zou zijn om zichzelf te verwonden en bloedoffers te brengen als hun dat werd gevraagd.

'Wat is dit?' vroeg Dusty zich af, terwijl hij een gebaar maakte naar de zwarte kamer en de vlaggen tegen het plafond.

'Waar lijkt het op?' vroeg Junior.

'Post-goth?'

'Goth is stom. Dat is iets voor kinderen.'

'Het lijkt wel alsof je je voorbereidt op de dood,' zei Martie.

'Dat komt meer in de buurt,' zei Junior.

'Wat heeft dat voor zin?'

Junior legde zijn boek weg. 'Wat hebben andere dingen voor zin?'

'Omdat we allemaal een keer doodgaan, bedoel je?'

'Daarom zijn we hier,' zei Junior. 'Om daarover na te denken. Om te zien hoe het andere mensen overkomt. Om ons erop voor te bereiden. En om het vervolgens zelf te doen en verleden tijd te zijn.'

'Wat is dit?' vroeg Dusty opnieuw, maar dit keer richtte hij de vraag tot zijn stiefvader.

'De meeste adolescente jongens zoals Derek maken een periode door waarin ze helemaal gefascineerd worden door de dood en ze denken stuk voor stuk dat ze diepere gedachten over het onderwerp hebben dan ooit iemand vóór hen heeft gehad,' zei Lampton, die over zijn zoon praatte alsof Junior hem niet kon verstaan. Toen hij Dusty en Skeet nog onder de duim had gehad, deed hij met hen precies hetzelfde. Hij had over hen gepraat alsof ze interessante proefdieren waren die geen woord begrepen van wat hij zei. 'Sex en de dood. Dat zijn *de* belangrijke onderwerpen tijdens de puberteit. Zowel jongens als meisjes, maar vooral jongens, zijn daar helemaal door geobsedeerd. Periodiek gaan ze door fases die op het randje van psychotisch zijn. Het is een kwestie van hormonale instabiliteit en het beste is om hun toe te staan zich uit te leven op zo'n obsessie, want

de natuur zal die instabiliteit snel genoeg corrigeren.'
'Goh, ik kan me helemaal niet herinneren dat ik geobsedeerd ben geweest door de dood,' zei Martie.
'Dat was je wel degelijk,' zei Lampton, alsof hij haar als kind had gekend, 'maar jij sublimeerde dat met andere interesses – barbiepoppen en make-up.'
'Is make-up een sublimatie van een obsessie met de dood?'
'Kan het nog voor de hand liggender?' zei Lampton met een pedante zelfingenomenheid. 'De bedoeling van make-up is om de door de tijd veroorzaakte ontaarding tegen te gaan en tijd is alleen maar een synoniem voor de dood.'
'Ik heb nog wat moeite met die barbiepoppen,' zei Dusty.
'Denk nou eens na,' drong Lampton aan. 'Wat is een pop anders dan een imitatie van een lijk? Onbeweeglijk, niet ademend, stijf, levenloos. Kleine meisjes die met poppen spelen, spelen met lijken – en leren zo om niet overdreven bang te zijn voor de dood.'
'Ik kan me nog wel herinneren dat ik geobsedeerd werd door sex,' erkende Dusty, 'maar...'
'Sex is een leugen,' zei Junior. 'Sex is een ontkenning. Sex is een excuus voor mensen om niet onder ogen te hoeven zien dat het leven alleen maar om de dood draait. Het heeft niets met scheppen te maken. Het gaat alleen om de dood.'
Lampton glimlachte neer op zijn zoon alsof hij op het punt stond om van trots uit zijn kleren te barsten. 'Onze Derek heeft verkozen om zich zelf een tijdje te verdiepen in de dood, zodat hij de vrees daarvoor veel sneller van zich af zal kunnen zetten dan de meeste mensen. Het is een legitieme techniek voor een zelfopgelegde groei naar volwassenheid.'
'Ik heb die vrees nog niet van me af gezet,' merkte Martie op.
'Zie je wel?' zei Lampton, alsof haar opmerking zijn stelling bevestigde. 'Vorig jaar was het sex, zoals altijd bij veertienjarige jongens. Volgend jaar zal het opnieuw sex zijn... zodra hij genoeg heeft van dit onderwerp.'
Dusty had het vermoeden dat, als Junior een jaar lang in deze zwarte kamer had doorgebracht, geobsedeerd door de dood, hij op een avond weleens de hoofdmoot van het nieuws zou kunnen vormen en niet omdat hij een prijs had gewonnen met een opstelwedstrijd.
Lampton zei tegen de jongen: 'Dusty en Martie zijn geïnteresseerd in onze guerrilla tegen Mark Ahriman.'
'Die engerd,' zei Junior. 'Wil je hem nog een paar dreunen verkopen?'
'Waarom niet?' zei Lampton, terwijl hij zich in zijn handen wreef.
Junior rolde van het bed af, stond op, rekte zich uit en liep de ka-

mer uit. Terwijl hij langs Martie kwam, zei hij: 'Lekkere tieten.'

Lampton keek hem met een stralend gezicht na en zei: 'Zie je wel? Hij begint die fase van obsessie met de dood al achter zich te laten, ook al heeft hij dat zelf nog niet helemaal door.'

In het verleden hadden Dusty en Martie de jongen het liefst willen ontvoeren om zich ergens heel ver weg met hem te verschuilen en hem zelf op te voeden, om hem een kans te geven op een normaal leven. Eén blik op Martie bevestigde dat zij net als Dusty nog steeds de behoefte had om zich te verschuilen, maar inmiddels waarschijnlijk vóór Junior in plaats van mét hem.

Ze liepen achter de jongen aan naar de studeerkamer van Lampton op de eerste verdieping, waar Skeet en Claudette samen met Foster Newman zaten te wachten.

Fig stond bij het raam naar de voortuin en de oprit te turen.

'Hoi, Fig,' zei Dusty.

Hij draaide zich om. 'Hoi.'

'Is alles goed met je?' vroeg Martie bezorgd.

Fig trok zijn overhemd omhoog zodat ze zijn borst en buik konden zien, die lang niet zo bleek en mager waren als die van Skeet en die werden ontsierd door een ander maar even akelig patroon van blauwe plekken als gevolg van de vier kogels die waren tegengehouden door het kevlarpantser.

'Dit is wel een bijzonder vermoeiende ochtend,' zei Claudette met een trek van afkeer op haar gezicht.

'Ik voel me prima,' verzekerde Fig, die niet snapte wat ze bedoelde.

'Je hebt ons het leven gered,' zei Martie tegen hem.

'De brandweerauto?'

'Ja.'

'En hij heeft het mijne ook gered,' zei Skeet.

Fig schudde zijn hoofd. 'Kevlar.'

De jongen zat aan het bureau van zijn vader, achter de computer.

Lampton stond achter Junior en keek mee over zijn schouder. 'Daar gaan we dan.'

Dusty en Martie kwamen dichterbij en zagen dat Junior bezig was met een bijtende en goedgeschreven minirecensie van *Hoe leer ik van mezelf te houden*.

'Dit gaan we straks doorsturen naar de pagina op de Amazon.comsite waar lezers een recensie kunnen achterlaten. We hebben meer dan honderdvijftig recensies geschreven waarin we *Hoe leer ik van mezelf te houden* afkraken en waarvoor we verschillende namen en e-mailadressen hebben gebruikt.'

Ontzet dacht Dusty terug aan het onmenselijke venijn dat van Ah-

rimans gezicht en uit zijn ogen was gedropen toen ze nog maar zo kortgeleden in zijn spreekkamer tegenover hem hadden gestaan.
'Welke namen en e-mailadressen?' wilde hij weten terwijl hij zich afvroeg welke wraakgevoelens de psychiater misschien was gaan koesteren voor deze nietsvermoedende en onschuldige mensen.
'Maak je geen zorgen,' zei Lampton, 'als we echte namen gebruiken, dan kiezen we hersendode figuren uit die nauwelijks lezen. Het zit er niet in dat die bij Amazon op bezoek gaan en dit onder ogen krijgen.'
'En trouwens,' zei Junior, 'in de meeste gevallen verzinnen we gewoon namen en e-mailadressen, dat is nog veel beter.'
'Kan dat dan?' vroeg Martie zich af.
'Het Net stroomt toch door,' zei Junior.
Om erachter te komen wat hij precies met die opmerking bedoelde, zei Dusty: 'Het is moeilijk om fictie van de werkelijkheid te onderscheiden.'
'Het gaat nog veel verder. Fictie en werkelijkheid zijn niet van belang. Het is allemaal hetzelfde, het is één grote rivier.'
'Maar hoe kun je dan de waarheid van iets achterhalen?'
Junior haalde zijn schouders op. 'Wie maakt zich daar nou druk over? Het gaat niet om wat waar is, het gaat om wat werkt.'
'Ik ben ervan overtuigd dat de helft van de enthousiaste recensies over Ahrimans idiote boek op de Amazon-site door Ahriman zelf is geschreven,' zei Lampton. 'Ik ken een paar romanschrijvers die aan dat soort dingen meer tijd besteden dan aan schrijven. Het enige dat wij doen is de zaak weer in evenwicht brengen.'
'Heb jij ook je eigen enthousiaste recensies over *Durf je eigen beste vriend te zijn* ingestuurd?' vroeg Martie.
'Ik? Nee, hoor,' verzekerde Lampton haar. 'Als het boek goed in elkaar zit, zorgt het boek daar zelf wel voor.'
Ja, vast. Ongetwijfeld hadden die slimme wezelklauwtjes uren-, zelfs dagenlang met zo'n noodgang eigen roem zitten uittikken dat het toetsenbord om de haverklap geblokkeerd was geraakt.
'Hierna,' beloofde Junior, 'zullen we jullie laten zien wat we kunnen doen met een paar sites op het web die betrekking hebben op Ahriman.'
'Derek is ontzettend handig met de computer,' pochte Derek senior. 'We zitten Ahriman overal op het web dwars, echt overal. Ook al is het nog zo goed beveiligd, er is geen enkele programmaopbouw veilig voor hem.'
Dusty draaide de computer de rug toe en zei: 'Ik geloof dat we wel genoeg gezien hebben.'

Terwijl ze Dusty's arm met twee handen tegelijk vastpakte, trok Martie hem opzij. Op haar doodsbleke gezicht stond minstens evenveel afgrijzen te lezen als op het zijne. Ze zei: 'Toen Susan het huis van Ahriman in portefeuille had voordat het zijn huis was, vertegenwoordigde ze de oorspronkelijke eigenaar en ze wilde het aan mij laten zien. Het is een spectaculair huis, maar heel ontzagwekkend, als een soort decor voor *Götterdämmerung*. Ik moest het echt zien, zei ze. Dus ik sprak met haar af om haar daar te ontmoeten. Dat was de dag waarop ze het voor het eerst aan Ahriman toonde, de dag dat ze hem heeft leren kennen. Toen ik aankwam, had ze hem net een rondleiding gegeven. Ik heb hem toen ook ontmoet. We hebben destijds met ons drieën... nog een tijdje zitten praten.'

'O, jezus. Kun je je herinneren...'

'Dat probeer ik juist. Maar ik weet het niet meer. Misschien hebben we het wel over zijn boek gehad. Dat staat nu achtenzeventig weken in de bestsellerlijst. Dus destijds moet het vrij nieuw zijn geweest. Achttien maanden geleden. En als ik heb begrepen wat voor soort boek het was... dan kan ik het best over Derek hebben gehad.'

In een poging om de scherpe randjes af te slijpen van de snijdende conclusie waar Martie halsoverkop naar onderweg was, zei Dusty: 'Hou daarmee op, Miss M. Daar moet je niet aan denken. Ahriman zou onder alle omstandigheden achter Susan aan zijn gegaan. Ze was zo mooi dat hij zijn zinnen allang op haar had gezet voor jij op het toneel verscheen.'

'Misschien wel.'

'Zeker weten.'

Lampton had zich afgekeerd van de computer om naar hun gesprek te luisteren. 'Kennen jullie die pop-psycho-pummel echt persoonlijk?'

Terwijl ze tegenover Derek senior ging staan en hem aankeek met een blik die hem in een zoutpilaar had veranderd als hij bloed in zijn aderen had gehad, zei Martie: 'Jij hebt ervoor gezorgd dat we allemaal binnen de kortste keren dood zullen zijn.'

Wachtend op de clou van wat volgens hem waarschijnlijk een grap was, ontblootte Lampton zijn scherpe tandjes.

'Dood vanwege jouw kinderachtige beroepsjaloezie.'

Als een stralende Walkure die kwam aangevlogen om haar gewonde strijder assistentie te verlenen, ging Claudette naast Lampton staan. 'Daar is helemaal niets kinderachtigs aan. Jij begrijpt niets van de academische wereld, Martine. Je begrijpt niets van intellectuelen.'

'O nee?' zei Martie stekelig.

Dusty hoorde zoveel walging in dat: 'O nee?' dat hij blij was dat

Martie de .45 Colt niet meer bij zich had.
'Concurrentie tussen mannen als Derek,' zei Claudette, 'heeft niets te maken met ego's of eigenbelang. Dat gaat om *denkbeelden*. Denkbeelden die de maatschappij, de wereld, de toekomst verder ontwikkelen. Om dat soort denkbeelden te toetsen, te harden en geschikt te maken om toegepast te worden, moeten ze alle aanvallen kunnen doorstaan, alle vormen van debat, op alle niveaus.'
'Zoals de lezersbijdragen op Amazon.com,' zei Martie vernietigend.
Claudette liet zich niet uit het veld slaan. 'De ideeënstrijd is een regelrechte oorlog en geen kinderachtige beroepsjaloezie, zoals jij probeert te doen voorkomen.'
Valet was de kamer uit gevlucht en stond vanuit de gang toe te kijken.
Skeet, die zich bij Dusty en Martie had gevoegd maar wel goed oplette dat hij achter hen stond, bracht de moed op om te zeggen: 'Martie heeft gelijk.'
'Als jij je medicijnen niet neemt,' zei Lampton tegen hem, 'dan ben je niet in staat tot een oordeel dat scherp genoeg is om jou tot een welkome bondgenoot te maken, Holden.'
'Voor mij wel,' sprak Dusty hem tegen.
Claudette had haar tanden zo stevig in het onderwerp gezet dat ze emotioneler was dan Dusty haar ooit had meegemaakt. 'Jullie denken dat het leven bestaat uit videospelletjes, films, mode, voetbal en tuinieren, of waar je voor de donder verder je dagen mee vult, maar het leven draait om *denkbeelden*. Mensen zoals Derek, mensen met denkbeelden, geven de wereld vorm. Ze geven vorm aan de overheid, aan religie, aan de maatschappij, aan elk aspect van onze cultuur, hoe klein ook. De meeste mensen zijn liever lui dan moe, ze brengen hun dagen door met trivialiteiten, ze hebben alleen aandacht voor waardeloze rommel en leven hun leven zonder zelfs maar te beseffen dat Derek, dat mensen zoals Derek deze maatschappij hebben gemáákt en over hen heersen met de macht van denkbeelden.'
Bij deze vervelende aanvaring met Claudette, die voor Dusty, en ongetwijfeld ook voor Skeet, snel uitgroeide tot een confrontatie van mythische omvang, zagen zij Martie als hun voorvechtster die met geheven lans de draak onverschrokken tegemoettrad. Skeet was recht achter haar gaan staan, met zijn handen op haar schouders, en Dusty kreeg bijna de neiging om zich weer achter hém op te stellen, zodat hij nog beter beschermd zou zijn.
'Je eigen beste vriend durven te zijn,' zei Martie, 'en leren van jezelf te houden – zijn dat denkbeelden die de wereld *vormgeven*?'
'Je kunt mijn boek en dat van Ahriman niet met elkaar vergelijken,'

protesteerde Lampton, maar na het vurige pleidooi van zijn vrouw klonk hij bijna pruilend.
Terwijl ze half voor Lampton ging staan, alsof ze bereid was om haar belegerde man fysiek te verdedigen, maar ook om haar achterste tegen hem aan te drukken, hield Claudette vol: 'Derek schrijft levendige, gedegen, psychologisch diepgravende werkstukken. Met scherp omlijnde denkbeelden. Ahriman kotst populair-psychologische rotzooi uit.'
Dusty had nog nooit eerder gezien dat zijn moeder haar ijzige sluier aflegde en haar seksuele aard blootgaf en hij hoopte dat hij nooit ofte nimmer weer iets dergelijks zou zien. Wat haar opgeilde waren niet de denkbeelden zelf, maar het idee dat denkbeelden macht betekenden. *Macht* prikkelde haar geslachtsdrift; niet de onverholen macht van generaals, politici en beroepsboksers, en ook niet de ongenuanceerde macht van seriemoordenaars, maar de macht van de mensen die het brein van generaals, politici, ministers, onderwijzers, juristen en filmmakers vormden. De macht van manipulatie. In haar opengesperde neusvleugels en haar glinsterende ogen zag hij nu een erotiek die even kil was als die tussen een tropische spin en een adder.
'Je snapt het nog steeds niet,' zei Martie ziedend. 'Met dat verdedigen van *Durf je eigen beste vriend te zijn* hebben jullie ons huis laten afbranden. Jullie hadden het net zo goed zelf kunnen doen, eigenhandig. Met dat verdedigen van *Durf je eigen beste vriend te zijn* hebben jullie Skeet en Fig neergeschoten. Jij denkt dat hun verhaal over wat er gisteravond is gebeurd een dissociatieve fantasie is, maar het is wel degelijk echt, Claudette. Die kneuzingen zijn echt en die kogels waren echt. Jullie driedubbelovergehaalde stompzinnige idee over wat een *debat* inhoudt, jullie *denkbeeld* dat treiteren hetzelfde is als een redelijke discussie – dat is wat de vinger heeft bewogen om de trekker over te halen. Dat is nog eens maatschappijvorming, hè? Misschien ben jij bereid om voor Dereks levendige, gedegen, psychologisch diepgravende narcistische gelul te sterven, *maar ik niet!*'
Vanaf zijn uitkijkpost bij het raam zei Fig: 'Lexus.'
Claudette spuwde nog net geen vuur, maar ze stond wel in brand. 'Wat is het toch gemakkelijk om domme, ogenschijnlijk zinnige argumenten aan te dragen als je nooit een universitaire cursus logica hebt gevolgd. Als Ahriman huizen afbrandt en mensen neerschiet, dan is hij een maniak, een psychopaat, en dan heeft Derek het volste recht om hem op elke mogelijke manier te bestoken. Als wat jij beweert werkelijk waar is, dan is het zelfs moedig dat hij het tegen hem opneemt.'

Lampton durfde zijn eigen beste vriend te zijn en zei: 'Ik heb altijd instinctief geweten dat er een sociopathische wereldbeschouwing aan zijn boeken ten grondslag lag. Ik heb altijd vermoed dat het riskant was om hem tegen te werken, maar in het algemeen belang neemt een mens nu eenmaal risico's.'

'Hè ja,' zei Martie. 'Laten we meteen het Pentagon opbellen en vragen of ze een medaille voor je opzij willen leggen. Voor moed op het academische slagveld en dapperheid achter het toetsenbord van een computer met stoutmoedig gebruik van valse namen en ongeldige e-mailadressen.'

'Jij bent niet welkom in mijn huis,' zei Claudette.

'Lexus op de oprit,' zei Fig.

'Wat maakt het nou uit of er honderd verrekte Lexussen op de oprit staan?' wilde Claudette weten zonder haar ogen van Martie af te wenden. 'Iedere idioot in deze chique buurt heeft een Lexus of een Mercedes.'

'Parkeert,' zei Fig.

Martie en Dusty gingen bij Fig voor het raam staan.

Het linkervoorportier van de Lexus ging open en een lange, knappe, donkerharige man stapte uit de auto. Eric Jagger.

'O, god,' zei Martie.

Door middel van Susan had Ahriman Martie in zijn klauwen gekregen. Met of zonder universitaire cursus logica was Dusty heel goed in staat om in dit specifieke geval een plus een bij elkaar op te tellen.

Eric bukte zich om iets uit de auto te pakken dat hij op de stoelzitting had gelegd.

Via Susan had Ahriman ook Eric te pakken gekregen, hem geprogrammeerd en hem opgedragen om zijn vrouw in de steek te laten, waardoor Susan alleen en veel kwetsbaarder achterbleef, en altijd tot zijn beschikking stond als de psychiater zin in haar kreeg. En nu was er nog iets dat Ahriman van Eric wenste, iets dat een tikje meer inspanning kostte dan het huis uit te gaan.

'IJzerzaag,' zei Fig.

'Autopsiezaag,' verbeterde Dusty.

'Met schedelbladen,' voegde Martie eraan toe.

'Pistool,' zei Fig.

En daar kwam Eric aan.

74

De dood was tegenwoordig al even modieus als ieder ander: verdwenen was het zwarte rijtuig getrokken door zwarte paarden, ingeruild voor een zilverkleurige Lexus. Verdwenen was het zwarte gewaad met de melodramatische capuchon: in plaats daarvan instapers, een zwarte katoenen broek en een Jhane Barnes-trui.

De kogelvrije vesten lagen in de pick-up en de pick-up stond in de garage, dus Skeet en Fig waren even kwetsbaar als de rest van de aanwezigen en dit keer zou de schutter trouwens ook op de hoofden schieten.

'Een pistool?' zei Lampton toen Martie daarnaar vroeg. 'Bedoel je hier?'

'Nee, natuurlijk niet, doe niet zo bespottelijk,' zei Claudette alsof ze zelfs nu nog wilde kibbelen. 'We hebben geen pistool.'

'Dan is het verdomd jammer dat jullie niet echt een dodelijk *denkbeeld* hebben,' zei Martie.

Dusty greep Lampton bij de arm. 'Het dak van de achterveranda. Daar kun je op springen vanuit Juniors kamer of vanuit jullie slaapkamer.'

Terwijl hij verward met zijn ogen knipperde en zijn neus optrok alsof hij probeerde een geur op te snuiven waaruit hij precies kon opmaken welk gevaar er dreigde, zei de nertsman: 'Maar waarom...'

'Schiet op!' zei Dusty. 'Jullie allemaal. Vooruit, wegwezen. Het dak van de achterveranda op, het grasveld over, naar beneden naar het strand en vervolgens naar een van de buren om je te verstoppen.'

Junior was als eerste de deur van de studeerkamer uit en verdween op een holletje, kennelijk niet bereid om zich in iets anders te verdiepen dan het *denkbeeld* van de dood.

Dusty liep achter de jongen aan, trok de bureaustoel op wieltjes achter Lamptons bureau weg en duwde hem voor zich uit terwijl hij door de gang naar de trap holde, terwijl de rest van de aanwezigen

zich in tegenovergestelde richting uit de voeten maakte.
Nee, niet allemaal. Daar was Skeet, lief maar nutteloos. 'Wat kan ik doen?'
'Verdomme, knul, maak nou dat je wegkomt!'
'Help me hier maar mee,' zei Martie.
Zij was ook niet weggevlucht. Ze stond bij het een meter tachtig lange Sheraton-dressoir dat in de brede hal stond, tegenover de trap. Met een zwiep van haar arm veegde ze een vaas en een stel zilveren kandelaars opzij, die in stukken en met veel gerammel op de grond terechtkwamen. Ze had kennelijk begrepen wat Dusty van plan was met de bureaustoel, maar ze was van mening dat er munitie van een zwaarder kaliber voor nodig was.
Nadat de stoel opzij was gezet, sleepten ze met hun drieën het dressoir van de muur en zetten het op zijn kant boven aan de trap.
'Zorg nou dat hij weggaat,' zei Dusty dringend tegen haar. Zijn stem was hees van angst, nog veel erger dan na die vertraagde koprol in de huurauto even buiten Santa Fe, omdat hij toen ten minste nog getroost werd door de wetenschap dat Martie de Colt Commander had, terwijl hij nu helemaal niets had behalve dat verdomde dressoir.
Martie pakte Skeet bij de arm en hij probeerde tegen te stribbelen, maar zij was de sterkste van de twee.
Beneden verbrijzelde een salvo van automatisch geweervuur de glas-in-loodruitjes, hakte stukken hout uit de voordeur en sloeg in de muren van de hal.
Dusty ging in de gang op de grond liggen, achter het op zijn kant staande dressoir en keek langs de rechte trap naar beneden.
De beleggingsadviseur ramde zich door de versplinterde deur en stormde het huis binnen alsof je voor een titel van de economische hogeschool in Harvard tegenwoordig ook colleges in de boel kort en klein slaan en zwaar wapentuig moest volgen. Hij legde de autopsiezaag op het haltafeltje, pakte het machinepistool met twee handen vast en beschreef een halve cirkel, terwijl hij een regen van kogels afvuurde op de drie kamers op de begane grond.
Het was weliswaar een verlengd magazijn met waarschijnlijk drieëndertig kogels, maar geen magische bron vol kogels, dus toen Eric aan het eind was van zijn boog van honderdtachtig graden, was het pistool leeg.
Hij had een paar reservemagazijnen tussen zijn riem gepropt en stond te prutsen aan het pistool om het lege magazijn eraf te krijgen.
Hij mocht niet de kans krijgen om de begane grond eerst af te zoeken, want als hij de keuken in liep, zou hij mensen kunnen zien die

zich van het dak van de achterveranda naar beneden lieten zakken of door de achtertuin wegvluchtten naar het strand.
Het leek net alsof er nog steeds schoten door het huis denderden, maar Dusty wist dat zijn trommelvliezen alleen maar natrilden van het lawaai, dus hij schreeuwde: 'Ben Marco!'
Eric keek langs de trap omhoog, maar hij verstijfde niet en hij kreeg ook niet die veelzeggende glazige blik in de ogen. Hij bleef staan prutsen aan het pistool, waar hij kennelijk niet vertrouwd mee was.
'Bobby Lemmeck!' schreeuwde Dusty.
Het lege magazijn viel kletterend op de vloer van de hal.
Misschien kwam de naam waarmee hij geactiveerd kon worden in dit geval niet uit *The Manchurian Candidate*. Voor zover hij wist, kon die net zo goed uit *The Godfather* komen, uit *Rosemary's Baby* of uit *The House At Pooh Corner*, maar hij had geen tijd om de populairste boeken van de laatste vijftig jaar door te nemen op zoek naar het juiste personage. 'Johnny Iselin!'
Nadat hij een nieuw magazijn in het machinepistool had geschoven, duwde Eric het op de plaats met een harde klap van de palm van zijn hand.
'Wen Chang!'
Eric reageerde met een vuurstoot van acht of tien kogels die dwars door het massieve kersenhouten blad van het dressoir gingen – *pok, pok, pok*, te veel *poks* om bij te houden – door de laden kraakten, via de bodem van de kast weer naar buiten knalden, over Dusty's hoofd vlogen in een wolk van splinters die op hem neerregende en met een duffe dreun in de gangmuur achter hem terechtkwamen. *High-velocity* patronen met een mantel van een of ander materiaal dat zo hard was dat hij er niet eens over na wilde denken en waarschijnlijk voorzien van een teflon punt.
'Jocelyn Jordan!' schreeuwde Dusty in de zenuwslopende stilte die door zijn hoofd denderde na het oorverdovende geknal van de schoten. Hij had een groot gedeelte van het boek gelezen en de rest had hij doorgebladerd, op zoek naar namen en dan vooral de naam waarmee hij geactiveerd zou worden. Hij kon ze zich allemaal herinneren. Zijn eidetische geheugen was de enige gave die hij bij zijn geboorte had meegekregen, plus het gezonde verstand dat hem ertoe had gebracht om huisschilder te worden in plaats van aan de weg te gaan timmeren in de wereld van de Grote Denkbeelden, maar Condons boek zat tjokvol personages, belangrijke en onbelangrijke – even onbelangrijk als Viola Narvilly, die pas na bladzijde 300 op het toneel verscheen – en misschien zou hij niet eens de tijd krijgen om het hele stel op te noemen voor Eric zijn hoofd

aan gort schoot. 'Alan Melvin!'
Eric spaarde zijn munitie en begon de trap op te lopen.
Dusty hoorde hem aankomen.
Hij klom snel omhoog, zonder zich iets aan te trekken van het dodelijke gewicht van het Sheraton-dressoir dat boven hem uittorende. Hij liep als een robot verder. En dat was hij natuurlijk eigenlijk ook, een levende robot, een machine van vlees.
'Ellie Iselin!' schreeuwde Dusty en hij was niet alleen halfgek van angst, maar zich er ook bewust van dat dit wel een heel bespottelijk einde zou zijn: om naar de andere wereld geknald te worden terwijl hij namen zat te blèren als een zenuwachtige quizkandidaat die de zoemer probeert voor te zijn. 'Nora Lemmon!'
Onaangedaan door *Nora Lemmon* bleef Eric gewoon doorlopen en Dusty krabbelde op van de grond, gaf een duw tegen het dressoir en dook naar links, weg van de trap en achter een muur die hem beschutting bood toen zich opnieuw een salvo kogels in de omlaag stortende massa prima kwaliteit achttiende-eeuws kersenhout boorde.
Eric kreunde en vloekte, maar bij de oorverdovende herrie van het vallende dressoir viel niet op te maken of hij gewond was of weer naar beneden werd meegesleept. De trap was breder dan het op zijn kant staande dressoir en misschien had hij het kunnen ontduiken.
Terwijl hij met zijn rug tegen de muur in de gang naast de trap stond, had Dusty weinig trek om zijn hoofd om de hoek te steken en poolshoogte te nemen. Naast de colleges logica die hij nooit had gevolgd, had hij ook verzuimd om een cursus goochelen te volgen en hij wist niet hoe je kogels tussen je tanden moest opvangen.
En, lieve god nog aan toe, terwijl het gebonk-gekraak-gedreun-engekletter nog steeds opsteeg uit het trappenhuis, daar kwam Martie – die eigenlijk samen met de anderen had moeten vluchten. Ze duwde een metalen ladeblok op wieltjes dat ze uit het kantoor van Lampton had weggehaald voor zich uit door de gang.
Dusty wierp haar een woedende blik toe. Wat haalde ze zich in vredesnaam in haar hoofd? Dat Eric sneller door zijn kogels heen zou zijn dan zij door het meubilair?
Terwijl hij de stalen archiefkast vastpakte en Martie opzij duwde, liep Dusty weer terug naar de trap, waarbij hij het een meter twintig hoge metalen blok als dekking gebruikte.
Eric was samen met het dressoir in de hal terechtgekomen. Zijn linkerbeen zat klem onder de kast. Hij had nog steeds het machinepistool in zijn handen en vuurde op de bovenkant van de trap.
Dusty dook in elkaar en hoorde hoe de schoten misten. Ze knalden

hard tegen het plafond en een paar kogels kletterden over de leidingen en de pijpen achter het stucwerk. Niet één ketste van het ladeblok af.

Zijn hart ratelde in zijn borst alsof er in de kamers een aantal kogels van wand tot wand ketste.

Toen hij heel voorzichtig opnieuw naar de hal beneden gluurde, zag hij dat Eric zijn been onder het dressoir had weggetrokken en bezig was om op te staan. Hij mocht dan onstuitbaar als een robot zijn en handelen volgens een ingeprogrammeerde opdracht in plaats van met zijn verstand en gevoelens, maar de vent had absoluut de pest in.

'Eugenie Rose Cheyney!'

Zonder zelfs maar te hinken, begon Eric met een stroom verwensingen naar de trap te lopen. Het ladeblok was niet half zo groot als het dressoir. Hij kon het gemakkelijk ontwijken en gewoon door blijven schieten terwijl hij naar boven kwam.

'Ed Mavole!'

'Ik luister.'

Eric bleef onder aan de trap staan. De moordlustige blik gleed van zijn gezicht en wat ervoor in de plaats kwam, was niet de onbewogen, grimmig vastbesloten uitdrukking waarmee hij het huis was binnengekomen, maar de glazige en licht vragende blik die *activering* betekende.

Ed Mavole was dus de juiste naam, maar wat Dusty niet had, was de haiku. Volgens Ned Motherwell waren er in de boekwinkel ettelijke meters schappen gewijd aan haiku's, dus al hadden ze alle boeken die Ned had gekocht nu bij de hand gehad – wat niet het geval was – dan bestond nog de kans dat de zinnetjes waarmee hij toegankelijk werd gemaakt er niet in stonden.

Beneden in de hal vertrok Eric zijn gezicht, knipperde met zijn ogen en herinnerde zich zijn moordlustige bedoelingen.

'Ed Mavole,' zei Dusty opnieuw en weer verstijfde Eric en zei: 'Ik luister.'

Dit zou niet leuk worden, maar het moest te doen zijn. Gewoon die magische naam blijven noemen om Eric iedere keer weer in die geactiveerde toestand te krijgen als hij eruit kwam, rechtstreeks de trap af en naar hem toe lopen, het pistool uit zijn handen grissen, hem tegen de grond kwakken, met de kolf van het pistool een klap tegen de zijkant van het hoofd geven, net hard genoeg om hem buiten westen te slaan zonder dat hij voor de rest van zijn leven in coma zou raken en hem vervolgens vastbinden met iets dat voor het grijpen lag. Misschien zou hij, als hij bijkwam, niet langer een robotachtige moordenaar zijn. Anders konden ze hem vastgebonden houden, al die tig planken vol haiku's inslaan, vijftig liter sterke koffie zetten en hem die gedichten stuk voor stuk voorlezen tot ze een reactie kregen.

Terwijl Dusty het ladeblok opzij rolde, zei Martie: 'O, god, alsjeblieft liefje, neem dat risico niet,' en Eric schakelde weer over op zijn moordlustige blik.

'Ed Mavole.'

'Ik luister.'

Dusty liep snel de trap af. Eric keek hem recht aan, maar scheen niet in staat te zijn om te begrijpen wat er zou gaan gebeuren. Voordat Dusty op een derde van de trap was, riep hij alweer voor alle zekerheid: 'Ed Mavole,' en Eric Jagger antwoordde: 'Ik luister.' Toen hij twee derde achter de rug had, zei hij opnieuw: 'Ed Mavole,' en hij stond al naast Eric toen het antwoord kwam op diezelfde zachte toon: 'Ik luister.' Terwijl hij recht in de mond van het machinepistool keek, die even groot leek als een tunnel waar hij doorheen zou kunnen rijden, legde Dusty zijn hand om de loop, duwde hem opzij en weg van zijn gezicht, trok het pistool uit Erics slappe handen en gaf de verdwaasde man tegelijkertijd een ram met zijn schouder waardoor hij op de grond terechtkwam.

Dusty viel ook en rolde over gebroken glas en splinters hout uit de met kogels doorzeefde voordeur, bang dat hij per ongeluk het pistool zou afschieten. Hij belandde tegen de halvemaanvormige haltafel die tegen de muur stond en knalde hard met zijn voorhoofd tegen de stevige houten dwarsbalk die voor het verband tussen de drie poten zorgde, maar hij schoot zichzelf niet in zijn dij, in zijn lies of ergens anders.

Terwijl Dusty wankelend overeind kwam, zag hij dat Eric al was opgestaan. De vent zag er verward maar wel degelijk nijdig en ook nog steeds als een geprogrammeerde moordenaar uit.

Martie, die haastig de trap af liep, zei: 'Ed Mavole' voor Dusty zelfs maar de kans kreeg om zijn mond open te doen en plotseling leek dit het stomste videospelletje dat Martie ooit in elkaar had gesleuteld: *Huisschilder versus beleggingsadviseur*, de een gewapend met een automatisch pistool en de ander met meubels en magische namen.

Het had grappig kunnen zijn, die gedachte op dit moment, als hij niet langs Martie naar boven had gekeken, waar Junior aan de rand van de trap stond met een kruisboog, volledig gespannen en geladen.

'Nee!' schreeuwde Dusty.

Shwshh.
De pijl uit een kruisboog, korter en dikker dan een gewone pijl, is tijdens de vlucht veel moeilijker te volgen dan een pijl die wordt afgeschoten met een gewone boog, want hij vliegt veel sneller. Als bij toverslag leek deze *uit* Eric Jaggers borst te springen, recht uit zijn hart als een konijntje uit een hoge hoed: op vijf centimeter na stak de hele gladde schacht omhoog uit een soort anjertje van bloed.
Eric viel op zijn knieën. De moordlustige blik verdween uit zijn ogen en hij keek verbijsterd rond in de hal, die kennelijk volkomen nieuw voor hem was. Vervolgens keek hij knipperend op naar Dusty en leek stomverbaasd toen hij dood voorover viel.
Toen Martie Dusty ervan probeerde te weerhouden om naar boven te gaan, schudde hij haar van zich af en rende met twee treden tegelijk de trap op. Zijn voorhoofd bonsde op de plek waar hij het tegen de dwarsbalk had gestoten en hij kon nauwelijks iets zien omdat zijn ogen door zijn hoofd zwommen. Niet vanwege die tik die hij had gehad, maar omdat zijn lichaam bruiste van de chemicaliën die door de hersenen worden aangemaakt om woede op te wekken en in stand te houden. En omdat zijn hart evenveel razernij door zijn aderen pompte als bloed, zag Dusty de engelachtig uitziende jongen nu door een donkere lens en in een rode gloed, alsof er tranen van bloed uit zijn ogen stroomden.
Junior probeerde de kruisboog als schild te gebruiken om de aanval af te weren. Dusty greep de lade in het midden vast, waarbij de ronddraaiende kop van de sluitplaat in zijn hand beet. Hij rukte de jongen de boog uit de handen, smeet hem op de grond en bleef in beweging. Hij dreef de jongen door de gang, naar de plek waar het dressoir had gestaan en ramde hem zo hard tegen de muur dat zijn hoofd weer met een *plok* van het pleisterwerk terugkaatste als een bal van een tennisracket.
'Misselijke kleine rotzak dat je bent.'
'Hij had een pistool!'
'Dat had ik hem allang afgepakt,' schreeuwde Dusty waarbij hij de jongen met speeksel besproeide, maar Junior hield vol: 'Dat had ik niet gezien!' En ze bleven dezelfde zinloze dingen tegen elkaar herhalen, twee, drie keer, tot Dusty zo heftig tegen hem tekeerging dat zijn beschuldigende woorden door de gang denderden: 'Je zag het wel, je wist het wel en je hebt het toch gedaan!'
Toen dook Claudette op, die zich tussen hen in wrong, hen uit elkaar duwde en met haar rug naar Junior Dusty aankeek met ogen die nog harder waren dan daarvoor, ogen waarin het onverzettelijke grijs in vuursteen was veranderd waar de vonken van af leken te

spatten. Voor de eerste keer in haar leven was de adembenemende schoonheid van haar gezicht verdwenen: in plaats daarvan was het afstotelijk van woede. 'Laat hem met rust, laat hem met rust, blijf met je handen van hem af!'
'Hij heeft Eric vermoord.'
'*Hij heeft ons gered!* Anders waren we nu allemaal dood, maar hij *heeft ons gered!*' Claudette had nog nooit eerder zo schril geklonken en met haar bleke lippen en haar grauwe huid zag ze eruit als een stenen godin die tot leven was gewekt en ziedde van woede, een feeks die met pure wilskracht de bittere werkelijkheid naar haar hand zou zetten, zoals dat alleen aan goden en godinnen was gegeven. 'Hij had het *lef* en hij had de *hersens* om iets te doen en ons te *redden!*'
Lampton dook ook op, met een vette stroom van sussende woorden doorspekt met gemeenplaatsen en een stortvloed van woedeonderdrukkend jargon die evenmin te stuiten leek als de lekkende olie uit een zwalkende supertanker. Praten, praten en nog eens praten, terwijl zijn vrouw stug doorging met haar schelle onschuldbetuigingen van Junior. Ze kletsten dwars door elkaar heen en hun woorden waren als verfrollers die dikke lagen verf uitsmeerden om de vlekken eronder te bedekken.
Tegelijkertijd probeerde Lampton het machinepistool uit Dusty's rechterhand te pakken, hoewel Dusty zich aanvankelijk niet eens realiseerde dat hij dat nog steeds vasthield. Toen het tot hem doordrong wat Lampton wilde, liet hij het wapen los.
'We kunnen maar beter de politie bellen,' zei Lampton, ook al hadden de buren dat ongetwijfeld allang gedaan en hij liep haastig weg.
Skeet kwam voorzichtig dichterbij, waarbij hij goed oplette dat hij bij zijn moeder uit de buurt bleef, terwijl hij zich wel duidelijk aan Dusty's kant schaarde en Fig stond verderop in de gang naar hen te kijken alsof hij ten langen leste contact had gemaakt met de buitenaardse wezens die hij al zo lang had willen ontmoeten.
Ze waren geen van allen het huis uit gevlucht zoals Dusty had aangedrongen – of als ze dat wel hadden gedaan, waren ze niet verder gekomen dan het dak van de achterveranda voor ze weer terugkwamen. Lampton en Claudette moesten in ieder geval hebben geweten dat Junior zijn kruisboog was gaan laden met de bedoeling zich in het gevecht te mengen en kennelijk had geen van beiden geprobeerd om hem tegen te houden. Of misschien durfden ze dat niet eens. Elk ouderpaar dat hun hersens bij elkaar had of werkelijk van hun kind hield, zou hem de kruisboog afgepakt hebben en hem desnoods het huis uit hebben *gesleurd.* Of misschien was het dénkbeeld dat een jongen met een primitief wapen een man met een machi-

nepistool zou verslaan – een verdraaide versie van Rousseaus concept van de nobele wilde dat zoveel harten in de academisch-literaire gemeenschap in vuur en vlam zette – te verrukkelijk om te weerstaan. Dusty kon niet langer de schijn ophouden dat hij de rare hersenkronkels van deze mensen kon volgen en hij had meer dan genoeg van pogingen in die richting.

'Hij heeft een man gedood,' hielp Dusty zijn moeder herinneren want wat hem betrof, kon ze krijsen wat ze wilde, maar aan die fundamentele waarheid viel niet te tornen.

'Een gek, een maniak, een krankzinnige man met een pistool,' hield Claudette vol.

'Ik had hem dat pistool al afgepakt.'

'Dat zeg jij.'

'Dat is de waarheid. Ik had hem best aangekund.'

'Jij kunt helemaal niets aan. Je hebt je opleiding niet eens afgemaakt, je hebt je leven verpest, je verdient je geld met het schilderen van huizen.'

'Als we het over tevreden klanten hebben,' zei hij, wetend dat hij zijn mond moest houden maar niet bij machte om zich te beheersen, 'zou ik op de cover van *Time* staan en Derek zou in de gevangenis zitten om te boeten voor al die levens van patiënten die hij heeft verziekt.'

'Ondankbare hond.'

Helemaal overstuur en op het randje van tranen smeekte Skeet: 'Begin daar nou niet mee. Begin nou niet. Als je eenmaal begint, hou je nooit meer op.'

Dusty besefte dat het waar was wat Skeet zei. Na al die jaren dat hij zich gedeisd had gehouden, al die jaren waarin er met hem was gesold, waarin hij gehoorzaam was geweest en nooit zijn mond had opengedaan, was er nog zoveel verdriet dat niet verwerkt was – nog zoveel beledigingen waar nooit op was gereageerd – dat hij nu in de verleiding zou komen om al dat onrecht met één verschrikkelijke uitbarsting recht te zetten. Hij wilde niet in die kuil vallen, maar hij had het gevoel dat hij samen met zijn moeder in een ton op de onstuimige rand van de Niagara dobberde en dat ze geen kant meer op konden, behalve naar beneden.

'Ik weet wat ik heb gezien,' hield Claudette vol. 'En dat zul jij me niet uit mijn hoofd praten, zeker jij niet, *Dusty*.'

Hij kon het niet over zijn kant laten gaan, niet als hij zijn zelfrespect wilde bewaren. 'Jij was niet eens *hier*. Je hebt het niet eens kunnen zien.'

Martie had zich bij hen gevoegd. Terwijl ze Dusty's hand pakte en die stevig vasthield, zei ze: 'Claudette, er zijn maar twee mensen die hebben gezien wat er gebeurde. Dusty en ik.'

'Ik heb het wél gezien,' verklaarde Claudette woedend. 'Niemand hoeft mij te vertellen wat ik wel en wat ik niet heb gezien. Wie denk je wel dat je bent? Ik ben geen strompelende seniele oude taart die je kunt voorschrijven wat ze moet denken en wat ze heeft gezien!'

Achter zijn moeder glimlachte Junior. Zijn blik kruiste die van Dusty en hij was zo schaamteloos dat hij zijn ogen niet eens afwendde.

'Wat mankeert je?' vroeg Claudette aan Dusty. 'Wat is er met je aan de hand dat je bereid bent om het leven van je broer te ruïneren voor iets dat in feite niets te betekenen heeft?'

'Heeft moord voor jou niets te betekenen?'

Claudette sloeg Dusty, een harde klap, greep met beide handen de stof van zijn overhemd vast, probeerde hem achteruit te duwen en terwijl ze hem door elkaar schudde, werden de woorden ook uit haar geschud, een voor een: 'Die. Vuile. Streek. Haal. Je. Niet. Met. Mij. Uit.'

'Ik wil zijn leven niet ruïneren, moeder. Dat is het laatste wat ik wil. Hij heeft hulp nodig. Begrijpt u dat dan niet? Hij moet geholpen worden en iemand kan er maar beter voor zorgen dat hij die hulp krijgt.'

'Waag het niet om over hem te oordelen, *Dusty*.' Er school zoveel venijn in de nadruk die ze op zijn naam legde, zoveel bitterheid. 'Eén jaartje college maakt je nog geen doctor in de psychologie, weet je. Het maakt je helemaal niets, behalve een mislukkeling.'

Inmiddels huilend zei Skeet: 'Moeder, alsjeblieft...'

'Hou je mond,' zei Claudette terwijl ze zich omdraaide naar haar jongere zoon. 'Hou jij nou maar gewoon je mond, Holden. Jij hebt niets gezien en waag het niet om te beweren dat dat wel zo is. En trouwens, niemand zou je geloven, zo'n wrak als jij bent.'

Terwijl Martie Skeet opzij trok, uit de gevarenzone, keek Dusty langs Claudette naar Junior, die met een hautain lachje naar Skeet stond te kijken.

Dusty kon bijna de klik horen toen er een knop werd omgedraaid en begrip licht bracht in een plek in zijn hersens die tot dan toe in het duister was gehuld. In Japan noemden ze dat een *satori*, een moment van plotseling inzicht: een van de zeldzame woorden die hij in een jaar college had opgepikt.

Satori. Hier was Junior, even knap van uiterlijk als zijn moeder en ook gezegend met haar fysieke gratie. En intelligent. Het kon niet ontkend worden dat hij bijzonder intelligent was. Op haar leeftijd zou hij haar laatste kind zijn en het enige dat beloofde aan haar verwachtingen te voldoen. Hier was haar laatste kans om niet alleen een vrouw met denkbeelden te zijn, niet alleen de bruid van een man met denkbeelden, maar om ook de moeder van een man met denkbeelden te zijn. Ze had zich in haar hoofd gezet, ook al strookte dat niet met de werkelijkheid, dat dit haar laatste kans was om geassocieerd te worden met denkbeelden die de wereld in beroering zouden brengen, omdat haar eerste drie echtgenoten mannen bleken met grote denkbeelden die ondeugdelijk waren en al bij de eerste speldenprik barstten. Zelfs Derek, met al zijn succes, was een *chupaflor* en geen adelaar, en dat wist Claudette. Dusty was volgens haar te stijfkoppig om zijn belofte in te lossen en Skeet was te zwak. En Dominique, haar eerste kind, was allang veilig dood. Dusty had zijn halfzusje nooit gekend en had maar één foto van haar gezien, misschien wel de enige die er ooit van haar was gemaakt: van haar lieve, kleine, vriendelijke gezichtje. Junior was de enige hoop die Claudette nog restte en ze was vastbesloten om te geloven dat zijn hersens en zijn hart even mooi waren als zijn gezicht.

Terwijl ze nog steeds tegen Skeet van leer trok, hoorde Dusty zichzelf zeggen: 'Moeder, hoe is Dominique gestorven?'

De vraag, gevaarlijk in deze context, bracht Claudette abrupt tot zwijgen. Waarschijnlijk zou alleen nog een pistoolschot dezelfde uitwerking hebben gehad.

Hij onderging haar blik en veranderde niet in steen, zoals haar bedoeling was, en schaamte – in plaats van het tegendeel – voorkwam dat hij zijn ogen neersloeg. Schaamte omdat hij de waarheid had geweten, omdat hij aanvankelijk intuïtief en later door er logisch over na te denken al sinds zijn jongenstijd de waarheid kende, maar die toch voor zichzelf had ontkend en er nooit over had gesproken. Schaamte dat hij had toegelaten dat zij samen met Skeets brallerige vader en later met Derek Lampton Skeet kapot had gemaakt, terwijl het best mogelijk was dat ze hadden ingebonden als hij de waarheid boven tafel had gekregen en dat Skeet dan een beter leven zou hebben gehad.

'Je moet verpletterd zijn geweest van verdriet,' zei Dusty, 'toen je eerste kind werd geboren met het syndroom van Down. Zulke hooggespannen verwachtingen en dan die trieste realiteit.'

'Waar ben je op uit?' Haar stem klonk nu zachter, maar er zat nog meer woede in opgesloten.

De gang leek nauwer te worden en het plafond scheen langzaam maar zeker naar beneden te komen, alsof dit een van die dodelijke valstrikkamers was uit zo'n stomme ouderwetse avonturenfilm en ze allemaal het gevaar liepen om levend platgedrukt te worden.

'En vervolgens nog een tragedie. Wiegendood. SIDS, het sudden infant death syndrome. Wat moet je toen allemaal doorstaan hebben... het gefluister, het medische onderzoek, het wachten op de uiteindelijke beslissing omtrent de doodsoorzaak.'
Martie hield met een schok haar adem in toen ze besefte welke kant dit op ging en ze zei: 'Dusty', waarmee ze bedoelde: *Misschien is het verstandiger om dit niet te doen.*
Maar hij had zijn mond nooit opengedaan toen het Skeet misschien nog had kunnen helpen en hij was vastbesloten te doen wat hij kon om haar te dwingen Junior onder behandeling te laten stellen nu het misschien nog niet te laat was. 'Een van de eerste dingen die ik me duidelijk kan herinneren, moeder, is een dag toen ik vijf jaar was, bijna zes... een paar weken nadat Skeet thuis was gekomen uit het ziekenhuis. Je bent te vroeg geboren, Skeet. Wist je dat?'
'Ik geloof het wel,' zei Skeet beverig.
'Ze hadden niet gedacht dat je in leven zou blijven, maar je redde het wel. En toen ze je mee naar huis namen, dachten ze dat je waarschijnlijk wel een of andere hersenbeschadiging had opgelopen die vroeg of laat aan het licht zou komen. Maar dat bleek uiteraard niet het geval te zijn.'
'Mijn leermoeilijkheden,' bracht Skeet hem in herinnering.
'Dat zou kunnen,' beaamde Dusty. 'Aangenomen dat je daar ooit echt last van hebt gehad.'
Claudette keek Dusty aan alsof hij een slang was: ze had hem het liefst doodgetrapt voor hij zich oprolde en toesloeg, maar ze was bang dat haar kleinste beweging juist zou veroorzaken waar ze het bangst voor was.
Hij zei: 'Die dag dat ik vijf jaar was, bijna zes, was je in een rare bui, moeder. In zo'n vreemde stemming dat zelfs een klein jongetje onwillekeurig aanvoelde dat er iets vreselijks ging gebeuren. Je haalde de foto van Dominique te voorschijn.'
Ze hief een vuist op alsof ze hem opnieuw wilde slaan, maar hij bleef in de lucht hangen en de klap bleef uit.
In sommige opzichten was dit het moeilijkste dat Dusty ooit had gedaan en toch was het van de andere kant zo gemakkelijk dat het hem angst aanjoeg, gemakkelijk in die zin dat het ook heel eenvoudig is om van een dak af te springen als je weet dat de val geen gevolgen heeft. Maar dit zou wel gevolgen hebben. 'Het was de eerste keer dat ik die foto ooit had gezien, dat ik ooit had gehoord dat ik een zusje had gehad. Je bleef er die dag mee in huis rondlopen. Je kon er je ogen niet van afhouden. En het was al laat in de middag toen ik die foto op de grond vond in de gang voor de kinderkamer.'

Claudette liet haar vuist zakken en draaide Dusty de rug toe.
Zijn hand leek toe te behoren aan een andere, brutalere man toen hij zag hoe die uitschoot en haar bij haar arm pakte, haar tegenhield en haar dwong om hem weer aan te kijken.
Junior stapte naar voren om haar in bescherming te nemen.
'Ik zou die kruisboog maar oppakken en laden,' waarschuwde Dusty de jongen. 'Want zonder dat ding zul je mij niet aankunnen.'
Hoewel de gewelddadigheid die hem uit de ogen straalde nog feller was dan de keiharde woede in de ogen van zijn moeder, bond Junior toch in.
'Toen ik de kinderkamer in liep,' zei Dusty, 'hoorde je me niet. Skeet lag in de wieg. Jij stond over hem heen gebogen met een kussen in je handen. Je bleef heel lang zo staan. En daarna liet je het kussen omlaag zakken naar zijn gezicht. Heel langzaam. Op dat moment heb ik iets gezegd. Wat weet ik niet meer. Maar jij wist dat ik er was en je... ging niet door. Destijds wist ik niet wat er bijna was gebeurd. Maar later, jaren later begreep ik dat wel, ook al wilde ik het niet onder ogen zien.'
'O jezus,' zei Skeet met een stem die even zwak was als van een kind. 'O, lieve jezus.'
Hoewel Dusty het volste vertrouwen had in de macht van de waarheid, wist hij niet zeker of Skeet door deze onthulling wel meer geholpen dan geschaad zou worden. Hij werd zo verscheurd door twijfel bij de gedachte aan de ellende die hij misschien zou veroorzaken dat hij bij de lichte onpasselijkheid die even in hem opkwam het gevoel kreeg dat hij bloed zou spugen als hij moest braken.
Claudette had haar tanden zo vast op elkaar geklemd dat de spieren in haar kaken ervan trilden.
'Een paar minuten geleden heb ik je gevraagd of moord voor jou niets te betekenen heeft, moeder, en je hebt zelfs geen moment bij die vraag stilgestaan. En dat is vreemd, want dat is nou juist zo'n belangrijk denkbeeld. Toch echt wel de moeite van een discussie waard.'
'Ben je klaar?'
'Nog niet. Na al die jaren dat ik dit soort onzin heb moeten slikken, heb ik het recht wel verdiend om mijn verhaal af te mogen maken. Ik ken je ergste geheimen, moeder, al je meest verschrikkelijke geheimen. Ik heb eronder geleden, dat geldt voor ons allemaal, en we zullen er nog meer onder moeten lijden...'
Ze klauwde naar zijn hand, waarbij ze met haar nagels twee bloedende krasjes veroorzaakte en terwijl ze zich losrukte, zei ze: 'Als Dominique geen Down-baby was geweest en als ik haar niet dat hal-

ve leven had bespaard dat ze gehad zou hebben, zou dat niet nog veel erger zijn geweest? Zou dat niet oneindig veel erger zijn geweest?'

Ze werd steeds warriger naarmate ze harder ging praten en Dusty had geen flauw idee wat ze bedoelde.

Junior ging dichter bij zijn moeder staan. Ze hadden elkaar bij de hand gepakt en putten een vreemd soort kracht uit elkaar.

Terwijl ze naar de dode man wees die wijdbeens in de hal beneden lag, een gebaar dat totaal geen verband scheen te hebben met haar woorden, zei ze: 'Dat Down-syndroom was tenminste iets dat duidelijk was waar te nemen. Wat als ze toen volkomen normaal had geleken maar vervolgens... wat als ze, nadat ze was opgegroeid, precies hetzelfde was geworden als haar vader?'

Dominiques vader, Claudettes eerste echtgenoot, was meer dan twintig jaar ouder geweest dan zij, een psycholoog genaamd Lief Reissler, een kille kikker met lichte ogen en een smal snorretje die godzijdank geen rol had gespeeld in het leven van Dusty en Skeet. Een kille kikker, ja, maar geen monster, zoals haar vraag impliceerde.

Voordat Dusty uitdrukking kon geven aan zijn verbazing loste Claudette zelf het raadsel al op. Na alle schokken van de afgelopen drie dagen die hem naar zijn eigen idee volledig immuun hadden gemaakt voor verrassingen stond hij bij haar volgende vraag toch te trillen op zijn benen: 'Wat als ze net zo zou zijn geworden als Mark Ahriman?' De rest was overbodig: 'Jij zegt dat hij huizen afbrandt, dat hij mensen neerschiet, dat hij een sociopaat is en dat die krankzinnige man die daar beneden dood ligt op de een of andere manier iets met hem te maken heeft. Had jij dan een kind van hem als halfzuster gewild?'

Ze hief Juniors hand op en kuste die, alsof ze wilde zeggen dat ze vooral blij was dat ze hem het probleem van zo'n lastige zuster had bespaard.

Toen Dusty had gezegd dat hij haar ergste geheimen kende, de allerergste, was ze ervan uitgegaan dat hij meer had bedoeld dan dat de wiegendood die Dominique het leven had gekost in werkelijkheid meedogenloze verstikking was geweest.

Door de manier waarop hij en Martie reageerden, had Claudette inmiddels begrepen dat haar onthulling helemaal niet nodig was geweest, maar in plaats dat ze haar mond hield, probeerde ze een verklaring te geven.

'Lief was onvruchtbaar. We zouden nooit kinderen kunnen krijgen. Ik was eenentwintig, Lief was vierenveertig en hij zou de perfecte vader zijn geweest, met zijn enorme kennis, zijn inzicht en zijn theorieën over emotionele ontwikkeling. Lief had een briljante filosofie over het opvoeden van kinderen.'

Ja, ze hadden allemaal niet alleen een eigen filosofie gehad over het opvoeden van kinderen, maar ook diep inzicht in en een duurzame belangstelling voor sociale technieken. Medicatie voor educatie en dat soort dingen.

'Mark Ahriman was nog pas zeventien, maar hij zat al vlak na zijn dertiende verjaardag op college en toen ik hem leerde kennen had hij inmiddels al een universitaire titel. Hij was een superwonderkind en iedereen op de universiteit had ontzettend veel ontzag voor hem. Een bijna niet te bevatten genie. Maar niemand zou hem een ideale vader hebben genoemd. Hij was een verwaande snotneus uit Hollywood. Maar die *genen*.'

'Wist hij dat het zijn kind was?'

'Ja. Waarom niet? We waren geen van allen bepaald conventioneel.'

Het gezoem in Dusty's hoofd waarmee elk bezoek aan dit huis altijd gepaard ging, had een nog onheilspellender klank gekregen dan meestal het geval was. 'Toen Dominique bij haar geboorte een Downkindje bleek te zijn... hoe heb je dat toen verwerkt, moeder?'

Ze staarde naar het bloed op zijn hand waar zij hem met haar nagels had gekrabd en toen ze haar ogen ophief om hem aan te kijken, zei ze alleen: 'Je weet hoe ik dat heb verwerkt.'

Opnieuw bracht ze Juniors hand naar haar lippen en drukte dit keer een kus op zijn knokkels, alsof ze wilde aangeven dat al haar ellende met probleemkinderen de moeite waard was gebleken nu ze hem had.

Dusty zei: 'Ik bedoelde niet wat je met Dominique hebt gedaan. Wat heb je gedaan toen je wist wat er met haar aan de hand was? Als ik je goed ken, heb je Ahriman de volle laag gegeven. Ik durf te wedden dat je hem dieper vernederd hebt dan een verwaand joch uit Hollywood gewend is.'

'In *mijn* familie was zoiets nog nooit voorgekomen,' zei ze, waarmee ze bevestigde dat ze al haar woede op Ahriman had gekoeld.

Martie kon zich niet langer inhouden. 'Dus tweeëndertig jaar geleden heb je hem vernederd, je hebt zijn kind vermoord...'

'Hij was blij toen hij hoorde dat ze dood was.'

'Dat wil ik best geloven, bij alles wat ik inmiddels van hem af weet. Maar toch heb je hem destijds vernederd. En al die jaren later doet de man die je Junior heeft gegeven, dit prachtexemplaar...'

Junior begon zelfs te glimlachen, alsof Martie probeerde hem te versieren.

'... doet de man die je het kind heeft gegeven dat Ahriman je niet kon geven, doet je *echtgenoot* zijn uiterste best om Ahriman bespottelijk te maken, om hem te kleineren en om hem bij elke gelegenheid in het openbaar met de grond gelijk te maken. Hij zit hem zelfs dwars met dat kleinzielige gedoe op Amazon.com. En jij hebt niet geprobeerd om dat een halt toe te roepen?'

Claudettes woede laaide opnieuw op toen Martie haar ervan beschuldigde dat ze de zaak volkomen verkeerd had beoordeeld. 'Ik heb het aangemoedigd. En waarom niet? De boeken die Mark Ahriman produceert, zijn al even waardeloos als het kind dat hij heeft gemaakt. Waarom zou hij meer succes hebben dan Derek? Waarom zou hij ook maar *iets* in de schoot geworpen krijgen?'

'Wat ben jij een dom mens.' Het was duidelijk dat Martie die belediging opzettelijk gebruikte omdat ze wist dat die bij Claudette harder zou aankomen dan iets anders. 'Wat een intens dom mens.'

Skeet schrok van Marties openhartigheid en probeerde haar achteruit te trekken, omdat hij bang was dat haar iets zou overkomen. In plaats daarvan pakte Martie zijn hand en hield die even stijf vast als Claudette Juniors hand vasthield. Maar ze putte geen kracht uit Skeet, ze gáf hem juist kracht. 'Rustig maar, schat.' Ze ging op dezelfde voet verder toen ze zei: 'Claudette, je hebt er geen flauw idee van waar Ahriman toe in staat is. Je begrijpt geen bal van hem... hoe intens gemeen en meedogenloos hij kan zijn.'

'Ik begrijp...'

'Om de dooie donder niet! Jij hebt de deur voor hem opengezet en hem toegang verstrekt tot al onze levens, niet alleen tot het jouwe. Hij zou mij geen tweede blik waardig hebben gegund als ik geen familie van jou was geweest. Als jij er niet was geweest, dan zou mij dit allemaal niet overkomen zijn en dan had ik niet hoeven te doen' – ze wierp Dusty een verdrietige blik toe en hij wist dat ze aan de twee dode mannen in New Mexico dacht – 'wat ik nu heb moeten doen.'

Claudette liet zich niet uit het veld slaan door argumenten, hoe heftig ook, en al evenmin door het feit dat ze stuk voor stuk waar waren. 'Je doet net alsof het allemaal om jou draait. Maar iedereen zit weleens in de stront. Ik ben ervan overtuigd dat die uitdrukking in jouw kennissenkring regelmatig opgang doet. Iedereen zit weleens in de stront, *Martie*. Dat geldt voor ons allemaal. Het is míjn huis dat in puin is geschoten, voor het geval je dat was ontgaan.'

'Daar kun je dan maar beter aan wennen,' gaf Martie haar lik op stuk. 'Want Ahriman zal het hier niet bij laten zitten. Hij stuurt gewoon iemand anders, en weer iemand anders, en nog tien anderen, vreemde mensen en mensen die we ons hele leven gekend en ver-

trouwd hebben, waardoor hij ons telkens opnieuw op het verkeerde been zet, en hij zal ze net zo lang blijven sturen tot we allemaal dood zijn.'
'Je slaat gewoon pure wartaal uit,' ziedde Claudette.
'Zo is het genoeg! Hou je mond, jullie allemaal!' Derek stond beneden in de hal naast het lijk van Eric naar hen omhoog te schreeuwen. 'De buren zullen wel niet thuis zijn, want niemand had de politie gewaarschuwd tot ik net belde. Voordat ze hier zijn, zal ik jullie precíés vertellen wat er gaat gebeuren. Dit is mijn huis en jullie doen wat ik zeg. Ik heb het pistool schoongeveegd. Ik heb het weer in zijn hand gestopt. Dusty en Martie, als jullie ons tegen willen werken, ga dan gerust je gang, maar dan is het oorlog tussen ons en dan zal ik jullie op elke mogelijke manier zwartmaken. Je zei toch dat jullie huis is afgebrand? Dan zeg ik tegen hen dat jullie gokken, dat jullie schulden hebben en dat jullie het huis in brand hebben gestoken om het verzekeringsgeld op te strijken.'
Van zijn stuk gebracht door dat lachwekkende dreigement, maar toch niet in het minst verbaasd zei Dusty: 'Derek, wat schieten we daar in vredesnaam mee op?'
'Het zal verwarring stichten,' zei Lampton. 'De smerissen op het verkeerde been zetten. Die vent was toch de man van jouw vriendin, Martie? Dan zal ik tegen de politie zeggen dat hij hier kwam om Dusty te vermoorden omdat Dusty Susan naaide.'
'Stompzinnige klootzak,' zei Martie. 'Susan is dood. Ze...'
Claudette eiste ook een aandeel in het complot op: 'Dan zeg ik dat Eric voordat hij hier om zich heen begon te schieten, bekend heeft dat hij Susan heeft vermoord, dat hij haar heeft vermoord omdat ze zich door Dusty liet neuken. Ik waarschuw jullie, we zullen zoveel verwarring stichten dat ze niet eens meer *oog* voor mijn jongen zullen hebben, laat staan dat ze hem van moord beschuldigen terwijl hij alleen maar ons allemaal het leven heeft gered.'
Dusty kon zich niet herinneren dat hij door een spiegel was gestapt of dat hij door een tornado vol zwarte magie was opgezogen, maar toch bevond hij zich midden in een wereld waar alles ondersteboven en achterstevoren was, waar leugens als waarheid werden omhelsd en waar de waarheid niet welkom was en ook niet werd herkend.
'Kom, Claudette,' drong Lampton aan terwijl hij haar wenkte om naar beneden te komen. 'Kom op, Derek. Naar de keuken. Snel. We moeten alles doorpraten voor de politie hier is. Onze verhalen moeten met elkaar in overeenstemming zijn.'
De jongen schonk Dusty een hautain glimlachje terwijl hij achter zijn

moeder, die nog steeds zijn hand vasthield, naar de trap liep en naar beneden.
Dusty draaide hun met een ruk de rug toe en keek door de gang naar Fig, die de hele stormachtige toestand zonder zich te verroeren had gadegeslagen.
'Sjonge,' zei Fig.
'Kun je Skeet nu beter begrijpen?'
'O ja.'
'Waar is Valet?' vroeg Dusty, omdat de hond een band vormde met de werkelijkheid, zijn eigen Toto die hem eraan herinnerde dat er ook een wereld was waar geen boze heksen bestonden.
'Bed,' meldde Fig en wees naar de openstaande deur van de hoofdslaapkamer.
De poten onder het Sheraton-bed waren hoog genoeg om Valet de ruimte te geven zich eronder te wurmen. Hij werd verraden door zijn staart die onder de sprei vandaan kwam.
Dusty liep om het bed naar de andere kant, ging op de grond liggen, tilde de sprei op en zei: 'Heb je nog een plaatsje voor mij overgelaten?'
Valet jankte alsof hij hem uitnodigde om ook onder het bed te kruipen en hem te knuffelen.
'Ze vinden ons toch wel,' verzekerde Dusty hem. 'Kom er maar onderuit, kerel. Kom hier, dan zal ik je eens lekker over je buik wrijven.'
Valet liet zich met veel gevlei overhalen om onder het bed vandaan te kruipen, maar hij was te angstig om zijn buik bloot te geven, zelfs voor de mensen die hij het meest vertrouwde.
Martie liep naar Dusty toe en ging bij hem op de grond zitten, met de hond tussen hen in. 'Ik geloof dat ik me nog eens goed moet bedenken of ik wel een gezin wil stichten. Volgens mij krijgen we het nooit beter dan we het nu hebben – jij, ik en Valet.'
De hond leek het met haar eens te zijn.
Martie zei: 'Toen we hiernaartoe reden, kon ik me niet voorstellen dat de ellende nog groter kon worden en moet je zien hoe we er nu voor staan. Tot onze nek in de puree en geen bodem te bekennen. Weet je dat ik gewoon verdoofd ben? Ik weet wat er met Eric is gebeurd, maar het dringt nog niet tot me door.'
'Ja. "Verdoofd" is wat mij betreft nog te zwak uitgedrukt.'
'Wat ga je nu doen?'
Dusty schudde zijn hoofd. 'Ik weet het niet. Maar wat heeft het nog voor zin? Ik bedoel, ze maken toch een held van die knul, waar of niet? Wat ik ook zeg. Of jij. Dat weet ik zo zeker als wat. De waar-

heid zal niet genoeg indruk maken, dat geloven ze nooit.'
'En wat doen we met Ahriman?'
'Ik ben bang, Martie.'
'Ik ook.'
'Wie zal ons geloven? Het zou al moeilijk genoeg geweest zijn om iemand zover te krijgen dat er naar ons geluisterd werd voor... deze toestand. Maar nu de Lintworm en Claudette bereid zijn om idiote verhalen over ons op te hangen alleen maar om *verwarring te zaaien...* Als we over hersenspoeling beginnen te praten en over geprogrammeerde zelfmoord en geprogrammeerde moordenaars... dan zullen die leugens van hen alleen maar nog waarschijnlijker klinken.'
'En als iemand echt ons huis in brand heeft gestoken – Ahriman of iemand die hij heeft gestuurd – dan zal het overduidelijk brandstichting zijn. Wat hebben wij dan voor alibi?'
Dusty knipperde verbaasd met zijn ogen. 'Wij waren in New Mexico.'
'En wat deden we daar?'
Hij deed zijn mond open om iets te zeggen... maar er kwam geen woord over zijn lippen.
'Als we New Mexico erbij halen, dan moeten we over dat gedoe met Ahriman beginnen. En ja, dat valt allemaal best hard te maken... Al die dingen die daar lang geleden met andere mensen zijn gebeurd. Maar hoe kunnen we daar dieper op ingaan zonder het risico te lopen dat... Zachary en Kevin eraan te pas komen?'
Ze zaten even zwijgend de hond te strelen en uiteindelijk zei Dusty: 'Ik kan hem vermoorden. Ik bedoel, gisteravond heb je me gevraagd of ik dat zou kunnen en toen zei ik dat ik dat niet wist. Maar nu weet ik het wel.'
'Ik zou het ook best kunnen,' zei ze.
'Als we hem vermoorden, komt er een einde aan.'
'Aangenomen dat we het instituut niet op de nek krijgen.'
'Je hebt zelf gehoord wat Ahriman vanmorgen in zijn spreekkamer zei. Dit had daar niets mee te maken. Dit was iets persoonlijks. En nu weten we ook hóé persoonlijk.'
'Als jij hem vermoordt,' zei ze, 'zul je de rest van je leven in de gevangenis zitten.'
'Misschien.'
'Zeker weten. Want er zal geen rechter zijn die bereid is om zo'n bespottelijke verdediging als "Ik heb hem vermoord omdat die smeerlap zo gek was op hersenspoelen" te aanvaarden.'
'Dan stoppen ze me maar tien jaar in een inrichting. Dat is in ieder geval een stuk beter.'

'Niet als we niet met ons tweetjes in dezelfde inrichting worden gestopt.'
Valet tilde zijn kop op en keek hen aan alsof hij wilde zeggen: met ons *drietjes*.
Iemand kwam door de gang aanhollen en het bleek Fig Newton te zijn, die met zijn bril scheef en een gezicht dat nog roder was dan anders de kamer binnen kwam vallen. 'Skeet.'
'Wat is er met hem?' vroeg Martie terwijl ze zich overeind hees.
'Weg.'
'Waarheen?'
'Ahriman.'
'Wát?'
'Pistool.'
Dusty was ook opgesprongen. 'Verdorie, Fig, hou op met die telegramstijl. Vertel op!'
Met een knikje spande Fig zich tot het uiterste in: 'Pakte het pistool van de dode man. En een van de volle magazijnen. Nam de Lexus. Zei dat jullie geen van allen veilig zouden zijn tot hij het gedaan had.'
Martie zei tegen Dusty: 'Moeten we het tegen de politie zeggen en hem aan laten houden?'
'Zeggen dat hij onderweg is om een toonaangevend burger dood te schieten, gewapend met een machinepistool? Als we dat doen, is Skeet zogoed als dood.'
'Dan moeten we zorgen dat we daar eerder zijn dan hij,' zei ze. 'Fig, pas alsjeblieft op Valet. Er lopen hier mensen rond die hem puur voor de lol dood zouden schieten.'
'Voel mezelf ook niet al te veilig,' zei Fig.
'Weten de anderen al waar Skeet naartoe is gegaan?'
'Nee. Weten niet eens dat hij weg is.'
'Vertel hun dan maar dat hij eerder op de dag een paar pilletjes heeft geslikt en nu ineens raar begon te doen. Dat hij het pistool pakte en zei dat hij naar Santa Barbara ging om af te rekenen met een stel lui die hem foute dope hadden verkocht.'
'Niets voor Skeet. Veel te macho.'
'Lampton zal het prachtig vinden. Nog meer verwarring.'
'Wat gebeurt er als ik de smerissen voorlieg?'
'Je zegt geen woord tegen de politie. Daar ben je goed in. Vertel het alleen maar aan Lampton, dan zorgt híj wel voor de rest. En zeg ook tegen hem dat wij achter Skeet aan zijn gegaan. Naar Santa Barbara.'
Tegen de tijd dat Dusty en Martie de hal hadden bereikt, over het

lichaam en het op zijn kop liggende dressoir waren gestapt en op de veranda aan de voorkant stonden, terwijl Lampton en Claudette achter hen stonden te schreeuwen, kon Dusty de sirenes in de verte al horen.

Ze reden de oprit af, draaiden de snelweg in zuidelijke richting op en waren al meer dan anderhalve kilometer onderweg voor ze de eerste patrouillewagen tegenkwamen, die met een noodgang naar het noorden reed, op weg naar het huis van Lampton.

Tot hun nek in de puree en geen bodem te bekennen.

75

In zijn spreekkamer op de veertiende verdieping zat de dokter aan zijn nieuwe boek te werken door een amusante anekdote op te poetsen over een fobiepatiënt die zo bang was voor voedsel dat er van haar oorspronkelijke gewicht van drieënzestigeneenhalve kilo nog slechts negenendertig kilo was overgebleven. Ze had een aantal dagen op het randje van de dood gezweefd voor hij ontdekte wat er precies met haar aan de hand was en haar op het nippertje had kunnen genezen. Haar hele verhaal was allesbehalve amusant, natuurlijk, maar juist vrij duister en dramatisch. Precies het soort materiaal dat hem vrijwel zeker samen met zijn dankbare patiënte een uitgebreid interview bij *Dateline* zou opleveren als het tijd werd om het boek onder de aandacht van het publiek te brengen, maar het bevatte hier en daar wel een vrolijke noot en er was zelfs één moment dat tot grote hilariteit zou leiden.

Hij was niet in staat om zich zo volledig op zijn werk te concentreren als normaal het geval was, omdat zijn gedachten voortdurend afdwaalden naar Malibu. Nadat hij had uitgerekend hoeveel tijd Eric nodig zou hebben om een bezoek te brengen aan het pakhuis met de privéopslagruimte en dan helemaal naar Malibu te rijden, kwam hij tot de slotsom dat het eerste schot om ongeveer kwart voor één afgevuurd zou worden, misschien zelfs pas om één uur.

Hij werd ook afgeleid, hoewel in mindere mate, doordat hij af en toe moest denken aan de Keanuhaatster, die nog steeds niet had opgebeld. Daar maakte hij zich geen zorgen over. Ze kon ieder moment bellen. Er waren maar weinig mensen zo betrouwbaar als mensen die leden aan obsessies en fobieën.

De .380 Beretta lag rechts naast hem op de hoek van zijn bureau, zodat hij er gemakkelijk bij kon.

Hij verwachtte niet dat de Keanuhaatster zich aan een touw van het dak zou laten zakken en gewapend met een machinegeweer, handgranaten om zich heen strooiend, dwars door zijn grote raam naar binnen zou komen springen, maar hij onderschatte haar ook niet. Door de jaren heen waren de taaiste vrouwen met wie hij te maken had gehad onveranderlijk gehuld in modieuze maar conservatieve gebreide pakjes van St. John en hadden schoenen van Ferragamo gedragen. Het merendeel van hen waren de vrouwen van reeds lang getrouwde, oudere studiohoofden en machtige agenten geweest; ze hadden er even degelijk uitgezien als de eerste de beste douairière uit Boston met een stamboom die terugging tot de grondleggers van de republiek, ze waren welopgevoed en aristocratisch geweest – maar desalniettemin bereid om zich bij wijze van lunch te goed te doen aan je hart, met een moes van je nieren als bijgerecht en vergezeld van een glas prima merlot.

Omdat hij het adres kende van een delicatessenzaak die geen enkel bezwaar had tegen mayonaise, echte boter en elke vorm van dierlijk vet, vergenoegde de dokter zich met een lunch achter zijn bureau. Hij at terwijl de blauwe zak naast zijn bord stond, met de flap boven de dubbele knoop in een jolige hoek. Het feit dat hij wist wat erin zat, deerde hem niet in het minst, want het was een leuke verwijzing naar de toestand waarin het lijk van Derek Lampton door de politie zou worden aangetroffen.

Om kwart over één was de lunch voorbij en had hij alle zakken en bordjes van de delicatessezaak van zijn bureau geruimd, maar hij ging nog niet meteen verder met het schrijven van de boulimia-anekdote voor zijn boek. Op zijn in leer met pseudo-ivoren mozaïekpatronen gevatte vloeiblad stond nu alleen nog de blauwe zak.

Helaas kon hij niet uit de eerste hand genieten van Lamptons vernedering en tenzij een van de wat louchere boulevardbladen goed werk afleverde, zou hij waarschijnlijk ook niet één bevredigende foto onder ogen krijgen. De *New York Times* en zelfs *USA Today* stonden niet bepaald te trappelen om foto's te publiceren van hoofden met een gelichte schedel, volgepropt met uitwerpselen.

Gelukkig beschikte de dokter over voldoende verbeeldingskracht. Met de blauwe zak voor zich als inspiratie had hij geen enkele moeite om zich de meest levendige en amusante beelden voor de geest te halen.

Om halftwee ging hij ervan uit dat Eric Jagger de schietpartij achter de rug had en nu bezig – en misschien wel bijna klaar – was met de amateurhersenoperatie. Toen hij zijn ogen sloot, kon de dokter in gedachten het ritmische geknars van de schedelzaag horen. Gezien de botte schedel van Lampton was het een verstandig besluit geweest om een reservezaagblad mee te geven. Voor het geval de

Lamptons geen hond hadden, hoopte hij dat Erics eetgewoonten inhielden dat hij iedere ochtend een ontbijt met een hoog vezelgehalte naar binnen werkte.

Wat hem het meest speet, was dat hij niet in staat was geweest om zijn oorspronkelijke scenario van het spel uit te laten voeren, waarin Dusty, Skeet en Martie Claudette en de beide Dereks zouden hebben gemarteld en vermoord. Voordat ze zelfmoord zouden plegen, hadden Dusty, Skeet en Martie een lange verklaring moeten schrijven waarin ze de oudere Derek en zijn vrouw ervan beschuldigden dat ze Skeet en Dusty tijdens hun jeugd op de meest verschrikkelijke manier seksueel hadden misbruikt en dat ze Martie en Susan Jagger met behulp van Rohypnol herhaaldelijk hadden verkracht. Ahriman had zelfs kunnen overwegen om Susan deel uit te laten maken van het moordteam, als ze niet toevallig zo slim gebruik had gemaakt van een videocamera. Dan zou het aantal doden tot zeven zijn opgelopen, volgens de berekeningen van Ahriman het minimumaantal dat ervoor zorgde dat een dergelijke slachting overal in het land prominent in het nieuws zou komen – hoewel de zeven moorden dankzij Dereks reputatie als een populaire psychiatrische goeroe ongetwijfeld even breed uitgemeten in de pers zouden komen als een bomaanslag waarbij tweehonderd doden waren gevallen, maar waarbij geen prominente personen waren omgekomen.

Nou ja, hoewel het spel wat minder chic was verlopen dan hij zou hebben gewild, nam hij genoegen met de overwinning. Omdat hij geen schijn van kans had om Derek Lamptons brein in zijn bezit te krijgen, kon hij misschien de blauwe zak in plexiglas laten verzegelen bij wijze van symbolische trofee.

Hoewel Skeets denkproces tijdens de afgelopen twee drugsvrije dagen een stuk helderder en efficiënter was geworden, beschikte hij nog steeds niet over de geestelijke scherpzinnigheid om leiding te geven aan een atoomcentrale of om zelfs maar het vertrouwen te krijgen om in een dergelijke instelling de vloeren aan te vegen. Gelukkig was hij zich daarvan bewust en het was dan ook zijn bedoeling om elke stap van zijn aanslag op dr. Ahriman grondig door te nemen tijdens zijn rit van Malibu naar Newport Beach.

Hij was emotioneel ook volslagen van de kaart en de tranen stroomden hem regelmatig over de wangen, terwijl hij af en toe zelfs in snikken uitbarstte. Om achter het stuur te zitten van een auto terwijl hij nauwelijks een hand voor ogen kon zien, was met name tijdens het regenseizoen heel gevaarlijk op de Pacific Coast Highway, omdat plotselinge, stevige modderlawines en losgeraakte rotsblokken ter grootte van een halve vrachtwagen het noodzakelijk maakten dat een automobilist over katachtige reflexen beschikte. Nog erger was dat het verkeer zo vroeg op de middag met honderdtwintig kilometer per uur over de snelweg richting het zuiden stoof zonder zich iets aan te trekken van de maximumsnelheid van honderd kilometer en dat onbeheerst gesnik bij die snelheid catastrofale gevolgen kon hebben.

Zijn borst en buik deden pijn van de inslag van vier door een kogelvrij vest opgevangen kogels. De pijnlijke krampen in zijn maag hadden niets te maken met de kneuzingen maar waren het gevolg van angst en spanningen. Hij had migraine, zoals altijd wanneer hij bij zijn moeder op bezoek was geweest, ook al werd er bij die gelegenheid wel of niet iemand met een kruisboog doodgeschoten.

Maar de pijn in zijn hart was nog veel erger dan alle lichamelijke ongemakken bij elkaar. Dusty en Martie waren hun huis kwijt en hij had het gevoel dat zijn eigen huis tot de grond toe was afgebrand. Het waren de fijnste mensen op de hele wereld, Martie en Dusty, de allerfijnste. Ze verdienden al die problemen niet. Hun fantastische huisje in vlammen opgegaan, Susan dood, Eric dood, een leven vol angst.

En zijn hart kromp ook samen bij de gedachte aan zijn moeder, die met een kussen in de hand over hem gebogen had gestaan toen hij nog een baby was, zijn eigen mooie moeder. Toen Dusty haar dat voor de voeten had gegooid, had ze niet eens ontkend dat ze van plan was geweest om hem te vermoorden. Hij wist dat hij als volwassene een volslagen mislukkeling was, dat hij als kind ook een volslagen mislukkeling was geweest, maar nu kreeg hij de indruk dat hij zelfs als *baby* al zo duidelijk op weg was geweest om een volslagen mislukkeling te worden dat zijn eigen moeder zich gerechtigd had gevoeld om hem te laten stikken terwijl hij in zijn wieg lag te slapen.

Hij wílde helemaal niet zo'n mislukking zijn. Hij wilde zich juist goed gedragen en wel op zo'n manier dat zijn broer, Dusty, trots op hem zou kunnen zijn, maar hij raakte telkens het spoor kwijt zonder zich dat te realiseren. Hij besefte wel dat hij Dusty ook veel verdriet bezorgde en daardoor voelde hij zich nog naarder.

Afgeleid door pijn in zijn borst, pijn in zijn buik, de ene na de andere kramp in zijn maag, migraine, verdriet, wazige ogen en verkeer dat met honderdtwintig per uur voortdenderde, plus het feit dat hij zich zorgen maakte omdat hij al jaren geleden zijn rijbewijs was kwijtgeraakt, arriveerde hij vlak voor drie uur 's middags in Newport Beach, op de parkeerplaats achter Ahrimans kantoorgebouw, zonder dat hij ook maar zorgvuldig had nagedacht over één aspect van zijn aanslag op dr. Ahriman.

'Ik ben een volslagen mislukkeling,' zei hij.

En omdat hij zo'n mislukkeling was, was de kans dat het hem zou lukken om de parkeerplaats over te steken, met de lift naar de veertiende etage te gaan, Ahrimans praktijkruimte binnen te lopen en met succes die smeerlap om zeep te brengen zo klein dat je die niet eens kon berekenen. Je kon net zo goed proberen om de haren op de kont van een vlo te wegen.

Maar hij had wel één punt in zijn voordeel. Als het hem tegen beter weten in zou lukken om de psychiater dood te schieten, zou hij waarschijnlijk niet voor de rest van zijn leven in de gevangenis belanden, wat absoluut het geval zou zijn met Dusty of Martie als een van hen de trekker zou overhalen. Gezien zijn kleurrijke voorgeschiedenis van ontwenningskuren, een stapel weinig flatterende psychiatrische rapporten van een halve meter hoog en het feit dat hij meer bekendstond om zijn pathologische volgzaamheid dan om zijn gewelddadigheid, zou Skeet waarschijnlijk in een inrichting voor geestelijk gehandicapten terechtkomen, met de hoop dat hij op een dag weer vrij zou komen, aangenomen dat er nog iets van hem over was na nog eens vijftien jaar intensief met medicijnen bestookt te zijn.

Het pistool had een verlengd magazijn, maar hij kon het toch tussen zijn riem proppen en het onder zijn trui verbergen. Gelukkig was het een wijd model trui en hij was zelfs nog wijder dan oorspronkelijk de bedoeling was geweest, omdat hij hem jaren geleden had gekocht. Inmiddels was hij alleen maar afgevallen, zodat de trui hem nu zeker twee maten te groot was.

Hij stapte uit de Lexus en dacht eraan om de sleutels mee te nemen. Als hij die in het contactslot zou laten zitten, zou iemand misschien de auto stelen, waardoor hij medeschuldig zou zijn aan autodiefstal. Als zijn naam met grote koppen in de kranten terechtkwam en mensen op tv te zien kregen dat hij werd gearresteerd, wilde hij niet dat iemand zou denken dat hij zo'n figuur was die zich inliet met autodiefstal. Hij had in zijn hele leven nog nooit een cent gestolen.

De lucht was blauw. Het was een zachte dag. Er was geen wind en hij was blij dat het zulk rustig weer was, want hij had het gevoel dat een stevige wind hem omver had kunnen blazen.

Hij liep heen en weer voor de auto en keek omlaag naar zijn trui, waarbij hij zijn hoofd eerst naar de ene en toen naar de andere kant schuin hield, om te zien of het pistool vanuit een bepaalde hoek te

onderscheiden was. Het wapen was volkomen verborgen.
Hete tranen welden weer op toen hij net van plan was om het gebouw binnen te stappen en dus begon hij maar weer te ijsberen en droogde zijn tranen met de mouwen van zijn trui. Er zou vast iemand van de veiligheidsdienst in de ontvangsthal zitten. Skeet besefte dat een uitgeteerde man met een grauw gezicht in kleren die hem twee maten te groot waren en die zich de ogen uit de kop jankte, waarschijnlijk wel zou opvallen.
Een rij voor de plek waar Skeet de Lexus had geparkeerd en een paar plaatsen verderop naar het noorden stapte een vrouw uit een witte Rolls-Royce en bleef ernaast staan terwijl ze hem openlijk aangaapte. Zijn ogen waren nu droog genoeg om te zien dat het een knappe blonde dame was, keurig netjes in een roze gebreid pakje, kennelijk een succesvol iemand en een oppassend burger. Ze leek niet zo'n brutaal type dat zomaar naar een wildvreemde ging staan staren, dus moest hij wel aannemen dat hij er even verdacht uitzag als wanneer hij patroongordels vol munitie had gedragen en openlijk met een machinegeweer had rondgelopen.
Als deze mevrouw in het roze pakje al van hem schrok, dan zou de de man van de veiligheidsdienst hem waarschijnlijk met een dosis traangas bespuiten, hem een elektrische schok bezorgen en hem tegen de grond knuppelen op het moment dat hij de deur opendeed en de ontvangstruimte binnenstapte. Hij zou weer alles verknallen. Hij kon de gedachte niet verdragen dat hij Dusty en Martie opnieuw teleur zou stellen, de enige mensen in zijn hele leven die ooit van hem hadden gehouden. Als hij dit niet voor hen kon klaarspelen, kon hij net zo goed dat pistool onder zijn trui vandaan halen en zichzelf een kogel door de kop schieten.
Hij was al evenmin tot zelfmoord in staat als tot diefstal. Nou ja, behalve dan dat hij afgelopen dinsdag van het dak van de Sorensons af was gesprongen. Maar als hij het goed had begrepen, was dat eigenlijk niet zijn eigen idee geweest.
Terwijl de dame in het roze hem kritisch stond te bekijken, deed hij net alsof hij haar niet zag. Hij deed zijn best om de indruk te vestigen dat hij veel te vrolijk en te positief ingesteld was om een geschifte schutter te kunnen zijn en liep onder het fluiten van 'What A Wonderful World', het eerste liedje dat hem te binnen schoot, over de parkeerplaats naar het kantoorgebouw. Hij ging naar binnen zonder achterom te kijken.

De dokter was er niet aan gewend dat zijn tijdsindeling door andere mensen in de war werd gebracht en het begon hem steeds meer te ergeren dat de Keanuhaatster had besloten om niet vroeger maar later te bellen. Hij twijfelde er geen moment aan dat ze zou reageren op het fantastische verhaal over de kwaadaardige computer dat hij tegen haar had opgehangen; haar obsessie zou haar geen andere handelwijze toestaan. Maar kennelijk kende de taart geen greintje fatsoen en trok ze zich er niets van aan dat andermans tijd kostbaar was: typisch iets voor zo'n nouveau riches tut.

Omdat hij niet in staat was om zich op het schrijven te concentreren, maar niet uit zijn praktijkruimte weg kon om een spelletje te gaan doen, stelde hij zich tevreden met het maken van een haiku over het nederige materiaal dat voor hem stond.

Mijn blauwe zakje. Mijn Beretta, zevenschots. Schiet ik op de stront?

Dat was afgrijselijk. Zeventien lettergrepen, ja, en in technisch opzicht volmaakt. Desondanks had hij nooit een beter voorbeeld gezien van de stelling dat technische vaardigheid geen verklaring vormde voor de onsterflijkheid van William Shakespeare.

Keanufobie. Pistool met zeven kogels. Moord, moord, moord, moord, moord.

Even afgrijselijk, maar veel bevredigender.

De veiligheidsman, twee keer zo groot als Skeet en met kleren aan die hem pasten, zat achter de inlichtingenbalie. Hij was verdiept in een boek en keek niet eens op.

Skeet keek op het bord om te zien waar Ahrimans praktijkruimte zich bevond, liep naar de liften, drukte op de knop en keek strak voor zich uit naar de deuren. Hij had het idee dat de bewaker, een goedgetrainde prof, het onmiddellijk in de gaten zou hebben als iemand bezorgd naar hem stond te staren.

Een van de liften kwam al snel. Drie vogelachtige oude dametjes en drie lange knappe sikhs met tulbanden op stapten uit; de twee groepjes liepen verschillende kanten op.

Skeet, die toch al stijf stond van spanning en angst, raakte een beetje overstuur toen hij de oude dames en de sikhs zag. Gedurende de afgelopen zesendertig uur had hij van Fig gehoord dat de getallen drie en zes op de een of andere manier de sleutel vormden van de verklaring waarom buitenaardse wezens in het geheim op Aarde waren geland en nu kreeg hij twee keer drie en één keer zes voorgeschoteld. Geen goed voorteken.

Twee mensen kwamen achter Skeet aan de lift binnen. Een besteller van UPS duwde een karretje naar binnen waarop drie pakjes stonden. Hij werd gevolgd door de dame in het roze pakje.

Skeet had op de knop voor de veertiende verdieping gedrukt. De

UPS-besteller tikte op de knop voor de negende. De dame in het roze drukte nergens op.

Toen hij het gebouw binnenliep, kreeg Dusty meteen Skeet in het oog, die aan de andere kant van de ontvangstruimte in een lift stapte. Martie zag hem ook.
Hij wilde zijn broer toeschreeuwen, maar er zat een bewaker vlakbij en het laatste wat ze wilden, was de aandacht trekken van de veiligheidsdienst van het gebouw.
Ze haastten zich zonder te rennen. De liftdeuren gleden dicht voor ze halverwege de ontvangstruimte waren.
Geen van de andere drie liften bevond zich op de begane grond. Twee gingen omhoog, twee kwamen naar beneden. Van de twee die naar beneden kwamen, was de dichtstbijzijnde op de vijfde verdieping.
'De trap?' vroeg Martie.
'Veertien verdiepingen. Nee.' Hij wees naar het schermpje dat aangaf dat de lift van de vijfde etage op weg was naar de vierde. 'Dit gaat sneller.'

De besteller stapte op de negende verdieping uit en toen de deuren dichtgleden, drukte de dame in het roze op de stopknop.
'Je bent niet dood,' zei ze.
'Pardon?'
'Je hebt gisteravond op het strand vier kogels in je borst gekregen, maar toch ben je gewoon hier.'
Skeet was stomverbaasd. 'Was u daar ook?'
'Volgens mij weet je dat heel goed.'
'Nee, heus niet, ik heb u daar helemaal niet gezien.'
'Waarom ben je niet dood?'
'Kogelvrij vest.'
'Dat klinkt onwaarschijnlijk.'
'Het is echt waar. We achtervolgden een gevaarlijke man,' zei hij, met het idee dat hij echt stom klonk, alsof hij probeerde indruk op haar te maken, wat eigenlijk ook het geval was. Ze was een aantrekkelijke dame en Skeets kruis roerde zich op een manier die hij al heel lang niet meer had gevoeld.
'Of was het allemaal schijn? Iets dat speciaal voor mij in scène was gezet?'
'Het was geen schijn. Mijn borst en mijn buik doen verdomd zeer.'
'Als je doodgaat in de matrix,' zei ze, 'dan ga je ook echt dood.'
'Hé, vond u dat ook zo'n goeie film?'
'Je gaat echt dood... tenzij je een machine bent.'

Skeet begon haar een beetje eng te vinden en dat intuïtieve gevoel werd bevestigd toen ze een pistool uit haar witte schoudertas te voorschijn haalde. Het was voorzien van iets dat in films een geluiddemper werd genoemd, maar waarvan hij wist dat het eigenlijk een geluidsonderdrukker heette.
'Wat heb je daar onder je trui?' wilde ze weten.
'Ik? Onder deze trui? Niets.'
'Gelul. Trek die trui op, maar héél langzaam.'
'O man,' zei hij diep teleurgesteld, want nu had hij alles weer verpest. 'U werkt zeker voor een veiligheidsdienst, hè?'
'Ben je vóór Keanu of tegen hem?'
Skeet wist zeker dat hij de afgelopen drie dagen geen drugs had gebruikt, maar dit leek absoluut op bepaalde episodes die het gevolg waren geweest van een paar van zijn meest memorabele chemische cocktails. 'Nou, weet u, ik ben vóór hem als hij van die toffe sci-fi dingen doet, maar ik ben tegen hem als hij aankomt met rotzooi als *A Walk in the Clouds*.'

'Waarom stoppen ze zo lang op de negende?' vroeg Dusty en keek fronsend naar het schermpje boven de lift waar Skeet in was gestapt.
'De trap?' stelde Martie opnieuw voor.
Nadat hij een poosje op de derde etage was blijven staan, zakte de lift waarop ze stonden te wachten plotseling naar de tweede. 'Misschien halen we hem op deze manier wel in.'

Het machinepistool dat ze Skeet had afgepakt, paste niet helemaal in haar tas. Het uiteinde van het verlengde magazijn stak er nog steeds uit, maar daar scheen ze zich niets van aan te trekken.
Terwijl ze hem nog steeds onder schot hield met haar eigen pistool haalde ze de lift van de rem en drukte op de knop voor de veertiende verdieping. Ze gingen meteen omhoog.
'Zijn geluidsonderdrukkers niet onwettig?' vroeg Skeet.
'Ja, natuurlijk.'
'Maar u kon er wel een krijgen omdat u bij een veiligheidsdienst werkt?'
'Goeie genade, nee. Ik heb vijfhonderd miljoen dollar op de bank en ik kan krijgen wat ik wil.'
Hij zou er nooit achter komen of ze de waarheid sprak of niet. Hij ging ervan uit dat het niets uitmaakte.
Hoewel de vrouw erg aantrekkelijk was, begon Skeet iets te herkennen in haar groene ogen of in haar houding, of in allebei, dat hem angst aanjoeg. Ze passeerden heel toepasselijk net de dertiende

verdieping toen hij besefte waarom ze hem koude rillingen bezorgde: ze had iets ondefinieerbaars dat hem onweerstaanbaar aan zijn moeder deed denken.
Op dat moment, toen ze op de veertiende etage arriveerden, wist Skeet dat hij ten dode was opgeschreven.

Toen de liftdeuren opengleden, stapte Martie onmiddellijk naar binnen en drukte op *14*.
Dusty volgde en hield twee andere mannen tegen die na hen naar binnen wilden gaan met de woorden: 'Het spijt me, maar dit is een noodgeval. We moeten meteen door naar de veertiende.'
Martie had meteen nadat ze de knop voor de etage had ingedrukt op 'deuren sluiten' gedrukt. Ze bleef haar duim erop houden.
Een van de mannen knipperde verbaasd met zijn ogen en de ander begon te protesteren, maar de deuren gleden dicht voordat er ruzie ontstond.

Toen ze vanuit de liftruimte de gang op de veertiende verdieping in liepen, vroeg Skeet: 'Waar gaan we naartoe?'
'Doe niet zo bespottelijk onschuldig. Dat ergert me. Je weet heel goed waar we naartoe gaan. Schiet nou maar op.'
Ze scheen te willen dat hij linksaf ging, dus dat deed hij. Niet alleen omdat ze een pistool had, maar omdat hij zijn leven lang al had gedaan wat andere mensen tegen hem zeiden. Ze liep achter hem aan met de mond van de geluidsonderdrukker tegen zijn rug gedrukt.
De lange, van vaste vloerbedekking voorziene gang was stil. Het akoestische plafond dempte hun stemmen. Vanachter de muren van de gang drong geen enkel geluid tot hen door. Ze hadden de laatste twee mensen op aarde kunnen zijn.
'En als ik hier nu eens blijf staan?' vroeg Skeet.
'Dan schiet ik je hier neer,' verzekerde ze hem.
Skeet liep door.
Terwijl hij langs de deuren naar de kantoren aan weerszijden van de gang liep, las hij de namen op de gegraveerde koperen platen ernaast. Het waren voornamelijk doktoren, allerlei soorten specialisten – hoewel er ook twee advocaten bij waren. Dat kwam goed uit, vond hij. Als hij op de een of andere manier de komende paar minuten zou overleven, zou hij ongetwijfeld de hulp van een paar goede dokters en een advocaat dringend nodig hebben.
Ze kwamen bij een deur waar de koperen plaat DR. MARK AHRIMAN vermeldde. Onder de naam van de psychiater las Skeet, in kleinere letters, WETTIG GEDEPONEERD IN CALIFORNIË.

'Hier?' vroeg hij.
'Ja,' zei ze.
Terwijl Skeet de deur openduwde, schoot de dame in het roze hem in de rug. Als het gedempte pistool enig geluid maakte, hoorde hij het niet, want hij had meteen zo verschrikkelijk veel pijn dat hij nog geen drumband langs had horen komen. Hij was volkomen op de pijn geconcentreerd en hij was verbijsterd dat het zó ontzettend veel meer pijn deed om neergeschoten te worden als je geen kogelvrij vest aanhad. Op hetzelfde moment dat de vrouw hem een kogel in de rug schoot, duwde ze hem hard door de deur de receptieruimte van dr. Ahriman binnen.

Ping!
Ahrimans computer meldde dat er een bezoeker was en het scherm werd gevuld met het beeld van de beveiligingscamera uit de receptieruimte.
De dokter was in jaren niet zo verbijsterd geweest als toen hij zijn blik afwendde van de blauwe zak en Skeet de receptie binnen zag wankelen, terwijl de deur naar de gang langzaam achter hem dichtviel.
Op de voorkant van zijn gele trui zat een grote bloedvlek, en dat moest ook wel het geval zijn nadat hij van dichtbij vier kogels in zijn borst en maag had gekregen. Hoewel dit best dezelfde trui kon zijn die Skeet gisteren aan had gehad, kon de dokter vanuit deze camerapositie niet duidelijk zien of er vier kogelgaten in de met bloed doordrenkte stof zaten. Skeet klauwde in de lucht alsof hij steun zocht, struikelde en viel voorover op de grond.
De dokter had verhalen gehoord over honden die per ongeluk van hun baas werden gescheiden en vervolgens honderden, zelfs duizenden kilometers onherbergzaam gebied doorkruisten, door regen, sneeuw, hagel en brandende zon, vaak met kapotte poten en nog ergere verwondingen, om uiteindelijk weken later op te duiken voor de deur van het huis waar ze woonden, tot grote verrassing van hun tot tranen toe ontroerde families. Hij had zelfs nog nooit één verhaal gehoord over een man met een aan flarden geschoten maag, die opstond van een strand en vervolgens ongeveer negen tot twaalf kilometer aflegde in – hij keek op zijn horloge – achttien uur, dwars door een dichtbevolkt gebied, om daarna de lift te nemen naar de veertiende etage en het kantoor binnen te wankelen van de man die hem had neergeschoten om een beschuldigende vinger op hem te richten, dus hij was ervan overtuigd dat er meer achter deze ontwikkeling stak dan op het eerste gezicht leek.
Met zijn muis klikte de dokter op het beveiligingsicoon in de vorm

van een pistool. De metaaldetector gaf aan dat Skeet geen vuurwapen bij zich had.
Omdat hij plat op de grond lag, was de pseudo-detective buiten bereik van de röntgenbuizen, dus fluorescopie was onmogelijk.
Jennifer kwam achter de ruit op de receptiebalie vandaan en bleef bij de gevallen Skeet staan. Ze scheen te schreeuwen – hoewel Ahriman niet zeker wist of dat was omdat ze ontsteld was over de toestand van deze gewonde man of omdat de aanblik van bloed tegen haar vegetarische principes indruiste.
De dokter schakelde het geluid in. Ja, ze schreeuwde, ook al was dat niet hard, nauwelijks meer dan een gepiep. Het leek wel alsof ze niet in staat was om zo diep adem te halen dat ze echt de ruiten zou kunnen laten rinkelen.
Terwijl Jennifer zich op één knie naast Skeet liet zakken om naar een teken van leven te zoeken, klikte Ahriman op het neusicoon, waardoor de geuranalysator werd geactiveerd. De goedgelovigheid van elk zinnig mens zou tot het uiterste op de proef worden gesteld bij het idee dat deze man, met vier kogelwonden, tijdens zijn achttien uren durende wandeltocht de tijd had genomen om explosieven te kopen en een bom te maken, die hij nu op zijn borst droeg. Desondanks prentte de dokter zich in dat het belangrijk was om aan elk detail aandacht te schenken en hij wachtte tot het systeem verslag uitbracht. Negatief: geen explosieven.
Jennifer liet het lichaam in de steek en liep haastig weg, buiten bereik van de camera.
Ze was ongetwijfeld van plan om de politie en de medische dienst te bellen.
Hij riep haar op met behulp van de intercom. 'Jennifer?'
'Dokter, o god, er is...'
'Ja, ik weet het. Er is een man neergeschoten. Jij belt de politie en de medische dienst níét, Jennifer. Dat doe ik. Begrepen?'
'Maar hij bloedt vreselijk. Hij is...'
'Rustig nou maar, Jennifer. Je belt niemand. Ik regel dit zelf.'
Er was minder dan een minuut gepasseerd vanaf het moment dat Skeet de receptieruimte binnen was gewankeld. De dokter ging ervan uit dat hij nog een minuut had, hooguit twee, voor zijn getreuzel om de politie te bellen Jennifer genoeg zou alarmeren om in actie te komen.
Wat hem dwarszat en waar hij eerst antwoord op wilde hebben was de volgende vraag: Als één man met vier ernstige kogelwonden achttien uur later kon komen opdagen, waarom dan ook niet nummer twee?

Hoewel de dokter geen gebrek had aan verbeeldingskracht, kon hij zich toch geen geloofwaardig beeld voor de geest halen van de gewonde Skeet en zijn gewonde maat die samen langs de kust wankelden, de armen om elkaars schouders en elkaar ondersteunend, als een stel dronken piraten die weer op weg waren naar hun schip na een lange nacht van pret maken aan de wal. Maar toch, als er een was komen opdagen, konden er ook twee zijn en de kans bestond dat die tweede zich ergens met kwade bedoelingen schuilhield.

Het grootste oponthoud was op de zesde etage. De lift stopte en de deuren gingen open, hoewel Martie op de knop om ze weer dicht te doen bleef drukken.

Een vastbesloten, gezette dame met staalgrijze krulletjes en het gezicht van een bootsman in vrouwenkleren, stond erop om in te stappen, hoewel Dusty haar tegenhield en zei dat de lift onderweg was naar een noodgeval.

'Wat voor noodgeval?' Ze zette een voet in de lift, waardoor ze het veiligheidsmechanisme in werking stelde dat de deuren openhield, hoe hard Martie ook op de knop stond te drukken. 'Ik zie niets dringends.'

'Hartaanval. Veertiende verdieping.'

'Jullie zijn geen dokters,' zei ze argwanend.

'We hebben vandaag geen dienst.'

'Dokters die geen dienst hebben, kleden zich niet zoals jullie. En ik moet trouwens toch naar de vijftiende.'

'Nou stap dan snel in,' gaf Dusty toe.

Toen ze veilig binnen was en de deuren weer dicht waren, drukte de vrouw op de knop voor de twaalfde verdieping en wierp hun een triomfantelijke blik toe.

Dusty was ziedend. 'Ik hou van mijn broer, dame, en als er iets met hem gebeurt dan zal ik u weten te vinden en u als een vis fileren.'

Ze bekeek hem met onverhulde minachting van top tot teen en zei: 'Jíj?'

De dokter griste de .380 Beretta van het bureau en liep naar de deur, maar hij bleef staan toen de blauwe zak hem te binnen schoot. Die stond nog steeds midden op het vloeiblad op zijn bureau.

Wat er zich ook zou afspelen, uiteindelijk zou de politie eraan te pas komen. Het was Ahrimans bedoeling om Skeet, als hij niet al dood was, af te maken voordat het gezag arriveerde. En bij de aanblik van een lijk dat in een plas bloed midden in de receptieruimte lag, zouden de smerissen zonder meer een heleboel vragen gaan stellen.

Ze zouden op z'n minst even snel in de praktijkruimte rondkijken. Als er ook maar iets was dat hun argwaan wekte, zouden ze een man in de praktijkruimte stationeren en vervolgens een bevel tot huiszoeking gaan halen om een grondig onderzoek in te stellen.
De wet stond hun niet toe om zijn patiëntenarchief door te nemen, dus hij was niet bang dat ze iets zouden vinden... behalve dan de Beretta en de blauwe zak.
Het pistool was niet geregistreerd en hoewel hij nooit de gevangenis in zou draaien omdat hij het in zijn bezit had, wilde hij ze geen enkele reden geven om aan hem te gaan twijfelen. Als ze gingen twijfelen, zouden ze de komende dagen een oogje op hem houden, waardoor hij geen enkele armslag zou hebben.
De zak met hondenpoep was geen belastend bewijsmateriaal, maar hij was... vreemd. Absoluut vreemd. Als ze die op zijn bureau aan zouden treffen, zouden ze zeker vragen waarom hij die mee had genomen naar zijn kantoor. Hij mocht dan nog zo slim zijn, maar de dokter kon op deze korte termijn geen enkel antwoord bedenken dat ergens op sloeg. En dan zouden ze weer gaan twijfelen.
Hij liep snel terug naar het bureau, trok een diepe la open en liet de zak erin vallen. Toen besefte hij dat als ze zo ver zouden gaan dat ze een bevel tot huiszoeking aanvroegen, ze de zak ook in de la zouden vinden – waar hij niet vreemder zou zijn dan wanneer hij ergens open en bloot stond. Waar hij de zak ook in het kantoor zou opbergen, zelfs als hij hem in de prullenbak gooide, ze zouden toch vreemd opkijken als ze hem vonden.
Al die overwegingen schoten de dokter binnen een paar seconden door het hoofd, aangezien hij nog steeds even scherpzinnig was als in de tijd dat hij een wonderkind was, maar toch prentte hij zichzelf in dat de tijd een maniak was die met stof strooide. Snel, snel.
Het was zijn bedoeling om zich voordat de politie arriveerde te ontdoen van de Beretta en de schouderholster, dus hij kon de blauwe zak net zo goed tegelijk weggooien met het pistool. Wat inhield dat hij hem nu moest meenemen.
Om bepaalde redenen, waarvan zijn gevoeligheid omtrent zijn uiterlijk zeker niet de minste was, wilde hij niet dat Jennifer hem met de blauwe zak zag lopen. En trouwens, die zou hem in de weg zitten als hij werd gedwongen om met Skeets maat af te rekenen. Hoe had Dusty hem ook alweer genoemd? De Vijg. Fig. Ja. De blauwe zak zou hem hinderen als de Vijg daar buiten ergens rondsloop en uit de weg geruimd moest worden.
Snel, snel.
Hij begon de zak in een van zijn binnenzakken te proppen, maar het

idee dat hij kon barsten en dit schitterende Zegna-pak zou ruïneren was onverdraaglijk. In plaats daarvan stopte hij hem zorgvuldig in zijn schouderholster.
Tevreden over zijn slimheid en ervan overtuigd dat hij geen enkel detail over het hoofd had gezien dat zijn ondergang zou kunnen betekenen, liep Ahriman naar de receptieruimte met de Beretta in zijn hand, die hij naast zijn zij hield zodat Jennifer het pistool niet zou zien.
Ze stond in de open deur naar de kantoorruimte achter de ruit, bevend en met opengesperde ogen. 'Hij bloedt, dokter, hij bloedt.'
Elke idioot kon zien dat Skeet bloedde. Het was zelfs zo dat hij niet achttien uur lang zoveel bloed had kunnen verliezen en toch in staat was geweest om hierheen te komen.
De dokter liet zich op één knie naast Skeet zakken. Met beide ogen op de deur naar de gang gericht, zocht hij een polsslag. De kleine drugsmaniak leefde nog steeds, maar zijn pols was niet best. Het zou geen probleem zijn om hem om zeep te helpen.
Maar eerst de Vijg. Of wie er anders buiten mocht zijn.
De dokter liep naar de deur, legde zijn oor ertegen en luisterde.
Niets.
Voorzichtig trok hij de deur open en gluurde de gang in.
Niemand.
Hij stapte over de drempel terwijl hij de deur openhield en keek naar links en naar rechts. In de hele lange gang was geen mens te zien. Kennelijk was Skeet niet hier neergeschoten, want een schot zou zeker de aandacht hebben getrokken. Niemand was zelfs te voorschijn gekomen uit de praktijkruimte van de kinderpsycholoog aan de overkant van de gang – dr. Moshlien, die onverbeterlijke zeurpiet en hopeloze sufferd, wiens theorieën over de oorzaken van geweld door jongeren even onmogelijk waren als zijn stropdassen.
Het raadsel hoe Skeet erin was geslaagd om hier te komen zou wellicht een raadsel blijven dat de dokter meer dan één nacht uit zijn slaap zou houden. Maar het belangrijkste was nu dat alles opgeruimd werd.
Hij zou weer teruglopen naar de receptie en Jennifer opdracht geven om per slot van rekening toch maar de politie en de medische dienst op te bellen. Terwijl zij bezig was met telefoneren, zou hij zich over Skeet buigen en ogenschijnlijk alles doen wat in zijn macht lag om hem te helpen, maar in werkelijkheid zou hij de mond van de man bedekken en zijn neus anderhalve minuut dichtknijpen. Dat moest lang genoeg zijn om hem om zeep te helpen, gezien zijn hopeloze toestand.

Daarna snel terug naar de gang en rechtstreeks naar een kast met onderhoudsmateriaal vlakbij die geopend kon worden met de sleutel van zijn suite. Daar zou hij het pistool, de holster en de blauwe zak wegstoppen achter allerlei toiletbenodigdheden. Later, als de politie weg was, kon hij ze weer ophalen.

Trotseer de tand des tijds.

Snel, snel.

Terwijl hij zich omdraaide in de gang met de bedoeling weer terug te lopen naar zijn praktijkruimte, besefte hij dat er geen spatje te zien was op de vloerbedekking in de gang, die onder het bloed had moeten zitten als Skeet er, even zwaar bloedend als hij nu in de receptieruimte lag, over was gelopen. Op hetzelfde moment dat zijn bliksemsnelle spelersgeest besefte hoe belangrijk dit vreemde detail was, hoorde de dokter de deur van Moshlien achter zich opengaan en hij kromp in elkaar omdat hij verwachtte het gebruikelijke *Hé, Ahriman, heb je een momentje?* te horen, gevolgd door de gebruikelijke stortvloed van onzin.

De woorden bleven uit, maar de kogels niet. De dokter hoorde geen enkel schot, maar hij voelde ze wel degelijk, op zijn minst drie, die zich in hem boorden vanaf zijn middel in een diagonale lijn naar zijn rechterschouder.

Minder elegant dan hij zou hebben gewild, wankelde hij de receptieruimte binnen. Hij viel half boven op Skeet. Rolde vol weerzien van die kleine drugsmaniak af. Rolde op zijn rug en keek op naar de deuropening.

De Keanuhaatster stond op de drempel, terwijl ze de deur met haar lichaam openhield en een pistool met een geluiddemper met twee handen vasthad. 'Jij bent een van de machines,' zei ze. 'Daarom lette je nooit op als wij een afspraak hadden. Machines geven niet om echte mensen zoals ik.'

Ahriman herkende in haar ogen iets angstaanjagends dat hij daarvoor over het hoofd had gezien. Ze was een van de Weters, die meisjes die dwars door zijn vermommingen en zijn leugens heen konden kijken, die hem bespotten met hun ogen, met zelfingenomen grijnsjes en geniepige blikken achter zijn rug, die iets verschrikkelijk grappigs over hem wisten waar hij zelf niet van op de hoogte was. Sinds zijn vijftiende, toen hij echt heel aantrekkelijk was geworden, waren de Weters er niet meer in geslaagd om zijn façade door te prikken en vanaf dat moment was hij ook niet langer bang voor hen geweest. En nu dít.

Hij probeerde zijn Beretta op te heffen om terug te schieten, maar kwam tot de ontdekking dat hij verlamd was.

Ze richtte het pistool op zijn gezicht.
Ze was fantasie en werkelijkheid, leugen en waarheid, iets om je vrolijk over te maken maar tegelijk dodelijk serieus, ze was alles wat de mensen in haar zagen en ze was een raadsel voor zichzelf, ten voeten uit een mens van haar tijd. Ze was een nouveau riches trut met een man die zo saai was als een blok hout, maar ze was ook Diana, de godin van de maan en de jacht, met haar bronzen speer waarop Minette Luckland zichzelf had gespietst nadat ze eerst haar vader met een pistool en haar moeder met een hamer had vermoord.
Wat had hij dáár een pret om gehad, maar dit vond hij helemaal niet leuk.
Rijke Diana. Vlieg met mij mee naar de maan. Dans aan de hemel. Rotzooi. Romantische onzin. Nagebootst. Onwaardig.
Rijke Diana. Ik haat je, haat je, haat je. Haat je, haat je, haat.
'Toe maar,' zei hij.
De godin schoot het magazijn leeg in zijn gezicht en de illusie van de dokter over vallende blaadjes verdween in maan en bloemen. En vuur.

Op het moment dat ze samen met Dusty de liftruimte uitkwam, zag Martie bijna aan het eind van de gang een vrouw half in de deuropening van Arhimans receptieruimte staan. Het roze Chanelpakje gaf aan dat het dezelfde vrouw was die beneden in de ontvangsthal achter Skeet aan de lift in was gestapt.
Terwijl ze met Dusty op haar hielen door de gang rende, dacht Martie aan het betoverde New Mexico – en aan twee mannen op de bodem van een eeuwenoude put. De reinheid van de vallende sneeuw – en al het bloed dat erdoor bedekt werd. Ze dacht aan Claudettes gezicht – en aan Claudettes hart. De schoonheid van haiku's – en het walgelijke gebruik dat ervan was gemaakt. De verrukking van hoge groene takken – en spinnen die uit eierschalen kropen die in omkrullende bladeren waren verstopt. Zichtbare dingen en onzichtbare dingen. Dingen die open en bloot waren en dingen die verborgen bleven. Zo'n vrolijkroze flits, babyroze, het roze van kersenbloesems, maar toch was er iets sinisters aan de flits geweest, in roze verpakt gif.
Al haar afschuwelijke voorgevoelens werden op een afschuwelijke manier tot in de kleinste ijzingwekkende details bewaarheid toen ze de deur van Mark Ahrimans receptieruimte openduwde en werd verwelkomd door lichamen die lagen te baden in het bloed.
De dokter lag met zijn gezicht omhoog, maar dan zonder gezicht: dunne stinkende rooksliertjes kringelden omhoog uit geschroeid

haar, vreselijke kraters in het vlees, naar binnen geklapte jukbeenderen, diepe rode gaten waar ooit ogen hadden gezeten... en een halve grijns achter een verscheurde en opengekerfde wang.

Skeet, die op zijn buik lag, bood de minst dramatische aanblik van de twee en tegelijkertijd de meest reële. Hij lag midden in zijn eigen plas bloed en hij was zo broos dat hij in al dat rood leek te drijven, alsof hij niets anders was dan een hoopje vodden.

Martie kreeg een veel hardere klap toen ze Skeet zag dan ze had verwacht. Skeet de slappeling, het eeuwige joch, zo ernstig maar zo week, gekweld door de drang tot zelfvernietiging, Skeet die telkens opnieuw probeerde zichzelf aan te doen wat zijn moeder met een kussen had nagelaten. Martie had van hem gehouden, maar pas nu besefte ze hoeveel ze van hem hield – en pas nu begreep ze ook waarom. Ondanks al zijn fouten was Skeet een beminnelijk wezen en hij had net als zijn schat van een broer een zacht hart; in een wereld waarin zachte harten nog zeldzamer waren dan diamanten, was hij een weliswaar geschonden kostbaarheid, maar desondanks toch een kostbaarheid. Ze kon het idee niet verdragen dat ze, als ze zich bukte en hem aanraakte, tot de ontdekking zou komen dat hij ook een kostbaarheid was die onherstelbaar beschadigd was.

Zonder zich iets van het bloed aan te trekken viel Dusty op zijn knieën en legde zijn handen om het gezicht van zijn broer, raakte Skeets gesloten ogen aan, voelde aan de zijkant van zijn nek en schreeuwde met een stem die zo gebroken was als Martie hem nog nooit eerder had gehoord: 'O jezus, een ambulance! Snel, laat iemand bellen!'

Jennifer dook op in de deuropening naar haar kantoor. 'Ik heb al gebeld. Ze komen eraan. Ze zijn onderweg.'

De vrouw in het roze stond bij de ruit van de receptiebalie. Op de rand had ze twee pistolen neergelegd, waaronder het machinepistool dat Skeet van Erics lijk had afgepakt. 'Jennifer, lijkt het je geen goed idee om deze dingen even ergens weg te leggen tot de politie er is? Heb je de politie gebeld?'

'Ja. Die komt er ook aan.'

Behoedzaam liep Jennifer naar de binnenkant van de ruit, pakte de beide pistolen op en legde ze buiten bereik op haar bureau.

Misschien kwam het doordat Skeet op sterven lag, misschien was het de verschrikking van Ahrimans afschuwwekkende gezicht en het bloed dat overal lag, maar wat ook de reden was, Martie kon niet helder genoeg nadenken om te begrijpen wat zich hier had afgespeeld. Had Skeet Ahriman neergeschoten? Had Ahriman Skeet neergeschoten? Wie had het eerst de trekker overgehaald en hoe vaak?

De positie van de lichamen was niet te rijmen met de scenario's die zij zich voor de geest kon halen. En die griezelige kalmte van de vrouw in het roze, alsof het voor haar een alledaagse gebeurtenis was om getuige te zijn van een vuurgevecht, scheen erop te duiden dat ze een of andere mysterieuze rol had vervuld.

De vrouw liep naar de hoek van de receptieruimte waar het minste bloed lag, haalde een mobiele telefoon uit haar tas en belde iemand op.

Nog ver weg, maar snel dichterbij komend, vervormd door de afstand en de tussenliggende gebouwen, klonk het schrille geluid van sirenes angstaanjagend en eigenaardig prehistorisch, eerder organisch dan mechanisch, als het gekrijs van een pterodactylus.

Jennifer haastte zich naar de buitendeur, trok die open en schoof er een platte rubber stop onder om te voorkomen dat hij dicht zou vallen.

Ze zei tegen Martie: 'Help me even om deze stoelen aan het eind van de gang te zetten, zodat het ambulancepersoneel de ruimte heeft als ze hier komen.'

Martie was blij dat ze iets doen kon. Ze had het gevoel dat ze op een afbrokkelende rand stond. Door Jennifer te helpen kon ze de afgrond de rug toe draaien.

Terwijl ze de telefoon wegnam van haar mond gaf de vrouw in het roze Jennifer een complimentje: 'Je bent bijzonder indrukwekkend, jongedame.'

De receptioniste wierp haar een vreemde blik toe. 'Eh... dank u wel.'

Tegen de tijd dat de laatste stoel en een tafeltje naar de gang waren gebracht, waren de verschillende sirenes steeds luider geworden en vervolgens, een voor een, tot zwijgen gebracht. De hulpverleners moesten nu in de liften zijn.

De vrouw in het roze sprak in haar mobiele telefoon en zei: 'Wil je ophouden met dat gezever, Kenneth? Je mag dan een dure advocaat zijn, maar je gedraagt je als een sukkel. Ik heb de beste strafpleiter nodig die er is en hij moet ogenblikkelijk hier komen. Beheers jezelf en zorg daarvoor.'

Toen ze de verbinding verbrak, glimlachte de vrouw tegen Martie.

Daarna pakte ze een kaartje uit haar tas en hield het Jennifer voor. 'Je zult wel een nieuwe baan nodig hebben, denk ik. Ik kan wel zo'n competente jonge vrouw als jij bent gebruiken, mocht je belangstelling hebben.'

Jennifer aarzelde, maar ze pakte het kaartje wel aan.

Op zijn knieën in het bloed streek haar echtgenoot uit duizenden steeds opnieuw het haar uit Skeets bleke gezicht en lag zacht tegen zijn broer te praten, hoewel niets erop wees dat de jongen hem kon verstaan. Dusty had het over vroeger, over dingen die ze samen als jongens hadden gedaan, grappen die ze hadden uitgehaald, dingen die ze samen hadden ontdekt, de vluchtplannen die ze hadden gemaakt, de dromen die ze hadden gedeeld.

Martie hoorde mannen door de gang rennen, de zware gelaarsde voeten van het ambulancepersoneel van de brandweer en heel even had ze het idiote zalige gevoel dat als ze door de openstaande deur naar binnen zouden stormen, een van hen Smilin' Bob zou zijn.

76

Uit chaos ontstond gedurende een tijdje een nog grotere chaos. Veel te veel vreemde gezichten en veel te veel stemmen die allemaal tegelijk praatten, ambulancepersoneel en politiemensen die snel maar luidruchtig de grenzen afbakenden tussen de rechtsbevoegdheid over levenden en doden. Als verwarring in brood kon worden uitgedrukt en argwaan in vis, dan waren er geen wonderen nodig geweest om een banket aan te richten voor een hele volksstam.

Marties verwarring werd alleen nog maar groter toen ze het verbijsterende nieuws te horen kreeg dat de vrouw in het roze Chanel-pakje zowel Skeet als Ahriman had neergeschoten. Ze erkende dat ze de schoten had gelost, vroeg om onder arrest gesteld te worden en wilde geen verdere bijzonderheden verstrekken, hoewel ze klaagde over de aanhoudende stank die het verbrande haar van de dokter verspreidde.

Skeet op een brancard, levenloos voor zover een leek dat kon onderscheiden, werd verzorgd door vier vlezige broeders in het wit, met uniformen die in het tl-licht in de gang op een vreemde manier leken te stralen, alsof ze een stel linebackers waren die naar de hemel waren gegaan en nu terug waren op aarde, gekleed in deze moderne versie van een engelengewaad. Terwijl een van hen vooruitsprintte om de lift te blokkeren, een duwde en een trok en de laatste een infuus omhooghield en naast de brancard voortholde, voerden ze Skeet snel en vlot af, waarbij Martie de indruk kreeg dat de wielen noch hun voeten de grond raakten, alsof ze door de gang vlogen. Niet om een gewonde man naar een ziekenhuis te brengen, maar om een onsterfelijke ziel op een veel langere reis te vergezellen.

Omdat uit de verklaring van Jennifer – en de korte bekentenis van de dame in het roze – was gebleken dat hij niet bij de schietpartij betrokken was geweest, kreeg Dusty van de politie toestemming om met zijn broer mee te gaan. Hij pakte Martie bij de schouders, trok haar tegen zich aan, hield haar even stijf vast, gaf haar een kus en rende toen achter de brancard aan.

Ze keek hem na tot hij de hoek omsloeg naar de liftruimte en uit het zicht was en toen zag ze dat zijn handen vage bloedvlekken hadden achtergelaten op haar trui. Terwijl ze haar rillingen niet meer kon onderdrukken, kruiste Martie haar armen over haar borst en legde haar handen op de vreselijke rode plekken, alsof ze door het aanraken van die vage afdrukken in de geest bij Dusty en Skeet zou zijn, waardoor zij haar kracht konden geven en zij hun.

Martie moest op de plaats van het delict blijven. Omdat de politie in Malibu – weliswaar te laat – contact had opgenomen met de politie in Newport bleek dat er verband bestond tussen deze schietpartij en Eric Jaggers dood door middel van een kruisboog, waardoor Martie en Dusty zeker in één zaak als getuigen gehoord moesten worden en misschien wel in beide. Er was al een agent op weg naar het ziekenhuis om Dusty in de wachtkamer te ondervragen, maar de politie gaf er de voorkeur aan om het eerste verhoor van ten minste een van hen hier te laten plaatsvinden en dan het liefst nu meteen. Politiefotografen, mannen van de technische recherche, vertegenwoordigers van de gerechtelijke medische dienst en rechercheurs die allemaal liepen te mopperen over vervuiling van de plaats van het misdrijf, verzamelden methodisch bewijsmateriaal, ondanks de bekentenis van de roze dame, omdat ze die uiteraard later weer kon intrekken of zou kunnen beweren dat de politie haar had geïntimideerd.

Jennifer werd aan haar bureau ondervraagd, maar Martie werd verzocht om samen met twee rechercheurs, allebei met zachte stemmen en beleefd, plaats te nemen in de spreekkamer van Ahriman. Een van hen ging naast haar op de bank zitten, de ander in een fauteuil tegenover haar.

Vreemd om weer terug te zijn in het mahoniewoud uit haar nachtmerries waar de Bladman regeerde. Ze kon zijn aanwezigheid nog steeds voelen, ook al was hij dood. Ze zat met gekruiste armen, haar linkerhand op haar rechterschouder, haar rechterhand op haar linkerschouder, de vingers gespreid over de rode afdrukken van Dusty's vingers.

Toen de rechercheurs dat zagen, vroegen ze of ze haar handen wilde wassen. Ze begrepen er niets van. Ze schudde alleen maar met haar hoofd.

Daarna, zoals de wind in haar haiku de gevallen bladeren uit het westen had aangeblazen, blies het hele verhaal in één lange ruk uit haar mond. Ze hield geen enkele bijzonderheid achter, hoe fantastisch of ongelooflijk ook – behalve dat ze, toen ze hun vertelde over de Glysons in Santa Fe en over Bernardo Pastore en het gezin dat hij had verloren, met geen woord sprak over de ontmoeting met Kevin en Zachary in de besneeuwde schemering.

Ze verwachtte ongeloof en ongeloof kreeg ze in overvloed, vergezeld van samengeknepen ogen en openhangende monden, hoewel er al vroeg in de namiddag dingen gebeurden die haar verhaal op z'n minst een tikje geloofwaardiger maakten.

Toen hij bij een van de eerste radioverslagen het nieuws van de schietpartij hoorde, was Roy Closterman vanuit zijn praktijk, die maar een paar kilometer verderop lag, direct naar de plaats van het misdrijf gekomen. Ze kreeg te horen dat hij in de gang met de politie stond te praten toen een van haar ondervragers werd weggeroepen en bij zijn terugkomst dusdanig uit zijn evenwicht was dat hij onthulde dat Closterman haar verhaal bevestigde.

En dan was er ook nog de kwestie van de niet-afgevuurde Beretta die Ahriman in zijn dode hand vastgeklemd hield. Bij een snelle computercontrole van alle geregistreerde handvuurwapens kwamen er geen gegevens aan het licht waaruit bleek dat de psychiater ooit dit wapen of een ander had aangeschaft. Evenmin was hem ooit een vergunning verstrekt om in Orange County een verborgen wapen te dragen. Zijn imago als een hoogstaand en ordelievend burger liep door die ontdekking wel een paar deukjes op.

Maar wat de smerissen er wellicht uiteindelijk van overtuigde dat dit een zaak was met ongekend enge complicaties, zelfs in de misdaadannalen van Zuid-Californië, was de ontdekking van een zak met uitwerpselen in de schitterende, handgemaakte schouderholster van de dokter. Sherlock Holmes zelf zou de grootste moeite hebben gehad met het deduceren van een logische verklaring voor deze verrassende vondst. Er werd onmiddellijk aangenomen dat hier sprake was van een ernstige vorm van verkniptheid: de blauwe zak werd in een plastic hoes gestopt, verzegeld en naar het lab gestuurd, waarbij de politieagenten onderling weddenschappen afsloten over het geslacht en de soort van de mysterieuze persoon of het geheimzinnige schepsel dat het monster had geproduceerd.

Martie dacht niet dat ze in staat zou zijn om te rijden, maar toen ze eenmaal in de auto zat, reed ze even goed als altijd en rechtstreeks naar het ziekenhuis. Ze ging haar handen pas wassen toen ze Dusty in de wachtkamer van de afdeling intensive care had gevonden en wist dat Skeet een drie uur durende operatie had overleefd. Zijn toestand was kritiek, hij was bewusteloos, maar hij leefde nog steeds.

Zelfs toen raakte Martie in het damestoilet nog in paniek en hield bijna op met het wegschrobben van het bloed, uit angst dat Skeet niet meer in staat zou zijn om kracht aan haar te onttrekken, van geest tot geest, als ze deze band met hem zou wegwassen. Ze stond zelf te kijken van die bijgelovige hysterie. Maar aangezien ze een confrontatie met de duivel had overleefd, had ze misschien wel enige reden om bijgelovig te zijn. Ze waste haar handen toch en prentte zich in dat de duivel dood was.

Kort na elf uur, zeven uur nadat hij in het ziekenhuis was binnengebracht, kwam Skeet weer bij kennis, helder maar zwak. Ze mochten even naar hem toe, maar hooguit twee of drie minuten. Dat was lang genoeg om te zeggen wat ze wilden zeggen en dat zijn op de afdeling intensive care altijd dezelfde simpele woordjes die familieleden hier tegen alle patiënten komen zeggen, dezelfde en simpele woordjes die belangrijker zijn dan alles wat alle doktoren te vertellen hebben: *Ik hou van je.*

Ze logeerden die nacht bij Marties moeder, die hun eigengebakken brood en eigengemaakte groentesoep voorzette, en tegen de tijd dat ze op zaterdagochtend weer terug waren in het ziekenhuis, was de toestand van Skeet verbeterd van kritiek naar ernstig.

Tot welke proporties het hele verhaal uiteindelijk door de landelijke pers zou worden opgeblazen, kon min of meer worden opgemaakt uit het feit dat er nu al twee tv-ploegen en drie schrijvende journalisten op de stoep van het ziekenhuis zaten te wachten tot Martie en Dusty kwamen opdagen.

Gewapend met een bevel tot huiszoeking had de politie drie dagen nodig om het enorme huis van Mark Ahriman grondig te doorzoeken. Aanvankelijk vonden ze niets vreemders dan de enorme collectie speelgoed van de psychiater en halverwege de eerste dag leek het onderzoek op niets uit te lopen.

In het uitgestrekte landgoed was een ingewikkeld automatisch huisbedieningssysteem aangebracht. Politieagenten met een gespecialiseerde computeropleiding kraakten de privécode die er eerder voor had gezorgd dat alleen Ahriman volledig toegang had tot elk onderdeel van het systeem en al gauw daarna kwamen ze tot de ontdekking dat er zes verborgen kluizen waren van verschillend formaat.

Zodra de combinaties waren gedecodeerd, bleek de eerste kluis – in de met opengewerkt hout betimmerde studeerkamer – alleen financiële gegevens te bevatten.

De tweede, in de zitkamer van de slaapsuite, was groter en daar werden vijf handvuurwapens, twee volautomatische pistolen en een Uzi-

karbijn in gevonden. Ze stonden geen van alle op naam van Mark Ahriman en konden niet getraceerd worden naar een erkende wapenhandel.
De derde kluis was een kleine doos die slim verborgen zat in de open haard van de hoofdslaapkamer. Daarin ontdekte de politie nog een pistool, een tienschots Taurus PT-111 Millennium met een leeg magazijn, dat kennelijk onlangs was afgevuurd.
Maar van groter belang voor zowel criminologen als filmfanaten was het tweede voorwerp in de doos: een luchtdicht verzegelde pot met twee menselijke ogen in een chemisch conserveringsmiddel. Op een etiketje dat op het deksel zat geplakt stond een keurige, handgeschreven haiku.

Pa's ogen, mijn pot.
Hollywoods vorst der tranen.
Ik lach veel liever.

De media-aandacht wakkerde aan tot een storm.
Dusty en Martie konden niet langer in Sabrina's huis blijven, dat ook na hun vertrek nog dagenlang belegerd werd door journalisten.
Op de derde dag vond de politie een voorraad videobanden in een kluis die niet op de lijst van kluizen in de computer stond. Er had zich een aannemer gemeld met de mededeling dat hij dat karweitje zwart voor dr. Ahriman had opgeknapt nadat de psychiater het huis had gekocht. De banden waren de mooiste herinneringen van de dokter en bevatten verslagen van zijn gevaarlijkste spelletjes, waaronder de geheime video van Susan en haar kwelgeest, opgenomen vanuit de pot met het mingboompje in haar slaapkamer.
De mediastorm werd een mediaorkaan.
Ned Motherwell nam de zaken waar, terwijl Martie en Dusty een tijdje bij verschillende vrienden logeerden en voortdurend de microfoons en de camera's net één stapje voor wisten te blijven.
Het enige verhaal dat alle Ahriman-sensatie als het hoofdonderwerp van de nieuwsuitzendingen wist te verdringen was de waanzinnige aanslag op de president van de Verenigde Staten tijdens een geldinzamelingsfeestje in Bel Air, die uitliep op de dood van de wereldberoemde filmster die de aanslag had gepleegd en die werd neergeschoten door de verontwaardigde agenten van de geheime dienst, die zich niet hoefden bezig te houden met het in veiligheid brengen en bewaren van de neus. Toen binnen vierentwintig uur werd ontdekt dat de megaster Mark Ahriman had gekend en in feite nog maar net geleden een kuur had ondergaan in een ontwenningskliniek die ge-

deeltelijk het eigendom bleek te zijn van Ahriman, werd de mediaorkaan de grootste storm van de eeuw.

Uiteindelijk ging de storm weer uit zichzelf liggen, want het past helemaal bij het karakter van deze vreemde tijd dat elk schandaal, ook al is het nog zo groot en afgrijselijk, onvermijdelijk wordt gevolgd door een ander schandaal, dat nog ongebruikelijker en nog schokkender is.

Aan het einde van de lente was Skeet lichamelijk weer helemaal in orde en hij had meer vlees op zijn botten dan in jaren het geval was geweest. De dame in het roze verklaarde zich uit eigen beweging en zonder dat er met een proces was gedreigd bereid om een bedrag van driekwart miljoen dollar, na aftrek van belasting, aan Skeet uit te keren en nu zijn gezondheid weer helemaal op peil was, besloot hij zijn baan als schilder een paar maanden op te geven om te gaan reizen en te overwegen wat hij daarna zou gaan doen.

Skeet en Fig Newton hadden samen een route uitgezet die hen eerst naar Roswell, New Mexico, zou voeren en vandaar naar andere interessante plekken waar ufo's waren gesignaleerd. Nu Skeet weer de beschikking had over een rijbewijs, konden hij en Fig elkaar aflossen achter het stuur van Skeets nieuwe camper.

Omdat de roze dame beweerde dat Mark Ahriman haar gehersenspoeld had en aan verdorven seksuele mishandelingen had onderworpen, beriep ze zich op zelfverdediging. Na een woedend debat en veel tumult in het kantoor van de officier van justitie werd haar doodslag ten laste gelegd en werd ze op borgtocht vrijgelaten. Toen de zomer aanbrak, kon je erop wedden dat ze nooit terecht zou hoeven te staan. Als ze toch voor de rechter zou worden gesleept, zou ze immers door geen enkele jury van medeburgers ooit schuldig worden verklaard na haar ontroerende optreden in de beroemdste van alle talkshows, waarbij Oprah haar uiteindelijk had omhelsd en had gezegd: 'Jij bent een voorbeeld voor ons allen, meid', terwijl het hele publiek tranen met tuiten zat te huilen.

Derek Lampton junior was gedurende een hele week een held en haalde de landelijke nieuwsuitzendingen met zijn demonstraties van boogschieten. Toen hem werd gevraagd wat hij wilde worden als hij groot was, zei Junior: 'Astronaut,' en dat was eigenlijk helemaal geen kinderachtig antwoord, want hij had gemiddeld een acht en bijzonder veel aanleg voor exacte vakken. Bovendien nam hij al vliegles-sen.

In het midden van de zomer werd bewezen geacht dat het Bellon-Tockland Instituut in Santa Fe geen enkele bemoeienis had gehad met Mark Ahrimans bizarre experimenten op het gebied van hersenspoeling. De overtuiging dat hij bij het instituut werkzaam was geweest of daar op enigerlei wijze betrekkingen mee had gehad, werd onomstotelijk weerlegd. 'Hij was een sociopaat,' merkte de directeur van het instituut op, 'en een ziekelijke narcist, een populair-psychiatrische lichtgewicht die zichzelf recht van spreken wilde geven door zijn bewering dat hij connecties had met dit prestigieuze instituut en het schitterende werk dat hier wordt verricht ten bate van de wereldvrede.' Hoewel de aard van het onderzoek dat in het instituut plaatsvond op verschillende manieren door de media werd omschreven, was er geen enkele reportage, variërend van die in *The New York Times* tot het verslag in de *National Enquirer*, waar iets zinnigs uit te halen viel.

Martie annuleerde haar contract voor een nieuw videospel gebaseerd op *In de Ban van de Ring*. Ze was nog steeds dol op Tolkien, maar ze had behoefte aan echt werk. Dusty bood haar een baan als huisschilder aan en gedurende een tijdje nam ze die uitdaging aan. Het werk was echt genoeg om haar lekker veel spierpijn te bezorgen en gaf haar tijd om na te denken.

De operatie aan de neus van de president slaagde.

Ned Motherwell verkocht drie haiku's aan een literair tijdschrift.

Op de twee loten viel geen prijs.

Tijdens de zomer brachten Martie en Dusty af en toe een bezoek aan drie begraafplaatsen, waar Valet heerlijk rond kon snuffelen tussen de grafstenen. Op de eerste brachten ze bloemen naar Smilin' Bob. Op de tweede brachten ze bloemen naar Susan en Eric Jagger. Op de derde brachten ze bloemen naar Dominique, het halfzusje dat Dusty nooit had gekend.

Claudette beweerde dat ze de enige foto die er ooit van haar jonge dochtertje was gemaakt kwijt was geraakt. Dat zou best waar kunnen zijn. Maar misschien wilde ze gewoon niet dat Dusty hem zou krijgen.

Iedere keer dat Dusty het lieve, vriendelijke gezichtje van Dominique beschreef zoals hij zich dat van die foto herinnerde, vroeg Martie zich af of die baby, als ze in leven had mogen blijven, Claudette misschien zachter zou hebben gemaakt. Als ze zo'n onschuldig wezentje had moeten verzorgen en beschermen, zou Claudette misschien onwillekeurig veranderd zijn en de betekenis van medelijden en nederigheid hebben begrepen. Hoewel het moeilijk was om je voor te stellen dat een Down-kindje, geboren uit het onwettige samenzijn van Ahriman en Dusty's moeder, een geluk bij een ongeluk zou kunnen zijn, zat het universum boordevol met nog veel vreemdere patronen die, als je ze nader bestudeerde, toch zin leken te hebben.

Aan het eind van juli, in de honderdste week dat het boek in de bestsellerslijst van vakliteratuur in *The New York Times* stond, nam *Hoe leer ik van mezelf te houden* nog steeds de vijfde plaats in.

Begin augustus belden Skeet en Fig uit Oregon, waar ze een foto hadden gemaakt van Big Foot, die ze per expres zouden opsturen. De foto was wazig, maar intrigerend.

Aan het eind van de zomer besloot Martie om het geld dat Susan Jagger haar per testament had nagelaten toch te accepteren. Nadat alle eigendommen, met inbegrip van het huis op Balboa Peninsula, in baar geld waren omgezet, ging het om een aanzienlijk bedrag. Aanvankelijk had ze er geen cent van willen zien; het voelde aan als bloedgeld. Daarna drong het tot haar door dat ze het kon gebruiken om een droom te verwezenlijken die ze al vanaf haar vroegste jeugd had gekoesterd, dat ze de klok terug kon draaien en de weg in het leven weer kon oppakken waarvan ze om allerlei verkeerde redenen was afgedwaald. Susan zou nooit meer de kans krijgen om de klok terug te draaien en violiste te worden, zoals ze als kind had gedroomd, dus Martie had het idee dat het volkomen terecht was dat met behulp van deze gift die voortsproot uit de dood een leven weer in de juiste banen werd geleid.

Omdat Martie een ijverige student was, gingen er niet al te veel jaren overheen voordat ze een feest konden geven ter gelegenheid van haar diploma als dierenarts en de bijna gelijktijdige opening van haar dierenkliniek en opvangcentrum voor mishandelde katten en honden. Er was niet veel meer over van de erfenis, maar er was ook niet veel nodig. Met een beetje geluk zou het opvangcentrum uit haar praktijk als dierenarts bekostigd kunnen worden, terwijl er nog genoeg overbleef om net zoveel geld in te brengen als Dusty verdiende met het schilderen van huizen.

Het feest werd gegeven in hun huis in Corona Del Mar, dat al jaren geleden weer was opgebouwd op de verschroeide overblijfselen van het oude huis. Het nieuwe was in elk opzicht identiek aan het oude huis dat ze kwijt waren geraakt, met inbegrip van het schilderwerk dat Sabrina, ook al was ze tegenwoordig een stuk milder, nog steeds 'clownachtig' vond.

Van Dusty's familie was alleen Skeet uitgenodigd. Hij kwam samen met zijn vrouw, Jasmine, en hun driejarige zoontje, Foster, die door iedereen Chupaflor werd genoemd.

Fig en zijn vrouw Primrose, een oudere zuster van Jasmine, brachten een stapel exemplaren mee van de laatste brochure van het bedrijf dat Fig en Skeet samen hadden opgezet. Strange Phenomena Tours was een bloeiende onderneming. Als je het spoor van Big Foot wilde volgen, de plaatsen wilde zien waar de meest beroemde ontvoeringen door buitenaardse wezens op het vasteland van de Verenigde Staten hadden plaatsgevonden, in een aantal spookhuizen wilde overnachten of in het kielzog van Elvis tijdens zijn rondzwervingen na zijn zogenaamde dood door dit grootse land wilde trekken, dan was Strange Phenomena Tours het enige reisbureau met de juiste aanbiedingen om je nieuwsgierigheid te bevredigen.

Ned Motherwell kwam samen met zijn vriendin Spike en bracht een paar gesigneerde exemplaren mee van zijn laatste boek met haiku's. Volgens hem was er niet veel te verdienen met poëzie, zeker niet genoeg om zijn baan als huisschilder op te kunnen geven, maar het was wel heel bevredigend. Trouwens, het was juist zijn dagelijkse werk waarin hij inspiratie vond. Het nieuwe boek droeg als titel: *Ladders en kwasten.*

Luanne Farner, Skeets pas ontdekte grootmoeder met wie hij een paar jaar geleden kennis had gemaakt tijdens zijn tocht met Fig, kwam helemaal uit Cascade, Colorado, en bracht eigengebakken bananen-notenbrood mee. Ze was een schat van een vrouw, maar het allerfijnste was dat niemand iets aan haar kon ontdekken dat ook maar in de verste verte deed denken aan haar zoon Sam Farner, alias Holden Caulfield senior.

Roy Closterman en Brian kwamen met hun zwarte lab, Charlotte, en er waren nog meer dan genoeg andere honden. De vierbenige gasten werden allemaal getrakteerd op de lekkerste hapjes en kluiven en Valet was een gulle gastheer, zelfs als het om zijn favoriete brokjes ging.

Chase en Zina Glyson kwamen per vliegtuig uit Santa Fe en hadden een streng rode Spaanse pepertjes en andere schatten uit het Zuidwesten bij zich. De geschonden reputaties van de ouders van Chase waren in ere hersteld en inmiddels was er geen enkele oud-leerling van de Little Jackrabbit School meer die nog steeds volhield dat ze vroeger misbruikt waren.

Later die avond, toen alle bezoek was vertrokken, lagen de drie leden van het gezin Rhodes met hun acht benen en een staart, lekker tegen elkaar gekropen in het grote tweepersoonsbed. Omdat Valet al zo'n eerbiedwaardige leeftijd had bereikt, mocht hij af en toe van de meubels gebruik maken en dat gold ook voor het bed.

Martie lag op haar rug met Valet dwars over haar voeten en ze kon het nobele bonzen van zijn lieve hart tegen haar enkels voelen. Dusty lag op zijn zij, vlak bij haar, en ze was zich ook bewust van zijn langzame rustige hartslag.

Hij kuste haar schouder en in de zijdezachte warme duisternis zei ze: 'Ik wou dat dit eeuwig kon voortduren.'

'Dat zal ook gebeuren,' zei hij.

'Ik heb alles wat mijn hartje ooit heeft begeerd, met uitzondering van één beste vriendin en een vader. Maar zal ik je eens wat vertellen?'

'Nou?'

'Ik hou van mijn leven, niet omdat het een droom is, maar omdat het zo écht is. Al onze vrienden, wat we doen, waar we zijn... het is allemaal zo echt. Snap je wat ik bedoel?'

'Heel goed,' verzekerde hij haar.

Die nacht droomde ze over Smilin' Bob. Hij droeg zijn zwarte uniformjas met de twee lichtgevende strepen, maar hij liep niet tussen de vlammen. Ze wandelden samen over een weiland op de helling van een heuvel onder een blauwe zomerhemel. Hij zei dat hij trots op haar was en zij verontschuldigde zich omdat ze niet zo dapper was als hij was geweest. Hij hield vol dat ze dapper was in elk opzicht dat van belang was en dat niets hem blijer maakte dan de wetenschap dat haar fijne sterke handen nog jarenlang troost en genezing zouden brengen voor de meest onschuldige wezens op deze aarde.

Toen ze midden in de nacht wakker werd uit die droom, was de aanwezigheid die ze in het duister ontwaarde even echt als de snurkende Valet en even echt als Dusty die naast haar lag.

AUTEURSGEGEVENS

Dean Koontz is de schrijver van een groot aantal bestsellers die op de eerste plaats van de bestsellerlijst in *The New York Times* terecht zijn gekomen, waaronder *Sole Survivor* en *Intensity*. Hij woont in Zuid-Californië.

Correspondentieadres:
Dean Koontz
P.O. Box 9529
Newport Beach, CA 92658
U.S.A.